KB180415

옛한글로 읽는 공자

–〈공문도통〉·〈문성궁몽유록〉·〈대성훈몽전〉–

교주번역

임치균 한국학중앙연구원 교수
김인회 옛한글문헌연구회 편집이사

옛한글문헌자료총서 1
옛한글로 읽는 공자
–〈공문도통〉·〈문성궁몽유록〉·〈대성훈몽전〉

초판 인쇄 2018년 11월 16일
초판 발행 2018년 11월 23일

교주번역 임치균·김인회
기 획 옛한글문헌연구회
펴 낸 이 이대현
펴 낸 곳 도서출판 역락
편 집 권분옥
디 자 인 홍성권

주 소 서울시 서초구 동광로46길 6-6(반포4동 577-25) 문창빌딩 2층
등 록 1999년 4월 19일 제303-2002-000014호
전 화 02-3409-2058, 2060
팩 스 02-3409-2059
이 메 일 youkrack@hanmail.net

ISBN 979-11-6244-339-2 94810
979-11-6244-338-5(세트)

* 책값은 표지에 있습니다.
* 파본은 교환해 드립니다.

이 도서의 국립중앙도서관 출판예정도서목록(CIP)은 서지정보유통지원시스템 홈페이지(http://seoji.nl.go.kr)와 국가자료공동목록시스템(http://www.nl.go.kr/kolisnet)에서 이용하실 수 있습니다.(CIP제어번호: CIP2018036001)

옛한글문헌자료총서 1

옛한글로 읽는 공자

〈공문도통〉·〈문성궁몽유록〉·〈대성훈몽전〉

임치균 · 김인회

역락

옛한글문헌자료총서를 내며

10여 년 전부터 한국학중앙연구원과 성신여대의 고전문학 전공자들이 모여서 서로의 관심사를 학문적으로 연구하고 토론하는 <한국고전서사문학회>를 자발적으로 운영해왔다. 아무도 관심을 가지지 않았지만, 그 안에서 이루어진 발표들은 속속 전문 학술지에 논문으로 실리는 성과로 이어졌다. 즐거움이 없는 것은 아니었지만, 우리들끼리만 공유하고 함께 한다는 아쉬움도 컸다. 이 연구 모임을 좀더 확대하고 공개하고 싶은 욕심이 생겼다. 물론 여기에는 우리들의 모임이 시간이 흐름에 따라 처음에 가졌던 긴장감과 열정이 약해지고 있다는 자각도 있었다.

이에 새로운 연구회를 결성하기로 하였다. 이를 위해 먼저 연구회의 정체성에 대하여 진지하게 고민하였다. 지금까지 이어져 온 수많은 학회나 연구 모임과는 결을 달리해야 한다는 부담감이 짓눌렀다. 발의를 한 몇몇 사람들이 진지하게 머리를 맞대고 토의하고 논쟁하며 검토하였다. 그리고 마침내 '옛한글'을 핵심어로 상정할 수 있었다. 시기의 중심에는 조선을 놓았다. 조선 시대에 쓰였던 한글은 어휘나 표기, 표현 등에서 지금과는 많이 다르다. 결국, '옛한글'이라는 말은 현재 우리가 쓰고 있는 한글을 염두에 둔 어휘이다.

'옛한글'은 단지 국어학과 문학에서만 찾을 수 있는 것이 아니다. 역사, 철학, 고문서, 의학, 지리, 언해 등등 다양한 분야가 '옛한글'로 기록되어 있다. 이들 분야의 전문가들과 함께 학제간 연구를 통하여 '옛한글' 문헌들을 풀어낼 때가 왔다. 이러한 시의성을 고려하여, 연구회의 명칭을 <옛한

글문헌연구회>로 하였다. 특정 전공의 전유물이 아닌, 모든 학문 분과가 함께 할 수 있는 길을 열기 위해서이다. 이와 함께, '옛한글 문헌'의 내용을 일반 교양인들도 이해할 수 있도록 현대어로 번역해낼 필요성도 제기되었다. 연구 성과에 대해 학자들끼리만 즐기고 만족해하지 말자는 취지였다. 이렇게 함으로써, 탈초와 주석과 번역을 각각의 전문가가 협력하여 수행하는 일이 가능하게 되었다.

<옛한글문헌연구회>는 이러한 결과물을 지속적으로 산출해낼 것이다. 그리고 이것은 "옛한글문헌연구총서"와 "옛한글문헌자료총서" 시리즈로 출판될 것이다. 또한 "옛한글 강독회와 자료 발표회"를 한 달에 두 번 개최하여 '옛한글과 옛한글문헌'에 대한 이해와 해독 능력을 확산시키고자 한다.

비로소 한 발을 내딛었다. 앞으로도 지금의 시작하는 마음이 그대로 이어질 것이다. '옛한글'에 관심이 있는 모든 분들의 많은 참여를 기대한다.

옛한글문헌연구회 회장 임치균

머리말

조선의 지식인들은 공자의 사상을 따르고 배우며 실천하려고 노력하였다. 사서삼경을 위시하여 공자의 사상을 담은 서적들이 그들에게 소중하게 다루어진 것은 두말할 필요가 없다. 이들은 공자의 사상을 한문을 통하여 익혔다. 한글로 번역된 사서 언해본이 없었던 것은 아니지만, 학습의 중심에는 한문본이 자리 잡고 있었다. 조선에 있어서 공자는 말 그대로 대성인이었으며 대성인의 학문은 한문을 알아야만 학습을 할 수 있는 것이었다.

그런데 조선시대에 대성인 공자를 한글로 다룬 문학작품들이 있어서 주목된다. 한글로 된 작품은 여성들과 어린이를 염두에 두었을 가능성이 매우 크다. 이는 공자에 대한 적극적인 관심이 지식인 계층을 넘어 확산되고 있음을 보여주는 것이다. 이러한 점에 착안하여 본서에서는 한글로 공자를 다룬 <공문도통>, <문성궁몽유록>, <대성훈몽전> 세 작품을 보여주고자 한다.

<공문도통>은 공자와 그의 사상을 전한 제자들이나 후학들의 계통을 정리해주고 있다. 이 한 편을 읽으면 공자 도학의 전승 관계를 어느 정도 머리에 담을 수 있다. 공자를 둘러싼 제자들의 순서가 문묘 배향의 위치를 바탕으로 하고 있다는 사실도 흥미롭다.

<문성궁몽유록>은 공자가 문성왕이 되어 소국이라는 나라를 다스리는 내용이다. 이 작품에서는 노자와 장자, 부처 등이 소국을 침범하였다가 패하는 전쟁이 중요한 위치를 차지하고 있다. 즉, 모든 이단과의 싸움에서 결국 유학이 승리한다는 결말을 제시한 것이다.

<대성훈몽전>은 공자와 그의 제자 증자가 문답하는 내용이다. 문답의 내용은 하늘의 운행에서부터 역대 훌륭한 왕과 위인의 사적들이다. 문답 중 일부에는 허구적인 내용과 설화의 영향이 감지되기도 하지만 그 주류는 동아시아 전체의 공통 지식이다.

이 가운데 <공문도통>과 <문성궁몽유록>은 임치균이 수행한 2018년 한국학중앙연구원 연구 교육 연계 과제에서 다루었다. 학생들에게 한글 필사본 강독 능력을 향상시키기 위한 훈련의 과정이었다. 학생들의 적극적인 참여가 있었고, 본 출판은 그것이 바탕이 되었다.

이외에도 한글로 공자를 다룬 작품이 더 있다. '공자동자문답' 계열의 작품들이 그것이다. 이 계열의 작품들은 중국에서 발원했기 때문에 당연히 한문으로 존재하였고 그것이 우리나라에 전해져 일부가 번역되어 유통되어 다양한 변이형을 가지게 되었다. 이에 본서에서는 다루지 않고, 다만 독자들이 참고할 수 있도록 가장 초기의 작품이면서 이미 입력되어 말뭉치로 활용되고 있는 작품 두 편을 편집하여 부록으로 싣기로 하였다.

본서는 2018년 2월에 출범한 옛한글문헌연구회의 첫 번째 자료총서로 기획되었다. 옛한글문헌연구회는 전통시대 한글기록문화유산에 대하여 지속적인 관심을 가지고 총서를 간행하여 학자 및 대중들에게 내놓을 것이다.

마지막으로, 상업적인 이익을 고려하지 않고 오직 옛한글문헌에 대한 무한한 애정으로 출판을 허락해준 역락 출판사의 이대현 대표님, 생경한 옛한글이 어지러이 펼쳐지는 어려운 책을 책임감 하나로 묵묵히 맡아주신 권분옥 편집장님께 감사의 인사를 드린다.

임 치 균

차례

• 공문도통

<공문도통>은 공자의 전기적 생평과 일화 그리고 제자에 관한 사실을 조선후기에 한글로 서술한 글이다. 미려한 궁체로 필사되어 있으며 장서각 유일본이다. 책의 표지에 '孔門道統'이라 표제가 적혀 있다. 이 책에 첫 번째로 수록된 글이 <공문도통>이며 <공문도통>이 끝난 뒤에는 여일한 글씨체로 <문성궁몽유록>이 계속 필사되어 있다. 검은색과 붉은색 세필로 빠진 글자를 병기하고 있고 잘못 적힌 글자에 점을 찍거나 여러 표시를 하여 삭제하고 있다. <연경당언문책목록>에 제목이 보여 왕실의 여인들이 읽었던 왕실도서가 확실하다. 다만 일제 강점기 찍은 '李王家圖書之章' 장서인아래에 조그만 개인 장서인이 1 방 찍혀 있어 책이 전해 온 상세한 내력은 조금 더 추적이 필요하다.

<공문도통>은 공자의 사적을 기록한 각종 서적에서 발췌 번역한 것이다. 따라서 번역 대상이 되는 한문서적에 실리지 않은 허구적 서사는 극히 일부를 제외하고는 거의 없다. 내용의 대부분은 『공자가어』의 일부를 번역한 것이며 이외 『공자통기』, 『소왕사기』, 『사기』 등에서 일부를 발췌하여 번역하고 있다. 이외 계씨가 전유를 공격하기 위해 물은 일화는 『논어』에서 발췌하여 번역하고 있기도 하다.

<공문도통>은 공자에 관한 여러 책의 일부를 번역했으므로 발췌와 배치의 기준을 유추해 보아야 한다. 우선 배치의 기준은 시간이다. 이 글은 공자 관련 사적을 편년식으로 구성하고 있다. 공자의 외모에 관한 기술을 시작으로 56세 소정묘를 주살하기까지의 일을 공자의 나이 순서대로 나열하고 있다. 또 나이

가 정확히 드러나지 않는 『공자가어』 등에 보이는 애공이나 증자와의 문답은 모두 56세 이후~공자의 죽음 사이에 배치하고 있는데 이 또한 애공의 생몰년을 생각하면 대략적인 시기는 맞다고 볼 수 있다. 아울러 공자의 죽음에 관한 기술 이후 역대 제왕의 조문과 제자 들의 사적을 시간순으로 기록하고 있다.

발췌의 기준 중 뚜렷이 보이는 것인 공자의 '기특(奇特)한 지혜'이다. 『논어』에는 공자가 괴력난신을 말씀하시지 않으셨다고 기록하고 있으나 『공자가어』 등 여러 책에는 공자의 특별한 앎과 지혜에 관한 일화 들이 상당수 실려 전한다. 이왕의 사당에 변고가 생긴 일을 예측한 일화나 홍수가 들 것을 미리 안 일화 등은 괴력난신까지는 아니지만 보통 사람들이 예측하기 어려운 것들을 아는 공자의 모습이 그려지고 있다. 또 다른 발췌의 기준으로 『논어』에 보이지 않는 공자의 사상을 들 수 있다. 특히 애공과의 문답에서 보이는 여러 생각들은 『논어』와는 분명 결이 다른 것들이다.

이러한 정황으로 미루어 보면 <공문도통>은 공자의 생평과 그를 잇는 제자들에 관한 사실을 나열하고 있으며, 흥미로운 일화와 기존에 널리 알려지지 않은 공자의 생각을 편집한 글이다. 이러한 <공문도통>의 특징은 이 글이 『논어언해』 등을 이미 익히고 또 다른 공자에 관한 정보를 익힐 필요가 있었던 상층의 여성을 위해 만들어진 것임을 시사한다.

• 문성궁몽유록

<문성궁몽유록>은 꿈속에서 공자가 임금인 나라를 본 사연을 쓴 몽유록이다. <공문도통>에 이어 여일한 글씨체로 함께 필사되어 있다. 이명선이 소개한 <사수몽유록>의 이본으로 큰 줄기가 빠지거나 더해진 내용은 없고 자구의 차이만 있다. <사수몽유록> 계열의 몽유록은 한글본만 존재하고, 이본이 두 편 밖에 없으며, <문성궁몽유록>에 첨삭 등이 존재한다는 점 등을 고려하여 두 본의 관계를 고찰할만하다.

줄거리를 간략히 소개하면 다음과 같다. 몽유자는 공자와 같은 대 성인이

뜻을 펼치지 못하고 방황한 것을 한탄하다 꿈속에서 공자가 임금인 나라를 본다. 그 나라는 맹자 등 역대 명현과 설총·최치원 등 우리나라의 명현이 관직에 있는 나라다. 어느 날 양주와 묵적의 군사가 침범하고 또 석가·노자 등이 침략해 오지만 모두 물리친다. 이후 공자는 역대 제왕 중 패도정치를 했거나 불교를 숭상한 제왕을 불러 훈계한다. 이후 몽유자가 꿈에서 깨어 꿈에서 본 것을 기록한다는 내용이다.

<문성궁몽유록>의 창작 의도는 공자가 임금인 이상적인 왕국의 건설을 가상해 보는 것이다. 이러한 의도는 특히 <공문도통>의 뒤에 이 글을 배치함으로써 더욱 도드라져 보인다. 주지하다시피 공자는 정치적 포부를 마음껏 펼치지 못하였다. <공문도통>은 공자의 생평과 지혜 그리고 사상을 보여주다가 임종에 앞서 자신의 도가 행해지지 못해 안타까워하는 공자의 모습을 생평 서술의 마지막에 배치하고 있다. 이 임종 일화 바로 뒤에 제왕들의 존숭 과정을 서술하여 득의하지 못한 공자의 모습을 효과적으로 제시하고 있다. 그리고 <공문도통>에서 완전히 풀지 못한 아쉬움을 <문성궁몽유록>은 허구의 영역에서 풀어내고 있는 것이라 할 수 있다. 아울러 상층의 여인들에게 정통유학과 이단에 대한 정보를 다각도로 전달해 줄 수 있는 효용도 필사의 이유로 고려되었을 것으로 생각한다.

• 대성훈몽전

공자와 증자가 각종 사실에 관해 문답하는 것을 기록한 글이다. 교주 대상본인 오구라문고본 외에 아단문고본 <대성훈몽전>, <춘추대성론>, 구활자본 『공부자언행록』 등 여러 종의 이본이 있다. 이본에 따라 가감이 있으나 오구라문고본은 다음의 주제에 관한 문답이 실려 있다.

① 천지일월성신이 생긴 일 ② 태고 혼돈 시절 ③ 요임금 ④ 순임금 ⑤ 우임금 ⑥ 하임금과 걸임금 ⑦ 셩탕 ⑧ 이윤과 부열 ⑨ 주왕 ⑩ 무왕 ⑪ 강태공 ⑫ 백이와 숙제 ⑬ 소부와 허유 ⑭ 기자 ⑮ 목왕 ⑯ 유궁후 예 ⑰ 고공단보

⑱ 유왕 ⑲ 오자서 ⑳ 장자가 처를 시험한 이야기 ㉑ 제나라 왕과 안자가 세 장사를 죽인 이야기 ㉒ 안자 ㉓ 주공

문답은 『논어』와 『공자가어』 등 공자 관련 많은 책에서 보이는 형식으로 매우 익숙하다. 이 익숙한 형식을 이용하여 대성인 공자와 그의 제자 증자가 동아시아 보편의 상식을 열거하는 얼개를 갖추고 있다. 따라서 공자와 어린 아이가 문답하는 구조의 '공자동자문답' 계열 작품과는 전혀 다른 종류의 공자형상을 보여주고 있다고 할 수 있다. '공자동자문답' 계열의 작품은 어린 아이의 승리 통해 다양한 의미를 도출해내는 반면 <대성훈몽전>은 증자와 공자의 문답을 통해 상식을 전달하고 있는 것이다.

참고문헌

윤주필, 「한국에서의 <공자동자문답> 전승의 분포와 그 특징」, 『열상고전연구』 23, 열상고전연구회, 2006.

윤주필, 「동아시아 문명권의 공자형상과 인식」, 『민족문화연구』 61, 고려대 민족문화연구원, 2013.

윤주필, 「<공자동자문답>의 동아시아적 전개 비교론」, 『고소설연구』 38, 한국고소설학회, 2014.

윤주필, 「동아시아 '공자, 동자 문답' 전승의 연원 고찰」, 『대동문화연구』 89, 대동문화연구원, 2015.

신민규, 「조선시대 공자도상 연구」, 명지대학교 미술사학과 석사논문, 2016.

김인회, 「<공문도통> 연원고」, 한국학중앙연구원 교육학술연계과제 학술대회, 2018.

홍현성, 「<사수몽유록> 창작방식 연구」, 한국학중앙연구원 교육학술연계과제 학술대회, 2018.

교주

공문도통

孔門道統

공문도통(孔門道統)

공ᄌᆡ(孔子) ᄀᆞᆺ 나시며 거동(擧動)이 ᄂᆞᆷ과 달나 셩인(聖人)의 모양(模樣)이 겨시더라. 조정긔(祖庭記)[1]예 ᄀᆞᆯ오ᄃᆡ

"공ᄌᆡ 나시며 얼골이 일월(日月) ᄀᆞᆺ고, 눈이 하ᄒᆡ(河海) ᄀᆞᆺ고, 입이 바다 ᄀᆞᆺ타시고, ᄂᆞᆼ(龍)의 니마요, 입시울이 말(馬) ᄀᆞᆺ고, ᄂᆞᆺ티 내밀고, 소ᄅᆡ 우레 ᄀᆞᆺ고, 손을 드리워 무릅희 디나고, 귀ᄂᆞᆫ 구술을 드리온 ᄃᆞᆺ, 눈섭의 스물 두 가디 빗치 잇고, 눈의 긔이(奇異)ᄒᆞᆫ 영ᄎᆡ(靈彩) 겨시더라. 셔신 거동은 봉(鳳)이 셧ᄂᆞ 냥(樣) ᄀᆞᆺ고, 안ᄌᆞ신 거동은 ᄂᆞᆼ(龍)이 안ᄌᆞ 냥 ᄀᆞᆺᄐᆞ시고, 손의 텬문(天文)을 잡고, 발의 법도(法度)ᄅᆞᆯ ᄇᆞᆲ더라."

공ᄌᆡ 세 설의 부친 슉냥흘(叔梁紇)이 업ᄉᆞ시거ᄂᆞᆯ 노국 동방산(東防山)의 영장(永葬)ᄒᆞ다. 나히 다엿 설의 놀며 희롱(戲弄)ᄒᆞ실 제 ᄆᆡ양(每樣) 조두(俎豆)ᄅᆞᆯ 버리고 예문(禮文)을 베프시더라. 나히 십구의 송나라 병관시(亓官氏)[2]의

1) 공자의 공씨 가문과 공자의 고향인 궐리의 사적을 정리한 글이다.
2) 기관시(亓官氏)의 오기. 기(亓)를 병(幷)으로 오인하여 잘못 읽은 것이다. 공자의 일생을 기록한 여러 한적에서도 종종 잘못 쓰인다.

게 댱가드러 스믈의 아들을 나흐시니 ᄯᅵ의 노ᄋᆡ공(魯哀公)이 니어(鯉魚)ᄅᆞᆯ 보내엿거ᄂᆞᆯ 일홈을 니(鯉)라 ᄒᆞ다. 이 ᄒᆡ예 비로소 노국(魯國) 위리(委吏)[3]란 벼ᄉᆞᆯ을 ᄒᆞ시니 혜아리ᄂᆞᆫ 거시 공평(公平)ᄒᆞ시더라. 이듬ᄒᆡ예 승젼(乘田)[4] 벼ᄉᆞᆯ을 ᄒᆞ시니 온갓 치ᄂᆞᆫ 즘ᄉᆡᆼ이 번식(繁殖)ᄒᆞ더라. 도덕(道德)이 놉하 하ᄂᆞᆯ과 ᄀᆞᆺᄒᆞᆫ 셩(聖)이 되시니 ᄉᆞ방(四方)의 잇ᄂᆞᆫ 뎨ᄌᆡ(弟子) 궐니(闕里)[5]의 모다 글 ᄇᆡ호 리 삼쳔(三千)이라. 그 듕의 ᄌᆡ조 놉하 능히 공ᄌᆞ(孔子)의 도덕을 알 재(者) 칠십(七十)이라. 이십ᄉᆞ(二十四)의 모친(母親) 안시(顏氏) 죽으시거ᄂᆞᆯ 션산(先山)의 합장(合葬)ᄒᆞ시다. 이십뉵(二十六)의 탈상(脫喪)ᄒᆞ시고 도로 거문고ᄅᆞᆯ ᄐᆞ시니 닷새예 곡되(曲調) 이더라.

셤(郯)[6]나라ᄒᆡ 가 셤ᄌᆞ(郯子)ᄅᆞᆯ 보시고 녯 벼ᄉᆞᆯ을 무러 왈

"녯 님군이 벼ᄉᆞᆯ 일홈을 각각 달니ᄒᆞ문 엇디 미니 잇고."

셤ᄌᆡ(郯子) 왈

"쇼호(少昊) 금텬시(金天氏)[7]ᄂᆞᆫ 새 잇거ᄂᆞᆯ 새로 벼슬 일홈을 짓고[8], 황뎨(黃帝) 현원시(軒轅氏)[9]ᄂᆞᆫ 구름이 잇거ᄂᆞᆯ 구름으로 일홈 짓고[10], 염뎨(炎

---

3) 창고를 담당하는 관리.

4) 목축을 담당하는 관리.

5) 공자가 태어난 마을. 지금의 산동성(山東省) 곡부현(曲阜縣)에 있다. 궐리의 읍지인 『궐리지』에 공자에 관한 많은 사적이 실려 있다.

6) 담(郯)의 오기. 담(郯)을 섬(剡)으로 오인하여 잘못 읽은 것이다. 담은 노나라에 부속된 나라의 이름이다. 섬자는 담자(郯子)의 오기로 담나라의 군주를 말한다.

7) 상고시대 제왕. 황제(黃帝)의 두 아들 중 하나 혹은, 사위 등으로 전하며 삼황오제(三皇五帝) 중 오제의 한 명으로 꼽기도 한다. 오행 중 금의 덕으로 세상을 다스렸기 때문에 금천씨(金天氏)라고도 한다.

8) 소호가 즉위할 때 봉황새가 날라왔기 때문에 관직 이름에 새의 이름을 사용하였다고 한다.

9) 상고시대 제왕. 유웅국(有熊國)의 수장이던 소전(少典)의 자손이다. 탁록(涿鹿)에서 치우(蚩尤)와 싸워 이기자, 제후들이 염제(炎帝)의 뒤를 잇는 천자로 받들었다. 헌원(軒轅) 땅에서 살았기 때문에 헌원씨라 부르기도 한다.

10) 황제는 즉위할 때 상서로운 구름이 나타났다. 이에 관리를 구름의 명칭을 사용하여 벼슬 이름을 삼았다.

帝)[11]는 불노 벼술 일홈을 짓고[12], 공공시(共工氏)[13]는 물노 벼술 일홈을 짓고, 복희시(伏羲氏)[14]는 뇽(龍)으로 벼술 일홈을 짓고[15] 그 후 다 그리ᄒᆞ니이다."

공지 ᄉᆞ양(師襄)[16]의 가 거문고롤 ᄇᆡ호시니 이 사룸은 쥬(周)ᄶᅧᆨ 은ᄉᆡ(隱士)라. 공지 ᄇᆡ호션 지 십일(十日)이 못ᄒᆞ야 온갓 곡됴(曲調)롤 달통(達通)ᄒᆞ시니 ᄉᆞ양이 자리롤 피(避)ᄒᆞ여 ᄌᆡᄇᆡ(再拜)왈

"부ᄌᆞ(夫子)는 대셩인(大聖人)이라. 문왕(文王)의 ᄒᆞ시던 곡됴(曲調)롤 스ᄉᆞ로 ᄒᆞ시니 엇디 셩인이 아니오 이러ᄒᆞ시리오."

ᄒᆞ시더라. 쥬(周)나라희 가샤 녜문(禮文)을 노담(老聃)[17]이란 사룸ᄃᆞ려 무ᄅᆞ시고, 풍뉴(風流)[18]롤 댱홍(萇弘)[19]이란 사룸ᄃᆞ려 무ᄅᆞ시고 노(魯)나라희 도라오시니 뎨ᄌᆡ(弟子) 졈졈 나아오더라.

---

11) 상고시대 제왕. 황제(黃帝)와 함께 소전(少典)의 자손이다. 고대 불과 관련된 신들이 염제라는 이름으로 통합된 것으로 보이며 신농씨와 동일 인물로 보기도 한다. 황제와 염제는 중국인들이 자신의 직접적인 조상으로 여긴다.
12) 염제의 즉위시 불로 인해 상서로운 일이 있었으므로 불의 명칭을 사용하여 벼슬이름을 삼았다.
13) 황제 때 구주의 제후이자, 물과 관련된 사업을 담당하던 관리. 물과 관련된 상서를 보고 물로 관직의 이름을 삼았다. 염제 신농씨의 후예로, 황제의 자손인 전욱(顓頊)과 황제의 자리를 두고 다투다 지자 화가 나 머리로 불주산(不周山)을 쳐서 하늘을 받치고 있던 기둥이 부러졌다는 전설이 있다.
14) 중국 고대 전설상의 제왕이자 신. 삼황오제(三皇五帝) 하나로 팔괘(八卦)를 처음 그리고 문자를 만들었다다고 전해진다.
15) 복희씨의 시대에 용이 나타나 길조가 보였으므로 복희씨는 용의 명칭으로 벼슬이름을 삼았다.
16) 『사기』「공자세가」에 공자가 사양자(師襄子)에게 가서 금(琴)을 배웠다는 기록이 있다.
17) 춘추시대 말기의 사상가·철학자이자 도가(道家)의 창시자. 성명은 이이(李耳), 자는 담(聃)으로 노담(老聃)이라고도 하며 신격화되어 태상노군(太上老君)이라고도 부르기도 한다. 노자의 삶에 대하여는 잘 알려져 있지 않으나 전하는 바에 따르면 노자는 춘추시대 말기의 주(周) 시기의 사람으로 공자(孔子)가 찾아가 예에 대한 가르침을 받았다고 전한다.
18) 속되지 않고 운치 있는 일. 여기서는 음악을 가리킨다.
19) 춘추 시대 주(周)나라 경왕(景王)과 경왕(敬王) 때의 거문고 명인.

이ᄣᅢ 듀실(周室)이 졈졈 미약(微弱)ᄒᆞ고 졔후군(諸侯君)이 강셩(强盛)ᄒᆞ니 텬하(天下) 사ᄅᆞᆷ이 인의녜지(仁義禮智)[20]와 덕(德)은 모ᄅᆞ고 니욕(利慾)만 ᄉᆡᆼ각ᄒᆞ여 인뉸(人倫)이 업섯거ᄂᆞᆯ, 공ᄌᆡ 근심ᄒᆞ샤 쥬(周) 나라ᄒᆞᆯ 존(尊)ᄒᆞ고 졔후들을 억뎨(抑制)ᄒᆞ샤 인뉸과 도덕을 텬하의 ᄇᆞᆰ혀 ᄇᆡᆨ셩을 구ᄒᆞ려 ᄒᆞ샤 뉵국(六國)[21]의 ᄒᆡᆼ(行)ᄒᆞ시니 그ᄣᅢ 님군이 다 용녈(庸劣)ᄒᆞ니 뉘 공ᄌᆡ 셩인이신 줄 알니요.

졔(齊)나라히 가시니 졔경공(齊景公)[22]이 인뉸을 뎡(正)티 못ᄒᆞ엿더니 졍ᄉᆞ(政事)ᄅᆞᆯ 무ᄅᆞ시니 공ᄌᆡ 오륜(五倫)을 졍(正)히 ᄒᆞ고 도리ᄅᆞᆯ 고(告)ᄒᆞ시다.

주니왕(周釐王)의 종묘(宗廟)의 ᄌᆡ변(災變)이 잇더니 졔경공이 공ᄌᆞᄅᆞᆯ 가보고 말ᄉᆞᆷᄒᆞ더니 좌위 고ᄒᆞᄃᆡ

"쥬ᄉᆡ(周使) 마촘 니ᄅᆞ러 션왕(先王)의 묘ᄌᆡ(廟災)ᄅᆞᆯ 니ᄅᆞ더이다."

경공이 무ᄅᆞᄃᆡ

"어ᄂᆡ 왕의 묘의 ᄌᆡ변이 잇ᄂᆞ뇨?"

공ᄌᆡ ᄀᆞᆯ오샤ᄃᆡ

"이 반ᄃᆞ시 니왕(釐王)의 묘니이다."

경공왈

"엇디 아ᄅᆞ시ᄂᆞ니잇고?"

공ᄌᆡ ᄀᆞᆯ오샤ᄃᆡ

"황황(煌煌)ᄒᆞ신 샹텬(上天)이 덕(德) 잇ᄂᆞ 니로 어딘 일노 갑고 악(惡) 잇ᄂᆞ 니ᄂᆞᆫ 화(禍)로 갑ᄂᆞ니 니왕이 문왕(文王)[23] 무왕(武王)[24]의 법뎨(法制)ᄅᆞᆯ

---

20) 인(仁), 의(義), 예(禮), 지(智)의 사단(四端). 사람이 마땅히 갖추어야 할 네 가지 마음가짐이다.

21) 중국 전국 시대의 제후국(諸侯國) 가운데 진(秦)나라를 제외한 여섯 나라. 초나라, 연나라, 제나라, 한나라, 위나라, 조나라를 이른다.

22) 춘추시대 제나라의 제26대 임금. 성은 강(姜), 휘는 저구(杵臼)이다.

변(變)ᄒᆞ여 녀악(女樂)을 됴하ᄒᆞ고 화려(華麗)ᄅᆞᆯ 숭상(崇尙)ᄒᆞ여 궁실을 짓고 샤치(奢侈)ᄅᆞᆯ 마지아닌 연고로 텬앙(天殃)이 그 종묘의 ᄂᆞ리ᄂᆞ니 이러모로 졈(占)ᄒᆞ여 아ᄂᆞ이다."

경공왈

"하ᄂᆞᆯ이 엇지 그 몸의 화ᄅᆞᆯ ᄂᆞ리 오지 아니코 종묘의 벌을 ᄂᆞ리오ᄂᆞ니 잇고?"

공지(孔子) 왈(曰)

"이ᄂᆞᆫ 문왕(文王) 무왕(武王) 덕이라. 만일(萬一) 그 몸의 앙화(殃禍)를 ᄂᆞ리오면 문(文) 무(武)의 덕업(德業)을 아조 긋출디라. 그러므로 종묘의 지앙(災殃)을 ᄂᆞ리오미라. 그 허물을 나타내미니이다."

이윽고 좌위 엿ᄌᆞ오ᄃᆡ '과연(果然) 니왕(釐王)의 종묘(宗廟)의 지변(災變)이 잇다.' ᄒᆞᆫ대 경공(景公)이 놀나 니러나 두 번 절ᄒᆞ고 ᄀᆞᆯ오ᄃᆡ,

"긔특(奇特)ᄒᆞ다. 셩인의 지혜 사ᄅᆞᆷ의 미촐 배 아니라."

ᄒᆞ더라. 공지 ᄯᅩ 졔(齊)ᄅᆞᆯ ᄇᆞ리고 노(魯)의 갓더시니 졔국(齊國)의 ᄒᆞᆫ발 가진 새 이셔 ᄂᆞ라와 ᄂᆞᆯ개를 펴고 ᄯᅱ노ᄂᆞᆫ 거동(擧動)을 ᄒᆞ거ᄂᆞᆯ 경공이 고이히 넉여 ᄉᆞ(使)ᄅᆞᆯ 노의 보내여 공ᄌᆞᄭᅴ 뭇ᄌᆞ온ᄃᆡ 공지 ᄀᆞᆯ오샤ᄃᆡ

"이 새 일홈은 상양(商羊)[25]이라 ᄒᆞᄂᆞᆫ 새니 물딜 지(災)이라. 녜 동예[26]라 ᄒᆞᄂᆞᆫ 사ᄅᆞᆷ이 ᄒᆞᆫ발 가진 새 두 ᄂᆞᆯ개ᄅᆞᆯ 펴고 ᄯᅱ노ᄂᆞᆫ 양(樣) 보고 닐오ᄃᆡ

---

23) 중국 고대 이상적인 임금이자 주나라 무왕의 아버지. 이름은 창(昌)이다. 은나라 말기에 태공망 등 어진 선비들을 모아 선정을 펼치고 융적(戎狄)을 토벌하여 아들 무왕이 주나라를 세울 수 있도록 토대를 쌓았다. 원래 제후였으나 아들이 임금이 되자 문왕으로 추숭되었다.

24) 중국 주나라의 제1대 왕. 성은 희(姬) 이름은 발(發)이다. 문왕의 아들로 상(商)나라의 포악한 임금 주(紂)를 정벌하고 주나라를 세웠다.

25) 홍수를 알리는 전설 속의 새.

26) 동아(童兒)의 오기이다.

‘하늘이[27] 쟝ᄎᆞᆺ 큰 비 오리라.’ ᄒᆞ여시니 일졍(一定) 슈ᄌᆡ(水災) 대단ᄒᆞᆯ 거시니 국ᄂᆡ(國內) ᄇᆡᆨ셩(百姓)의게 영(令)을 ᄂᆞ리와 물길 ᄑᆞ고 방여(防豫)를 ᄒᆞ라. 그리 아니면 ᄇᆡᆨ셩이 물의 상(傷)ᄒᆞ여 죽으리라.”

경공이 그 말슴을 듯고 즉시 그 나라히 분부(分付)하여 미리 물길흘 ᄑᆞ고 그대로 ᄒᆞ엿더니 과연 오라지 아냐 큰비 와 온 나라히 넘지니 다ᄅᆞᆫ 나라흔 ᄇᆡᆨ셩이 만히 ᄲᅡ져 죽으ᄃᆡ 졔국인(齊國人)은 ᄒᆞ나토 샹ᄒᆞ 니 업ᄉᆞ니 경공(景公)이 ᄀᆞᆯ오ᄃᆡ

“셩인(聖人)의 말슴이 과연(果然) 긔특(奇特)이 맛ᄂᆞᆫ다.”

ᄒᆞ더라.

그 후의 ᄯᅩ 나ᄂᆞᆫ 새 이셔 진(陳)나라 ᄯᅳᆯ히 안자 죽거ᄂᆞᆯ 그 살을 ᄲᅡ혀보니 길 ᄅᆡ 자히오 ᄯᅩ 치[28] 남거ᄂᆞᆯ 진혜공(陳惠公)[29]이 ᄉᆞ(使)로 ᄒᆞ여곰 노(魯)의 가 공ᄌᆞ(孔子)ᄭᅴ 가 믓ᄌᆞ온대 ᄌᆡ(子) ᄀᆞᆯ오샤ᄃᆡ

“이 새ᄂᆞᆫ 먼니 온 새라. 그 살이 숙신시(肅愼氏)[30]란 오랑캐 살이니 녜 쥬무왕(周武王)이 상(商)나라흘 이긔시고 길흘 아홉 오랑캐와 ᄇᆡᆨ국의 다 통ᄒᆞ여 곰 각각(各各) 방물(方物)을 가져 봉(封)ᄒᆞ여 각각(各各) 직업(職業)을 일티 말나 ᄒᆞ시니 이에 숙신시(肅愼氏)가 살흘 공(貢)ᄒᆞ여 밧쳣ᄂᆞ니 그 나라 살흘 구ᄒᆞ여 견조라.”

ᄒᆞ시니 과연(果然) 쥬무왕(周武王) 적 바든 살흘 어더 마초니 ᄀᆞᆺ튼디라. 진혜공(陳惠公)이 긔특(奇特)이 넉이고 온갓 일을 모ᄅᆞᆯ 일이 업더시다.

---

27) 본문에서 필요한 경우, 작은 글씨로 협주를 달고 있다. 이하 협주는 해당 본문보다 작은 글씨로 처리한다.

28) 『공자가어』에 ‘其長尺有咫’라고 되어있다. 지(咫)는 고대 단위로 길이가 팔촌(八寸)이다.

29) 춘추 시대 진나라의 임금. 이름은 이오(夷吾)고, 헌공(獻公)의 셋째 아들이다.

30) 중국 『삼국지(三國志)』의 「위지 동이전」에 보면 숙신씨(肅愼氏)의 다른 이름은 읍루(挹婁)이고 백두산에 거주 한다고 했다.

노(魯)나라 태우 계손시(季孫氏)[31] 젼위(顓臾)[32]란 나라흘 치려 ᄒᆞ고 공ᄌᆞ(孔子) 제ᄌᆞ(弟子) 염유(冉有)[33]로 ᄒᆞ여곰 공ᄌᆞ(孔子)ᄭᅴ 엿ᄌᆞ온대 공ᄌᆞ(孔子) ᄀᆞᆯ오샤ᄃᆡ

"계ᄊᆡ(季氏) 담 안희 도적(盜賊)을 슬피지 못ᄒᆞ고 먼ᄃᆡ 놈을 치려 ᄒᆞ니 고이타."

ᄒᆞ시고 꾸중ᄒᆞ시다.[34]

공직(孔子) 처엄의 듕도ᄌᆡ(中都宰)[35] 벼슬을 노(魯)나라희 ᄒᆞ샤 어버이 사라셔 효양(孝養)ᄒᆞ며 죽은 후 네로 영장(永葬)ᄒᆞᄂᆞᆫ 법을 지어내시고 어룬과 아희 음식을 달니 ᄒᆞ미 강(强)ᄒᆞᆫ 니와 약(弱)ᄒᆞᆫ 니 짐을 달니 ᄒᆞ미 길희 드른 거슬 가지지 아니며 온갓 거슬 샤치(奢侈)지 아니케 ᄒᆞ시니 힝(行)ᄒᆞᆫ 일년(一年)의 ᄉᆞ방(四方) 졔후(諸侯) 법밧거늘 ᄋᆡ공(哀公)[36]이 공ᄌᆞ(孔子)ᄭᅴ 일러 ᄀᆞᆯ오샤ᄃᆡ

"부ᄌᆞ(夫子)[37]의 이 법(法)을 ᄇᆡ화 노국(魯國)을 다ᄉᆞ리면 엇더 ᄒᆞ리 잇고?"

---

31) 춘추 시대 노나라의 유력한 가문 중손씨(仲孫氏), 숙손씨(叔孫氏), 계손씨(季孫氏) 중 하나. 이들 모두가 노 환공(桓公)의 아들이었으므로 삼환이라 칭했다. 중손씨는 나중에 맹손씨(孟孫氏)로 불렸다. B.C. 562년 삼환은 노나라 임금을 무력화 시키고 정권을 인수하여 분권정치를 실시했다. 그 중 계손씨의 세력이 가장 강했다.

32) 노나라 영토 안에 있는 부용국이다.

33) 춘추 시대 말기 노나라 사람으로 성은 염(冉)이고, 이름은 유(儒)이다. 자는 자로(子魯) 혹은 자증(子曾)이다. 공자의 제자 중 뛰어난 칠십이인 중 한 사람이다. 아버지는 역시 공자의 제자인 염구이다.

34) 『논어(論語)』「계씨편(季氏篇)」에 "계씨(季氏)가 전유(顓臾)를 징벌하려 하니 공자가 그것을 만류하려 하였다. 염유(冉有)가 '전유는 계씨의 고을 비읍(費邑)에 가까와 후손들의 근심이 될 것이기에 미리 치려고 한다.' 하니, 공자가 '나는 계씨의 걱정거리가 전유에 있지 않고 집안 담장 안에 있지 않은가 한다.' 하였다."

35) 중도라는 읍의 읍장. 지방관이다.

36) 노나라의 제 27대 군주이며 이름은는 장(將)이다. 여기서는 노(魯)나라 정공의 오기. 필사자가 노 애공과 정공을 혼동하고 있다.

37) 덕행이 높아 모든 사람의 스승이 될 만한 사람에 대한 경칭.

공지 대왈

"이대로 ᄒᆞ면 텬하(天下)라도 가(可)ᄒᆞ리니 엇디 다만 노국(魯國)만 다ᄉᆞ릴 ᄲᅮᆫ이리잇가?"

이듬희의 ᄉᆞ공(司空)[38] 벼슬을 ᄒᆞ샤 이에 다ᄉᆞᆺ가지 토품(土品)을 구별(區別)ᄒᆞ샤 온갓 곡식(穀食)과 초목(草木)을 심으시니 곡식(穀食)과 초목(草木)이 다 됴화 그릇되지 아니터라. 또 공지(孔子) 대ᄉᆞ귀(大司寇)[39] 되시니 이ᄂᆞᆫ 정승(政丞) 벼슬이라. 법(法)을 내시니 ᄇᆡᆨ셩(百姓)이 감히 범(犯)치 못ᄒᆞ고 간특(姦慝)ᄒᆞᆫ ᄇᆡᆨ셩(百姓)이 업더라.

노ᄋᆡ공(魯哀公)[40]이 제(齊)나라 님군으로 더브러 협곡(峽谷)의 못더니 공지(孔子) 정승(政丞)의 일을 ᄒᆡᆼ(行)ᄒᆞ샤 ᄀᆞᆯ오샤ᄃᆡ

"신(臣)은 듯ᄌᆞ오니 녯 님군이 션비[41]와 쟝슈[42]를 ᄀᆞᆺ초와 서로 뫼ᄂᆞᆫ다 ᄒᆞ니 좌우 ᄉᆞ마(司馬)[43]를 ᄀᆞᆺ초와 가게 ᄒᆞ쇼셔."

뎡공(定公)[44]이 그 말ᄉᆞᆷ대로 문무(文武)를 ᄀᆞᆺ초와 갓더니 협곡(峽谷)의 니ᄅᆞ러 두 님군이 서로 례(禮)로 보고 술을 먹더니 제(齊) 님군이 병위(兵威)를 베프고 북 치고 ᄋᆡ공을 겁틱ᄒᆞ거ᄂᆞᆯ 공지 셤[45]의 올나 나아가 ᄋᆡ공(哀公)을 청ᄒᆞ여 물러와 ᄀᆞᆯ오ᄃᆡ

"두 님군이 모다 서로 됴키로 ᄆᆡᆺ거ᄂᆞᆯ 제국(齊國)이 병위(兵威)로ᄡᅥ 겁틱ᄒᆞ니 병(兵)은 듕국(中國) 사람과 의논(議論)을 ᄒᆞᆫ 가지로 못ᄒᆞ고 이뎍(夷狄)의

---

38) 중국 주(周)나라 때 고위 관직인 삼공(三公)의 하나. 토지와 민사(民事)를 맡았다.
39) 대사구는 법령·소송 및 국제 사무를 맡은 노나라의 최고위직 벼슬.
40) 노나라 정공(定公)의 오기이다.
41) 여기서 선비는 문관(文官)을 뜻한다.
42) 여기서 장수는 무관(武官)을 뜻한다.
43) 중국 주나라 때 벼슬. 나라의 군정을 맡아보았다.
44) B.C.509~B.C.495년까지 15년간 재위한 노나라의 임금. 소공(昭公)의 아우이며 애공(哀公)의 아버지이다.
45) '섬돌'의 준말. 돌층계의 계단을 말한다.

사ᄅᆞᆷ은 듕화(中華)의 사ᄅᆞᆷ과 법(法)을 어ᄌᆞ러이지 못ᄒᆞᄂᆞ니 졔 엇디 두 님군의 회밍(會盟)을 간셥(干涉)ᄒᆞ리잇고."

졔(齊) 님군이 븟그려 믈니치고 졔(齊)예 도라와 모든 신하(臣下)ᄅᆞᆯ ᄭᅮ지저 왈

"ᄂᆞᆫ46) 군ᄌᆞ(君子)의 도(道)로 님군을 돕거늘 너희ᄂᆞᆫ ᄒᆞᆯ노 이뎍(夷狄)의 도(道)로 과인(寡人)을 ᄀᆞᄅᆞ쳐 븟그럽게 ᄒᆞ다."

ᄒᆞ고 젼의 아삿던 문양(汶陽)47)ᄯᅡ흘 도라보내다.

졍ᄉᆞ(政事) 어ᄌᆞ러이ᄂᆞᆫ 태우(大夫) 쇼졍묘(少正卯)48)ᄅᆞᆯ 버히샤 죽엄을 저ᄌᆞ의 반시(班示)ᄒᆞ니 ᄌᆞ공(子貢)이 나아가 ᄀᆞᆯ오ᄃᆡ,

"소졍묘(少正卯)ᄅᆞᆯ 노(魯)국 일홈난 사ᄅᆞᆷ이어ᄂᆞᆯ 이제49) 부ᄌᆡ(夫子) 졍ᄉᆞ(政事)ᄅᆞᆯ 잡으신 처엄의 비ᄅᆞ소 사ᄅᆞᆷ을 버히시니 사ᄅᆞᆷ이 혹 부ᄌᆞ(夫子)ᄅᆞᆯ 과(過)타 ᄒᆞᄂᆞ니이다."

공ᄌᆡ ᄀᆞᆯ오샤ᄃᆡ,

"안ᄌᆞ라. 내 너 ᄃᆞ려 니ᄅᆞ리이라. 텬하(天下)의 큰 사오나오미 다ᄉᆞ시 이시니 일(一)은 ᄀᆞᆯ은 간험(奸險)ᄒᆞ미오, 이(二)ᄂᆞᆫ 힝실(行實)이 괴벽(怪癖)ᄒᆞ미오, 삼(三)은 말ᄉᆞᆷ이 간ᄉᆞ(奸邪)ᄒᆞ미오, ᄉᆞ(四)ᄂᆞᆫ ᄀᆞᆯ온 힝실(行實)이 올치 아니코 사오나오며 넘어 크미오, 오(五)ᄂᆞᆫ ᄀᆞᆯ온 ᄯᅳᆺ을 조차 그ᄅᆞᆫ 일을 ᄒᆞ여 밧그로 그 허믈을 ᄀᆞᆷ초미니, 이 다ᄉᆞᆺ시 ᄒᆞ나히 이셔도 군ᄌᆞ의 버힘을 면치 못ᄒᆞ려든 ᄒᆞ믈며 쇼졍묘(少正卯)ᄂᆞᆫ ᄒᆞᆫ 몸의 다ᄉᆞᆺ 사오나오ᄆᆞᆯ 겸(兼)ᄒᆞ여 그

46) '노(魯)ᄂᆞᆫ'의 오기.

47) 원래 노나라의 땅으로, 제나라가 빼앗아갔던 땅이다.

48) 노나라 정공 시대 교육가이자 정치가. 공자가 소정묘를 죽인 사건은 『논어』에는 나오지 않고 『순자』, 『사기』, 『공자가어』 등의 책에 전한다. 이 사건의 실재 여부와 전모에 대해서는 이설이 많다.

49) 원문에 '이제'가 반복되어 붉은 점을 찍어 지웠다.

지쳬 족히 므리를 모화 당(黨)을 닐우고, 그 말솜이 족히 뻐 그른 거슬 꾸며 듕인(衆人)을 요혹(妖惑)게 ᄒᆞ며 그 강ᄒᆞ미 족히 올흔ᄃᆡ 상반(相返)ᄒᆞ여 고치지 아닛ᄂᆞ니 이는 사ᄅᆞᆷ 뉴(類)의 간웅(奸雄)이라. 가히 버히지 아니티 못ᄒᆞᄂᆞ니 녜 은왕(殷王)[50]이 윤히(尹諧)[51]ᄅᆞᆯ 버히시고 문왕(文王)이 반졍(潘正)[52] 버히시며 쥬공이 관채(管叔) 버히시고 태공이 화ᄉᆞ(華仕)[53]ᄅᆞᆯ 버히시고 ᄌᆞ산(子產)[54]이 ᄉᆞ하(史何)[55]ᄅᆞᆯ 버히니 이 다ᄉᆞᆺ 사ᄅᆞᆷ은 ᄯᅢ 다ᄅᆞ나 버힘은 ᄒᆞᆫ가지라. 쇼인(小人)의 므리ᄅᆞᆯ 일우미 족히 근심ᄒᆞᆯ 배니라.”

ᄒᆞ시더라. ᄯᅩ 사ᄅᆞᆷ이 부ᄌᆡ(父子) 송ᄉᆞ(訟事)ᄒᆞᆯ 재(者)이셔 공ᄌᆡ(孔子) 그 부ᄌᆞ(父子)ᄅᆞᆯ 다 잡아 가도고 석 ᄃᆞᆯ을 시비(是非)ᄅᆞᆯ 분변(分辨)치 아니코 두어 계시더니 그 아비 고쳐 송ᄉᆞᄅᆞᆯ 마라지라 ᄒᆞ거ᄂᆞᆯ 다 노화 ᄇᆞ리신ᄃᆡ 계손시(季孫氏)[56] 듯고 올히 아니 넉여 ᄀᆞᆯ오ᄃᆡ

“대ᄉᆞ귀(大司寇)[57] 날을 속이시도다. 져즘ᄭᅴ 날ᄃᆞ려 일너 ᄀᆞᆯ오ᄃᆡ ‘나라 다ᄉᆞ림은 반ᄃᆞ시 몬져 효(孝)로 ᄒᆞᄂᆞ니’ 이제 ᄒᆞᆫ 불효(不孝)ᄅᆞᆯ 죽여 ᄡᅥ ᄇᆡᆨ셩(百姓)을 효도(孝道)로 ᄀᆞᄅᆞ치미 가ᄒᆞ더니 이ᄌᆡ 아비와 ᄌᆞ식이 송ᄉᆞᄒᆞᆷ은 인뉸(人倫)의 변(變)이어ᄂᆞᆯ 엇지 노흐시뇨.”

염위(冉有)[58] 그 말ᄉᆞᆷ을 공ᄌᆞ(孔子)ᄭᅴ 엿ᄌᆞ온대 공ᄌᆡ(孔子) 위연탄왈(喟然嘆曰)

“웃사ᄅᆞᆷ이 몬져 ᄇᆡᆨ셩(百姓)을 ᄀᆞᄅᆞ치는 도리(道理)ᄅᆞᆯ 일코 아래사ᄅᆞᆷ을 죽

---

50) 은(殷)나라의 탕왕(湯王)을 가리킨다.
51) 하(夏)나라의 마지막 군주인 폭군 걸(桀)의 신하.
52) 미상. 『순자』에는 반지(潘止)로 표기되고 『공자가어』에는 반정으로 표기된다.
53) 미상.
54) 중국 춘추 시대 정(鄭)나라의 정치가. 성은 희(姬), 씨는 국(國), 이름은 교(僑)이며 ‘자산’은 자이다.
55) 미상. 『순자』 『설원』 등에서는 사부(史付)라고 표기된다.
56) 노라의 정권을 잡아 국가를 운영 세 집안인 삼환(三桓) 중의 하나.
57) 중국 주(周)나라 때에, 형법과 법금(法禁)을 맡아보던 벼슬 이름.
58) 중국 춘추시대 노나라의 정치가이다. 자(字)는 자유(子有)이다.

이면 나라 다ᄉᆞ리ᄂᆞᆫ 되(道) 아니오 효(孝)로 ᄇᆡᆨ셩(百姓)을 ᄀᆞᄅᆞ치지 아니코 그 숑ᄉᆞ(訟事)ᄅᆞᆯ 다ᄉᆞ림은 이ᄂᆞᆫ 죄(罪) 업ᄉᆞ 니ᄅᆞᆯ 죽이미니 ᄇᆡᆨ셩(百姓)의 죄(罪) 아니라.”

ᄒᆞ시더라.

공ᄌᆡ 일죽 한가히 계시거ᄂᆞᆯ 졔ᄌᆞ 증ᄉᆞᆷ(曾參)이 뫼셧더니ᄌᆡ ᄀᆞᆯ오샤ᄃᆡ

“ᄉᆞᆷ(參)아. 이제 군ᄌᆡ 다만 ᄉᆞᄐᆡ우(士大夫)의 말이 졍다온 말이 업ᄂᆞᆫ디라. 내 너ᄃᆞ려 왕천하(王天下)ᄒᆞ고 도ᄅᆞᆯ 니ᄅᆞ리니 그 문의 나지 아냐 텬하ᄅᆞᆯ 화(化) 케 할진뎌.”

증ᄉᆞᆷ(曾參)이 돗긔ᄂᆞ려 ᄃᆡ왈

“감히 뭇ᄌᆞᆸᄂᆞ이다. 엇디 니ᄅᆞ시미 잇고?”

공ᄌᆡ 응(應)치 아니신대 증ᄌᆡ 슉연히 두려 추익여야(趨翼如也)ᄒᆞ야 뫼셧더니 ᄌᆡ 이ᄋᆞᆨ고 도라 닐러 ᄀᆞᆯ오샤ᄃᆡ

“네 가히 도라가 왕ᄃᆞ려 니ᄅᆞ라. 도ᄂᆞᆫ ᄡᅧ 덕을 ᄇᆞᆰ히ᄂᆞᆫ 배오 덕은 ᄡᅧ 도ᄅᆞᆯ ᄇᆞᆰ히ᄂᆞᆫ 배라. 이러므로 덕이 아니면 도ᄅᆞᆯ 놉히디 못ᄒᆞ고 되 아니면 덕을 ᄇᆞᆰ히디 못ᄒᆞᄂᆞ니 네 ᄇᆞᆯ근 님군이 안ᄒᆞ로 일곱가지 ᄀᆞᄅᆞ치믈 닥고 밧그로 셰 지극ᄒᆞᆫ 니ᄅᆞᆯ ᄒᆡᆼᄒᆞ면 ᄌᆡ물을 허비치 아냐 닐온 ᄇᆞᆯ근 님군의 되(道)니라.”

증ᄌᆡ 왈

“원컨대 ᄌᆞ시 듯ᄌᆞ와지이다.”

ᄌᆡ 왈

“네 졔슌(帝舜)이 우(禹)와 고요(皐陶)ᄅᆞᆯ 좌우의 두샤 쳔하ᄅᆞᆯ 다ᄉᆞ리시니 정ᄉᆡ 맛ᄀᆞᆺ지 못ᄒᆞᆷ은 님군의 환이오, 녕(令)이 ᄒᆡᆼ치 못ᄒᆞᆷ은 신하의 죄라. 웃사ᄅᆞᆷ이 늙오니ᄅᆞᆯ 공경ᄒᆞ면 아래사ᄅᆞᆷ이 더옥 효도ᄒᆞ고 웃사ᄅᆞᆷ이 나 만ᄒᆞᆫ 니ᄅᆞᆯ 존ᄃᆡᄒᆞ면 아래사ᄅᆞᆷ이 더옥 공슌(恭順)ᄒᆞ고 웃사ᄅᆞᆷ이 두로 베퍼 사롬 구뎨ᄒᆞ기ᄅᆞᆯ 즐겨ᄒᆞ면 아래 사ᄅᆞᆷ이 더옥 어그럽고[59] 웃사ᄅᆞᆷ이 탐(貪)ᄒᆞᄂᆞ 니ᄅᆞᆯ 슬희여 ᄒᆞ면 아래사ᄅᆞᆷ이 ᄃᆞ토기ᄅᆞᆯ 븟그리고 웃사람이 어디니ᄅᆞᆯ 친(親)히 ᄒᆞ면 아래사ᄅᆞᆷ이 어디니ᄅᆞᆯ 숨기지 아니코 웃사ᄅᆞᆷ이 쳥념(淸廉)ᄒᆞ면 아래사ᄅᆞᆷ이 절(節)을 닥희려니 이ᄂᆞᆫ ᄇᆡᆨ셩(百姓) 다ᄉᆞ리ᄂᆞᆫ 근본(根本)이라. 이ᄅᆞᆯ 닷그면 쳔해(天下) 형벌(刑罰) ᄒᆞᆯ ᄇᆡᆨ셩(百姓)이 업고 웃사ᄅᆞᆷ이 아래사ᄅᆞᆷ 친(親)히 ᄒᆞ기ᄅᆞᆯ 슈죡복심(手足腹心)[60]갓치 ᄒᆞ고 아래사ᄅᆞᆷ이 웃사ᄅᆞᆷ 우럴기ᄅᆞᆯ ᄌᆞ식이 부모ᄀᆞᆺ치 ᄒᆞᆯ디라. 샹히(上下) 서로 친(親)키 이ᄀᆞᆺᄐᆞ면 녕(令)이 ᄒᆡᆼ(行)ᄒᆞ고 ᄇᆡᆨ셩(百姓)이 항복(降服)ᄒᆞ고 먼ᄃᆡ 사ᄅᆞᆷ이 와 븟조ᄎᆞ리라.[61]"

ᄒᆞ시더라.

공ᄌᆡ 노ᄋᆡ공(魯哀公) 안자 계시더니 ᄋᆡ공왈

"사ᄅᆞᆷ의 되(道) 무어시 크니 잇고?"

ᄌᆡ ᄃᆡ왈

"사ᄅᆞᆷ의 도(道)ᄂᆞᆫ 뎡대(正大)ᄒᆞ미 크니 부뷔(夫婦) ᄀᆞᆯ희오미 이시면[62] ᄂᆞᆼ히 서로 친(親)ᄒᆞ며 군신(君臣)이 서로 밋브면 온갓 ᄇᆡᆨ물(百物)이 조차 뎡(正)ᄒᆞ리이다."

ᄋᆡ공왈

"그 도(道)ᄅᆞᆯ 드러지이다."

ᄌᆡ 왈

"네 님군이 졍ᄉᆞ(政事)ᄅᆞᆯ ᄒᆞ매 사ᄅᆞᆷ 사랑키ᄅᆞᆯ 큰 거ᄉᆞᆯ 삼고 사ᄅᆞᆷ 사랑ᄒᆞᆷ은 녜(禮)로 ᄒᆞ고 녜(禮)ᄅᆞᆯ 다ᄉᆞ림은 ᄲᅧ 공경(恭敬)ᄒᆞᆷ을 큰 거ᄉᆞᆯ 삼ᄂᆞ니 그듕

59) '너그럽고'의 오기.
60) 상대방을 내 손과 발처럼 여기면, 상대방은 나를 배나 심장처럼 소중히 여긴다는 뜻.
61) 붙좇다. 존경하거나 섬겨 따르다.
62) 가정윤리의 실천덕목인 오륜의 하나로 남편과 아내 사이에는 서로 침범하지 못할 인륜의 분별이 있어야 한다는 뜻이다.

의 혼인(婚姻)ᄒᆞᄂᆞᆫ 녜(禮) 더옥 큰디라. 관ᄃᆡ(寬待)ᄒᆞ고 친영(親迎)홈은 지극히 공경(恭敬)홈이라. ᄉᆞ랑홈과 공경(恭敬)홈이 그 졍ᄉᆞ(政事)의 근본(根本)이니이다."

ᄋᆡ공(哀公)왈

"관ᄃᆡ(寬待)하고 친영(親迎)[63]홈이 너모 듕치(重) 아니리잇가?"

ᄌᆞ왈

"두 셩(姓)이 서로 만나 ᄡᅥ 텬하(天下) 종묘와 샤직(社稷)[64]을 밧드러 쥬(主) 되ᄂᆞ니 엇지 듕타 ᄒᆞᄂᆞ니잇가[65]? 텬디(天地) 합(合)디 아니면 만물(萬物)이 나지 아닛ᄂᆞ니 이 고[66] 혼녜(婚禮)ᄂᆞᆫ 만셰(萬歲)ᄅᆞᆯ 니ᄅᆞ미라. 삼ᄃᆡ(三代)[67]적 님군이 ᄇᆞᆰ으 니ᄂᆞᆫ 반ᄃᆞ시 쳐ᄌᆞ(妻子)ᄅᆞᆯ 공경(恭敬)ᄒᆞᄂᆞ니 되(道) 잇ᄂᆞᆫ디라. 쳐ᄌᆞᄂᆞᆫ 친홈이 읏듬이오 ᄌᆞ식(子息)은 잇ᄂᆞᆫ 거시니 가히 공경치 아니리잇가. 이러므로 혼인으로ᄡᅥ 만셰예 듕ᄒᆞᆫ 녜ᄅᆞᆯ 삼ᄂᆞ니이다."

ᄌᆞ뢰(子路)[68] 공ᄌᆞᄭᅴ 뵈오와 ᄀᆞᆯ오ᄃᆡ

"짐이 무겁고 먼니 가면 ᄯᅡ흘 ᄀᆞᆯ희여 쉬지 못ᄒᆞ고 집이 간난(家難)ᄒᆞ야 어버이 늙으면 녹(祿)을 ᄀᆞᆯ희여 벼술을 못ᄒᆞᄂᆞ니 녜 내 두 어버이 섬길 ᄯᅢ예 샹해 ᄂᆞ물만 먹고 부모ᄅᆞᆯ 위ᄒᆞ야 ᄡᆞᆯ을 ᄇᆡᆨ 니 밧긔 져 왓더니 부뫼 죽으신 후 남으로 초(楚)의 벼술ᄒᆞ여 거ᄂᆞ린 수러 ᄇᆡᆨ승(百乘)이오 곡식을 만죵(萬鍾)을 ᄡᅡ코 자리ᄅᆞᆯ 여러 벌 ᄭᆞᆯ고 음식을 여러 솟치 ᄒᆞ야 먹으니 이제

63) 신랑이 신부 집에 가서 신부를 직접 맞는 의식(儀式).
64) 토지신(土地神)과 곡식신(穀食神). 임금이 사직단(社稷壇)을 쌓고 국가의 안녕을 위해 제사를 지냈다.
65) 원문의 '잇가'에 붉은 먹을 찍어 지웠다.
66) 원문의 '고'에 붉은 먹을 찍어 지웠다.
67) 중국 상고시대 하(夏), 은(殷), 주(周) 세 왕조..
68) 공자의 제자. 중국 춘추시대 변(卞)나라 사람으로 성은 仲(중) 이름은 由(유)이다. 공자의 제가 가운데 공자를 제일 잘 섬겼다고 하며, 정치 방면에 뛰어났고 효성(孝誠)으로 유명했다.

비록 ᄂᆞ물을 먹고 부모ᄅᆞᆯ 위ᄒᆞ야 ᄡᆞᆯ을 지고져 ᄒᆞ나 가히 어드리잇가?"

ᄌᆡ 왈

"ᄌᆞ공의 어버이 섬기미 가히 지극(至極)다."

ᄒᆞ시더라.

초쇼왕(楚昭王)이 강을 건널 ᄉᆡ 물 가온대 불근 큰 둥그러ᄒᆞᆫ 거시 이셔 뎜뎜 ᄇᆡ예 다닷거ᄂᆞᆯ ᄇᆡ사ᄅᆞᆷ이 가져 왕긔 드린대 왕이 고이히 넉여 사ᄅᆞᆷ으로 ᄒᆞ여곰 공ᄌᆞ긔 믓ᄌᆞ온대 ᄌᆡ 왈

"마람 열매[69]라. 가(可)히 째쳐 먹으면 길(吉)ᄒᆞᆫ 샹서(祥瑞)라. 오직 졔후(諸侯)의 읏듬 될 쟈야 가히 엇ᄂᆞ니라."

왕이 째쳐 먹고 크게 아ᄅᆞᆷ다이 넉이더라.

노ᄋᆡ공(魯哀公)이 공ᄌᆞ긔 엿ᄌᆞ와 ᄀᆞᆯ오ᄃᆡ

"큰 녜(禮) 엇더ᄒᆞ니잇고?"

ᄌᆡ ᄀᆞᆯ오샤ᄃᆡ

"녜 아니면 ᄡᅥ 군신(君臣)과 샹하쟝유(上下長幼)ᄅᆞᆯ ᄎᆞ례(次例)로 분변(分辨)치 못ᄒᆞ고 녜 아니면 부ᄌᆞ(父子) 형뎨(兄弟) 결레 ᄉᆞ이 친소(親疎)ᄅᆞᆯ 출히지 못ᄒᆞᄂᆞ니, 이런 고로 군ᄌᆡ 그 녜ᄅᆞᆯ 슝샹(崇尙)ᄒᆞ야 그 ᄇᆡᆨ셩을 ᄀᆞᄅᆞ쳐 슌(順)케 ᄒᆞᄂᆞ니, 녜의 근본(根本)은 음식의 비롯ᄂᆞ니, 태고적(太古的) 시절(時節)의 비록 님군이라도 집이 업서 겨ᄋᆞ리면 굴을 파 들고 녀ᄅᆞᆷ이면 나모 우ᄒᆡ 이셔 초목 열매ᄅᆞᆯ 먹고 새 즘ᄉᆡᆼ의 고기와 피ᄅᆞᆯ 먹고 의복이 업서 가족을 닙더니, 그 후의 셩인(聖人)이 나신 후 불 내여 쇠ᄅᆞᆯ 닉여 그ᄅᆞᆺ슬 ᄆᆡᆼ글고 ᄒᆞᆰ을 구어 사긔ᄅᆞᆯ ᄆᆡᆼ그라 음식을 담아 먹으며 남글 버혀 궁실을 지어 거쳐(居處)ᄒᆞ며 술을 ᄆᆡᆼ그라 먹으며 실과 삼을 다ᄉᆞ려 뵈와 깁을 ᄆᆡᆼ그라 의

69) 평실(萍實). 수초의 열매라고 전해지는 상상속 과실이다.

복을 지어 닙고 부모를 효양(孝養)ᄒᆞ며 군신을 뎡(正)ᄒᆞ며 부ᄌᆞ 친(親)ᄒᆞ며 형뎨화목(兄弟和睦)ᄒᆞ며 쟝유(長幼) ᄎᆞ례(次例) 이시며 부뷔(夫婦) ᄀᆞᆯᄒᆡ오미 잇ᄂᆞ니이다."

ᄌᆞ 왈

"사ᄅᆞᆷ이 다ᄉᆞᆺ 가지 이시니 용상(庸常)ᄒᆞᆫ 사ᄅᆞᆷ도 잇고 션비의 사ᄅᆞᆷ도 잇고 군ᄌᆞ(君子)도 잇고 현인(賢人)도 잇고 셩인(聖人)도 잇ᄂᆞ니 이 다ᄉᆞᆺ가지를 아라 ᄡᅳ시면 다ᄉᆞ리ᄂᆞᆫ듸 극진(極盡)ᄒᆞ시리이다."

공 왈

"엇지 닐온 용상(庸常)ᄒᆞᆫ 사ᄅᆞᆷ이니잇고?"

ᄌᆞ 왈

"용상(庸常)ᄒᆞᆫ 사ᄅᆞᆷ은 나죵내 삼가지 아냐 입의 법(法)다온 말을 ᄒᆞ지 아니코 어딘 일과 그 몸을 뎡(定)치 못ᄒᆞ여 젹은 거슬 보고 큰 일의 어두어 힘ᄡᅳᆯ 바를 아지 못ᄒᆞᄂᆞ니 이 용상(庸常)ᄒᆞᆫ 사ᄅᆞᆷ이니이다."

"엇디 닐온 션비의 사ᄅᆞᆷ이니 잇고?"

ᄌᆞ 왈

"닐온 바 션비ᄂᆞᆫ ᄆᆞᄋᆞᆷ이 졍(正)ᄒᆞ고 ᄃᆡ휜배 이셔 비록 능히 도(道)의 근본(根本)을 다ᄒᆞ지 못ᄒᆞ나 반ᄃᆞ시 쳐(處)ᄒᆞ미 이셔 부귀빈(富貴貧)이 족히 움죽이지 못ᄒᆞᄂᆞ니 이ᄂᆞᆫ 션비의 사ᄅᆞᆷ이니이다."

공 왈

"엇지 닐운 군ᄌᆞ(君子)니잇고?"

ᄌᆞ 왈

"ᄌᆞᄂᆞᆫ[70] 군ᄌᆞ(君子)ᄂᆞᆫ 말솜이 튱셩(忠誠)되고 믿버 인의(仁義)옛 ᄆᆞᄋᆞᆷ이 이

---

70) 원문에 '자ᄂᆞᆫ'을 붉은 점을 찍어 삭제했다.

셔 쟈랑ᄒᆞᄂᆞᆫ 빗치 업ᄉᆞ며 ᄉᆞ려(思慮)ᄒᆞᄂᆞᆫ 일이 ᄎᆞᆼ(聰)ᄒᆞ고 ᄇᆞᆰ아 말ᄉᆞᆷ만 슝상(崇尙)치 아니며 ᄒᆡᆼ실(行實)이 도탑고 힘뻐 게을니 아니ᄒᆞᄂᆞ니 이 군ᄌᆞ(君子)ᄂᆞᆫ 사ᄅᆞᆷ이니이다."

공 왈

"엇지 닐운 현인(賢人)이니 잇고?"

ᄌᆡ 왈

"닐온 바 현인(賢人)은 덕(德)을 의지(意志)ᄒᆞ여 ᄒᆡᆼ실(行實)이 넘나지 아니ᄒᆞ며 ᄒᆡᆼ(行)ᄒᆞ매 법도(法道)의 맛ᄀᆞᄌᆞ며 말ᄉᆞᆷ이 ᄌᆞᆨ히 텬하(天下) 법(法)이 되여 몸을 상(傷)치 아니ᄒᆞ며 되(道) ᄌᆞᆨ(足)히 ᄇᆡᆨ셩(百姓)을 화(化)케 ᄒᆞ여 가음여러도 빠하둔 ᄌᆡ물(財物)이 업ᄉᆞ며 흐터 주어 텬하(天下)의 간난(艱難)ᄒᆞ 니ᄅᆞᆯ 구뎨(救濟)ᄒᆞᄂᆞ니 이ᄂᆞᆫ 현인(賢人)이니이다."

공 왈

"엇지 닐온 셩인(聖人)이니잇고?"

ᄌᆡ 왈

"닐온 바 셩인(聖人)은 덕(德)이 텬디(天地)와 ᄀᆞᆺ고 변통(變通)ᄒᆞ여 막히미 업ᄉᆞ며 만ᄉᆞ(萬事)의 죵시(終始)를 궁구(窮究)ᄒᆞ여 온갖 만물(萬物)의 ᄌᆞ연(自然)ᄒᆞᆫ 거슬 화합(和合)게 ᄒᆞ며 ᄇᆞᆰ기 일월(日月) ᄀᆞᆺ고 화(和)ᄒᆞ미 귀신(鬼神)ᄀᆞᆺᄒᆞ여 ᄇᆡᆨ셩(百姓)이 그 덕(德)을 아ᄂᆞ니 이ᄂᆞᆫ 셩인(聖人)이니이다."

공 왈

"션(善)타! 이 말ᄉᆞᆷ이여! 부ᄌᆞ(夫子)의 니ᄅᆞ시미 아니면 과인(寡人)이 엇지 이를 알니잇고? 비록 그러ᄒᆞ나 과인(寡人)이 일ᄌᆞᆨ 슬프며 근심ᄒᆞ며 슈고(受苦)로오며 두려오며 위(危)ᄒᆞ믈 아디 못ᄒᆞᄂᆞ니 저허ᄒᆞ건대 니ᄅᆞ신 다ᄉᆞᆺ 가지를 ᄒᆡᆼ(行)치 못 ᄒᆞᆯ가 ᄒᆞᄂᆞ이다. 부ᄌᆞ(夫子)의 말ᄉᆞᆷ 곳 아니면 과인(寡人)의 ᄆᆞᄋᆞᆷ을 여러 내디 못 ᄒᆞ리니 쳥(請)컨대 부ᄌᆞ(夫子)ᄂᆞᆫ 니ᄅᆞ쇼셔."

직 왈

"군(君)이 태묘(太廟)[71]의 드러가샤 우러러 최각(榱桷)[72]을 보며 굽흐려 궤연(几筵)[73]을 술피샤 그 그르시 이시딕 부모(父母) 조상(祖上)을 보지 못 ᄒᆞᄂᆞ니 군(君)이 일노쎠 술푸믈 싱각ᄒᆞ면 술푸믈 가(可)히 알니이다. 군(君)이 새배 니러나 반ᄃᆞ시 의관(衣冠)을 졍(正)히 ᄒᆞ고 텽명(淸明)의 됴회(朝會)를 님(臨)하샤 그 위란(危亂)을 넘녀(念慮)ᄒᆞ시고 ᄒᆞᆫ 인[74]이나 그 니롤 닐흐면 난망(亂亡)이 비롯ᄂᆞ니 군(君)이 일노 쎠 근심을 싱각ᄒᆞ면 근심흘 바롤 알니이다. 날이 나거든 졍ᄉᆞ(政事)롤 드러 나죤ᄒᆞ매 니르러 읍양(揖讓)하야 그 위(威)롤 삼가ᄂᆞ니 군(君)이 이에 슈고로오믈 싱각ᄒᆞ면 그 슈고로우믈 알니이다. 먼니 기리 싱각하여 ᄉᆞ문(四門)을 나 두루 ᄇᆞ라매 나라 망(亡)ᄒᆞᆫ 녜터 흘보매 ᄌᆞ연(自然)이 두리오미 잇ᄂᆞ니 군(君)이 이롤 싱각ᄒᆞ면 두리오믈 가히 알니이다. 님군은 비(譬)컨대 빈 ᄀᆞᆺ고 ᄇᆡᆨ셩은 물 ᄀᆞᆺᄒᆞ니 물은 빈롤 싯ᄂᆞᆫ 거시오 ᄇᆡᆨ셩은 님군을 뫼신 거시라. 물이 험(險)ᄒᆞ면 빈 업치고 ᄇᆡᆨ셩이 반(叛)ᄒᆞ면 님군이 망(亡)ᄒᆞᄂᆞ니 군이 이롤 싱각ᄒᆞ면 위틱(危殆)ᄒᆞ믈 가히 알니이다. 이 다ᄉᆞᆺ 가디롤 ᄇᆞᆰ히샤 ᄯᅳᆺ즐 졍ᄉᆞ(政事)의 두시면 나라히 다ᄉᆞ라 일흘 배 업ᄉᆞ리이다."

노(魯)의공(哀公)이 ᄯᅩ 뭇ᄌᆞ와 ᄀᆞᆯ오딕

"뎨슌(帝舜)이 무슨 관(冠)을 ᄡᅳ시니잇고."

딕왈(對曰)

"군이 큰 거슬 뭇디 아니ᄒᆞ시ᄂᆞ이다."

공(孔) 왈(曰),

71) 임금의 위패를 모신 사당. 신주단지를 모신 곳이다.
72) 서까래.
73) 혼백이나 신위를 모신 자리와 그에 딸린 물건들.
74) 문맥상 '일'의 오기이다.

"큰 거ᄉᆞᆫ 무어시니잇고."

ᄌᆡ(子) 왈(曰),

"슌(舜)이 님군이 되샤 그 정ᄉᆞ(政事)ᄅᆞᆯ ᄒᆞ매 사ᄅᆞᆷ 살오믈 됴히 넉이시고 죽이믈 슬ᄒᆡ여 ᄒᆞᄂᆞ니 그 사ᄅᆞᆷ을 ᄡᅳ매 현인(賢人)을 ᄡᅳ고 악인(惡人)을 믈니쳐 덕(德)이 텬디(天地) ᄀᆞᆺᄒᆞ며 화(和)ᄒᆞ미 ᄉᆞ시(四時) ᄀᆞᄐᆞᆫ지라. 일노 ᄡᅥ ᄉᆞᄒᆡ(四海) 지방(地方)을 니어 이적(夷狄)의 ᄂᆔ(類) 다 슌(舜)의 덕(德)을 우러러 봉(鳳)이 ᄃᆞᆫ니며 닌(麟)이 니ᄅᆞ러 새 즘싱이 다 그 덕의 길드리ᄂᆞ니 이ᄂᆞᆫ 다ᄅᆞᆫ 연괴(緣故) 아니라. 사ᄅᆞᆷ 살옴을 죠히 넉이시ᄂᆞᆫ 연괴니이다."

초쇼왕(楚昭王)이 사ᄅᆞᆷ 브려 공ᄌᆞ(孔子)ᄅᆞᆯ 쳥(請)ᄒᆞ신대 공ᄌᆡ(孔子) ᄒᆡᆼ(行)ᄒᆞ샤 길히 진채(陳蔡)ᄅᆞᆯ 지나시더니 진채(陳蔡) 사ᄅᆞᆷ이 서로 의논(議論)ᄒᆞ여 ᄀᆞᆯ오ᄃᆡ

"공ᄌᆞ(孔子)ᄂᆞᆫ 셩인(聖人)이라. 그 ᄒᆞ시ᄂᆞᆫ 일이 다 뎨후(諸侯)의 웃듬이 되ᄂᆞ니 만일(萬一) 초(楚)의 ᄡᅳ이면 진채(陳蔡) 위ᄐᆡᄒᆞ리라."

ᄒᆞ고 병(兵)을 닐위혀 공ᄌᆞ(孔子)ᄅᆞᆯ 막아 이에 ᄒᆡᆼ(行)치 못ᄒᆞ시게 ᄒᆞ니 냥식(糧食) ᄭᅳᆫ허젼 지 칠일(七日)이라. 밧그로 통(通)ᄒᆞᄂᆞᆫ 배 업서 ᄂᆞ물도 어더 먹디 못ᄒᆞ샤 뫼와 갓던 사ᄅᆞᆷ이 다 굴머 병(病)되거ᄂᆞᆯ 공ᄌᆡ(孔子) 더욱 강개(慷慨)ᄒᆞ샤 현가(弦歌)ᄒᆞ기ᄅᆞᆯ 그치지 아니시니 저ᄒᆡ 스ᄉᆞ로 두리고 붓그려 병(兵)을 프러 믈너가다.

복ᄌᆞᄒᆡ(卜子夏)[75] 황뎨 헌원시(黃帝軒轅氏)[76]ᄅᆞᆯ 믓ᄌᆞ온대 ᄌᆡ왈(子曰)

"황뎨(黃帝) 나시며 신긔(神奇)ᄅᆞᆸ고 녕(靈)ᄒᆞ샤 어려셔 능히 말ᄒᆞ고 ᄌᆞ라매 총명(聰明)ᄒᆞ여 오ᄒᆡᆼ(五行) 긔운을 다ᄉᆞ리고 만민(萬民)을 뎡(定)ᄒᆞ시고 ᄉᆞ

75) 재아(宰我)의 오기. 『공자가어』에 의하면 재아(宰我)와의 문답이다.

76) 중국의 신화에 등장하는 제왕(帝王). 삼황(三皇)에 이어 중국을 다스린 오제(五帝) 중 첫 번째 왕이다.

방(四方)을 다ᄉᆞ리시며 쇠게 짐 싯고 물을 ᄐᆞ며 온갖 즘싱을 길드리샤 염뎨(炎帝)[77]로 더브러 판축[78] 들희가 빠화 이긔샤 님군이 되야 ᄇᆡᆨ셩(百姓)을 다ᄉᆞ려 텬지상하(天地上下)ᄅᆞᆯ 슌(順)히 ᄒᆞ시고 귀신(鬼神)과 녜악(禮樂)을 알게 ᄒᆞ시며 ᄉᆞᄉᆡᆼ존망(死生存亡)을 알게 ᄒᆞ시고 ᄇᆡᆨ곡(百穀)을 심으며 ᄇᆡᆨ초(百草)ᄅᆞᆯ 맛보와 의약(醫藥)을 ᄆᆡᆼ그라 내시니 어질미 곤츙(昆蟲)ᄀᆞ지 미ᄎᆞ시고 일월(日月)과 셩신(星辰)을 샹고(詳考)ᄒᆞ시고 이목(耳目)과 심녀(心慮)ᄅᆞᆯ 슈고로이ᄒᆞ샤 ᄇᆡᆨ셩을 살와내시니라."

ᄌᆞ해(子夏) ᄯᅩ 뎨곡(帝嚳)[79]을 뭇ᄌᆞ온대 ᄌᆡ 왈

"고양시(高陽氏)ᄂᆞᆫ 깁히 슬거오샤 그운과 셩을 다ᄉᆞ려 ᄇᆡᆨ셩을 ᄀᆞᄅᆞ쳐 ᄌᆡ계ᄒᆞ야 뎨ᄉᆞᄒᆞ며 ᄉᆞ희예 슌힝ᄒᆞ여 ᄇᆡᆨ셩을 편히 ᄒᆞ샤 일월이 비최ᄂᆞᆫ 바의 빈복지 아니리 업ᄂᆞ니라."

ᄯᅩ 뎨곡(帝嚳)을 뭇ᄌᆞ온대 ᄌᆡ 왈

"뎨곡 고시(高辛氏)ᄂᆞᆫ 나며 신긔롭고 긔특(奇特)ᄒᆞ샤 스ᄉᆞ로 일홈을 니ᄅᆞ고 너비 ᄇᆡᆨ셩을 구뎨(救濟)ᄒᆞ샤 그 몸을 니(利)케 아니샤 총(聰)ᄒᆞ시미 먼ᄃᆡᄅᆞᆯ 알고 ᄇᆞᆰ으시미 미(微)ᄒᆞᆫ 거ᄉᆞᆯ ᄉᆞᆯ피샤 어지ᄅᆞ시ᄃᆡ 위엄(威嚴)이 잇고 인혜(仁惠)ᄒᆞ시ᄃᆡ 밋버 쳔디의 의(義)ᄅᆞᆯ 슌(順)ᄒᆞ샤 ᄇᆡᆨ셩의 급ᄒᆞᆫ 바ᄅᆞᆯ 알며 몸을 닷그매 쳔해 항복(降伏)ᄒᆞ여 만민을 ᄀᆞᄅᆞ시고 그 ᄂᆞᆾ비치 화(和)ᄒᆞ며 그 덕이 듕(重)ᄒᆞ여 일월이 비최ᄂᆞᆫ 바의 덕화(德化)ᄅᆞᆯ 좃디 아니 리 업ᄂᆞ니라."

ᄯᅩ 뎨요(帝嚳)ᄅᆞᆯ 뭇ᄌᆞ온ᄃᆡ ᄌᆡ 왈

"뎨요(帝堯)ᄂᆞᆫ 어딜기 하ᄂᆞᆯᄀᆞᆺ고 슬겁기 귀신ᄀᆞᆺᄒᆞ여 가음열기 텬하ᄅᆞᆯ 두시ᄃᆡ 교만티 아니시고 귀ᄒᆞ미 텬ᄌᆞ 되시ᄃᆡ ᄯᅳᆺ을 ᄂᆞᆽ게 가지샤 비이[80]ᄅᆞᆯ

---

77) 중국 신화 중에 불을 관장하는 농업과 의술의 신(神). 불의 책임자인 축융(祝融), 물의 신 공공(共工)과 땅의 신 후토(后土)가 모두 염제(炎帝)의 자손이다.

78) '판천'의 오기. 문헌에 따라 판천(阪泉) 혹은 번천(番泉)으로 표기된다.

79) 전욱(顓頊)의 오기.

녜(禮)ᄅᆞᆯ 맛지시고 기룡(夔龍)으로 풍뉴(風流)ᄅᆞᆯ 맛지샤 ᄉᆞ흉(四凶)을 내티시니 텬하 사ᄅᆞᆷ이 항복ᄒᆞ고 덕과 말ᄉᆞᆷ이 회곡(回曲)디 아냐 ᄉᆞᄒᆡ(四海) 만민(萬民)이 깃거 항복(降服)지 아니 리 업ᄂᆞ니라."

ᄯᅩ 뎨슌(帝舜)[81]을 뭇ᄌᆞ온대 ᄌᆞ 왈

"뎨슌(帝舜)이 효위(孝友) 텬하(天下)의 들네샤 질그ᄅᆞᆺ 굽고 고기 잡아 어버이ᄅᆞᆯ 효양(孝養)ᄒᆞ시며 ᄠᅳ디 어그럽고 너ᄅᆞ며 ᄇᆞᄃᆞ럽고 어디러 하ᄂᆞᆯ을 두려ᄒᆞ시며 ᄇᆡᆨ셩을 ᄉᆞ랑ᄒᆞ샤 먼ᄃᆡ 사ᄅᆞᆷ을 어엿비 넉이고 갓가오 니ᄅᆞᆯ 친히 ᄒᆞ샤 큰 명을 니어 바드시고 요(堯)의 두 ᄯᆞᆯ을 안해 삼으샤 쳔하(天下)의 님군 되샤 스물두 신하ᄅᆞᆯ 명ᄒᆞ여[82] 요(堯)의 ᄒᆞ시던 녜법(禮法)을 조ᄎᆞ샤 오년(五年)의 ᄒᆞᆫ번식 슌ᄒᆡᆼ(巡行)ᄒᆞ시니 셥ᄒᆡᆼ(攝行)ᄒᆞ션 지 오십년(五十年)[83]이오, ᄌᆡ위(在位) 오십년이라. 방악(方岳)의 오ᄅᆞ샤 창오(蒼梧)[84]의 가 죽으시니라."

ᄯᅩ 뎨우(帝禹)[85]ᄅᆞᆯ 뭇ᄌᆞ온대 ᄌᆞ 왈

"우(禹)ᄂᆞᆫ ᄌᆡ죄 ᄲᆞᄅᆞ샤 그 덕이 어그ᄅᆞᆺ디 아냐 그 어지ᄅᆞ시미 극진ᄒᆞ시고 그 말ᄉᆞᆷ이 밋버 소ᄅᆡ 법이 되시고 몸의 온갓 일을 힘ᄡᅳ샤 화(和)케 ᄒᆞ시며 그 공(功)이 ᄇᆡᆨ신(百神)의 웃듬이 되시고 은혜 ᄇᆡᆨ셩의 부뫼 되샤 ᄉᆞ시(四時)ᄅᆞᆯ 슌(順)히 ᄒᆞ시고 ᄉᆞᄒᆡ(四海)ᄅᆞᆯ 두샤 고요(皐陶)[86]와 ᄇᆡᆨ익(伯益)[87]을 맛

---

80) '백이(伯夷)'의 오기.

81) 중국 고대의 이상적 임금. 삼황오제(三皇五帝)의 한 사람이다. 성은 우(虞) 혹은 유우(有虞), 이름은 중화(重華)이다. 효행이 뛰어나 요(堯)임금으로부터 천하를 물려받았다.

82) 순임금은 22명의 탁월한 인재를 골라 가장 적합한 직책을 맡겼다.

83) '삼십년'의 오기.

84) 『사기』에는 순임금이 창오(蒼梧)에 도착했을 때 순임금은 갑자기 병이 나서 일어나지 못하고 그곳에서 죽었다고 하나 『맹자』 「이루장구하」에서는 순임금이 명조(鳴條)에서 죽었다고 하였다.

85) 중국 하(夏)왕조의 시조. 성은 사(姒)씨고, 이름은 문명(文命)이다. 『사기(史記)』 하본기(夏本記)에 따르면, 전욱(顓頊)의 손자이며, 곤(鯀)의 아들이다. 황하(黃河)의 물길을 잘 다스린 공으로 순(舜) 임금에게서 선양(禪讓)을 받아 제위(帝位)에 올랐다.

뎌 뻐 다ᄉᆞ리믈 돕고 뉵ᄉᆞ(六師)ᄅᆞᆯ 니ᄅᆞ혀 사오나오 니ᄅᆞᆯ 치시니 ᄉᆞ히 ᄇᆡᆨ셩이 항복디 아니 리 업ᄂᆞ니라.”

ᄋᆡ공(哀公)왈

“녜예 남ᄌᆞ 셜흔의 안해ᄅᆞᆯ 두고 녀ᄌᆞ 이십의 지아비ᄅᆞᆯ 두게 ᄒᆞ여시니 너모 늣디 아니릿가?”

ᄌᆞ 왈

“녜(禮)란 거ᄉᆞᆫ 그 극진(極盡)ᄒᆞᆫ 바ᄅᆞᆯ 니ᄅᆞ미오. 그 과케 아니니 남ᄌᆞ 이십의 가관(加冠)홈은 샤ᄅᆞᆷ의 어버이 되ᄂᆞᆫ 긋치오. 녀ᄌᆞ 십오의 가(嫁)홈을 허(許)홈은 그 사ᄅᆞᆷ의게 감족ᄒᆞᆫ 되(道) 이시미라. 그러므로 셩인이 ᄣᅢᄅᆞᆯ 인ᄒᆞ여 ᄇᆡ필(配匹)을 엇게 ᄒᆞ시니 겨울이 되거든 혼인ᄒᆞᄂᆞᆫ 녜ᄅᆞᆯ 비로소 홈은 녀ᄌᆞ의 공(功)이 일오미오. 어름이 프러지거든 혼인홈을 긋치믄 녀ᄅᆞᆷ지이[88] ᄒᆞ고 누에 칠 ᄣᅢ 다ᄃᆞᄅᆞ미라. 남ᄌᆞᄂᆞᆫ 하ᄂᆞᆯ 도ᄅᆞᆯ 맛다 만물을 기루ᄂᆞᆫ 쟈라. 그러므로 인뉸(人倫)을 아라 그 ᄀᆞᆯ희오ᄆᆞᆯ ᄇᆞᆰ히미오. 녀ᄌᆞᄂᆞᆫ 남ᄌᆞ의 ᄀᆞᄅᆞ치믈 슌(順)히 ᄒᆞ여 이러므로 혼자 맛다ᄒᆞᄂᆞᆫ 일이 업고 세 가지 좃ᄂᆞᆫ 일이 이시니 어려셔ᄂᆞᆫ 부모ᄅᆞᆯ 좃고 셔방 마자ᄂᆞᆫ 지아비ᄅᆞᆯ 좃고 지아비 죽어ᄂᆞᆫ 아ᄃᆞᆯ을 좃ᄂᆞ니 두 번 초례(醮禮)ᄒᆞᄂᆞᆫ 녜 업고 ᄒᆞᄂᆞᆫ 일이 듀식(酒食) 장만ᄒᆞ기의 이실 ᄯᆞᄅᆞᆷ이니 이ᄂᆞᆫ 셩인의 남녀의 ᄉᆞ이ᄅᆞᆯ 듕(重)케 ᄒᆞ시미오, 혼인의 비로소믈 듕히 ᄒᆞ미니이다.”

공ᄌᆞ 일니러 막ᄣᅢᄅᆞᆯ ᄭᅳ울고 문 알픠 두루 거ᄅᆞ시며 노래 불너 ᄀᆞᆯ오

86) 우임금의 훌륭한 신하. 구요(咎繇), 구요(咎陶), 혹은 고요(皐繇), 고도(皐陶)라 불리기도 하는데, 황제(黃帝)의 장남인 소호(少昊)의 후예이다. 전설에 따르면 구요는 해치(獬豸)라는 신성한 짐승을 이용하여 판결했다고 한다.

87) 우임금의 신하. 익(益), 백예(伯翳), 백예(柏翳)라고도 한다. 우(禹)임금 밑에서 치수를 도와 영(嬴)씨 성을 하사받았다. 우임금이 그를 선양(禪讓)할 사람으로 지목하자 우임금의 아들 계(啓)에게 양보하고 기산(箕山)의 남쪽에 숨어살았다.

88) 농사(農事).

샤ᄃᆡ

"태산(泰山)이 문허지고 들보 남기 브러지도다 착ᄒᆞᆫ 사ᄅᆞᆷ이 죽으리로다."

임의 노래 브ᄅᆞ시고 드러ᄀᆞ시거ᄂᆞᆯ ᄌᆞ공(子貢)이 듯고 ᄀᆞᆯ오ᄃᆡ

"태산이 문허지면 우리 엇디 의지(依支)ᄒᆞ며 들보히 문허디면 우리 그 어ᄃᆡ롤 우럴니오. 착ᄒᆞᆫ 사ᄅᆞᆷ이 죽으시면 우리 그 눌을 ᄇᆞ라리오. 부ᄌᆡ 쟝ᄎᆞᆺ 거의 병환(病患)이 계신가."

ᄒᆞ고 밧비 드러가니 부ᄌᆡ 차탄왈(嗟歎曰),

"ᄌᆞ공(子貢)아, 네 엇디 드러오기롤 더ᄃᆡᄒᆞᆫ다? 내 어제밤 ᄭᅮᆷ의 두 기동 ᄉᆞ이의 안자 놈의 제ᄒᆞᄂᆞᆫ 음식을 먹어보니 녜 은(殷)나라 사ᄅᆞᆷ이 죽으면 두 기동 ᄉᆞ이의 빙소(殯所)ᄒᆞ고 졔(祭)ᄒᆞᄂᆞ니 내 ᄯᅩᄒᆞᆫ 은나라 사ᄅᆞᆷ이라. 이제 텬하(天下)의 착ᄒᆞᆫ 님군이 업ᄉᆞ니 뉘 날을 웃듬 삼아 내 도롤 놉히리오. 내 쟝ᄎᆞᆺ 죽으리로다."

ᄒᆞ시고 드ᄃᆡ여 병이 듕(重)ᄒᆞ샤 닐에만의 죽으시니 향년(享年)이 칠십 이세(七十二歲)시라. 노나라 셩 북녁 ᄉᆞ슈(泗水)[89] 우희 영장(永葬)ᄒᆞ다. 모든 뎨ᄌᆡ(弟子) 삼년(三年)을 거상(居喪) 닙고 삼년 디낸 후 다 도라가ᄃᆡ 오ᄃᆡᆨ ᄌᆞ공이 분묘(墳墓) 겻ᄒᆡ 시묘(侍墓)[90]ᄒᆞ여 ᄯᅩ 삼년을 거상 닙으니라. 그 후의 공ᄌᆞ롤 잇디 못ᄒᆞ여 모든 뎨ᄌᆞ와 노나라 사ᄅᆞᆷ이 공ᄌᆞ 분묘 겻ᄒᆡ 집 짓고 살재 ᄇᆡᆨ 여 개(家)라. 인ᄒᆞ여 그 ᄆᆞ올 일홈을 공니(孔里)라 ᄒᆞ니라.

공ᄌᆡ 쳔하 대셩인(大聖人)으로 도덕(道德)이 ᄇᆡᆨ왕(百王)의 웃듬이 되시니. 비록 츈츄(春秋)적 어ᄌᆞ러온 ᄣᅢ의 나샤 도덕을 다 ᄒᆡᆼ(行)치 못ᄒᆞ고 죽으시나 만셰(萬世)예 사ᄅᆞᆷ으로 ᄒᆞ여곰 사ᄅᆞᆷ이 되게 ᄒᆞ시미 다 공ᄌᆞ의 덕이라.

---

89) 공자의 고향인 중국 산동성 곡부에 있는 강.

90) 부모께서 돌아가시면 부모의 무덤 옆에서 초막을 짓고 3년 동안 사는 일.

공ᄌᆡ(孔子) 도덕(道德)을 베프샤 오륜(五倫)[91]을 ᄀᆞᄅᆞ치시니 공ᄌᆡ(孔子) 아니면 엇디 님군이 되며 신해 되며 아비와 ᄌᆞ식(子息)이 되며 부뷔(夫婦) ᄀᆞᆯ희오미 업고 벗이 밋부미 업고 댱유(長幼) ᄎᆞ례(次例) 업ᄉᆞ리니 그러ᄒᆞ고 사ᄅᆞᆷ이 엇디 사ᄅᆞᆷ이 되리오. 이제 온갓 ᄒᆞᄂᆞᆫ 일과 녜문(禮文)의 올흔 일은 다 공ᄌᆞ(孔子)의 덕(德)이라. 그러므로 노ᄋᆡ공(魯哀公)이 즉시 공ᄌᆞ(孔子) 사ᄅᆞ시던 ᄃᆡ ᄉᆞ당(祠堂)을 셰우고[92] ᄇᆡᆨ셩(百姓) ᄇᆡᆨ호(百戶)ᄅᆞᆯ 주어 ᄃᆡᆨ희오니라.

그 후의 한고죄(漢高祖) 태뢰(太牢)로[93] 뎨(祭)ᄒᆞ시고 한광뮈(漢光武) 친히 궐ᄂᆡ(闕內)의 가대 ᄉᆞ공(司空)으로 ᄒᆞ여곰 공ᄌᆞ(孔子)긔 졔(祭)ᄒᆞ시고 한쟝졔(漢章帝) 공ᄌᆞ(孔子)와 칠십(七十) 졔ᄌᆞ(弟子)의게 뎨(祭)ᄒᆞ고 공시(孔氏) 남ᄌᆞ(男子) 늌십여 인(人)을 모도와 잔치ᄒᆞ여 술 먹이고 인ᄒᆞ여 공희(孔僖)[94]ᄃᆞ려 닐어 왈

"오늘 모드미 경등(卿等)의게 빗치 잇ᄂᆞ냐?"

ᄃᆡ왈

"신(臣)은 드ᄅᆞ니 명왕(明王)과 셩듀(聖主) 공ᄌᆞ(孔子)ᄅᆞᆯ 존(尊)케 ᄒᆞ며 도덕(道德)을 귀(貴)히 아니 넉이 리 업ᄉᆞᄃᆡ 이제 폐해(陛下) 친히 만승(萬乘)을 굴ᄒᆞ샤 욕되미 궐니(闕里)의 님ᄒᆞ시니 이ᄂᆞᆫ 례(禮)로 셩ᄉᆞ(聖師)ᄅᆞᆯ 슝상(崇尙)ᄒᆞ시고 비치 셩덕(聖德)의 더ᄒᆞ신지라. 신(臣)등의게 빗남과 영화(榮華)로오믈 감당티 못ᄒᆞ리로소이다."

뎨(帝) 쇼(笑)왈

---

91) 사람이 지켜야 할 다섯 가지 도리. 부자유친, 군신유의, 부부유별, 장유유서, 붕우유신을 이른다.

92) B.C. 478년 공자 서거 이듬해 세웠다. 처음에는 규모가 작았으나 한나라때 유교가 국교로 정해지자 이후 제왕들이 점차 규모를 확대했다.

93) 최고 등급의 제수. 소를 통째로 바쳤다. 혹은 소를 바치는 제사를 이른다.

94) 공자의 19대 자손.

"셩인(聖人)의 ᄌᆞ손(子孫) 아니면 엇디 말솜 ᄃᆡ답(對答)을 이리ᄒᆞ리오."

ᄒᆞ시더라.

당태종(唐太宗)이 공ᄌᆞ(孔子)로 션셩(先聖)을 삼고 안자(顔子)[95]로 ᄇᆡ향(配享)ᄒᆞ여 츈츄(春秋)의 셕뎐(釋奠)[96]ᄒᆞ고 당현종(唐玄宗)이 공ᄌᆞ(孔子)ᄅᆞᆯ 놉혀 문셩왕(文聖王)을 삼아 님군의 위(位)로 뫼시고 칠십이제(七十二弟)ᄅᆞᆯ ᄇᆡ향(配享)ᄒᆞ야 각 고을의 ᄒᆞᆨ(學)을 디어 ᄇᆡ향(配享)ᄒᆞ시니라.

ᄆᆡ년(每年)의 봄은 이월(二月) 샹정일(上丁日)[97]이오 ᄀᆞ을은 팔월(八月) 샹정일(上丁日)의 공ᄌᆞ(孔子)긔 졔(祭)ᄒᆞᄂᆞ니라.

뎨ᄌᆞ(弟子) 증ᄌᆞ(曾子)[98]의 일홈은 ᄉᆞᆷ(參)이니 둉셩공(宗聖公)이라 ᄒᆞ고, 공ᄌᆞ(孔子) 손ᄌᆞ ᄌᆞᄉᆞ(子思)[99]의 일홈은 급(伋)이니 슐셩공(述聖公)이라 ᄒᆞ고, ᄆᆡᆼᄌᆞ(孟子)[100]의 일홈은 가(軻)니 아셩공(亞聖公)이라 ᄒᆞ여, 텬하(天下) 고을마다 ᄇᆡ향(配享)[101]ᄒᆞ여 졔ᄉᆞ(祭祀)ᄒᆞ니 이제 션ᄇᆡ의 일이 다 공ᄌᆞ(孔子)의 ᄀᆞᄅᆞ치신 일이라.

안ᄌᆞ(顔子)의 명(名)은 회(回)오. ᄌᆞ(字)ᄂᆞᆫ ᄌᆞ연(子淵)이니 놋(魯)나라 사람이라. 황뎨(黃帝) 헌원시(軒轅氏)의 ᄌᆞ손(子孫)이니 츈츄(春秋) 적의 니ᄅᆞ러 슈무공(郰武公)의 ᄌᆞ(字)ᄂᆞᆫ ᄇᆡ안(伯顔)이니 노(魯)나라 부용국(附庸國)이 되야 졔국(齊國)의 공(功)이 이시니 졔위공(齊威公)[102]이 명(命)ᄒᆞ야 쇼슈자(小郰子)[103]ᄅᆞᆯ 삼

---

95) 공자의 수제자. 자는 자연(子淵)으로 학덕이 뛰어났으나 일찍 죽었다.

96) 음력 2월과 8월의 상정일(上丁日)에 문묘나 학교에서 지내는 제사.

97) 음력으로 매월 첫 번째 정(丁)의 날. 정(丁)은 천간(天干)의 넷째에 해당한다.

98) 공자의 제자. 이름은 삼(參)이다. 춘추시대 노(魯)나라 사람으로 증점(曾點)의 아들이며 공자의 만년(晩年) 제자(弟子)로 공자보다 46세 연하(年下)다. 자(字)는 자여(子輿), 존칭하여 증자(曾子)라고 일컫는다. 『대학』과 『효경』을 지었다고 전해진다.

99) 공자의 손자(孫子). 이름은 급(伋)이다. 자사(子思)는 그의 자(字)이며 증자(曾子)에게 학문을 배우고 『중용』을 지었다고 전한다.

100) 본명은 맹가(孟軻). 자사(子思)의 학통을 계승(繼承)한 학자료 자는 자여(子輿)이다.

101) 사당에 신주(神主)를 모시는 것.

102) 제(齊)나라 환공(桓公). 송나라 흠종(欽宗)의 이름이 환(桓)이어서 송나라 사람들은 환

고 각별이 그 아ᄃᆞᆯ을 예(郳) ᄶᅡ히 봉(奉)ᄒᆞ니라. 그 아뷔 ᄌᆞ(字) ᄇᆡᆨ안(伯顏)이란 안ᄍᆞ(顔字)ᄅᆞᆯ 인(因)ᄒᆞ야 셩(姓)을 안시(顔氏)라 ᄒᆞ다. 그 후 노(魯)ᄅᆞᆯ 열네 ᄃᆡ(代)ᄅᆞᆯ 셤겨 경태위(卿大夫) 되얏더니 일홈은 무위(無繇)[104]라 ᄒᆞ 리 이시니 안ᄌᆞ(顔子)의 아바님이라. 공ᄌᆞ(孔子)의 뉵년(六年) 아래니 궐니(闕里)[105]의 나아가 공ᄌᆞ(孔子)긔 ᄇᆡ화 노(魯)의 경태위(卿大夫) 되엿더라. 졔나라 강시(姜氏)ᄅᆞᆯ 취(取)ᄒᆞ야 안해 삼아 쥬(周) 셩왕(成王) 무ᄌᆞ(戊子)의 안ᄌᆞ(顔子)ᄅᆞᆯ 나ᄒᆞ니 공ᄌᆞ(孔子)긔 삼십팔(三十八) 셰(歲) 아래라. 어려셔 긔질(氣質)이 ᄂᆞᆷ과 다ᄅᆞ고 겨유 닐곱 여ᄃᆞᆲ 설의 공ᄌᆞ(孔子) 문하(門下)의 가 조차 노ᄅᆞ시니라. 안ᄌᆡ(顔子) 슬겁기 과인(過人)ᄒᆞ고 ᄒᆞ나ᄒᆞᆯ 드러 열 가디ᄅᆞᆯ 츄이(推理)ᄒᆞ여 아ᄅᆞ시고 공ᄌᆞ(孔子) 말ᄉᆞᆷ을 드ᄅᆞ시면 좀좀코 계샤 어려 모ᄅᆞᄂᆞᆫ ᄃᆞᆺᄒᆞᄃᆡ ᄆᆞᄋᆞᆷ의ᄂᆞᆫ 달통(達通)ᄒᆞ시고 말ᄉᆞᆷ을 드ᄅᆞ시고 미처 ᄒᆡᆼ(行)티 ᄆᆞᆺᄒᆞᆯ가 저허ᄒᆞ시고 노(怒)호오ᄆᆞᆯ ᄂᆞᆷ의게 옴기디 아니ᄒᆞ시고 허믈을 두 번 아니시고 넙이 무러 아ᄅᆞ시고 녜문(禮文)이 간냑(簡略)ᄒᆞ시며 녜(禮) 아니어든 듯디 아니시고 니ᄅᆞ디 아니시며 ᄒᆞᆨ문(學文)을 됴히 넉여 도덕(道德)이 삼쳔(三千) 뎨ᄌᆞ(弟子) 듕(中) 웃듬이 되시고 셩인지위(聖人之位)예 삼단(三段) 밋디 ᄆᆞᆺᄒᆞ시고 간난(艱難)이 심(甚)ᄒᆞ여도 즐거오ᄆᆞᆯ 고티디 아니시고 누항(陋巷)의 계샤 벼ᄉᆞᆯ 아니시니 버금 셩인(聖人)이라. 공ᄌᆞ(孔子)의 도통(道統)을 젼(傳)ᄒᆞ실너니 스믈아홉부터 머리 셰더니 셜흔 ᄒᆞ나희 업ᄉᆞ시니 공ᄌᆡ 크게 통곡(痛)ᄒᆞ시고 셜워ᄒᆞ시더라. 노(魯) ᄋᆡ공(哀公)이 됴상(弔喪)ᄒᆞ고 노나라 셩(城) 동(東) 방산(防山)의 영장(永葬)ᄒᆞ니라. 안ᄌᆡ(顔子) 긔질(氣質)이 츌인(出人)ᄒᆞ시므로 ᄆᆞᄎᆞᆷ내 덕ᄒᆡᆼ(德

(桓)을 위(威)로 바꾸어 불렀다.

103) 소주자(小邾子)의 오기

104) '무요(無繇)'의 오기. 일반적으로 안회(顔回)의 아버지는 안유(顔由)로 알려져 있으나 책에 따라 안무요로 표기하기도 한다. 자(字)는 계로(季路)다.

105) 공자의 고향. 공자는 이곳에서 처음으로 학문을 가르쳤다.

行)을 일ᄏᆞᄅᆞ시니 후(後)의 연국복셩공(兗國復聖公)을 봉(封)ᄒᆞ고 ᄌᆞ손(子孫)이 노(魯)의 이셔 ᄃᆡ(代)마다 오경박ᄉᆞ(五經博士)[106] 벼술하야 졔ᄉᆞ(祭祀)ᄒᆞᄂᆞ니라.

증ᄌᆞ(曾子)의 명(名)은 숨(參)이오, ᄌᆞ(字)는 ᄌᆞ예(子輿)니. 그 션셰(先世)ᄂᆞᆫ 노(魯)나라 셩(城)[107] 싸 사ᄅᆞᆷ이라. 아비 증뎜(曾點)[108]이 공ᄌᆞ(孔子)ᄁᆡ 비화 셩문고(聖門高) 뎨ᄌᆞ(弟子) 되엿더니 쥬셩왕(周成王)[109] 십오(十五) 년(年)의 증ᄌᆞ(曾子)ᄅᆞᆯ 나흐시니 공ᄌᆞ(孔子)ᄁᆡ 마흔닐곱[110] ᄒᆡ 아래라. 십뉵(十六)의 증뎜(曾點)이 명(命)ᄒᆞ여 글 비호라 공ᄌᆞ(孔子) 문하(門下)의 가니 나히 뉴(類)의 젹으니 ᄆᆡ양(每樣) 모든 뎨ᄌᆞ(弟子) 듕(中) 아래 잇더라. 공ᄌᆞ(孔子) 셤기미 이십여 셰(歲)라 ᄒᆞ나 ᄒᆞᆨ문(學文)이 크게 일워 구챠(苟且)히 벼슬 아니시고 집이 가난ᄒᆞ여 ᄆᆡ양(每樣) 헌옷 닙고 손조 밧 가라 봉친(奉親)ᄒᆞ시니 노(魯) 님군이 드ᄅᆞ시고 고을을 베펴주거ᄂᆞᆯ 구디 ᄉᆞ양(辭讓)ᄒᆞ여 부뫼 늘그시니 더옥 먼니 가 벼술ᄒᆞᆯ ᄯᅳ지 업더라. 졔왕(齊王)이 쳥(請)ᄒᆞ여 공경(公卿)을 삼은대 ᄯᅩ ᄒᆞᆫ 가디 아니시다. 셩인(聖人)의 ᄒᆞᆨ[111] 문하(門下)의 겨샤 ᄀᆞ장 효ᄒᆡᆼ(孝行)으로ᄡᅥ 부모(父母) ᄯᅳ졀 봉양(奉養)ᄒᆞ시더라. 대ᄒᆞᆨ(大學)을 지어 ᄀᆞᄅᆞ치시고 션왕(先王)의 효뎨(孝悌)로 다ᄉᆞ리ᄂᆞᆫ 되(道) 다 명문(明文) 심법(心法)의 죵요로온 덕(德)이어ᄂᆞᆯ 증ᄌᆡ(曾子) 홀노 공ᄌᆞ(孔子)의 도통(道統)을 니으시니 업ᄉᆞ실 ᄣᆡ의 증ᄌᆞ(曾子)의 나히 겨유 이십뉵셰(二十六歲)라. 그 ᄒᆞᆨ문(學文) 도덕(道德)이 모든 뎨ᄌᆡ(弟子) 밋디 못ᄒᆞ더라. 나히 만ᄒᆞ신 후 졈졈(漸漸) 도덕(道德)이 날

106) 한(漢)나라에서는 『시(詩)』·『서(書)』·『주역(周易)』·『예기(禮記)』·『춘추(春秋)』를 오경(五經)으로 정하여 중요하게 취급했다. 각각 오경을 연구하는 박사(博士)를 두고 제자를 양성하게 했다.
107) 남무성(南武城)의 오기.
108) 증자의 아버지. 증석(曾皙). 공자의 초기 제자로 증삼을 데리고 공문에 다녔다.
109) 주나라 제 2대 왕. 성은 희(姬), 이름은 송(誦)이다.
110) 마흔여섯의 오기.
111) 원문에 'ᄒᆞᆨ'자에 붉은 점을 찍어 지웠다.

노 고명(高名)ᄒᆞ시니라.

ᄌᆞᄉᆞ(子思)의 명(名)은 급(伋)이오, ᄌᆞ(字)ᄂᆞᆫ ᄌᆞᄉᆞ(子思)라. 공ᄌᆞ(孔子)의 손ᄌᆡ(孫子)오 ᄇᆡᆨ어(伯魚)[112]의 아ᄃᆞᆯ이라. 어려셔 당신 조부(祖父)의 ᄀᆞᄅᆞ치시믈 미쳐 듯ᄌᆞ와 스ᄉᆞ로 도통(道統) 닛기를 ᄉᆡᆼ각ᄒᆞ시더니 공ᄌᆡ(孔子) 도를 증ᄌᆞ(曾子)긔 뎐(傳)ᄒᆞ신디라. 이에 증ᄌᆞ(曾子)긔 슈ᄒᆞᆨ(受學)ᄒᆞ샤 하늘 삼긴 션셩(善性) 근원(根源)을 궁구(窮究)ᄒᆞ고 하늘과 사ᄅᆞᆷ의게 셩실(誠實)ᄒᆞᆫ 도(道)로 근본(根本)을 삼아 ᄡᅧ 몸을 공경(恭敬)ᄒᆞ며 도(道)를 놉히 귀(貴)홈을 삼ᄂᆞᆫ 고(故)로 능(能)히 공ᄌᆞ(孔子)의 도(道)를 존(尊)ᄒᆞ샤 대ᄒᆞᆨ(大學)의 심법(心法)을 뎐(傳)ᄒᆞ샤 듕용(中庸)의 은미(隱微)ᄒᆞᆫ 도(道)를 피워 ᄇᆞᆰ히시니 깁히 공ᄌᆞ의 셩덕(聖德)을 아라 도통(道統)을 젼ᄒᆞ시니라. 비록 곤궁(困窮)ᄒᆞ시나 몸이 ᄆᆞᆺ도록 졀(節)을 세우고 도(道)를 펴 조부(祖父)[113]의 일을 ᄇᆞᆰ히니 노목공(魯穆公)[114]이 ᄌᆞ로 브ᄅᆞ시니 고기와 ᄡᆞᆯ을 ᄌᆞ로 주어 더브러 벗홈을 구ᄒᆞ시되 ᄌᆞᄉᆡ(子思) 허치 아니시고 위(魏)에 계샤 위(魏) 뎐ᄌᆞ방(田子方)[115]과 공ᄌᆞ의 갓옷과 술릐 물을 주거ᄂᆞᆯ 밧지 아니시다. 나히 일ᄇᆡᆨ열희 죽으시니 도통은 ᄆᆡᆼᄌᆞ(孟子)긔 뎐(傳)ᄒᆞ시다. 공ᄌᆞ 분묘(墳墓) 겻히 영장(永葬)ᄒᆞ고 봉(封)ᄒᆞ야 긔국술셩공(沂國述聖公)을 삼으샤 공ᄌᆞ 묘(廟)의 비향(配享)ᄒᆞ시니라.

ᄆᆡᆼᄌᆞ(孟子)의 명(名)은 가(軻)요, ᄌᆞ(字)ᄂᆞᆫ ᄌᆞ여(子輿)니 추(鄒) ᄯᅡ 사ᄅᆞᆷ이라. 그 션셰(先世)ᄂᆞᆫ 황뎨(黃帝) 헌원시(軒轅氏)의 ᄌᆞ손(子孫)이라. 무왕(武王)이 쥬공(周公)을 노(魯)의 봉ᄒᆞ시니 그 후 ᄌᆞ손이 ᄆᆡᆼ손시(孟孫氏) ᄉᆞᆨ손시(叔孫氏)이시

112) 공자의 아들. 이름이 리(鯉)이고, 자는 백어(伯魚)이다.

113) 공자를 가리킨다.

114) 노나라의 임금. 이름은 현(顯) 또는 불연(不衍)이고, 도공(悼公)의 손자다. 33년 동안 재위하며 정치에 힘써 나라가 안정되었다고 평가된다.

115) 전국 시대 때 위(魏)나라 사람. 이름은 무택(無擇)이다. 자공(子貢)에게 공부했고, 위문후(魏文侯)의 스승이 되었다.

니 ᄆᆡᆼ손시(孟孫氏) 인ᄒᆞ여 ᄆᆡᆼ시(孟氏) 되니라. ᄆᆡᆼᄌᆞ 아바님은 격공의(激公宜)라 ᄒᆞᄂᆞᆫ 사ᄅᆞᆷ이니 구시(仇氏)ᄅᆞᆯ 안해 삼아 ᄆᆡᆼᄌᆞᄅᆞᆯ 나흐시다.[116] ᄆᆡᆼᄌᆡ 세설의 아바님이 죽으시거ᄂᆞᆯ 그 어마님이 삼쳔지교(三遷之教)[117]ᄅᆞᆯ 엄히 ᄒᆞ샤 힘ᄡᅥ ᄀᆞᆯ오치시니 ᄆᆡᆼᄌᆡ ᄯᅩᄒᆞᆫ ᄇᆡ호ᄆᆞᆯ 부ᄌᆞ런이 ᄒᆞ샤 게얼니 아니ᄒᆞ시더니 임의 ᄌᆞ라매 ᄌᆞᄉᆞ(子思)긔 슈ᄒᆞᆨ(受學)ᄒᆞ샤 ᄒᆞᆫᄀᆞᆯᄀᆞᆺ치 공ᄌᆞᄅᆞᆯ 읏듬을 삼아 일즉 ᄀᆞᆯ오샤ᄃᆡ

"공ᄌᆞᄂᆞᆫ 셩인듕 읏듬이시니 내 원ᄒᆞᄂᆞᆫ 바ᄂᆞᆫ 공ᄌᆞᄅᆞᆯ ᄇᆡ호ᄆᆞᆯ 구ᄒᆞ노라." ᄒᆞ시더니 ᄃᆡ(道) 임의 통ᄒᆞ매 졔션왕(齊宣王)을 셤기샤 니욕(利慾)을 막으시고 인의(仁義)와 왕텬하(王天下) ᄒᆞᆯ 도ᄅᆞᆯ 권ᄒᆞ시더니 졔션왕이 ᄡᅳ디 아니ᄒᆞ거ᄂᆞᆯ 위(魏)예 가시니 위혜왕(魏惠王)이 그 말을 ᄡᅳ디 아니ᄒᆞ고 오활(迂闊)이 넉이거ᄂᆞᆯ ᄆᆡᆼᄌᆡ(孟子) 이에 삼ᄃᆡ(三代) 적 일을 ᄒᆡᆼ(行)ᄒᆞ려 ᄒᆞ시다가 못ᄒᆞ여 물너와 그 뎨ᄌᆞ(弟子) 만쟝(萬章) 공손츄(公孫丑) 고ᄌᆞ(高子)의 무리로 더브러 시셔(詩書)ᄅᆞᆯ 짓고 공ᄌᆞ의 ᄯᅳᆺ을 니으샤 ᄆᆡᆼᄌᆞ 칠편(七篇)을 지으시니라.

"요슌(堯舜)으로 말ᄆᆡ암아 탕(湯)의 니ᄅᆞ러 오ᄇᆡᆨ여(五百餘) 셰니, 우(虞)와 고요(皐陶)ᄂᆞᆫ 보아 아ᄅᆞ시고 탕은 드러 아ᄅᆞ시고 탕의 니ᄅᆞ러 문왕의 ᄯᅩ 오ᄇᆡᆨ예 셰라. 이윤[118](伊尹)은 보아 아ᄅᆞ시고 문왕은 드러 아ᄅᆞ시며, 문왕으로부터 공ᄌᆞ긔 니ᄅᆞ러 ᄯᅩ 오ᄇᆡᆨ여셰라. 태공(太公) 산의ᄉᆡᆼ(散宜生)은 보아 알고 공ᄌᆞᄂᆞᆫ 드러 아ᄅᆞ시니라. 공ᄌᆞ로 말ᄆᆡ암아 이제 니ᄅᆞ러 ᄯᅩ ᄇᆡᆨ여 ᄒᆡ라. 셩인지셰(聖人之世)예 거(距)ᄒᆞ미 머디 아니ᄒᆞᆫ디라. 셩인의 도ᄅᆞᆯ 니은 재

---

116) 격공의(激公宜)는 구씨(仇氏)와 결혼하여 맹자를 낳고 3년 만에 죽었다.

117) 맹자가 어려서 집 근처 무덤에서 놀았다. 이를 본 맹자의 어머니는 교육에 좋지 않다고 여겨 시장으로 이사를 갔다. 이에 맹자가 장사꾼들이 물건을 사고파는 놀이를 했다. 맹자의 어머니는 다시 학교 주변으로 이사를 가자 맹자는 조두(俎豆)를 가지고 놀면서 읍양(揖讓)하고 예절에 맞게 행동하는 모습을 보였다.

118) 중국 은나라의 이름난 재상. 탕왕을 도와 하나라의 걸왕을 멸망시키고 선정을 베풀었다.

이실듯 ᄒᆞ다.”

ᄒᆞ며 훗 셩인을 기ᄃᆞ리시더니 ᄆᆞᄎᆞᆷ내 도를 뎡티[119] 못ᄒᆞ시고 죽으시니 기산(基山)[120]의 영장(永葬)ᄒᆞ여 후의 초국아셩공(鄒國亞聖公)을 봉(封)ᄒᆞ고 ᄌᆞ손(子孫)이 초ᄶᅡ 희셔 ᄃᆡ(代)마다 오셩박ᄉᆞ(五經博士)[121] 벼슬ᄒᆞ여 졔ᄉᆞ(祭祀)를 맛다ᄒᆞᄂᆞ니라. 공ᄌᆞ긔 ᄇᆡ향(配享)ᄒᆞ여 일톄로 졔ᄉᆞᄒᆞᄂᆞ니라.

---

119) ‘젼(傳)’의 오기.
120) 사기산(四基山)의 오기. 맹자의 무덤이 있는 곳.
121) ‘오경박사’의 오기.

번역

공문도통

공자님께서는 갓 나실 때부터 모습이 평범한 사람과 달라 성인의 생김새를 가지셨다. 「조정기」라는 글에 다음과 같이 쓰여 있다.

"공자께서는 태어나실 때부터 얼굴은 해와 달 같이 빛나시고, 눈은 큰 강과 같이 유려하셨으며, 입은 바다 같이 넓으셨으며, 이마는 용과 같아 툭 튀어나오시고, 입술은 말과 같이 두툼하셨으며, 얼굴은 넓으셨다. 목소리는 우레같이 크시고, 팔을 늘어트리면 손이 무릎 아래를 지나시고, 귀는 구슬을 드리운 듯 늘어지셨다. 눈썹에 스물두 가지 빛이 어려 있으셨고, 눈에 기이하고 신령스러운 빛을 머금고 있으셨다. 서 계신 모습은 봉황이 서 있는 것 같이 우뚝하셨고, 앉아 계신 모습은 용이 도사리고 있는 것 같이 위엄 있으셨다. 손은 하늘의 무늬를 잡으신 듯했고, 발은 법도를 밟고 계신 듯했다."

공자께서 세 살 때 아버지 숙량흘께서 돌아가시어 노나라 동쪽 방산이라는 곳에 장례 지냈다.

나이 대여섯 살 적 장난치며 노실 적에도 매번 제사 지낼 때 쓰는 제기를 늘어놓고 의례를 흉내 내셨다.

열아홉 살에 송나라 출신 기관씨라는 여인에게 장가들었고 스무 살에 아들을 낳으셨다. 아들이 태어날 적 마침 노나라 임금이신 애공께서 공자께 잉어를 보내셨기 때문에 이름을 '리(鯉, 잉어)'라고 지었다. 이 해에 처음으로 노나라에서 창고를 담당하는 '위리'란 벼슬을 하셨는데 창고에 물건을 출납하면서 헤아리는 것이 공평하셨다.

이듬해에 목축을 담당하는 '승전'이란 벼슬을 하셨는데 온갖 가축들이 잘 번식했다.

도덕이 높아 하늘과 같은 큰 성인이 되시니 사방의 사람들이 공자의 고향인 궐리에 몰려와 글을 배웠는데 그 수가 삼천 명이였다. 그중에 재주가 뛰어나 공자의 도덕에 대해 잘 아는 사람은 칠십 명이었다.

스물네 살에 어머니 안씨께서 돌아가셨다. 이에 선산에 부친과 함께 합장하셨다.

스물여섯 살에 어머니의 삼년상을 마치시고 다시 거문고를 연주하였는데 연주한지 다섯째 날이 되어야 겨우 곡조를 이루셨다.

담나라에 가서 담나라의 임금 담자를 만나 옛 벼슬 이름에 대해 물으셨다.

"옛날 군주들이 벼슬 이름을 각각 다르게 지은 것은 어떤 까닭입니까?"

담자가 대답했다.

"소호 금천씨는 즉위 때 봉황이 날아왔는데 이를 길한 징조라 여겨 새 이름으로 벼슬 이름을 지었습니다. 황제 헌원씨는 즉위 때 상서로운 구름이 나타났기 때문에 구름으로 벼슬 이름을 지었습니다. 불과 관련이 깊은 염제는 불로 벼슬 이름을 지었습니다. 물과 관련이 깊은 공공씨는 물로 벼슬 이름을 지었습니다, 용이 날아오르는 길조를 본 본 복희씨는 용으로 벼슬 이름을 지었습니다. 이후로도 다 이런 방식으로 벼슬 이름을 지은 것입니다."

공자께서 주나라의 은사 사양에게서 거문고를 배웠다. 공자께서 거문고를 배우신지 열흘이 되지 않아 온갖 곡조에 능통하셨다. 이에 사양이 자리에서 일어나 거듭 절하며 말하였다.

"선생께서는 대성인이십니다. 옛날의 훌륭한 임금인 문왕이 타시던 곡조를 스스로 익히셨으니 성인이 아니시면 어찌 이렇게 하실 수 있겠습니까?"

공자께서 주나라에 가셔서 노자에게 예를 물으시고, 장홍에게 음악을 물으셨다. 이후 노나라로 돌아오시니 제자들이 점점 더 모여들었다.

이때 주나라 왕실은 점점 쇠퇴해 약해지는 반면 제후들은 강성해지니, 천하 사람들이 인의예지와 덕은 모르고 이익과 욕심만 생각하여 사람의 도리가 없어질 지경이었다. 공자께서 이것을 걱정하시어 주나라를 높이고 제후들을 억누르시는 방법으로 인륜과 도덕을 천하에 밝혀 백성을 구하고자 하셨다. 이 도리를 실행하고자 여섯 나라를 방문하셨는데 당시의 임금들은 모두 변변치 못하였다. 그 어느 임금이 공자께서 성인이심을 알아보겠는가.

제나라를 방문하셔서 보니 제나라 임금 경공이 인륜을 바르게 하지 못하고 있었다. 경공이 정치에 대해 물으니 공자께서는 오륜을 바르게 행하라고 충고하시고 또 도리를 말씀하셨다.

이즈음 주나라 종묘에 주나라 선대왕인 이왕의 사당에 변고가 생겼다. 제나라 경공이 공자를 찾아 말씀을 나누던 중 경공을 모시던 신하들이 고하였다.

"마침 주나라 사신이 와 선왕의 사당에 변고가 생겼다고 합니다."

경공이 공자에게 물었다.

"어느 왕의 묘에 변고가 있는 것입니까?"

공자께서 말씀하셨다.

"분명 이왕의 묘일 것입니다."

경공이 말하였다.

"어떻게 아시는 것입니까?"

공자께서 말씀하셨다.

"밝디 밝은 하늘께서는 덕 있는 사람에게는 착한 일로 보답하고 악한 사람에게는 재앙으로 갚습니다. 이왕이 성군이셨던 문왕과 무왕의 법과 제도를 바꾸고 또 여자와 음악을 좋아하며, 화려한 것을 추구하여 궁궐을 짓고 끊임없이 사치하였기 때문에 하늘의 재앙이 그의 종묘에 내린 것입니다. 이는 내가 유추해서 아는 것입니다."

경공이 말하였다.

"하늘이 왜 생전 이왕의 몸에 직접 재앙을 내리지 않고 죽은 뒤 모신 종묘에 벌을 내리신 것입니까?"

공자께서 말씀하셨다.

"이는 이왕의 선조인 문왕과 무왕의 덕입니다. 만일 하늘이 이왕의 몸에 직접 재앙을 내리면 문왕과 무왕이 세운 업적을 이을 후손이 끊어지게 될 것입니다. 그렇기에 이왕이 죽은 뒤 그의 종묘에 재앙을 내려 잘못된 것을 알려 준 것입니다."

이윽고 좌우의 신하들이 말하였다.

"과연 이왕의 종묘에 변고가 있었다고 합니다."

경공이 놀라 일어나 두 번 절하고 말하였다.

"기이하고 특별합니다. 성인의 지혜는 평범한 사람이 미칠 수가 없습니다."

공자께서 제나라를 떠나 노나라로 돌아가셨다. 제나라에 발이 하나뿐

인 새가 날아와 날개를 펴고 뛰는 행동을 하였다. 경공이 이상하게 여겨 노나라에 사자를 보내 공자께 물었더니 공자께서 대답하셨다.

"이 새의 이름은 상양이라고 하는데 홍수가 날 재앙을 미리 알려줍니다. 옛날에 동아라고 하는 사람이 한 발을 가진 새가 두 날개를 펴고 뛰는 모습을 보고 '하늘에서 장차 큰 비가 올 것이다'라고 했는데 실제로 큰 비가 내렸다고 합니다. 상향이 나타났으니 반드시 홍수가 크게 일어날 것입니다. 나라의 백성에게 물길을 파고 또 홍수를 미리 예방하라고 명령하십시오. 방비하지 않으면 백성들이 홍수에 피해 입고 죽을 수 있습니다."

경공이 그 말씀을 듣고 즉시 온 나라에 명령하여 미리 물길을 파고, 공자께서 시키는 대로 하였다. 과연 얼마 지나지 않아 큰비가 내려 온 나라에 넘쳤다. 다른 나라 백성들은 물에 빠져 많이 죽었지만 제나라 백성들은 다친 사람이 없었다. 이것을 보고 경공이 말하였다.

"성인의 말씀은 정말 기이하고 특별하여 잘 들어맞습니다."

그 후에 날아가던 새가 진나라 왕궁의 뜰에 내려앉아 죽었다. 죽은 새에 꽂혀 있던 화살을 뽑아 재어 보니 길이가 한 자 여덟 치였다. 진나라 혜공이 노나라에 사신을 보내 공자께 물으니 공자께서 말씀하셨다.

"이 새는 멀리서 온 새이고 그 화살은 숙신씨라는 오랑캐가 쓰는 화살입니다. 옛날 주나라 무왕이 상나라를 정복하시고 난 후, 아홉 오랑캐와 모든 나라에 길을 통하게 되었습니다. 길이 통하게 된 후에는 모든 나라에게 조공을 받고 제후로 봉하시여 각각 하던 일을 잃지 말라고 하셨습니다. 그때 숙신씨는 화살을 조공으로 바쳤습니다. 그러니 숙신씨가 바친 화살과 지금 이 화살을 비교해 보십시오."

혜공이 이 말을 듣고 주나라 무왕으로부터 물려받은 화살을 얻어 비교해 보니 과연 같았다. 진혜공이 기이하고 특별하게 여기면서 성인께서는 온갖 일을 안다고 하였다.

노나라 대부 계손씨는 전유라는 나라를 공격하기 위해 공자의 제자인 염유를 시켜 공자께 물었다. 공자께서 말씀하셨다.

"계손씨는 집 안의 도적은 살피지 못하고 멀리 있는 남을 공격하려 하니 정말 이상하구나."

그리고는 계손씨를 제대로 섬기지 못하는 염유를 꾸중하셨다.

공자께서 처음으로 노나라에서 중도 지방의 지방관인 중도재 벼슬을 하셨다. 부모님이 계시면 효도로 모시며 돌아가신 후에는 예로써 장사 지내는 예법을 제정하시고, 어른과 아이가 같은 음식을 먹지 않게 하고, 강한 사람과 약한 사람의 책임을 다르게 하며, 길에 떨어진 물건을 주워 자기 것으로 하지 못하게 하시고, 모든 것에 사치하지 않게 하셨다. 이렇게 다스린 지 일 년이 지나자 사방에 있는 제후가 본받았다. 노나라 정공이 공자께 말하였다.

"선생의 법을 배워 노나라를 다스리면 어떠하겠습니까?"

공자께서 대답하셨다.

"이렇게 하면 천하라도 다스릴 수 있으니 어찌 다만 노나라만 다스릴 뿐이겠습니까?"

이듬해에 토지를 관할하는 사공 벼슬을 하셨다. 땅을 다섯 가지 등급으로 구별하여 온갖 곡식과 초목을 심으시니 곡식과 초목이 다 잘 자라 그릇되지 않았다.

또 공자께서 법을 관장하는 대사구가 되셨는데 이는 정승의 지위이다. 법을 제정하시니 백성이 감히 어기지 못하였고 악독한 백성이 없어졌다.

노나라 정공이 제나라 임금과 함께 협곡에서 만나기로 하였는데 공자께서 의례를 주관하는 정승의 일을 하면서 말씀하셨다.

"신이 듣기로 '옛날에 임금끼리 만날 때에는 선비와 장수를 갖추어 만난다'하였습니다. 호위인 좌사마와 우사마를 갖추어 가시옵소서."

노나라 정공이 그 말씀대로 문관과 무관을 갖추고 제나라 임금을 만나러 갔다. 협곡에 이르러 두 임금이 예를 갖추어 만나고 술을 먹었다. 이때 갑자기 제나라 임금이 오랑캐 군사들을 움직이게 하고 또 북을 치게 하여 정공을 위협하였다. 공자께서 층계에 올라 정공에게 청하여 오랑캐 군사들을 물러나게 하고 말씀하셨다.

"두 임금 모여 좋은 관계를 맺는 회맹 자리에 제나라가 병사로 위협하고 있습니다. 오랑캐 군사는 중국 사람과 중국의 일을 더불어 의논해서는 안되고, 오랑캐 사람은 중원 문화국의 사람과 법을 어지럽게 해서는 안되는 법입니다. 저들이 어찌 두 임금의 회담에 간섭하게 하십니까?"

제나라 임금이 부끄러워하며 오랑캐 군사를 물러나게 하고 제나라에 돌아와 모든 신하를 꾸짖었다.

"노나라는 군자의 도리로 임금을 돕거늘, 너희는 오히려 오랑캐의 도리로 임금을 가르쳐 과인을 부끄럽게 하였다."

그리고는 전에 노나라에게 빼앗았던 문양 땅을 돌려주었다.

또 정치를 어지럽힌 대부 소정묘를 베고 그 주검을 저잣거리에 걸어 모든 백성에게 보였다. 이에 자공이 공자께 나가 말했다.

"소정묘는 노나라의 명사입니다. 그런데 선생님께서 대사구가 되시어 정무를 시행하시는 처음에 사람을 베어 죽이시니 다른 사람들이 혹시 선생님의 처사가 지나치다고 하지 않겠습니까?"

공자께서 말씀하셨다.

"앉거라. 내 너에게 까닭을 일러주리라. 천하에 큰 사나움이 다섯이 있다. 첫째로 말할 것 같으면 간악하고 음험함이오, 둘째는 행실이 괴상하면서 고집만 있는 것이고, 셋째는 말이 간사함이오, 넷째는 이른바 행실이 옳지 않고 사나우며, 옳지 않고 사나운 행실이 너무 큰 것이다. 다섯째로 말할 것 같으면 자신의 뜻만을 좇아 잘못된 일을 하면서도 외면으로는 그 허물을 감추는 것이다. 이 다섯 중에서 하나만 있어도 군자가 그를 베어 죽임을 면치 못할 것이다. 그런데 하물며 소정묘는 한 몸에 다섯 가지 사나움을 모두 갖추어 갖고 있다. 그 몸으로 무리를 모아 당파를 이루고, 그 말로 잘못된 것을 꾸며 여러 사람을 혹하게 하며, 그 강함으로 옳은 것을 뒤집어 고치지 않았으니 이는 사람 중의 간웅인 것이다. 이 때문에 베어 죽이지 않을 수 없으니, 옛날 은나라의 탕왕은 윤해를 베어 죽이셨고 문왕은 반정을 베어 죽이셨고 주공은 관채를 베어 죽이셨고 태공은 화사를 베어 죽이셨고 자산은 사하를 베어 죽이셧다. 이 다섯 사람은 시대가 달랐으나 베어 죽임을 당한 것은 똑같다. 소인이 무리를 만드는 것은 정말 근심할 만한 일이다.”

또 아들과 아비가 서로 고발하는 일이 있었다. 공자께서 그 아들과 아비를 모두 잡아 가두어 세 달이 지났는데도 시비를 가리지 않고 그대로 두셨다. 그러자 그 아버지가 마음을 바꾸어 송사를 그만하겠다는 말을 하니 공자께서 아버지와 아들을 다 풀어 주셨다. 노나라 대부 계손씨가 이 이야기를 듣고 옳지 않다고 여겨 말하였다.

“대사구께서 나를 속이시는구나! 예전에 나에게는 나라의 다스림은 반드시 효를 앞세워야 한다고 말했다. 그러니 이제 저 불효한 놈을 죽여서 백성을 효를 행하도록 가르치는 것 옳을 것이다. 아비와 자식이 송사하는 것은 인륜의 큰 변고인데 어찌하여 놓아주시는가?”

염유가 계손씨의 이 말을 공자께 전하였다. 공자께서 한숨을 내쉬면서 탄식하며 말씀하셨다.

"윗사람이 먼저 백성을 가르치는 도리를 잃고 아랫사람을 죽이면 그것은 나라를 다스리는 도가 아니다. 윗사람이 스스로 효를 행해서 그것을 본보기로 백성들을 가르치지 않고 이 송사를 벌주는 것으로 해결하는 것은 죄 없는 사람을 죽게 하는 것이다. 이 송사는 백성의 죄 때문에 생긴 것이 아니기 때문이다."

공자께서 일찍이 한가하게 계실 때에 제자 증삼이 옆에서 모시고 있었다. 공자께서 말씀하셨다.

"증삼아! 오늘날의 군자들은 오로지 선비와 사대부에 대해서만 논할 뿐이지 정다운 군자의 일에 대해서는 말하지 않는구나. 내가 천하 임금의 도를 말하겠다. 임금이란 문밖을 나서지 않고도 천하를 교화할 수 있어야 한다."

증삼이 자리에서 내려와 대답하였다.

"감히 여쭙습니다. 이는 어떤 말씀이십니까?"

공자께서 대답하시지 않자, 증삼이 엄숙하고 두려운 태도로 재빨리 몸가짐을 바르게 하며 공자님을 모셨다. 공자께서 이윽고 증삼을 돌아보며 말씀하셨다.

"너는 돌아가 왕께 내 말을 이르거라. 도는 덕을 밝히는 것이오, 덕은 도를 밝히는 것이다. 때문에 덕이 없으면 도를 높이지 못하고 도가 없다면 덕을 밝히지 못한다. 그렇기에 옛날 현명한 임금들은 안으로는 일곱 가지의 가르침을 닦고, 밖으로는 세 가지의 지극한 이치를 행하여 재물을 허비하지 않았다. 이것이 이른바 밝은 임금의 도라고 하는 것이다."

증삼이 말하였다.

"더 자세히 듣기를 원합니다."

공자께서 말씀하셨다.

“옛날 순임금께서 우와 고요를 양옆에 두고 천하를 다스리셨다. 정치가 잘 되지 못함은 임금의 걱정이고, 법령이 시행되지 않은 것은 신하의 죄이다. 윗사람이 나이 많은 사람을 공경하면 아랫사람들은 더욱 효도할 것이고, 윗사람이 나이 많은 사람을 존대하면 아랫사람들은 더욱 공손할 것이다. 윗사람이 두루 베풀며 어려운 사람을 돕기를 좋아하면 아랫사람들은 마음이 더욱 너그러워질 것이다. 윗사람이 탐욕스러운 사람을 싫어한다면 아랫사람은 이익 다투는 것을 부끄러워 할 것이다. 윗사람이 어진 사람을 가까이하면 아랫사람은 어진 사람을 천거할 것이다. 윗사람이 청렴하면 아랫사람은 마디를 지킬 것이다. 이것이 백성을 다스리는 근본이다. 이대로 실행한다면 온 세상에 형벌을 받는 백성이 없을 것이다. 윗사람이 아랫사람을 자기의 손과 발처럼 여기면 아랫사람은 윗사람을 심장과 배처럼 대하고 또 윗사람 우러르기를 마치 자식이 부모를 섬기듯이 할 것이다. 위와 아래가 이처럼 서로 잘 어울려 지낸다면, 위에서 명령을 내리면 그 명령이 시행될 것이며, 백성들이 복종하고 받아들일 것이며, 먼 곳에 사는 사람들도 이 나라에 와서 따르게 될 것이다.”

공자께서 노나라 애공과 함께 앉아 계셨다. 애공이 물었다.

“사람의 도 가운데 무엇이 크다고 생각하십니까?”

공자께서 대답하셨다.

“사람의 도 가운데 바른 것이 큽니다. 부부가 각자 할 일을 하면 가까워지고, 임금과 신하가 서로 믿으면 온 사물들이 다 바르게 될 것입니다.”

애공이 말하였다.

“그 도에 대해 듣고 싶습니다.”

공자가 말씀하셨다.

“훌륭한 옛 임금들께서는 정치를 할 때 사람을 사랑하는 것을 으뜸으로 삼았고, 예의를 갖추어 사랑하였습니다. 예를 실행하는 것은 공경하는 마음을 가지는 것이 으뜸이고, 크기로는 혼인의 예가 가장 큽니다. 부부가 서로에게 너그럽게 대하면서도, 예에 맞도록 남편이 친히 나아가 부인을 맞는 것은 지극히 공경하는 것입니다. 사랑하는 것과 공경하는 것은 올바른 정치의 근본입니다.”

애공이 말하였다.

“제후가 예복을 입고 부인을 친히 맞아 오는 것은 너무 지나친 예절이 아닙니까?”

공자께서 말씀하셨다.

“두 성씨가 만나 천하의 종묘과 사직을 받들어 주인이 되는 일입니다. 어찌 너무 지나치다 하십니까? 천지가 합하지 않으면 만물이 생겨나지 않는 법입니다. 그렇기 때문에 혼례는 만세 동안 이어져 왔습니다. 옛날 하나라 · 상나라 · 주나라의 밝으신 임금들께서는 모두 아내와 자식을 공경하는 도를 갖추고 계셨습니다. 아내와 자식에게 친하게 하는 것은 사람의 도 가운데 가장 으뜸입니다. 자식은 대를 이어주니 어찌 공경하지 않겠습니까? 그렇기에 혼인을 영원히 이어질 가장 큰 예로 삼았던 것입니다.”

자로가 공자님을 뵙고 말하였다.

“무거운 짐을 지고 먼 길을 가면 땅을 가려 쉬지 못하는 법입니다. 집이 가난한 데다 부모님께서 늙으셨기에 녹의 많고 적음을 가려가면서 벼슬을 하지 못했습니다. 그러나 옛날에 제가 부모님을 모실 때에 나물만 먹으면서 부모님을 위해 백리 밖에서도 쌀을 지고 왔습니다. 부모님이 돌아가신 후 저는 남쪽 초나라에서 벼슬하여 소유한 수레가 백승이나 되었고 곡식도 만종이나 쌓아두었으며, 방석은 여러 벌 깔고 앉았고 음식도 여러 솥에 해서 먹었습니다. 그러나 이제 비록 나물을 먹으면서 부모님을 위해 쌀을 짊어지고 가고 싶어도 어디로 갈 수 있겠습니까?"

공자께서 말씀하셨다.

"부모를 섬기는 자로의 마음이 정말 지극하구나."

초나라 소왕이 강을 건너갈 때 강 가운데에서 붉고 큰 동그란 물건이 있는데 점점 다가와 배에 닿았다. 뱃사람이 그것을 건져 왕에게 드렸다. 왕이 이상하게 여겨 사람을 시켜 공자에게 물었더니 공자께서 말씀하셨다.

"이것은 마람의 열매입니다. 깨서 먹을 수 있습니다. 이것을 얻은 것은 아주 길한 징조입니다. 오직 제후 중 으뜸이 될 사람만이 얻을 수 있는 것입니다."

왕이 깨서 먹어 보았더니 매우 맛이 있었다.

노나라 애공이 공자께 물었다.

"큰 예란 어떤 것입니까?"

공자께서 말씀하시셨다.

"예가 없으면 임금과 신하, 윗사람과 아랫사람, 어른과 아이의 차례를 가리지 못합니다. 예가 없으면 부모와 자식, 형제와 친척간 친밀한 정도에 맞도록 대처하지 못합니다. 그러므로 군자는 예를 숭상하고 백성들을 가르쳐 따르게 하는 것입니다. 예의 근본은 음식에서 시작됩니다. 태고 때에는 비록 임금이라도 집이 없어 겨울이면 동굴을 파고 들어가서 살았고 여름이면 나무 위에 살았습니다. 또 임금이라도 나무와 풀에서 열리는 열매를 먹거나 온갖 짐승의 고기와 피를 먹었으며, 옷이 없어서 가죽을 입었습니다. 그 후에 성인이 태어나신 후 불을 만들어 쇠를 녹여 그릇을 만들고 흙을 구워서 사기를 만들어 음식을 담아 먹었습니다. 나무를 베어 궁궐과 집을 지어서 살았으며 술을 만들어 마시며 실과 삼을 짜 베와 천을 만들고 또 옷을 만들어 입었습니다. 이후에야 부모께 효도하고 봉양하며 임금과 신하는 바르게 자리 잡고 아버지와 아들이 친밀하게 지내고, 형제들은 화목하고, 어른과 아이는 질서가 있으며, 부부는 서로 다른 것을 알아 지켰습니다."

공자께서 말씀하셨다.

"사람은 다섯 가지로 나뉩니다. 평범한 사람도 있고 선비, 군자, 현인도 있으며 성인도 있으니 이 다섯 종류의 사람을 잘 알고 쓰신다면 나라를 다스리는데 아주 좋을 것입니다."

애공이 말하였다.

"어떠한 사람을 평범한 사람이라 할 수 있습니까?"

공자께서 말씀하셨다.

"평범한 사람은 끝내 삼가는 법이 없어 바른말을 하지 않고, 어진 일을 하지 못하며, 자신의 몸 둘 곳을 정하지 못하며, 작은 것만 보고 큰 것을 보지 못하여 어디서 힘써야 하는지 알지 못합니다. 이러한 사람이 바로 평범한 사람입니다."

"선비는 또 어떤 사람입니까?"

공자께서 말씀하셨다.

"이른바 선비는 마음이 바르고, 스스로 지키는 바가 있어 비록 도의 근본을 다 알지 못하나 반드시 도의 근처에는 있습니다. 하여 부귀와 빈천이 그의 마음을 움직이지 못하니 이런 사람들이 바로 선비입니다."

애공이 말하였다.

"군자는 어떤 사람입니까?"

공자께서 말씀하셨다.

"군자는 하는 말이 충성되고 믿음이 있을 뿐만 아니라 인의의 마음도 가지고 있어 자랑하는 내색을 하지 않습니다. 생각하여 진행하는 일은 총명하고 밝아 말만 하지 않고 행동으로 보여주며 일에 힘을 써 게을리 하지 않습니다. 이러한 사람이 군자입니다."

애공이 말하였다.

"현인은 어떤 사람입니까?"

공자께서 말씀하셨다.

"이른바 현인은 덕을 의지하기에 행실이 지나치지 않고, 어떤 일을 하면 법도에 딱 맞습니다. 그가 하는 말은 천하의 법이 되어 몸을 잃게 하지 않으며 그 도리로 백성을 교화시키기에 충분합니다. 재산이 많아도 쌓아둔 재물이 없고 나눠 주어 천하의 가난한 사람들을 구제합니다. 이러한 사람을 현인이라고 합니다."

애공이 말하였다.

"어떤 사람을 성인이라 합니까?"

공자께서 말씀하셨다.

"이른 바 성인은 덕이 천지와 같아 일에 맞추어 변화하고 사리에 통달하여 막힘이 없습니다. 모든 일의 시작과 끝을 연구하여 만물을 자연스럽게 화합하게 합니다. 그 밝기가 해와 달과 같고 조화로움은 귀신과 같아서 백성들이 그 덕을 압니다. 바로 이런 사람을 성인이라 합니다."

애공이 말하였다.

"이 말씀은 정말 좋습니다. 선생의 가르침이 아니면 과인이 어찌 이러한 것들을 알겠습니까? 비록 그렇지만 과인은 본래 슬픔, 근심, 수고, 두려움, 위험에 대해서 전혀 알지 못합니다. 그렇기 때문에 말씀하신 다섯 가지 행동을 배워 행하지 못할까 두렵습니다. 선생의 말씀이 아니면 과인의 마음이 열리지 않을 것 같습니다. 청하건대 선생께서는 저에게 실행할 수 있는 방법을 일러 주십시오."

공자께서 말씀하셨다.

"임금께서 태묘에 들어가시면 우러러 서까래를 보고, 머리를 숙여 신위를 모신 자리를 살피십시오. 그릇은 있는데 부모와 조상은 보이지 않으니 임금께서 이것으로 슬픔을 생각하면 슬픔이 무엇인지 알게 될 것입니다. 또 임금께서 새벽에 일어나 의관을 바르게 하고 아침에 조회에 임하여 위급한 일을 염려하시되, 한 가지 일이라도 바른 도리를 잃어버리면 나라가 망함이 시작됩니다. 임금께서 이런 것들을 걱정하신다면, 무엇이 걱정인지 아실 것입니다. 해가 뜨면 정사에 참여하시고, 저녁이 되면 겸손하고 삼가셔서 그 태도와 몸가짐을 조심하셔야 합니다. 임금께서 이것을 수고롭다고 생각하신다면, 이는 수고로움을 알고 계시는 것입니다. 멀고 길게 생각하여 성문을 나와 나라가 망한 옛터를 두루 바라보면, 자연스럽게 두려움이 생길 것입니다. 임금께서 이를 생각하시면 두려워함을 아실 것입니다. 비유를 해보자면, 임금께서는 배와 같고 백성은 물과 같다고 할 수 있습니다. 물은 배를 싣는 것이오, 백성은 임금을 모시는 것입니다. 물이 험하면 배를 엎고 백성이 배반하면 임금은 망하시니 이를 생각하면 위태로움이 무엇인지 또한 아실 것입니다. 이 다섯 가지를 깨달으셔서 뜻을 정치에 두신다면, 나라가 잘 다스려질뿐더러 나라를 잃는 일 또한 없을 것입니다."

노나라 애공이 또 물었다.

"옛날 순임금은 어떤 관을 썼습니까?"

공자께서 대답하여 말씀하셨다.

"임금께서는 어찌 더 큰 것을 묻지 않으십니까?"

애공이 말하였다.

"큰 것이란 무엇을 말씀하시는 것입니까?"

공자께서 말씀하셨다.

"순임금께서 즉위하시어 정치하는 데 있어 사람 살리는 것을 좋아하시고 죽이는 것을 싫어하셨습니다. 또한 사람을 쓰는 데 현인을 쓰고 악인은 쳐내어 임명하지 않았습니다. 그의 덕은 천지와 같으며, 조화로움은 사계절과 같았습니다. 이로써 온 천하에 이어 오랑캐의 무리까지 모두 순임금의 덕을 우러렀습니다. 이에 상서로움을 드러내는 봉황과 기린이 나타났고 온갖 짐승들이 모두 순임금의 덕을 따랐습니다. 이는 다른 이유가 있어서가 아니라 오직 순임금께서 사람 살리는 것을 좋아하셨기 때문입니다."

초나라 소왕이 사람을 보내어 공자를 청하셨다. 공자께서 길을 가시다 진나라와 채나라 사이를 지나게 되었는데 진나라와 채나라 사람들이 서로 의론하여 말하였다.

"공자는 성인시니 어떤 나라에서든 일을 하시면 그 나라는 제후국들의 으뜸이 된다. 만약 공자께서 초나라에서 쓰여지면 우리 진나라와 채나라는 위태로워질 것이다."

이에 군사를 일으켜 공자가 길을 가지 못하도록 막았다. 그래서 양식이 떨어진 지 7일이 되었는데, 밖으로는 통할 길도 없었고 나물도 얻어먹지 못하는 바람에 공자를 모시고 왔던 사람들이 모두 굶어서 병이 들었다. 공자께서 비분강개하여 끊임없이 거문고를 타며 노래를 부르셨다. 그러자 진나라와 채나라 사람들이 두렵기도 하고 부끄럽기도 하여 스스로 군사를 풀고 물러갔다.

재아가 황제 헌원씨에 대해서 묻자, 공자께서 말씀하셨다.

"황제는 태어나면서부터 아주 신령스러워서 어려서부터 능히 말할 수 있었고 점점 자라면서 더욱 총명해지셨다. 오행의 기운을 다스릴 줄 알았고 모든 백성들을 편안하게 하시면서 천하를 잘 다스리셨다. 소에게는 짐을 싣게 하고 말을 사람이 탈 수 있게 하는 등 모든 짐승을 길들이셨다. 염제와 판천 뜰에서 싸워 이기셔서 임금이 되었다. 백성을 잘 다스려서 위아래의 질서를 딱 맞게 하시고 귀신과 예악을 알게 하시며 또 삶과 죽음을 알게 하시고 온갖 곡식을 심고 온갖 약초의 맛을 보아 의술과 약을 만들어내셨다. 그 어짊은 곤충에게까지 미치셨다. 또 해와 달, 그리고 별자리의 움직임을 살피셨다. 몸과 마음으로 애쓰시면서 백성을 살려내셨다."

자하가 또 임금 전욱에 대해 물으니 공자께서 말씀하셨다.

"전욱 고양씨는 슬기로워 기운과 본성을 다스려 백성을 가르치면서 목욕재계하고 제사를 지내고 온 천하를 다니면서 백성들이 편하도록 하였다. 해와 달이 비치는 곳 모두가 그를 복종하여 따르지 않는 사람이 없었다."

또 임금 제곡에 대해 물으니 공자께서 말씀하셨다.

"제곡 고신씨는 태어날 때부터 신이하고 특별하셨다. 스스로 자신의 이름을 지을 정도였다. 널리 백성을 구제하시면서도 자기 몸의 이익은 추구하지 않으셨다. 총명함은 멀리 있는 곳까지 알고 있고 명석함은 매우 작은 것까지 살필 수 있었다. 어질면서도 위엄을 갖추셨고, 은혜로우면서 믿음이 있었다. 하늘과 땅의 이치를 살피는 방법으로 백성의 급한 바를 알았고 아울러 자신의 몸을 닦았다. 그러자 천하의 사람들이 귀순

하였다. 이에 모든 백성을 가르치면서도 얼굴빛은 온화하고 덕은 중하여 해와 달이 비치는 곳에서는 고신씨의 교화를 따르지 않는 이가 없었다."

또 요임금에 대해 물으니 공자께서 말씀하셨다.

"요임금은 어질고 귀신처럼 슬기로웠다. 부유한 천하를 가졌으나 교만하지 않았고, 천자가 될 정도로 귀하여도 겸손하게 뜻을 낮게 가졌다. 백이에게는 예의 직책을 맡기셨고, 기와 룡에게는 음악의 직책을 맡겼다. 또 흉악한 무리를 내치시니 천하 사람들이 귀순하였다. 덕과 말씀은 때에 따라 바뀌지 않아 어긋남이 없었다. 온 세상의 백성이 기쁘게 여겨 모두 요임금을 따랐다."

또 순임금에 대해 물었는데 공자께서 말씀하셨다.

"순임금의 부모에 대한 효성과 형제에 대한 우애는 온 천하에 널리 소문이 났다. 진흙으로 질그릇을 굽고 물고기를 잡아 부모를 봉양하셨다. 그 마음은 너그럽고 넓으며 밝고 어질었다. 하늘을 두려워하시고 백성을 사랑하셨다. 먼 곳에 있는 사람들까지 어여쁘게 여겼고 가까이 있는 사람은 더 친하게 지냈다. 천명을 이어 받아 요임금의 두 딸을 아내로 삼고 천자의 자리에 올랐다. 스물 두명의 신하들에게 각각 직책을 주었고, 요임금이 하시던 예법에 따라 오년에 한 번씩 나라를 순행하셨다. 요임금 시절 삼십년간 천자의 일을 대신하셨고, 요임금이 돌아가시자 오십년 동안 재위하셨다. 남쪽 순행길에서 방악이라는 산에 올라갔다가 창오산에서 돌아가셨다."

또 우임금에 대해 물었는데 공자께서 말씀하셨다.

"우임금은 재능 가지시고 민첩하게 실행하셨으나 도리에 어긋나지 않으셨고 지극히 어지셨다. 우임금이 하시는 말씀은 믿음이 있어 말씀은 곧 나라의 법이 되었다. 스스로 모든 일에 힘써 조화롭게 정치를 하시어 공이 모든 신하 중 으뜸이 되었다. 온 백성들의 부모가 되어 은혜를 베푸셨으며 때에 맞추어 농사를 짓게 하였다. 온 천하를 소유하고 있으면서도 천하를 다스림에 신하인 고요와 백익에게 돕게 하였다. 천자의 군대를 명하여 사나운 무리를 물리치니 사방의 백성들이 굴복하지 않은 자가 없었다."

애공이 말하였다.

"예법에 따르면 남자는 나이 서른에 아내를 두고, 여자는 나이 스물에 남편을 두라 하였는데, 너무 늦은 것이 아닙니까?"

공자께서 말씀하셨다.

"예라는 것은 가장 희귀한 사례를 규정 한 것입니다. 따라서 예가 규정한 것 보다 지나쳐서는 안됩니다. 남자가 이십 세에 관례를 치르고 갓을 쓰는 것은 어버이가 될 수 있다는 뜻이고, 여자가 십오 세에 시집가는 것을 허락하는 것은 그 남자에게 갈 만한 이치가 있어서 입니다. 그렇기 때문에 성인께서는 때를 봐 가면서 배필을 얻게 하셨습니다. 겨울이 되어 혼인하는 예를 시작하게 하는 것은 여자가 해야 할 일이 있기 때문입니다. 얼음이 녹으면 혼인을 그치는 것은 농사를 짓고 누에를 칠 때가 왔기 때문입니다. 남자는 하늘의 도를 맡아서 만물을 기르는 자이기 때문에 인륜을 알아 그 분별함을 밝힙니다. 여자는 남자의 가르침을 순히 따르며 혼자 무슨 일을 맡아서 하는 것이 아니라 세 가지 따르는 것이 있습니다. 어려서는 부모를 따르고 서방을 맞은 후 지아비를 따르고 지아비가 죽은 후 아들을 따르는 것입니다. 그래서 두 번 결혼하는 예는 없습니다. 하는 일은 음식을 마련하는 것입니다. 이것은 바로 성인께서 남녀의 사이를 중요하게 여기시며 혼인의 시작도 또한 중요하게 생각하신 것입니다."

공자께서 일찍 일어나 막대를 끌면서 문 앞으로 두루 걸어 다니시며 노래를 불렀다.

"태산이 무너지고 대들보가 부러지도다. 착한 사람이 죽으리로다."

노래 부르기를 마치고 들어가시니, 자공이 이를 듣고 말하였다.

"태산이 무너진다면 우리는 무엇을 바라보며, 대들보가 부러진다면 우리 무엇을 의지해야 하나. 착한 사람이 죽으면 우리는 누구를 따라야 하나. 선생님께서 병에 걸리신 것인가!"

하고 빨리 들어갔다. 공자께서 탄식하고 한탄하며 말씀하셨다.

"자공아, 너는 왜 이제야 들어오느냐? 내가 어제 밤에 꿈에서 두 기둥 가운데 앉아 다른 사람의 제사하는 음식을 받아먹었다. 옛날 은나라에는 사람이 죽으면 두 기둥 사이에 빈소를 갖추고 제사를 지냈다. 나 또한 은나라 사람이다. 이제 천하에 착한 임금이 없는데 어느 임금이 나에게 으뜸 벼슬을 주어 나의 도를 높이겠느냐? 나는 이제 죽을 것이다."

마침내 병이 깊어져 이레 만에 돌아가시니 향년 칠십 이세였다. 노나라 성 북쪽 사수 위쪽에 장례지내고 모든 제자들이 삼년 상을 지냈다. 상을 마친 후 제자들이 모두 돌아갔지만 자공은 공자의 무덤 옆에 막을 짓고 삼년 상을 더 지냈다. 그 후의 공자를 잊지 못한 제자들과 노나라 사람들이 공자의 무덤 옆에 집을 짓고 살았는데 그 수가 백여 호나 되었다. 하여 그 고을의 이름을 공리라고 하였다.

천하의 대성인인 공자는 도덕이 고금의 여러 왕 중에 으뜸이었다. 비록 공자는 춘추시대 어지러운 때에 태어나 도덕을 다 실행하지 못하고 돌아가셨지만 후세의 모든 사람들이 사람 노릇을 하게 한 것은 모두 다 공자의 덕이다. 공자께서 도덕을 베풀고 오륜을 가르치셨으니 공자가 없었다면 어찌 임금이 임금 노릇을 하고, 신하가 신하 노릇을 하고, 아비와 자식 노릇을 하고, 부부가 서로 다름을 알고, 친구가 믿음이 있고, 어른과 아이의 순서를 알겠는가? 공자님 덕분에 알게 된 이런 사람됨이 없다면 사람이 어찌 사람 같다고 하겠는가? 이렇듯 온갖 사람다운 일과 예의를 차리는 옳은 일은 모두 공자의 덕이다.

공이 이러하기 때문에 노애공은 공자께서 돌아가신 즉시 공자께서 사시던 마을에 사당을 세우고 백 가구의 백성들을 살게 하여 지키게 하였다. 그 후에 한고조는 나라의 큰 예법인 태뢰로 공자께 제사를 지내고 한무제는 친히 공자께서 사시던 마을인 궐리에 가서 사공 벼슬하는 사람을 시켜 공자께 제사를 지내게 하였다. 또한 한장제는 공자와 그의 칠십 제자에게 제사를 지낸 후에 공씨 집안 남자 육십여 사람을 모아 잔치하고 즐기며 공자의 십 구대 손인 공희에게 물었다.

"오늘 이 모임이 너희들에게 영광스러운 일이냐?"

공희가 대답하였다.

"밝은 임금과 성스러운 군주는 공자를 높이고 또 도덕을 귀하게 여겼다고 합니다. 그런데 폐하께서 만승 천자의 자리에 계시면서도 굽히시어 친히 이곳에 오셨습니다. 이는 예법으로 공자를 숭상하는 일이니 공자님의 덕에 영광을 더하는 것입니다. 저희는 그 빛남과 영광스러움을 감당할 수 없습니다."

한장제가 웃으면서 말하였다.

"성인의 자손이 아니라면 어찌 이런 대답을 할 수 있겠는가."

당태종이 공자를 선성으로 삼은 후, 안연과 함께 배향하여 매년 봄과 가을마다 석전이라는 예식으로 제사를 지냈다. 공자를 높여 문성왕으로 삼아 임금의 지위로 모시고 각 고을에 향교를 지어 문성왕 공자와 공자 휘하 칠십이 명 제자의 위패를 배향하였다. 그리고는 매년 봄 이월 첫 번째 정일과 가을 팔월 첫 번째 정일에 공자께 제를 올렸다.

제자 증자의 이름은 삼이니 종성공이라 한다. 제자 자사의 이름은 급이니 술성공이라 한다. 제자 맹자의 이름은 가니 아성공이라 한다. 이들 세 분의 위패를 천하 고을마다 모셔 제사한다. 지금 선비가 해야 하는 일은 모두 다 공자의 가르쳐 주신 일이다.

안자의 명은 회요, 자는 자연이니 노나라 사람으로, 황제 헌원씨의 자손이다. 춘추시대 노나라의 부용국인 주나라의 임금 무공의 자는 백안이었다. 주무공이 제나라에 공을 세우자 제나라 위공이 주무공의 아들을 작은 주나라 임금 곧 소주자라 하고 예라는 땅에 봉하여 다스리게 하니 곧 소주국이었다. 소주자는 그 아비 주무공의 자 백안에서 안이라는 글자를 따와 성으로 삼았다. 그 후 소주국의 임금은 대대로 노나라를 섬겼는데 그 십 사대 손이 경대부 벼슬을 한 안무요라는 사람으로 바로 안자의 아버지이다. 안무요는 공자보다 여섯 살이 어렸는데, 공자의 고향인 궐리에 나아가 공자께 배운 후 노나라에서 경대부 벼슬을 하였다. 제나라의 강씨를 아내로 삼아, 주나라 성왕시절 무자년에 안자를 낳았다. 안자는 공자보다 삼십팔 세 어렸다. 어려서 기질이 남과 달라, 겨우 일곱 여덟 살에 공자의 제자가 되어 따랐다. 안자는 다른 사람보다 슬기로워서 하나를 들으면 그것을 유추해서 열 가지를 알았다. 공자 말씀을 들으면 어리석어서 잘 모르는 척 잠자코 있었지만 마음 속으로는 달통하였고, 공자 말씀을 들으면 미처 실행하지 못할까 걱정하였다. 화가 나더라도 화를 남에게 옮기지 않았다. 같은 잘못은 두 번 하지 않았으며, 널리 물어 알았다. 예의를 차리는 것은 담백하였으며, 예의에 맞지 않는 일은 듣지도 말하지도 않았다. 옛 성인의 도를 익히고 배우는 것을 좋아하여 도덕이 공자의 제자 삼천 명 중 으뜸이었으나 성인의 경지에는 조금 미치지 못하였다. 매우 가난하여도 학문하는 즐거움을 고치지 않았고, 좁고 지저분한 곳에 살았어도 굳이 벼슬을 구하지 않았으니 거의 성인이 경지에 이르렀다고 할 수 있다. 공자께서 자산의 도를 이를 제자로 생각하셨는데 스물아홉부터 머리가 희어지더니 서른하나에 죽었다. 안자가 죽자 공자께서는 크게 통곡하시면서 서러워하셨으며 노나라 애공도 슬퍼하며 조문하였다. 노나라 성 동쪽 산에 안장하였다. 안자의 기질이 출중하여, 마침내 많은 사람이 안자의 덕행을 우러러 칭찬하였다. 후에 연국복성공의 지위에 봉해지고 자손은 노나라에서 대대손손 오경박사의 벼슬을 하여 안자에게 제사를 올렸다.

증자의 명은 삼이고 자는 자여이다. 그 조상은 노나라 남무성에서 살았다. 아버지 증점이 공자께 배워 문하의 높은 제자가 되었다. 주나라 성왕 십오 년에 증자를 낳았으니 증자는 공자보다 마흔일곱 살 어렸다. 증자가 열여섯일 때, 아버지 증점의 명령으로 공자 문하에 나아가 글을 배웠다. 나이가 가장 어려서 매번 제자가 모이는 자리에서 말석에 있었다. 공자를 이십 여 년 동안 섬겨서 학문을 크게 이루었으나 구차하게 벼슬을 하지 않았다. 집이 가난했기 때문이 늘 헌옷을 입고 손수 밭을 갈아서 농사를 지어 부모님을 모셨다. 노나라 임금이 그 이야기를 듣고는 고을 하나를 주었으나 굳이 사양하였다. 부모가 늙으신 후로는 더욱 먼 곳으로 가 벼슬을 할 생각을 갖지 않았다. 때문에 제나라 왕이 공경 벼슬을 주기 위하여 초청했지만 가지 않았다. 공자의 제자 가운데에서도 효도를 실행하는 일에 뛰어나 부모님을 가장 잘 봉양한 사람이었다. 『대학』을 지어 가르치며 효도와 공경으로 다스렸던 옛 선왕을 본받은 그의 도는 모두 다 『대학』의 매우 중요한 덕목이다. 증자는 홀로 공자의 도통을 이어받았으니 공자께서 돌아가셨을 때에 증자의 나이는 겨우 스물여섯 살이었다. 증자의 학문과 도덕이 모든 제자들이 미치지 못할 정도였다. 나이가 들어가면서 그 도덕은 점차로 뛰어나게 되어 날로 유명해졌다.

자사의 명은 급이고 자는 자사이다. 그는 공자의 손자이자 백어의 아들이다. 어려서부터 조부인 공자의 가르침을 받아 스스로 공자의 도통을 이으려고 생각하였는데 공자께서는 도를 증자에게 전하셨다. 이에 증자에게 배워서 하늘이 만들어낸 착한 본성의 근원을 연구하였다. 하늘과 사람을 대할 때 성실함을 근본으로 삼았으며, 중도와 조화의 본체를 공경하며 높여 귀한 것으로 삼았다. 때문에 공자의 도를 높이고 『대학』의 마음을 연구하는 법을 전하며 『중용』의 미묘한 도를 밝힐 수 있었다. 공자께서 밝히신 성인의 덕을 깊이 깨우쳐 공자의 도통을 이으셨다. 비록 가난하지만 죽을 때까지 절개를 세우고 도를 행하여 공자의 사적을 전하였다. 노나라 목공이 자주 자사를 불렀다. 고기와 쌀을 주며 자사의 벗이 되기를 청하였으나 허락하지 않았다. 자사가 위나라에 있을 때 전자방이 높은 벼슬하는 사람들이 입는 옷과 수레와 말을 주었으나 받지 않았다. 나이 백 열 살에 돌아가시니 그 후 공자의 도통은 맹자에게 전해졌다. 이에 공자의 묘 옆에 장례지내고 기국술성공으로 추봉되어 공자를 모신 사당에 배향되었다.

맹자의 이름은 가이고, 자는 자여이다. 추나라 사람으로 그 선조는 황제 헌원씨의 자손이다. 주무왕이 주공 단을 노나라에 봉하여 그 후 그 자손들이 계손씨, 숙손씨, 맹손씨로 나뉘어 그중 맹손씨가 맹씨로 되었다. 맹자의 아버지 격공의는 구씨를 아내로 맞아 맹자를 낳았다. 맹자가 세 살 때 맹자의 아버지가 죽자 맹자의 어머니는 교육을 위해 이사를 세 번 하면서까지 엄격하게 교육시켰다. 맹자 역시 학문에 힘쓰고 부지런히 하여 게을리하지 않았다. 장성하여 자사에게 배워하여 공자를 한결같이 으뜸으로 삼았다. 맹자가 일찍이 말하였다.

"공자께서는 성인 중에서도 으뜸이시니 나는 공자님 배우기를 원한다."

맹자가 공자의 도를 통달하자 제선왕을 섬기면서 임금이 이익을 챙기는 것과 사사로운 탐욕을 막았다. 그리고 인과 의를 사용하여 천하에 임금 노릇 하는 도를 권하였으나 제선왕이 쓰지 않았다. 이에 위나라로 갔으나 위나라 혜왕도 맹자의 말을 듣지 않고 오히려 쓸데 없다고 여겼다. 맹자는 하나라 은나라 주나라 때 훌륭한 왕들의 정치를 행하려 하다가 이루지 못하자 물러나와 제자 만장 공손추 고자 등과 함께 시와 글을 지으면서 공자의 뜻을 이어 『맹자』 일곱 편을 지었다. 맹자가 말하였다.

"요임금과 순임금에서부터 탕임금까지 오백년 세월이 흘렀다. 우임금과 고요는 요임금과 순임금의 시대를 함께 살았기에 그들을 보고 아는 분들이고 탕임금은 요임금과 순임금의 훌륭한 정치를 들어서 아는 분이었다. 탕임금부터 문왕까지 또 오백년 세월이 흘렀다. 이윤은 보고 알았고 문왕은 들어서 알았다. 또 문왕으로부터 공자까지는 오백년이 지났는데 태공 산의생은 보고 알았고 공자께서는 들어서 아셨다. 공자의 시대로부터 지금까지는 또 백여 년이 지났다. 성인이 살았던 시대와 멀리 떨어지지 않아 공자의 도를 잇는 분이 계실 듯하다."

맹자는 공자를 잇는 성인을 기다렸지만 끝내 그 도를 전하지 못하고 죽어 사기산에 장사 지냈다. 훗날 추국 아성공에 봉해졌다. 추나라 땅에서 자손들이 대대로 오경박사 벼슬을 하며 제사를 맡아 하였다. 공자의 사당에 함께 배향되어 같이 제사를 받고 있다.

교주

문셩궁몽유록

문셩궁몽유록(文成宮夢遊錄)

듕원(中原)의 ᄒᆞᆫ 션비 이시니. 고금(古今)을 넙이 통(通)ᄒᆞ고 ᄒᆞᆨ문(學文)을 본ᄃᆡ 됴하ᄒᆞ야 황권(黃卷)[1] 가온대 녯 셩현(聖賢)을 ᄃᆡ(對)ᄒᆞ매 가연이 탄식(歎息)ᄒᆞ야 ᄀᆞᆯ오ᄃᆡ

"하ᄂᆞᆯ이 엇디[2] 공ᄌᆞ(孔子) ᄀᆞᆺᄒᆞᆫ 셩인(聖人)을 내시고 시졀(時節)을 만나디 못ᄒᆞ샤 ᄆᆞᄎᆞᆷ내 텬하(天下)의셔 황ᄒᆞ시게[3] ᄒᆞ고 안(顔), 증(曾), ᄌᆞ(子), ᄆᆡᆼ(孟) ᄀᆞᆺᄒᆞᆫ 대현(大賢)으로도 님군을 만나 ᄒᆡᆼ(行)티 못ᄒᆞ고 그 남은 칠십 뎨ᄌᆞ(弟子)[4]와 숑(宋)적 념낙군텬[5]이 다 간셰(間世)[6]ᄒᆞᆫ ᄌᆡ조(才操)와 츌뉴(出類)ᄒᆞᆫ 덕(德)으로 ᄆᆞᄎᆞᆷ내 초야(草野)의 간몰(艱沒)ᄒᆞ여 ᄉᆞ희창ᄉᆡᆼ(四海蒼生)으로 ᄒᆞ여곰

---

1) 서책을 가리키는 말.
2) 본문에서 필요한 경우, 작은 글씨로 협주를 달고 있다. 이하 협주는 해당 본문보다 작은 글씨로 처리한다.
3) 이명선 교주, <사수몽유록>, 『人文評論』 六月號, 人文社, 1940, 195쪽에는 '방황하시게'로 되어 있다. 이하 <사수몽유록>으로 통칭하고, 쪽수는 밝히지 않는다.
4) <사수몽유록>에는 '칠십자'로 되어 있다.
5) '념낙군현(濂洛群賢)'의 오기. 중국 송나라 때의 유학자인 주돈이(周敦頤), 정호(程顥)와 정이(程頤), 장재(張載), 주희(朱熹) 등을 가리킨다. 이들의 학문을 염락관민지학(濂洛關閩之學)이라고 한다. '염락관민'은 주돈이의 염계(濂溪), 정호와 정이의 낙양(洛陽), 장재의 관중(關中), 주희의 민(閩) 땅을 가리키는 것으로 이들의 출신 지명이다. <사수몽유록>에는 '낙군현'으로 되어 있다.
6) 여러 대에 걸쳐서 드물게 나타남.

요순시졀(堯舜時節)을 보디 못ᄒᆞ게 ᄒᆞ니 실(實)노 하ᄂᆞᆯ 쓰ᄌᆞᆯ 아디못ᄒᆞ리로라” ᄒᆞ고 잇다감 술을 취ᄒᆞ면 분ᄒᆞᆷ을 니긔디 못[7]ᄒᆞ야 칼을 ᄲᅢ혀 셔안(書案)을 쳐 탄(嘆)ᄒᆞ야 ᄀᆞᆯ오ᄃᆡ,

“당위(唐虞)[8] 임의 머럿고 요순이 임의 믈(歿)ᄒᆞ여시니 오홉다! 부ᄌᆞ(夫子)여! 되(道) 힝치 못ᄒᆞ린뎌.”

ᄒᆞ고 분개(憤慨)ᄒᆞ믈 마디 아니 ᄒᆞ더니 홀연(忽然) 피곤(疲困)ᄒᆞ여 셔안을 비겨 좀을 드니 두 쳥의동ᄌᆡ(青衣童子) 학(鶴)을 모라 알픠 와 녜(禮)ᄒᆞ고 ᄀᆞᆯ오ᄃᆡ,

“규(奎)・벽(壁) 냥(兩) 션군(仙君)이 특별(特別)이 쳥(請)ᄒᆞ시더이다.”

ᄉᆡᆼ(生)이 ᄀᆞᆯ오ᄃᆡ,

“나ᄂᆞᆫ 하계(下界) 우ᄆᆡᆼ(愚氓)[9]이오. 규・벽은 샹텬(上天) 녕션(靈仙)이니 엇디 시러곰 만나리오?”

동ᄌᆡ ᄃᆡ왈(對曰),

“션ᄉᆡᆼ(先生)은 ᄉᆞ양(辭讓)치 말고 다만 학의 등의 오ᄅᆞ면 ᄌᆞ연(自然) 가리라.”

ᄒᆞ고 드ᄃᆡ여 쳥학(青鶴)을 가져와 ᄭᅮᆯ니거ᄂᆞᆯ ᄉᆡᆼ(生)이 학(鶴)의 등의 오ᄅᆞ매 학이 두어 번 ᄂᆞᆯ개ᄅᆞᆯ 붓ᄎᆞ매 ᄇᆞᆯ셔 반공의 올나 인[10]간을 굽어보니 불근 ᄯᅳᆺ글이 아득ᄒᆞ여 덥혓ᄂᆞᆫᄃᆡ 댱안(長安)이 바둑낫 만ᄒᆞ여 뵈고 ᄉᆞ히(四海) 잔의 물 ᄀᆞᆺ더라. 져근덧ᄒᆞ여 ᄒᆞᆫ 곳의 니ᄅᆞ니 큰 마을이 잇고 문(門)의 ᄡᅥ시ᄃᆡ ‘옥쳥

---

7) 본문에 작은 붉은 글씨로 협주를 달고 있다. <사수몽유록>에는 ‘감 술을 취하면 분하믈 이긔지 못ᄒᆞ야’로 되어 있다. 작은 붉은 글씨라는 말이 없는 경우는 모두 작은 검은 글씨로 된 협주이다.

8) 중국의 도당씨(陶唐氏)와 유우씨(有虞氏). 곧 요와 순의 시대를 함께 이르는 말로 유학에서 이상적 태평시대로 치는 시대이다.

9) 어리석은 백성. 백성이 통치자에 대하여 자신을 부르는 겸사말.

10) 본문에 작은 붉은 글씨로 적어 놓고 있다. <사수몽유록>에는 ‘학이 두어 번 날개랄 부차니 발셔 반공의 올라가 인’으로 되어 있다.

(玉淸) 문챵뷔(文昌府)'라 ᄒᆞ엿더라.

동지(童子) 드러가 보(報)ᄒᆞ더니 즉시 나와 쳥(請)ᄒᆞ여 드러가 슈졍(水晶)셤 아래 니ᄅᆞ니 두 션관(仙官)이 ᄇᆡᆨ옥(白玉) 교위(轎位) 우희 안잣다가 ᄉᆡᆼ(生)을 보고 교위에 ᄂᆞ려 읍(揖)ᄒᆞ고 좌(座)의 올니거ᄂᆞᆯ 말셕(末席)의 올나 ᄌᆡᄇᆡ(再拜) 부복(仆伏)한ᄃᆡ 션관이 우어 ᄀᆞᆯ오ᄃᆡ

"그ᄃᆡ 어이 놉흔 션비로셔 녯 글을 만히 닑어 텬슈(天數)ᄅᆞᆯ 알녀든 하ᄂᆞᆯ 뜻을 모로고 망녕도이 하ᄂᆞᆯ을 원망ᄒᆞᄂᆞᆫ다? 하ᄂᆞᆯ이 듕니(仲尼)공ᄌᆞᄅᆞᆯ 내여 그 위(位)ᄅᆞᆯ 엇디 못ᄒᆞ고 텬하(天下)의 쥬류(周遊)ᄒᆞ게 ᄒᆞ문 다ᄅᆞᆫ 뜻이 아니라. 만일 텬ᄌᆞ(天子) 위(位)ᄅᆞᆯ 맛져 셰샹을 다ᄉᆞ려 만방(萬方)이 협화(協和)ᄒᆞ고 ᄇᆡᆨ셩(百姓)이 오변(於變)[11]홈은 이 불과(不過) 일시(一時) 공회(功效)오. 하위(下位)예 굴(屈)ᄒᆞ야 ᄉᆞ문(斯文)을 흥긔(興起)ᄒᆞ여 목탁(木鐸)으로 도로의 슌힝(巡行)[12]ᄒᆞ여 이왕(已往) 셩인(聖人)의 도(道)ᄅᆞᆯ 닛게 ᄒᆞ고 댱ᄂᆡ(將來) ᄒᆞᆨ문(學文)을 여러 텬하(天下)의 아득ᄒᆞᆫ 거ᄉᆞᆯ ᄭᆡ닷게 ᄒᆞ문 이 만셰(萬世)예 덕퇴(德澤)이오. 귀ᄒᆞ미 텬ᄌᆡ 되고 가옴열문 ᄉᆞ희ᄅᆞᆯ 두미 이 불가[13] 일시(一時) 존귀(尊貴)ᄒᆞ미오. 만고(萬古)의 도덕(道德)을 뎐(傳)ᄒᆞ여 ᄉᆞ희(四海) 안과 팔황(八荒) 밧기며, 우흐로 텬ᄌᆞ(天子)로부터 아래 셔인(庶人)ᄭᆞ디 졍셩(精誠)을 갈(竭)ᄒᆞ고, ᄆᆞᄋᆞᆷ울 다ᄒᆞ여 공경(恭敬)ᄒᆞ고 존봉(尊奉)ᄒᆞ여 혈식(血食)[14]을 쳔고(千古)의 폐(廢)티 아니ᄒᆞ니[15] 엇디 일시(一時)에 귀(貴)홈과 ᄀᆞᆺᄒᆞ리오? ᄒᆞ믈며 우리 둘이 ᄉᆞ문(斯文)[16]을 쥬댱(主張)ᄒᆞ엿ᄂᆞᆫ디라. 옥뎨(玉帝)긔 엿ᄌᆞ와 ᄉᆞ슈(泗

---

11) 오변시옹(於變時雍)의 준말. 백성이 선도(善道)에 이르러 서로 화목(和睦)하여 천하(天下)가 잘 다스려지는 것을 말한다.

12) <사수몽유록>에는 '순하야'로 되어 있다.

13) '불과(不過)'의 오기. <사수몽유록>에는 '블과'로 되어 있다.

14) 국전(國典)으로 제사를 지냄.

15) <사수몽유록>에는 '엇디 일시의 다살며'가 이어진다.

16) 유교문화를 이르는 말.

水)[17] 우희 봉(封)ᄒᆞ여 국호(國號)ᄅᆞᆯ 소(素)라 ᄒᆞ고 왕호(王號)ᄅᆞᆯ 문셩(文成)이라 ᄒᆞ며, 만고(萬古) 유현(儒賢)을 ᄃᆞ리고 치화(治化)ᄅᆞᆯ 펴 하ᄂᆞᆯ이 거츨고 ᄯᅡ히 늘거도 망(亡)ᄒᆞᆯ 적이 업게 ᄒᆞ여시니 엇디 당우삼ᄃᆡ(唐虞三代)[18]예 녁년(歷年)[19]과 비ᄒᆞ리오? 이제 그ᄃᆡᄅᆞᆯ 청(請)ᄒᆞ여 오믄 ᄒᆞᆫ번 소왕ᄭᅴ 뵈여 하ᄂᆞᆯ ᄯᅳᆺ들 알게 ᄒᆞ고 우리 ᄉᆞ문을 ᄡᅥ러 ᄇᆞ리디 아니ᄒᆞ몰 알게 ᄒᆞ미니라."

즉시 동ᄌᆞ(童子)ᄅᆞᆯ 불너 옥패(玉牌) ᄒᆞ나흘 주어 ᄉᆡᆼ(生)을 주어[20] ᄉᆞ슈 우희 소왕긔 됴회(朝會)ᄒᆞ라 ᄒᆞ거ᄂᆞᆯ ᄉᆡᆼ이 절ᄒᆞ여 하딕(下直)ᄒᆞ고 학(鶴)을 ᄐᆞ고 동ᄌᆞᄅᆞᆯ 조차 가더니 ᄒᆞᆫ ᄯᅡ히 다ᄃᆞᄅᆞ니 일월(日月)이 명낭(明朗)ᄒᆞ고 화(和)ᄒᆞᆫ 긔운(氣運)이 ᄡᅩ이며 길희 남녀(男女) 길흘 분(分)ᄒᆞ고 늘그니 짐을 아니 지고 밧 가ᄂᆞᆫ 니 ᄀᆞ을 ᄉᆞ양(辭讓)하고[21] 어린 아희들은 강구(康衢)[22]의 노래 부ᄅᆞ고 늘그니ᄂᆞᆫ 격양시(擊壤詩)[23]를 읇거ᄂᆞᆯ ᄉᆡᆼ이 동ᄌᆞᄃᆞ려 문왈(問曰)

"이 어ᄂᆡ 곳이완ᄃᆡ 완연(完然)이 ᄐᆡ고적(太古的) 긔상(氣象)이며 당우(唐虞) 적 풍속(風俗)이뇨?"

동ᄌᆡ(童子) ᄃᆡ왈(對曰)

"ᄉᆞ슈(泗水)[24] ᄯᅵ경(地境)이오, 소국(素國) 문셩왕(文成王)의 나라히라."

---

17) 중국(中國) 산동성에 있는 강. 산동성 사수현(泗水縣) 동부(東部)의 배미산(陪尾山)에서 시작하여 남서(南西)로 흘러 공자(孔子)의 출생지(出生地)인 곡부현(曲阜縣)을 거쳐 제령(濟寧) 부근(附近)에서 대운하(大運河)에 합쳐진다.

18) 중국 고대의 요순(堯舜) 시대와 하(夏)나라, 은(殷)나라, 주(周)나라 시대를 아울러 이르는 말. 당우(唐虞)는 중국 고대의 임금인 도당씨(陶唐氏) 요(堯)와 유우씨(有虞氏) 순(舜)을 아울러 이르는 말로, 중국 역사에서 이상적인 태평 시대를 일컫기도 한다.

19) 한 왕조가 왕업을 누린 햇수.

20) <사수몽유록>에는 '다려가'로 되어 있다.

21) 양반(讓畔). 태평성대의 대표적인 예. 생활이 여유롭고 풍족하여 토지의 경계에 대해서 서로 양보한다는 말.

22) 사방으로 두루 통하는 번화한 큰 길거리.

23) 격양가(擊壤歌). 중국의 요임금 때에, 태평한 생활을 즐거워하여 불렀다고 한다.

24) <사수몽유록>에는 '이난 사슈'로 되어 있다.

하고 싱(生)을 인(引)ᄒᆞ여 국도(國都)의 드러가니 풍쇽(風俗)이 더옥 슌화(順和)ᄒᆞ고 인심(人心)이 고박(古朴)ᄒᆞ더라. 궐문(闕門) 밧긔 다ᄃᆞ라 싱(生)을 셰우고 몬져 드러가거ᄂᆞᆯ 싱이 둘너보니 궁쟝(宮墻)이 수인(數仞)이나 ᄒᆞ니[25] 그 문(門)을 드지 못ᄒᆞ면 그 종묘(宗廟)의 미(美)홈과 빅관(百官)의 부(富)ᄒᆞ믈 보디 못ᄒᆞᆯ너라. 이윽ᄒᆞ여 ᄒᆞᆫ 관원(官員)이 동ᄌᆞ(童子)와[26] 홈긔 나와

"뎐지(傳旨)ᄒᆞ여 부ᄅᆞ신다."

ᄒᆞ여ᄂᆞᆯ 싱이 추창(趨蹌)ᄒᆞ여 드러가보니 ᄒᆞᆫ 뎐(殿)이 이셔ᄃᆡ 크게 금ᄌᆞ(金字)로 빠시ᄃᆡ 대[27]셩뎐(大成殿)이라 ᄒᆞ고 뎐(殿) 안히 일위(一位) 왕쟈(王者) 안자 계시니 그 니ᄆᆞᄂᆞᆫ 뎨요(帝堯) ᄀᆞᆺ고 그 목은 고요(皐陶) ᄀᆞᆺ고 그 엇게ᄂᆞᆫ 뎡ᄌᆞ산(鄭子産)[28] ᄀᆞᆺ고 허리 뻐 아래ᄂᆞᆫ 하우시(夏禹氏)긔 삼촌(三寸)은 밋디 못ᄒᆞ고[29] 입시울이 놉고 니 드러나며 두 귀 ᄂᆞᆺ치셔 희니 그 놉흐문 하ᄂᆞᆯ ᄀᆞᆺ고 그 ᄇᆞᆰ으문 일월(日月) ᄀᆞᆺᄐᆞ니 뫼히 비(比)컨대 태산(泰山) ᄀᆞᆺ고 물의 비(比)컨대 하히(河海) ᄀᆞᆺᄐᆞ며 녕어[30]ᄒᆞ문 긔린(麒麟) ᄀᆞᆺ고 샹셔(祥瑞)로오문 봉황(鳳凰) ᄀᆞᆺᄐᆞ니 싱민(生民)이 이시므로부터 오므로 ᄀᆞᆺᄐᆞᆫ 재(者) 업ᄉᆞᆫ디라. 온냥(溫良)ᄒᆞ시며[31] 공검(恭儉)ᄒᆞ시며 신신(申申)ᄒᆞ시며 요요(夭夭)ᄒᆞ시ᄃᆡ 그

---

25) 작은 붉은 글씨로 적혀 있다.

26) 작은 붉은 글씨로 적혀 있다.

27) 작은 붉은 글씨로 적혀 있다.

28) 춘추(春秋) 말기 정나라의 정치가이자 사상가로 자국(子國)의 아들이다. 정간공(鄭簡公; BC 570~BC 530) 12년(BC 544)에 경(卿)이 되어서 23년간 집정(執政)하였다.

29) 『사기(史記)』 「공자세가(孔子世家)」에 "공자가 정나라로 갔다가 제자들을 잃어버리고 홀로 성곽 동문에 서 있었다. 정나라 사람 가운데 어떤 이가 자공에게 말하였다. '동문에 어떤 사람이 있는데, 이마는 요와 같고, 목은 고요 같으며, 어깨는 자산과 같다. 그러나 허리 아래로는 우에서 3촌 미치지 못하는데, 뜻을 얻지 못한 모습이 마치 상갓집 개와 같았소.'(孔子適鄭 與弟子相失 孔子獨立郭東門 鄭人或謂子貢曰 東門有人 其顙似堯 其項類皐陶 其肩類子産 然自要以下 不及禹三寸 纍纍若喪家之狗)"라고 적혀 있다.

30) '녕이(靈異)'의 오기. <사수몽유록>애는 '영이'로 되어 잇다.

31) 작은 붉은 글씨로 적혀 있다. <사수몽유록>에는 '온냥하시며'로 되어 있다.

씩씩ᄒᆞ믄 츄양(秋陽)을 폭(暴)ᄒᆞᆫᄃᆞᆺ ᄒᆞ며 강ᄒᆞᆫ(江漢)을 탁(濯)ᄒᆞᆫᄃᆞᆺ ᄒᆞ신디라.[32] 니로[33] 형상(形像)ᄒᆞ여 긔록(記錄)디 못ᄒᆞᆯ너라. 마리[34]의 쥬면(珠冕)을 ᄡᅳ시고 몸의 슌상(舜裳)을 닙으시고 손의 ᄇᆡᆨ옥홀(白玉笏)을 쥐여 겨시더라. 좌우(左右)의 네 셩인(聖人)이 뫼셔시니 동남(東南) 뎨일위(第一位)예ᄂᆞᆫ 연국공(兗國公) 안연(顔淵)ᄌᆞ(子)이니 삼츈(三春) 화(和)ᄒᆞᆫ 긔운 ᄀᆞᆺ고 둘재 위예ᄂᆞᆫ 긔국공(沂國公) 공급(孔伋)[35]ᄌᆞ사이니 ᄌᆞ(字)ᄂᆞᆫ ᄌᆞᄉᆡ(子思)오. 셔남(西南) 뎨일위(第一位)예ᄂᆞᆫ 셔국공[36] 증ᄉᆞᆷ(曾參)[37]ᄌᆞ(子)이오[38], 뎨이위(第二位)예ᄂᆞᆫ 츄국공(鄒國公) ᄆᆡᆼ가(孟軻)ᄌᆞ(子)니 ᄌᆞ(字)ᄂᆞᆫ ᄌᆞ여(子輿)니 태산(泰山)이 암암(巖巖)ᄒᆞᆫ 긔상(氣像)이러라. 안연(顔淵)ᄌᆞ(子)은 태ᄉᆡ(太師) 되엿고 공급(孔伋)ᄌᆞᄉᆞ(子思)은 태븨(太傅)오, 증ᄉᆞᆷ(曾參)ᄌᆞ은 태뵈(太保)니 이 삼공(三公)이라. 왕(王)을 도아 치도(治道)ᄅᆞᆯ 의논(議論)ᄒᆞ고 ᄆᆡᆼ가(孟軻)ᄌᆞ(子)ᄂᆞᆫ 총ᄇᆡᆨ관통ᄌᆡ(總百官冢宰) 되여시니 ᄇᆡᆨ관(百官)을 거ᄂᆞ려 ᄉᆞᄒᆡ(四海)ᄅᆞᆯ 다ᄉᆞ리니 이 녯날 쥬공(周公)[39]의 ᄒᆞ얏던 벼슬리러라.

ᄯᅩ 두 줄노 열 사ᄅᆞᆷ이 버러시니 비공(費公) 민손(閔損)의 ᄌᆞᄂᆞᆫ ᄌᆞ건(子騫)

---

32) 『맹자(孟子)』「등문공(滕文公) 상(上)」에 "옛날에 공자께서 돌아가시고 3년이 지난 뒤에 제자들이 짐을 챙겨 장차 돌아가려할 때, 들어가서 자공에게 읍하고 서로 향하여 실성통곡하다가 돌아갔다. 자공은 다시 돌아와 무덤가에 집을 짓고는 홀로 3년을 산 뒤에 돌아갔다. 후일에 자하, 자장, 자유가 유약이 성인과 비슷하다 하여 공자를 섬기는 예로써 섬기자고 증자에게 강요하였다. 그러자, 증자가 말하였다. '불가하다. 강수와 한수로 몸을 씻은 것과 같고, 가을 햇볕에 몸을 쪼이는 것과 같아 더할 수 없이 빛나고 깨끗하다.'라고 했다(昔者 孔子沒 三年之外 門人 治任將歸 入揖於子貢 相嚮而哭 皆失聲然後歸 子貢 反 築室於場 獨居三年然後歸 他日 子夏子張子游 以有若似聖人 欲以所事孔子 事之彊曾子 曾子曰 不可 江漢以濯之 秋陽以暴之 皜皜乎不可尙已)."고 적혀 있다.

33) '니로'의 오기. <사수몽유록>에는 '니로'로 되어 있다.

34) '머리'의 오기. <사수몽유록>에는 '머리'로 되어 있다.

35) 공자의 손자.

36) '셩국공(郕國公)'의 오기.

37) 공자의 제자. 이름은 삼(參), 자는 자여(子輿).

38) <사수몽유록>에는 '셔남 뎨일위 - 이오'까지 없다.

39) 주나라의 정치가로 문왕의 아들이자 무왕의 동생. 시호는 문공(文公). 노나라의 시조(始祖)로서 받들어졌다.

이니 쇼시(少師)오.

셜공(薛公) 염옹(冉雍)의 ᄌᆞ(字)ᄂᆞᆫ 듕궁(仲弓)이니 쇼뷔(少傅)오. 훈공(鄆公) 염셩[40]의 ᄌᆞ(字)ᄂᆞᆫ ᄇᆡᆨ우(伯牛)니 쇼뵈(少保)니 이ᄂᆞᆫ 삼괴(三孤)[41]라. 삼공(三公)을 도아 치도(治道)ᄅᆞᆯ 의논(議論)ᄒᆞ고 녀공(黎公) 단목ᄉᆞ(端木賜)의[42] ᄌᆞ(字)ᄂᆞᆫ ᄌᆞ공(子貢)이니 대둉ᄇᆡᆨ(大宗伯)을 ᄒᆞ엿고 위공(衛公) 듕유(仲由)의 ᄌᆞ(字)ᄂᆞᆫ ᄌᆞ로(子路)니 대ᄉᆞ마(大司馬)ᄅᆞᆯ ᄒᆞ엿고 위공(魏公) 복샹(卜商)의 ᄌᆞ(字)ᄂᆞᆫ ᄌᆞ하(子夏)니 대ᄉᆞ구(大司寇)ᄅᆞᆯ ᄒᆞ엿고 셔공(徐公) 염구(冉求)[43]의 ᄌᆞ(字)ᄂᆞᆫ[44] ᄌᆞ유(子由)니 대ᄉᆞ공(大司空)을 ᄒᆞ엿고 오공(吳公) 언언(言偃)[45]의 ᄌᆞ(字)ᄂᆞᆫ ᄌᆞ유(子游)니 대ᄉᆞ도(大司徒)ᄅᆞᆯ ᄒᆞ엿고 평음후(平陰侯) 유약(有若)[46]은 샹태우(上大夫)ᄅᆞᆯ ᄒᆞ엿고 졔공(齊公) ᄌᆞ여[47]의 ᄌᆞ[48]ᄂᆞᆫ ᄌᆞ이니[49] 우ᄃᆡ언(右代言)을 ᄒᆞ야 왕명(王命)을 츌납(出納)ᄒᆞ더라. 동셔(東西) 두 줄노 ᄇᆡᆨ여인(百餘人)이 뫼셔시니 뎐하(殿下)의 다 고금대현(古今大賢)이라. 위의(威儀) 졔졔(齊齊)ᄒᆞ고 긔샹(氣象)이 은은(殷殷)ᄒᆞ더라. 그듕의 ᄒᆡᆼ인(行人)[50] 공셔젹(公西赤)[51]이 ᄡᅴᄅᆞᆯ 도도고 홀(笏)을 잡고 뎐(殿)에 올나 주왈(奏曰)

---

40) '염경(冉耕)'의 오기. <사수몽유록>에는 '공 염경'으로 되어 있다.
41) 중국 주나라 때, 소사(少師), 소부(少傅), 소보(少保)의 세 벼슬을 합쳐서 불렀던 말로, 삼공을 보좌하는 관직이다.
42) 작은 붉은 글씨로 적혀 있다.
43) 중국 춘추 시대의 노나라 사람이다. 孔門十哲의 한 사람으로, 정사(政事)에 뛰어났다.
44) 'ᄂᆞᆫ' 옆 협주에 '의 ᄌᆞ'가 표기되어 있다.
45) '작은 붉은 글씨로 적혀 있다. <사수몽유록>에는 '오공 언언'으로 되어 있다.
46) 문맥을 고려할 때, '유약(有若)의 ᄌᆞ(字)는 ᄌᆞ유(子有)니'의 오기로 보인다.
47) '지여(宰予)'의 오기.
48) 작은 붉은 글씨로 적혀 있다.
49) 'ᄌᆞ아(子我)니'의 오기.
50) 여기서 행인은 使者, 즉 심부름을 하는 사람의 의미로 쓰였다.
51) 성은 공서(公西), 이름은 적(赤), 자는 화(華). 외교 수완이 뛰어난 인물로 평가받는다.

"밧긔 아홉 사룸이 와시니 다 동국(東國) 사룸이라. 셜총(薛聰) 안향(安珦)이란 사람은 구트여 흑문(學文) 듕(中) 사룸이 아니로디 셩문(聖門)의 공(功)이 잇고 최치원(崔致遠)이란 사룸이 쏘훈 흑문이 업스디 동방의 문교(文教)룰 처음으로 챵긔(昌起)호여 사룸으로 호여곰 문한(文翰)을 알게 호니 이 셩문의 젹디 아닌 공이오. 뎡몽쥬(鄭夢周)란 사룸은 흑문이 유여(裕餘)호고 튱셩(忠誠)이 관일(貫一)호고 그 남은 다숫 사룸은 다 흑문이 고명(高明)호고 도덕이 졍심(精深)호야 듕국 사룸의게 지지 아니호디 말자(末子) 섯는 사룸은 더옥 긔질(器質)이 슌슈(純粹)호고 도덕(道德)이 고명호야 넉넉이 당의 올나 실(室)에 드럼즉 호오니 알외ᄂ이다."

왕이 굴오샤디

"그러면 드러오미 맛당타."

호신대 아홉 사룸이 일시의 드러와 스비(四拜)호기룰 맛고[52] 동셔(東西)로 갈나 셧더니 셔젹이 쏘 알외디

"쏘 두어 사룸이 와 머뭇거려 드디 못호니 문 직흰 재 ᄊ지저 물니치니 물너 갓다가 다시 왓ᄂ이다."

왕이 잠간 우스시고 명호야 드러오라 호신디 이인(二人)이 드러와 왕씌 뵈옵고 동셔로 말항(末行)의 셧더라. 왕이 굴오샤디

"ᄎ홉다. 빅규(百揆)[53]아. 뉘 능히 분용(奮勇)호야 내 일을 빗나게 홀고?"

모다 굴오디

"밍개ᄌ 툥직(冢宰) 되얏ᄂ니이다."

왕왈

"유(兪)라. ᄌ홉다.[54] 밍가ᄌ아! 네 내 도(道)룰 뎐(傳)호야시니 이에 힘쓸

52) 작은 붉은 글씨로 적혀 있다.
53) 백관(百官). 모든 벼슬아치.

지어다."[55]

밍지(孟子) 절ᄒᆞ고 머리ᄅᆞᆯ 두ᄃᆞ려 주희(朱熹)ᄌᆞ게 ᄉᆞ양(辭讓)ᄒᆞᆫ대 왕이 ᄀᆞᆯ오샤ᄃᆡ,

"유(兪)라. 너 주희ᄌᆞ아! 내 도ᄅᆞᆯ 네 니어 만고(萬古)의 몽ᄒᆞᆨ(蒙學)을 여니 내 이제 아름다이 넉이ᄂᆞ니 네가 흠(欽)ᄒᆞ라."

왕이 왈

"언(偃)아. ᄇᆡᆨ셩(百姓)이 친(親)티 아니ᄒᆞ며 오품(五品)이 손(損)티 아니ᄒᆞ며 네 ᄉᆞ되(司徒) 되엿ᄂᆞ니 오도(吾道)ᄅᆞᆯ 삼가 베푸ᄃᆡ 너그럽게 ᄒᆞ라."

언이 머리 조아 뎡호(程顥)ᄌᆞ(子)의게 ᄉᆞ양ᄒᆞᆫᄃᆡ 왕왈

"격(格)ᄒᆞ라. 너 호(顥)뎡ᄌᆞ(程子)아. 도ᄒᆞᆨ(道學)이 ᄒᆡᆼ(行)티 못ᄒᆞ고 텬해(天下) 무무(貿貿)[56]ᄒᆞ여 그 향(向)ᄒᆞᆯ 바ᄅᆞᆯ 아디 못거ᄂᆞᆯ 내 홀노 뎐(傳)티 못ᄒᆞᄂᆞᆫ 도(道)ᄅᆞᆯ 경셔(經書) 가온대 어더내여 황연(晃然)이 다시 텬하의 ᄇᆞᆰ게ᄒᆞ문 이 너희 공이라. 내 아름다이 너기ᄂᆞ니 이제 널노ᄡᅥ 쇼ᄉᆞ도(少司徒)ᄅᆞᆯ ᄒᆞ이ᄂᆞ니 네 왕(往)ᄒᆞ야 흠(欽ᄒᆞ)라."

왕왈

"격(格)ᄒᆞ라. 샹(商)아. 네 ᄉᆞ귀(司寇) 되엿ᄂᆞ니 형(刑)을 휼(恤)ᄒᆞᆯ디어다."

샹이 돈슈(頓首)ᄒᆞ여 뎡이(程頤)ᄌᆞ(子)[57]게 ᄉᆞ양ᄒᆞᆫ대.

왕왈

"격ᄒᆞ라. 너 이(頤)뎡ᄌᆞ(程子)아. 널노ᄡᅥ 소ᄉᆞ구(少司寇)[58]ᄅᆞᆯ ᄒᆞ이ᄂᆞ니 한가

---

54) 'ᄎᆞ홉다'의 오기.

55) 이하 왕이 신하를 임명하는 내용은 『서경(書經)』 「순전(舜典)」에서 그 형식을 취하고 있다.

56) 멍청하다. 우매하다는 뜻인데, <사수몽유록>에는 "무도(無道)"로 되어 있다.

57) 중국 북송(北宋) 중기의 유학자. 형 정호(程顥)와 함께 '이정자(二程子)'라 불리며 정주학(程朱學)의 창시자로 알려졌다.

58) <사수몽유록>에는 '사구'로 되어 있다.

지로 ᄒᆞ라."

왕이 왈

"ᄉᆞ(賜)아. 네 동빅[59]이 되엿ᄂᆞ니 네 녜악(禮樂)을 니ᄅᆞ혀 신인(臣人)을 다ᄉᆞ리며 상하(上下)롤 화(和)케 ᄒᆞ라."

단목ᄉᆡ(端木賜) 계슈(稽首)ᄒᆞ여 쇼옹(邵雍)공(公)의게 ᄉᆞ양(辭讓)ᄒᆞᆫ대 왕이 ᄀᆞᆯ오샤ᄃᆡ,

"옹(雍)쇼공(邵公)아. 네 ᄒᆞᆫ가지로 ᄒᆞ라."

옹(雍)쇼공(邵公)이 고ᄉᆞ(固辭)ᄒᆞ야 ᄀᆞᆯ오ᄃᆡ

"신이 이 소임(所任)을 당(當)치 못ᄒᆞ리니 각별이 ᄒᆞᆫ 사ᄅᆞᆷ을 쳔거(薦擧)ᄒᆞ리이다. 한(漢)의 ᄒᆞᆫ 사ᄅᆞᆷ이 이시니, 셩명(姓名)은 졔갈냥(諸葛亮)이오, 삼ᄃᆡ(三代) 샹 인물(上人物)이라. 거의 녜악(禮樂)을 ᄒᆞ리니 이 사ᄅᆞᆷ이 시방[60] 예 오디 아냣거니와 원(願)컨대 대왕(大王)은 부ᄅᆞ쇼셔."

왕(王)이 즉시(卽時) 뎐지(傳旨)ᄒᆞ야 부ᄅᆞ시니 이윽고 냥(亮)공명(孔明)이 드러와 뵐ᄉᆡ, 온용(溫容) 유아(儒雅)ᄒᆞ야 진짓 유자(儒子)의 긔상(氣象)이러라.

왕왈(王曰)

"격(格)ᄒᆞ라. 너 냥(亮)아. 네 냥인(兩人)을 도아 녜악(禮樂)을 니ᄅᆞ혀라."

왕이 ᄀᆞᆯ오샤ᄃᆡ,

"격(格)ᄒᆞ라. 너 댱ᄌᆡ(張載)아. 널노 쇼ᄉᆞ마(少司馬)롤 ᄒᆞ이ᄂᆞ니 너ᄂᆞᆫ 뉵ᄉᆞ(六師)롤 거ᄂᆞ려 나라흘 평(平)케 ᄒᆞ라."

왕왈

"격(格)ᄒᆞ라. 너 ᄉᆞ마광(司馬光)아. 널노ᄡᅧ 딜종(秩宗)을 삼ᄂᆞ니. 네 왕(往)ᄒᆞ야 흠(欽)ᄒᆞ라."

59) '동빅(宗伯)'의 오기. <사수몽유록>에는 '종백'으로 되어 있다.
60) 작은 붉은 글씨로 적혀 있다.

왕왈

"격(格)ᄒᆞ라. 너 쥬돈[61]공(公)아. 널노 쇼ᄉᆞ공(少司空)을 ᄒᆞ이ᄂᆞ니, 민시(民時)와 디리[62](地理)ᄅᆞᆯ 아라 흠지(欽哉)ᄒᆞ라."

왕왈

"격(格)ᄒᆞ라. 너 한유(韓愈)아. 널노ᄡᅧ 납언(納言)을 삼ᄂᆞ니, 내의 명(命)을 츌납(出納)ᄒᆞᄃᆡ, 오직 윤(允)ᄒᆞ여 내 허믈을 네 도으ᄃᆡ, 면종(面從)ᄒᆞ고 믈너가 훗언(後言)을 두ᄃᆡ 말나."

왕왈

"격(格)ᄒᆞ라. 쇼옹(邵雍)쇼공(邵公)아, 네 호텬(昊天)을 흠약(欽若)ᄒᆞ며, 일월셩심[63]을 녁상(歷象)ᄒᆞ야, 인시(人時)ᄅᆞᆯ 삼가 맛디고 ᄡᅧ 칠졍(七政)[64]을 ᄀᆞ죽이 ᄒᆞ라. 너 쥬희(朱熹)ᄌᆞ(子)아, 이제 경셔(經書) 잔멸(殘滅)ᄒᆞ여 ᄉᆞ혹(斯學)이 ᄇᆞᆰ디 못ᄒᆞ니, 네 셩의(聖意)ᄅᆞᆯ ᄇᆞᆰ혀 셰인(世人)으로 ᄒᆞ여곰 명ᄇᆡᆨ(明白)히 알게 ᄒᆞ라."

듀지(朱子) ᄇᆡ슈(拜手) 왈(曰)

"녀도겸[65] 댱식(張栻)과 ᄒᆞᆫ 가지로 ᄒᆞ여지이다."

왕왈

"격(格)ᄒᆞ라. 식, 도겸[66]아. 네 왕(往)ᄒᆞ여 흠(欽)ᄒᆞ라."

"경[67]ᄒᆞ라. ᄉᆞ마광(司馬光)[68]아! ᄉᆞ혹(斯學)이 오래 ᄇᆞᆰ디 못하야 츈츄(春秋)

---

61) '쥬돈이(周敦頤)'의 오기. <사수몽유록>에는 '쥬듣이'로 되어 있다.
62) 작은 붉은 글씨로 적혀 있다.
63) '일월성신(日月星辰)'의 오기.
64) 태양, 달, 화성, 수성, 목성, 금성, 토성을 통틀어 이른 말.
65) '녀됴겸(呂祖謙)의 오기. 자는 백공(伯恭). 일명 동래선생(東萊先生). 주희(朱熹), 장식(張栻)과 더불어 동남삼현(東南三賢)으로 일컬어진다.
66) '됴겸'의 오기. <사수몽유록>에는 '조겸'으로 되어 있다.
67) '격'의 오기. <사수몽유록>에는 '격'으로 되어 있다.
68) 중국 북송 때의 학자・정치가(1019~1086). 자는 군실(君實). 호는 우부(迂夫)・우수(迂

미묘(微妙)ᄒᆞᆫ 뜻을 알 니 업ᄉᆞ니 네 녁대(歷代) ᄉᆞ긔(史記)를 닷그라."

광(光)이 비슈명[69](拜受命)[70] 왈(曰)

"신(臣)이 지죄(才操)업서 문댱(文章)은 한유(韓愈)[71]만 못ᄒᆞ고 ᄒᆡ박(該博)ᄒᆞ기는 좌구명(左丘明)[72], 뉴향(劉向)[73], 공냥(穀梁)[74] 공양(公羊)[75] 등만 ᄒᆞ니[76] 두리건대 듕임(重任)을 당(當)치 못ᄒᆞᆯ가 ᄒᆞᄂᆞ이다."

왕왈

"격(格)ᄒᆞ라. 너 좌구명 뉴향 공양 공양 등아. 네 ᄒᆞᆫ가지로 왕 흠지ᄒᆞ라 왕왈 격ᄒᆞ라[77]. 소옹(邵雍)공(公)아. 복희시(伏羲氏) 몰(歿)ᄒᆞ므로브터 팔괘(八卦)[78]를 알 니 업ᄉᆞ니 네 쥬역(周易)[79]을 강명(講明)ᄒᆞ야 음양지니(陰陽之理)를 붉히라."

옹(雍)공(公)이 비왈

"신(臣)은 역수(易數)[80]를 알고 역니(易理)[81]를 모로니 뎡이(程頤)ᄌᆞ(子)과 ᄒᆞᆫ가지로 홈을 쳥(請)ᄒᆞᄂᆞ이다."

叟). 사마온공(司馬溫公)이라고도 불린다. 『자치통감(資治通鑑)』을 지었다.

69) 작은 붉은 글씨로 적혀 있다.

70) <사수몽유록>에는 '계수'로 되어 있다.

71) 중국 당나라의 문인・정치가(768~824). 자는 퇴지(退之). 호는 창려(昌黎). 당송 팔대가의 한 사람으로, 변려문을 비판하고 고문(古文)을 주장하였다.

72) 춘추시대 노나라의 역사가. 『춘추좌씨전(春秋左氏傳)』의 저자로 알려져 있다.

73) 한(漢)나라 때의 경학자(經學者)이자 목록학자, 문학가. 『설원(說苑)』, 『열녀전(烈女傳)』, 『전국책(戰國策)』 등의 저자로 알려져 있다.

74) <춘추(春秋)>의 해설서인 '곡량전(穀梁傳)'을 지은 사람.

75) <춘추>의 해설서인 '공양전(公羊傳)'을 지은 사람. 전국시대 제나라 사람인 공양고(公羊高)가 저자라고 전해진다. <사수몽유록>에는 '공양공 공양'으로 되어 있다.

76) '못ᄒᆞ니'가 자연스럽다. <사수몽유록>에는 '못하니'로 되어 있다.

77) 작은 붉은 글씨로 적혀 있다.

78) 중국(中國) 고대(古代) 시대(時代)에 중국인(中國人)들이 사용(使用)하던 여덟 가지의 괘. 복희씨가 지었다고 전해진다. 곧 건(乾)・태(兌)・이(離)・진(震)・손(巽)・감(坎)・간(艮)・곤(坤)을 일컫는다.

79) 주(周)나라의 역법(易法). 그전에 하(夏)나라의 연산역(連山易), 상(商)나라의 귀장역(歸藏易)이 있었다. 천지만물이 변화하는 자연현상의 원리를 풀이하고 있다.

80) 길흉화복을 미리 알아내는 술법.

81) 역(易)의 법칙이나 이치.

"격(格)하라. 너 이(頤)뎡ᄌᆞ(程子)아, ᄒᆞᆫ 가지로 ᄒᆞ라."

군신(群臣)을 녕(令)ᄒᆞ믈 ᄆᆞᄎᆞ매 정히 ᄇᆡᆨ공(百公)으로 더브러 도(道)ᄅᆞᆯ 의논(議論)ᄒᆞ더니 홀연 위셰(衛士) 급히 드러와 보(報)ᄒᆞᄃᆡ

"양ᄌᆔ(楊朱)[82]란 ᄉᆞᄅᆞᆷ과 묵뎍(墨翟)[83]이란 ᄉᆞᄅᆞᆷ이 각각 십여 만인[84]을 거ᄂᆞ려 듕원(中原) ᄇᆡᆨ셩(百姓)을 반 남아 항복(降服) 밧고 우리 지계(地界)ᄅᆞᆯ 범(犯)ᄒᆞ야시니 양ᄌᆔ(楊朱)ᄂᆞᆫ 본ᄃᆡ 제 몸만 위(爲)ᄒᆞ니 ᄒᆞᆫ 터럭을 ᄲᅢ혀 텬하(天下)ᄅᆞᆯ 니(利)케 하리라 ᄒᆞ야도 아니 ᄒᆞ고 묵젹(墨翟)이란 ᄉᆞᄅᆞᆷ은 ᄉᆞᄅᆞᆷ을 넙이 ᄉᆞ랑ᄒᆞ고 머리로브터 발ᄀᆞ디 니ᄅᆞ러도 텬하(天下) 일을 니(利)케 ᄒᆞ리라[85]ᄒᆞ면 다 ᄒᆞ니, 이 두 ᄉᆞᄅᆞᆷ은 님군이 업고 아비 업ᄉᆞᆫ 무리라. 급(急)히 쳐 업시티 아니면 타일(他日) 큰 환(患)이 되리다."

왕(王)이 좌우(左右)ᄅᆞᆯ 도라보아 ᄀᆞᆯ오샤ᄃᆡ

"ᄂᆔ 가(可)히 이 도적(盜賊)을 쳐 평뎡(平定)ᄒᆞᆯ고?"

등위(鄧禹)[86] 분연(奮然)히 내ᄃᆞ라 ᄀᆞᆯ오ᄃᆡ

"신(臣)이 청(請)컨대 삼군(三軍)을 거ᄂᆞ려 나가 ᄒᆞᆫ 칼노 ᄡᅳ러ᄇᆞ리리이다."

왕(王)이 찡그여 ᄀᆞᆯ오샤ᄃᆡ

"범을 주먹으로 치고 물을 헤여 건너 죽어도[87] 뉘웃디 아냐ᄂᆞᆫ 쟈ᄂᆞᆫ 필

---

82) 중국 전국 시대 초기의 사상가. 자신만을 위한다는 '위아설(爲我說)'을 주장하였다.

83) 중국 춘추 전국 시대 사상가. '겸애설(兼愛說)'를 설파하였다.

84) 작은 붉은 글씨로 적혀 있다.

85) 『맹자(孟子)』 「진심장(盡心章) 상(上)」에 "양자는 나를 위하는 것을 취하니, 한 오라기의 털을 뽑아서 천하를 이롭게 한다고 해도 하지 않는다. 묵자는 겸애하니, 정수리로부터 갈아 발꿈치에 이르더라도 천하가 이롭다면 그것을 한다(楊子取爲我 拔一毛而利天下 不爲也 墨子兼愛 摩頂放踵 利天下 爲之)."라는 글이 있다.

86) 중국 한나라 때의 정치가. 광무제(光武帝)의 곁에서 공을 세웠다. 한나라 명제(明帝) 때 태부(太傅)가 되었다. <사수몽유록>에는 '중유'로 되어 있다. 뒤의 내용으로 볼 때, '중유' 곧 자로가 더 적합하다.

87) 『논어』 「술이편(述而篇)」에 "자로가 말하였다. '선생님께서 삼군을 이끌게 되면 누구와 함께 하시겠습니까?' 공자가 말하였다. '맨손으로 호랑이를 잡고 맨몸으로 강을 건너

부(匹夫)의 용(勇)이라. 내 취(取)티 아닛ᄂᆞ니 무릇 쟝슈(將帥)란 거슨 일을 님(臨)ᄒᆞ야 두려ᄒᆞ고 꾀를 됴히 넉여야 이긔ᄂᆞ니라."

ᄆᆡᆼᄌᆡ(孟子) 뎐(殿) 알픠 나아가 주왈(奏曰)

"신(臣)이 쳥(請)컨대 나아가 이 도적(盜賊)을 ᄡᅳ러ᄇᆞ리리이다."

왕(王)이 허(許)ᄒᆞ신대 ᄆᆡᆼᄌᆡ 하딕(下直)고 나와 삼쳔(三千) 뎨ᄌᆞ(弟子)를 거ᄂᆞ려 양묵(楊墨)과 ᄃᆡ진(對陣)홀 ᄉᆡ 진샹(陣上)의셔 크게 ᄭᅮ지저 왈

"네 음난(淫亂)ᄒᆞᆫ ᄒᆡᆼ실(行實)과 샤특(邪慝)ᄒᆞᆫ 말노 인심(人心)을 함닉(陷溺)ᄒᆞ고 우리 길흘 어ᄌᆞ러이니 내 이제 소왕(素王) 명(命)[88]을 밧ᄌᆞ와 션셩(善性)의 도(道)를 붓드러 너희 샤특(邪慝)ᄒᆞᆫ 뉴(類)를 막ᄌᆞᄅᆞ노라."

이인(二人)이 대쇼(大笑)ᄒᆞ고 ᄭᅮ지저 왈

"우리ᄂᆞᆫ 인(仁)의 텬디(天地)의 덥혓고 의(義) ᄉᆞ힋(四海)예 펴졋ᄂᆞᆫ디라. 엇디 너희 왕(王)의 됴고만 도(道) ᄀᆞᆺᄐᆞ리오? ᄲᅡᆯ니 물긔 ᄂᆞ려 항복(降伏)ᄒᆞ야 만ᄃᆡ(萬代)의 우음을 업게 ᄒᆞ라."

ᄆᆡᆼᄌᆡ(孟子) 대로(大怒)ᄒᆞ야 진문(陣門)을 크게 열고 셔(西)로 돌니며 담봉(談鋒)[89]을 둘너 크게 해치니 양묵(楊墨)이 대패(大敗)ᄒᆞ야[90] ᄉᆞ방(四方)으로 헤여저 ᄃᆞ라나니 ᄆᆡᆼᄌᆡ(孟子) 헤양묵(楊墨)이 대패(大敗)ᄒᆞ여 ᄉᆞ방(四方)으로 허여저 ᄃᆞ라나니 ᄆᆡᆼᄌᆡ(孟子) 헤쳐[91] 훤츨이 ᄒᆞ고 개가(凱歌)를 불너 도라와 왕(王)긔 뵈오니 왕(王)이 ᄀᆞᆯ오샤ᄃᆡ

"되(都)라. 녯날 하우시(夏禹氏) 슈도[92](水道)를 평뎡(平定)ᄒᆞ엿더니 네 이제

다 죽어도 후회하지 않는 자와는 내가 함께 하지 않겠다.'(子路曰 子行三軍則誰與 子曰 暴虎馮河 死而無悔者 吾不與也)"라는 글이 있다.

88) 작은 붉은 글씨로 적혀 있다.
89) 날카로운 말재주, 언변.
90) 작은 붉은 글씨로 적혀 있다.
91) 앞에서 언급된 것이 두 번 반복됨
92) 작은 붉은 글씨로 적혀 있다.

양묵(楊墨)을 파(破)ᄒᆞ니 그 공(功)이 우(禹)의 아래 잇디 아니타."

하시러라. ᄯᅩ 쵸매(哨馬) 급보(急報) 왈

"초(楚) 고현(苦縣) 사ᄅᆞᆷ 노담(老聃)[93]이라 ᄒᆞᆯ 재(者) 스ᄉᆞ로 칭(稱)ᄒᆞᄃᆡ ᄇᆡᆨ양진인(佰陽眞人)이로라 ᄒᆞ고 쳥졍무위(淸淨無爲)ᄒᆞᆷ을 도덕(道德)을 삼아 텬하(天下) 사ᄅᆞᆷ을 속여 닐오ᄃᆡ 황뎨(皇帝) 헌원시(軒轅氏) 도(道)ᄅᆞᆯ ᄒᆡᆼ(行)ᄒᆞ노라 ᄒᆞ니 텬하(天下) 사ᄅᆞᆷ이 미연(靡然)이 조ᄎᆞ니 그 슈하(手下)의 두 ᄃᆡ쟝(大將)이 이시니 ᄒᆞ나흔 뎡(鄭) ᄯᅡ 사ᄅᆞᆷ 열어귀(列御寇)[94]니 ᄌᆞ호(自號)ᄅᆞᆯ 어픙ᄌᆞ(御風子)라 ᄒᆞ고 ᄒᆞ나흔 몽(蒙) ᄯᅡ 사ᄅᆞᆷ 장쥬(莊周)[95]니 ᄌᆞ호(自號)ᄅᆞᆯ 남화션(南華仙)[96]이라 ᄒᆞ니 이 두 사ᄅᆞᆷ이 황당(荒唐)ᄒᆞᆫ 말과 젹패(賊悖)ᄒᆞᆫ 글을 지어 대왕(大王)을 만모(謾侮)ᄒᆞ고 우리ᄅᆞᆯ 긔롱(欺弄)ᄒᆞ여 모욕(侮辱)ᄒᆞ미 심(甚)ᄒᆞᆫ디라. 이제 진(晋)나라희 드러와 왕사[97]의 무리로 더브러 합세(合勢)ᄒᆞ야 우리ᄅᆞᆯ 침노(侵擄)ᄒᆞ니 쳥(請)컨대 대왕(大王)은 인의(仁義)옛 군ᄉᆞ(軍士)ᄅᆞᆯ 니ᄅᆞ혀 티쇼셔."

왕(王)이 좌우(左右)ᄃᆞ려 무러 ᄀᆞᆯ오ᄃᆡ,

"뉘 날을 위(爲)ᄒᆞ여 이젹(夷狄)을 평(平)ᄒᆞᆯ고?"

ᄉᆞ마(司馬) 쟝ᄌᆡ(張載)[98] 가물 원(願)ᄒᆞ거ᄂᆞᆯ, 왕(王)이 허(許)ᄒᆞ신대 쟝ᄌᆡ(張載) 즉시 인의병(仁義兵) 삼쳔(三千)을 거ᄂᆞ려 나아가 노담(老聃)을 막ᄌᆞᆯ ᄉᆡ 두 편(便)이 딘문(陣門)을 열고 ᄃᆡ(對)ᄒᆞ니 노담(老聃)이 몸의 우의(羽衣)를 닙

93) 노자(老子). 도가의 창시자. '담'은 그의 자(字).

94) 열자(列子). 중국 전국시대의 철학자로 도가의 선구자이다.

95) 장자(莊子).

96) 장자의 호 '南華老仙'의 줄임.

97) '왕하(王何)'의 오기. 왕하(王何)는 각각 왕필(王弼)과 하안(何晏)를 가리킨다. 왕필(王弼)은 유교(儒教)와 도교(道教)에 대해 논하는 것을 좋아하였으며, 하안(何晏)은 왕필(王弼)과 함께 청담(淸談)에 대해 논하였다. 이들은 유교(儒教)의 도(道)와 성인(聖人)을 노장사상(老莊思想)에 바탕을 두고 새롭게 해석하였다고 한다.

98) 중국 송나라 시대의 사상가로 자는 자후(子厚)이다.

고 머리에 황관(黃冠)을 ᄡᅳ고 일쳑쳥우(一隻靑牛)ᄅᆞᆯ 타시니[99] 불근 긔운이 하ᄂᆞᆯ의 ᄡᅩ이고 샹뫼(相貌) 비범(非凡)ᄒᆞ여 니마의 날빗치 잇고[100] ᄉᆞᆯ이 피 ᄀᆞᆺ고 ᄂᆞ치 금광(金光)이 어릐고 신댱(身長)이 일댱이쳑(一丈二尺)이니 교교(矯矯)히 신긔(神奇)로온 뇽(龍) ᄀᆞᆺ더라.[101]

ᄉᆞ마(司馬)[102] 쟝지(張載) 녀셩(厲聲) 대매[103](大罵) 왈(對曰)

"네 구구(區區)ᄒᆞᆫ 인(仁)과 혈혈(孑孑)ᄒᆞᆫ 의(義)ᄅᆞᆯ 스ᄉᆞ로 도덕(道德)이로라 ᄒᆞ야 우리 대왕(大王)을 업슈이 너기고 우리 도(道)ᄅᆞᆯ 해(害)ᄒᆞ니 이 진짓 니ᄅᆞᆫ바 '우물 속의 안자 하ᄂᆞᆯ을 보며 ᄀᆞᆯ오ᄃᆡ 하ᄂᆞᆯ이 뎍다.' ᄒᆞ미라. 이제 내 대왕(大王) 명(命)을 바다 와 너희ᄅᆞᆯ 탕멸(蕩滅)ᄒᆞ랴 ᄒᆞᄂᆞ니 네 이제 항복(降伏)ᄒᆞ면 죽기ᄅᆞᆯ 면(免)ᄒᆞ리라."

ᄒᆞᆫᄃᆡ 노담(老聃)이 장(莊) 열(列) 두 쟝수(將帥)로 ᄒᆞ여곰 나가 ᄃᆡ뎍(對敵)ᄒᆞ라 ᄒᆞᆫᄃᆡ 냥인[104](兩人)이 응명(應命)ᄒᆞ야 나올ᄉᆡ 열어구(列禦寇)ᄂᆞᆫ ᄇᆞ람을 ᄐᆞ고 쟝듀(莊周)ᄂᆞᆫ 구룸 ᄐᆞ고 딘(陣) 밧긔나 크게 웃고 채로 쳐 ᄀᆞᄅᆞ쳐 ᄭᅮ지저 왈

"네 지극(至極)ᄒᆞᆫ 도덕(道德)[105]을 모로니 내 시험(試驗)ᄒᆞ여 니ᄅᆞ리라[106]. 녜 태고(太古) 지덕지셰(至德之世)예ᄂᆞᆫ 금슈(禽獸)로 더브러 ᄒᆞᆫ가지로 쳐(處)ᄒᆞ며 만물(萬物)노 더브러 무리ᄒᆞ여 ᄇᆡᆨ셩(百姓)이 노ᄒᆞᆯ ᄆᆡ자 다ᄉᆞ리ᄃᆡ 그 음식(飮食)을 ᄃᆞᆯ게 넉이며 그 거쳐(居處)ᄅᆞᆯ 평안(平安)이 너겨 희음업시 화(化)ᄒᆞ더

---

99) 작은 붉은 글씨로 적혀 있다. <사수몽유록>에는 '타시니'로 되어 있다.
100) 작은 붉은 글씨로 적혀 있다. <사수몽유록>에는 '날빗치잇고'로 되어 있다.
101) <사수몽유록>에는 '댱이쳑-ᄀᆞᆺ더라'까지 빠져 있다.
102) <사수몽유록>에는 빠져 있다.
103) 작은 붉은 글씨로 적혀 있다.
104) 작은 붉은 글씨로 적혀 있다.
105) '덕'자를 고쳐 쓴 듯, 진하게 쓰고는 그 옆에 다시 작은 글씨로 '덕'자를 적고 있다.
106) '라' 밑에 '이라'가 있으나 글자 옆에 '⋮'의 표시를 하여 읽지 말도록 하였다.

니 도당시(陶唐氏)[107]게 니ㄹ러 비로소 인의(仁義)ㄹ ᄆᆡᆫᄃᆞ라 도덕(道德)을 허러 ᄇᆞ리니 텬해(天下) 대란(大亂)ᄒᆞ야 졈졈(漸漸) ᄂᆞ려 하우시(夏禹氏)[108]와 은왕(殷王) 탕(湯)[109]과 문왕(文王) 챵(昌)[110]과 무왕(武王) 발(發)[111]의게 미쳐ᄂᆞᆫ 우ᄒᆞ로 일월(日月)의 볽은 거술 픽(敗)ᄒᆞ며[112] 아래로 산쳔(山川)의 졍긔(精氣)ᄅᆞᆯ 삭(爍)ᄒᆞ고 가온대로 ᄉᆞ시(四時)예 화(和)ᄅᆞᆯ ᄯᅥ러ᄇᆞ리니 초목금슈(草木禽獸)의 므리 다 쳔셩(天性)을 일흐니 이ᄂᆞᆫ 텬하ᄅᆞᆯ 크게 어ᄌᆞ러이미라. 이제 우리 노군(老君)이 넙은 도덕(道德)을 펴 텬하ᄅᆞᆯ 건져내랴 ᄒᆞ시니 너희 죠고만 무리 감히 큰 말을 ᄒᆞᄂᆞᆫ다?"

댱지(張載) 대로(大怒)ᄒᆞ야 의마(意馬)를 노코 심원(心猿)을 모라[113] ᄲᅡ화 십여 합의 장(莊) 녈(列)이 대패(大敗)ᄒᆞ야 본진의 도라와 노군긔 알왼대 노군이 탄왈

"당당(堂堂)ᄒᆞᆫ 딘(陣)과 졍졍(正正)ᄒᆞᆫ 군ᄌᆞᄂᆞᆫ 당(當)키 어려오니 아직 잠간 물너가[114] 도ᄅᆞᆯ 닷가 다시 옴만 ᄀᆞᆺ디 못ᄒᆞ다."

ᄒᆞ고 드듸여 셔(西)ᄅᆞᆯ ᄇᆞ라며 ᄃᆞ라나 함곡관(函谷關)의 다[115]ᄃᆞ라 관영윤(關令尹)[116]을 만나 도덕경(道德經)[117]을 디어 주고 가니라. ᄉᆞ마(司馬) 댱지

107) 중국 오제(五帝)의 한 사람인 요(堯)를 이르는 말. 처음에 당후(唐侯)에 봉해졌다가 나중에 천자(天子)가 되어 도(陶)에 도읍을 세운 데서 유래한다.
108) 중국 고대의 전설적인 군주로 하나라의 창시자이다.
109) 은나라의 건국자로.
110) 중국 상나라 말기 주(周) 씨족의 수령으로, 성은 희(姬), 이름은 창(昌)이다. 둘째 아들인 무왕이 주나라를 세운 후 문왕으로 추숭했다.
111) 주나라의 제1대 왕으로, 문왕의 아들이다.
112) 작은 붉은 글씨로 적혀 있다.
113) 의마심원(意馬心猿). 생각은 말처럼 달리고 마음은 잔나비같이 날뛴다는 말로, 정신이 안정되지 못한 상태를 이른다.
114) 작은 붉은 글씨로 적혀 있다.
115) 작은 붉은 글씨로 적혀 있다.
116) 윤희(尹喜). 자는 문공(文公). 호는 문시선생(文始先生). 관윤(關尹). 함곡관의 관령(關令)으로 있을 때 그곳을 지나던 노자(老子)에게서 『도덕경(道德經)』을 받았다고 한다. 스

승뎐(勝戰)ᄒᆞ고 도라와[118] 알왼ᄃᆡ 왕이 대희ᄒᆞ야 ᄀᆞᆯ오샤ᄃᆡ

"이제ᄂᆞᆫ 텬해 태평ᄒᆞ야 간샤(奸邪)ᄒᆞᆫ 무리ᄅᆞᆯ 다 ᄡᅳ러ᄇᆞ려시니 맛당이 경 등을 위ᄒᆞ야 ᄒᆞᆫ 잔ᄎᆡᄅᆞᆯ 여러 공을 하례(賀禮)ᄒᆞ리라."

ᄒᆞ더니 믄득 뉴셩매(流星馬) 급보(急報)왈

"셔방(西方) 텬튝국(天竺國)의 대셩인(大聖人)이 나시니 그 날 제 ᄯᅡ히 년곳치 나고 긔이ᄒᆞᆫ 샹셔(祥瑞) 만터니 이제 텬튝국 극낙셰계(極樂世界)예 이셔 아란(阿難)[119] 가셥(迦葉)[120]과 관음보살(觀音菩薩)[121]과 문슈(文殊)[122] 보현(普賢)[123] 미륵불(彌勒佛)[124]과 오ᄇᆡᆨ나ᄒᆞᆫ(五百羅漢)[125]과 팔대금광(八大金剛)[126]과 삼쳔 뎨ᄌᆞ(弟子)ᄅᆞᆯ ᄃᆞ리고 ᄉᆞᄉᆞ로 칭ᄒᆞᄃᆡ '쳥정(淸淨) 법신(法身)을 ᄃᆡ(代)ᄒᆞ야 쥬셰(走世)ᄒᆞ야 듕ᄉᆡᆼ(衆生)을 졔도(濟度)ᄒᆞ노라.' ᄒᆞ니 일홈은 셕가여ᄅᆡ(釋迦如來)[127]라. 법녁(法力)이 무량(無量)ᄒᆞ야 텬디(天地)ᄅᆞᆯ 부리며 귀신(鬼神)을 호령

스로 깨달은 도교의 심오한 뜻을 담은 『관령자(關令子)』라는 저술을 남겼다. <사수몽유록>에는 '관령 윤의'로 되어 있다.

117) 『노자』 또는 『노자도덕경』이라고도 한다. 약 5,000자, 81장으로 되어 있으며, 상편 37장의 내용을 「도경(道經)」, 하편 44장의 내용을 「덕경(德經)」이라고 한다. 『도덕경』의 사상은 한마디로 무위자연(無爲自然)이라고 할 수 있다.

118) <사수몽유록>에는 '회군하고 도라와'로 되어 있다.

119) 석가모니의 종제(從弟)로 십대제자(十大弟子) 중 한 사람.

120) 석가모니의 십대제자 중 한 사람. 석가가 죽은 뒤 제자들의 집단을 이끌어 가는 영도자 역할을 해냄으로써 '두타제일(頭陀第一)'이라 불린다. "부처님이 선은 가섭에게 전했고, 교는 아란에게 전했다(禪傳迦葉教傳阿難)"는 말이 있다.

121) 불교에서 구원을 요청하는 중생의 근기에 맞는 모습으로 나타나 대자비심을 베푸는 보살.

122) 불교의 대승보살(大乘菩薩) 가운데 하나이다.

123) 불타(佛陀)의 이(理)·정(定)·행(行)의 덕(德)을 맡아보는 보살이다.

124) 대승불교의 대표적 보살 가운데 하나로, 석가모니불에 이어 중생을 구제할 미래의 부처.

125) 불교에서 아라한과(阿羅漢果)를 성취한 500명의 아라한이다. 나한(羅漢)은 불교의 수행을 완성하고, 사람들로부터 공양과 존경을 받을 값치가 있는 성자를 말한다.

126) 팔대금강명왕(八大金剛明王)의 약칭. 금강수보살(金剛手菩薩), 묘길상보살(妙吉祥菩薩), 허공장보살(虛空藏菩薩), 자씨보살(慈氏菩薩), 관자재보살(觀自在菩薩), 지장보살(地藏菩薩), 제개장보살(除蓋障菩薩), 보현보살(普賢菩薩)을 가리킨다.

(號令)ᄒᆞ고 불싱불멸(不生不滅)ᄒᆞ며 쳥평졍[128]념(淸平淨念)을 도법(道法)을 사마 ᄌᆞ비지심(慈悲之心)을 내여 억만(億萬) 즁싱(衆生)을 구뎨(救濟)ᄒᆞ고[129] 삼쳔세계(三千世界)[130]롤 통관(通管)ᄒᆞ야 화슈 욕마(慾魔) 지옥을 베풀고 윤회(輪廻) 보응(報應) 대법을 지어 어딘 자(者)로 ᄒᆞ여곰 권(勸)ᄒᆞ게 ᄒᆞ며 사오나온 쟈로 ᄒᆞ여곰 경계[131](警戒)케 ᄒᆞ니 그 법이 호대(浩大)ᄒᆞ고 그 되(道) 측냥(測量)티 못홀디라. ᄇᆡᆨ셩(百姓)을 다래여 혹(惑)게 ᄒᆞ고 사ᄅᆞᆷ을 전ᄒᆞ여 됴(燥)케 ᄒᆞ니 처엄의 ᄒᆞᆫ명뎨(漢明帝)[132] 마자오니 밧드러 듕국(中國)의 드러와 진(晋)・위(魏)・냥(梁)・송(宋)・슈(隋)・당(唐) 모든 님군을 항복(降伏) 바다 다 거ᄂᆞ려 그 듕에 냥무뎨(梁武帝)[133]와 당현종(唐玄宗)[134]이 더욱 순봉(順奉)ᄒᆞᄂᆞᆫ디라. 이제 ᄒᆡ외(海外)[135] 팔십이 국(國)과 ᄒᆡᄂᆡ(海內) 십디 군현(郡縣)을 거ᄂᆞ려 듕원(中原)을 다 함몰(陷沒)ᄒᆞ고 우리 지계(地界)롤 반남아 아삿ᄂᆞ이다.”

왕이 쳥파(聽罷)의 근심ᄒᆞ야 골오샤되

“셕(釋)이 강(强)ᄒᆞ미 이러틋ᄒᆞ니 우리나라희 큰 화근(禍根)이오. 양묵(楊墨) 노ᄌᆞ(老子)의 비(比)홀 배 아니라 뉘 능히 오랑캐롤 뎨어(制御)홀고?”

뎐하(殿下)의 한위(韓愈)[136] 출반주왈(出班奏曰)

---

127) 불교를 창시한 인도의 성자(聖者).
128) 작은 붉은 글씨로 적혀 있다.
129) 작은 붉은 글씨로 적혀 있다. <사수몽유록>에는 ‘하고’로 되어 있다.
130) 불교에서 삼천 대천세계를 이르는 말. 소천, 중천, 대천의 세 종류의 천세계가 이루어진 세계.
131) 작은 붉은 글씨로 적혀 있다.
132) 후한(後漢)의 제2대 황제. 부처가 나타난 꿈을 꾸고는 채음(蔡愔)과 진경(秦景)을 천축으로 보내어 불경을 가져오게 했다.
133) 남조 양나라의 초대 황제. 불교를 신봉하여 사원을 대대적으로 건축하는 한편 세 번이나 동태사(同泰寺)에 몸을 바쳤다.
134) 당나라의 제6대 황제. 삼장법사로 알려진 현장(玄奘)의 『반야심경(般若心經)』이 이루어졌다.
135) ‘회’를 썼다가 그 옆에 작은 글씨로 ‘히’를 적었다.
136) 당나라 때의 문학가이자 사상가.

"신(臣)이 지죄[137] 업ᄉᆞ나 원컨대 대왕(大王)을 위(爲)ᄒᆞ야 이 도적(盜賊)을 막줄나 화근(禍根)을 업시ᄒᆞ리이다."

왕왈

"흠지(欽哉)ᄒᆞ라!"

ᄒᆞ시니 한위 승명(承命)ᄒᆞ야 출ᄉᆞ(出師)ᄒᆞ야 냥군이 ᄃᆡ진(對陣)ᄒᆞ니 한위 ᄆᆞᆯ을 내여 셕가와 말ᄒᆞ쟈 ᄒᆞᆫᄃᆡ. 여러 마리의 칠보장엄관(七寶莊嚴冠)을 ᄡᅳ고 몸의 금노[138] 오ᄉᆡᆨ가사(五色袈裟)[139]ᄅᆞᆯ 닙고 목의 마리여의[140]쥬(瑪璃如意珠)ᄅᆞᆯ 걸고, 발의 타리혜[141]ᄅᆞᆯ 신고, 손의 금년화(金蓮花) ᄒᆞᆫ가지ᄅᆞᆯ 쥐고, 취보긔(翠寶基)ᄅᆞᆯ 밧치고, 년화ᄃᆡ(蓮花台)ᄅᆞᆯ ᄐᆞ고 셔시니. 머리 우희 일두(一頭)[142] 금광(金光)이 둘넛고 ᄇᆡᆨ댱(百丈) 흰 긔운(氣運)이 니러나니, 셔긔(瑞氣) 총농(璁瓏)ᄒᆞ더라. 좌우(左右)의 삼천제불(三千諸佛)과 오ᄇᆡᆨ(五百) 나한(羅漢)이 버러시니 위의(威儀) 졍제(整齊)ᄒᆞ고 긔되(氣度) 엄연(儼然)ᄒᆞ더라. 두 쟝쉬(將帥) 믄져 나와 ᄡᅡ호쟈 ᄒᆞ니 ᄒᆞ나흔 문슈보살(文殊菩薩)이니, 쳥ᄉᆞᄌᆡ(靑獅子)ᄅᆞᆯ ᄐᆞ고 손의 디혜검(智慧劍)을 잡고, ᄒᆞ나흔 보현보살(普賢菩薩)이니, 흰 코기[143]ᄅᆞᆯ ᄐᆞ고 손의 반야봉(般若棒)을 잡앗더라. 한위(韓愈) 인의치(仁義幟)ᄅᆞᆯ 세우고 녜의간(禮儀竿)을 드러 ᄡᅡ화 ᄇᆡᆨ여(百餘) 합(合)을 ᄡᅡ호니, 문슈 보현이 ᄃᆡ뎍(對敵)디 못ᄒᆞ여 ᄃᆞ라나거ᄂᆞᆯ 한위 승셰(乘勢)ᄒᆞ야 ᄯᆞᆯ와 즛치니, 셕개(釋迦) 대패(大敗)ᄒᆞ야 셔역으로 ᄃᆞ라나니 한위 군ᄉᆞ(軍師)ᄅᆞᆯ 거나려 도라와 왕긔 뵈오니

137) 작은 붉은 글씨로 적혀 있다.
138) '금논(金欄)'의 오기.
139) 승려(僧侶)가 입는 법의(法衣). 장삼 위에 왼쪽 어깨에서 오른쪽 겨드랑이 밑으로 걸치는 긴 네모로 된 천.
140) 작은 붉은 글씨로 적혀 있다.
141) <사수몽유록>에는 '좌리혀'로 되어 있다.
142) <사수몽유록>에는 '열두'로 되어 있다.
143) '코기리'의 오기. <사수몽유록>에는 '코기리'로 되어 있다.

왕이 ᄀᆞᆯ오샤ᄃᆡ

"네 이번 공(功)이 족(足)히 ᄆᆡᆼ가(孟軻)ᄌᆞ와 ᄀᆞᆺᄐᆞ리로다."

말이 ᄆᆞᆺ디 못ᄒᆞ여 쇼졸(小卒)이 보(報)ᄒᆞᄃᆡ

"셕가여릭 노담(老聃)과 합셰(合勢)ᄒᆞ야 ᄯᅩ 와 침노(侵擄)ᄒᆞᄂᆞ니. 이 번은 그 셰(勢) 더옥 큰디라, ᄃᆡ젹기 어려올가 ᄒᆞᄂᆞ이다."

왕이 ᄀᆞᆯ오샤ᄃᆡ

"이 도적(盜賊)은 심상(尋常)ᄒᆞᆫ 도젹이 아니라, 츌몰반복(出沒反復)ᄒᆞ야 ᄌᆞ로 우리 지계(地界)ᄅᆞᆯ 침노ᄒᆞ니 반ᄃᆞ시 ᄃᆡ장(大將)을 보ᄂᆡ여야 공(功)을 닐우리라"

ᄒᆞ시고 ᄆᆡᆼᄌᆞᄅᆞᆯ 불너 닐너 ᄀᆞᆯ오샤ᄃᆡ

"네 이제 고금(古今) 졔현(諸賢)을 ᄃᆞ리고 나가 져 도적(盜賊)을 ᄡᅳ러ᄇᆞ리고 영영(永永) 화근(禍根)을 업시ᄒᆞ여 다시 화(禍)ᄅᆞᆯ 짓게 말나."

ᄆᆡᆼ자(孟子) ᄇᆡ슈(拜受)ᄒᆞ고 나와 출ᄉᆞ(出師)ᄒᆞᆯ ᄉᆡ 댱지(張載)로 통군ᄉᆞ마(統軍司馬)ᄅᆞᆯ 삼고 듀희(朱熹)ᄌᆞ로 대션봉(大先鋒)을 삼고 졍호(程顥)ᄌᆞ 졍이(程頤)ᄌᆞ로 좌우(左右) 쟝군(將軍)을 삼고 한유(韓愈)로 죵ᄉᆞ(從事)ᄅᆞᆯ 삼아 나갈 ᄉᆡ 군용(軍容)이 웅장엄슉(雄壯嚴肅)[144]ᄒᆞ믈 니로 긔록(記錄)디 못ᄒᆞᆯ너라.

ᄒᆡᆼ(行)ᄒᆞ야 냥국(兩國)이 ᄃᆡ딘(對陣)ᄒᆞ매 ᄆᆡᆼᄌᆡ(孟子) 딘(陣) 밧긔 ᄆᆞᆯ(馬)을 셰우고 사ᄅᆞᆷ 브려 셕가(釋迦)와 말ᄒᆞ쟈 ᄒᆞᆫ대 셕개(釋迦) ᄯᅩᄒᆞᆫ ᄆᆞᆯ(馬) 내여 딘(陣) 밧긔 셔거ᄂᆞᆯ ᄆᆡᆼᄌᆡ(孟子) 소ᄅᆡᄅᆞᆯ 가다ᄃᆞᆷ아 ᄉᆞ죵ᄒᆞ야 ᄀᆞᆯ오ᄃᆡ

"미친 오랑캐 귓거시 감히 어ᄌᆞ러온 말을 ᄒᆞ여 ᄉᆡᆼ민(生民)을 요혹(妖惑)게 ᄒᆞ고 ᄌᆞ로 우리 디계(地界)ᄅᆞᆯ 침노(侵擄)ᄒᆞ야 화란(禍亂)을 딧ᄂᆞᆫ다? 이제 황

144) <사수몽유록>에는 '군용에 장엄하믈'로 되어 있다.

텬(皇天)이 딘노(震怒)ᄒᆞ샤 날을 명(命)ᄒᆞ여 너희 뉴(類)를 쁘러ᄇᆞ리게 ᄒᆞ시ᄂᆞᆫ 지라. 내 텬명(天命)을 밧드러 와시니 ᄲᆞᆯ니 항복(降伏)ᄒᆞ야 죄(罪)를 면(免)케 ᄒᆞ라."

셕개(釋迦) 합댱(合掌)ᄒᆞ여 읍(揖)ᄒᆞ고 쇼왈(笑曰)

"그ᄃᆡᄂᆞᆫ 하놀을 두려 날을 저히거니와 우리ᄂᆞᆫ 하놀을 부리고 ᄶᅡ흘 디휘(指揮)ᄒᆞ니 황텬후토(皇天后土) 다 내의 휘해(揮下)라. 엇디 그ᄃᆡ의 도ᄌᆞ티 젹으리오. 이제 우리 그ᄃᆡ와 벽녁병혁(兵革)[145]을 결우디 말고 도(道)를 결워 ᄌᆞ웅(雌雄)을 결ᄒᆞ미 엇더뇨?"

ᄆᆡᆼ지(孟子) 왈(曰)

"그리홀 거시니 네 믄져 니ᄅᆞ라."

셕개(釋迦) 왈(曰)

"우리 도덕(道德)은 ᄌᆞ비(慈悲)로 웃듬을 삼고 돈후(敦厚)홈을 귀(貴)히 너겨 불심(佛心)을 알면 불셩(佛性)을 아ᄂᆞ니 ᄉᆡᆼ(生)홈도 업고 멸(滅)홈도 업서 팔히(八解)[146] 뉵통(六通)[147]ᄒᆞ야 망상(妄想)을 다 업시 ᄒᆞᆫ 후이 니론 대원각(大圓覺)[148]이라. 십방세계(十方世界)를 ᄢᅦ 보고 억만(億萬) 즁ᄉᆡᆼ(衆生)을 뎨됴(濟度)ᄒᆞᄂᆞ니 이제 그ᄃᆡ 도(道)ᄂᆞᆫ 불과(不過) ᄆᆞ음 잡기로 웃듬을 삼ᄂᆞ니 우리 ᄆᆞ음 업시 홈과 엇더 ᄒᆞ며 너희 도(道)ᄂᆞᆫ 불과(不過) 유의[149]ᄒᆞ믈 웃듬을 삼ᄂᆞ니 우리 무의[150]홈과 엇더ᄒᆞ뇨? 너희 도(道)ᄂᆞᆫ 불과(不過) 셩정(性情)을 귀(貴)히 너기거니와 우리 젹멸(寂滅)[151]홈과 엇더ᄒᆞ며 너희 도(道)는 불

145) 본문에 '벽녁'을 쓰고, 그 옆에 '병혁'을 적어 놓았다.

146) 팔해탈(八解脫). 여덟 단계의 관념 (觀念), 곧 마음 집중을 통해 탐착심 (貪着心)을 버려 이루어지는 해탈.

147) 육신통(六神通). 부처나 보살이 가진 여섯 가지의 신이한 능력.

148) 부처님의 지혜와 같은 광대하고 원만한 깨달음.

149) '유위(有爲)'의 오기.

150) '무위(無爲)'의 오기. <사수몽유록>에는 '무나'로 되어 있다.

과(不過) 하늘을 의탁(依託)ᄒᆞ야 밧드노라 ᄒᆞ거니와 우리는 하늘 브리니 엇더ᄒᆞ며 너희는 귀신(鬼神)을 공경(恭敬)ᄒᆞ거니와 우리는 귀신(鬼神)을 디휘(指揮)ᄒᆞ니 엇더ᄒᆞ뇨?"

말이 ᄆᆞᆺ디 못ᄒᆞ여셔 믱지 딘(陣) 밧긔셔 뉵ᄌᆞ뎡(陸子靜)[152]이 내ᄃᆞ라 믱ᄌᆞ긔 알외ᄃᆡ

"셕시(釋氏)의 말을 드ᄅᆞ니 과연 우리 도(道)의셔 나으니 허리를 굽혀 항복(降伏)홈만 ᄀᆞᆺ디 못ᄒᆞ다."

ᄒᆞᆫ대 쥬ᄌᆡ(朱子) ᄭᅮ지저 ᄀᆞᆯ오ᄃᆡ

"그ᄃᆡ 소견(所見)이 이러ᄐᆞᆺ ᄇᆞᆰ디 못ᄒᆞ니 반ᄉᆡᆼ(半生) ᄒᆞᆨ문(學文)ᄒᆞ던 공뷔 어ᄃᆡ 잇ᄂᆞ뇨?"

ᄌᆞ뎡(子靜)이 ᄎᆞᆷ괴(慙愧)ᄒᆞ야 물너나더라. 믱지 손으로 셕가(釋迦)ᄅᆞᆯ 가ᄅᆞ쳐 ᄭᅮ지저 왈(日)

"아비 업고 님군 업ᄉᆞᆫ 놈이 감히 샤ᄐᆡᆨ(邪慝)ᄒᆞᆫ 말을 ᄒᆞ여 셰상(世上)을 속이고 ᄇᆡᆨ셩(百姓)을 혹(惑)게 ᄒᆞᄂᆞᆫ다? 네 말이 근니(近理)ᄒᆞᆫ ᄃᆞᆺᄒᆞ나 진짓 도(道)에 크게 어ᄌᆞ러온디라. 내 이제 너ᄃᆞ려 니ᄅᆞ리라. 사ᄅᆞᆷ이 셰샹(世上)의 나매, 군신(君臣)과 부모(父母)와 부부(夫婦)와 댱유(長幼)와 븡위(朋友) 닐온 오륜(五倫)이라. 사ᄅᆞᆷ이 오륜(五倫) 곳 업ᄉᆞ면 사ᄅᆞᆷ이 아니어늘, 이제 너는 도(道)ᄅᆞᆯ 하ᄃᆡ 반ᄃᆞ시 텬뉸(天倫)을 멸졀(滅絶)ᄒᆞ야[153] 스ᄉᆞ로 쳥졍젹멸(淸淨寂滅)[154]

151) 열반과 해탈.

152) 육구연. 중국 송(宋) 나라 효종(孝宗)~광종(光宗) 때의 문신·학자. 자정은 그의 자. 호는 상산. 주희(朱熹)의 성즉리설(性卽理說)에 반대하여 심즉리설(心卽理說)을 주장한 경쟁자로, 그의 사상은 3세기 이후에 명대의 성리학자 왕양명(王陽明)이 새로이 다듬었다. 이들을 심학파 혹은 두 사람의 이름을 따서 육왕학파라고 부르기도 한다.

153) 작은 붉은 글씨로 적혀 있다.

154) 도교(道敎)의 청정무위(淸淨無爲)와 불교(佛敎)의 적멸위락(寂滅爲樂). 청정무위(淸淨無爲)는 인위(人爲)를 가하지 않는 것이며, 적멸위락(寂滅爲樂)은 번뇌와 죽음과 삶의 고통에서 벗어나는 것이다.

ᄒᆞ물 일ᄏᆞᄅᆞ니, 부모(父母) 곳 아니면 네 몸이 어ᄃᆡ로셔 나 도(道)를 ᄒᆡᆼ(行)ᄒᆞ며 부부(夫婦) 곳 아니면 사ᄅᆞᆷ의 뉴(類) 아조 업서 생생지홰(生生之和) 긋쳐지리니 어ᄂᆡ 사ᄅᆞᆷ이 잇셔 네 도(道)를 뉘 뎐(傳)하며 군신(君臣)이 업ᄉᆞ면 텬하(天下) ᄇᆡᆨ셩(百姓)을 통녕(統領)ᄒᆞ 리 업ᄉᆞ리니 강(强)[155]ᄒᆞᆫ 재(者) 약(弱)한 자(者)를 숨키고 션(善)ᄒᆞᆫ 재(者) 악(惡)ᄒᆞᆫ 자(者)를 이긔디 못ᄒᆞ리니 이런즉 뉘 다시금 ᄒᆞ야 네 도(道)를 좃게 ᄒᆞ리오? 금쉬(禽獸) 비록 미물(微物)이나, 오히려 모ᄌᆞ(母子)와 군신(君臣)이며 ᄌᆞ웅(雌雄)이 잇고 개야미와 벌이 오히려 군신지분(君臣之分)을 아ᄂᆞ니 이제 너는[156] 오히려 금슈(禽獸)만 ᄀᆞᆺ디 못ᄒᆞ도다. 녯날 우리 셩인(聖人) 곳 아니면 사ᄅᆞᆷ의 뉴(類) 아조 업ᄉᆞᆫ 디 오ᄅᆞᆯ디라. 금슈(禽獸)로 더브러 ᄒᆞᆫ 가지로 쳐(處)ᄒᆞ면 사ᄅᆞᆷ은 짓과 털과 비늘이 업ᄉᆞ니 엇디 촌 ᄃᆡ와 더운 ᄃᆡ와 추딘[157] ᄃᆡ를 ᄲᅧ 거(居)ᄒᆞ며 톱과 엄니 업ᄉᆞ니 엇디 음식(飮食)을 도토와 먹으리오. 이러므로 셩인(聖人)이 튱사(蟲蛇)와 금슈(禽獸)를 모라 산님천ᄐᆡᆨ(山林川澤)의 내치시고 칩거든 오술 닙고 주리거든 밥을 먹고 나모 우희 이시면 업더지고 흙 가온대 이시면[158] 병(病)들 거시매 집을 지어 잇게 ᄒᆞ고 공장(工匠)으로 ᄒᆞ여곰 그ᄅᆞ술 ᄡᅳ게 ᄒᆞ고 장ᄉᆞ로 ᄒᆞ여곰 이심 업ᄉᆞ물 통(通)케 ᄒᆞ고 의약(醫藥)을 ᄆᆡᆫᄃᆞ라 요졀(夭折)ᄒᆞ물 구(救)ᄒᆞ게 ᄒᆞ고[159] 영장(永葬)ᄒᆞ고 제ᄉᆞ(祭祀)ᄒᆞ야 그 은ᄋᆡ(恩愛)를 갑게 ᄒᆞ고 녜문(禮文)을 ᄆᆡᆫᄃᆞ라 션후(先後)를 ᄎᆞ례(次例)ᄒᆞ고 풍뉴(風流)를 ᄆᆡᆫᄃᆞ라 울적(鬱寂)ᄒᆞ물 폐(廢)케 ᄒᆞ고 경ᄉᆞ(政事)를 ᄆᆡᆫᄃᆞ라[160] 그 게어른 뉴(類)를 다

155) <사수몽유록>에는 '가강'으로 되어 있다.
156) <사수몽유록>에는 '군신지분-너는'까지 빠져 있다.
157) 추디다. 물기가 배어 눅눅하다.
158) <사수몽유록>에는 '업더지고-이시면'까지 빠져 있다.
159) 작은 붉은 글씨로 적혀 있다. <사수몽유록>에는 '구하고'로 되어 있다.
160) 작은 붉은 글씨로 적혀 있다. <사수몽유록>에는 '맨다라'로 되어 있다.

ᄉᆞ리고 형벌(刑罰)을 ᄆᆡᆫᄃᆞ라 그 사오나온 거술 덜게 ᄒᆞ고 인신(印信)과 마되와 저울을 ᄆᆡᆫᄃᆞ라 서로 속이디 못ᄒᆞ게 ᄒᆞ고 셩곽(城郭)과 갑병(甲兵)을 ᄆᆡᆫᄃᆞ라 서로 앗디 못ᄒᆞ게 ᄒᆞ니 그 되(道) ᄇᆞᆰ히기 쉽고 교ᄒᆡᆼ(教行)키 쉬온디라. 이러므로 내 몸을 위ᄒᆞ면 슌(順)ᄒᆞ고 ᄌᆞ셔ᄒᆞ면[161] 사ᄅᆞᆷ을 위ᄒᆞ면 ᄉᆞ랑ᄒᆞ고 공번되여 ᄆᆞᄋᆞᆷ을 다ᄉᆞ리면 화평(和平)ᄒᆞ고 텬하국가(天下國家)ᄅᆞᆯ 다ᄉᆞ리면 태평(太平)ᄒᆞᄂᆞ니 엇디 너희 도 ᄀᆞᆺᄐᆞ리오? 네 ᄉᆞᄉᆞ로 닐오ᄃᆡ 무의[162]ᄒᆞ롸 ᄒᆞ면 네 몸에 의복(衣服)을 닙고 입에 음식(飮食)을 먹으며 집속이서 너희 무리로 더브러 법(法)을 닉이니 엇디 무의[163]ᄒᆞᆫ 작시[164]리오? 네 욕심(欲心)이 업ᄉᆞ[165]롸 ᄒᆞ되 보시(布施)ᄅᆞᆯ 만히 ᄒᆞ고 슈록[166]을 셩(盛)히 ᄒᆞ면 비록 악(惡)ᄒᆞᆫ 자(者)라도 복(福)을 엇는다 ᄒᆞ니 이 엇디 무욕(無欲)ᄒᆞᆫ 작시[167]며 네 닐오되 '사ᄅᆞᆷ이 죽어 뉸회(輪迴)ᄒᆞ여 다시[168] 사ᄅᆞᆷ이 된다.' ᄒᆞ니 이 더욱 ᄆᆡᆼ낭(孟浪)ᄒᆞᆫ 말이라. 초목(草木)이 ᄒᆞᆫ번 죽으매 나모와 플이 다시 다ᄅᆞᆫ 초목이 되디 아니 ᄒᆞ고 불이 ᄒᆞᆫ번 ᄡᅥ딘 후 다시 불이 되디 아니ᄒᆞᄂᆞ니 사ᄅᆞᆷ이 다만 물(物)과 다ᄅᆞᆷ이 업ᄉᆞᆫ디라. ᄒᆞᆫ번 죽으매 석은 나모 등걸과 ᄡᅥ진 지 ᄀᆞᆺ고 어ᄂᆡ 긔운이 잇셔 다시 사ᄅᆞᆷ이 되며 네 ᄯᅩ 닐오ᄃᆡ '사오나온 사ᄅᆞᆷ은 지옥(地獄)이 잇셔 형벌(刑罰)노 다ᄉᆞ린다.' ᄒᆞ니 사ᄅᆞᆷ이 죽은 후 톄ᄇᆡᆨ(體魄)이[169] 다[170] ᄒᆞᆺ터져시니 어ᄂᆞ 곳의 형벌 바드리오? 이 다 니

161) 'ᄌᆞ셔ᄒᆞ며'의 오기. <사수몽유록>에는 '자셔하며'로 되어 있다.
162) '무위(無爲)'의 오기.
163) '무위(無爲)'의 오기.
164) '작ᄉᆞ(作事)'의 오기.
165) 본문에 '업ᄉᆞ'가 중복되었으나 붓으로 찍어 지운 흔적을 남겼다.
166) '슈륙(水陸)'의 오기. <사수몽유록>에는 '슈륙'으로 되어 있다.
167) '작ᄉᆞ(作事)'의 오기.
168) <사수몽유록>에는 '사ᄅᆞᆷ이-다시'까지 빠져 있다.
169) <사수몽유록>에는 '혼백'으로 되어 있다.
170) 작은 붉은 글씨로 적혀 있다.

(理) 밧긔 요탄(妖誕)ᄒᆞᆫ 말이라. 불과 어린 ᄇᆡᆨ셩을 다래여 혹(惑)게 ᄒᆞ려니와 엇디 감히 군ᄌᆞ의 알픠 어린 말을 내리오. ᄲᆞᆯ니 항복ᄒᆞ여 뎡도(正道)의 도라오게 ᄒᆞ라."

셕개(釋迦) 이 말을 듯고 ᄂᆞᆺ치 흙 ᄀᆞᆺᄐᆞ여 말을 못ᄒᆞ거ᄂᆞᆯ 듀ᄌᆡ(朱子) 냥(兩) 졍ᄌᆞ(程子)와 댱ᄌᆞ(張子) 등을 거ᄂᆞ려 일시의 내ᄃᆞ라 티니 셕개 대패(大敗)ᄒᆞ여 셔쳔(西天)을 ᄇᆞ라고 다라날ᄉᆡ ᄆᆡᆼ지 이ᄣᅢ여[171] 쳐 멸(滅)ᄒᆞ여 아조 화근(禍根)을 업시코져 ᄒᆞ여 급히 ᄯᆞ로더니 왕이 대동ᄇᆡᆨ[172](大宗伯) ᄌᆞ공(子貢)을 명ᄒᆞ여[173] 닐오샤ᄃᆡ

"내 텬수(天數)ᄅᆞᆯ 보니 음긔(陰氣) 졈졈 셩(盛)ᄒᆞ니 이 도적이 음긔로 타낫ᄂᆞᆫ디라. 아조 멸(滅)치 못ᄒᆞᆯ 거시오.'병법이 궁구(窮寇)ᄅᆞᆯ 막취(莫追)라.'[174] ᄒᆞ여시니 그만ᄒᆞ여 도라오라.[175]"

ᄒᆞ신대 ᄆᆡᆼ지 군현(群賢)을 거ᄂᆞ려 도라와 왕긔 뵈온대 왕왈

"되(都)라. 이단(異端)의 해(害)ᄅᆞᆯ 업시 ᄒᆞ고 오도(吾道)ᄅᆞᆯ ᄇᆞᆰ게 홈은 다 너의 공이라."

ᄒᆞ시더라. 대ᄉᆞ구(大司寇)[176] ᄌᆞ해(子夏) 출반주왈(出班奏曰),

"이제 양묵노불(楊墨老佛)[177]에 해(害)ᄅᆞᆯ 더러시나 진황(秦皇) 녀졍(呂政)[178] 이 포악무도(暴惡無道)ᄒᆞ야 우리 졔ᄌᆞ(諸子)ᄅᆞᆯ 뭇질너 죽이고 경셔(經書)ᄅᆞᆯ 불질너 업시ᄒᆞ니 맛당이[179] 죄ᄅᆞᆯ 무럼즉 ᄒᆞ니이다."

---

171) <사수몽유록>에는 '이때랄타'로 되어 있다.
172) '대종백(大宗伯)'의 오기. <사수몽유록>에는 '대종백'으로 되어 있다.
173) <사수몽유록>에는 '뵈내여'로 되어 있다.
174) 피할 곳 없는 도적을 쫓지 말라는 뜻.
175) <사수몽유록>에는 '도라'로 되어 있다.
176) <사수몽유록>에는 '구'로 되어 있다.
177) 본문에 '양묵이노불'로 썼다가 '이'에 지운 표시가 있다.
178) 진(秦)나라의 1대 임금. 진시황(秦始皇). 분서갱유(焚書坑儒)를 일으킨 인물이다.
179) 작은 붉은 글씨로 적혀 있다.

왕이 ᄌᆞ하(子夏)ᄅᆞᆯ 명(命)ᄒᆞ야

"죄ᄅᆞᆯ 다ᄉᆞ리라."

ᄒᆞ신ᄃᆡ ᄌᆞ해 마올의 안자 사ᄅᆞᆷ 보내여 초인(楚人) 항뎍(項籍)[180]을 불너 닐오ᄃᆡ

"이제 진황 녀졍이 무도ᄒᆞ여 션ᄇᆡᄅᆞᆯ 뭇지ᄅᆞ고[181] 경셔ᄅᆞᆯ 불디ᄅᆞ니 그 죄 사(赦)티 못ᄒᆞᆯ디라. 네 이제[182] 셰샹의 나가 녀산[183]을 뭇딜너 션ᄇᆡ 뭇지ᄅᆞᆫ 죄ᄅᆞᆯ 다ᄉᆞ리라.[184]"

항뎍이 명을 바다 나가 녀산을 뭇지ᄅᆞ고 아방궁(阿房宮)[185]을 불지ᄅᆞ고 ᄌᆞ영(子嬰)[186]을 죽여 그 죄ᄅᆞᆯ 다ᄉᆞ리니라. 공서젹(公西赤)이 뎐에 올나 주왈

"한뎨(漢帝) 뉴방(劉邦)[187]이 태뢰(太牢)ᄅᆞᆯ 드리고 뵈오믈 쳥(請)ᄒᆞᄂᆞ이다."

왕이 드러오라 ᄒᆞ시니 한뎨 드러와 고두ᄉᆞᄇᆡ(叩頭四拜)ᄒᆞ신대 왕왈

"되라. 너 방아! 젼국(全國)이 징병(爭兵)ᄒᆞ므로부터 텬해(天下) 대란(大亂)ᄒᆞ여 다 왕도(王道)ᄅᆞᆯ 쳔(賤)히 넉이고[188] 패도(霸道)ᄅᆞᆯ[189] 숭상(崇尙)ᄒᆞ야 날을 ᄎᆞᄌᆞ 리 업션 지 수ᄇᆡᆨ여 년이러니 이제 네 와 처음으로 비니[190] 가장

180) 항우(項羽). 중국 진(秦) 말기의 장수로 진을 멸망시켜 서초 패왕이라 칭하였으나, 천하를 두고 전투를 한 유비에게 패한 후 자결하였다.
181) <사수몽유록>에는 '경셔ᄅᆞᆯ–뭇지ᄅᆞ고'까지 빠져 있다.
182) 작은 붉은 글씨로 적혀 있다.
183) 진시황 여정의 능이 있는 곳.
184) <사수몽유록>에는 '죄랄 다스리고 아방궁을 블딜러 경셔 뭇디란 죄랄 다사리라'로 이어진다.
185) 중국 진시황(秦始皇)이 서기(西紀) 전 212년에 함양에 세운 궁전.
186) 중국 진(秦)의 제3대이자 마지막 왕이다. 왕위(王位)에 오른 지 46일만에 유방(劉邦)에게 투항했지만, 항우(項羽)에게 살해되었다.
187) 한나라 황제 유방.
188) 작은 붉은 글씨로 적혀 있다.
189) 작은 붉은 글씨로 적혀 있다.
190) '뵈니'의 오기. <사수몽유록>에는 '뵈니'로 되어 있다.

아름다온디라. 내 일노뻐 ᄉᆞ빅년 긔업(基業)을 뎐(傳)케 ᄒᆞ노라."

왕[191]이 빅ᄉᆞ(拜謝)ᄒᆞ고 물너나다.

또 ᄒᆞᆫ무졔(漢武帝)와 명뎨(明帝)[192]와 당태종[193](唐太宗)과 싀셰종(柴世宗)[194]과 모든 송(宋)적 님군과 대명(大明) 고황뎨(高皇帝) 다 태뢰를 드리고 뵈와디라 ᄒᆞ거놀 왕이 다 불너 됴회(朝會)를 밧고[195] 위로(慰勞)ᄒᆞ시더니. 한명뎨(漢明帝)와 송신종(宋神宗)과 효종(孝宗)을 불너 대칙(大責)ᄒᆞ여 ᄀᆞᆯ오샤ᄃᆡ

"너 명뎨는 무단(無端)이 불법(佛法)을 드려와 만ᄃᆡ(萬代)예 화(禍)를 ᄭᅵ치고, 너 신종[196]과 효종은 뎡호(程顥) 뎡이(程頤)와 장지(張載) 쇼옹(邵雍)와 ᄉᆞ마광(司馬光) 쥬희(朱熹)를 쓰디 아니ᄒᆞ고 쇼인(小人)을 신임(信任)ᄒᆞ니 이 엇디 뎨왕(帝王)의 도리(道理)리오? 샐니 물너가라."

ᄒᆞ신대 삼뎨(三帝) 대참(大慚)ᄒᆞ여 물너가니라.

왕이 한고뎨(漢高帝)를 닐너 ᄀᆞᆯ오ᄃᆡ,

"네 관인활달[197](寬仁豁達) ᄒᆞ야 뎨왕의 긔상(氣象)이 이시니, 맛당이 패(霸)를 내치고 왕도(王道)를 힝(行)ᄒᆞ여 녜악지티(禮樂之治)를[198] 니ᄅᆞ혀 삼ᄃᆡ를 니엄즉ᄒᆞ거놀 ᄆᆞᄎᆞᆷ내 공니[199] 해(害)ᄒᆞ물 면(免)티 못ᄒᆞ니 가(可)히 앗갑도다."

고뎨 ᄃᆡ왈(對曰),

"신(臣)이 본ᄃᆡ 칼 쓰기와 몰돌니기를 알고 유슈(有數)를 아디 못ᄒᆞ고 신

---

191) 소왕 공자가 유방에게 한 말에 이어지므로, '한뎨' 혹은 '방'의 오기로 보인다.
192) <사수몽유록>에는 '한명뎨'로 되어 있다.
193) 당나라의 제2대 황제.
194) 오대(五代) 때 후주(後周)의 황제.
195) 뒤에 '러'가 있는데, 붉은 색으로 눌러 지웠다.
196) 작은 붉은 글씨로 적혀 있다.
197) 작은 붉은 글씨로 적혀 있다. <사수몽유록>에는 '관활달'로 되어 있다.
198) 작은 붉은 글씨로 적혀 있다.
199) 작은 붉은 글씨로 적혀 있다.

해(臣下) 쏘 이윤(伊尹)200) 쥬공(周公)201) 굿투 니 이셔 날을 왕도로 도으 리 업고 다만 뉵가(陸賈)202) 슈하(隨何)203)의 무리롤 드리고 엇디 삼디지티(三代之治)롤 호리잇가?"

호더라. 당태종을 닐너 왈204)

"너는205) 나라흘 다스리미 녯 뎨왕의게 누리디 아니 호딕 다만 셩심(誠心)이 업고 가법(家法)을 졍(正)티 못호니206) 공(功)이 비록207) 만흐나 명교(明教) 듕 죄인(罪人)이 되리로다."

태종이 븟그려 감(敢)히 우러러 보디 못호더라.

송태조(宋太祖)208)롤 닐오샤딕

"너는 듕문(重文)을 훤히 여러 심혹(心學)을 씨둣고 텬하(天下)롤 아의게 뎐(傳)호여 요순(堯舜)의 모옴을 법(法) 바드니 흠(欠)홀 거시 업스딕 다만 진교(陳橋)에 회군(回軍)홀 일209)이 더러온210) 일홈을 면(免)티 못호리라. 가(可)히 앗갑거니와 이는 쏘훈 텬슈(天數)라. 현마 엇디호리오?"

송뎨(宋帝) 딕왈(對曰)

---

200) 탕 임금을 보좌하여 하나라를 멸망시키고, 은나라를 건립하는 데 큰 공을 세운 인물.
201) 주나라를 세운 문왕의 아들이며 무왕의 동생. 예악과 법도를 제정하여 주 왕실 특유의 제도문물을 창시하였으며, 유학자에 의해 성인으로 존숭되고 있다. .
202) 한고조 유방을 도와 천하를 통일하는 데 크게 공헌한 인물. 시서를 좋아하고 문무병용 정치의 필요성을 역설했다.
203) 한고조 유방을 도와 천하를 통일하는 데 크게 공헌한 인물.
204) 작은 붉은 글씨로 적혀 있다.
205) '너'는 작은 붉은 글씨로 적혀 있다.
206) 현무문(玄武門)의 변(變). 황태자인 형 이건성과 동생 이원길을 살해한 사건. 이 사건으로 이세민은 황태자가 되어 당태종에 즉위할 수 있었다.
207) 작은 붉은 글씨로 적혀 있다.
208) 송나라를 창건한 임금 조광윤(趙匡胤). 금군에 의해 진교병변(陳橋兵變)을 거쳐 옹립되어 제위에 올랐다.
209) 진교지변(陳橋之變). 960년 정월에 진교역(陳橋驛)에서 조보, 조광의 등이 조광윤에게 황포를 입히며 추대하여 황제에 등극하게 한 사건이다.
210) 작은 붉은 글씨로 적혀 있다.

“이는 신(臣)의 죄(罪) 아니라 셕슈신(石守信) 등의 협박(脅迫)훈 배니이다.”

왕(王)이 미쇼(微笑) 왈(曰)

“네 진짓 무옴이 업스면 엇디 다른 사룸이 협밥(脅迫)홀 배리오?”

송뎨(宋帝) 고개룰 숙이고 묵연(默然)호더라.

이때 나라히 일이 업순디라. 왕(王)은 남면(南面)호여 풀당 곳고 뎐(殿) 우히셔 됴용히 도(道)룰 의논(議論)홀식 쥬희(朱熹)지 주(奏)왈

“뎐의 니루시디 셩샹근(性相近)이나 습샹원(習相遠)이라.[211]’ 호시니 그 엇디 니루시미니 잇가?”

왕이 골오샤디

“셩(性)이란 거순 하눌이 삼겨 내신디라. 본디 어딜고 사오나오미 업거니와[212] 그러나 사룸이 날 제 긔품(氣品)이 훈가지 아냐. 졍긔(淨氣)룰 타 난 쟈도 잇고 탁긔(濁氣)도 타 난 쟈도 이시니 공부(工夫)룰 드려 닉이면 탁(濁)훈 쟈도 쳥(淸)호여지고 쳥(淸)훈 사룸도 공부룰 드리[213] 아니면 탁(濁)호누니 그러므로 습샹원(習相遠)이라 호니 이는 긔질지셩(氣質之性)을[214] 니루고 본영지셩[215]을 니루미 아니라.”

졍이(程頤)지 주(奏)왈

“인심(人心)이 유위(惟危)호고 도심(道心)이 유이(惟微)[216]란 말[217]이 어이

---

211) 타고난 본성은 서로 비슷하나 습관에 따라 서로 차이가 많이 난다는 말. 『논어(論語)』 「양화편(陽貨篇)」에 “공자님께서 ‘본성은 서로 가까이 있지만 습관에 따라 서로 멀어진다.’고 말씀하셨다(子曰 性相近也 習相遠也)”는 글이 있다.

212) 작은 붉은 글씨로 적혀 있다.

213) ‘드리디’의 오기. <사수몽유록>에는 ‘드리디’로 되어 있다.

214) 기질의 성은 기(氣)에서 생기기 때문에, 기의 청탁(淸濁)·혼명(昏明)·후박(厚薄)에 의하여 성(性)에도 차별이 생겨 사람의 선악, 현우(賢愚)가 생긴다고 한다.

215) ‘본연지셩(本然之性)’의 오기. <사수몽유록>에는 ‘본연지셩’으로 되어 있다.

216) ‘유미(惟微)’의 오기. <사수몽유록>에는 ‘유미’로 되어 있다.

217) 『서경(書經)』 「우서대우모(虞書大禹謨)」에 “사람의 마음은 위태하고, 도를 지키려는 마음은 극히 희미하니, 오직 정일하게 하여 그 합당한 것을 잡아야 한다(人心惟危 道心

니른 말이니잇가?"

왕왈

"사룸이 비록 셩인(聖人)이라도 인욕(人慾)이 업디 못ᄒᆞ고 불쵸(不肖)ᄒᆞᆫ 재라도 도심(道心)[218]이 업디 아니ᄒᆞ니 인심(人心)은 위틱(危殆)ᄒᆞ야 평안(平安)티 아니ᄒᆞ고 도심(道心)은 미묘(微妙)ᄒᆞ야 보기 어려오나 이러므로 오직 졍(精)ᄒᆞ고 일(一)ᄒᆞ여야 그 듕(中)을 뎡(定)ᄒᆞᄂᆞ니라[219]."

소옹(邵雍)[220]이 주왈(奏曰)

"복희시(伏羲氏)[221] 팔괘(八卦)[222]롤 ᄒᆞ므로부터 샹(象)과 슈(數)와 니(理) 그 가온대 이시딕 셰상(世上) 사룸이 혹(或) 그 샹(象)을 보아 그 슈(數)롤 알 니도 이시며 그 니[223](理)만 알 니도 이시니 엇디 ᄒᆞ여[224] 올흐니잇가?"

왕[225]왈(王曰)

"쥬역(周易)[226]이란 거시 음양쇼댱지니(陰陽消長之理) 이시니 니(理)롤 ᄇᆞ리고 슈(數)만 젼쥬(專主)ᄒᆞ면 이ᄂᆞᆫ 슈학(數學)이라. 그 폐(弊) 복셔(卜筮)의 뉴(類)되고 쥬역(周易)이 변화무샹(變化無雙)ᄒᆞ니 이(理)만 젼(專)ᄒᆞ고 슈(數)을 ᄇᆞ리

惟微 惟精惟一 允執厥中)"이라는 글이 있다.

218) 본문에는 '도'자가 없다. 다만 옆에 줄을 쳐서 다시 읽으라는 표시를 해두었다.

219) <사수몽유록>에는 '잡나니라'로 되어 있다.

220) 중국 북송의 학자(1011~1077). 자는 요부(堯夫). 호는 안락선생(安樂先生). 상수(象數)에 의한 신비적 우주관과 자연 철학을 제창하였다. 저서에 『관물편(觀物篇)』, 『황극경세서』 등이 있다.

221) 중국 고대 전설상의 임금. 팔괘를 처음으로 만들고, 그물을 발명하여 고기잡이의 방법을 가르쳤다고 한다.

222) 여덟 가지의 괘. ☰[건(乾)], ☱[태(兌)], ☲[이(離)], ☳[진(震)], ☴[손(巽)], ☵[감(坎)], ☶[간(艮)], ☷[곤(坤)]을 이른다.

223) 작은 붉은 글씨로 적혀 있다.

224) 'ᄒᆞ여야'의 오기. <사수몽유록>에는 '하야'로 되어 있다.

225) 작은 붉은 글씨로 적혀 있다.

226) 유학 오경(五經)의 하나. 만상(萬象)을 음양의 이치로 설명하여 으뜸을 태극이라 하였다. 그로부터 64괘를 만들어 해석하였다.

면 이는 이학(理學)쁜이라. 엇디 그 굴신왕닋(屈伸往來)ᄒᆞᄂᆞᆫ 묘리(妙理)를 알니오?"

한유(韓愈) 주왈(奏日)

"전국(戰國)[227] 이후(以後)로 종힝지슐(縱橫之術)[228]과 형명지ᄒᆞᆨ(刑名之學)[229]을 슝상(崇尙)ᄒᆞ야 인의(仁義)를 알 재(者) 업더니[230] 오직 뉵국(六國)[231] 시(時) 순경(荀卿)[232]과[233] 왕망(王莽)[234]적 양웅(揚雄)[235]이 홀노 인의(仁義)ᄅᆞᆯ 힝(行)ᄒᆞ야 대왕(大王)을 존슝(尊崇)ᄒᆞ니 가(可)히 불너 뻠즉ᄒᆞ니이다."

쥬희(朱熹)지 소릭 딜러 왈(日)

"한유(韓愈) 제 ᄒᆞᆨ문(學文)이 머리 업순 ᄒᆞᆨ문(學文)이라. 시비불명(是非不明)ᄒᆞ야 망녕도이 알외ᄂᆞ니이다. 순경(荀卿)이[236] 닐오ᄃᆡ 사ᄅᆞᆷ의 텬셩(天性)이 본ᄃᆡ 사오나오니[237]라 ᄒᆞ니 그 제ᄌᆞ(弟子) 니시(李斯)[238] 그 ᄒᆞᆨ(學)을 뎐(傳)ᄒᆞ야 션비ᄅᆞᆯ 죽이고 경셔(經書)ᄅᆞᆯ 불지ᄅᆞᄂᆞᆫ 이 다 순경(荀卿)의 죄[239](罪)오. 양

227) 중국 역사에서 춘추 시대 이후부터 진나라가 전국을 통일하기까지의 시기.
228) 소진(蘇秦)의 합종설(合縱說)과 장의(張儀)의 연횡설(連橫說).
229) 한비자(韓非子), 신불해(申不害) 등 법가(法家)가 주장한 것으로, 나라를 명칭과 실상이 맞는 법으로 다스려야 한다는 학파.
230) <사수몽유록>에는 '업더라'로 되어 있다.
231) 중국 전국 시대의 제후국(諸侯國) 중에서 진(秦)을 제외한 여섯 나라. 초(楚), 연(燕), 제(齊), 한(韓), 위(魏), 조(趙)가 있다.
232) 중국 전국 시대 사상가 순자(荀子). 이름은 황(況). 예의로써 사람의 성질을 교정할 것을 주장하고 맹자의 성선설에 대하여 성악설을 제창하였다.
233) 작은 붉은 글씨로 적혀 있다.
234) 중국 전한의 정치가. 자는 거군(巨君). 한나라 평제(平帝)를 독살하고 제위를 빼앗아 국호를 신(新)으로 고쳤다. 후에 후한(後漢) 광무제(光武帝)에게 피살되었다.
235) 중국 전한 말기의 사상가이며 문장가. 자는 자운(子雲). 왕망(王莽)이 황제 자리를 찬탈하자 <극진미신(劇秦美新)>을 지어 그를 찬양했다. 유학에 힘을 썼으나, 주희는 그의 학문을 황로지학(黃老之學)으로 비판하였다.
236) 작은 붉은 글씨로 적혀 있다.
237) 작은 붉은 글씨로 적혀 있다.
238) 중국 진나라의 승상. 진시황제를 보좌하여 천하 통일을 이룩하는 데 기여하였으며, 분서갱유 등을 주도하였다.
239) 작은 붉은 글씨로 적혀 있다.

웅(揚雄)은 닐오ᄃᆡ '사ᄅᆞᆷ의 텬셩(天性)이 본ᄃᆡ 졍(定)ᄒᆞᆫ 거시 업서 사오나옴과 어질미 셧기엿다.' ᄒᆞ고 태연[240] 법언(法言)[241]을 지어내여 망녕(妄靈)도이 셩인(聖人)으로 ᄌᆞ쳐(自處)하니 가장 ᄎᆞᆷ남(僭濫)ᄒᆞ고 왕망(王莽)[242]을 셤겨 미신탁(美新託)[243]을 지어 아당(阿黨)ᄒᆞ니 이 두 사ᄅᆞᆷ은 오도(吾道)에 적(敵)이오, 셩문(聖門)의 죄인(罪人)이라. 엇디 브ᄅᆞ리잇가?"

왕(王)이 ᄀᆞᆯ오샤ᄃᆡ

"ᄎᆞ(此) 이인(二人)의 죄(罪)[244] 비록 그러ᄒᆞ나 그 지죄 앗가오니, 불너 ᄀᆞᄅᆞ쳐 졍(正)히 ᄒᆞ리라."

ᄒᆞ고 즉시 브ᄅᆞ니 냥인(兩人)이 드러와 비복(拜伏)ᄒᆞ거ᄂᆞᆯ 왕(王)이 ᄎᆡᆨ(責)ᄒᆞ야 ᄀᆞᆯ오샤ᄃᆡ

"사ᄅᆞᆷ의 쳔셩(天性)이 본ᄃᆡ 어딜거ᄂᆞᆯ 경(卿)이 엇디 사오납다 니ᄅᆞ며, 오내(吾乃) 도(道)ᄂᆞᆫ ᄒᆞ나흘 ᄢᅦ엿거ᄂᆞᆯ[245] 엇디 션악(善惡)이 혼(混)ᄒᆞ다 ᄒᆞ며 ᄯᅩ 웅(雄)이 역적(逆賊)을 셤겨 븟그러오믈 모ᄅᆞ니 이 엇디 군ᄌᆞ(君子)의 졀(節)이리오."

냥인(兩人)이 샤죄(謝罪)ᄒᆞᆯ ᄲᅮᆫ이러라.

ᄯᅩ 동듕셔(董仲舒)[246]와 왕통(王通)[247]과 허형(許衡)[248]을 블너 ᄀᆞᆯ오샤ᄃᆡ

---

240) '태현(太玄)'의 오기. 양웅이 <주역>에 비겨 지은 것이다. <사수몽유록>에는 '태현'으로 되어 있다.

241) 양웅이 지은 '것으로, 도교의 말로 유교를 설명한 저술로 알려져 있다.

242) 전한의 정치가이다. 자신이 왕으로 추대한 평제(平帝)를 시해하고 제위를 빼앗았으며, 국호를 신(新)이라고 하였다.

243) <극진미신(劇秦美新)>.

244) <사수몽유록>에는 '죄'가 빠져 있다.

245) <사수몽유록>에는 '웅이'가 들어가 있다.

246) 중국 전한(前漢)의 유학자. 춘추공양학(春秋公羊學)을 공부하였으며, 하늘과 사람의 관계를 강조했다. 한무제에게 유교를 국교로 삼기를 설득하였다.

247) 중국 수나라의 학자. 『주자어류(朱子語類)』 권137 「전국한당제자(戰國漢唐諸子)」에 "왕통이 7제(七制)의 명의(命議)의 류로 『서경』과 『시경』을 이으려고 했다. 칠제의 설은

"동듕셔(董仲舒)의 니론 바 '도(道)에 큰 근본(根本)이 하놀의셔 낫다.' 말과 '도(道)롤 붉히느 니롤 혜디 말나.' 홈과 왕통(王通)의 니론 바 '담(膽)은 크고 져 ᄒᆞ고249) 심(心)은 젹고져 ᄒᆞᆫ다.'250) ᄒᆞ니 그 말이 다 내의 도(道)롤 아는 말이라. 내 ᄀᆞ장 아롬다이 넉이노라."

또 허형(許衡) 불너 대칙(大責) 왈(曰)

"네 ᄒᆞᆨ문(學文)을 깁히 통(通)ᄒᆞ고 도의(道義) 넙이 아라 군ᄌᆞ(君子)에 사롬이어놀 츌쳐대졀(出處大節)을 몰나 오랑캐게 허리롤 굽혀 셤기믈 둘게 넉이는다? 네 노듕년(魯仲連)251)은 제(齊)나라 ᄒᆞᆫ 션비로ᄃᆡ 진(秦)나라 황뎨(皇帝) 되믈 븟그려 동희롤 볿아 죽으려 ᄒᆞ고 관듕(管仲)252)이 뎍(敵)253)을 물니쳐 쥬시(周氏)롤 존(尊)ᄒᆞ니 군지(君子) 크게 넉이니 이제 너는 관듕(管仲)과 노듕년(魯仲連)의 죄인(罪人)이로다."

허형(許衡)이 면식(面色)이 여토(如土)ᄒᆞ야 ᄃᆡ답(對答)홀 말이 업더라.

군신(君臣)이 도(道) 의논(議論)ᄒᆞ기롤 ᄆᆞᆺᄎᆞ매 왕(王)이 골오샤ᄃᆡ

"너희 각각(各各) 뜻을 니ᄅᆞ라. 누고는 무솜 ᄒᆞ고져 ᄒᆞ는 일이 이시며 누고는 무솜 븟그러온 일이 이시며 누고는 무솜 즐거온 일이 잇ᄂᆞ뇨? 다 각각(各各) 닐너 숨기지 말나."

왕통에서 시작되었는데, 고조・문제・무제・선제・광무제・명제・장제의 제가 있는데, 대개 「요전(堯典)」과 「순전(舜典)」에 비겼다(王通欲以七制命議之屬爲續書詩−七制之說亦起于通 有高文武宣光明章制 蓋以比二典也)"는 글이 있다.

248) 원나라의 교육가이자 학자. 정자와 주자에게 깊은 영향을 받아 학문에 매진한 것으로 평가된다.

249) 작은 붉은 글씨로 적혀 있다.

250) 담대심소(膽大心小). 기개나 뜻은 대담히 가지되 세심해야 함을 이르는 말.

251) 전국시대 후기 제나라 사람. 『사기(史記)』 열전에는 '노중련이 만일 진나라가 분수에 맞지 않게 제왕이 되려 한다면 동해로 빠져 죽겠다고 하였다'는 기록이 있다.

252) 중국 춘추시대 제(齊)나라의 재상. 이름은 이오(夷吾). 환공(桓公)을 도와 중원(中原)의 패자(霸者)로 만들었다.

253) <사수몽유록>에는 '이적'으로 되어 있다.

ᄌᆞ뢰(子路) 내ᄃᆞ라 ᄀᆞᆯ오ᄃᆡ

"나ᄂᆞᆫ 쳔승(千乘) 나라흘 다ᄉᆞ리고 삼군(三軍)을 거ᄂᆞ려 뎍국(敵國)을 횡힝(橫行)ᄒᆞ믈 ᄒᆞ고져 ᄒᆞᄂᆞ이다."

왕(王)이 좀쇼(潛笑)ᄒᆞ시더라.

안연(顔淵)이 ᄀᆞᆯ오ᄃᆡ

"나ᄂᆞᆫ 누황254)의 이셔 일곽소(一廓蔬)와 일표음(一瓢飮)으로 이실디라도255) 대왕(大王)의 도(道)ᄅᆞᆯ ᄇᆡ화 몸의 젼(傳)ᄒᆞ니256) 이 즐거온 배러이다."

ᄆᆡᆼ지(孟子) ᄀᆞᆯ오ᄃᆡ

"나ᄂᆞᆫ 호연디긔(浩然之氣)ᄅᆞᆯ 잘 치니 그 긔운이 지극(至極)히257) 텬디(天地) ᄉᆞ이의 ᄀᆞ득ᄒᆞᆫ디라. 텬하(天下) 안ᄐᆡᆨ(安宅)의 이셔 텬하(天下) 평뉴258)의 힝(行)ᄒᆞ니259) 우러러 하ᄂᆞᆯ긔 붓그러오미 업고 굽어 사ᄅᆞᆷ의게 붓그러오미 업ᄉᆞ니260) ᄀᆞ장 즐거오미러이다."

뎡희261) 주왈(奏曰)

---

254) '누항(陋巷)'의 오기.

255) 『논어(論語)』 「옹야(雍也)」에 "공자께서 '어질구나! 안연아! 한 소쿠리의 밥과 한 표주박의 물로 더럽고 거친 거리에 사는 것을 사람들은 그 근심을 감당하지 못하거늘 안연은 그 즐거움을 고치지 않는구나. 어지도다! 안연아!'라고 말씀하셨다(子曰 賢哉 回也 一簞食 一瓢飮 在陋巷 人不堪其憂 回也不改其樂 賢哉 回也."는 글이 있다.

256) <사수몽유록>에는 '편하니'로 되어 있다.

257) <사수몽유록>에는 '크니'가 들어 있다.

258) '졍노(正路)'의 오기.

259) 『맹자(孟子)』 「이루상(離婁上)」에 "인은 사람의 안택이요, 의는 사람의 바른 길이다. 안택을 비워두고 거하지 않고 바른 길을 버려두고 가지 않으니 슬프도다(仁 人之安宅也 義 人之正路也 曠安宅而弗居 舍正路而不由 哀哉)"라는 글이 있다.

260) 『맹자(孟子)』 「진심상(盡心上)」에 "군자에게는 세 가지 즐거움이 있으니, 천하에 왕 노릇하는 것은 들어가지 않는다. 부모가 모두 살아 있고 현제들이 무고한 것이 첫째 즐거움이다. 우러러 하늘에 부끄럽지 않고 굽어 사람에게 부끄럽지 않은 것이 둘째 즐거움이다. 천하의 영재를 얻어서 교육하는 것이 셋째 즐거움이다(君子有三樂而王天下不與存焉 父母俱存 兄弟無故 一樂也 仰不愧於天 俯不怍於人 二樂也 得天下英才而敎育之 三樂也)."라는 글이 있다.

261) '뎡회(程顥)'의 오기. <사수몽유록>에는 '뎡회'로 되어 있다.

"ᄉᆞ슈(泗水) ᄀᆞ의 노라 고줄 ᄎᆞᄌᆞ며 버들을 ᄯᆞᆯ[262]와 봄빗출 구경ᄒᆞ니 이 즐거오미러이다."

쥬돈이(周敦頤)[263] ᄀᆞᆯ오ᄃᆡ

"갠 들[264] 빗과 빗난 ᄇᆞ람이[265] 가ᄉᆞᆷ의 비최니 쇄락(灑落)ᄒᆞ여 ᄒᆞᆫ 졈 ᄃᆞᆺ글이 업ᄉᆞ니 쾌(快)ᄒᆞᆫ 즐거오미러이다."

ᄉᆞ마광(司馬光)이 주왈(奏曰)

"신(臣)은 님군을 만나시ᄃᆡ 왕안셕(王安石)의 공쳑(攻斥)ᄒᆞᆫ 배 되어 죵시(終是) 도ᄅᆞᆯ 힝치 못ᄒᆞ니 이 ᄒᆞᆫ(恨)ᄒᆞᄂᆞᆫ[266] 배로소이다."

쥬희(朱熹) ᄀᆞᆯ오ᄃᆡ

"듕원(中原)이 이뎍(夷狄)의 ᄯᅡ히 되고 이제 북막(北幕)의 가티여시ᄃᆡ 쇼인(小人)이 화의(和意)로 님군을 속여 죵시 회복을 못ᄒᆞ니 이 ᄒᆞᆫᄒᆞᄂᆞᆫ 배로소이다."

쇼옹(邵雍)이 주왈

"나는 몸이 월궁(月宮)의 놀고 발의 텬근(天根)을 ᄇᆞᆯ와[267] 팔국(八國)의[268] 쥬류(周遊)ᄒᆞ니 막힌 거시 업ᄉᆞ니 이 즐거오미러이다."

뎡이(程頤) 주왈

"텬하의 도ᄅᆞᆯ 힝ᄒᆞ여 우흐로 님군을 요슌(堯舜)을 ᄆᆡᆼ그지 못ᄒᆞ고 아래로

---

262) 작은 붉은 글씨로 적혀 있다.
263) 중국 북송의 유학자. 자는 무숙(茂叔). 호는 염계(濂溪). 저서에 『태극도설』, 『통서』 등이 있다.
264) 'ᄃᆞᆯ'의 오기. <사수몽유록>에는 '달'로 되어 있다.
265) 광풍제월(光風霽月). 맑은 바람과 비 갠 뒤의 달이라는 말로 북송의 문장가 황정견(黃庭堅)이 주돈이의 인품을 평한 것이다.
266) <사수몽유록>에는 '효하는'으로 되어 있다.
267) 소옹(邵雍)의 시 <청야음(淸夜吟)>에 "손으로는 달 구멍을 더듬고, 발로는 하늘 뿌리를 밟는다(手探月窟 足踏天根)."는 구절이 있다.
268) <사수몽유록>에는 '팔녹의'로 되어 있다.

ᄂᆞᆫ 빅셩을 당우(唐虞)로 ᄆᆡᆫ둘[269]지 못ᄒᆞ니 이 내의 븟그리ᄂᆞᆫ 비로소이다."

졔갈냥(諸葛亮)이 주왈

"동(東)으로 손권(孫權)이 웅거(雄據)ᄒᆞ고 북(北)으로 조죄(曹操) 죵힝(縱行)ᄒᆞ여 겨유 익쥐(翼州)[270]롤 어드ᄃᆡ 듕원을 회복디 못ᄒᆞ고 녜악지티(禮樂之治)롤 니ᄅᆞ혀 못ᄒᆞ니 내의 ᄒᆞᆫ(恨)ᄒᆞᄂᆞᆫ 배로소이다."

군신이 각각 언디(言志)롤 ᄒᆞ기롤 ᄆᆞᆺᄎᆞ매 왕이 ᄌᆞ공(子貢)을 불너 ᄀᆞᆯ오샤ᄃᆡ

"네 평일 인물 비방(比方)ᄒᆞ기롤 잘ᄒᆞ더니[271] 네 군신을 일일히 의논(議論)ᄒᆞ여 고하(高下)롤 뎡(定)ᄒᆞ라."

ᄌᆞ공이 ᄃᆡ왈

"신이 식견(識見)이 업ᄉᆞ니 엇디 감히 고금셩현(古今聖賢)을 의논ᄒᆞ리잇가?"

왕왈

"너ᄂᆞᆫ ᄉᆞ양(辭讓) 말고 소견(所見)을 다ᄒᆞ라."

ᄌᆞ공이 비ᄉᆞ(拜謝)ᄒᆞ고 믈너나 군신을 둘너보고 ᄎᆞ례로 의논ᄒᆞᆯᄉᆡ 안연(顔淵)을 ᄀᆞᄅᆞ쳐 왈

"ᄎᆞ인(此人)은 ᄒᆞ나흘 드러 열흘 알고[272] 소욕(所欲)을 이긔여 텬니(天理)

---

269) 작은 붉은 글씨로 적혀 있다.

270) 적벽대전에서 조조가 패퇴하자, 유비는 영릉, 계양, 장사를 점령하여 세력을 키워나갔다. 이 때 익주의 유장이 장로의 침공을 막기 위해 유비를 초청하자, 유비는 이에 응해 가맹관에서 싸운 뒤 형주에서 온 제갈량의 군사와 함께 익주를 탈취했다. 익주와 형주를 차지한 유비는 스스로 황제를 칭했고, 제갈량은 승상이 되었다.

271) 『사기(史記)』 「중니제자열전(仲尼弟子列傳)」에 "자공은 말주변이 좋았고 언사가 교묘했다. 공자께서는 항상 그 말솜씨를 경계하셨다(子貢利口巧辭 孔子常黜其辯)."는 글이 있다. 또한 『논어(論語)』 「헌문편(憲問篇)」에 "자공이 사람을 비교하자 공자께서 '자공은 어진가보다. 나는 그럴 겨를이 없도다(子貢 方人 子曰 賜也 賢乎哉 夫我則不暇)."라는 글도 있다. <사수몽유록>에는 '잘하더라'로 되어 있다.

272) 『논어(論語)』 『공야장편(公冶長篇)」에 "공자께서 자공에게 '너와 안연 중에서 누가 더 나

ᄅᆞᆯ 회복ᄒᆞ니 셩인의[273] 혜덕(惠德)이[274] ᄀᆞ잣ᄂᆞᆫ디라. 봄 긔운이 만물(萬物)을 화ᄉᆡᆼ(化生)ᄒᆞᄂᆞᆫ 긔상(氣象)이라. 죡(足)히 하우시(夏禹氏)의 엇게ᄅᆞᆯ ᄀᆞ즉이 ᄒᆞ리라.”

ᄯᅩ 증ᄉᆞᆷ(曾參)을 ᄀᆞ라쳐 왈(曰),

“ᄎᆞ인(此人)은 날마다 세 가지 일노 몸을 ᄉᆞᆯ피고[275] 일즉 일관(一貫)ᄒᆞᆫ 도(道)[276]ᄅᆞᆯ 드러 힘ᄡᅥ ᄒᆡᆼ(行)ᄒᆞ여, 쥭기의 니ᄅᆞ러도 졍도(正道)의 어그ᄅᆞᆺ지 아니ᄒᆞ니, 죡히 셩탕(成湯)의게 머리ᄅᆞᆯ 사양(辭讓)티 아니 ᄒᆞ리이다.”

ᄯᅩ ᄌᆞᄉᆞ(子思)ᄅᆞᆯ ᄀᆞᄅᆞ쳐 왈,

“셩도(聖道)의 동좌(同坐)ᄅᆞᆯ[277] 어더 듕용(中庸)을 지어 도ᄒᆞᆨ(道學)에 테용(體用)을 ᄇᆞᆰ히고 텬니(天理)예 비은(費隱)을 알게 ᄒᆞ니, 이ᄂᆞᆫ 죡히 역단(易斷)을 지으신 왕[278]과 ᄀᆞᆺᄒᆞᆯ 거시오. ᄆᆡᆼᄌᆞ(孟子)ᄂᆞᆫ 천셩(天性)에 분션[279]하물 닐너 도의(道義)ᄅᆞᆯ 내디 아니케 ᄒᆞ고 패도(霸道)ᄅᆞᆯ 내쳐 왕도(王道)ᄅᆞᆯ 존ᄒᆞ고 이단(異端)을 막ᄌᆞᆯ나 오도(吾道)ᄅᆞᆯ 븟드러 셩인(聖人)의 버금이로ᄃᆡ 긔운(氣運)이 너모 발월(發越)ᄒᆞ고 자취 너모 드러나니, 목야(牧野) 듀(紂)ᄅᆞᆯ 치던 무왕[280]

으냐?’고 묻자, 자공이 ‘제가 어찌 감히 안연을 바라볼 수 있겠습니까? 안연은 하나를 들으면 열을 알지만, 저는 하나를 들으면 겨우 둘을 압니다’라고 답하였다(子謂子貢曰 女與回也 孰愈 對曰 賜也何敢望回 回也 聞一以知十 賜也 聞一以知二).”는 글이 있다.

273) 작은 붉은 글씨로 적혀 있다.

274) <사수몽유록>에는 ‘톄덕’으로 되어 있다.

275) 『논어(論語)』「학이편(學而篇)」에 “증자께서 ‘나는 매일 세 번 나 자신을 반성한다. 다른 사람을 위하여 일을 도모하면서 충실하지 않았는지, 친구와 교제하면서 미덥지 않았는지, 스승에게 전수받은 것을 스스로 익히지 않았는지?’라고 말씀하셨다(曾子曰 吾日三省吾身 爲人謀而不忠乎 與朋友交而不信乎 傳不習乎).”는 글이 있다. <사수몽유록>에는 ‘세 가지 일을 살피고’로 되어 있다.

276) 『논어』「이인편(里仁篇)」에 “공자께서 ‘증삼아! 내 도는 하나로써 그것을 꿰뚫었다.’라고 말씀하시자, 증삼이 ‘예’라고 대답하였다(子曰 參乎 吾道一以貫之 曾子曰 唯).”는 글이 있다.

277) <사수몽유록>에는 ‘종파랄’로 되어 있다.

278) <사수몽유록>에는 ‘문왕’으로 되어 있다.

279) ‘본션(本善)’의 오기. <사수몽유록>에는 ‘본션’으로 되어 있다.

과 굿ᄒᆞ니이다. 듕궁(仲弓)은 위인(爲人)이 간냑(簡略)ᄒᆞ니 인군(人君)의 톄되(體度) 잇고[281], 민ᄌᆞ건(閔子騫)[282]은 효ᄒᆡᆼ(孝行)이 지극(至極)ᄒᆞ니 사ᄅᆞᆷ이 의논(議論)할 말이 업고[283], 염ᄇᆡᆨ유(冉伯牛)[284]는 셩인의 덕(德)이 잇고[285], ᄌᆞ로(子路)[286]는 용(勇)과 의(義) ᄉᆞᄅᆞᆷ의게 디나나 너모 강강(剛剛)ᄒᆞ고 추솔(麤率)ᄒᆞ야 졍미(精美)ᄒᆞᆫ 도ᄅᆞᆯ 모로고[287], ᄌᆡ야[288]는 말ᄉᆞᆷ이 ᄒᆡᆼᄒᆞ는 바의 디나고[289], 염유(冉有)[290]는 ᄯᅳᆺ이 비루(鄙陋)ᄒᆞ고, ᄌᆞ유(子游)[291]는 놉흐되 부허(浮虛)ᄒᆞ고 ᄌᆞ하[292]는 독실(篤實)ᄒᆞ되 변통(變通)이 업고, ᄌᆞ쟝(子張)[293]은 당당

280) ‘무왕(武王)’의 오기. 무왕 11년 12월에 은나라의 도성 남쪽인 목야에서 하늘에 출진을 맹세하고 진군하여 은을 멸망시켰다. <사수몽유록>에는 ‘무왕’으로 되어 있다.

281) 『논어(論語)』「옹야편(雍也篇)」에 “공자님께서 ‘중궁은 임금 노릇할 만하도다.’라고 말씀하셨다(子曰 雍也 可使南面).”는 글이 있다. 여기에 “중궁이 관홍간중(寬洪簡重)하여 임금의 도량이 있다고 말하였다(仲弓 寬洪簡重 有人君之度也).”는 집주가 있다.

282) 이름은 손이고, 자건은 자이다. 공자의 제자로 효성과 덕행으로 유명하다.

283) 『논어』「선진편(先進篇)」에 “공자께서 ‘효성스럽구나. 민자건이여! 사람들이 부모와 형제의 말에 다른 말하지 않는구나.’라고 말씀하셨다(子曰 孝哉 閔子騫 人不間於其父母昆弟之言).”는 글이 있다.

284) 이름은 염경(冉耕). 자는 백우(伯牛). 공자의 제자들 중에서 덕행이 뛰어난 사람으로 평가되었다.

285) 『논어』「선진편(先進篇)」에 “덕행은 안연, 민자건, 염백우, 중궁이다(德行 顔淵 閔子騫 冉伯牛 仲弓).”는 글이 있다.

286) 본명은 중유(仲由). 자로는 자. 계로(季路)라고도 부른다.

287) 『논어』「공야장편(公冶長篇)」에 “공자님께서 ‘도가 행해지지 않으니 뗏목을 타고 바다로 떠갈까 하는데, 나를 따를 자는 아마도 자로일 것이다.’라고 말씀하셨다. 자로가 듣고 기뻐하자 공자님께서 ‘자로는 용맹을 좋아하는 것은 나보다 낫지만 취할 재능이 없다.’고 말씀하셨다(子曰 道不行 乘桴浮于海 從我者 其由與 子路聞之 喜 子曰 由也 好勇過我 無所取材).”는 글이 있다.

288) ‘재아(宰我)’의 오기. 이름은 재여(宰予). 자는 자아(子我) 또는 재아(宰我).

289) 『논어』「선진편(先進篇)」에 “언어는 재아와 자공이다(言語 宰我 子貢).”라는 글이 있다. 그리고 『사기(史記)』「중니제자열전(仲尼弟子列傳)」에 “공자께서 들으시고는 ‘내가 말로 사람을 취하였다가 재아에게서 실수를 했고, 용모로 사람을 취하였다가 자모에게서 실수를 했다’고 말씀하셨다(孔子聞之曰 吾以言取人 失之宰予 以貌取人 失之子羽).”는 글이 있다.

290) 이름은 염구(冉求). 자는 자유(子有).

291) 이름은 언언(言偃). 자유는 자.

292) 이름은 복상(卜商). 자하는 자. 자하는 자신보다 먼저 세상을 여읜 아들의 죽음을 비

(堂堂)ᄒᆞ되 인(仁)이 부죡ᄒᆞ고[294], 원헌(原憲)[295]은 너모 고집ᄒᆞ고, 고싀(高柴)[296]ᄂᆞᆫ 너모 우딕(愚直)ᄒᆞ고, 증뎜(曾點)[297] 칠조ᄀᆡ(漆雕開)[298]ᄂᆞᆫ 임의 뎌 의(義)ᄅᆞᆯ 보아 셩인의 긔상이 이시나 광편[299]ᄒᆞ여 직티 못ᄒᆞ고 쥬돈이(周敦頤)ᄂᆞᆫ 쇄락(灑落)ᄒᆞ믄 증뎜(曾點) ᄀᆞᆺᄒᆞ되[300] 실힝(實行)이 낫고 뎡호(程顥)ᄂᆞᆫ 샹셔(祥瑞)의 날과 화(和)ᄒᆞᆫ 빗 ᄀᆞᆺᄒᆞ니[301] 안연(顔淵)의 무리오. 뎡이(程頤)ᄂᆞᆫ 포빅(布帛)에 무리[302] 슉쇽(菽粟)의 맛 ᄀᆞᆺᄒᆞ니[303] ᄌᆞᄉᆞ(子思)의 ᄂᆔ(類)오. 댱지(張載)

통해하다 실명했다고 전해진다.

293) 이름은 전손사(顓孫師). 자장은 자.

294) 『논어』「자장편(子張篇)」에 "증자께서 '당당하구나. 자장이여! 함께 인을 하기는 어렵겠다.'고 말씀하셨다(曾子曰 堂堂乎 張也 難與並爲仁矣)."는 글이 있다.

295) 공자의 제자로 가난했지만 절의를 지키고, 안빈낙도(安貧樂道)의 생활을 했다. 공자가 노나라 사구를 지낼 때에 공자의 가신이 된 적이 있었는데, 공자가 9백 곡의 봉록을 주었지만 사양하고 받지 않았다고 한다.

296) 자는 자고(子羔), 또는 자고(子高), 자고(子皐), 계고(季皐), 계자고(季子皐) 등.우직하고 성실했다. 옥관이었을 때도 옥사를 공정히 처리했고, 공자도 그를 우직한 사람으로 보았다.

297) 공자의 제자. 『논어』「선진편(先進篇)」에 각자 자신의 뜻을 말해보라는 공자의 질문을 받고 "봄날 옷이 만들어졌으면 어른 대여섯 명과 아이 예닐곱 명을 데리고 기수에 가서 목욕하고 무우에서 바람을 쐬면서, 시를 읊조리다가 돌아오고 싶다.(莫春者 春服旣成 冠者五六人 童子六七人 浴乎沂 風乎舞雩 詠而歸)"고 대답했다. 공자는 증석과 함께 하겠다며 칭찬하였다.

298) 공자의 제자. 『논어』「공야장(公冶長)」에 "공자께서 칠조개에게 관직에 나갈 것을 권하자 칠조개가 '저는 이것을 능히 자신하지 못하겠습니다.'라고 하니 공자께서 기뻐하셨다(子使漆彫開 仕 對曰吾斯之未能信 子說.)"는 구절이 나온다.

299) '광견(狂狷)'의 오기. 『맹자』「진심장(盡心章)」에 "맹자가 말하였다. '공자께서 '중도를 행할 수 있는 이와 함께 할 수 없다면 반드시 광자와 견자와 함께 할 것이다. 광자는 진취적이고, 견자는 하지 않음이 있다'고 말씀하셨다(孟子曰 孔子 不得中道而與之 必也狂猥乎 狂者 進取 猥者 有所不爲也)'".라고 하였다. 이후 만장(萬章)이 맹자에게 '광(狂)에 대하여 묻자, 맹자가 "금장, 증석, 목피자 같은 사람이 공자께서 말씀하신 광이다(如琴張, 曾皙, 牧皮者, 孔子之所謂狂矣)."는 글이 있다.

300) 『송사(宋史)』「도학전(道學傳)」에 "정호가 말하기를 주무숙(주돈이)를 다시 보고난 후 음풍농월하며 돌아가니, '공자께서 나는 증점과 함께 하겠다'고 한 뜻을 알게 되었다(顥之言曰 自再見周茂叔後 吟風弄月以歸 有吾與點也之意)"는 구절이 있다.

301) 『주자대전(朱子大全)』 권 83 「명도선생(明道先生)」에 "상서로운 햇살과 구름이요, 온화한 바람과 단비로다(瑞日祥雲 和風甘雨)."라는 구절이 있다.

302) <사수몽유록>에는 '조백의문'으로 되어 있다.

ᄂᆞᆫ 고비(皐比)[304]를 ᄒᆞᆫ번 박ᄎᆞ 지극(至極)ᄒᆞᆫ 도에 나아가니[305] 증ᄌᆞ(曾子)의 ᄧᅡᆨ이오. 소옹(邵雍)은 영매(英邁)ᄒᆞ미 ᄲᅱ여나고 호긔(豪氣)로오미 텬니(天理)에 홀노 셔니[306] ᄇᆡᆨ이(伯夷)[307]와 방불(彷彿)ᄒᆞ고 ᄉᆞ마광(司馬光)은 심의(深衣)와 대ᄃᆡ(大帶)로 덕(德)이 이시며 공이 이시니[308] 이윤(伊尹)과 비(比)ᄒᆞᆯ 거시오. 쥬희(朱熹)ᄂᆞᆫ 됴슈(潮水) ᄇᆡᆨ쳔을 술피고[309] 우레 만호(萬戶)를 연ᄃᆞᆺᄒᆞ니[310] 밍ᄌᆞ 곳 아니면 ᄃᆞ톨 재 업술 거시오. 댱식(張栻)[311]은 념계(濂溪)에 졔월(霽月)이 비최고 긔슈(沂水)에 츈풍(春風)을 ᄡᅬ이니 복ᄌᆞ하(卜子夏)[312]의 버금이

303) '포백'은 삼베, '숙속'은 콩이나 수수 같은 것으로, 일상생활에 꼭 필요한 것을 말한다. 『주자대전(朱子大全)』 권 83 「이천선생(伊川先生)」에 "베옷 같은 문장, 콩이나 수수 같은 맛이로다(布帛之文 菽粟之美)."라는 구절이 있다.

304) 호랑이 가죽. 강석(講席). 스승이 호랑이 가죽을 깔고 앉아 강학(講學)를 한 것에서 유래한다.

305) 『주자대전(朱子大全)』 권 83 「횡거선생(橫渠先生)」에 "과감하게 고비를 거두고 한번 변하여 지극한 도에 이르렀네(勇撤皐比 一變至道)"라는 구절이 있다.

306) 『주자대전(朱子大全)』 권 83 「강절선생(康節先生)」에 "하늘이 호기로운 사람을 뽑아내니 영매함이 세상을 덮었네(天挺人豪 英邁蓋世)."라는 구절이 있다.

307) 은나라 말기 고죽국의 제7대 군주였던 아미(亞微)의 장자이다. 유가에서는 대체로 두 사람을 지조와 정절의 대명사로 칭송했다.

308) 『주자대전(朱子大全)』 권 83 「속수선생(涑水先生)」에 "학문에 독실하고 행실을 힘써 굳은 절개 맑게 닦았네. 훌륭한 德과 글을 남기고 큰 공적을 세웠네. 深衣에 큰 띠 두르고 두 팔 단정히 하여 천천히 걸어가네(篤學力行 淸修苦節 有德有言 有功有烈 深衣大帶 張拱徐趨)."라는 구절이 있다.

309) '삼키고'의 오기. <사수몽유록>에는 '살피고'로 되어 있다.

310) 『홍재전서(弘齋全書)』 「紹賢書院致祭文」에 "주자가 경술년에 돈독히 태어나 유학의 정수를 집대성하고 성인의 정밀함을 모으셨네. 우레처럼 만호를 열게 하고, 해조(海潮)처럼 백천을 삼키셨네(篤生于庚 集儒之粹 會聖之精 雷開萬戶 潮呑百川)"라는 말이 있다. '뢰개만호'는 주희의 <철리시(哲理詩)>에 "갑자기 한 밤중에 우레 소리 울리자 온갖 집안의 모든 문이 차례로 열린다(忽然夜半一聲雷 萬戶千門次第開)"는 구절에서 찾을 수 있다.

311) 송나라 때의 학자. 자는 경부(敬夫) 또는 흠부(欽夫), 낙재(樂齋). 호는 남헌(南軒). 장준(張浚 1097-1164)의 아들이다. 가학을 계승하는 한편 호굉(胡宏)에게 이정(二程)의 학문을 배웠는데, 정호(程顥)에 가깝다는 평을 받았다.

312) 진(晋)나라 온(溫, 지금의 허난성 온현) 사람으로 공자의 수제자인 공문십철로 꼽혔고, 또 공문칠십이현 중의 한 사람인 복상(卜商)의 자.

될 거시오. 녀도겸(呂祖謙)[313]은 팔셰(八世)예 문헌(文獻)을 니어 인신(人臣)의 듕화(中和)롤 닐위니[314] 언즈유(言子遊)롤 븟그리디 아닐거시오. 졔갈냥(諸葛亮)은 유즈(儒者) ᄀᆞᆺ고[315] 디혜(智慧)는 귀신 ᄀᆞᆺᄐᆞ니[316] 강즈아(姜子牙)[317]의게 좌(座)롤 ᄉᆞ양(辭讓)티 아니리이다. ᄌᆞ공(子貢)이 의논(議論)ᄒᆞ기롤 다ᄒᆞ매 왕이 웃고 ᄀᆞᆯ오샤[318].

"네 군신(群臣) 의논ᄒᆞ는 말이 명감(明鑑)을 빗췬 ᄃᆞᆺᄒᆞ야 일호(一毫)도 그ᄅᆞ미[319] 업ᄉᆞ니 시험(試驗)ᄒᆞ야 날을 의논ᄒᆞ라!"

ᄌᆞ공이 직왈[320],

"이 엇디 감히 대왕을 의논ᄒᆞ리잇가? 하놀을[321] 우러러 보매 그 놉흔 줄을 아나 그 놉흔 바롤 엇디 알며 일월(日月)이 비록 붉은 줄 아나 그 뼈 붉은 줄 엇디 알니잇가? 신(臣)의 소견(小見)으로 대왕(大王)을 의논(議論) 홀딘대[322] 대굼그로 하놀을 봄 ᄀᆞᆺᄒᆞ며 죠개겁질노 바다 흘팀 ᄀᆞᆺᄒᆞᆫ디라. 엇디 알니잇가? 그러ᄒᆞ나 임의 명(命)이 계시니 감히 외람(猥濫)ᄒᆞᆫ 말노 알외

313) 송나라 때의 학자. 자는 백공(伯恭). 호는 동래선생(東萊先生). 여대기(呂大器)의 아들이다. 주희(朱熹), 장식(張栻) 등과 사귀며 폭넓은 학식을 갖추어 '동남삼현(東南三賢)'으로 불렸다. 저서로는 『동래박의(東萊博議)』, 주자와 함께 편한『근사록(近思錄)』 등이 있다.

314) 『송원학안(宋元學案)』에서는 "중국 문헌의 전함이 오직 여씨 집안으로 돌아갔다(中原文獻 中稱之傳 獨歸呂氏)."고 적고 있으며 『송사(宋史)』에서도 "여조겸의 학문은 가정에 근본 하니 중국 문헌의 전함이 있다(祖謙之學 本之家庭, 有中原文獻之傳)"고 하였다.

315) <사수몽유록>에는 '긔샹은 유쟈 갓고'로 되어 있다.

316) 『주자어류(朱子語類)』 136권에 "제갈공명은 본래 유학을 몰라 완전히 뒤섞여 있으나 도리어 유자의 기상이 있으니 후세에 진실로 그와 비교할 사람이 없다(孔明 本不知學 全是駁雜了 然却有儒者氣象 後世 誠無他比)."는 글이 있다.

317) 강태공(姜太公). 이름은 상(尙) 또는 망(望), 호는 비웅(飛熊). 자아(子牙)는 자. 무왕을 도와 주나라 건국에 공을 세웠다.

318) 'ᄀᆞᆯ오샤ᄃᆡ'의 오기. <사수몽유록>에는 '갈오샤대'로 되어 있다.

319) 본문에는 '그이ᄅᆞ미'로 적었다가 '이'를 붉은 색으로 찍어 지웠다.

320) '지배 왈'의 오기. <사수몽유록>에는 '재배 왈'로 되어 있다.

321) 작은 붉은 글씨로 적혀 있다.

322) 본문에는 '대왕'을 적었다가 붉은 색으로 '왕'자를 찍어 지웠다.

리이다. 디나시ᄂᆞᆫ 바의[323] 신긔(神奇)로아 풍ᄂᆔ(風流)ᄅᆞᆯ 드러 그 정ᄉᆞ(政事)ᄅᆞᆯ 알며 그 사ᄅᆞᆷ을 보아 녜도(禮度)ᄅᆞᆯ 아ᄅᆞ시믄 ᄇᆡᆨ셰(百世) 아래로 말ᄆᆡ암아 ᄇᆡᆨ셰(百世)예 왕의게 어긔디 아닐디라. 텬디(天地)로 더브러 그 덕(德)이 합(合)ᄒᆞ고 일월(日月)노 더브러 그 길흉(吉凶)이 합(合)ᄒᆞ며 하늘의[324] ᄆᆞᆫ져 ᄒᆞ매 하늘이 어긔디 아니코 하늘의 후의 ᄒᆞ매 텬시(天時)ᄅᆞᆯ 밧드시니 그 어디ᄅᆞ시미 요슌(堯舜)의 디나시미 머라시니이다."

왕이 ᄀᆞᆯ오샤ᄃᆡ

"이 엇딘 말ᄀᆞ? 네 너모 과도(過度)히 닐너 날노 ᄒᆞ여곰 붓그리게 ᄒᆞᄂᆞᆫ도다. 네 날을 의논(議論)ᄒᆞ니 내 ᄯᅩ 너ᄅᆞᆯ 의논(議論)ᄒᆞ리라. 너ᄂᆞᆫ 영오(穎悟)ᄒᆞ미 절ᄂᆔᆫ(絶倫)ᄒᆞ고 ᄌᆞ용(自茸)ᄒᆞ며 낙이(樂易)ᄒᆞ여 군ᄌᆞ(君子)에 풍되(風度)이시니 비(比)컨대 고은 옥(玉)으로 ᄆᆡᆫ든 그ᄅᆞ싀 구술노[325] ᄭᅮ민ᄃᆞ시 ᄒᆞᆫ디라.[326] 내[327] 내의 심히 ᄉᆞ랑ᄒᆞᄂᆞᆫ 배라."

하니 ᄌᆞ공(子貢)이 ᄇᆡᄉᆞᄒᆞᄆᆞᆯ 마디 아니 터라.

왕이 명(命)ᄒᆞ[328]야 잔치ᄅᆞᆯ ᄇᆡ셜(排設)ᄒᆞ여 군신(郡臣)으로 더브러 즐길 ᄉᆡ 대ᄉᆡ공(大司空) 염ᄋᆔ(冉儒) 연ᄉᆔ(宴需)ᄅᆞᆯ ᄎᆞᆯ히고 대ᄉᆞ도 ᄌᆞᄋᆔ(子游) 풍ᄂᆔ(風流)ᄅᆞᆯ[329] 쥰비(準備)ᄒᆞᆯ ᄉᆡ 화연(華筵)이 지지(支支)ᄒᆞ고 위의(威儀)[330] 졔졔(齊齊)ᄒᆞ고 희준(犧尊)의[331] 술을 ᄌᆞ로 부어 두어 슌(巡) 디나매 쇼ᄉᆞ도 뎡호(程顥)

---

323) <사수몽유록>에는 '나시난 바의 화하고 존하신 바의'로 되어 있다.

324) <사수몽유록>에는 '하날 우해'로 되어 있다.

325) <사수몽유록>에는 '살노'로 되어 있다.

326) 『논어』 「공야장(公冶長)」에 "자공이 물었다. '저는 어떤 사람입니까?' 공자께서 대답하셨다. '너는 그릇이다.' '어떤 그릇입니까?' '호련이다'(子貢問曰 賜也 何如 子曰 女器也 曰 何器也 曰 瑚璉也)."라는 구절이 있다. '호련'은 종묘의 제사에 쓰이는 그릇으로, 옥으로 장식되어 있다. 그릇 가운데 귀한 것이고 화려한 것이다.

327) 문맥상 "내"가 두 번 들어감.

328) 작은 붉은 글씨로 적혀 있다.

329) <사수몽유록>에는 '풍악을'로 되어 있다

330) 위엄이 있고 엄숙한 태도나 차림새.

태상을 드러 팔음(八音)을[332] 절주(節奏)ᄒᆞ고 대ᄉᆞ도 ᄌᆞ유(子游) 쇼고셩(小鼓聲)을 주(奏)ᄒᆞ니 뉵뉼(六律)[333]이 화(和)ᄒᆞ고, 오음(五音)[334]이 골나 귀신(鬼神)과 사ᄅᆞᆷ이 화(和)ᄒᆞ고, 오치(五彩) 봉황(鳳凰)은 돗[335] 우희셔 우의(羽儀)ᄒᆞ고, 일각(一角) 긔린(麒麟)은[336] 셤 아래셔 춤추[337]더라. 왕(王)이 스ᄉᆞ로 다ᄉᆺ 줄 거문고ᄅᆞᆯ 어ᄅᆞ만디시며 노래 디어 ᄀᆞᆯ오샤ᄃᆡ

“하ᄂᆞᆯ 명(命)을 바다[338] 이에 흠명(欽命)ᄒᆞ미여! ᄇᆡᆨ셩(百姓)이 쇼명(昭明)ᄒᆞ고 만방(萬方)이 협화(協和)ᄒᆞᄂᆞᆫ도다. 셔젹(西賊)이 다 희(稀)ᄒᆞ니 ᄇᆡᆨ공(百公)이 이에 니ᄅᆞ러도다.”

ᄆᆡᆼ지(孟子) ᄇᆡᄉᆞ(拜謝) 계슈(稽首)ᄒᆞ고 말을 드러 ᄀᆞᆯ오ᄃᆡ

“그 덕(德)을 뎍(積)ᄒᆞ여야난 명필회(命必回)[339]ᄒᆞ리이다.”

이에 니어 노래ᄒᆞ여 ᄀᆞᆯ오ᄃᆡ

“왕(王)의 덕(德)이 넙이 운(運)ᄒᆞ며 비치 ᄉᆞ표(師表)의 닙히도다. 덕(德)을 명(明)ᄒᆞ여 이에 보(報)ᄒᆞ도다.[340]”

ᄇᆡᆨ공(百公)이 서로 화답(和答)ᄒᆞ여 노래 불너 ᄀᆞᆯ오ᄃᆡ

“경화(京華)에 구ᄅᆞᆷ이 니러나미여! 샹셔(祥瑞)의 날이 기럿도다. 우리 님군(君)이 신명(神明)ᄒᆞ미여! 먼니 삼황(三皇)[341]의 지나도다. 쳔츄만세(千秋萬

---

331) 제례 때에 쓰는 술 항아리의 하나. 목제(木製)이며 짐승의 모양으로 만들었다.

332) 아악(雅樂)에 쓰는 여덟 가지 악기. 또는 그 각각의 소리. 재료는 금(金), 석(石), 사(絲), 죽(竹), 포(匏), 토(土), 혁(革), 목(木)이다.

333) 십이율 가운데 양성(陽聲)에 속하는 여섯 가지 소리. 황종, 태주, 고선, 유빈, 이칙, 무역을 이른다.

334) 궁(宮), 상(商), 각(角), 치(徵), 우(羽)의 다섯 음률.

335) 돗자리.

336) <사수몽유록>에는 ‘린’으로 되어 있다.

337) 작은 붉은 글씨로 적혀 있다.

338) <사수몽유록>에는 빠져 있다.

339) <사수몽유록>에는 ‘목명필해’로 되어 있다.

340) <사수몽유록>에는 ‘민을 함하니 하날로브터 명하야 이에 보하도다’로 되어 있다.

歲)예 휴명(休命)[342]이 무강(無疆)ᄒᆞ도다."

한위(韓愈) 츌반주(出班奏)왈(曰)

"오ᄂᆞᆯ 셩(盛)ᄒᆞᆫ 당우(唐虞)[343] 졔도 없ᄉᆞᆫ 일이라. 맛당이 긔록(記錄)ᄒᆞ여 셰상(世上)의 뎐(傳)ᄒᆞ야 대왕(大王)의 지극(至極)ᄒᆞᆫ 티화(治化)롤 알게 ᄒᆞ쇼셔."

왕(王)이 ᄒᆞᆫ유(韓愈)롤 명(命)ᄒᆞ샤 디으라 ᄒᆞ실ᄉᆡ 한위(韓愈) 승명(承命)ᄒᆞ야 글을 디을 ᄉᆡ 뎐후슈말(前後首末)을[344] 다 일일히 긔록(記錄)ᄒᆞ니 문쟝(文章)은 강하(江河)롤 기우리고 필젹(筆跡)은 귀신(鬼神)을 놀내ᄂᆞᆫ디라. 모다 칭찬(稱讚)ᄒᆞ더라. 이때 문창부(文昌府) 동지(童子) ᄉᆡᆼ(生)을 ᄃᆞ리고 잇다가 파연(罷宴)ᄒᆞ믈 보고 나가[345] 지촉ᄒᆞ거ᄂᆞᆯ ᄉᆡᆼ(生)이 왕(王)긔 비ᄉᆞ(拜辭)ᄒᆞᆫ대 왕왈(王曰)

"네 ᄒᆞᆨ(學)을 힘뻐 도(道)롤 ᄒᆡᆼ(行)ᄒᆞ니 내 ᄀᆞ장 아룸다이 넉이ᄂᆞ이다[346]. 네 셰상(世上)의 나가 이 글을 젼(傳)ᄒᆞ고 내 도ᄒᆞᆨ(道學)을 빗나게 ᄒᆞ야 만ᄃᆡ(萬代)예 곳다온 일홈을 드리오게 ᄒᆞ라."

ᄒᆞ시니, 한유(韓愈)의 디은 글을 주시거ᄂᆞᆯ ᄉᆡᆼ(生)이 바다 ᄉᆞ매예 녀코 ᄌᆡ비(再拜) 하딕(下直)고 나와 섬을 ᄂᆞ리다가 실족(失足)ᄒᆞ야 ᄭᆡᄃᆞᄅᆞ니 남가일몽(南柯一夢)이라. 황연(晃然)이 ᄆᆞᆷ이 화셔(華胥)[347]의 노라 균텬(鈞天)[348]을 ᄭᅮᆷ

341) 중국 고대 전설에 나오는 세 명의 임금. 천황씨(天皇氏)・지황씨(地皇氏)・인황씨(人皇氏)로 보는 설과 수인씨・복희씨・신농씨로 보는 설이 있으며, 복희씨・신농씨・헌원씨로 보는 설 따위의 여러 학설이 있다.

342) 하늘의 명령. 임금의 명령.

343) 중국 고대의 임금인 도당씨(陶唐氏) 요(堯)와 유우씨(有虞氏) 순(舜)을 아울러 이르는 말. 중국 역사에서 이상적인 태평 시대로 꼽힌다.

344) 작은 붉은 글씨로 적혀 있다.

345) '나가자'의 오기. <사수몽유록>에는 '나가쟈'로 되어 있다.

346) <사수몽유록>에는 '너기나니'로 되어 있다.

347) 화서지몽(華胥之夢). 낮잠 또는 좋은 꿈을 이르는 말. 고대 중국의 황제(黃帝)가 낮잠을 자다가 꿈을 꾸었는데 화서(華胥)라는 나라에 가서 그 나라의 어진 정치를 보고 깨어나서 깊이 깨달았다는 고사에서 유래하였다. 출전은 ≪열자(列子)≫의 <황제편(黃帝

군 둧ᄒᆞ고 ᄉᆞ매 속의 녀흔 바 한유(韓愈)의 디은 글이 이셔 젼후슈미(前後首尾) 본 ᄃᆞ시 긔록(紀錄)ᄒᆞ야ᄂᆞᆫ디라. 이에 필연(筆硯)을 나와 삼가 긔록(紀錄)ᄒᆞ야 셰상(世上)의 뎐(傳)ᄒᆞ노라.

篇)>이다.

348) 구천(九天)의 하나. 하늘의 중앙으로, 상제(上帝)의 궁(宮)을 이른다.

번역

문성궁몽유록

중원에 고금을 넓게 통달하고 학문을 원래 좋아하는 한 선비가 있었다. 그는 서책 가운데에서 옛날 성현을 대하게 되면 분하게 탄식하며 말하였다.

"하늘은 왜 공자님 같은 성인을 내시고도, 때를 만나지 못하게 하여 끝내 천하를 떠돌아다니게 하였는가? 또한 안연, 증삼, 자사, 맹자 같은 큰 현인들도 제대로 임금을 만나지 못하여 도를 행할 수가 없었다. 그 나머지 공자님의 70명의 제자와 송나라 때의 주돈이, 정호, 정이와 같은 많은 어진 이들이 세상의 드문 재주와 뛰어난 덕을 갖추고 있었지만 끝내 초야에서 고난을 겪고 말았다. 이로 인하여 백성들은 태평시절을 만나지 못하였다. 진실로 하늘의 뜻을 알지 못하겠다."

그리고 때때로 술에 취하면 분통함을 이기지 못하여 칼을 빼어 들고 책상을 치며 탄식하였다.

"요임금과 순임금이 다스리던 태평성대는 이미 멀어졌다. 또 요임금과 순임금은 이미 죽었다. 아아! 공자님의 도는 실행되지 못하겠구나."

이렇게 분개해 마지않다가 선비는 갑자기 피곤함을 느껴 책상에 기대어 잠이 들었다. 이때 푸른 옷을 입은 두 명의 동자가 학을 몰고 앞에 와서 인사를 올리며 말하였다.

“규와 벽 두 선군께서 특별이 초청합니다.”

“저는 이 세상에 어리석은 백성입니다. 규와 벽은 하늘의 뛰어난 신선인데 어찌 만날 수 있겠습니까?”

“선생께서는 사양하지 마십시오. 그저 학의 등에 타시면 자연히 갈 수 있을 것입니다.”

말을 마치고는 학을 끌고 와 꿇게 하였다. 선비는 학의 등에 올랐다. 학이 두어 번 날갯짓을 하자 순식간에 공중으로 떠올랐다. 선비가 학의 등에 올라 세상을 내려 보니 빨간 먼지가 아득하게 덮여 있었다. 또한 장안이 바둑알만 하게 보였고 사해가 잔속의 물과 같았다.

어느새 한 곳에 이르렀다. 그곳에는 큰 마을이 있었는데 문에는 ‘옥청문창부’라고 씌어져 있었다. 동자가 들어가 보고하고는 즉시 나와 선비를 청하여 들어갔다. 수정으로 된 섬돌 아래에 이르니 두 선관이 백옥으로 된 의자에 앉아 있다가 선비를 보고는 자리에서 내려와 공손하게 인사하였다. 그리고는 선비에게 올라오라고 하였다. 선비가 맨 끝자리에 가서 두 번 절하고 꿇어앉자, 선관이 웃으면서 말하였다.

“그대는 옛글을 많이 읽어 하늘의 운세를 잘 아는 높은 선비이면서 어찌 하늘을 원망하는가? 하늘이 공자를 내셔 놓고 그에 맞는 자리를 얻지 못하게 하여 천하를 떠돌아다니게 한 것은 다른 뜻이 아니다. 만일 공자에게 세상을 다스릴 수 있도록 임금의 자리를 맡겨 온 세상이 화합되고 백성이 옳게 변화된다고 해도 이는 단지 잠깐 동안의 효과일 뿐이다. 하지만 공자를 낮은 자리에 있게 하여 유학을 일으키게 하고, 세상을 올바르게 이끌 사람으로서 떠돌아다니면서 이전의 성인의 도를 잇게 하며, 나아가 학문을 열어 천하의 사람으로 하여금 아득한 것을 깨닫게 하였으니, 이는 모두 만세 동안 우리가 누릴 혜택이다. 공자가 임금이 되어 귀하게 되고 천하를 소유할 만큼 부유해지는 것은 단지 일시적인 존귀함에 불과하다. 하지만 공자는 만고의 도덕을 전하였기에, 온 세상 사람과 위로 천자로부터 아래로 서인에 이르기까지 정성을 다하고 마음을 바쳐 공경하고 존봉하여 제사가 끊이지 않는다. 이러한 것이 어찌 한 때 잠깐 귀한 것과 비교가 되겠는가? 게다가 우리 두 사람은 이곳에서 유학을 숭상해야 한다고 주장하였다. 그래서 옥황상제께 요청하여 사수 땅에 공자를 봉하여, 나라 이름을 소라 하고, 임금의 이름을 문성이라 하며, 오랜 시간에 걸쳐 선비와 현자들과 함께 다스리되, 하늘과 땅이 없어지기 전에는 망하지 않게 하였다. 어찌 끝이 있었던 요, 순, 우임금 시대의 왕조와 비교할 수 있겠느냐? 이제 그대를 이곳에 오게 한 것은, 그대로 하여금 한 번 소국 문성왕을 뵙게 하여 하늘 뜻을 깨닫게 하고, 나아가 우리들이 결코 유학을 버리지 않았다는 것을 알게 하고자 해서이다."

말을 마치고 즉시 동자를 불러 옥패 하나를 주며 선비를 데리고 사수 땅의 문성왕에게 조회하라고 하였다. 선비가 절하고 하직인사를 올린 후 학을 타고 동자를 따라갔다. 한 곳에 이르니, 하늘이 밝고 온화한 기운이 쏘였다. 그곳에서는 길에서는 남녀가 서로 뒤섞이지 않고 나누어 걸었고, 늙은 사람은 짐을 지지 않았으며, 농사짓는 사람들은 서로 땅을 양보하였다. 어린 아이들은 큰 길거리에서 노래를 부르고, 나이 든 사람들은 배가 불러서 땅을 둥둥 두드리면서 격양가를 불렀다.

선비가 동자에게 물었다.

"이 곳은 어디기에 이렇게 완연하게 옛날 태평성대의 기상이 보이고, 요순시대의 풍속이 남아 있습니까?"

동자가 대답하였다.

"사수 땅에 있는 소국으로 문성왕 공자의 나라입니다."

말을 마치고 동자가 선비를 이끌어 수도에 들어가니, 풍속이 더욱 조화로웠고 인심이 순박하였다. 대궐 문밖에 도착하자 동자는 선비를 세워두고는 먼저 들어갔다. 선비가 둘러보니 궁궐을 둘러싼 성벽은 담장 높이가 몇 인밖에 되지 않았다. 하지만 궁궐 문으로 들어가지 못하면 종묘의 아름다움과 온갖 관리들의 뛰어남을 보지 못할 것 같았다.

얼마 후, 한 관원이 동자와 함께 나와서는 말하였다.

"임금께서 들어오라고 하십니다."

선비가 예를 갖추고 빠르게 걸어 들어가 보니 한 전이 있었다. 그 전에는 크게 금으로 된 글자로 '성전'이라 적혀있었다. 전 안에는 문성왕 한 명이 앉아 있었다. 그의 이마는 요임금의 이마 같았고, 목은 고요의 목과 같았으며, 어깨는 정자산과 같았고, 허리부터 아래로는 우임금에 비하여 세 치가 모자랐다. 입술은 높고 이는 드러났으며 두 귀는 얼굴보다 희었다. 그 높음은 하늘과 같았고 그 밝음은 일월과 같았다. 산에 비교하면 태산 같고 물에 비교하면 하해 같았으며, 기린처럼 신령스럽고 기이하였으며, 봉황처럼 상서로웠다. 사람이 생긴 이후로 이와 같은 자는 없는 듯하였다. 성품은 온화하고 공손하며, 몸은 편안해 보였고, 얼굴빛은 부드러웠다. 빛나고 깨끗함은 가을볕이 내리쬐는 것 같았고, 양자강과 한수의 물로 씻은 것 같아, 글로는 다 표현할 수 없을 정도였다.

문성왕 공자는 머리에 구슬이 달린 면류관을 쓰고 몸에 임금의 옷인 순상을 입고 손에는 백옥홀을 잡고 있었다. 그 왼쪽과 오른쪽에는 네 명의 성인들이 모시고 있었다. 동남쪽의 첫 번째 자리에는 봄의 온화한 기운을 가진 연국공 안연이, 두 번째 자리에는 기국공 공급이 있었다. 서남쪽의 첫 번째 자리에는 성국공 증삼이 있었고, 두 번째 자리에는 추국공 맹자가 있었는데 그들의 기상은 태산처럼 우뚝했다. 안연은 태사, 공급은 태부, 증삼은 태보의 벼슬을 하고 있었다. 바로 이들이 가장 높은 세 관직인 삼공을 맡아 문성왕을 도와 나라를 다스리는 도를 의논하였다. 맹가는 총백관총재가 되어 모든 관리를 거느리고 세상을 다스렸다. 이는 옛날 주공이 맡았던 벼슬이다.

또 두 줄로 열 명이 줄지어 서있었다. 자가 자건인 비공 민손은 벼슬이 소사이다. 자가 중궁인 설공 염옹은 벼슬이 소부이다. 자가 백우인 훈공 염경은 벼슬이 소보이다. 이 세 벼슬은 삼고라고 하는데, 삼공을 도와 나라를 다스리는 도를 논의한다.

자가 자공인 여공 단목사는 벼슬이 대종백이다. 자가 자로인 위공 중유는 벼슬이 대사마이다. 자가 자하인 위공 복상은 벼슬이 대사구이다. 자가 자유인 서공 염구는 벼슬이 대사공이다. 자가 자유인 오공 언언은 벼슬이 대사도이다. 자가 자유인 평음후 유약은 벼슬이 상대부이다. 자가 자아인 제공 재여는 벼슬이 우대언으로, 문성왕의 명을 내리고 받는 일을 하였다.

전 아래로는 동서 두 줄로 백여 명이 모시고 서 있었다. 그 사람들은 모두 옛날이나 지금의 뛰어난 현자들이었는데, 위엄 있는 모습이 매우 엄숙하였고 기상은 은은하였다.

그중에서 사신 임무를 맡은 공서적이 허리띠를 돋우고 옷을 가지런히 한 후 홀을 손에 잡고 전에 올라 아뢰어 말하였다.

"밖에 조선에서 아홉 명의 사람들이 왔습니다. 설총과 안향은 비록 유학을 공부한 사람들은 아니지만, 유학에는 공이 있습니다. 최치원이란 사람 또한 유학을 공부하지는 않았으나 조선에 문장과 교육을 일으켜 사람들로 하여금 글을 알게 하였으니, 그 역시 유학에 적지 않은 공을 세웠다고 하겠습니다. 정몽주는 유학에 정통하였고 변함없이 충성하였습니다.

그 외의 다섯 사람은 모두 학문이 높고 도덕이 깊어 중국 사람과 비교해도 모자라지 않습니다. 특히 자리 끝에 선 사람은 더욱 기질이 순수하고 도덕이 고명하기에 당당히 당에 올라 이곳에 들어올 만한 자격이 있습니다. 이에 아뢥니다."

문성왕이 말하였다.

"그렇다면 들어오게 하는 것이 마땅하다."

아홉 명의 사람이 한꺼번에 들어와 네 번 절하고 동서로 나눠 섰다. 공서적이 또 문성왕께 아뢰었다.

"또 두어 명의 사람이 왔다가 들어오지 못하고 머뭇거림에 문지기가 꾸짖으면서 내쫓았습니다. 그러나 그들이 물러갔다가 다시 왔습니다."

문성왕이 잠깐 웃으면서 들어오라고 명하였다. 두 사람이 들어와 문성왕께 인사하고 각각 동과 서쪽의 끝줄에 섰다.

문성왕이 말하였다.

"아! 모든 관리들아. 그 누가 힘을 내어 나의 일을 빛나게 하겠느냐?"

모두들 대답하였다

"맹가의 벼슬이 총재입니다."

문성왕이 말하였다.

"알았다. 아! 맹가야! 네가 내 도를 전하여 이에 힘쓰도록 하여라."

맹가가 절하고 머리를 땅에 댄 채로 주희(주자)에게 사양하였다.

문성왕이 말하였다.

"알았다. 너 주희야! 네가 내 도를 이어서 만고의 어리석은 사람들을 깨우친 것을 내가 아름답게 생각한다. 너 가서 편히 수행하도록 하라."

문성왕이 말하였다.

"자유야! 지금 백성들이 서로 친하지 않고 오륜이 어그러졌으니 사도 벼슬하는 네가 나의 도를 펼치고 너그럽게 하도록 하라."

자유가 머리를 조아리며 정호에게 사양하였다.

문성왕이 말하였다.

"이리 오너라. 너 정호야! 도학이 행해지지 않아 온 세상이 도가 없어 그 향할 바를 알지 못 할 때, 내가 홀로 전하지 못했던 도를 네가 경서에서 뽑아 내여 천하를 다시 밝게 하였다. 이 모든 것이 너의 공이다. 내가 그것을 아름답게 여겨서 너를 소사도에 임명하니 가서 편히 수행하도록 하라!"

문성왕이 말하였다.

"이리 오너라. 상아! 너를 사구에 임명하니 형벌을 신중히 하도록 하라."

상이 머리를 조아려서 정이에게 사양하였다.

문성왕이 말하였다.

"이리 오너라! 정이야! 너를 소사구에 임명하니 상과 함께 하여라."

문성왕이 말하였다.

"단목사야! 너를 종백 벼슬에 임명하노라. 너는 예악을 일으켜 모든 백성을 잘 다스리고 윗사람과 아랫사람들을 조화롭게 하라."

단목사가 머리를 조아리며 소옹에게 사양하였다.

문성왕이 말하였다.

"소옹아! 네가 단목사와 함께 하여라."

소옹이 굳이 사양하며 말하였다.

"신이 이 소임을 감당할 수 없으니 특별히 한 사람을 천거하겠습니다. 한나라 사람으로 그의 이름은 제갈량입니다. 요임금, 순임금, 우임금 때의 인물보다 더 뛰어납니다. 예와 악에 대해서는 다 알고 있습니다. 이곳에는 아직 오지 않았으니 문성왕께서는 이 사람을 부르시기 바랍니다."

문성왕이 즉시 교지를 내려 불렀다. 잠시 후 제갈량이 들어와 문성왕께 인사를 드리는데, 온화한 얼굴빛과 풍채 있는 모습은 진짜 유학하는 선비의 기상이었다. 문성왕이 말하였다,

"이리 오너라. 너 제갈량아! 너는 단목사와 소옹 두 사람을 도와 예와 악을 일으켜라."

"이리 오너라. 너 장재야! 너를 소사마 벼슬에 임명하니 임금의 군대를 통솔하여 나라를 평안하게 하라."

"이리 오너라. 너 사마광아! 너를 질종 벼슬에 임명하니 너는 가서 편히 수행하도록 해라."

"이리 오너라. 너 주돈이야! 너를 소사공 벼슬에 임명하니 농사와 땅의 이치를 헤아려서 편히 수행하도록 하라."

"이리 오너라. 너 한유야! 너를 납언 벼슬에 임명한다. 너는 내 명령을 내고 받아드릴 때 오직 진실 되게 하여 내가 잘못을 저지르지 않도록 도와야 한다. 단지 억지로 내 뜻을 따르고는 뒤에서 다른 말이 나오는 일이 없도록 해라."

"이리 오너라. 소옹아! 너는 하늘을 잘 알고 또 해와 달의 움직임을 잘 살펴서 사람의 시간을 삼가 맞추고 우주의 움직임도 가지런히 해라."

"이리 오너라. 너 주희야! 지금 경서가 모두 불에 타 없어져서 유학을 밝히지 못하고 있다. 너는 성인의 뜻을 밝혀서 세상 사람들로 하여금 그것을 분명하게 알게 하라."

주희가 절하고 명을 받으며 말하였다.

"녀조겸, 장식과 함께 하겠습니다."

"이리 오너라. 장식과 여조겸아! 너희들이 가서 편히 수행하도록

하라."

"이리 오너라. 사마광아! 유학이 오래 밝지 못하여 옛 성인들 역사의 미묘한 뜻을 아는 사람이 없으니 네가 역대의 역사 기록을 짓도록 하라."

사마광이 절하고 명을 받으며 말하였다.

"신이 재주가 없어 문장은 한유만 못하고 해박하기는 좌구명, 유향, 그리고 곡량, 공양보다 못합니다. 저는 중임을 다 하지 못할까 두렵습니다."

"이리 오너라. 소옹아! 복희씨가 죽은 후로부터 팔괘를 아는 사람이 없으니 네가 주역을 연구하여 음양의 이치를 밝히도록 하라."

소옹이 절하고 말하였다.

"신은 역수는 알고, 역리를 모르니 정이와 함께할 것을 청합니다."

"이리 오너라. 정이야! 네가 함께 하여라."

문성왕이 모든 신하들에게 명령하기를 마친 후, 함께 도를 의논하고 있을 때 갑자기 병사가 급히 들어와 보고하였다.

"양주란 사람과 묵적이란 사람이 각각 십여 만의 군사를 거느리고 중원에 있는 백성의 절반 이상을 항복시키면서 우리의 국경지역을 침범하였습니다. 양주는 본래 자기의 몸만 중시하는 사람으로, 자신의 털 하나를 뽑음으로써 천하가 이롭게 된다고 해도 하지 않을 사람입니다. 묵적은 사람을 널리 사랑하여 머리부터 발끝까지 희생하더라도 천하를 이롭게 할 수만 있다면 다 하겠다고 하는 사람입니다. 이 두 사람은 임금이 없고 아버지가 없는 무리입니다. 급히 쳐서 없애지 않으면 훗날 큰 우환이 될 것입니다."

문성왕이 좌우를 돌아보며 말하였다.

"누가 이 도적을 쳐서 평정할 수 있겠는가?"

자로가 분개하며 내달려 말하였다.

"신이 삼군을 거느려 나가 한 칼로 쓰러뜨리기를 청합니다."

문성왕이 얼굴을 찡그리며 말하였다.

"범을 주먹으로 치거나 물을 헤엄쳐서 건너다가 죽어도 뉘우치지 않는 것은 그저 평범한 보통사람들의 하잘 것 없는 용기이다. 내가 받아들이지 않겠다. 무릇 장수는 어떤 일을 할 때 두렵듯이 신중히 하고 계책을 잘 써야 이기는 법이다."

맹가(맹자)가 어전 앞에 나아가 아뢰었다.

"신이 나아가 이 도적을 쓸어버리도록 해주십시오."

문성왕이 허락하자 맹가가 하직하고 나와 삼천 제자를 거느리고 양묵과 대진하였다. 맹가가 진 앞에서 크게 꾸짖어 말하였다.

"너희들은 음란한 행실과 사특한 말로 인심을 무너뜨리고 우리의 도를 어지럽혔다. 내가 이제 우리 문성왕의 명을 받아 착한 본성의 도를 굳건히 하여, 너희 사특한 무리를 막겠다."

양묵 두 사람이 크게 웃으며 꾸짖어 말하였다.

"우리가 주장하는 인은 천지에 덮혀 있고, 의는 온 사방에 퍼져 있다. 어찌 너희 문성왕의 조그만 도와 같겠느냐? 빨리 말에서 내려 항복하여면 훗날까지 비웃음을 당하는 일이 없게 하라."

맹자가 크게 화를 내며 진문을 활짝 열고 서쪽으로 내달리며 담봉을 휘둘러 크게 쳤다. 양묵이 대패하여 사방으로 흩어져 달아나자, 맹가가 깨끗이 쓸어버리고 개선가를 부르며 돌아와 문성왕을 만나 뵈었다.

문성왕이 말하였다.

"아! 옛날 우 임금은 물길을 다스렸는데, 너는 이제 양주와 묵적을 깨버렸다. 그 공은 우 임금과 비교해도 절대 못하지 않다."

그 때, 또 말을 탄 초병이 급히 보고하였다.

"초나라 고현 땅에는 스스로를 백양진인이라고 칭하면서, 소위 마음을 비우고 억지로 일을 꾀하거나 벌이지 않는다는 '청정무위'를 도덕으로 삼는 노자라는 사람이 있습니다. 그는 '황제 헌원 씨의 도를 행한다.'며 온 세상의 사람을 속이는데, 세상 사람들은 휘말려 따르고 있습니다. 그의 수하에는 두 대장이 있는데, 한 사람은 스스로 호를 어풍자라고 하는 정나라 사람 열어구(열자)입니다. 또 한 사람은 스스로 자를 남화선이라고 하는 송나라 몽 땅의 장주(장자)입니다. 이 두 사람이 황당한 말을 하고 도에 어그러지는 글을 지어 임금님을 업신여기고 우리를 기롱하니, 그 모욕하는 정도가 심합니다. 이제 진나라에 들어와 노자를 따르는 왕필과 하안의 무리와 합세하여 우리를 침략하였으니, 임금님께서는 인의의 군사를 일으켜 그들을 치시기 바랍니다."

문성왕이 좌우에 있는 신하들에게 물었다.

"누가 나를 위하여 오랑캐를 평정할 것인가?"

사마 벼슬을 하고 있는 장재가 출정하기를 원하자, 문성왕이 허락하였다. 장재는 즉시 인의 병사 삼천을 거느리고 나아가 노자를 막았다. 두 편이 진문을 연 채로 마주하였다. 노자는 깃털로 된 옷을 입고, 머리에 황관을 쓰고, 푸른 소를 타고 있었는데, 붉은 기운은 하늘에까지 닿았고 모습은 비범하였다. 이마에는 햇살이 있었고, 살결은 핏빛이었으며, 얼굴에는 황금색 빛이 어리었다. 키는 일 장 이 척이었는데, 그 출중한 모양은 신기한 용과 같았다.

장재가 큰 소리로 꾸짖었다.

"네가 그 하찮은 인의를 가지고 스스로 도덕이라고 하면서 우리 임금님을 멸시하고 우리의 도에 해를 입혔다. 이는 마치 우물 속에 앉아 하늘을 보면서 '하늘이 적다.' 라고 말하는 것과 같다. 이제 내가 우리 임금님의 명을 받아 너희를 모조리 멸망시키려고 한다. 네가 지금이라도 항복하면 죽음은 면할 것이다."

그러자 노자가 장주와 열어구 두 장수에게 명하여 나가서 대적하라고 명하였다. 두 사람이 명을 받은 후 열어구는 바람을, 장주는 구름을 타고 진 밖으로 나와 크게 웃으며 채찍으로 땅을 치고 장재를 가리키면서 꾸짖어 말하였다.

"네가 지극한 도덕을 모르는 것 같으니 내가 한번 얘기해주마. 옛날 태곳적 아주 지극한 덕이 있었던 세상에서는 짐승과 함께 지내며 온갖 만물과 함께 무리를 이루어 살고 있었다. 그 때의 사람들은 문자가 없어 새끼줄을 묶어가며 셈을 하더라도, 음식을 달게 여기고 거처를 편안하게 여기며 그저 끝없이 조화로웠다. 그런데 요임금에 이르러 인의를 만드는 바람에 지극한 도덕이 다 무너져 천하가 크게 어지러워졌다. 하나라의 우임금, 은나라의 탕임금, 주나라의 문왕과 무왕에 이르러서는 위로는 하늘의 태양과 달과 같이 밝은 것이 어그러졌고, 아래로는 산천의 정기가 소멸되었으며, 가운데로는 사계절의 조화로움이 사라져, 초목금수의 무리가 모두 천성을 잃고 말았다. 이는 세상을 크게 어지럽힌 것이다. 이제 우리 노자께서 넓은 도덕을 펼쳐 백성과 세상을 구하려고 하시는데, 너희 같은 조그만 무리가 어찌 감히 큰 소리를 친단 말이냐?"

장재가 크게 화를 내며 마음과 뜻을 풀어 싸웠다. 열 몇 번의 겨루기 끝에 장주와 열어구가 크게 패하여 본진으로 돌아가 노자에게 사실을 아뢰었다. 노자가 탄식하며 말하였다.

"질서가 정연하고 당당한 군대와 태도가 바른 군자는 이기기 어려운 법이다. 지금은 잠깐 뒤로 물러나 도를 더 닦은 후에 다시 오는 것이 더

나을 듯하다."

말을 마치고는 서쪽을 향하여 달아나 함곡관에 이르렀다. 그 곳에서 함곡관령 윤희를 만나 그에게 <도덕경>을 지어 주고는 떠났다.

장재가 전쟁에서 이기고 돌아와 이를 아뢰자, 문성왕이 크게 기뻐하며 말하였다

"이제는 천하가 태평하고 간사한 무리를 모두 평정하였다. 내 마땅히 경들을 위해 잔치를 베풀어 그대들의 공을 치하하겠다."

그 순간 갑자기 파발마가 급히 서두르며 문성왕께 알렸다.

"서쪽 천축국에서 대성인이 태어났습니다. 그가 태어날 때 땅에서는 연꽃이 피는 등 기이하고 상서로운 일이 많았습니다. 지금 천축국 극락세계에 있는데, 아란, 가섭, 관음보살, 문수보살, 보현보살, 미륵불, 오백나한, 팔대금강, 그리고 삼천 명의 제자를 거느리고는 스스로 '맑고 깨끗한 법신을 대신하여 인간의 모습으로 세상을 돌아다니면서 백성을 구한다.'고 말합니다. 그의 이름은 석가여래인데, 법력이 한이 없어 천지를 부리고 귀신을 호령하며 영원히 죽지 않는다고 합니다. 맑고 깨끗한 마음을 도법으로 삼아 자비로운 마음을 내어 모든 중생들을 구제하고, 삼천세계를 아울러 관장하며, 지옥을 만들고 윤회보응이라는 대법을 지어 어진 자들에게는 권하고 사나운 자들에게는 경고하여 깨우치게 합니다. 그 법은 매우 크고, 그 도는 헤아릴 수가 없는데, 백성들을 꾀어 미혹하게 하고 사람들에게 권하여 근본이 없게 합니다. 처음에 한나라 명제가 석가를 받들어 중국에 들어온 후로 진, 위, 양, 송, 수, 당 나라의 모든 임금들이 그에게 항복하였습니다. 그 중에서도 양 무제와 당 현종이 더욱 따르고 받들었습니다. 지금 나라 밖의 팔십이 개 국가와 나라 안의 열개 군현을 거느리고 중원을 다 함몰시켰으며, 우리의 땅도 반 이상 빼앗긴 상

태입니다."

문성왕이 다 듣고 나서 근심하여 말하였다.

"부처가 이렇게 강하니 우리나라에는 큰 화근이다. 양주, 묵적과 노자와는 비할 수가 없으니 누가 능히 오랑캐를 제어하겠는가?"

한유가 앞으로 나서며 아뢰었다.

"신이 재주가 없지만 임금님을 위해 오랑캐를 막아 화근을 없애겠습니다."

문성왕이 말하였다.

"가서 편안히 수행하도록 하라!"

한유가 명을 받고 군사를 끌고 나갔다. 양군이 대진하니 한유가 말을 타고 나가 석가와 말로 해보자고 제안을 하였다. 석가가 머리에 칠보장엄관을 쓰고, 몸에 금빛 찬란한 오색가사를 입고, 목에는 마리염주를 걸고, 발에는 유리신발을 신고, 손에는 금련화 한 송이를 들고는 비취 빛 기단 위에 놓인 연화대 위에 서있었다. 머리 위로는 한 줄기 금광이 둘러져 있었고, 흰 색 기운이 백장 높이까지 일어나니 상서로운 기운이 가득했다. 좌우에는 삼천 명의 여러 부처와 오백 명의 나한이 펼쳐 서있었는데, 그 모습이 바르고 가지런하여 기개가 엄격하였다.

그 때, 두 명의 장수가 먼저 나와 싸움을 청하였다. 한 명은 청색 사자를 타고 손에 지혜검을 든 문수보살이었다. 또 한 명은 흰 색 코끼리를 타고 손에는 반야봉을 잡고 있는 보현보살이었다. 한유는 인의의 기발을 세우고 예의의 장대를 든 후에 백여 합을 싸웠다. 문수보살과 보현보살이 더 이상 상대하지 못하고 도망갔다. 한유는 기세를 타 쫓았다. 석가가 대패하여 서역으로 도망치자, 한유는 군사를 거느리고 돌아와 문성왕을 뵈었다.

문성왕이 말하였다.

"네가 이번에 세운 공은 족히 맹가와 비교할 만하다."

말을 끝나기 전에 병사가 와서 보고하였다.

"석가여래가 노자와 합세하여 또 침범하였습니다. 이번에는 그 세력이 더욱 크기 때문에 상대하기 어려울 것 같습니다."

문성왕이 말하였다.

"이들은 평범한 도적이 아니다. 자주 출몰하면서 우리의 경계를 여러 번 침범하니 필히 대장을 보내야만 전쟁에서 승리할 수 있을 것이다."

이에 맹가를 불러 말하였다.

"너는 이제 옛날과 지금의 모든 어진 사람들을 데리고 나가서 저 도적을 쓸어버려 영원히 화근을 없애어 다시는 재난이 일어나지 않도록 하라."

맹가가 엎드려 명령을 받고 나와 출전함에, 장재를 통군사마, 주희를 대선봉, 정호와 정이를 좌우 장군, 한유를 종사에 임명하여 나아갔다. 군대의 위용은 글로는 다 기록할 수가 없을 정도로 엄숙하고 웅장하였다.

맹가의 군사가 행하여 두 나라가 마주 보고 진을 쳤다. 맹가가 진 밖에 말을 세우고 사람을 보내어 석가와 말이나 나눠 보자고 하였다. 석가가 또한 말을 타고 나와서 진 밖에 섰다. 맹가가 소리를 가다듬고 꾸중하였다.

"보잘것없는 미친 오랑캐가 어찌 감히 어지러운 말을 하여 백성을 홀리고, 자주 우리 의 경계를 침범하며 난리를 일으키는가? 이제 하늘이 진노하여 나에게 너희들을 쓸어버리라고 명하셨다. 내가 하늘의 명을 받들어 왔으니 빨리 항복하여 죄를 면하도록 해라."

석가는 합장하고 예의를 갖추며 웃으면서 말하였다.

"그대는 하늘이 두려워서 나를 위협하지만, 우리는 오히려 하늘을 부리고 땅을 지휘한다. 하늘의 신과 땅의 신이 다 모두 나의 휘하에 있으니 어찌 나의 도가 그대들의 도처럼 작겠는가? 이제 우리는 서로 전쟁을 하지 말고 도로 겨루어서 승부를 내는 것이 어떻겠는가?"

맹가가 말하였다.

"그렇게 하겠다. 네가 먼저 말해 보아라."

석가가 말하였다.

"우리의 도덕은 자비를 으뜸으로 삼고 돈후함을 귀하게 여겨 불심을 알면 불성을 안다. 상황이 변함에 따라 생겨나거나 변화하는 것도 없고, 해탈하고 신통하여 망상을 다시는 없게 하니, 이것이 이른바 대원각이다. 온 세계를 꿰뚫어 보고 억만 중생을 구제하여 인도한다. 이제 그대의 도는 불과 마음잡기만을 으뜸을 삼고 있는데, 우리의 마음 없는 것과 비교하면 어떠하냐? 너의 도는 불과 행동하는 것만을 으뜸으로 삼는데, 우리의 무위함과는 어떠한가? 너희 도는 불과 성정만을 귀하게 여기거니와, 우리의 적멸함과는 어떠한가? 너의 도는 불과 하늘을 의탁하여 받든다고 하거니와, 우리는 하늘을 부리니 어떠한가? 너희는 귀신을 공경하거니와 우리는 귀신을 지휘하니 어떠한가?"

말이 끝나기도 전에 맹가의 진 밖에서 육자정이 내달아 나오며 말하였다.

"석가의 말을 들어보니 저들의 도가 과연 우리 도보다 훨씬 낫습니다. 허리를 굽혀 항복하는 것이 좋을 듯합니다."

그러자 주희가 꾸짖어 말하였다.

"그대의 소견이 이렇듯 밝지 못하니, 평생 동안 학문하였던 노력은 어디에 두었는가?"

육자정이 무척 부끄러워하며 물러났다. 맹가가 손으로 석가를 가리키며 꾸짖었다.

"아비도 없고 임금도 없는 놈이 감히 사특한 말을 하여 세상을 속이고 백성을 미혹되게 하느냐? 네 말이 그럴 듯하지만 사실은 참된 도에는 많이 어그러져 있다. 내가 이제 너에게 말하겠다. 사람이 세상에 태어남에 있어서 군신과 부모, 부부, 장유, 붕우와 관련된 윤리가 있으니, 이른바 오륜이다. 오륜이 없으면 사람이 아닌데, 너는 도를 한다고 하면서도 천륜을 단절한 채, 스스로 맑게 적멸하고 있다고 말하고 있다. 부모가 없다면 네가 어디에서 태어나 도를 행할 것인가? 또한 부부가 없다면 사람의 무리가 아주 없어져, 태어나고 태어나는 조화로움이 끊어질 것이니 누가 있어 너의 도를 전할 것인가? 임금과 신하가 없으면 세상에서 백성을 다스릴 사람이 없게 되어 강한 자가 약한 자를 억누르고, 선한 사람이 악한 사람을 이기지 못하게 될 것이다. 그렇게 되면 누가 네 도를 따르라고 명하겠는가? 짐승들이 비록 미물이라고는 하여도, 오히려 부모와 자식, 임금과 신하, 암수의 관계가 있다. 개미와 벌도 도리어 임금과 신하의 나뉨이 있음을 알고 있으니, 지금 너는 오히려 짐승보다도 못하다고 할 수 있다. 옛날 우리 유학의 성인이 없었다면 사람들이 없어진 지가 오래되었을 것이다. 짐승과 함께 한 곳에서 산다면 깃털과 털, 비늘이 없는 사람이 어떻게 찬 곳과 더운 곳, 질퍽한 곳에서 살겠는가? 손톱과 발톱, 어금니가 없는 사람들이 어떻게 다투어 음식을 먹을 수 있겠는가? 이러므로 성인께서 산속과 물속으로 벌레와 뱀, 금수를 몰아내신 것이다. 그리고 인간에게는 추울 때는 옷을 입게 하고, 배고플 때는 밥을 먹게 하셨다. 나무 위에 있으면 떨어지고 땅 속에 있으면 병이 들 것이기에 집을 지어 살게 하였다. 장인으로 하여금 그릇을 만들어 쓰게 하고, 장사치로 하여

금 있고 없는 것을 서로 통하게 하였다. 의약을 만들어 일찍 죽는 것을 막았고, 장례를 치르고 제사하여 그 살아 있을 때의 은애를 갚게 하였다. 예에 관련된 글을 만들어 선후의 차례를 정하게 하고 풍류를 만들어 울적함을 없게 하였다. 정치를 만들어 게으른 사람들을 다스렸고 형벌을 만들어 사나운 것을 덜하게 하였다. 도장과 도량을 만들어 서로 속이지 못하게 하였고, 성곽과 무장 병사를 만들어 서로 빼앗지 못하게 하였다. 그 도는 분명하고 쉬웠으며 가르쳐 행하기도 쉬웠다. 그렇기 때문에 내 몸을 위해서 그 도를 행하면 순리대로 되고 꼼꼼하여 빈틈이 없게 된다. 또 다른 사람을 위해 그 도를 행하면 사랑하고 공평하게 된다. 내 마음을 다스리면 평화로워지고 온 세상을 다스리면 태평성대를 이루게 된다. 이것이 어찌 너희들의 도와 같겠는가? 네가 스스로 아무것도 하지 않는다고 하는데, 너의 몸에 옷을 입고, 입에 음식을 먹으며, 너희들이 집안에서 함께 법을 익히니 이것이 어찌 아무것도 하지 않는 짓이겠는가? 네가 욕심이 없다고 하는데, 보시를 많이 하고 재(齋)를 성대히 올리면 비록 악한 사람이라도 복을 얻는다고 하니 이것이 어찌 욕심이 없는 짓이겠는가? 또 네가 사람이 죽으면 윤회하여 다시 사람이 된다고 하는데, 이 말은 더욱 황당하다. 나무와 풀이 한번 죽으면 다시 다른 나무와 풀이 되지 않으며, 불이 한번 꺼진 후에는 다시 불이 되지 않는다. 사람은 사물과 다르지 않다. 한번 죽으면 썩은 나무 밑동과 꺼진 재와 같은데, 어떤 기운이 있어 사람이 환생한단 말이냐? 너는 사나운 사람은 지옥에서 형벌로 다스린다고 한다. 그러나 사람이 죽으면 그 육체와 영혼은 흩어지고 마는데, 어느 곳에서 형벌을 받는단 말이냐? 이 모든 것은 다 도리를 벗어난 요탄한 말이다. 단지 어리석은 백성을 꾀어서 미혹하게 할 수는 있겠지만, 어찌 감히 군자 앞에서 이 어리석은 말을 꺼낸단 말이냐? 빨리 항복하여 바른 길로 돌아오너라."

석가는 이 말을 듣고 얼굴이 흙빛이 되어 말을 하지 못했다. 주희가 정호, 정이, 장재 등을 거느려 한꺼번에 내달아 석가를 쳤다. 석가가 크게 패하여 서천 서역국을 향하여 달아났다. 맹가가 그 틈에 모조리 쳐서 그 화근을 없애려고 급히 추적하는데, 문성왕이 대종백 벼슬의 자공에게 명을 내려 말하였다.

"내가 하늘의 운수를 보니 음기가 점점 강해지고 있다. 이 도적은 음기를 타고 태어났으니 아주 제거하지는 못할 것이다. 병법에 이르기를 '피할 곳 없는 도적은 쫓지 말라.'하였으니, 그만하고 돌아오너라."

맹가가 여러 현인을 이끌고 돌아와 문성왕을 뵈었다.

문성왕이 말하였다.

"아! 아름답구나. 이단의 해악을 없애고 나의 도를 밝힌 것은 모두 너의 공이다."

대사구 자하가 앞으로 나가면서 아뢰었다.

"이제 양주, 묵적, 노자, 부처의 해는 없어졌지만 진시황 여정이 포악무도하여 우리 유학자들을 내쫓아 죽이고, 경서를 불 질러 없앴으니 마땅히 그 죄를 물어야 합니다."

문성왕이 자하에게 명하였다.

"죄를 다스려라."

자하가 마을에 앉아 사람을 보내어 초나라 항적(항우)을 불러 말하였다.

"진시황 여정이 무도하여 선비를 죽이고 경서를 불태우니 그 죄를 용서할 수 없다. 너는 이제 세상에 나가 여정을 무찔러 선비를 죽인 죄를 다스려라."

항적이 명을 받아 진시황 여정을 물리치고, 아방궁에 불 지르며, 진나라의 마지막 임금인 자영을 죽여 그 죄를 다스렸다.

공서적이 대전에 오르며 아뢰었다.

“한나라 임금 유방이 나라의 큰 제사인 태뢰를 드리고 뵙길 청합니다.”

문성왕이 들어오라 하자 유방이 들어와서 땅에 머리를 대고 네 번 절하였다.

문성왕이 말하였다.

“아! 아름답다. 너 유방아! 온 나라가 전쟁하면서부터 천하가 크게 어지러웠다. 모두가 왕도를 천히 여기고 패도를 숭상하여 수백 년 동안 나를 찾는 사람이 없었는데, 지금 네가 와서 처음으로 태뢰를 바치고 비니 가장 아름답구나! 내 이로써 너의 나라를 사백 년 동안 이어지게 하리라.”

유방이 절을 올리고 물러갔다. 또 한나라 무제, 명제, 당태종, 시세종, 송나라 때 모든 임금들과 명나라 태조가 모두 태뢰를 드리면서 문성왕을 뵙고자 하였다. 문성왕이 다 불러와 조회를 받고 위로하다가, 한나라 명제와 송나라 신종 그리고 효종을 불러 크게 꾸짖으며 말하였다.

“명제 너는 무단이 불교를 들여와 만대에 화를 끼쳤다. 신종과 효종 너희들은 정호, 정이와 장재, 소옹, 사마광 그리고 주희 등 인재를 임용하지 않고 소인배만 믿었다. 이 어찌 제왕의 도리라고 할 수 있겠느냐? 빨리 물러가거라.”

한나라 명제 그리고 송나라 신종과 효종이 크게 부끄러워하며 물러갔다.

문성왕이 한나라 고제 유방을 불러 말하였다.

“너는 너그럽고 어질며 힘차고 의젓하니 제왕의 기상이 있다. 마땅히 패도를 내치고 왕도를 실행함으로써 예악이 다스려지는 태평성대를 이루어 하, 은, 주 삼대를 이을만하다. 그러나 끝내 해함을 면하지 못하니 진실로 안타깝구나."

한나라 고제가 대답하였다.

"신은 본래 칼을 쓰는 것과 말을 달리는 것만 알고 하늘의 뜻을 알지 못합니다. 신하 가운데에도 은나라를 세우고 주나라를 세우는데 공을 세운 이윤과 주공 같이 신을 왕도로 도울만한 사람이 없습니다. 다만 육가와 수하 같은 신하들을 데리고서 어찌 하, 은, 주 삼대와 같은 태평의 정치를 행할 수 있겠습니까?"

문성왕이 또 당나라 태종에게 말하였다.

"너는 나라를 다스림에 있어서 옛날 제왕과 비교해도 모자라지 않다. 다만 정성된 마음이 없어 집안의 법도를 바르게 하지 못하였기에, 세운 공이 많지만 우리 유교에서는 죄인이 될 것이다."

당나라 태종이 부끄러워서 감히 우러러 보지 못하였다.

문성왕이 송나라 태조를 불러 말했다.

"너는 학문을 숭상하는 길을 훤히 열어 심학을 깨달았다. 그리고 천하를 아우에게 전하여 요임금과 순임금의 마음을 본받았기에 흠잡을 것이 없다. 다만 진교에서 임금 자리에 올라 군대를 돌린 일 때문에 더러운 이름을 면하지는 못할 것이다. 정말 안타깝지만 이 또한 천명이니 차마 어찌하겠는가?"

송나라 태조가 대답하였다.

"그것은 신의 죄가 아닙니다. 석수신 등 신하들이 저에게 강요한 것입니다."

문성왕이 웃으시면서 말했다.

“네가 진짜 마음이 없었다면 어찌 다른 사람이 너에게 강요하였겠는가?”

송나라 태조가 고개를 숙인 채 묵묵부답하였다.

이때 나라에는 특별한 사건도 없이 태평하였다. 문성왕이 왕의 자리인 북쪽에 앉아 남쪽을 바라보며 대전 위에서 조용히 도를 의논할 때 주희가 아뢰었다.

“전에 말씀하실 때, 사람의 성품은 서로 큰 차이가 없는데 습관 때문에 큰 차이가 난다고 하셨는데 그게 무슨 말입니까?”

문성왕이 말하였다.

“성품이란 것은 하늘이 만들어 낸 것이다. 본래의 성품은 어질기 때문에 조금도 사납지 않다. 그러나 사람이 태어날 때 타고나는 기질은 모두 같지 않아, 맑은 기운을 가지고 태어난 사람도 있고, 탁한 기운을 가지고 태어난 사람도 있다. 노력을 하여 배우고 익히면 탁한 기운을 가진 사람도 맑아지지만, 그렇게 하지 않으면 맑은 기운을 가진 사람도 탁하여진다. 그렇기 때문에 습관으로 인해 서로 멀어진다고 하는 것이다. 이는 기질에 따른 성품을 가지고 말한 것이지 본래의 성품을 가지고 말한 것이 아니다.”

정이가 아뢰었다.

“사람의 마음은 위태롭고 도의 마음은 은미하다고 하셨는데 그것이 무슨 말입니까?”

문성왕이 말하였다.

“사람이라면 비록 성인이라도 욕심이 없을 수 없고, 불초한 자라도 도에 대한 마음이 없을 수 없다. 사람의 마음은 위태하여 안정되어 있지 않고, 도에 대한 마음은 미묘하여 보기 어렵다. 이러므로 오직 그 정통하고 한결 같아야 딱 맞는 바에 머물 수 있다."

소옹이 아뢰어 말하였다.

"복희씨가 팔괘를 만들면서부터 현상을 보여주는 상과 그것을 표현하는 수와 뜻을 담고 있는 이가 그 안에 있습니다. 세상사람 가운데 상을 보고는 수를 아는 사람도 있고 이만 아는 사람도 있으니 어떻게 해야 옳겠습니까?"

문성왕이 말하였다.

"주역이란 것은 음양이 변화하는 이치를 담고 있다. 따라서 이를 버리고 수만 따지면 이것은 수학이 된다. 그 폐단은 주역이 점쟁이 책과 같은 종류가 되는 것이다. 주역은 변화무쌍하다. 오직 이만 추구하고 수를 버리면, 이는 이학이 된다. 그렇게 되면 어찌 다양하게 변하는 음양의 묘한 이치를 알 수 있겠는가?"

한유가 아뢰었다.

"전국시대 이후로 합종과 연행을 꾀하는 술수와 법률로 다스리려고 하는 학문을 숭상한 탓에 인의를 아는 사람이 없게 되었습니다. 오직 육국시대의 순경과, 왕망이 다스리던 신나라 때의 양웅만이 홀로 인의를 행하여 임금님을 존숭하였으니, 가히 불러서 쓸 만합니다."

주희가 소리를 질렀다.

"한유 저 사람의 학문은 두서가 없어 옳고 그름에 밝지 못한 탓에 망령되게 아뢰는 것입니다. 순경은 '사람의 천성은 본래 사납다.'고 했습니다. 그래서 그 제자인 이사가 그 학문을 이어 받아서 선비를 죽이고 경서를 불 지른 것입니다. 이것은 모두 순경이 한 짓이라고 할 수 있습니다. 양웅은 '사람의 천성이 본래 정해진 것이 없어 사나움과 어짊이 섞였다.'고 말하는 한편, 태연하게 '태을법언'을 지어 망령되게도 스스로 성인이라 하였습니다. 정말로 분수를 모르고 날뛴 인물입니다. 또 한나라를 전복시킨 역적 왕망을 섬겨, 그를 찬미하는 '극진미신'이라는 글을 지어 아첨하였습니다. 이 두 사람은 우리 유학의 적이요, 성인 문하의 죄인입니다. 어찌 이들을 부를 수 있겠습니까?"

문성왕이 말하였다.

"비록 이 두 사람의 죄는 그렇지만 그 재주가 아깝다. 내가 불러서 가르쳐 바로 잡으리라."

말을 마치고 즉시 부르니, 두 사람이 들어와 엎드려 절을 하였다.

문성왕이 꾸짖어 말하였다.

"사람의 천성이 본래 어질거늘, 그대는 어찌 사납다고 하는가? 그리고 우리의 도는 하나로 일관되는데 어찌 선악이 섞였다고 하는가? 더욱이 양웅은 역적을 섬기고도 부끄러움을 모르니 이 어찌 군자의 절개라고 하겠는가?"

두 사람이 사죄할 뿐이었다.

또 한나라의 학자 동중서와 수나라의 학자 왕통, 원나라의 학자 허형을 불러 말하였다.

"동중서는 '도의 큰 근본은 하늘에서 났다.'라고 하고, 또 '도를 밝히되 이익을 헤아리지 말라.'고 말하였다. 그리고 왕통은 '대담하게 하면서도 세심하게 하려고 해야 한다.'라고 말했다. 이 말은 나의 도를 알고 한 말이다. 내가 그래서 가장 아름답게 여긴다."

그리고는 허형을 가리키며 크게 꾸짖으며 말하였다.

"너는 학문에 깊이 통하고, 도를 널리 알고 있으니, 군자의 자격이 있다. 그런데 벼슬길에 나가고 물러나는 큰 법도를 몰라서 오랑캐에게 허리를 굽혀 섬기는 것을 달게 여긴 것이냐? 옛날 제나라의 선비인 노중련은, 진나라가 천하를 통일하여 황제라고 칭하는 것이 견딜 수 없이 부끄러워 동해에 빠져 죽으려 하였다. 관중은 이적을 물리쳐 주나라를 높였다. 이에 군자들이 그들을 크게 여겼다. 너는 관중과 노중연의 죄인이다."

허형은 안색이 흙빛이 되어 아무 말도 하지 못하였다. 이로써 문성왕과 신하들이 도에 대해 의논하기를 마쳤다.

그러자 문성왕이 말하였다.

"너희들은 각각 마음속에 있는 뜻을 얘기해 보아라. 하려고 하는 일이 무엇인지, 부끄러운 일이 무엇인지, 또 즐거운 일이 무엇인지 모두 숨기지 말고 말하여 보거라."

자로가 앞으로 나서며 말하였다.

"저는 제후가 되어 군사를 거느리고 적국을 종횡무진 다니고 싶습니다."

문성왕이 가만히 웃었다.

안연이 말하였다.

"저는 거친 거리에 살면서 한 바구니의 밥과 한 표주박의 마실 것만 있다고 하여도 임금님의 도를 배워 몸에 익힐 것입니다. 이것이 저의 즐거운 일입니다."

맹가가 말하였다.

"저는 호연지기에 뛰어나 그 기운이 지극히 천지 속에 가득합니다. 천하가 평안한 집에 있는 것처럼 안정되고, 또 온 세상이 바른 길을 걸으니, 우러러 하늘을 보아도 부끄럽지 않고 아래로 사람에게 부끄러움이 없습니다. 이것이 가장 즐겁습니다."

정호가 아뢰었다.

“사수가에 놀면서 꽃을 찾고 버들을 맞아 봄 경치를 구경하는 것이 저의 즐거운 일입니다.”

주돈이가 말하였다.

“맑게 갠 들의 빛과 맑은 바람이 가슴에 비추니 깨끗하여 한 점의 먼지도 없습니다. 이것이 아주 통쾌한 즐거움입니다.”

사마광이 아뢰었다.

“신은 임금을 섬겼으나 왕안석의 배척을 받아 끝내는 도를 실행하지 못하였습니다. 이것이 제가 한스럽게 생각하는 일입니다.”

주희가 말하였다.

“중원이 오랑캐의 땅이 되어, 저의 나라는 북쪽 땅에 갇혔습니다. 소인배들이 화해의 뜻이라며 임금을 속여, 끝내는 중원을 회복하지 못하였습니다. 이것이 저의 한입니다.”

소옹이 아뢰어 말하였다.

“저는 몸은 월궁에서 노닐고, 발은 하늘의 뿌리를 밟으면서 온 천하를 막힘없이 돌아다녔습니다. 이것은 저의 즐거움이라 할 수 습니다.”

정이가 아뢰어 말하였다.

“천하의 도를 펼쳐, 위로는 임금을 요임금과 순임금처럼 만들지 못하였고, 아래로는 백성들은 그 태평성대의 백성으로 만들지 못하였습니다. 이것이 제가 부끄러워하는 일입니다.”

제갈량이 아뢰어 말하였다.

“손권이 동쪽을 차지하여 지키고 있었고, 조조가 북쪽에서 제멋대로 누비고 다니는데, 우리나라는 겨우 익주를 차지하였습니다. 그리고 끝내 중원을 회복하지 못하고, 예악의 다스림을 이루지 못하였습니다. 이것이 제가 한스럽게 생각하는 일입니다.

여러 신하들이 각각 마음의 뜻을 말하는 것을 마치자 문성왕이 자공을 불러 그에게 말하였다.

"너는 평소 인물 평가하기를 잘하였다. 네가 여러 신하들 한 명 한 명을 논하여 그들의 고하를 정해 보거라."

자공이 대답하였다.

"신은 아는 것이 없는데, 어찌 감히 고금의 성인과 현자들을 의논하겠습니까?"

문성왕이 말하였다.

"너는 사양하지 말고 생각하는 바를 다 말해 보거라."

자공이 인사를 올리고 물러서서 여러 신하들을 둘러보고는 차례로 군신들을 평가하였다.

먼저 안연을 가리키며 말하였다.

"이 사람은 하나를 들으면 열을 압니다. 자신의 욕망을 이겨내어 하늘의 이치를 회복하였으니 성인의 덕을 넉넉히 지녔습니다. 마치 봄의 기운이 만물을 소생시킨 것과 같은 기상입니다. 충분히 우임금과 어깨를 나란히 할 만합니다."

또 증삼을 가리키며 말하였다.

"이 사람은 날마다 세 번 자기를 반성하였습니다. 그리고 일찍이 일관된 도를 듣고는 힘써 행하여 죽더라도 정도에서 벗어나지 않습니다. 따라서 그는 충분히 탕임금과 견줄 만합니다."

또 자사를 가리키며 말하였다.

"임금님의 손자로서 『중용』을 지어 도학의 본체와 작용을 밝히고 하늘의 이치가 드러나고 감춰지는 것을 알게 하였습니다. 족히『주역』을 지으신 임금님과 같다고 하겠습니다. 맹가는 사람의 천성이 본래 선함을 주장하면서, 도의를 내버리지 않게 하고 패도를 내쳐 왕도를 높였으며, 이단을 막고 잘라내어 우리의 유학을 지켰으니 아성이라고 하겠습니다. 다만 기운이 너무 넘치고 그 자취가 너무 드러나니, 목야에서 은나라 마지막 왕인 주를 물리치던 무왕과 비교할 만합니다. 중궁은 사람됨이 어렵지 않게 도리를 지키니, 임금이 될 만한 재목입니다. 민자건은 효행을 지극히 실행하여 사람들 사이에서 특별히 문제 삼은 것이 없습니다. 염백우는 성인의 덕이 있고, 자로는 용감함과 의리가 다른 사람보다 뛰어나지만, 너무 강하고 거칠어서 정미한 도를 모릅니다. 재아는 말이 행동보다 앞서고, 염유는 뜻이 미천하고, 자유는 뜻은 높지만 알맹이 없으며, 자하는 독실하지만 융통성이 없고, 자장은 당당하지만 인이 부족하고, 원헌은 너무 고집 세며, 고시는 너무 우직합니다. 증점과 칠조개는 이미 그들의 의로움을 보면 성인의 기상이 가진 사람이지만, 진취적이거나 하지 않는 부분이 있어 재빠르지 못합니다. 주돈이는 증점과 같이 맑고 깨끗하지만 실천하는 데에는 더 낫습니다. 정호는 상서로운 태양과 조화로운 햇살 같으니 안연의 무리입니다. 정이는 일상생활에 필요한 삼베나 비단 채소나 곡식 같은 존재로 자사의 무리입니다. 장재는 강학하는 자리를 박차버린 후 지극한 도에 나아가니 증자의 짝이라고 할 수 있습니다. 소옹은 매우 영매하고 뛰어나 호기롭게도 하늘의 이치에 홀로 우뚝 섰으니 백이와 방불하다고 하겠습니다. 사마광은 유학자의 복식을 정한 덕이 있고 또 공도 있으니 이윤과 비교할 수 있습니다. 주희는 바닷물이 온갖 내를 삼키듯이 모든 유학의 도를 통합하였고 또 우레 소리가 모든 집안을 놀래 깨우듯이 유학의 도를 열었으니 맹가가 아니면 견줄 사람이 없을 것입니다. 장식은 염계에서 맑은 달빛을 받고 기수에서 봄바람을 맞으니 복자하의 다음이 될 것입니다. 여조겸은 팔세에 『근사록』을 지어 신하들이 중도를 이루게 하였으니 언자유와 비교해도 전혀 뒤떨어지지 않습니다. 제갈량은 기상은 선비 같고 지혜는 귀신 같으니 강태공에게 뒤지지 않습니다."

자공이 평가하기를 마치자 문성왕이 웃으면서 말하였다.

"네가 여러 신하들에 대해서 평가한 말이 밝은 거울로 비친 듯 분명하여 조금도 어긋남이 없구나. 이제 나에 대해서도 말해 보아라!"

자공이 아뢰었다.

"신이 어찌 감히 임금님을 의논하겠습니까? 하늘을 우러러 볼 때, 높은 것은 알지만 왜 그렇게 높은지는 알지 못합니다. 해와 달이 밝은 것을 다 알지만 어떻게 그렇게 밝은지는 알지 못합니다. 신의 작은 식견으로 임금님을 평가하는 것은 마치 대나무 구멍을 통해 하늘을 보고, 조개껍질로 바다를 훑는 것과 같습니다. 어떻게 알 수 있겠습니까? 그러나 이미 명을 내리셨으니 감히 외람된 말로 아룁니다. 지나가시는 곳마다 신기하게도 음악만 들어도 그 나라의 다스림의 정도를 알고, 그 사람 겉모습만 보고도 그 사람의 예도를 알아 평가 하셨습니다. 백세 이래로 지금에 이르기까지 임금님의 평가에 이의를 제기하는 사람이 없습니다. 하늘과 땅으로 더불어 그 덕이 합하고, 해와 달과 더불어 그 길흉이 합하여, 하늘보다 먼저 하시면 하늘이 그 뜻을 어기지 않고, 하늘보다 뒤에 하시면 하늘의 변화를 받들어서 하시니 그 어지심은 요임금과 순임금보다 훨씬 더 뛰어나십니다."

문성왕이 말하였다.

"이 무슨 말이냐? 네가 너무 과도하게 말을 하여 나로 하여금 부끄럽게 만드는구나. 네가 나를 평가했으니 나 또한 너를 평가하겠다. 너는 매우 총명하고 뛰어나며 우뚝하고 편안하니 군자의 풍모가 있다. 비유하자

면 고운 옥으로 만든 종묘 제사용 그릇을 구슬로 장식한 것과 같다. 내가 정말 사랑하는 바다."

자공이 절하며 감사해 마지않았다.

이에 문성왕이 잔치를 열라고 명한 후, 여러 신하들과 함께 즐겼다. 대사공 염유가 잔치에 필요한 물건들을 차리고, 대사도 자유는 풍악을 준비하였다. 호화로운 잔치 자리가 우뚝 섰고, 위엄 있는 모습이 가지런하였다. 항아리에 있는 술을 부어 임금과 신하들이 마시며 두어 번 돌자, 소사도 정호가 태상을 들어 팔음을, 대사도 자유가 소고성을 연주하였다. 육률과 오음 등 모든 음악소리가 고르게 퍼지자, 귀신과 사람이 화합하였다. 다섯 빛깔 봉황은 돗자리 위에서 우아하게 날고, 성스러운 뿔 하나짜리 기린은 섬돌 아래서 춤추었다.

문성왕이 스스로 다섯줄의 거문고를 어루만지시며 노래를 지어 말하셨다.

"하늘의 명을 받아 천명을 누림이여! 백성이 밝은 덕을 밝히 알고 만방이 서로 화합하는 도다. 서쪽 오랑캐들이 다 무너지니 모든 신하들이 이곳에 이르렀도다."

맹가가 감사의 절을 올리고, 머리를 조아려 말을 아뢰었다.

"덕을 쌓은 곳에는 반드시 천명이 돌아올 것입니다."

이에 이어 노래하여 말하였다.

"문성왕의 덕이 넓게 미치고, 빛은 스승의 표상이 되셨도다. 덕을 밝혀 이에 알리셨도다."

모든 벼슬아치가 서로 화답하여 노래를 불러 말하였다.

"번화한 서울에 구름이 일어남이여! 상서로운 날이 길었도다. 우리 임금의 신명함이여! 멀리 전설상의 임금인 복희씨·신농씨·헌원씨보다 뛰어나시네! 천추만세에 하늘의 명이 끝이 없도다!"

한유가 신하들의 무리에서 나서며 아뢰었다.

"오늘의 성대함은 요임금이나 순임금 때에도 없는 일입니다. 마땅히 기록하여 세상에 전하여 임금님의 지극한 다스림을 알게 하십시오."

문성왕이 한유에게 지으라고 명하였다. 한유가 그 명을 받아 글을 지으며, 자초지종을 일일이 다 기록하였다. 그 문장은 은하수를 기울이고, 필적은 귀신도 놀라게 하였다. 이에 모든 사람들이 칭찬하였다.

이때 선비를 데리고 있던 문창부의 동자가 잔치가 끝나는 것을 보고 나가자고 재촉하였다. 선비가 문성왕에게 감사의 인사를 올렸다. 그러자 문성왕이 말하였다.

"네가 학문에 힘쓰며 도를 행하니 그것을 내가 가장 아름답게 여긴다. 너는 세상에 나가 이 글을 전하여 내 도학을 빛나게 하고 후대에까지 꽃다운 이름을 드리우게 하라."

그리고는 한유가 지은 글을 주었다. 선비가 글을 받아 소매에 넣고 두 번 절하고 하직인사를 하였다. 궁에서 나올 때 섬돌을 내려오다가 그만 발을 헛딛는 바람에 잠에서 깨었다. 모든 것이 헛된 꿈이었다. 그제야 선비는 모든 것이 꿈속에서 일어난 일이라는 사실을 분명히 깨달았다. 그런데 소매 속에는 그곳에서 있었던 모든 일들을 본 것처럼 기록한 한유의 글이 있었다. 이에 선비는 붓과 벼루를 내어다가 삼가 기록하여 세상에 전하였다.

교주

디성훈몽젼

大聖訓蒙傳 單

디셩훈몽젼 단

디셩훈몽젼(大聖訓蒙傳) 권지단

공지(孔子) 뎨ᄌ(弟子) 삼쳔(三千) 듕에 도학(道學)과 뉵녜(六藝) 능통(能通)ᄒᆞᆫ 지 칠팔십(七八十)이니 그 가온디 더옥 능통(能通)ᄒᆞᆫ ᄌᆞ는 증ᄌ(曾子) 칠셰(七歲)에 공ᄌᄭᅴ 슈학(受學)ᄒᆞᆯ식 한가ᄒᆞᆫ 써를 타셔 ᄂᆞ아가 엿ᄌᆞ오디

“텬지일월셩신(天地日月星辰) 삼긴 일을 알아지이다.”

공ᄌ 갈ᄋᆞ사디

“ᄂᆞ도 ᄯᅩᄒᆞᆫ 아지 못ᄒᆞ거니와 네 알고져 ᄒᆞ니 디강(大綱)이ᄂᆞ 일으리라. 하놀은 양긔(陽氣) 상천(上天)하야 우흐로 올ᄂᆞ 거(居)ᄒᆞ연지 일만 팔쳔 년만의 놉고 두렷ᄒᆞᆫ 긔운이 되고 싸흔 음긔(陰氣)로 동탁(童濯)ᄒᆞ야 아리로 ᄂᆞ려 거(居)ᄒᆞ연지 일만 팔쳔 년만의 넓고 모지고 두터이 되여 천지(天地) 크케 열닌 후의 텬양(天陽)은 ᄒᆞ강(下降)ᄒᆞ고 디음(地陰)은 상승(上昇)ᄒᆞ야 만물(萬物)이 화싱(化生)ᄒᆞ는 지라. 히는 티양(太陽)이니 샹텬(上天)의 거ᄒᆞ야 더운 긔운을 가지고 텬하의 두렷시 놉히 잇고 달은 티음(太陰)이니 찬 긔운을 가지고 야텬(夜天)의 거ᄒᆞ야 ᄯᅩᄒᆞᆫ 발가 잇ᄂᆞ니라. 더운 긔운과 찬 긔운이 츈하

츄졀(春夏秋節)을 분(分)ᄒᆞ야 셔로 왕ᄂᆡ(往來)ᄒᆞ니 이ᄂᆞᆫ 다 음양지긔(陰陽之氣)라. 이런고로 운셜(雲雪)이 상승(上昇)ᄒᆞ야 이슬이 사졀(四節)의 한졀(寒節) 조ᄎᆞ 음앙(陰陽) 두 긔운(氣運)이 합ᄒᆞ야 ᄌᆞ연(自然) 되ᄂᆞᆫ 것시오. 금목슈화토(金木水火土) 오ᄒᆡᆼ(五行)이 상ᄉᆡᆼ(相生)ᄒᆞ야 형형ᄉᆡᆨᄉᆡᆨ(形形色色)ᄒᆞ니 만물(萬物)을 화ᄉᆡᆼ(化生)ᄒᆞᄂᆞ니 텬지변화디리(天地變化之理)가 무궁(無窮)ᄒᆞ니라. 동셔남북(東西南北)이 잇스니 ᄉᆞ방(四方)이라. 동(東)은 쳥뎨(青帝) 룡왕(龍王)이 직혀잇고 셔(西)은 ᄇᆡᆨ뎨(白帝) 룡왕(龍王)이 직혀잇고 남(南)은 젹뎨(赤帝) 룡왕(龍王)이 직혀잇고 북(北)은 흑뎨(黑帝) 룡왕(龍王)이 직혀잇스니 즉금(至今) 이르기를 동은 쳥룡(青龍)이요 셔는 ᄇᆡᆨ호(白虎) 남은 쥬작(朱雀)이요 북은 현무(玄武)라 하며 츈하츄동 화위사졀(化爲四節)ᄒᆞ야 츈졀(春節)이 당(當)ᄒᆞ면 만물이 ᄉᆡᆼ(生)ᄒᆞ고 하졀(夏節)이 당(當)ᄒᆞ면 만물이 셩(盛)ᄒᆞ고 츄졀(秋節)이 당(當)ᄒᆞ면 만물이 익고 동졀(冬節)이 당ᄒᆞ면 만물이 감초이ᄂᆞ니 그런고로 ᄒᆞᄂᆞᆯ이 슈레박회 갓타야 츈하츄동 ᄉᆞ졀을 순환(循環)ᄒᆞᄂᆞ니라. 봄이 동의 속(屬)ᄒᆞᆫ 고(故)로 봄이 당ᄒᆞ면 동군(東君)이 목덕(木德)으로 왕(王)ᄒᆞ얏스니 푸른 붓ᄎᆡ로 부치면 쳥풍(青風)이 이러ᄂᆞ 풀이 나고 ᄭᅩᆺ치 발(發)ᄒᆞ며 여름이 남(南)의 속ᄒᆞᆫ고로 여름이면 쥬작(朱雀)이 화덕(火德)으로 왕(王)ᄒᆞ야 붉은 붓ᄎᆡ로 붓치면 훈풍(薰風)이 이러ᄂᆞ 텬하셩녈(天下盛熱)ᄒᆞ엿다가 츄졀(秋節)은 셔(西)의 속ᄒᆞᆫ고로 가을이 당ᄒᆞ면 ᄇᆡᆨ회(白虎) 금덕(金德)으로 왕(王)ᄒᆞ야 흰 붓ᄎᆡ로 붓ᄎᆡ면 츄풍(秋風)이 이러ᄂᆞ 노결위상(露結爲霜)ᄒᆞ니 ᄇᆡᆨ곡(百穀)이 다 익고 나무닙히 우러지고 동졀(冬節)은 북(北)의 속ᄒᆞᆫ고로 겨울을 당ᄒᆞ면 현뮈(玄武) 슈덕(水德)으로 왕(王)ᄒᆞ야 거문 붓ᄎᆡ로 붓치면 한풍(寒風)이 이러ᄂᆞ ᄇᆡᆨ셜(白雪)이 흔날니니 ᄯᅡ의 초목이 황낙(黃落)ᄒᆞ고 ᄇᆡᆨ쳔(百川)이 다 얼고 만물이 다 감초이ᄂᆞ니라. ᄇᆞᄅᆞᆷ은 ᄉᆞᄅᆞᆷ의 호흡(呼吸) 갓타야 쳔디의 긔운이 호로(活絡)[1]ᄒᆞ야 물과 구름은 음양 두 긔운이 합(合)ᄒᆞ야 이러ᄂᆞ고 물은 음긔(陰氣) ᄆᆡ즌 것시요, 안기는 짜 긔운이 우흐로 올ᄂᆞ 하날에 미쳐 오르지 못ᄒᆞ야 되는 것시요. 이슬은 날이 더우면 음양 두 긔운이 화(化)ᄒᆞ야 되고 치우면 셔리되고 더우면 긔운이 증울(蒸鬱)ᄒᆞ여 유연(悠然)히 구름지어 픽연(霈然)히 비 날이오고 찬긔운이 음음(陰陰)ᄒᆞ면 이슬이 ᄆᆡᄌᆞ 셔리되고 셔리가 인(因)ᄒᆞ여 눈이 되ᄂᆞ니라. 이런고로 하놀이 쉬실 ᄯᅢ 업고 텬지변화지긔(天地變化之理) 무궁ᄒᆞ니라. 네 이 글을 힘써 일그면 무궁(無窮)ᄒᆞᆫ 변화지리(變化之理)을 ᄌᆞ연(自然) 알니라."

ᄒᆞ신ᄃᆡ 증ᄌᆡ(曾子) 다시 ᄭᅮ러 ᄌᆡᄇᆡ(再拜) 왈

"션ᄉᆡᆼ의 가ᄅᆞ치심을 소ᄌᆡ(小子) 명심불망(銘心不忘)ᄒᆞ리이다. 황공(惶恐)ᄒᆞ오나 틱고(太古) 혼돈시졀(混沌時節) 일을 아라지이다."

공ᄌᆡ 가ᄅᆞ샤ᄃᆡ

"틱고시졀(太古時節)은 쳔디기벽(天地開闢) 후(後) 사ᄅᆞᆷ이 잇ᄉᆞ나 몸 덥플 의복(衣服)이 엇지 잇스리요. 벌건 몸이 우셜(雨雪)을 피(避)치 못ᄒᆞᆯ시 이ᄯᅢ 유쇼씨(有巢氏)[2] 잇셔 남글 얼거 ᄲᅧ 그 소옥(巢屋)의 거(居)ᄒᆞ게 ᄒᆞ고 그 후에 슈인씨(燧人氏)[3] 나셔 사ᄅᆞᆷ이 나무 열음을 먹고 ᄉᆞᄂᆞᆫ 냥(樣)을 보고 남글 부븨여 불을 너여 화식(火食)을 가ᄅᆞ치시니라. 이ᄯᅢ 글이 업 큰일 져근 일을 노흘 ᄆᆡᄌᆞ 보더니 틱호(太皞) 복희씨(伏羲氏)[4] 나셔 글을 ᄆᆡᆫ드러 노 밋든 정ᄉᆞ(政事)를 ᄃᆡ신(代身)ᄒᆞ시고 남녀(男女) 부부(夫婦)되ᄂᆞᆫ 녜(禮)를 가쥭으로ᄡᅧ 례(禮)를 삼아 가ᄅᆞ치시고 하슈(河水)의 룡마(龍馬) 나니 등 우의 문치(文彩)를

---

1) 통달하다는 뜻의 중국어 '활락(活絡)'을 중국어 발음대로 '호로'라고 읽은 것이다.

2) 중국 고대 전설속 세 사람의 제왕 중 한 명. 집과 건물을 발명한 사람이다.

3) 중국 고대 전설속 세 사람의 제왕 중 한 명. 불을 발견했고 눈이 세 개로 묘사되기도 한다.

4) 중국 고대 전설속 세 사람의 제왕 중 한 명. 이름은 태호(太皞)이며 복희(伏羲) 혹은 포희(包犧)라고도 한다. 짐승을 길들이는 법, 음식을 익혀먹는법, 그물을 쓰는 법, 사냥하는 법 등을 가르치고 결혼제도를 만들기도 했다고 전해진다.

보시고 팔괘(八卦)를 그려ᄂᆡ야 길흉(吉凶)을 알게ᄒᆞ시고 그물을 ᄆᆡᄌᆞ 고기 잡기를 가ᄅᆞ치시고 포쥬(庖廚)를 치우니 일홈을 포희(包犧)라 ᄒᆞᆫ지라. 오동(梧桐)으로 거문고를 ᄆᆡᆫ드러 녀와ᄡᅵ(女媧氏)ᄂᆞᆫ 져(笛)를 ᄆᆡᆫ든니라. 염제(炎帝) 신롱ᄡᅵ(神農氏) 나셔 나무를 ᄡᅡᆨ가 ᄯᅡ뷔를 ᄆᆡᆫ드러 비로소 밧갈기를 갈ᄋᆞ치시고 ᄇᆡᆨ 가지 풀을 맛보아 의슐(醫術)과 약(藥)을 두어 ᄉᆞᄅᆞᆷ의 병을 구안(救完)ᄒᆞ게 ᄒᆞ시며 날 가온ᄃᆡ 져ᄌᆞᄒᆞ기를 가ᄅᆞ쳐 게시고 그 후에 황제(黃帝) 헌원ᄡᅵ(軒轅氏) 나셔 창(槍)과 방ᄑᆡ(防牌)를 ᄆᆡᆫ드러 반(叛)ᄒᆞᄂᆞᆫ 제후(諸侯)를 쳐 항복(降伏)바드시니라."

ᄒᆞ신ᄃᆡ 증ᄌᆡ 다시 ᄭᅮ러 엿ᄌᆞ오ᄃᆡ

"황공(惶恐)ᄒᆞ오ᄂᆞ 제요(帝堯) 도당ᄡᅵ(陶唐氏)[5] 도덕(道德)을 드러지이다."

공ᄌᆡ 가ᄅᆞ사ᄃᆡ

"도당ᄡᅵ(陶唐氏) 어질미 하ᄂᆞᆯ갓고 그 아르시미 귀신(鬼神)갓흔지라. 도덕이 놉흐사 집을 지오ᄃᆡ 집지스락을 버히지 아니ᄒᆞ시고 토계(土階) 삼등(三等) 우의 거(居)ᄒᆞ시니라. ᄯᅳᆯ에 명협(蓂莢)[6]이라 ᄒᆞᄂᆞᆫ 풀이 잇스니 달 초ᄒᆞ로 날붓터 하로 한 닙식 십오일 ᄭᅡ지 나고 십뉵일붓터 하로 한 닙식 삼십일ᄭᅡ지 ᄯᅥ러지되 그 달이 져그면 ᄒᆞᆫ 닙히 일울고 ᄯᅥ러지지 아님을 보시고 일노 징험(徵驗)ᄒᆞᄉᆞ 열을과 쵸ᄒᆞ로 날을 알으시고 ᄯᅩ 지영(指佞)[7]이란 풀이 잇스니 그 풀이 간ᄉᆞᄒᆞᆫ ᄉᆞᄅᆞᆷ 보면 그 ᄉᆞᄅᆞᆷ을 가르쳐 일노 징험(徵驗)

---

5) 고대 이상적인 군주인 요임금. 성은 이기(伊祁) 호는 방훈(放勛)이다. 도와 당 지역에 근거하여 도당씨라고 부른다.

6) 요 임금 때 조정의 뜰에 났다는 풀의 이름. 『죽서기년』에 초하루부터 매일 한 잎씩 나서 자라다가 보름이 지난 16일부터는 매일 한 잎씩 져서 그믐에는 다 떨어지기 때문에 이것으로 날을 계산했다는 이야기가 전한다.

7) 굴일초. 요(堯) 임금 때에 굴일초(屈軼草)가 대궐 뜰에 돋아났는데, 아첨꾼[佞人]이 입조(入朝)하면 그쪽으로 방향을 돌려 가리켰으므로, 지녕초라고 불렀다는 전설이 진(晉)나라 장화(張華)의 ≪박물지(博物志)≫ 권4에 나온다.

ᄒᆞᄉᆞ 소인(小人)을 알아 니치시고 츙신(忠臣)을 쓰니 국틱민안(國泰民安)ᄒᆞ고 가급인족(家給人足)[8]ᄒᆞ야 쳔하틱평(天下泰平)ᄒᆞᆫ지라. 쳔하 다ᄉᆞ련지 오십년에 미복(微服)으로 강구(江口)의 노르실식 빅성의 격양가(擊壤歌)와 동유(童謠)을 다리시고 심(甚)히 즐겨하신지라. 즉위(卽位) 칠십이년의 아홉히 장마지고 ᄋᆞ들 단쥬(丹朱) 불초(不肖)ᄒᆞ거놀 쳔하 다ᄉᆞ리지 못ᄒᆞᆯ쥴 알고 졔슌(帝舜) 유우씨(有虞氏)게 젼이(傳位)ᄒᆞ신지라."

ᄒᆞ신딕 증지 ᄯᅩ 엿ᄌᆞ오딕

"졔슌(帝舜) 유우(有虞)[9]의 도덕을 드러지이다."

공지 ᄀᆞᄅᆞᄉᆞ딕

"도당씨(陶唐氏) 두 ᄯᆞᆯ이 잇스니 일홈은 아황(娥皇)과 녀영(女英)이라. 덕힝(德行)이 놉흐시고 두 ᄯᆞᆯ노써 유우씨(有虞氏)게 쳐(妻)ᄒᆞ시고 인(因)ᄒᆞ야 젼위(傳位)ᄒᆞ시니라. 슌(舜)의 부친은 일흠이 고쉬(瞽瞍)니 일즉 슌(舜)의 모친이 쥭으시니 후쳐(後妻)를 어더 아들 상(象)을 ᄂᆞ으니 고쉬(瞽瞍) 후쳐의 혹(惑)ᄒᆞ야 샹을 ᄉᆞ랑ᄒᆞ나 슌(舜)은 ᄉᆞ랑치 아니ᄒᆞᄂᆞᆫ지라. 상(象)의 모ᄌᆞ ᄉᆞ오ᄂᆞ와 고슈(瞽瞍)의게 참소(讒訴)ᄒᆞ야 슌을 쥭이고ᄌᆞ ᄒᆞ되 슌(舜)의 효힝(孝行)이 지극(至極)ᄒᆞᄉᆞ 증증(烝烝)히 예(乂)ᄒᆞ야 불격간(不格姦)ᄒᆞ시니라. 일일(一日)은 고쉬(瞽瞍) 슌(舜)을 쥭이랴 ᄒᆞ고 슌(舜)을 불러 지금 곳집의 올ᄂᆞ가 집을 이으라 ᄒᆞ니 슌(舜)이 니렴(內念)의 싱각ᄒᆞ되 '셩훈 집을 이으라 ᄒᆞ니 필경 ᄭᅬ 잇도다.' ᄒᆞ시고 부명(父命)을 거역지 못ᄒᆞ야 흔연(欣然)이 딕답ᄒᆞ고 집 우희 올나갈식 삿갓 셰초립(細草笠)을 쎠쓰고 올ᄂᆞ갓더니 상(象)의 모ᄌᆞ와 고슈(瞽瞍)가 의논ᄒᆞ고 집안 셰간을 다 치우고 집으 불을 노흐니 슌이 화셰

8) 집집마다 사람마다 모두 풍족한 것을 이른다.
9) 고대의 이상적인 군주인 순임금. 순임금의 성은 요(姚)고 이름 중화(重華)이다. 조상이 우(虞) 땅에서 살았기 때문에 유우씨라고 한다.

(火勢) 급(急)ᄒᆞ물 보고 초립(草笠)과 삿갓슬 좌우(左右)의 ᄭᅵ고 몸을 소소와 ᄂᆞ려 ᄯᅱ니 죽기를 면ᄒᆞᆫ지라. 상(象)의 모ᄌᆞ 그 죽지 아님물 앙앙(怏怏)ᄒᆞ야 ᄯᅩ 고슈(瞽瞍)의게 빅가지로 참소(讒訴)ᄒᆞ니 슌이 ᄆᆞ옴의 죽이랴 ᄒᆞᄂᆞᆫ 쥴 아ᄂᆞ 부명(父命)을 슌종(順從)ᄒᆞᄂᆞᆫ 효ᄌᆞ라. 거역지 못ᄒᆞ야 싀암을 치라 드러갈 싀 인간(隣間)의 친한 벗시 잇스ᄆᆡ 계교를 이르고 돈을 몸의 감쵸고 드러가 겻궁글 파인지라. 고슈(瞽瞍) 드려박을 드려보ᄂᆡ거ᄂᆞᆯ 슌이 잡것슬 박에 담고 그 우희 돈 두어 닙 식 언져 ᄂᆡ여 보ᄂᆡ니 고슈(瞽瞍)와 상(象)의 모ᄌᆞ 탐욕(貪慾)이 만흔고로 돈을 보고 그 속의 ᄯᅩ 돈 잇는가 ᄒᆞ야 슌슌(順順)이 어더 보ᄂᆞᆫ 져음에 가장 더딘지라. 그 싀이에 겻궁기 열니거ᄂᆞᆯ 슌(舜)이 그 궁그로 ᄂᆞ간지라. 고슈 돈 업스믈 보고 돌그로 싀암을 다 메오고 '죽도다' ᄒᆞ얏더니 ᄉᆞ라 나가 즉시 하빈(河濱)으로 가 질그릇슬 구어 장으로 팔나 단니다가 일일(一日)은 장에 가니 상(象)의 뫼(母) 안암(眼暗)ᄒᆞ야 막ᄃᆡ을 집고 비러 먹거ᄂᆞᆯ 슌(舜)이 보시고 놀ᄂᆞ 참혹히 너겨 나아가 무러 왈 '안암ᄒᆞᆫ 녀인은 져럿탓 비러먹는 경상(景狀)이 참혹(慘酷)ᄒᆞ여이다. 엇지ᄒᆞ야 져리 되얏ᄂᆞᆫ니잇가' 샹의 뫼 답왈 '불ᄒᆡᆼ(不幸)ᄒᆞ야 젹환(賊患)도 보고 ᄯᅩ 화지(火災)도 보고 가산(家産)을 탕진(蕩盡)ᄒᆞᆫ 가온ᄃᆡ 가뷔 ᄯᅩ 안암병칩(眼暗病蟄)ᄒᆞ야 운신(運身)치 못ᄒᆞᆷ으로 ᄂᆡ 홀노 단이며 비러다가 가부(家夫)을 먹이ᄂᆞ이다.' 슌이 드리시고 눈물을 지이고 이르되 '드르ᄆᆡ 정상(情狀)이 가긍ᄒᆞ니 ᄒᆞᆫ 장 동안 먹을 양식을 쥴 거시니 가져가소셔.' ᄒᆞ고 ᄊᆞ지으며 이르되 '훗장의 ᄯᅩ 오소셔.' ᄒᆞ니 상(象)의 뫼(母) 고두빅비(叩頭百拜)ᄒᆞ고 가셔 훗장의 ᄯᅩ 오니 슌이 보시고 안부를 무른 후의 ᄯᅩ ᄒᆞᆫ 장 동안 먹을 양식을 싸 지으며 '훗장에 ᄯᅩ 오소셔.' ᄒᆞ고 이러타시 구급(救急)ᄒᆞ기를 여러 슌(旬)허니 샹의 뫼 불승감격(不勝感激)ᄒᆞ고 슈(瞍)의게 칭송(稱頌)ᄒᆞ니 고슈(瞽瞍) 일으되 훗번은 그 ᄉᆞ롬을 아모조록 다려오라 ᄒᆞᆫᄃᆡ 상(象)의 뫼 이말을 듯

후에 장에 가니 양식(糧食)을 쥬거ᄂᆞᆯ 슌(舜)을 붓들고 일으되 '가부 안암ᄒᆞ고 병칩(病蟄)ᄒᆞ야 쟝의 오지 못ᄒᆞ기로 하희(河海)갓튼 은혜를 ᄉᆞ례(射禮)코ᄌᆞ ᄒᆞ야 뫼셔오라 ᄒᆞ오니 슈고를 앗기지 말고 가ᄉᆞ이다.' 간쳥ᄒᆞ니 이ᄂᆞᆫ ᄯᅩ 부명(父命)이라 아니가지 못ᄒᆞ야 갈ᄉᆡ 집의 당(當)ᄒᆞᄆᆡ 은인이 왓단 말을 듯고 치ᄉᆞ(致辭)코ᄌᆞ 나와 소ᄅᆡ를 드르니 어음(語音)이 분명ᄒᆞᆫ 슌(舜)이라 고슈(瞽瞍) 듯고 반겨 황망(慌忙)이 이러ᄂᆞ 붓들고 '네가 슌(舜)인다.' ᄒᆞᆯ ᄌᆞ음의 샹의 뫼 ᄯᅩᄒᆞᆫ 슌(舜)인가 하고 붓들졔 두 ᄉᆞᄅᆞᆷ의 눈이 일시의 열니니 져의 부부(夫婦)에 일을 ᄉᆡᆼ각ᄒᆞ면 고금에 업는 몹쓸 짓시여ᄂᆞᆯ 엇지 져의 일노야 문이 열닐가 보냐. 이ᄂᆞᆫ 다 슌의 지극ᄒᆞᆫ 효셩(孝誠)을 하ᄂᆞᆯ이 감동(感動)ᄒᆞ심이라. 너희들도 슌(舜)의 지효(至孝)ᄒᆞ신 셩덕(盛德)을 본바들지어다. 슌이 역산(歷山)의 밧가르실ᄉᆡ ᄇᆡᆨ셩이 밧두둑을 ᄉᆡ양(辭讓)ᄒᆞ고 하빈(河濱)에 질그릇 구실ᄉᆡ 그릇시 조곰도 흠이 업고 ᄇᆡᆨ셩이 임군되기를 축슈(祝壽)ᄒᆞ니 슌이 ᄉᆡ양(辭讓)ᄒᆞ야 위(位)을 남양(南河)[10]의 피(避)ᄒᆞ셧다가 부득이 ᄃᆡ위(大位)에 즉(卽)ᄒᆞ시니 ᄉᆞ희(四海) 다 슌인군의 셩덕(聖德)을 우러러 셔로 칭송(稱頌)ᄒᆞ니 고금(古今)의 쳐음이라. 슌(舜)이 오현금(五絃琴)을 타시고 남풍시(南風詩)를 지으시니 그 시예 가라ᄉᆞᄃᆡ '남풍(南風)이 더우미여! 우리 ᄇᆡᆨ셩의 온로ᄒᆞ물 풀니로다. 남풍이 ᄯᅢ로 ᄒᆞ미여! 우리 ᄇᆡᆨ셩이 ᄌᆡ물(財物) 두터이 ᄒᆞ리로다.'[11] 이 곡조일셩(曲調一聲)의 봉황(鳳凰)이 ᄂᆞ려와 츔츄니 ᄇᆡᆨ셩이 듯고 질기며 '슌인군이 하ᄂᆞᆯ갓도다.' 그러ᄒᆞ되 그 아들 샹균(象均)이 어지지 못ᄒᆞ야 ᄃᆡ위(大位)를 잇지 못ᄒᆞᆯ 쥴 알고 하우씨(夏禹氏)게 전위(傳位)ᄒᆞ시고 남으로 슌ᄒᆡᆼ(巡幸)ᄒᆞ사 창오야(蒼梧野)의 붕(崩)ᄒᆞ시니 구의산(九疑

10) 요의 도읍 이남의 강이라는 뜻이다.

11) 『예기』에 순임금이 오현금을 처음으로 만들어 남풍가를 불렀다고 전한다. "훈훈한 남쪽 바람이여, 우리 백성의 고단함을 풀어 주기를. 제때에 부는 남풍이여, 우리 백성의 재산을 늘려 주기를.(南風之薰兮 可以解吾民之慍兮 南風之時兮 可以阜吾民之財兮)"

山)에 안장(安葬)ᄒᆞ신 후 두 황후(皇后) 슌을 잇지 모ᄒᆞ야 소상강(瀟湘江)의 가두 손을 마조 잡고 ᄋᆡ토(哀慟)ᄒᆞ며 눈으로 피를 흘녀 소상강 슈풀의 ᄲᅮ리니 그 고젹(古跡)이 지금 쇼샹강 반쥭(斑竹)의 잇ᄂᆞ니라."

ᄒᆞ신ᄃᆡ 증ᄌᆡ ᄯᅩ 엿ᄌᆞ오ᄃᆡ

"하우씨(夏禹氏)[12]는 ᄯᅩ 엇더ᄒᆞᆫ 인군이시니잇고."

공ᄌᆡ 가ᄅᆞᄉᆞᄃᆡ

"하우씨는 슌(舜)의게 위(位)을 바드실 ᄉᆡ 즉위(卽位)ᄒᆞ신 후로 츙간(忠諫)을 드르시면 허리를 굽혀 졀ᄒᆞ시고 혹 나ᄋᆞ가실ᄉᆡ 죄인(罪人)을 보시면 슈리ᄋᆞ릐 나려 죄인을 붓들고 통곡(慟哭)ᄒᆞᄉᆞ 갈ᄋᆞᄉᆞᄃᆡ '요슌(堯舜)젹 ᄉᆞ롬은 그 인군이 어질기로 ᄯᅩᄒᆞᆫ ᄇᆡᆨ셩이 어지러 죄의 범(犯)치 아니ᄒᆞ더니 과인(寡人)이 인군(人君)되여ᄂᆞᆫ 덕이 업기에 너의 죄(罪)의 범(犯)ᄒᆞ엿스니 이ᄂᆞᆫ ᄂᆞ의 허물이라. 일노 슬허노라.' 하시고 죄인을 금(金)을 쥬고 경계(警戒)ᄒᆞ야 노흐시니 ᄇᆡᆨ셩이 다 이 말을 듯고 감격ᄒᆞ야 도젹(盜賊)이 업고 쳔ᄒᆡ(天下) ᄐᆡ평(太平)ᄒᆞᆫ지라. 하우씨(夏禹氏)의 쳡은 의젹(儀狄)이니 문득 슐을 비져 드리니 하우씨(夏禹氏) 맛보시고 '후셰(後世)예 이 슐노ᄡᅧ 망국(亡國)ᄒᆞ리 잇스리라.' ᄒᆞ시고 드듸여 의젹(儀狄)을 ᄂᆡ치시니라. 하우씨(夏禹氏) 아홉 고을 쇠를 거두어 구졍(九鼎)을 ᄆᆡᆫ드러 보니 그 즁슈(重數)가 일만 오쳔 근이라. ᄇᆡ를 타고 강을 건너실ᄉᆡ 황룡(黃龍)이 ᄇᆡ를 지고 물을 건너지 못ᄒᆞ게 ᄒᆞ니 하우씨(夏禹氏) 하늘을 우러러 탄식 왈 'ᄂᆡ 하늘ᄭᅴ 명을 바다 힘을 다ᄒᆞ야 쳔하를 다ᄉᆞ리더니 셰상의 사라잇ᄂᆞᆫ 것슨 붓쳐 잇ᄂᆞᆫ 것 갓고 쥭으믄 도라감 갓도다.' ᄒᆞ시고 룡(龍)을 져근 비암 보시듯 ᄒᆞ시니 룡(龍)이 머리를 슈기고 ᄭᅩ리을 ᄂᆞ즈기 ᄒᆞ야 다라ᄂᆞᆫ지라. 남으로 슌ᄒᆡᆼ(巡幸)ᄒᆞ야 회계산

12) 요임금의 신하로 요임금의 뒤를 이어 제위에 오른 왕. 요임금 당시 큰 홍수가 여러해 일어났는데 물길을 다스려 홍수를 예방하였다. 그 공으로 임금이 되었다.

(會稽山)의 이르러 붕(崩)ᄒᆞ시니라."

ᄒᆞ신ᄃᆡ 증직 다시 ᄭᅮ러 비ᄉᆞ 왈

"션싱의 가ᄅᆞ치심을 듯ᄌᆞ오니 흉즁(胸中)이 열니도소이다. ᄯᅩ 황숑(惶悚)ᄒᆞ오ᄂᆞ 하걸(夏桀)[13]의 무도(無道)를 드러지이다."

공직 ᄀᆞᄅᆞᄉᆞᄃᆡ

"걸(桀)을 하우씌 십ᄉᆞᄃᆡ 손이라 용력(勇力)이 과인(過人)ᄒᆞ야 능히 굽은 쇠고리를 펴ᄂᆞᆫ지라. 위(位)예 거(居)ᄒᆞ야 ᄇᆡᆨ셩을 살히(殺害)ᄒᆞ며 포학(暴虐)을 일 삼으ᄆᆡ ᄆᆡ희(妺嬉)라 ᄒᆞᄂᆞᆫ 계집의게 고혹(蠱惑)ᄒᆞ야 구슬궁과 구슬ᄃᆡ를 무으고 ᄇᆡᆨ셩의 ᄌᆡ물(財物)을 아ᄉᆞ 고기로 슈풀을 짓고 슐노 못슬 ᄆᆡᆫ드러 깁기 능히 ᄇᆡ를 옴길지라. ᄆᆡ희(妺嬉) 일노ᄡᅥ 즐겨 ᄒᆞ물 삼게 ᄒᆞ미라. 국인(國運)이 크게 문어지거놀 은왕(殷王) 셩탕(成湯)이 치시니 걸이 명조(鳴條)의 다라 죽다."

ᄒᆞ시니 증직 ᄯᅩ 엿ᄌᆞ오ᄃᆡ

"셩탕(成湯)[14]은 엇더ᄒᆞ신 인군이시니잇가."

공직 가ᄅᆞᄉᆞᄃᆡ

"은왕(殷王) 셩탕(成湯)은 그 모친이 졔비 알을 보고 삼켯더니 인(因)ᄒᆞ야 슈틱(受胎)ᄒᆞ야 셩탕(成湯)을 ᄂᆞ으니 탕(湯)의 도덕이 ᄯᅩ한 슌(舜)의게 갓가온지라. 탕(湯)이 ᄂᆞ가실식 길가에 여러 ᄉᆞ름들이 ᄉᆞ면(四面)으로 그물을 싸고 비러 왈 '다 너 그물에 들나.' ᄒᆞ거놀 탕(湯)이 보시고 왈 '슬프다, 져 짐싱이여! 다 진(盡)ᄒᆞ리로다.' ᄒᆞ시고 그물 셰면을 푸러 놋코 다시 비러 왈 '좌변(左邊)으로 갈 식여든 좌변으로 가고 우변(右邊)으로 갈 식여든 우

13) 하나라의 마지막 임금으로 대표적인 폭군이다. 술로 연못을 만들고 고기로 숲을 만든 주지육림이란 단어를 만든 장본인이다.

14) 은나라의 초대 임금. 고대 상족(商族)의 우두머리로 하나라의 마지막 왕이자 폭군 걸을 죽여 하나라를 멸망시키고 은나라를 세웠다.

변으로 가고 쥭고져 ᄒᆞᄂᆞᆫ 식여든 이 그물의 들ᄂᆞ.' ᄒᆞ시거놀 보ᄂᆞᆫ 사름이 탕(湯)의 성덕(盛德)이 지극ᄒᆞ다 츅슈(祝壽)ᄒᆞ며 이로ᄃᆡ '셩현(聖賢)은 짐싱의도 도덕이 밋난다.' ᄒᆞ더니 이윤(伊尹)이 탕을 도와 걸(桀)을 쳐 남소(南巢)의 ᄂᆡ친ᄃᆡ 졔휘(諸侯) 탕을 놉혀 쳔ᄌᆞ위(天子位)에 즉(卽)ᄒᆞ신지라. 이젹의 큰 가뭄이 일곱힝를 ᄒᆞ거놀 ᄐᆡᄉᆞ(太史)로 ᄒᆞ야곰 졈(占)ᄒᆞ실ᄉᆡ ᄐᆡ시(太史) 졈(占)ᄒᆞ야 왈 '맛당이 ᄉᆞ름으로 ᄡᅥ 졔(祭)ᄒᆞ라.' ᄒᆞ니 탕(湯)이 ᄀᆞᄅᆞᄉᆞᄃᆡ 'ᄂᆡ 쳥(請)ᄒᆞᄂᆞᆫ 밧 ᄌᆞᄂᆞᆫ ᄇᆡᆨ셩이니 만일 반다시 ᄉᆞ름으로 ᄡᅥ 빌진ᄃᆡ ᄂᆡ 몸소 스스로 당ᄒᆞ리라.' ᄒᆞ시고 친히 모욕직계(沐浴齋戒)ᄒᆞ시고 젼조단발(剪爪斷髮)ᄒᆞᄉᆞ 몸의 흰 ᄯᅴ를 ᄯᅴ시고 몸이 희싱(犧牲)이 되ᄉᆞ 상림원(桑林院) ᄯᅳᆯ에 ᄂᆞ아가 여섯가지 일노ᄡᅥ ᄌᆞ칙(自責)ᄒᆞ야 츅문(祝文) 지어 지셩(至誠)으로 졔ᄒᆞ시니 츅문(祝文)이 맛지 못ᄒᆞ야 크비 슈쳔니을 고로 오다 ᄒᆞ니라. 탕(湯)이 붕(崩)ᄒᆞ시니 아들 ᄐᆡ갑(太甲)이 즉위ᄒᆞ야 크게 무도(無道)ᄒᆞ거놀 이윤(伊尹)이 경계(警戒)코ᄌᆞ ᄒᆞ야 동궁(東宮)에 ᄂᆡ쳣더니 삼년후에 회과(悔過)ᄒᆞ야 어진 인군되엿스니 이윤(伊尹)은 만고의 드문 셩인이라."

ᄒᆞ신ᄃᆡ 증ᄌᆡ ᄯᅩ 엿ᄌᆞ오ᄃᆡ

"이윤(伊尹)[15]과 부열(傅說)[16]의 근본(根本)을 알아지이다."

공ᄌᆡ ᄀᆞᆯᄋᆞᄉᆞᄃᆡ

"이윤(伊尹)은 ᄲᅩᆼ나무 속으로 나온 ᄉᆞ름이니 셩탕(成湯)을 도와 쳔하를 평졍(平定)케 ᄒᆞᆫ 어진 성현이요. 부열(傅說)은 일즉 간신(艱辛)ᄒᆞ야 담ᄊᆞ키를 일삼더니 무뎡(武丁)이 그 어지물 듯고 담ᄊᆞᆺᄂᆞᆫ ᄃᆡ ᄎᆞᄌᆞ가 벼살을 졍승(政丞)을 삼을 ᄉᆡ 부열(傅說)이 무졍(武丁)을 도와 쳔하을 평졍ᄒᆞ엿ᄂᆞᆫ이라."

15) 은나라의 명재상. 탕왕을 도와 하나라의 폭군 걸을 멸망시켰다.
16) 은나라 고종 때의 재상이다. 토목공사 일꾼이었는데, 재상으로 등용되어 은나라를 중흥시켰다.

ᄒᆞ신ᄃᆡ 증ᄌᆡ 엿ᄌᆞ오ᄃᆡ

"쥬(紂)[17]의 무도(無道)ᄒᆞ물 알아지이다."

공ᄌᆡ ᄀᆞᄅᆞᄉᆞᄃᆡ

"은(殷)ᄂᆞ라 쥬(紂)는 셩탕(成湯)의 후녜(後裔)라. ᄃᆡᄃᆡ(代代)로 이어셧더니 음학무도(淫虐無道)ᄒᆞ야 소달긔(蘇妲己)게 요혹(妖惑)ᄒᆞ야 그 소원(所願)을 다 듯는지라. ᄇᆡᆨ셩의게 공셰(貢稅)를 과(過)이 바다 녹ᄃᆡ(鹿臺)의 ᄌᆡ물을 실히ᄒᆞ고 거교(鉅橋)의 곡식 ᄎᆞ게ᄒᆞ고 동산의 ᄃᆡ를 놉히ᄒᆞ여 슐노 못슬 삼고 고기로 슈풀을 삼아 긴 밤을 질기며 포학(暴虐)이 날노 심ᄒᆞᆫ지라. 졔휘(諸侯) 간(諫)ᄒᆞᄂᆞᆫ ᄌᆡ 잇스면 소달긔(蘇妲己) 말을 듯고 그 간ᄒᆞᆫ ᄌᆞ를 형벌(刑罰)ᄒᆞ되 구리 기둥에 기름을 바르고 숫불노 달은 후에 죄인을 기동에 오르라 ᄒᆞ니 인(因)ᄒᆞ야 올ᄂᆞ가다가 불에 ᄯᅥ러져 죽으니 소달긔(蘇妲己) 이것슬 보고 크게 질겨 ᄒᆞ니 쥐(紂) 달긔의 질겨ᄒᆞ물 도아 음학(淫虐)이 졈졈(漸漸) 더 심(甚)ᄒᆞᆫ지라. 서형(庶兄) 미ᄌᆡ(微子)[18] 간(諫)ᄒᆞ되 듯지 아니ᄒᆞ고 비간(比干)[19]이 연삼일(連三日) 힘ᄡᅥ 간ᄒᆞ며 가지 아니ᄒᆞ거ᄂᆞᆯ 소달긔(蘇妲己) 쥬를 가라쳐 왈 '쳡은 듯ᄌᆞ오니 츙신(忠臣)은 ᄆᆞ음 가온ᄃᆡ 일곱 궁기 잇다 ᄒᆞ오니 이졔 비간의 ᄇᆡ를 ᄣᅵ고 그 츙간ᄒᆞᄂᆞᆫ 염통을 보랴 노라.' ᄒᆞ니 비간(比干)이 조곰도 안ᄉᆡᆨ(顔色)을 변치 아니ᄒᆞ고 흔연(欣然)이 ᄇᆡ를 ᄣᅵ고 염통을 ᄂᆡ여 들고 죽으니 비간(比干)의 츙셩을 뉘 아니 칭찬ᄒᆞ리오. 일일은 쥐(紂) 소달긔(蘇妲己)로 더부러 놉픈 루(樓)의 올ᄂᆞ 슐먹고 질기더니 달긔(妲己) 멀

17) 은나라의 마지막 왕. 폭군의 대명사로 쓰인다. 본명은 제신(帝辛)인고 주(紂)는 시호인데 무도한 임금에게 주어지는 것이다.

18) 은나라의 마지막 임금 주의 이복형. 은나라가 멸망한 뒤에 송나라의 제후로 봉해졌다. 비간 기자와 함께 은나라 말기이 충신이자 어진 사람으로 꼽힌다.

19) 은나라의 충신. 주 무왕은 은나라를 멸망시킨 후 비간의 무덤을 정비해 주었고 비간의 아들에게 임(林)씨 성을 하사해 주어 임씨의 조상이 되었다.

니 ᄇᆞ라보니 ᄒᆞᆫ 계집이 ᄌᆞ식(子息) ᄇᆡ고 가거ᄂᆞᆯ 쥬의게 엿ᄌᆞ오ᄃᆡ '져 가ᄂᆞᆫ 계집이 이러ᄂᆞᆯ 졔 왼다리을 먼져 이러ᄂᆞ니 아달 ᄇᆡ기 분명ᄒᆞ여이다. 쳡의 말삼을 밋지 아니ᄒᆞ거든 그 계집을 잡아다가 ᄇᆡ를 ᄣᅡ 보소셔.' ᄌᆔ(紂) 그 말을 좃ᄎᆞ 그 계집을 잡아다가 ᄇᆡ를 ᄣᅡ 보니 과연 아들이어ᄂᆞᆯ 일노 더욱 달긔(妲己) 말을 신쳥(信聽)ᄒᆞᄂᆞᆫ지라. 학졍(虐政)이 이럿탓 ᄒᆞ고 엇지 망(亡)치 아니ᄒᆞ리요. 무왕(武王)이 나셔 쥬를 쳐 목야(牧野)에 ᄂᆡ여 죽이시고 달긔(妲己)를 쳐 참(斬)ᄒᆞ시니 ᄶᅩ리 아홉가진 여회라."

공ᄌᆡ 말삼을 맛츠시고 기리 탄식ᄒᆞ야 가라ᄉᆞᄃᆡ

"걸쥬(桀紂) 갓튼 ᄌᆡ 인군의 잇셔 쳔하를 어즈러이 ᄒᆞ니 그 ᄯᆡ ᄇᆡᆨ셩이 엇지 편ᄒᆞᆯᄯᆡ 잇스리요. ᄂᆡ 이제 도덕(道德)을 닷가 ᄯᆡ를 만ᄂᆞ지 못ᄒᆞ니 엇지 ᄒᆞᆫ심치 아니ᄒᆞ리요."

ᄒᆞ신ᄃᆡ 증ᄌᆡ ᄯᅩ 엿ᄌᆞ오ᄃᆡ

"무왕(武王)[20]의 도덕을 드러지이다."

공ᄌᆡ 가ᄅᆞᄉᆞᄃᆡ

"쥬(周) 무왕(武王)은 후직(后稷)의 십뉵셰 손이라. 후직의 모친 강원ᄡᅵ(姜嫄氏)가 우연이 ᄂᆞ갓다가 ᄉᆞ롬의 소ᄅᆡ를 듯고 ᄆᆞ옴의 늣겨 그 달붓터 ᄐᆡ긔(胎氣) 잇셔 십삭(十朔) 만의 ᄂᆞ으니[21] 아비 업ᄂᆞᆫ ᄌᆞ식이 고이타 ᄒᆞ야 조분 고을에 ᄇᆞ렷더니 길에 왕ᄅᆡ(往來)ᄒᆞᄂᆞᆫ 우마(牛馬)가 밥지 아니ᄒᆞ고 피(避)ᄒᆞ야 가거ᄂᆞᆯ 다시 다려ᄃᆞ가 어름 우의 노아 어러 죽게 ᄒᆞ엿더니 믄득 하ᄂᆞᆯ노셔 학(鶴)이 ᄂᆞ려와 한 날ᄀᆡ로 덥고 ᄒᆞᆫ 날ᄀᆡ로 ᄶᅡ라 찬 긔운이 업게

---

20) 은나라를 멸망시키고 주나라를 건국한 왕. 성(姓)은 희(姬)이고 이름은 발(發)이다. 은나라의 제후국이던 주(周)나라 문왕(文王) 희창(姬昌)의 둘째아들이다. 희창 곧 문왕은 은나라의 제후였으나 무왕이 천자가 된 후 아버지를 높혀 왕으로 칭한 것이다.

21) 『사기』 주나라 본기에 따르면 제곡의 정비인 강원이 들에 나가 거인의 발자국을 밟아 임신해 1년 만에 아이를 낳았다고 하고 있어 본문의 내용과 다르다.

ᄒᆞ니 신긔(神機)롭다 ᄒᆞ야 도로 갓다가 길넛더니 그 후손이 ᄂᆞ셔 무왕이 된지라. 강ᄐᆡ공(姜太公)이 무왕(武王)을 도와 쥬(紂)를 쳐 멸(滅)ᄒᆞ고 무왕(武王)이 쳔ᄌᆞ(天子) 되ᄉᆞ 쳔ᄒᆡ(天下) ᄐᆡ평(太平)ᄒᆞᆫ지라. ᄇᆡᆨ셩이 안락(安樂)ᄒᆞ고, 이웃 나라 ᄉᆞ룸이 셔로 밧츨 닷토와 결단(決斷)치 못ᄒᆞ야 무왕(武王)ᄭᅴ 결송(決訟)ᄒᆞ랴 ᄒᆞ고 올ᄉᆡ 나라 지경(地境)의 당ᄒᆞ니 그 나라 ᄉᆞ룸들이 셔로 밧츨 사양(辭讓)ᄒᆞ고 가지기를 탐(貪)치 아니ᄒᆞ고 다만 화락(和樂)ᄒᆞ기를 조히 너기니 송ᄉᆞ(訟事) 오든 ᄉᆞ룸들이 그 어지믈 보고 도로혀 붓그려 무왕(武王)의 덕이 크게 ᄇᆡᆨ셩의게 밋치믈 칭찬ᄒᆞ고 도라가 무왕의 ᄇᆡᆨ셩을 본바다 무왕의 어진 덕을 타국가지 밋고 ᄯᅩ 쥬공(周公)은 무왕(武王)의 아오라. 츙셩(忠誠)을 갈력(竭力)ᄒᆞ시더니 그 형 관슉(管叔)이 와 ᄎᆡ슉(蔡叔)이 셔로 더부러 죠졍(朝庭)을 어즈러이 ᄒᆞ야[22] ᄇᆡᆨ셩이 견ᄃᆡ지 못ᄒᆞ거놀 쥬공(周公)이 나라을 위ᄒᆞ야 할일 업셔 쳔ᄌᆞ(天子)ᄭᅴ 쥬달(奏達)ᄒᆞ고 그 형을 버히고 쳔하(天下)를 평졍(平定)케 ᄒᆞ시며 무왕 붕(崩)ᄒᆞ신 후에 ᄐᆡᄌᆞ 셩왕(成王)이 셔니 나히 어리기로 졍ᄉᆞ(政事)를 ᄒᆡᆼ(行)치 못ᄒᆞ여 쥬공(周公)이 셩왕(成王)을 도아 졔후(諸侯)의게 조공(朝貢)을 바드며 졍ᄉᆞ(政事)를 ᄒᆡᆼ(行)ᄒᆞ시더니 셩왕이(成王) 장셩(長成)ᄒᆞ시미 졍ᄉᆞ(政事)를 밧친니라."

ᄒᆞ신ᄃᆡ 증지 ᄯᅩ 엿ᄌᆞ오ᄃᆡ

"위슈(渭水) 빈(濱)의 강ᄐᆡ공(姜太公)[23]은 엇더ᄒᆞᆫ 도덕이니잇고."

공지 ᄀᆞᄅᆞᄉᆞᄃᆡ

22) 『사기』 관채세가에 따르면주나라 초기에 상나라의 유민을 관할한 무경 녹보와, 녹보의 감시를 맡은 관숙과 채숙 등이 서주 성왕을 보좌한 주공 단에 대항하여 반란을 일으켰고 하고 있어 본문의 내용과 다르다.

23) 서주 초기의 정치가이자 공신. 성은 강(姜), 이름은 상(尙) 또는 망(望), 자는 자아(子牙)이다. 무왕을 도와 은나라를 정벌하여 천하를 평정했고 그 공으로 제(齊)에 봉해져 제나라의 시조가 되었다.

"금일의 널노 더브러 고금(古今) 흥망성쇠(興亡盛衰)를 의논(議論)ᄒᆞ고 션불션(善不善)을 의논(議論)ᄒᆞ니 ᄆᆞᄋᆞᆷ이 쳑연(惕然)ᄒᆞ도다."

ᄒᆞ시거ᄂᆞᆯ 증ᄌᆡ 팔을 드러 ᄌᆡ비 왈

"무삼 쳑연ᄒᆞ시미 겨시니잇가"

공ᄌᆡ ᄀᆞᄅᆞᄉᆞᄃᆡ

"ᄉᆞᄅᆞᆷ이 션도(善道)를 힝ᄒᆞ면 요슌(堯舜)과 하우ᄡᅵ(夏禹氏) 성덕(聖德)을 본바들게요 불의(不義)를 힝ᄒᆞ면 걸쥬(桀紂)의 포학(暴虐)을 비ᄒᆞ리라. 그 오름과 글음을 탄식ᄒᆞᄂᆞ니 네 ᄂᆞ히 십셰(十歲) 젼(前)이ᄂᆞ 나의 교훈을 잇지 말ᄂᆞ. ᄂᆡ 오ᄂᆞᆯ 너를 ᄃᆡ(對)ᄒᆞ여 고금(古今)을 일으리라. 강ᄐᆡ공은 궁곤(困窮)ᄒᆞᆫ 노인이라. 당년 팔십의 ᄣᆡ를 만ᄂᆞ지 못ᄒᆞ야 고든 낙시 삼쳔을 ᄆᆡᆫ드러 낫지면 위슈(渭水)의 낙시질ᄒᆞ고 밤이면 집의셔 글만 공부ᄒᆞ고 가ᄉᆞ(家事)를 도라 보지 아니ᄒᆞ니 그 쳐 마ᄡᅵ(馬氏) 조셕(朝夕) 의논(議論)ᄒᆞ물 이긔지 못ᄒᆞ야 광쥬리를 ᄎᆞ고 묵은 밧츨 단이며 강피를 훌터다가 겨유 연명(延命)ᄒᆞ며 ᄐᆡ공(太公)의 가ᄉᆞ(家事)를 돌보지 아니ᄒᆞ물 원망(怨望)이 무궁(無窮)ᄒᆞᆫ지라. 일일은 ᄐᆡ공(太公)이 ᄆᆞᄋᆞᆷ의 혜오ᄃᆡ '마ᄡᅵ(馬氏) 이러탓 나를 구박ᄒᆞ니 그 ᄆᆞᄋᆞᆷ을 시험ᄒᆞ리라' ᄒᆞ고 요슐(妖術)을 베푸러 크게 비를 ᄂᆞ리오니 이 ᄣᆡ 마ᄡᅵ 무근 밧테셔 강피를 훌다가 소낙비를 피ᄒᆞᆯ 길 업셔 밧비 집으로 도라오니 말니든 고식이 물의 다 써ᄂᆞ가고 업ᄂᆞᆫ지라 이러ᄒᆞ되 ᄐᆡ공(太公)은 글만 공부ᄒᆞ고 도라본 쳬 아니ᄒᆞ얏거ᄂᆞᆯ 마ᄡᅵ(馬氏) ᄃᆡ로(大怒)ᄒᆞ야 ᄐᆡ공(太公)을 ᄭᅮ지져 왈 '이 늘근 필부(匹夫)야. 비물의 곡식이 다 써ᄂᆞ가되 거두지 아니ᄒᆞ고 글만 공부ᄒᆞ고 안ᄌᆞ시니 조셕(朝夕)을 무엇스로 참기라 ᄒᆞᄂᆞᆫ다. 너갓튼 몹쓸 것슬 엇지 가부(家夫)라 밋고 ᄉᆞᆯ니요. 나ᄂᆞᆫ 다른 ᄃᆡ로 가랴 ᄒᆞ니 너는 잘 살ᄂᆞ' ᄒᆞ거ᄂᆞᆯ ᄐᆡ공이 비러 왈 '조강지쳐(糟糠之妻)ᄂᆞᆫ 불하당(不下堂)이라 ᄒᆞ엿ᄂᆞ니 ᄂᆡ 고든 낙시 삼쳔의셔 이졔 다만 열낫치 나마시니 불과 슈삼일(數三日)이면 마즈 업셔질 거시니 그 쎠를 기다려 영귀(榮貴)ᄒᆞ미 엇더ᄒᆞ뇨.' 마씨 넝소지(冷笑之) ᄒᆞᄂᆞᆫ지라. 틱공(太公)이 기탄(慨嘆)쑨일너니 미과슈일(未過數日)의 열낫 낙시 업셔지ᄂᆞᆫ지라. 틱공(太公)이 갈건츄의(葛巾麤衣)로 위슈빈(渭水濱)의 안즈 한가이 조으더니 이쎠 쥬무왕(周武王)이 산양ᄒᆞ시다가 틱공을 위슈변(渭水邊)의 맛ᄂᆞ 슈릭에 시러다가 스승을 삼고 상뵈(尙父)라 칭ᄒᆞ니 틱공이 무왕을 도아 쳔하를 평정ᄒᆞ고 뉵도삼낙(六韜三略)을 지어 ᄉᆞ방(四方)을 졍벌(征伐)ᄒᆞ니 일흔이 ᄉᆞ히(四海)에 진동(振動)ᄒᆞ고 현셩(賢姓)이 고금의 현달(顯達)ᄒᆞᆫ지라. 쳔하를 평졍ᄒᆞᆫ 후의 틱공(太公)으로 졔왕(齊王)을 봉(封)ᄒᆞ시니 졔국(齊國)으로 갈시 마춤 길에 가ᄂᆞᆫ 녀인을 보니 마씨(馬氏) 슐그릇술 이고 가거날 틱공이 하인을 분부ᄒᆞ여 마씨(馬氏)를 부르니 그 위엄(威嚴)이 졔후듕(諸侯中) 읏듬이라. 마씨(馬氏) 그 위엄의 황겁(惶怯)ᄒᆞ여 슐광쥬리를 닛여버리고 아모란 쥴을 모르고 가거놀 틱공이 불너 왈 '네 날을 아ᄂᆞᆫ다' 마씨 눈을 들어 이식이 보되 의복과 용모의 빗ᄂᆞᆫ 거동이 싸로난 고로 창졸(倉卒間)간에 씨닷지 못ᄒᆞ더니 오릭게야 알아보고 통곡(慟哭)ᄒᆞ며 왈 '틱공(太公) 낭군이로소이다. 쳡이 긋쎠 이별(離別)후로 이럿탓 엇지 져리 영귀(榮貴)ᄒᆞ시니잇가. 쳡의 죄난 만ᄉᆞ무셕(萬死無惜)이오나 ᄇᆞ라옵건ᄃᆡ 쳡의 경상(景狀)을 싱각ᄒᆞ사 ᄇᆞ리지 아니ᄒᆞ시면 종이라도 되여 죽도록 뫼실가 ᄒᆞᄂᆞ이다.' 틱공이 츄연탄식(惆然歎息) 왈 '네 일이 쏘ᄒᆞᆫ 한심ᄒᆞ도다. 네 날을 구박ᄒᆞ고 나간 몸이 쏘 이졔 익걸원송(哀乞怨訟)ᄒᆞ니 가셕(可惜)ᄒᆞ도다. 네 엿던 그릇시 물을 쪄오라.' ᄒᆞᆫᄃᆡ 마씨(馬氏) 반겨 듯고 물을 쪄 왓거놀 틱공이 왈 '싸희 도로 쏘도라.' ᄒᆞ니 마씨 물을 싸희 부엇거놀 틱공이 왈 '네 그 물을 도로 그릇시 담으라.' ᄒᆞ니 마씨 왈 '싸희 부은 물을 엇지 다시 담으리요.' 틱공(太公)이 왈(曰) '네 죄가 그 싸희 부은 물과 갓트니 다시 날을 싱각지 말나.' ᄒᆞ니 마시 방셩통곡(放聲痛哭) 왈

‘ᄇᆡᆨ비ᄋᆡ걸(百拜哀乞)ᄒᆞ니 ᄂᆡᆼ군은 옛날 동거ᄒᆞ던 정분(情分)과 강픠 훌터다가 년명(延命)ᄒᆞ던 일을 만분지일(萬分之一)이나 ᄉᆡᆼ각ᄒᆞ옵쇼셔.’ ᄒᆞ되 ᄐᆡ공이 못 듣넌쳬 ᄒᆞ고 ᄒᆞ인을 분부ᄒᆞ여 가니 마씨(馬氏) 통곡(慟哭)ᄒᆞ며 ᄯᅡ로다가 긔진(氣盡)ᄒᆞ며 죽으이 ᄐᆡ공이 불상이 여겨 신체(屍體)을 거두어 뭇고 일흠을 마릉(馬陵)이라 ᄒᆞ고 ᄯᅩ ᄒᆞᆫ 일흠을 붓그러 주근 무덤이라 ᄒᆞ엿나니라.”

ᄒᆞ시고 말삼을 맛치시며 탄식ᄒᆞ야 ᄀᆞᄅᆞᄉᆞᄃᆡ

“츙신(忠臣)ᄂᆞᆫ 불ᄉᆞ이군(不事二君)이요 열녀(烈女)ᄂᆞᆫ 불경이부(不更二夫)라 ᄒᆞ얏스니 마닐 쳔ᄒᆞ의 마ᄥᅵ갓튼 녀인이 잇스면 엇지 ᄒᆞᆫ심치 아니ᄒᆞ리오. 너도 열녀젼(列女傳)을 힘ᄡᅥ 음난(淫亂)ᄒᆞᆫ 녀인을 회과(悔過)ᄒᆞ게 ᄒᆞ라.”

ᄒᆞ신ᄃᆡ 증ᄌᆡ 비ᄉᆞ 왈

“황공(惶恐)ᄒᆞ오ᄂᆞ 감이 뭇ᄌᆞᆸᄂᆞ니 ᄇᆡᆨ이슉졔(伯夷叔齊)[24]의 츙절(忠節)을 아ᄅᆞ지이다.”

공ᄌᆡ ᄀᆞᄅᆞᄉᆞᄃᆡ

“ᄇᆡᆨ이슉제ᄂᆞᆫ 은(殷)ᄂᆞ라 녹(祿)을 먹고 왕작(王爵)을 누리더니 무왕(武王)이 쥬(紂)를 치실ᄉᆡ ᄇᆡᆨ이슉졔(伯夷叔齊) 고마이간(叩馬而諫) 왈 ‘이신벌군(以臣弑君)은 불가(不可)라’ ᄒᆞᆫᄃᆡ 좌위(左右) 죽이고ᄌᆞ ᄒᆞ거ᄂᆞᆯ ᄐᆡ공(太公)이 ᄭᅮ지져 왈 ‘의(義) 잇ᄂᆞᆫ ᄉᆞ롬이라.’ ᄒᆞ고 붓드러 보ᄂᆡ니 그 후로 ‘결단코 쥬나라 곡식을 먹지 아니ᄒᆞ리라.’ ᄒᆞ고 슈양산(首陽山)에 드러가 고ᄉᆞ리를 ᄏᆡ먹다가 다시 ᄉᆡᆼ각ᄒᆞ고 탄식(歎息)ᄒᆞ야 ᄀᆞ로ᄃᆡ ‘이 풀도 이졔ᄂᆞᆫ 은나라 풀이 아니니 먹지 아니리라’ ᄒᆞ고 먹기를 긋치고 셔산(西山)의 올ᄂᆞ가 노ᄅᆡ를 지어 ᄀᆞ로ᄃᆡ ‘져 서산의 오르미여, 그 고ᄉᆞ리를 ᄏᆡ는도다. ᄉᆞ오ᄂᆞ음으로 ᄡᅥ ᄉᆞ오

24) 중국 은나라 고죽국의 왕자들. 백이와 숙제는 형제간에 서로 왕위를 양보했다. 주나라 무왕이 은나라 주를 토벌하려 할 때 무왕을 말렸고, 결국 무왕이 은나라를 정벌하자 수양산에 들어가 굶어 죽었다.

ᄂᆞ옴을 밧고미여, 그 그르믈 아지 못ᄒᆞ깃도다. 신롱(神農)과 우히(虞夏) 죽으미여, 닉 어듸로 도라가리요.'[25] ᄒᆞ고 인ᄒᆞ야 쥬려 죽으니 그 츙졀이 만고의 업ᄂᆞ니라."

ᄒᆞ신딕 증지 ᄯᅩ 엿ᄌᆞ오딕

"소부(巢父) 허유(許由)[26]의 도힝(道行)을 드러지이다."

공지 ᄀᆞᄅᆞᄉᆞ딕

"소부(巢父)ᄂᆞᆫ 긔산(箕山)의 숨은 은ᄉᆞ(隱士)라. 노릭 지어 ᄀᆞ로딕 '몸은 ᄯᅩ ᄒᆞᆫ 구름으로 더부러 ᄒᆞᆫ가지요, ᄆᆞ옴은 시닉로 더부러 말고 희도다. 송화(松花)를 ᄯᅡ 먹으며 영쳔슈(穎川水)를 먹으니, 인간흥망(人間興亡)을 분외(分外)에 잇고, ᄌᆞ지가(紫芝歌)를 노릭ᄒᆞ며 쳥산(靑山)의 올ᄂᆞ 약(藥)을 키며 황졍경(黃庭經)을 외오며 초당(草堂)의 누엇시니 빅구(白鷗)의 ᄯᅳᆺ을 아라 좃ᄂᆞᆫ ᄯᅩ다.' 일이 업셔 영쳔슈(穎川水)에 ᄂᆞ려가 두 손으로 물 쥐어 먹더니 문득 ᄒᆞᆫ ᄉᆞ롬이 지나가다 표ᄌᆞ(瓢子)를 쥬며 이르되 '이 표ᄌᆞ로 물을 ᄯᅥ먹으라.' ᄒᆞ고 가거놀 쇼뷔(巢父) 바다 나무가지에 걸고 보니 표ᄌᆞ가 바람에 흔들녀 소릭를 요란히 지으니 '닉 엇지 인간 더러온 거슬 가질이요.' ᄒᆞ고 표ᄌᆞ를 굴너 바리니 이난 인간(人間) 물욕(物欲)의 버셔난 은지(隱者)라. 이ᄯᅢ 요(堯)인군이 쇼부에 어지물 듯고 친히 그 산듕(山中)에 가 쇼부를 보고 ᄀᆞᄅᆞ샤딕 '셰상에 셩덕(聖德)이 놉프시니 원(願)컨딕 나의 쳔ᄒᆞ에 님ᄌᆞ 되여 억만창싱(億萬蒼生)을 평안(平安)히 다ᄉᆞ리미 엇더ᄒᆞᆫ요.' ᄒᆞ신딕 쇼뷔(巢父) 이 말으

---

25) 「채미가」. 『사기』에 전한다. 내용은 다음과 같다. "저 서산에 오름이여! 산속 고사리를 캐내. 포악함으로 포악함을 바꾸면서도, 잘못을 알지 못하는 구나. 신농(神農)과 우(虞), 하(夏)의 시대가 감이여! 우리는 장차 어디로 가야 하는가. 이제는 죽을 뿐이니, 쇠잔한 우리 운명이여!(登彼西山兮 采其薇矣 以暴易暴兮 不知其非矣 神農虞夏 忽然沒兮 我安適歸矣 于嗟徂兮 命之衰矣)"

26) 중국 상고시대 이름높은 은자.

듯고 ᄃᆡ경(大驚)ᄒᆞ야 ᄉᆞ미를 ᄯᅥᆯ치고 영쳔슈(潁川水)에 나려가 귀를 ᄡᅳ시며 이로ᄃᆡ '이 귀 곳 아니면 더러온 말을 엇지 드리리요.' ᄒᆞ며 귀를 ᄡᅳᆺ더니 이ᄯᅢ 허유(許由) 쇼를 잇글고 오다가 무러 왈 '그대 무슴 일노 귀를 ᄡᅳᆺᄂᆞᆫ다' 쇼뷔 ᄃᆡ왈 '요인군이 날다려 쳔하를 가지라 ᄒᆞ니 ᄂᆡ 귀로 더러온 말을 듯고 무엇ᄒᆞ리요. 이러무로 귀를 씃노라' ᄒᆞ니 허유(許由) 이 말을 듯고 ᄯᅩᄒᆞᆫ 노ᄒᆞ여 가로ᄃᆡ '그ᄃᆡ 더러온 귀 ᄡᅳᆺᄂᆞᆫ 물의 엇지 ᄂᆡ 소를 먹이리요.' ᄒᆞ고 곳비를 놉히 들고 샹슈(上水)를 건너가니 이 두 사ᄅᆞᆷ에 졀ᄒᆡᆼ(節行)이 만고(萬古)에 업ᄂᆞᆫ 은ᄉᆡ(隱士)라."

ᄒᆞ신ᄃᆡ 증ᄌᆡ ᄯᅩ 뭇ᄌᆞ오ᄃᆡ

"긔ᄌᆞ(箕子)의 ᄆᆡᆨ슈(麥秀)ᄂᆞᆫ 엇진 일니잇가."

공ᄌᆡ ᄀᆞᄅᆞᄉᆞᄃᆡ

"무왕이 긔ᄌᆞ(箕子)를 조션국(朝鮮國)에 봉(封)ᄒᆞ시니 무왕(武王)ᄭᅴ 조회(朝會) ᄎᆞ(次)로 올ᄉᆡ 은나라 망ᄒᆞᆫ ᄯᅡ에 일으러 셩탕의 궁실(宮室)터흘 보니 궁실이 문어졋거ᄂᆞᆯ 보리가 ᄡᅦ여낫스물 보고 탄식ᄒᆞ야 ᄀᆞ로ᄃᆡ '옛 인군는 어ᄃᆡ가 도라올 쥴을 모르ᄂᆞᆫ고' ᄒᆞ시고 드ᄃᆡ여 ᄆᆡᆨ슈가(麥秀歌)를 지어 왈 '보리 졈졈 ᄡᅦ여ᄂᆞ미여, 베와 지장이 유유(油油)ᄒᆞ도다. 져 교만ᄒᆞᆫ 아희여, 날노 더브러 조아 아니ᄒᆞ놋다.'[27] ᄒᆞ시니 은ᄂᆞ라 ᄇᆡᆨ셩이 듯고 다 슬허ᄒᆞᄂᆞᆫ지라. 긔ᄌᆡ 셩덕(盛德)이 놉흔고로 은나라 ᄇᆡᆨ셩드리 다 칭송(稱頌)ᄒᆞ니라."

ᄒᆞ신ᄃᆡ 증ᄌᆡ ᄯᅩ ᄌᆡᄇᆡ 왈

"션ᄉᆡᆼ의 발키 가라치심을 소ᄌᆡ 명심ᄒᆞ리로소이다. ᄯᅩ 감히 뭇ᄌᆞᆸᄂᆞ니 목왕(穆王)[28]이 팔쥰마(八駿馬)[29]를 타고 요지연(瑤池宴)의 갓던 일을 ᄌᆞ세이

---

27) 작자 미상의 중국 고대 가요. 『사기』에 실려 전한다. 내용은 다음과 같다. "보리 이삭은 점점 자라고, 벼와 기장 기름지기도 해라. 저 교활한 아이는, 나와는 사이가 좋지를 않네.(麥秀漸漸兮 禾黍油油兮 彼狡童兮 不與我好兮)"

28) 주나라 제 5대 왕. 견융의 토벌에 실패하여 제후들의 이반을 초래했고 주나라는 이때

아라지이다.”

공지 ᄀᆞᄅᆞᄉᆞᄃᆡ

“목왕(穆王)은 쥬(周) 무왕(武王)의 후예(後裔)라. 목왕이 ᄃᆡ병을 일희여 오랑키를 치다가 팔쥰마(八駿馬)를 어드니 일일(一日)의 만리(萬里)를 가ᄂᆞᆫ지라. 국ᄉᆞ(國事)를 도라보지 아니ᄒᆞ고 ᄉᆞᄒᆡ(四海)를 두루 단이며 ᄒᆞᄂᆞᆯ가을 보리라 ᄒᆞ고 쥰마(駿馬)를 타고 곤륜산(崑崙山)에 일르러 ᄒᆞᆫ 고ᄃᆡ(高臺)에 일르니 쳥풍(淸風)은 소슬(蕭瑟)ᄒᆞ고 오ᄉᆡᆨ치운(五色彩雲)이 어릐여 셔긔(瑞氣) 영농(玲瓏)ᄒᆞ고 옥슈(玉樹)ᄂᆞᆫ 향긔(香氣)를 ᄯᅴ이고 ᄉᆞ룸을 맛ᄂᆞᆫ지라. 경긔졀승(景槪絶勝)ᄒᆞᆫᄃᆡ 한 집이 잇셔 가장 굉장(宏壯)ᄒᆞᆫ지라. 슈졍념(水晶簾)을 드리오고 녹의홍상(綠衣紅裳) ᄒᆞᆫ 시녀(侍女) 왕ᄂᆡ(往來)하며 시(詩)를 지어 읇ᄂᆞᆫ 소릐 낭낭(瑯瑯)ᄒᆞ여 장부(丈夫)의 간장(肝腸)을 요동(搖動)ᄒᆞ니 목왕이 졍신(情神)니 황홀ᄒᆞ여 말을 옥계변(玉溪邊)의 ᄆᆡ고 긔화요초(琪花瑤草) 즁(中)으로 비회(徘徊)ᄒᆞ더니 이윽고 픠옥(佩玉)소릐 징징(錚錚)ᄒᆞ며 졀ᄃᆡ가인(絶代佳人)이 운무즁(雲霧中)으로 ᄂᆞ와 안거ᄂᆞᆯ 목왕(穆王)이 ᄒᆞᆫ 번 바ᄅᆞ보니 그 미인이 구름갓튼 머리에 진쥬영낙(眞珠瓔珞)[30]을 드리오고 그 ᄉᆞ랑ᄒᆞᆫ ᄐᆡ되(態度) 츈삼월(春三月) 광풍(狂風)에 슈양(垂楊)이 휘여드린 듯 ᄒᆞ고 홍군취삼(紅裙翠衫)은 향풍(香風)을 ᄯᅴ엿스니 십오야(十五夜) 발근 달이 구름 속으로 나오ᄂᆞᆫ닷 두 눈셥은 원산(遠山)갓고 아람다온 얼골은 도화ᄉᆡᆨ(桃花色) 갓더라. 그 미인(美人)이 홍도화(紅桃花) ᄒᆞᆫ 가지를 썩거 쥐고 산호셔안(珊瑚書案)의 지어 안져 쳥됴(靑鳥)[31]를 희롱(戱弄)ᄒᆞ며 쳥아(淸雅)ᄒᆞᆫ 소릐로 ᄒᆞᆫ 곡조 시가를 읖푸니 목왕(穆

부터 쇠퇴했다.

29) 뛰어난 맙 조보가 목왕에게 바친 여덟 마리의 말. 조보는 팔준마를 몰고 하루에 천리를 이동했다고 한다.

30) 진주로 만든 영락을 말한다. 영락은 불교의 보살들이 목이나 팔에 차는 구슬을 꿴 장식품이다.

王)이 그 아름다운 틱도를 보고 어린 듯 취(醉)ᄒᆞᆫ 듯 밋친 듯 ᄆᆞᄋᆞᆷ을 졍치 못ᄒᆞ야 ᄒᆞᆯ 즈음에 션네(仙女) 학(鶴)의 노름을 긋치고 시녀(侍女)를 불너 왈 '금일(今日) 인간(人間) 만승쳔ᄌᆞ(萬乘天子) 쥬(周)나라 목왕(穆王)이 왓시니 친(親)히 ᄂᆞ가 마즈리라.' ᄒᆞ고 넷 시녀로 인도ᄒᆞ여 쥬리(珠履)를 ᄭᅳᆯ고 ᄂᆞ아가 슈틱(羞態)를 먹음고 마즈니 목왕이 션녀를 보고 황망(遑忙)이 읍(揖)ᄒᆞ야 왈 '인간 더로온 몸이 외람(猥濫)이 션경(仙境)을 범(犯)ᄒᆞ엿ᄉᆞ오니 원(願)컨ᄃᆡ 상션(上仙)는 용셔ᄒᆞ옵소셔.' 션네 답네왈 '쳡(妾)은 요지(瑤池)를 가음아ᄂᆞᆫ 셔왕뫼(西王母)[32]너니 젼셰연분(前世緣分)으로 금일(今日)에 ᄃᆡ왕(大王)을 맛나시니 염녀 마르소셔.' ᄒᆞ거ᄂᆞᆯ 목왕이 ᄃᆡ희(大喜)ᄒᆞ야 말을 ᄒᆞ고져 ᄒᆞ더니 문득 션네(仙女) 시녀(侍女)로 ᄃᆡ왕(大王)을 뫼시라 ᄒᆞ니 시네 녕(令)을 듯고 왕을 인도(引導)ᄒᆞ거ᄂᆞᆯ 목왕이 그 인도ᄒᆞ난 ᄃᆡ로 드러가 본즉 그 포진물식(鋪陳物色)이 화려(華麗)ᄒᆞ미 가장 비범(非凡)ᄒᆞ야 인간(人間)과 다르더라. 왕뫼(王母) ᄃᆡ연(大宴)을 비셜(排設)ᄒᆞ고 왕을 관ᄃᆡ(款待)ᄒᆞᆯ시 그 음식에 향긔로옴이 인간과 ᄯᅩᄒᆞᆫ 다르니 왕이 반신반희(半信半疑)ᄒᆞ더니 연파(言罷)의 왕뫼 시비로 촉(燭)을 발키고 ᄂᆡ침(內寢)의 드러가 왕을 ᄃᆡᄒᆞ여 부부될 ᄉᆞ연을 베프니 목왕이 흥(興)을 이긔지 못ᄒᆞ여 촉(燭)을 물니치고 왕모로 더브로 월노승(月老繩)을 ᄆᆡᆺ고 왕모의게 ᄃᆡ혹(大惑)ᄒᆞ여 슈유불리(須臾不離)ᄒᆞ고 나라 정ᄉᆞ(政事)를 싱각지 아니ᄒᆞ고 ᄒᆡ가 진(盡)토록 가기를 이졋더니 그 ᄉᆞ이에 셔지(徐子)[33] 장ᄎᆞᆺ 난(亂)을 지으니 됴보(造父)[34] 그 일을 알고 목왕의게 가

31) 서왕모가 사자로 부리는 청색의 신조(神鳥)를 말한다.

32) 신선을 감독하는 최고위 여신. 서왕모는 곤륜산 정상에 사방 1천리의 궁전에 살고 있다고 전한다. 궁전 왼쪽에 요지라는 호수가 있는데 팔준마를 타고 찾아온 목왕을 위해 이곳에서 잔치를 베풀었다.

33) 주나라 목왕이 서쪽으로 유람하여 서왕모와 즐기는 동안에 제후들이 천자인 목왕을 이반하여 서국(徐國)의 임금 서자(徐子)를 따랐다. 이에 목왕이 급히 돌아와 초나라로 하여금 서국을 정벌하게 하여 겨우 막았다.

도라와 난을 구완ᄒᆞ고 초(楚)나라를 시겨 셔ᄌᆞ를 버히고 평졍(平定)ᄒᆞ니라. 왕뫼 이별후 결연(缺然)ᄒᆞ여 ᄇᆡᆨ가셔[35]를 짓고 왕은 도라와 왕모를 잇지 못ᄒᆞ여 병니 나셔 죽으니라."

ᄒᆞ신ᄃᆡ 증지 ᄯᅩ 지ᄇᆡ왈

"유궁후(有窮后) 예(羿)[36]의 일을 아라지이다."

공ᄌᆞ 가라ᄉᆞᄃᆡ

"유궁후(有窮后) 예(羿)ᄂᆞᆫ 용녁(勇力)이 과인(過人)ᄒᆞ고 신장(身長)이 십오쳑(十五尺)이라. 활을 ᄡᅩ미 ᄇᆡᆨ발ᄇᆡᆨ즁(百發百中) ᄒᆞᄂᆞᆫ지라. 하ᄂᆞᆯ의 ᄒᆡ 열 잇셔 곡식(穀食)이 다 타고 ᄇᆡᆨ셩이 쥬리고 데여 죽으니 유궁후(有窮后) 예(羿) 활노 하ᄂᆞᆯ을 ᄡᅩ아 ᄒᆡ 아홉을 ᄢᅥ르치다 ᄒᆞᄂᆞ니라."

ᄒᆞ신ᄃᆡ 증지 ᄯᅩ 엿ᄌᆞ오ᄃᆡ

"고공단보(古公亶父)[37]의 일을 아라지이다."

공지 ᄀᆞ라ᄉᆞᄃᆡ

"고공단보(古公亶父)ᄂᆞᆫ 빈(豳)ᄯᅡ의 도읍ᄒᆞ엿더니 훈륙(獯鬻)이라 ᄒᆞᄂᆞᆫ 오랑킈 침노(侵擄)ᄒᆞ여 ᄇᆡᆨ셩을 살ᄒᆡᄒᆞ거ᄂᆞᆯ 고공단보 이로ᄃᆡ '도젹을 치려 ᄒᆞ면 ᄇᆡᆨ셩이 더 상ᄒᆞ리라. 훈륙(獯鬻)이 ᄇᆡᆨ셩을 살ᄒᆡᄒᆞ문 과인(寡人)의 나라을 엇고져 ᄒᆞ미니 과인이 엇지 죠고마ᄒᆞᆫ 나라을 앗겨 ᄇᆡᆨ셩을 살ᄒᆡ(殺害)ᄒᆞ게 ᄒᆞ리요.' 즉시 ᄯᅡᄒᆞᆯ 바리고 다르ᄃᆡ로 가 도읍(都邑)ᄒᆞ시니 쳔하 ᄉᆞᄅᆞᆷ이 다 이

34) 뛰어난 마부로 목왕의 마차를 몰았다. 조씨(趙氏)의 조상이다.

35) 백운가(白雲歌)의 오기이다. 『목천자전』에 서왕모가 목왕에게 "흰 구름 하늘에 떠 있거늘 산릉만이 저절로 생기네. 길은 아득히 멀고 산천이 가로막았네. 그대는 죽지 말아서 다시 돌아오기 바라노라."라고 노래불렀다고 나온다.

36) 중국 고대 명사수. 요임금의 신하였으며 유궁씨 부족의 수장이어서 유궁후라고 도 한다. 예에게서 불사약을 훔쳐 달나라로 도망간 항아가 부인이다.

37) 은라의 제후이자 주나라 문왕의 할아버지로 훈육 때문에 도읍을 기산 아래로 옮기고 나라의 이름을 주(周)라고 고쳤다.

로되 '이 도읍ᄒᆞᆫ 인군이 어질다.' ᄒᆞ여 '이 인군은 가히 일치 못ᄒᆞ리라.' ᄒᆞ고 ᄇᆡᆨ셩이 다 됴ᄎᆞ가니 타국(他國) ᄉᆞ롬도 다 와 셤기니 인심(人心)이 뇨슌(堯舜)시절 갓튼지라. 마춤ᄂᆡ 왕업(王業)을 일으시니 고공단보(古公亶父)의 셩덕(盛德)을 지금도 칭찬ᄒᆞᄂᆞᆫ지라. 너희도 고공단보(古公亶父)의 셩덕을 ᄉᆞ모ᄒᆞ라"

ᄒᆞ신ᄃᆡ 증ᄌᆡ ᄯᅩ 엿ᄌᆞ오ᄃᆡ

"유왕(幽王)[38]의 무도(無道)를 아라지이다."

공ᄌᆞ ᄀᆞᄅᆞ샤ᄃᆡ

"유왕(幽王)은 쥬 무왕(武王)의 후손이라. 정ᄉᆞ를 도라보지 아니ᄒᆞ고 쥬야(晝夜)로 포ᄉᆞ(褒姒)만 다리고 침혹(沈惑)ᄒᆞ야 세상을 모르고 포ᄉᆞ(褒姒)의 ᄒᆞᆫ 번 웃ᄂᆞᆫ 양(樣)을 보지 못ᄒᆞ야 그것시 것정으로 일삼아 왕이 그 웃ᄂᆞᆫ 양(樣)을 ᄒᆞᆫ 번 보랴 ᄒᆞ고 온갓지로 희롱(戲弄)ᄒᆞ되 종시(終始) 웃지 아니ᄒᆞ니 왕이 일일은 포ᄉᆞ(褒姒)로 더브러 봉화ᄃᆡ(烽火臺)의 올ᄂᆞ 봉화(烽火)을 뼈 들고 북을 울니니 오ᄅᆡ지 아니ᄒᆞ야 쳔하졔휘(天下諸侯) 도셩의 도젹이 낫다 ᄒᆞ고 일시(一時)의 긔병(起兵)ᄒᆞ야 드러오니 포ᄉᆞ(褒姒) 그 거동을 보고 크게 웃스니 왕이 낭낭(琅琅)ᄒᆞᆫ 우슴소ᄅᆡ을 듯고 더욱 혹(惑)ᄒᆞ야 황후(皇后)를 ᄂᆡ치고 포ᄉᆞ로 황후를 봉(封)ᄒᆞ고 ᄐᆡᄌᆞ(太子)를 폐(廢)ᄒᆞ고 포ᄉᆞ(褒姒)의 아들노 ᄐᆡᄌᆞ를 봉ᄒᆞ얏더니 미과슈월(未過數月)의 도젹이 드러오거ᄂᆞᆯ 왕이 ᄃᆡ경(大驚)ᄒᆞ야 봉화를 들고 북을 치울녀 ᄉᆞ방 졔후를 부르니 졔후 다 봉화를 보고 셔로 일으되 '이번도 ᄯᅩ 낭낭(娘娘)의 우슴을 보랴 ᄒᆞᄂᆞᆫ 봉화(烽火)로다.' ᄒᆞ고 응(應)치 아니ᄒᆞ니 도젹이 드러와 유왕을 여산(驪山)아ᄅᆡ셔 죽이고 황

---

38) 중국 주나라 12대 왕. 포사에게 빠져 정치를 돌보지 않다가 견융에게 침공당해 여산에서 죽임을 당했다. 이후에도 견융이 자주 나라를 침범하자 수도를 낙양으로 옮겼는데 이를 기점으로 수도를 옮기기 전을 서주라 하고 낙양으로 옮긴 이후를 동주라고 한다.

후의 아들을 셰워 왕을 삼으니라. 하걸(夏桀)은 민희(妹喜)로 망ᄒᆞ고 은쥬(殷紂)는 소달긔(蘇妲己)로 망ᄒᆞ고 유왕(幽王)은 포ᄉᆞ(褒姒)로 망ᄒᆞ얏스니 계집이 너무 고으면 군ᄌᆞ 업ᄂᆞᆫ가 ᄒᆞ노라."

ᄒᆞ신듸 증ᄌᆡ 쏘 엿ᄌᆞ오듸

"오ᄌᆞ셔(伍子胥)[39]의 츙졀(忠節)을 드러지이다."

공ᄌᆡ ᄀᆞᄅᆞᄉᆞ듸

"오ᄌᆞ셔ᄂᆞᆫ 오왕(吳王) 부ᄎᆞ(夫差)의 신허(臣下)라. 부ᄎᆞ의 아비 월왕(越王) 구쳔(句踐)의게 쥭으미 되야ᄂᆞᆫ지라. 오왕이 그 아비 원슈(怨讎)를 갑고져 ᄒᆞ여 믹양(每樣) 겻틔 누이고 오ᄌᆞ셔로 더부러 일으되 '네 아비 션왕(先王)과 ᄒᆞᆫ 가지로 월왕(越王)의 손에 쥭은 쥴 아ᄂᆞ냐.' ᄒᆞ며 쥬야(晝夜) 원슈(怨讐) 갑기를 싱각ᄒᆞ야 졔신(諸臣)과 의논ᄒᆞ고 병(兵)을 일으혀 월왕을 치다가 회계산(會稽山)의 이르러 월왕(越王)을 거위잡게 되니 월왕이 형셰(形勢) 위급(危急)ᄒᆞᆫ지라. 월왕(越王)이 오왕(吳王)씌 비러 왈 '원(願)컨듸 시하 되야 인군을 어질게 셤기옵고 쳔하졀식(天下絶色)을 드리이이다.' ᄒᆞ니 오왕(吳王)이 본듸 호식(好色)ᄒᆞ기로 미녀 드린단 말 듯고 듸희(大喜)ᄒᆞ야 월왕을 노으니 오ᄌᆞ셔(伍子胥) 간(諫)ᄒᆞ야 왈 '듸왕이 엇지 션왕의 원슈를 싱각지 아니ᄒᆞ시고 듸의(大義)를 페(廢)ᄒᆞ시ᄂᆞᆫ이잇가.' 여러번 간ᄒᆞ니 미친 오왕(吳王)이 듸로(大怒)ᄒᆞ야 오ᄌᆞ셔(伍子胥)를 ᄭᅮ짓고 칼을 쥬며 왈 '쥭으라.' ᄒᆞᆫ듸 ᄌᆞ셔(子胥) 칼을 밧고 집으로 도라와 쥭을 졔 가속(家屬)다려 이르되 '나 쥭은 후의 반다시 우리ᄂᆞ라이 망(亡)ᄒᆞᆯ이니 너 무덤의 가쥭나모를 심으고 그 ᄂᆞ무 ᄌᆞᄅᆞᆺ거든 너 눈을 ᄲᅵ야 동문(東門)의 다라두라. 너 쥭엇시니 월(越)ᄂᆞ라 병(兵)이

39) 춘추시대 오나라 정치가. 원래 초나라 사람이었으나 아버지와 형이 월나라에 살해당한 후 오나라를 섬겼다. 오나라 왕 합려를 보좌하여 오나라를 강대국으로 키웠으나 합려의 아들 부차에게 버림받아 자결했다.

와셔 너누라 망ᄒᆞ는 양(樣)을 보리라.' ᄒᆞ고 쥭으니 오왕(吳王)이 이 말을 듯고 ᄃᆡ로ᄒᆞ야 오ᄌᆞ셔(伍子胥)의 시쳬(屍體)를 말가쥭의 ᄊᆞ다가 ᄇᆡᆨ마강(白馬江)의 더지니라. ᄉᆡ달에 오왕이 만고츙신(萬古忠臣)을 업시ᄒᆞ고 후일을 엇지 ᄒᆞ리. 부여(夫餘)에 ᄇᆡᆨ마강(白馬江)이 잇다더라. 월왕이 도라가 미녀를 구ᄒᆞ야 어드니 이 녀ᄌᆞ는 셔시(西施)라. ᄐᆡ도(態度)와 미ᄉᆡᆨ(美色)이 쳔하의 유명ᄒᆞᆫ 지라. 오왕(吳王)ᄭᅴ 드리니 오왕이 미녀를 보고 ᄃᆡ희(大喜)ᄒᆞ야 고소ᄃᆡ(姑蘇臺)를 짓고 셔시(西施)로 더브로 고쇼ᄃᆡ(姑蘇臺)의 올누 날마다 풍뉴(風流)로 즐기며 나라 졍ᄉᆞ를 도라보지 아니ᄒᆞᆫ지라. 이ᄯᅢ 오왕이 본국(本國)의 도라와 회계산(會稽山) ᄇᆞᆺ그러운 한(恨)을 일ᄉᆡᆼ(一生) 품고 누으누 안즈나 'ᄂᆡ 오왕ᄭᅴ 욕을 보고 ᄇᆞᆺ그러우물 엇지 이즐 ᄯᅢ 잇스리요.' ᄒᆞ고 나라 졍ᄉᆞ를 ᄃᆡ부종(大夫鍾)[40]의게 ᄇᆞᆺ치고 범녀(范蠡)로 더브러 오국(吳國) 치기를 도모(圖謀)ᄒᆞᆯ시 십년(十年) ᄉᆡᆼ취(成就)ᄒᆞ고 ᄃᆡ별(大兵)을 이희여 오(吳)를 치라 갈시 ᄇᆡᆨ마강(白馬江)의 일으러 ᄃᆡ병(大兵)이 ᄇᆡ에 올으니 물결이 뒤누우며 물속으로셔 오ᄌᆞ(伍子)의 혼ᄇᆡᆨ(魂魄)이 말을 타 나와 왕ᄂᆡ(往來)ᄒᆞ며 물결을 월지으로 미러 ᄇᆡ를 움즉이지 못ᄒᆞ게 ᄒᆞ니 월왕(越王) ᄃᆡ경(大驚)ᄒᆞ야 물을 건너지 못ᄒᆞ고 다른 길노 도라와 ᄡᅡ오랴 ᄒᆞᆯ시 이ᄯᅢ 오왕이 셔시(西施)로 더브러 고소ᄃᆡ(姑蘇臺)의 올누 풍악을 즐기며 셔시는 가ᄉᆞ(歌辭)를 지어 쇄락(灑落)히 을포니 오왕(吳王)이 ᄃᆡ혹(大惑)ᄒᆞ여 만ᄉᆞ(萬事)를 이젓는지라. 슬프다 오ᄌᆞ셔의 츙혼(忠魂)이 물우희 왕ᄂᆡ(往來)ᄒᆞ물 뉘라셔 알니요. 호ᄉᆡᆨ(好色)이 앙급(殃及)이로다. 월별(越兵)이 불의(不意)에 일을 쥴 엇지 알니요. 문득 월병(越兵)이 드러와 둘너ᄊᆞ거놀 좌우시신(左右侍臣)이 ᄃᆡ경실ᄉᆡᆨ(大驚失色)ᄒᆞ야 왕ᄭᅴ 월병 드러옴을 고ᄒᆞᆫᄃᆡ 오왕(吳王)이 ᄃᆡ로ᄒᆞ야 왈 '오국(吳國)은 말머리에 ᄲᅵᆯ

40) 대부 문종(文鐘)의 오기이다.

이 돗쳐야 망ᄒᆞ리라.' ᄒᆞ고 음쥬락(飮酒樂) ᄒᆞ거늘 ᄯᅩ 보(報)ᄒᆞ되 '말머리에 ᄲᅳᆯ이 낫ᄂᆞ이다.' 왕이 더욱 노ᄒᆞ야 왈 '돌이 좀먹어야 망ᄒᆞ리라.' ᄒᆞ고 풍악(風樂)만 ᄒᆞ고 즐기더니 이윽ᄒᆞ야 ᄯᅩ 보ᄒᆞ되 '돌이 좀먹엇ᄂᆞ이다.' ᄒᆞ여늘 왕이 크게 놀ᄂᆞ 그제야 월병이 쳐드러 옴을 알고 오ᄌᆞ셔(伍子胥)의 츙간을 아니드른 쥴 알고 한탄 왈 '닉 쥭어 ᄌᆞ셔(子胥)의 얼골을 ᄎᆞ마 보리요.' ᄒᆞ고 명모(面帽)를 ᄡᅳ고 쥭으니 월왕(越王)이 오(吳)을 멸(滅)ᄒᆞ고 의긔양양(意氣揚揚)ᄒᆞ거늘 범네(范蠡) 딕부죵(大夫鐘)다려 벼슬바리고 가라 ᄒᆞ딕 죵(鐘)이 칭병불츌(稱病不出)ᄒᆞ다가 참소(讒訴)의 ᄲᅡ져 죽고 범녀(范蠡)ᄂᆞᆫ 가븨야온 보비를 가지고 가마니 빅를 타고 졔국(齊國)으로 건너가 셩명(姓名)을 곳치고 이(利)를 울다리고 산업(産業)을 다ᄉᆞ리니 직물이 누십만금이라 ᄒᆞᄂᆞ니라."

ᄒᆞ신딕 증ᄌᆞ ᄯᅩ 엿ᄌᆞ오딕

"장ᄌᆞ(莊子)[41]의 고분지탄(叩盆之嘆)[42]을 드러지이다."

공지 가라ᄉᆞ딕

"장ᄌᆞ(莊子)ᄂᆞᆫ 뇨슐(妖術)을 잘ᄒᆞᄂᆞᆫ 슐인(術人)이라. 둔갑장신(遁甲藏身)과 신장(神將)을 부리ᄂᆞᆫ 직죠 잇ᄂᆞᆫ지라. 일일은 장지 노싀를 타고 붕우(朋友)를 ᄎᆞᄌᆞ 가더니 ᄒᆞᆫ 뫼흘 지나며 보니 졀믄 겨집이 소복(素服)을 입고 두렷ᄒᆞᆫ 부치를 들고 분묘(墳墓)를 붓치며 울거늘 고히 너겨 그 녀ᄌᆞ를 보니 화용월식(花容月色) 티되 정정요요(婧婧嬈嬈)ᄒᆞ여 경국지식(傾國之色)이라. 옥(玉)갓ᄒᆞᆫ 귀밋히 진쥬(珍珠)갓ᄒᆞᆫ 눈물이 흐르니 보기예 참담(慘憺)ᄒᆞ여 노싀를 나려 읍(揖)ᄒᆞ고 무러 왈 '엇던 부인(婦人)이관딕 무ᄉᆞᆷ 일노 무덤을 붓치로 붓

41) 중국 고대 도가 사상가. 노자의 철학을 이어 발전시켰고 그의 저술 『장자』는 사상적 측면뿐만 아니라 문장의 정밀함으로 인정받았다.

42) 동이를 두드리며 탄식한다는 뜻. 장자의 친구 혜자가 장자의 아내가 죽었다는 소리를 듣고 문상을 갔으나 정작 장자는 동이를 두드리며 노래를 부르고 있었다. 본래 삶과 죽음을 초월한 경지를 말하는 것이나 아내의 죽음을 슬퍼하는 뜻으로 사용하기도 한다.

ᄎᆞ며 우ᄂᆞ잇가.' ᄒᆞᆫᄃᆡ 그 녀ᄌᆞ 즉시 우름을 긋치고 피셕ᄃᆡ왈(避席對曰) '이 분묘(墳墓)ᄂᆞᆫ 가부(家夫)의 분묘로소이다. 가뷔(家夫) 쥭을 졔 쳡(妾)다려 이르되 '지아비 쥭으면 ᄀᆡ가(改嫁)ᄒᆞᄂᆞᆫ 법이 잇ᄂᆞ니 ᄂᆡ 쥭은 후 다른 ᄃᆡ로 ᄀᆡ가(改嫁)ᄒᆞ려니와 ᄂᆡ 무덤의 흙이 마르거든 ᄀᆡ가(改嫁)ᄒᆞ여 가고 물이 마르기 젼은 잡(雜)ᄆᆞ음을 먹지말나.' ᄒᆞ엿ᄉᆞ오니 이졔 ᄀᆡ가(改嫁)코져 ᄒᆞ오나 가부(家夫)의 유언(遺言)을 엇지 못ᄒᆞ와 흙이 마르기를 위ᄒᆞ와 부ᄎᆡ로 붓치ᄂᆞ이다.' ᄒᆞ거ᄂᆞᆯ 장ᄌᆡ 가ᄅᆞᄃᆡ '일이 그러ᄒᆞᆯ진ᄃᆡ 그 부ᄎᆡ를 날을 쥬면 힘을 다ᄒᆞ여 즉금으로 마르게 ᄒᆞ리라.' ᄒᆞᄃᆡ 그 녀ᄌᆞ 반겨 듯고 즉시 쥬거ᄂᆞᆯ 장ᄌᆡ(莊子) 부ᄎᆡ를 바다들고 진언(眞言)을 일그며 ᄒᆞᆫ 번 붓ᄎᆞ니 무덤이 마르거ᄂᆞᆯ 그 녀ᄌᆞ 신통이 너겨 ᄇᆡᆨ비샤례(百拜謝禮) 왈 '상공(相公)의 은혜 망극(罔極)ᄒᆞ오니 달니 갑흘 길이 업ᄉᆞ오니 이 부ᄎᆡ로 쳡의 ᄉᆞ례ᄒᆞᄂᆞᆫ 뜻즐 표(表)ᄒᆞ쇼셔.' ᄒᆞ고 쥬거ᄂᆞᆯ 장ᄌᆡ(莊子) 그 부ᄎᆡ를 바다가지고 집으로 도라와 ᄂᆡ심의 그 녀ᄌᆞ에 일을 ᄉᆡᆼ각ᄒᆞ니 음ᄉᆞ(陰邪)ᄒᆞ고 ᄯᅩᄒᆞᆫ 우ᄉᆞ온지라. ᄒᆞᆯ노 안져 미미(微微)히 우스니 그 쳬(妻) 보고 무러 왈 '상공이 오날 나갓다 도라와 무ᄉᆞᆷ 우슨 일이 잇ᄂᆞᆫ잇가.' 쟝ᄌᆡ ᄯᅩᄒᆞᆫ 우스며 그 겨집에 무덤 붓치던 말을 이르고 부ᄎᆡ를 ᄂᆡ여 뵌ᄃᆡ 그 부인(婦人)이 이 말을 듯고 발연노ᄉᆡᆨ(勃然怒色)ᄒᆞ여 그 음ᄉᆞᄒᆞ물 ᄭᅮ짓고 그 부ᄎᆡ를 아ᄉᆞ 츔바타 ᄶᅵᆨ거 바리며 이로ᄃᆡ '군ᄌᆡ 엇지 그 더러온 거싀 부ᄎᆡ를 가져다가 날을 뵈나니잇가.' 장ᄌᆡ(莊子) 희롱(戲弄)ᄒᆞ여 왈 '부인이 비록 그 녀ᄌᆞ를 음ᄉᆞ(陰邪)라 ᄒᆞ나 ᄂᆡ 쥭은 후의 부인의 ᄆᆞ음이 변(變)치 아니ᄒᆞᆯ 쥴을 모르노라.' ᄒᆞᆫᄃᆡ 부인이 그 말을 듯고 ᄃᆡ로ᄒᆞ야 쥭으려 ᄒᆞ거ᄂᆞᆯ 장ᄌᆡ(莊子) 위로(慰勞)ᄒᆞ야 긋친 후의 슈일만에 그 부인에 정절(貞節)을 시험코ᄌᆞ ᄒᆞ야 믄득 병(病)든 쳬 ᄒᆞ니 그 부인(婦人)이 크게 슈심(愁心)ᄒᆞ여 약물(藥物)을 지셩으로 ᄒᆞ되 병이 졈졈 더ᄒᆞᆫ 쳬 ᄒᆞ다가 ᄉᆞ오일 후 막힌 듯 ᄒᆞ고 둔갑(遁甲)을 베푸러 혼ᄇᆡᆨ(魂魄)을 ᄲᅢ야 감초

고 쥭어지니 그 부인이야 그러홀 쥴 엇지알니요. 딕셩통곡(大聲痛哭)ᄒᆞ고 발상입관(發喪入棺)ᄒᆞ고 셩복(成服)을 지닐식 부인의 이통(哀痛)ᄒᆞ믈 엇지 이로 층낭(測量)ᄒᆞ리요. 장직 둔갑법(遁甲法)을 변화(變化)ᄒᆞ야 신체는 거짓 관(棺)의 잇스나 운신법(運身法)을 부려 옥갓튼 소년션관(少年仙官)이 되야 션동일인(仙童一人)을 다리고 나귀를 타고 문젼(門前)의 와 시비(侍婢)를 불너 일오딕 '나는 초(楚)나라 공ᄌᆞ러니 장ᄌᆞ셩싱(莊子先生)이 별셰(別世)ᄒᆞ시다 ᄒᆞ니 영좌젼(靈座前)의 빅곡(拜哭)ᄒᆞ고 안악 부인끠 됴문(弔問)코자 ᄒᆞ노라.' 시비(侍婢) 드러가 그 말을 알왼딕 부인이 듯고 딕답ᄒᆞ되 '공ᄌᆡ 누지(陋地)의 와 망부(亡夫)의 영좌젼(靈座前)에 됴문(弔問)ᄒᆞ랴 ᄒᆞ시니 감은(感恩)ᄒᆞ여이다.' ᄒᆞ고 '드러오소셔.' ᄒᆞ니 그 션관(仙官)이 드러가 당상(堂上)의 올나 영좌젼의 분향빅곡(焚香拜哭)ᄒᆞ고 ᄯᅩ 부인끠 됴문ᄒᆞ니 부인이 됴상(弔喪)을 밧고 잠간 눈을 드러 보니 션관(仙官)의 얼골이 쳥산빅옥(靑山白玉)갓고 두 눈셥은 원산(遠山)갓고 눈은 식별갓트니 옥인긔남ᄌᆡ(玉人奇男子)라. ᄒᆞᆫ 번 보믹 심신(心身)이 황홀(恍惚)ᄒᆞ여 경신이 산난(散亂)ᄒᆞ니 닉심(內心)의 혜오딕 '분명 텬신(天神)이 하강(下降)ᄒᆞ도다. 녀ᄌᆞ되여 져런 남ᄌᆞ를 셤기지 못ᄒᆞ면 엇지 원통(怨痛)치 아니리요.' ᄒᆞ고 '닉 몸을 장ᄌᆞ(莊子)의게 허(許)ᄒᆞ여시니 이졔 ᄀᆡ가(改嫁)ᄒᆞ미 의(義)는 아니로되 쥭은 ᄉᆞ름을 엇지 ᄇᆞ라고 잇스며 ᄯᅩᄒᆞᆫ ᄀᆡ가ᄒᆞ는 법이 젼후(前後)의 잇스니 져 ᄉᆞ름을 셤기미 엇지 맛당치 아니ᄒᆞ리요. 그러ᄒᆞ나 져 ᄉᆞ름이 실가(室家)를 아니 졍(定)ᄒᆞ여시면 죠커니와 만일 실가 잇시면 가셕(可惜)ᄒᆞ도다. 그러나 오히려 졍실(正室) 잇슬지라도 가히 이 ᄉᆞ름은 놋치 못ᄒᆞ리로다.' ᄒᆞ고 이리져리 싱각ᄒᆞ고 그 미모를 잇지 못ᄒᆞ야 츄파(秋波)를 ᄌᆞ로 흘녀 션관만 바라보고 됴상(弔喪)에는 ᄯᅳᆺ지 업는지라. 션관이 곡(哭)을 긋치고 부인끠 고(告)ᄒᆞ여 왈 '소ᄌᆞ(少者)는 초(楚)나라 ᄉᆞ름으로 션싱의 어지믈 듯고 교훈을 듯고 가ᄌᆞ 왓습더니 불힝(不幸)ᄒᆞ야

별셰(別世)ᄒᆞ야 계시 실(實)노 망극(罔極)ᄒᆞ야이다.’ 부인이 듯고 늣기며 눈을 드러 ᄇᆞ라보니 형용(形容)이 옥(玉)갓튼지라. 마음의 더욱 흠모(欽慕)ᄒᆞ며 겨우 ᄃᆡ답ᄒᆞ되 ‘팔ᄌᆞ(八字) ᄀᆡ박(奇薄)ᄒᆞ야 가군(家君)을 여희오니 무삼 말숨을 ᄒᆞ리잇가. 공ᄌᆡ(公子) 쳡을 위ᄒᆞ야 친근(親近)이 됴문ᄒᆞ시니 감격(感激)ᄒᆞ여이다.’ ᄒᆞ고 아미(蛾眉)를 슉이고 물너 안지니 그 션관이 답왈 ‘션ᄉᆡᆼ의 안장(安葬)ᄒᆞ시믈 보옵고 갈올가 ᄒᆞᄂᆞ이다.’ 부인(婦人)이 그 말을 듯고 ᄃᆡ희(大喜)ᄒᆞ여 답왈 ‘원(願)컨ᄃᆡ 공ᄌᆞᄂᆞᆫ 슈고를 앗기지 말고 ᄂᆡ외(內外)를 보살펴 안장(安葬)을 무ᄉᆞ(無事)이 ᄒᆞ게ᄒᆞ소셔.’ ᄒᆞ고 낙낙(諾諾)키 시비로 ᄒᆞ야곰 인도(引導)ᄒᆞᆫ 셔당(書堂)으로 뫼시라 ᄒᆞ고 일념(一念)의 션관을 잇지 못ᄒᆞ야 만ᄉᆞ(萬事)의 뜻이 업ᄂᆞᆫ지라. 날이 장찻 황혼(黃昏)이 되니 부인이 참지 못ᄒᆞ야 그 션관의 셔동(書童)을 불너 갓가이 안치고 쥬육(酒肉)을 먹이며 무러 왈 ‘ᄂᆡ 너더러 은근(慇懃)이 가마니 남모르게 물을 말이 잇스니 ᄒᆞ노라. 너의 공ᄌᆡ 실가(室家)을 취(取)ᄒᆞ야 계시냐.’ 션동 답왈 ‘밋쳐 정(定)치 못ᄒᆞ얏ᄂᆞ이다.’ 부인이 왈 ‘너의 공ᄌᆡ 슉녀(淑女)를 갈희시ᄂᆞ냐. 날만ᄒᆞᆫ 실가(室家)를 취(娶)키 쉽지 아니ᄒᆞ리라. 네 날을 위ᄒᆞ야 인연(因緣)을 일위여 쥬면 엇더ᄒᆞ뇨.’ ᄒᆞᆫᄃᆡ 션동 ᄃᆡ왈 ‘공ᄌᆞᄭᅴ 알외여 보고 다시 드러와 보(報)ᄒᆞ리이다.’ ᄒᆞ고 ᄂᆞ와 쟝ᄌᆞ(莊子)를 보고 부인의 말을 젼(傳)ᄒᆞᆫᄃᆡ 쟝ᄌᆞ 듯고 흔연(欣然)이 허락(許諾)ᄒᆞ고 ᄂᆡ심의 ᄀᆡ탄(慨嘆)왈 ‘부인이 젼일은 청직(正直)ᄒᆞᆫ 체 ᄒᆞ더니 이졔 일럿틋 음ᄉᆞᄒᆞ니 ᄉᆞᄅᆞᆷ의 마음을 진실노 알기 어렵도다. 아모커ᄂᆞ ᄂᆡ 종(終)을 보리라.’ ᄒᆞ고 션동을 불너 가마니 계교(計較)를 가로이르고셔 당(堂)의 누엇더니 션동이 드러가 공ᄌᆞ의 허락ᄒᆞ물 이르고 나오니 부인이 듯고 ᄃᆡ희(大喜)ᄒᆞ야 ᄐᆡᆨ일(擇日)ᄒᆞ니 길일(吉日)이 슈삼일(數三日)이 격(隔)ᄒᆞ얏ᄂᆞᆫ지라. 부인(婦人)이 소복(素服)을 밧비 벗고 ᄎᆡ복(綵服)입고 아미를 지으며 일변(一邊) 관곽(棺槨)을 후원(後園)의 ᄂᆡ치고 포진(鋪陳)을 화려히

베풀고 공주를 마즐식 부인이 낙낙(樂樂)ᄒ야 옥반화기(玉盤花器)의 잔(盞)을 권(勸)홀식 날이 져물미 부인이 원앙금(鴛鴦衾)을 펴고 동침지낙(同寢之樂)을 죄오더니 믄득 긔졀(氣絶)ᄒ야 쥭어가니 부인이 뒤경(大驚)ᄒ야 급히 션동을 불너 무로되 '너의 공지 불시(不時)의 긔졀ᄒ얏스니 젼(前)에도 이런 병이 잇더냐.' 션동은 장주의 계교를 드럿는지라. 거즛 놀나 왈 '이젼(以前)붓터 막히는 병이 잇더이다.' '무엇스로 구(救)ᄒ더냐.' 션동왈 '쵸국(楚國)의셔는 형세(形勢) 당당(堂堂)ᄒ야 병이 나오면 ᄉ룸의 두골(頭骨) ᄶ여 쓰면 즉추환싱(卽次還生)ᄒᄂ이다 마는 이곳의셔 인골(人骨)을 엇지 어더 효험(效驗)을 보리잇가.' 부인이 이윽히 싱각ᄒ다가 갈외뒤 '쥭은 ᄉ룸의 골(骨)을 써도 환싱ᄒᄂ냐.' 션동왈 'ᄉ룸골은 다 ᄒᆞᆫ가지니 효험(效驗)이 잇ᄉ오리이다.' 부인이 몸을 일어 즉시 협실(夾室)의 드러가 도치를 가지고 장주의 두골을 ᄶ리고 닉랴 ᄒ니 져런 음부가 어딕 잇스리요. 부인이 도치를 쥐고 살긔(殺氣) 등등(騰騰)ᄒ야 쟝주의 관(棺) ᄶ치고 그 머리를 ᄶ려 그 골을 닉야 신낭(新郞)을 구ᄒ랴 홀식 후원의 이르러 관 압헤 당(當)ᄒ야 도치를 드러 ᄶ치니 관이 열니거늘 장찻 미장(埋葬)ᄒᆞᆫ 것슬 그르고 머리를 ᄶ리랴 ᄒ더니 홀연 장지(莊子) 무심즁(無心中) 이러ᄂ며 뒤소왈(大笑曰) '부인이 엇진 일인고.' ᄒ니 부인이 황겁실식(惶怯失色)ᄒ더라. 뒤기(大槪) 장주는 둔갑장신(遁甲藏身)ᄒ기를 신긔(神奇)히 ᄒ기로 혼(魂)이 ᄂ가셔 미소년(美少年)이 되얏더니 부인의 일얼즄 승시(乘時)ᄒ야 혼이 도로 드러가 육신(肉身)의 붓쳐 도로 환싱(還生)ᄒ니 그 요슐(妖術)은 고금(古今)의 일캇는지라. 장지(莊子) 부인(婦人)다려 무러 왈 '그딕 엇지 황겁(惶怯)ᄒ며 쏘 엇지 이에 오시뇨.' ᄒ딕 부인이 쳔만의외(千萬意外)의 쥭은 가부 환싱(還生)ᄒ물 보고 쏘 제 일을 싱각ᄒ니 엇지 ᄆ음이 온젼ᄒ리요. 창황즁(愴惶中) 뒤왈 '거야(去夜) 일몽(一夢)에 션관이 이르되 친히 도치를 들고 관을 치면 낭군(郞君)이 환싱(還生)

ᄒᆞ리라 ᄒᆞ미 과연 그ᄃᆡ로 ᄒᆞ엿더니 환ᄉᆡᆼᄒᆞ시니 이ᄂᆞᆫ 하ᄂᆞᆯ이 도으시미로소이다.' ᄃᆡ답은 이러ᄒᆞᄂᆞ 한출첨비(汗出沾背) ᄒᆞ니 장ᄌᆞ ᄂᆡᆼ소왈(冷笑日) '연즉(然則) 부인이 초상지부(初喪之婦)로셔 최마(衰麻)ᄂᆞᆫ 어ᄃᆡ가고 ᄎᆡ복(綵服)을 입엇ᄂᆞᆫ고.' 부인이 황망이 ᄃᆡ왈 '쳡이 상부지후(喪夫之後)로 망극ᄒᆞ와 복ᄌᆞ(卜者)의게 점복(占卜)ᄒᆞ온즉 소복(素服)을 벗고 일월셩신(日月星辰)ᄭᅴ 빈즉 낭군이 환ᄉᆡᆼᄒᆞ리라 하기의 ᄎᆡ의(綵衣)를 입엇ᄂᆞ이다.' 장ᄌᆞ ᄃᆡ소왈 'ᄂᆡ의 환ᄉᆡᆼ홈은 다 부인의 정셩(精誠)을 힘입으미로다. 젼일 무덤 부치든 붓치 썩ᄊᆞ미 올토다. 그러ᄂᆞ ᄂᆡ의 관곽(棺槨)을 어이 침젼(寢殿)을 옴겨 누츄(陋醜)ᄒᆞᆫ 곳에 빙소(殯所)ᄒᆞ엿ᄂᆞᆫ고.' ᄒᆞ니 부인이 말을 듯고 답언이 막혀 아모리 ᄒᆞᆯ 쥴을 모르다가 겨유 ᄃᆡ왈 '이ᄂᆞᆫ 셩신(星辰)ᄭᅴ 빌ᄯᆡ ᄂᆡ외(內外)를 정결(淨潔)이 ᄒᆞ미니 긔도를 맛고 정셔(精誠)으로 뫼시려 ᄒᆞ미니이다.' 장ᄌᆞ 왈 '부인의 정셩은 고금의 희한(稀罕)ᄒᆞ도다. 날과 ᄒᆞᆫ가지로 ᄂᆡ당(內堂)으로 기ᄉᆞ이다.' ᄒᆞ고 부인의 손을 잇글고 ᄂᆡ당(內堂)의 드러오니 즁당(中堂)의 ᄎᆡ일포진(遮日鋪陳)이요 침방(寢房)의ᄂᆞᆫ 금병슈막(金甁繡幕)이 응당(應當)ᄒᆞᆫ 혼ᄉᆞ긔용(婚事器用)이라. 장ᄌᆞ 거즛 무러 왈 '이 거죄(擧措) 일월셩신ᄭᅴ 비ᄂᆞᆫ 거됸(擧措)가. 침젼기구(寢殿器具) 더욱 이상ᄒᆞ니 정절(貞節)을 더욱 알니로다. 무더 붓치던 부치 썩그미 붓그럽지 아니ᄒᆞ냐.' 부인(婦人)이 다시 ᄃᆡᄒᆞᆯ 말이 업셔 협실(夾室)노 드러가 ᄌᆞ결(自決)ᄒᆞ야 쥭으니 쟝ᄌᆞ 도로히 뉘우쳐 붓치로 동의를 두드리고 우럿ᄂᆞᆫ 고로 일노 인ᄒᆞ여 고분지탄(叩盆之嘆)이라 ᄒᆞᄂᆞ이라."

ᄒᆞ며 탄식ᄒᆞ여 갈오ᄉᆞᄃᆡ

"녀ᄌᆞ의 정(貞)이 웃듬이오 남ᄌᆞ의 츙효정직(忠孝正直)ᄒᆞ미 근본(根本)이어ᄂᆞᆯ 음난(淫亂)을 ᄒᆡᆼ(行)ᄒᆞ니 가히 음부(淫婦)라 ᄒᆞᆯ 거시요, 장ᄌᆞ(莊子) 유식군ᄌᆞ(有識君子)로 도로혀 이럿틋 아녀ᄌᆞ(兒女子)를 ᄆᆡᆨ바다 스ᄉᆞ로 쥭게 ᄒᆞ고 뉘우쳐 ᄯᅩᄒᆞᆫ 고분지탄(叩盆之嘆)을 지으니 엇지 반복필뷔(反覆匹夫) 아니리오."

ᄒᆞ신ᄃᆡ 증ᄌᆞ ᄃᆡ왈

“셩쳔(聖天)이 광명졍ᄃᆡ(光明正大)ᄒᆞᆫ 일을 ᄒᆡᆼ(行)ᄒᆞᆯ거시여ᄂᆞᆯ 간ᄉᆞ(奸詐)ᄒᆞᆫ 일을 ᄒᆡᆼᄒᆞ오니 션ᄉᆡᆼ(先生) 말ᄉᆞᆷ이 지극(地極)ᄒᆞ여이다. 오날 고금지ᄉᆞ(古今之事)를 논단(論斷)ᄒᆞ오니 소ᄉᆡᆼ(小生)이 당당(堂堂)이 불의(不義)를 ᄒᆡᆼ(行)치 아니ᄒᆞᆯ오리이다. 다시 뭇ᄌᆞᆸᄂᆞ니 졔왕(齊王)[43]이 셰 장ᄉᆞ(壯士) 쥭인 일을 아라지이다.”

공ᄌᆞ 왈

“졔왕(齊王)의게 셰 장ᄉᆞ(壯士) 잇스되 협ᄐᆡ산(挾泰山)ᄒᆞ고 이초북ᄒᆡ(以超北海)ᄒᆞᄂᆞᆫ 장ᄉᆡ라. 병(兵)을 들어 졍벌(征伐)ᄒᆞᄆᆡ ᄇᆡᆨ젼ᄇᆡᆨ승(百戰百勝)ᄒᆞᄂᆞᆫ지라. 시고(是故)로 공(功)을 밋고 크게 교만(驕慢)ᄒᆞ드니 졔(齊)나라 졍승(政丞) 안ᄌᆞ(晏子)[44] 셰 ᄉᆞ롬을 보러 갓더니 삼장(三將)이 안승상(晏丞相)을 보고 녜(禮)ᄒᆞ지 아니ᄒᆞ고 말ᄉᆞᆷ이 심(甚)이 거오교만(倨傲驕慢)ᄒᆞ거ᄂᆞᆯ 안ᄌᆞ(晏子) ᄃᆡ로(大怒)ᄒᆞ여 도라와 졔왕을 보고 쥬왈(奏曰) ‘지금 셰 장ᄉᆡ 공을 밋고 크게 교만(驕慢)ᄒᆞ야 군신(君臣)의 체면(體面)을 모로오니 삼장(三將)으로 말미암아 나라히 장ᄎᆞᆺ 위ᄐᆡ(危殆)ᄒᆞᆯ지지라. ᄃᆡ왕(大王)은 살피소셔.’ ᄒᆞ온ᄃᆡ 졔왕이 듯고 놀나 왈 ‘연즉(然則) 장ᄎᆞᆺ 엇지 졔어(制御)ᄒᆞ리요.’ 안ᄌᆞ왈 ‘이ᄂᆞᆫ 쉬온지라. 이 셰 장ᄉᆡ 일심(一心)이 되야 ᄉᆞᄉᆡᆼ(死生)을 ᄒᆞᆫ가지로 ᄒᆞᄂᆞᆫ지라. ᄒᆞ나히 쥭은 즉 그 둘이 마져 쥭을 거시니 이 셰 사ᄅᆞᆷ이 우직(愚直)ᄒᆞ냐 간ᄉᆞ(奸詐)ᄒᆞ문 업ᄉᆞ오니 엇지 근심ᄒᆞ리오.’ 왕이 ᄃᆡ왈 ‘계교 어ᄃᆡ 잇ᄂᆞ뇨.’ 안ᄌᆞ 왈 ‘신의 집의 죠흔 복셩화 잇ᄉᆞ오니 둘을 가져다가 ᄃᆡ왕이 삼인(三人)을 불너 이르시되 공젹(功績)이 만키로 호품(好品) 복셩화 둘을 어더 두고 경(卿) 등(等)을 쥬랴 ᄒᆞ되 ᄒᆞ나히 모ᄌᆞ라기로 쥬져(躊躇)ᄒᆞ더니 이졔 셰히 왓시니 복셩화 둘을 쥬ᄂᆞ니

---

43) 제 경공(景公). 경공이 즉위하여 사냥을 즐기고 세금을 무겁게 하여 정치가 혼란했으나 안자를 등용하여 나라를 안정시켰다.

44) 춘추시대 제나라의 명재상. 이름은 안영(晏嬰)이며 제나라 경공을 잘 보좌하여 나라를 안정시켰다. 안자는 안영을 높여 부르는 말이다.

삼인(三人)이 셔로 공(功)을 니르고 삼장즁(三將中) 공(功)이 더ᄒᆞ니로 먹게 ᄒᆞ라 하시면 삼인이 일체(一體)니 ᄒᆞ나히 못먹은면 기시(其時)의 쥭ᄉᆞ올거시오 ᄒᆞ나히 쥭으면 셰히 일시(一時)의 쥭으리이다.' ᄒᆞᆫ디 왕이 올히 넉어 즉시 복셩화를 드러오고 삼장(三將)을 부르니 드러왓ᄂᆞᆫ지라. 왕이 왈 '경 등이 공이 만키로 상ᄉᆞ(賞賜)ᄒᆞ노니 먹으라.' ᄒᆞᆫ디 장슈(將帥) 가로디 '신은 모월(某月)의 홀노 초국(楚國)을 쳐 항복(降伏)바닷ᄉᆞ오니 이 공으로 신이 먼져 하나흘 먹으라이다.' ᄒᆞ고 먹거ᄂᆞᆯ ᄯᅩ ᄒᆞᆫ 장슈 ᄂᆡ다라 ᄀᆞ로디 '소신은 졍국(鄭國)을 홀노 쳐 항복바다사오니 이만 큰 공이 업ᄉᆞ오니 신이 먹으리이다.' ᄒᆞ고 먹으니 남은 장슈(將帥) ᄃᆡ로(大怒)ᄒᆞ야 ᄀᆞ로디 '신은 젼후(前後) 공(功)이 업ᄉᆞ오니 상ᄉᆞ(賞賜)를 밧지 못ᄒᆞ오미 붓그러온지라. 사라 ᄡᅳᆯ디업다.' ᄒᆞ고 칼노 목질너 쥭거ᄂᆞᆯ 두 장슈 통곡ᄒᆞ야 이르되 '우리 삼인이 동공일체(共同一體)요 사싱지교(死生之交) 잇ᄂᆞ니 너 쥭으니 우리 엇지 뒤을 좃지 아니리요.' ᄒᆞ고 일시(一時)의 쥭으니 증삼(曾參)[45]아 안ᄌᆞ의 계교 엇덧타 ᄒᆞᄂᆞ냐."

ᄒᆞ신디 증ᄌᆡ ᄃᆡ왈

"역발남산(力拔南山) 삼장ᄉᆞ를 안ᄌᆡ 두 복셩화로 쥭엿스니 안ᄌᆞ의 계교 비록 묘(妙)ᄒᆞ오ᄂᆞ 이 ᄯᅩᄒᆞᆫ 졍직(正直)ᄒᆞ문 아닌가 ᄒᆞᄂᆞ이다."

공ᄌᆡ 등을 어로만져 칭찬왈

"네 오ᄂᆞᆯ ᄂᆡ의 가라치물 드러 ᄭᆡ쳐 현명ᄒᆞ니 엇지 긔특지 아니리오."

ᄒᆞ시니 증ᄌᆡ ᄯᅩ ᄃᆡ왈

"안ᄌᆞ(晏子)의 도힝(道行)을 아라지이다."

공ᄌᆡ 왈

"안ᄌᆞ는 본디 체지(體肢) 젹은 ᄉᆞ름이라. 초국의 ᄉᆞ신(使臣) 가더니 초왕

45) 이 글에서 공자에게 질문을 하는 주인공 증자의 이름이 삼(參)이다.

이 안자(晏子)의 젹으믈 보고 무러 왈 '그딕 신장(身長)이 어이 그리 젹으냐.' 혼딕 안지(晏子) 딕왈 '우리누라 쓰는 법이 딕국(大國)의는 큰 스롬을 보닉고 소국(小國)으는 젹은 스롬을 보닉기로 신이 왓느이다.' 흐니 쏘혼 지담(才談)이라. 왕이 말이 막혀 다시 뭇지 아니흐더니 다시 보치고자 흐야 안즈의 막하인(幕下人)을 타국(他國)의 와 도젹질혼다고 안즈를 불너 꾸지져 왈 '네 누라 스롬은 다 도젹질 흐느냐.' 혼딕 안지 딕왈 '우리 본국(本國)은 녜로붓터 례의(禮儀)를 슝상(崇尙)흐고 본딕 도젹(盜賊)을 못볼너니 이의 이르러 딕왕 누라 스롬을 본바다 불의(不義)를 힝혼가 시부오니 싱각건딕 딕왕의 누리이 불의지국(不義之國)인가 흐느이다.' 흐얏스니 이 쏘혼 그 누라 인군을 욕혼지라. 층삼(曾參)아 네 소견(所見)은 엇덧타 혼는뇨."

증지 딕왈

"안지 직스(才士)로소이다."

공지 왈

"연(然)흐다."

흐시다. 증지 왈

"졔요(帝堯) 도당씨(陶唐氏) 도덕이 놉흐시고 성졔명왕(聖帝明王)이시로딕 구년지슈(九年之水)[46]가 엇진일이며 은왕(殷王) 셩탕(成湯)이 쏘 셩졔명왕(聖帝明王) 이시로딕 딕한칠년(大旱七年)[47]이 잇스오니 그 일을 아라지이다."

공지 왈

"네 이 일은 지기일이요, 미지기이로다. 믹양(每樣) 하늘이 삼긴후의 도라

46) 요임금 시절 구년 동안 비가내려 홍수가 진 일. 요임금의 뒤를 이어 임금이 된 우의 아버지 곤이 치수사업을 벌였으나 실패했고 아버지의 뒤를 이은 우가 성공하여 홍수를 물리쳤다. 그 공으로 요임금의 뒤를 이어 임금이 되었다.

47) 성탕 재위시에 칠년 동안 가뭄이 든 일. 사람을 제물로 바쳐야 한다는 말을 듣고 성탕 임금 자신이 직접 제물이 되어 비를 빌자 비가 내렸다.

단니시ᄂᆞ니 동방(東方)의 츙셩산48)이 잇셔 하ᄂᆞᆯ 쎄쳐기로 ᄆᆡ양 하ᄂᆞᆯ이 도지 못ᄒᆞ더니 뇌졍벽(雷霆霹)49)의 그 산이 문허지니 하ᄂᆞᆯ을 이고 잇더니 산이 일시의 문허지ᄆᆡ 하ᄂᆞᆯ이 동(東)으로 기우러졋ᄂᆞᆫ지라. 이러무로 은하수(銀河水) 기운 타시요 그 후의 하ᄂᆞᆯ이 반듯ᄒᆞ시ᄆᆡ 이ᄯᆡᄂᆞᆫ 은왕(殷王) 셩탕(成湯)의 일곱ᄒᆡ 가문ᄯᆡ라. 이ᄂᆞᆫ 하ᄂᆞᆯ연고요 님군의 허물이 아닌가 ᄒᆞ노라."

ᄒᆞ신ᄃᆡ 증ᄌᆡ ᄯᅩ 왈

"쥬공(周公)의 도덕을 다시 드러지이다."

공ᄌᆡ 왈

"쥬공(周公)은 총ᄌᆡ(總裁) 벼ᄉᆞᆯ ᄒᆞ야 도덕(道德)과 인의(仁義)로써 님군을 돕고 ᄇᆡᆨ셩을 다사리니 하ᄂᆞᆯ의ᄂᆞᆫ 사오나온 바람이 업고 ᄯᅩ ᄀᆡᆨ슈(客水)가 아니ᄒᆞ고 바다의ᄂᆞᆫ 물결이 산산ᄒᆞ며 교지남의 월상ᄡᅵ(越裳氏)50) 잇셔 흰 ᄭᅯᆼ을 드려 ᄀᆞ로ᄃᆡ '듕국(東國)에 셩인(聖人)이 잇ᄉᆞᆫ져.' ᄒᆞ며 쥬공(周公)의 덕을 일카르니 텬하ᄇᆡᆨ셩(天下百姓)이 츅수ᄒᆞ얏ᄂᆞ니 이러무로 쥬공(周公) 덕을 이졔가지 유젼(遺傳)ᄒᆞ얏스니 ᄌᆞ셔(仔細)이 드러 ᄒᆡᆼ(行)ᄒᆞ고 불의불법(不義不法)을 ᄒᆡᆼ(行)치말며 후셰(後世) ᄉᆞ롬을 본밧게 ᄒᆞ라. 남ᄌᆞ(男子)되야 쥬공의 덕을 ᄒᆡᆼ케 ᄒᆞ고 녀ᄌᆞ(女子)되야ᄂᆞᆫ 장ᄌᆞ(莊子)의 쳐(妻) 음ᄉᆞ(陰邪)ᄒᆞ믈 증계ᄒᆞ야 졍녈(貞烈)ᄒᆞ물 힘ᄡᅳ게 ᄒᆞ라."

ᄒᆞ신ᄃᆡ 증ᄌᆡ 수명(受命)ᄒᆞ고 다시 ᄌᆡᄇᆡ왈(再拜曰)

"션ᄉᆡᆼ의 가ᄅᆞ치심을 폐부(肺腑)의 ᄉᆡᆨ여 명심불망(銘心不忘) ᄒᆞ리이다."

---

48) 충성산은 미상이다. 『회남자』에 전욱과 공공이 임금의 자리를 두고 싸우다 공공이 지게 되자 화가 난 공공은 하늘을 바치고 있던 부주산을 들이받아 죽었는데 이로 인해 하늘이 기울어지게 되었다는 기록이 있다.

49) 뇌정벽력(雷霆霹靂)의 오기. 천둥과 벼락.

50) 현대 베트남 지역의 나라. 통역을 아홉번이나 거쳐야 말이 통하는 먼 나라였는데 찾아와 주공에게 꿩을 바쳤다.

번역

대성훈몽전

대성훈몽전-큰 성인께서 어리석음을 깨우치신 이야기

공자의 제자는 삼천 명에 이르렀고 그중 유학과 여섯 가지 학문 모두에 능통한 제자는 칠팔십 명이었다. 그 가운데서도 가장 뛰어난 제자는 증자였다. 증자는 일곱 살 때부터 공자께 나아가 배웠는데 한가한 어느 날 공자께 나아가 질문을 드렸다.

"하늘과 땅 그리고 해와 달 별무리 등이 생겨난 것에 대해 알고 싶습니다."

공자께서 말씀하셨다.

"나도 자세히 알지는 못하지만 네가 알고 싶어 하니 아는 대로 큰 줄기를 말해주마. 하늘은 음양의 기운 중 양기가 위로 올라가 일만 팔천 년이 지난 후에 높고 뚜렷해져 하늘이 되었다. 땅은 음기가 탁하여 아래로 내려가 일만 팔천 년이 지난 후에 넓고 모지고 두텁게 되어 땅이 되었다. 하늘과 땅이 생겨 크게 열린 후에 하늘의 양기는 아래로 내려오고 땅의 음기는 위로 올라가 음양이 섞이게 되어 만물이 생겨나게 되었다. 해는 양기 중 가장 큰 것이니 윗 하늘에 있으면서 더운 기운을 머금어 뚜렷하게 높이 떠 있고 달은 음기 중 가장 큰 것이니 찬 기운을 머금어 밤하늘에 있으면서 밤하늘을 밝힌다. 더운 기운과 찬 기운이 오고 가며 봄 여름 가을 겨울 계절을 나누니 이는 모두 음기와 양기가 조화를 부리는 것이다. 때문에 구름과 눈이 하늘에 생겨나거나 이슬이 사계절 중 추운 때를 타 내리는 현상 등은 다 음기와 양기 두 기운이 섞여 저절로 되는 것이다. 음기와 양기에서 쇠기운 나무기운 물기운 불기운 흙기운이 생겨나고 이 기운들이 서로 북돋아 주어 갖가지 모양과 색깔을 가진 만물이 만들어지게 되니 하늘과 땅 사이에서 음기와 양기가 얽혀 변화하는 것은 무궁한 것이다. 이 세상에는 동서남북 네 방위가 있는데 동쪽은 청제 용왕이 지키고 서쪽은 백제 용왕이 지키고 남쪽은 적제 용왕이 지키고 북쪽은 흑제 용왕이 지키고 있다. 지금 사람들은 이들을 동쪽은 청룡 서쪽은 백호 남쪽은 주작 북쪽은 현무라고 부르는데 이들 네 방위가 곧 봄 여름 가을 겨울 사계절이다. 봄이 오면 만물이 나고 여름이 오면 만물이 자라고 가을이 오면 만물이 익고 겨울이 오면 만물이 스러진다. 하늘이 수레바퀴 같이 움직이며 순환하기 때문에 사계절이 끊임없이 순환하게 된다. 봄은 동쪽에 속해 있기 때문에 봄이 오면 동군이 나무의 기운으로 임금 노릇을 하여 푸른 부채로 바람을 일으키면 봄바람이 불어 풀이 나고 꽃이 피게 된다. 여름은 남쪽에 속해 있기 때문에 여름이 오면 주작이 불의 기운으로 임금 노릇을 하여 붉은 부채로 바람을 일으키면 따듯한 바람이 불어 천하가 뜨거워진다. 가을은 서쪽에 속해 있기 때문에 가을이 오면 백호가 쇠 기운으로 임금 노릇을 하여 흰 부채로 바람을 일으키면 가을바람이 불어 이슬이 굳어 서리가 되고 또 곡식이 익고 나뭇잎이 시든다.

겨울은 북쪽에 속해 있기 때문에 겨울이 오면 현무가 물 기운으로 임금 노릇을 하여 검은 부채로 바람을 일으키면 찬바람이 불어 흰 눈이 흩날리니 초목이 시들어 땅에 떨어지고 강이 얼고 만물이 다 숨는다. 바람은 사람의 들숨과 날숨 같아서 하늘과 땅의 기운이 통하여 연속되는 것이다. 물과 구름은 음기와 양기 두 기운이 결합하여 생겨나는 것인데 물은 음기가 맺힌 것이고 안개는 땅의 기운이 위로 오르되 하늘에 미치지 못하여 생기는 것이고 이슬은 날이 따뜻할 때 음기와 양기 두 기운이 엉켜 생긴 것이다. 음기와 양기 두 기운이 엉키되 추우면 서리가 되고 더우면 끓어올라 하늘 깊숙이 구름이 되어 세차게 비가 되어 내린다. 찬 기운이 뭉쳐 어둑하면 이슬이 맺혀 서리가 되고 서리로 인하여 눈이 내린다. 이러한 변화는 쉼 없이 계속되며 음기와 양기가 하늘과 땅 사이에서 만나 변화하는 이치는 끝이 없다. 네가 이 이치를 힘써 익히면 무궁한 변화의 이치를 자연스레 알게 될 것이다."

증자가 다시 무릎 꿇고 두 번 절하며 말했다.

"소자는 선생님의 가르치심을 명심하여 잊지 않겠습니다. 황공하오나 아주 먼 옛날 태고적 어지럽던 시절을 알고 싶습니다."

공자께서 말씀하셨다.

"아주 먼 옛날 태고 때란 하늘과 땅이 열린 직후를 말한다. 사람이 생겨났으나 몸을 덮을 의복이 없었다. 벌거벗은 몸으로 비와 눈을 가릴 수 없었는데 유소씨라는 임금이 나와 나무를 엮어 나무집을 만드니 비로소

집에서 살 수 있었다. 그 후에 수인씨라는 임금이 나와 사람이 나무 열매만을 먹는 것을 보고 나무를 비비어 불을 만들어 익혀 먹는 방법을 가르치셨다. 이 시절에는 문자가 없었기 때문에 큰 일이나 작은 일이나 노끈에 매듭을 엮어 문자 대신 썼었다. 태호 복희씨라는 임금이 나와 글자를 만들어 노끈에 매듭을 엮던 것을 바꾸셨다. 또 결혼 예식에 가죽을 선물하는 예의를 가르치시고 큰 강인 하수에 신령스런 용마가 나타나니 용마 등 위에 무늬를 보시고 팔괘를 그려 길흉을 알게 하셨다. 아울러 그물을 엮어 물고기 잡는 방법을 가르치시어 부엌을 채우게 하니 또 다른 이름을 포희라고 하였다. 포희 임금은 오동나무로 거문고를 만들기도 했다. 이에 여와씨는 피리를 만들었다. 염제 신농씨라는 임금이 있어 나무를 깎아 농기구 따비를 만들어 비로소 밭갈기를 가르치시고 백 가지 풀을 맛보아 의술과 약을 만들어 사람의 병을 간호하게 하시며 낮에 시장에서 교역하는 법을 가르치셨다. 그 후에 황제 헌원씨라는 임금이 있어 창과 방패를 만들어 모반하는 제후를 쳐 항복을 받으셨다."

증자가 다시 무릎을 꿇고 공자님께 여쭈었다.

"황공하오나 요임금 도당씨의 도덕을 듣고 싶습니다."

"요임금 도당씨는 어짐이 하늘과 같이 넓으셨고 지혜는 귀신과 같이 신묘하셨다. 도덕이 뛰어나고 근검하시어 궁궐을 지으실 때에 지붕을 띠로 덮었고 처마를 가지런히 자르시지도 않았다. 궁전의 층계도 흙으로 세 층을 올리셨을 뿐이었다. 궁궐의 뜰에 명협이라는 풀이 자랐는데 달이 시작하는 초 하루부터 15일 까지 하루에 한 잎씩 싹이 나고 16일부터 하루에 한 잎씩 30일까지 떨어졌다. 그런데 그 달이 30일이 아니라 29일이면 한 잎이 남아 떨어지지 않는 것을 관찰하시고는 명협 잎의 나고 짐으로 검증하여 열흘과 초하루 등 날자 세는 것을 알게 되셨다. 또 궁궐의 뜰에 지영이란 풀이 있는데 그 풀은 간사한 사람을 보면 그 사람 쪽으로 방향을 돌려 간사한 사람임을 알려 주었기 때문에 이것으로 증거를 삼아 소인을 내치시고 충신을 쓰니 나라와 백성이 평안하고 집마다 사람마다 모두 풍족하여 천하가 태평하였다. 천하를 다스린지 오십년 째에 평복으로 변장하고 강가에 나가 즐기셨는데 백성들이 평안이 살며 부른 격양가와 동요를 들으시고는 매우 기뻐하셨다. 즉위하신지 칠십 이년째 되던 해부터 아홉해나 장마지고 또 아들 단주가 못나 천하를 다스리지 못할 줄을 아시고 순임금 유우씨에게 임금의 자리를 물려주셨다."

증자가 다시 여쭈었다.

"순임금 유우씨의 도덕을 듣고 싶습니다."

공자께서 말씀하셨다.

"요임금 도당씨께서는 아황과 여영이라는 두 따님을 두셨다. 아황과 여영 모두 덕스러워 순임금께 시집보내시고 또 임금의 자리를 물려주셨다. 순임금의 부친은 이름이 고수라고 하는 사람이었다. 순임금의 모친이 일찍 돌아가시어 후처에게 장가들어 아들 상을 얻었다. 고수가 상의 어미인 후처에게 미혹되어 상만을 사랑하고 순임금은 사랑하지 않았다. 상의 모자는 성격이 사나워 고수에게 순임금을 참소하여 죽이고자 하였다.

그러나 순임금께서는 지극한 효도를 바쳐 아버지 고수와 상의 모자를 점차 올바른 길로 인도하셨고 매우 나쁜 짓을 하는 지경에 이르지 않게 하셨다. 하루는 고수가 순을 죽이려고 마음먹고 순임금을 불러 창고에 올라가 지붕을 고치라고 했다. 순이 속으로 생각했다. '멀쩡한 지붕을 고치라고 하니 반드시 무슨 일이 있겠구나.' 그러나 아버지의 명령하심을 거역하지 못하여 기쁘게 대답하고 삿갓과 세초립을 겹으로 쓰고 창고에 올라갔다. 그러자 상의 모자와 고수가 의논하여 집안의 세간을 모두 치우고 창고에 불을 질렀다. 순임금이 불이 거센 것을 보고 세초립과 삿갓을 좌우에 끼고 몸을 솟구쳐 뛰어내려 죽기를 면하였다. 상의 모자가 순임금이 죽지 않은 것을 억울하게 생각하여 고수에게 또 여러 번 참소하였다. 그 뒤 고수는 또 순임금에게 우물을 파게 했다. 순임금은 내심 아버지가 자신을 죽이려 하는 줄을 알았지만 아버지의 명에 순종하는 효자여서 아버지의 명령을 거역하지 못하였다. 우물을 파러 들어갈 때에 이웃의 친한 벗에게 자신의 계획을 일러주어 곁굴을 파고 또 돈을 가지고 들어갔다. 고수가 흙을 퍼내기 위해 두레박을 우물 안으로 내려보내니 흙과 돌 등을 두레박에 담고 또 그 위에 돈을 두어 닢 씩 얹어 올렸다. 고수와 상의 모자 탐욕이 많아 돈이 또 올라올까 싶어 순순히 두레박을 내려 보내며 순이금을 죽이는 일을 천천히 하기로 했다. 그 사이에 순임금은 곁굴을 다 파고 밖으로 나갔다. 고수가 두레박에 더이상 돈이 올라오지 않는 것을 보고 우물을 메우고 '순이 우물을 파다가 죽었다.'고 했다. 순임금은 우물에서 나가 하빈 땅으로 가 질그릇을 구어 장에 팔며 살았다. 하루는 장에 가니 상의 어미가 눈이 멀어 막대를 집고 다니며 동냥하고 있었다. 순임금이 보시고 놀나고 참혹하게 여겨 물어보았다. '여인이 눈이 멀어 이렇듯 동냥 다니는 모습이 끔찍합니다. 어찌하여 이리 되셨습니까?' 상의 어미가 답했다. '불행하여 도적질도 당하고 또 집에 불도 나 가산을 탕진하였습니다. 지아비 또한 눈이 멀고 병이 있어 움직이지 못하므로 내가 홀로 다니며 동냥하여 지아비를 먹이나이다.' 순임금이 듣고 눈물을 흘리며 말했다. '들지하니 사정이 딱합니다. 다음 장이 설 때까지 먹을 양식을 드릴 테니 가져가소서.' 양식을 싸주면서 말했다. '다음 장이 설 때도 또 오소서.' 상의 어미가 머리를 조아리며 여러번 인사했다. 다음 장에 상의 어미가 오니 순임금이 보시고 안부를 물은 후에 다음 장까지 먹을 양식을 싸 주면서 말했다. '다음 장이 설 때도 또 오소서.' 이렇듯 여러 달 어려움을 구해주니 상의 어미 감격하여 고수에게 고마운 사정을 말했다. 고수가 다음번에는 고마운 사람을 집으로 데려오고 했다. 상의 어미가 고수의 말을 듣고 장에 갔는데 순임금이 또 양식을 주었다. 이에 순임금을 붙들고 말했다. '지아비가 눈이 멀고 또 몸이 아파 장에 오지 못하였습니다. 하해와 같은 은혜에 감사인사를 올리고자 하여 뫼셔오라 하니 수고을 아끼지 말고 가사이다.' 고수의 어미가 간청하고 또 아버지의 명령이기도 하여 거역할 수 없었다. 순 임금이 고수의 집에 도착하니 고수가 은인이 왔단 말을 듣고 인사를 하고자 나와 목소리를 들으니 분명한 아들이었다. 고수가 듣고 반겨 황급히 일어나 붙들고 말했다. '네가 순이냐.' 상의 어미 뫼 쏘흔 순임금인가 하고 붙들었다. 이때 두 사람의 눈이 일시의 열려 눈이 보였다. 고수 부부의 그간 행적을 생각하면 고금에 업는 몹쓸 사람들이니 어찌 저들 행실로 먼 눈이 열리겠는가. 이는 다 순임금의 지극한 효성에 하늘이 감동하여 생긴 일일 것이다. 너희들도 순임금의 지극한 효도와 높은 덕을 본받을지어다. 순임금께서 역산 땅에서 농사 지으실 때에는 근처 백성들이 서로 밭의 경계를 양보하여 싸우지 않았고 하빈 땅에서 질그릇을 구워 파실 때에는 파는 그릇에 조금도 흠이 없었다. 백성이 임금되기를 비니 순임금께서 임금의 자리를 사양하시어 도읍 남쪽 강으로 몸을 피하셨다가 부득이 임금의 자리에 오르셨다. 사해가 모두 순임금의 위대한 덕을 우러르며 서로 칭송하니 이러한 일은 고금에 처음있는 일이었다. 순임금이 오현금을 타시고 남풍시를 지으시니 그 시의 내용은 이러했다.

남풍이 따뜻함이여!
우리 백성 노여움을 풀 만하네.
남풍이 순조로움이여!
우리 백성 재물을 불릴 만하네.

이 한 곡조에 봉황이 내려와 춤추니 백성이 노래를 부르고 즐기며 말했다. '순임금 께서는 하늘과 같이 높으시도다.' 순임금께서는 아들 상균은 어질지 못하여 임금의 자리를 잊지 못할 줄 이시고 하우씨에게 전위ᄒᆞ시고 남으로 순행하시다가 창오 땅 들에서 돌아가셨다. 이에 근처 구의산에 장례를 지냈다. 아황과 여영 두 황후께서 순임금을 잊지 못하시어 소상강으로 가 두 손을 마주 잡고 애통해하며 피눈물을 흘려 소상강 수풀에 뿌렸다. 그 때문에 소상강의 대나무에 얼룩무늬가 있게 되었으니 바로 아황과 여영 두 황후의 눈물 흔적이다."

증자가 또 여쭈셨다.

"하우씨는 또 어떠한 임금님 이십니까?"

공자께서 말씀하셨다.

“하우씨는 순임금께 임금의 자리를 이어받으신 분이다. 즉위하신 후로 충성스런 간언을 들으시면 허리를 굽혀 절하시어 고마움을 표시하셨다. 혹 궁 밖으로 나가실 때 죄인을 보시면 수레 아래 내려 죄인을 붙들고 통곡하며 말씀하셨다. ‘요임금과 순임금 때 사람들은 임금께서 어지셨기 때문에 어지러이 죄를 범하지 않았는데 과인이 임금이 되어서는 임금이 덕이 없어 네가 죄를 범하였으니 이는 나의 허물이다. 이 때문에 슬프구나.’ 하시고 죄인에게 금을 주시고 또 주의를 준 후 놓아주시니 백성들이 모두 이 말을 듣고 감격하여 도적이 없고 천하가 태평하게 되었다. 하우씨에게 의적이라는 첩이 있었는데 술을 빚어 하우씨에게 바치니 하우씨께서 술의 맛을 보시고는 말했다. ‘후세에 이 술로 나라를 망치는 사람이 있으리라.’ 그리고는 의적을 내치셨다. 하우씨께서 아홉 고을의 쇠를 거두어 솥 아홉 개를 만들었는데 그 무게의 총 수가 일만 오천 근이었다. 또 배를 타고 강을 건너실 때 황룡이 배 밑으로 들어가 물을 건너지 못하게 하였다. 하우씨께서는 하늘을 우러르며 이렇게 말하였다. ‘나는 하늘께 명을 받았고 힘을 다하여 천하를 다스렸다. 세상의 삶이란 잠시 머무르는 것이며 죽음이란 원래 왔던 곳으로 돌아감과 같다.’ 그러면서 용을 작은 뱀 보듯 하시니 용이 그 위엄에 머리를 숙이고 꼬리를 늘어뜨리며 달아났다. 다시 남쪽으로 순행하시다가 회계산에 이르러 돌아가셨다.”

증자가 다시 무릎 꿇고 감사의 인사를 올리며 말했다.

“선생님께서 가르쳐 주시는 것을 들으니 가슴이 열리는 듯 시원합니다. 황송하오나 하나라 걸임금의 무도함을 듣고 싶습니다."

공자께서 말씀하셨다.

"걸은 하우씨의 십사대 손이다. 힘이 다른 사람보다 뛰어나 쇠사슬을 펼 수 있었다. 임금의 자리에 있으면서 백성을 죽이며 폭정을 일삼았다. 매희라는 여자에게 미혹되어 구슬로 꾸민 궁전과 구슬로 꾸민 다락을 만들고 백성의 재물을 빼앗아 고기로 수풀을 만들고 연못을 파 술을 채웠는데 연못의 깊이가 배가 뜰 정도였다. 이는 매희를 즐겁게 하기 위해서였다. 이 때문에 나라의 운명이 크게 기울어 졌다. 은나라 임금 성탕께서 걸을 치니 걸이 명조 땅까지 도망갔다가 그곳에서 죽었다."

증자가 또 여쭈었다.

"성탕은 어떤 임금님 이십니까?"

공자께서 말씀하셨다.

"은나라 왕 성탕은 그 모친이 제비의 알을 삼킨 후 수태하여 낳았다고 한다. 성탕의 도덕이 또한 순임금과 비슷하였다. 탕임금이 시찰을 나가셨다가 길가에 새를 사냥하는 사람들이 사면으로 그물을 싸고 다 내 그물로 들어오라고 비는 것을 보시고 말씀하셨다. '슬프다, 저 짐승이여. 다 없어지겠구나!' 그리고는 그물 세 면을 치워 놓고 이렇게 빌었다. '왼쪽으로 가려는 새는 왼쪽으로 가라. 오른쪽으로 가려는 새는 오른쪽으로 가라. 다만 죽고자 하는 새는 이 그물에 걸리거라.' 이 광경을 본 사람들이 모두 성탕의 큰 덕이 지극하다고 칭송하며 말하였다. '성현의 도덕은 짐승에게도 미치는 구나!' 이윤이라는 자가 성탕을 도와 걸을 쳐 남소 땅으로 몰아내니 제후들이 성탕을 높혔고 이에 천자의 자리에 즉위하셨다. 이때 큰 가뭄이 일곱 해 동안 지속 되었다. 이에 천문을 맡은 관리인 태사에게 점을 치게 하니 태사가 이렇게 말하였다. '사람을 바쳐 제사를 지내야만 합니다.' 성탕이 말하였다. '내가 비오기를 바라는 것은 모두 백성을 위함이다. 만약 사람을 바쳐 빌어야 한다면 내가 몸소 제물이 되겠다.' 그리고는 친히 목욕을 하고 손톱과 머리털을 자른 후 흰 머리띠를 둘러 몸소 제물이 되었다. 제사를 지내는 상림원 뜰에 나아가 자신의 여섯 가지 잘못을 들어 죄를 빌고 제사 때 읽는 축문을 지어 지극 정성으로 제사를 지냈다. 축문을 다 읽지도 않았는데 큰비가 수천 리에 걸쳐 내렸다. 성탕이 돌아가시니 아들 태갑이 즉위하였는데 태갑은 크게 무도하였다. 재상 이윤이 가르침을 주고자 태갑을 동궁에 유폐시키니 태갑이 삼년 만에 뉘우쳐 어진 임금이 되었으니 재상 이윤은 만고의 드문 성인이시다."

증자가 또 여쭈었다.

"이윤과 부열은 누구이며 근본은 어찌 되십니까?"

공자께서 말씀하셨다.

"이윤은 뽕나무 속에서 태어난 사람으로 성탕을 도와 천하를 평정한 어진 성현이시다. 부열은 어릴 적 가난하여 담을 쌓던 일을 하던 사람이다. 은나라 무정 임금이 부열이 어질다는 소리를 듣고 부열이 담을 쌓고 있는 공사장으로 친히 찾아가 보고 정승을 삼았다. 후에 부열은 무정 임금을 도와 천하를 평정하였다."

증자가 다시 여쭈었다.

"주의 무도함을 알고 싶습니다."

공자께서 말씀하셨다.

"은나라 왕 주는 성탕의 후손이다. 은나라는 성탕의 후손이 임금이 되어 대대로 이어지다가 주에 이르렀는데 음탕하고 무도하였을 뿐더러 소달기라는 여인에게 빠져 소달기의 소원이라면 무엇이든 들어 주었다. 백성에게 세금을 넘치게 받아 녹대라는 누대에 재물을 쌓아 놓고 거교라는 땅의 거대한 창고에 곡식을 채워놓았다. 동산에 누각을 높이 짓고 연못에 술을 채우고 고기로 수풀을 만들어 밤새 즐기며 폭정을 일삼았다. 제후 중 충고하는 자가 있으면 벌하였는데 소달기의 말에 따라 기둥에 기름을 바르고 숯불로 달군 후에 기둥에 오르게 하였다. 충고하던 자가 기름 바른 기둥을 올라가다가 불에 떨어져 죽으면 소달기는 이것을 보고 크게 재미있어하였다. 소달기가 기뻐하는 것을 좋아한 주는 음란함과 포학함이 점점 더 심해졌다. 서자 형님 미자가 간하였으나 듣지 않았다. 또 비간이 삼일동안 연달아 힘써 충고하며 물러가지 않았는데 소달기가 이것을 보고 말했다. '충신의 심장에는 일곱개의 구멍이 나있다고 합니다.

비간의 배를 째 충신의 심장을 보고 싶습니다.' 이 말을 들인 비간이 안색을 조금도 변치 않고 기쁘게 배를 갈라 심장을 꺼내 들고는 죽었다. 이를 본 모든 사람들이 비간의 충성을 칭찬했다. 하루는 주가 소달기와 더불어 높은 누각에 올라 술을 먹고 즐기다가 만삭의 여인이 지나는 것을 보고 주에게 말했다. '저기 가는 여인이 일어날 때 왼쪽 다리가 먼저 나아가니 배속의 아이는 아들일 것이 분명합니다. 제 말이 믿기지 않으신다면 저 여인을 잡아다가 배를 따 보소서.' 주가 소달기의 말대로 그 여인을 잡아다가 배를 열어 보니 과연 아들이었다. 이 일 이후로 더욱 소달기의 말을 믿게 되었다. 포학한 정치가 이지경인데 어찌 나라가 망하지 않겠는가. 무왕께서 나서시어 주를 쳐 목야에서 죽이시고 또 달기의 목을 베었는데 달기는 꼬리가 아홉 달린 여우였다."

공자께서 가르침을 마치시고 길이 탄식하시며 말씀하셨다.

"걸과 주 같은 자들이 임금이 되어 천하를 어지럽히니 그때 백성이 어찌 편할 때가 있었겠는가. 내가 이제 도덕을 닦았으나 때를 만나지 못하니 어찌 한심한 일이 아니겠느냐."

증가가 또 여쭈었다.

"무왕(武王)의 도덕을 듣고 싶습니다."

공자께서 말씀하셨다.

“주나라 무왕은 고대의 훌륭한 관리이신 후직의 십육세 후손이다. 후직은 어머니 강원씨가 밖에 나갔다가 우연히 다른 사람의 소리를 듣고는 마음에 느껴지는 바가 있었는데 그 달부터 태기가 있어 열 달 만에 아이를 낳았다. 아비 없는 자식이 괴이하다고들 하여 좁은 골목에 아이를 버렸는데 길에 오고 가는 말과 소가 아이를 밟지 않고 피해 다녔다. 다시 데려다가 얼음 위에 놓아 얼어 죽게 하였더니 하늘에서 학이 내려와 한 날개로는 아이를 덮어 주고 한 날개로는 바닥에 깔아 찬기운을 막아주었다. 신기하게 여겨 다시 데려다가 길렀던 신기한 일이 있었는데 과연 그 후손 중에 무왕이 나셨다. 무왕께서 강태공의 도움을 받아 포악한 임금 주를 쳐 없애고 천자가 되시자 천하가 태평해지고 백성이 편안했다. 주변 제후국의 백성이 밭의 경계를 다투다가 결정을 내지 못하고 무왕께 판결을 받기 위하여 오다가 주나라 백성들이 서로 밭의 경계를 사양하여 가지기를 욕심내지 않고 다만 조화롭게 지내기만을 바라는 것을 보고 부끄러워했다. 이에 무왕의 덕이 백성들에게 영향을 주어 착해짐을 칭찬하고 돌아가 무왕의 백성을 본받게 되니 그 어진 덕이 제후국에까지 미치게 되었다. 주공은 무왕의 아우인데 형에게 힘껏 충성하였다. 무왕의 동생이자 주공의 형인 관숙과 채숙이 조정을 어지렵혀 백성이 견디지 못하였다. 주공이 나라를 위하여 할 수 없이 천자께 말씀을 올려 형인 관숙과 채숙을 죽여 천하를 안정시켰다. 후에 무왕의 태자이자 주공의 조카인 성왕이 즉위하였는데 나이가 어려 정치를 제대로 하지 못하니 주공이 성왕을 도와 제후에게 조공을 받으며 정치를 힘쓰시다가 성왕이 장성하시자 권력을 바치셨다.”

증자가 또 여쭈었다.

"위수 가에 강태공은 어떤 도덕이 있으십니까?"

공자께서 말씀하셨다.

"오늘 너와 더불어 고금의 홍망성쇠를 의논하고 선함과 악함을 의논하니 마음이 울적하구나."

증자께서 팔을 들어 거듭 감사의 인사를 올리며 말하였다.

"어찌하여 울적하십니까?"

공자께서 말씀하셨다.

"사람이 착한 일을 하고자 하면 요임금과 순임금 하우씨의 큰 덕을 본받아야 하며 불의를 행하면 걸과 주의 포학에 비교될 것이다. 그 옳음과 그름을 탄식하는 것이니 네 나이가 열 살이 안되었지만 나의 교훈을 잊지 말거라. 내가 오늘 너에게 고금의 여러 사적을 말해 주겠다. 강태공은 가난한 노인이었다. 팔십 살이 되도록 때를 만나지 못하여 낚시 바늘을 곧게 편 것을 삼천 개 만들어 물고기가 낚이지 않게 해놓고 낮이면 위수에 가서 낚시질하고 밤이면 집에 와서 공부만 하여 집안일을 돌보지 않았다. 강태공의 처 마씨는 강태공이 아침 저녁으로 공부만 하자 광주리를 차고 묵은 밭을 다니며 강피를 훑어다가 겨우 목숨을 이어나가며 강태공이 집안일을 돌보지 않는 것을 크게 원망하였다. 하루는 강태공이 생각하였다. '이토록 마씨가 나를 구박하니 마씨의 마음을 시험해 보아야 겠다.' 그리고는 도술을 부려 세찬 비가 오게 했다. 이때 마씨가 묵은 밭에서 강피를 훑고 있다가 소낙비를 피하여 집으로 돌아와 보니 말리던 곡식이 다 물에 떠내려 가버려 하나도 남아있지 않았다. 집안일이 이지경 인데도 강태공은 공부만 하여면서 살펴보지 않으니 마씨가 크게 성을 내어 강태공을 꾸짖었다. '이 늙은이야. 빗물에 곡식이 다 떠내려가는데도 거두어 두지 않고 글만 공부하고 앉았으니 아침 저녁 밥은 무엇으로 챙기라고 하느냐. 너 같은 못쓸 것을 어찌 지아비라고 믿고 살리오. 나는 다른 곳으로 갈 것이니 너는 알아서 잘 살거라.' 그러자 강태공이 처 마씨에게 빌며 말했다. '조강지처는 버리는 것이 아니라 하였소. 내가 만들어 놓은 곧은 낚시 바늘 삼천 개를 다 쓰고 이제 다만 열 몇 개가 남았으니 불과 수삼일 안에 모두 쓸 수 있을 것이오. 그때를 기다려 나와 함께 부귀와 영화를 누리는 것이 어떻겠소.' 이 말을 들은 마씨가 비웃고는 떠나니 강태공은 다만 한탄할 뿐이었다. 며칠이 지나지 않아 남은 열댓 개의 곧은 낚시 바늘을 모두 써버리고는 갈포로 만든 두건을 쓰고 거친 베옷을 입고 위수 가에 앉아 한가하게 졸고 있었다. 이때 주 무왕이 사냥을 하시다가 강태공을 보고는 그 인물됨을 알아보셨다. 강태공을 자신의 마차에 태워 와 모셔다가 스승을 삼고 상부라고 불렀다. 강태공이 무왕을 도와 천하를 평정하고 『육도삼략』을 이용해 사방을 정벌하여 이름을 온 세상에 떨치게 되었다. 아울러 그 공적이 고금에 뚜렷하게 되었다. 이에 무왕이 천하를 평정한 후에 강태공을 제나라 왕으로 봉하셨다. 강태공이 제나라로 부임하게 되어 가는 길에 마침 길가의 여인을 보니 마씨가 술그릇을 머리에 이고 지나가고 있었다. 강태공이 하인을 분부하여 마씨를 불렀다. 마씨는 제후 중에 으뜸인 강태공의 위엄 때문에 놀라 술광주리를 내버리고는 이유도 모르고 불려 왔다. 강태공이 마씨에게 말했다. '네가 나를 아느냐?' 마씨가 눈을 들어 가만히 보니 강태공의 좋은 옷과 빛나는 용모가 이전과는 달라 금세 깨닫지 못하다가 한참 후에야 알아보고 통곡하며 말했다. '강태공 낭군이십니다. 첩과 그때 이별한 후로 어찌 이렇게 귀하게 되셨습니까? 첩의 죄는 만번 죽어도 아깝지 않습니다. 다만 바라건대 첩의 처지를 생각하시어 버리지 않으신다면 종이라도 되어 죽도록 뫼실까 합니다.' 강태공이 서글피 탄식하며 말했다. '네가 한 일이 한심하구나. 네가 나를 구박하고 떠나간 처지에 이제와 애걸하며 원망하니 딱하구나. 그릇에 물 한 그릇을 떠오거라.' 마씨가 이 말을 반겨 물을 떠오니 강태공이 말했다. '땅에 쏟으라.' 마씨가 물을 땅에 부으니 태공이 다시 말했다. '그 물을 다시 그릇에 담아 보라.' 마씨가 대답했다. '땅에 부은 물을 어찌 다시 담겠습니까.' 태공이 말했다. '네 죄가 땅에 쏟아 버린 물과 같으니 다시 나를 생각하지 말거라.' 이에 마씨가 그게 울며 말했다. '백번 절하며 애걸하니 낭군께서는 함께 살던 정과 강피 훑어 끼니를 때운 내 공을 만 분의 일이만큼이라도 생각해 주소서.' 강태공은 이 말을 못 들은 체하고 떠날 것을 하인에게 분부하였다. 마씨가 통곡하며 따라가다가 기운이 다하여 죽으니 강태공이 불쌍하게 여겨 시신을 거두어 묻어 주고는 무덤의 이름을 마릉이라 하고 또 다른 이름을 부끄러워 죽은 무덤이라고 붙여 주었다."

공자께서 가르침을 마치고 탄식하며 말씀하셨다.

"충신은 두 임금을 섬기지 않고, 열녀는 지아비를 두 번 바꾸지 않는 법이라 하였다. 만일 천하에 마씨 같은 여인이 또 있다면 어찌 한심하지 않겠느냐. 너도 『열녀전』을 힘써 읽어 음란한 여인이 잘못을 뉘우치도록

하게 하거라."

증자가 절하며 감사의 인사를 올리며 말했다.

"황공하오나 감히 여쭙습니다. 백이와 숙제의 충절을 알고 싶습니다."

공자께서 말씀하셨다.

"백이와 숙제는 은나라 속국의 왕자로 은나라의 녹을 받은 사람들이다. 무왕이 주를 치러 가실 때 백이와 숙제는 무왕의 말고삐를 붙잡고는 간언을 올렸다. '신하가 임금을 공격하는 것은 해서는 안될 일입니다.' 이 말을 듣고는 무왕을 모신 사람들이 백이와 숙제를 죽이고자 하니 강태공이 꾸짖으며 말했다. '백이와 숙제는 의로운 사람들이다.' 이에 백이와 숙제를 놓아 주니 그들은 결단코 주나라 곡식을 먹지 않겠다고 맹세하고는 수양산에 들어가 고사리를 캐 먹었다. 그러다가 다시 생각하였다. '이 풀도 이제는 은나라 풀이 아니니 먹지 않겠다.' 그리고는 서산에 올라가 다음과 같은 노래를 지어 불렀다.

저 서산에 오름이여! 고사리를 캐는구나.
사나움으로 사나움을 바꿈이여! 그 잘못됨을 모르는구나.
신농과 우하의 시대가 지나감이여! 나는 어디로 돌아갈 것인가.

얼마 지나지 않아 굶주려 죽으니 그 충절이 만고에 으뜸이니라."

증자가 또 여쭈었다.

"소부와 허유의 도행을 듣고 싶습니다."

공자께서 말씀하셨다.

"소부는 기산에 숨어 사는 선비이다. 다음과 같은 노래를 지어 불렀다.

몸은 구름과 같고, 마음은 시내와 같아 맑고 깨끗하다.
송화를 따 먹고 영천수를 마시니, 인간세상 흥망이 나와 상관 없구나.
자지가를 노래하며 청산에 올라 약초를 캐고,
황정경을 외우며 초당에 누우니,
흰 갈매기의 뜻을 알아 쫓아야 겠다.

소부가 한가하게 영천수에 내려가 두 손으로 물을 마시고 있는데 어떤 사람이 지나가다 표주박을 주며 말했다. '이 표주박으로 물을 떠 먹으시지요.' 소부가 표주박을 받아 나뭇가지에 걸어 놓고 보니 표주박이 바람에 흔들려 요란한 소리가 났다. 이것을 본 소부는 '어찌 인간 세상의 물건을 소유하겠는가.' 하고는 표주박을 버렸다. 이처럼 소부는 인간 세상의 욕심을 벗어난 은자였다. 이때 요임금께서 소부의 어짊을 듣고 친히 소부가 사는 산에 가 소부를 만나보고는 말씀하셨다. '선생의 큰 덕이 세상에 높이 들었습니다. 원컨대 내 천하의 임자가 되시어 억만 창생을 평안하게 다스리심이 어떠하십니까?' 소부가 요임금의 이 말을 듣고는 크게 놀라 소매를 떨치고 자리를 피했다. 그리고는 영천수에 내려가 귀를

씻으며 말했다. '귀가 있기 때문에 더러운 말을 들었구나.' 마침 허유가 소를 끌고 가다가 소부가 귀를 씻는 것을 보고는 물었다. '그대는 무슨 일로 귀를 씻고 있는가?' 소부가 대답했다. '요임금이 나 보고는 천하를 가지라고 말하니, 내 귀로 더러운 말을 듣게 되었소. 이 때문에 귀를 씻는 것이오.' 허유가 이 말을 듣고는 함께 화를 내며 말했다. '그대가 더러운 말을 들은 귀를 씻은 물을 어찌 내 소에 먹이겠소.' 그러고는 소 고삐를 높이 들고는 영천수의 상류로 올라갔다. 이 두 사람의 절개 있는 행동은 만고에 없는 것이니 이 둘은 숨은 선비이다."

증자가 또 여쭈었다.

"기자가 <맥수가>를 부른 일은 어떤 일입니까?"

공자께서 말씀하셨다.

"무왕은 은나라가 망한 후 은나라 왕족 기자를 조선국에 봉하셨다. 기자가 무왕에게 조회를 오다가 옛 은나라 땅에 이르러 성탕 임금께서 처음 지으신 궁궐터를 보니 궁궐이 모두 무너져 버리고 터만 남아 보리만 수북함을 보고 탄식하며 말했다. '옛 임금은 어디로 가 돌아오실 줄 모르는가.' 그리고는 <맥수가>를 지어 불렀다.

보리가 점점 자라남이여! 벼와 기장이 기름지기도 해라.
저 교만한 아이는, 나와는 사이가 좋지를 않네.

이 노래를 들은 은나라의 남은 백성이 모두 슬퍼했다. 기자께서는 덕이 크셨음으로 은나라 남은 백성들이 모두 칭송하였다."

증자가 거듭 절하며 말했다.

"선생님께서 밝게 가르쳐 주신 것을 소자 명심하겠습니다. 또 감히 여쭈오니 목왕이 팔준마를 타고 요지의 잔치에 갔던 일을 자세히 알고 싶습니다."

공자께서 말씀하셨다.

"목왕은 주나라 무왕의 후손이다. 목왕이 병사를 일으켜 오랑캐를 정벌하시고 준마 여덟 마리를 얻으셨는데 이 팔준마는 하루에 만리를 갈 수 있었다. 목왕께서 팔준마를 얻으신 후로 국사를 돌보지 않고 사해를 두루 다니셨다. 한번은 하늘 끝을 보리라 마음먹고 준마를 몰아가다 곤륜산에 있는 높은 누각에 이르렀다. 이 누각의 주변으로는 맑은 바람이 살랑이고 오색구름이 어리어 상서로운 기운이 영롱했으며 아름다운 나무가 좋은 향기를 내뿜으며 사람을 맞이하는 듯했다. 이처럼 매우 뛰어난 경치가 가운데 큰 집이 한 채 있었는데 창문에는 수정으로 만든 발을 드리우고 있었다. 또 녹색 저고리에 붉은 치마를 입은 시녀들이 오가고 있었는데 이들이 시를 지어 읊는 소리가 아름다워 사내대장부의 간장을 요동치게 만들었다. 목왕은 정신이 아득히 황홀해 푸른 물이 흐르는 시냇가에 팔준마를 매어 놓고 주변의 꽃 사이를 서성거렸다. 이때 여인이 장신구로 찬 패옥 소리가 울리더니 이윽고 한 아름다운 여인이 안개 사이를 깨치고 나와 앉아 있었다. 목왕이 바라보니 그 미인은 구름같이 풍성한 머리에 진주로 만든 장신구를 하고 있었다. 이 미인의 사랑스러운 모습은 춘삼월 세찬 바람에 봄빛 어린 버드나무 가지가 휘어지는 것 같았고 붉은 치마에 비취색 저고리에서는 향기로운 바람이 일어나는 것 같았으며 보름밤에 밝은 달이 구름 속에서 나오는 듯하였다. 두 눈썹은 멀리 떨어진 산을 그려 놓은 것처럼 유려하였고 아름다운 얼굴은 복숭아꽃과 같았다. 이 미인이 붉은 복숭아나무 한 가지를 꺾어 손에 쥐고는 산호로 만든 서안을 등지고 앉아 청조를 희롱하며 맑고 아름다운 소리로 한 곡조 노래를 불렀다. 목왕이 그 아름다운 모습을 보고 어린 듯 취한 듯 미친 듯한 마음을 진정하지 못하고 있었다. 이때 선녀가 학과 노는 것을 멈추고 시녀를 불러 말했다. '오늘 인간세상의 천자인 주나라 목왕이 여기에 왔으니 친히 가 맞이해야겠다.' 그리고는 시녀 네 명을 이끌고 진주 신발을 신고 다가와 부끄러운 태도를 머금고 목왕을 맞았다. 목왕이 선녀를 보고 당황하여 인사하며 말했다. '인간세상의 더러운 몸이 분에 넘치게 신선의 세계에 왔사오니 신선께서는 용서하소서.' 선녀가 답하여 말했다. '저는 요지를 다스리는 서왕모입니다. 전생의 인연 때문에 오늘 대왕을 만났으니 염려 마십시오.' 이 말을 들은 목왕이 크게 기뻐하며 계속 말을 하고자 했다. 서왕모가 시녀에게 목왕을 모시라고 명령하니 시녀들이 모왕을 인도하여 궁궐로 들어갔는데 그곳에 늘어놓은 물건들은 화려함이 비범하여 인간 세상의 것과는 달랐다. 서왕모가 큰 잔치를 열어 왕을 대접하였는데 잔치 음식의 향기로움이 인간 세상의 것과는 달라 목왕은 이곳이 인간 세상인지 신선의 세계인지 알지 못했다. 잔치가 끝나자 서왕모가 초를 밝히고 잠자는 방으로 들어가 목왕에게 부부가 될 사연을 전하니 목왕이 흥을 이기지 못하여 초를 끄고 서왕모와 더불어 남녀의 인연을 연결해 주는 월하노인이 이어주는 끈을 엮었다. 목왕이 서왕모에게 크게 빠져 잠시도 곁을 떠나지 않고 나라를 다스리는 일을 생각하지 않아 한 해가 다 가도록 돌아가는 것을 잊었다. 그 사이에 제후국 서나라의 임금 서자가 반란하니 팔준마의 마부 조보가 반란을 알고 목왕에게 고하였다. 이에 목왕이 주나라로 돌아와 초나라를 시켜 서자를 베어 버리고 반란을 평정하였다. 서왕모는 목왕과 이별한 후 만족하지 못하여 <백운가>를 지었고, 왕은 주나라로 돌아가 서왕모를 잊지 못하여 병이 나서 죽으니라."

증자가 또 거듭 인사하며 말했다.

"유궁후 예의 일을 알고 싶습니다."

"유궁후 예는 힘이 다른 사람보다 뛰어났으며 키는 십오 척이나 되었다. 활을 쏘면 백발백중했다. 옛날 하늘에 태양이 열 개나 있어 태양의 열기에 곡식이 다 타버려 백성이 굶주리고 더위에 죽었다. 이에 유궁후 예가 하늘에 활을 쏘아 아홉 개의 태양을 떨어트렸다고 한다."

증자가 또 여쭈었다.

"고공단보의 일을 알고 싶습니다."

공자께서 말씀하셨다.

"은나라 제후국 주나라의 임금 고공단보는 처음에 빈 땅에 도읍하셨는데 훈육이라는 오랑캐가 쳐들어 와 백성을 죽이자 이렇게 말했다. '도둑과 싸우면 백성이 더 죽을 것이다. 훈육이 백성을 죽이는 이유는 내 나라를 얻고자 함이니 어찌 조그만 나라를 아까워하여 백성을 죽게 하겠는가.' 그리고는 즉시 땅을 버리고 다른 곳으로 가 도읍 하시니 천하의 사람들이 '이곳에 도읍한 임금이 어질다.' 하고 또 '이 임금님은 따라야겠다.' 라고 하였다. 모든 백성들이 고공단보를 따라갔고 나아가 다른 나라 사람도 와서 섬겼으며 인심이 요순시절과 같아졌다. 마침내 후손 성탕이 왕업을 이루도록 덕을 일구시니 고공단보의 높은 덕을 지금 사람도 칭찬하고 있구나. 너도 고공단보의 덕을 사모하고 따르거라."

증자께서 또 여쭈셨다.

"유왕의 무도함을 알고 싶습니다."

공자께서 말씀하셨다.

"유왕은 주나라 무왕의 후손이다. 정치를 돌보지 않고 밤낮으로 총애하는 후궁 포사에게 깊이 빠져 세상일을 잊었다. 포사가 웃는 모습을 한 번도 보지 못하여 그것을 걱정하였다. 유왕이 포사의 웃는 모습을 한 번 보기 위하여 온갖 짓을 하여 희롱하였는데 포사가 끝까지 웃지 않았다. 왕이 하루는 포사와 함께 봉화대에 올라 봉화를 올리고 북을 쳤다. 곧 도성에 도적이 들어왔다고 여긴 천하의 제후들이 병사를 일으켜 도우러 왔다. 포사가 그 모습을 보고 크게 웃으니 유왕이 포사의 낭낭한 웃음소리를 듣고는 더욱 포사에게 빠져 황후를 내치고 포사를 황후로 삼았다. 또 태자를 폐하고 포사의 아들을 태자로 봉하였다. 이후로 불과 몇 달 만에 도적이 침략해 오니 유왕이 놀라 봉화를 올리고 북을 쳐 제후를 불렀으나 제후들이 봉화를 보고도 '이번도 또 포사의 웃음을 보기 위해 거짓으로 올린 봉화로다.' 하고는 응답하지 않았다. 이에 도적이 성안으로 들어와 유왕을 여산 아래서 죽이고 폐위된 황후의 아들을 세워 왕으로 삼았다. 하나라 걸 임금은 매희 때문에 망하고 은나라 주왕은 소달기 때문에 망하고 주나라 유왕은 포사 때문에 망하였으니 여자가 너무 아름다우면 나라가 망하고 임금이 죽게 된다."

증자가 또 여쭈었다.

"오자서의 충절을 듣고 싶습니다."

공자께서 말씀하셨다.

"오자서는 오나라 왕 부차의 신하이다. 부차는 아버지가 월나라 왕 구천에게 죽임을 당하였다. 부차는 아버지의 원수를 갚고자 하였다. 이에 매일 오자서와 함께 자며 말했다. '네 아버지 또한 선왕이신 내 아버지와 함께 구천에게 죽임을 당한 일을 아느냐?' 오자서와 부차는 밤낮으로 아버지의 원수를 갚을 생각을 하여 여러 신하와 의논하였다. 그리고 마침내 병사를 일으켜 월왕을 공격하여 회계산에서 구천을 거의 잡게 되었다. 구천이 형세가 위급해지니 부차에게 빌며 말했다. '원컨대 대왕의 신하가 되어 대왕을 충성으로 섬기겠습니다. 또 천하에서 가장 아름다운 미인을 바치겠습니다.' 부차가 본래 색을 좋아하였는데 미녀를 준다는 말을 듣고 크게 기뻐하여 구천을 놓아 주었다. 이에 오자서가 간언을 올렸다. '대왕이 어찌 선왕의 원수를 생각하지 않으시고 또 대의를 모른체 하십니까.' 오자서가 여러 번 간언을 올리니 부차가 크게 노하여 오자서를 꾸짖고는 칼을 주며 말했다. '자살하거라.' 오자서가 칼을 받아 들고 집으로 돌아와 자결하기 전 가족들에게 말했다. '내가 죽은 후에 우리나라는 반드시 망할 것이다. 내 무덤가에 가죽나무를 심어 두고 그 나무가 살아 있으면 내 눈을 빼 도성의 동문에 걸어 두어라. 내가 비록 죽으나 월나라 병사가 쳐들어 와서 오나라가 망하는 모습을 볼 것이다.' 유언을 남기고 죽으니 부차가 이 말을 듣고 크게 노하여 오자서의 시체를 말가죽에 싸서 백마강에 던져 버렸다. 오나라 왕 부차가 만고의 충신 오자서를 죽게 하였으니 후일을 어찌할 것인가. 부여에 백마강이 있다고 한다. 구천이 월나라로 돌아가 미녀를 구하여 얻었다. 이 미녀의 이름은 서시였는데 용모와 미색이 천하에 유명하였다. 구천이 서시를 부차에게 바치니 부차가 서시를 보고는 크게 기뻐하였다. 이에 고소대라는 누각을 짓고는 서시와 함께 날마다 풍류를 즐기며 나라의 정치를 돌보지 않았다. 구천이 월나라에 돌아와 회계산에서 있었던 치욕을 평생 품고는 누우나 앉으나 생각했다. '내가 부차에게 치욕을 당하였으니 어찌 부끄러움을 잊을 수 있겠는가.' 구천은 나라의 정치를 대부 문종에게 맡기고 신하 범려와 함께 오나라 공격할 계획을 세우길 십년이나 하였고 준비가 되자 대병을 이끌고 오나라를 공격했다. 월나라의 군사가 백마강에 이르러 배에 오르니 갑자기 물결이 뒤집히면서 물속에서 오자서의 혼백이 말을 타고 나와 물결을 월나라 쪽으로 밀어 배를 움직이지 못하게 했다. 크게 놀란 구천은 결국 오자서 때문에 강을 건너지 못하고 다른 길로 돌아 싸우러 갔다.

이렇게 구천이 침략해 올 때 부차는 서시와 함께 고소대에 올라가 풍악을 즐기며 놀고 있었다. 서시가 노래를 지어 상쾌하게 부르니 부차는 이 즐거움에 빠져들어 만사를 잊은 듯했다. 슬프구나! 오자서의 충혼이 물 위에서 지켜줌을 누가 알 것인가. 미색을 좋아하는 것은 재앙에 이르는 길이니 미색에 빠진 부차가 월나라 병사가 갑자기 쳐들어 올 줄을 어찌 알겠는가. 문득 월나라 병사가 들어와 오나라를 둘러 싸니 부차를 좌우에서 모신 신하들이 놀라 부차에게 월나라 병사가 쳐들어 왔음을 고하였다. 그러나 서시에게 빠진 부차는 크게 화를 내며 말했다. '오나라는 말의 머리에 뿔이 돋아야 망할 것이다.' 그러고는 다시 술을 마시며 즐기고 있으니 신하들이 다시 보고하였다. '말머리에 뿔이 돋았습니다.' 이 말을 들은 부차는 더욱 화를 내며 말했다. '돌에 좀이 슬어야 망할 것이다.' 다시 신하들이 보고하였다. '돌에 좀이 슬었습니다.' 부차가 이 말을 듣고는 그제야 놀라 월나라 병사가 쳐들어 왔음을 알고 또 오자서의 충성스러운 간언을 듣지 않은 것을 후회하며 탄식했다. '내가 죽어서 오자서의 얼굴을 차마 어찌 볼 것인가.' 이에 시체에 얼굴을 싸매는 면모를 쓰고 자결했다. 구천이 오나라를 멸망시키고 으쓱해 할 때 범려가 대부 문종에게 벼슬을 버리고 도망치자고 했으나 문종이 듣지 않았다. 문종은 도망치는 대신 병이 들었다고 하며 벼슬을 하지 않았으나 참소를 입어 죽었다. 범려는 가벼운 보물을 가지고 조용히 배를 타고 제나라로 건너가 이름을 고치고 이익을 불리면서 재산을 모았는데 모은 재물의 양이 십만금이 넘었다고 한다."

증자가 또 여쭈었다.

"장자가 악기를 두드리며 한탄한 이야기를 듣고 싶습니다."

공자께서 말씀하셨다.

"장사는 요상한 술법을 잘하는 마술사였다. 둔갑술을 써 몸을 숨기고 귀신 장수를 부리는 재주가 있었다. 하루는 장자가 노새를 타고 친구를 찾아가다 한 무덤을 지나가게 되었는데 그 무덤가에서 젊은 여인이 소복을 입고 부채를 무덤에 부치며 울고 있었다. 장자가 그 모습을 이상하게 여겨 자세히 보니 꽃 같은 모습에 달과 같은 얼굴을 한 미녀였다. 그 모습이 아리따워 나라를 기울일만하였다. 장자는 옥과 같은 얼굴에 진주 같은 눈물을 흘리는 모습을 안타깝게 여겨 노새에서 내려 인사하며 사연을 물었다. '부인인 누구시며 어떤 사연으로 무덤을 부채로 부치며 울고 계십니까?' 그 여자가 울음을 그치고는 자리를 피하며 대답하였다. '이 무덤은 제 지아비의 무덤입니다. 지아비가 죽을 때 저에게 말하길 <내가 죽으면 개가하는 법도를 따라 다른 곳에 새로 시집 가구려. 그러나 내 무덤에 흙이 마르거든 개가하고 무덤이 마르기 전에는 다른 마음을 먹지 마시오.>라고 하였습니다. 이제 새로 시집가려고 하나 지아비의 유언대로 하려고 흙을 말리기 위하여 부채로 부치고 있습니다.' 장자가 여인의 사정을 듣고는 말했다. '일이 그렇다면 그 부채를 나에게 주시오. 내가 도술을 부려 지금 당장 마르게 하리다.' 여인이 반가워하며 부채를 주었다. 장자가 부채를 받아 들고 진언을 외우며 한 번 부채로 부치니 무덤이 말라 버렸다. 여인이 신기하게 여기면서 백번 절하며 사례하였다. '어르신의 은혜가 끝이 없습니다. 달리 은혜를 갚을 길이 없사오니 이 부채로 저의 감사하는 뜻을 나타내고자 합니다.' 이에 장자가 그 부채를 받아들고 집으로 돌아왔다. 후에 이 일을 다시 생각하니 음탕하고 또한 우스운 일이었다. 혼자 앉아서 조용히 웃으니 장자의 처가 웃는 것을 보고 물었다. '어르신이 오늘 나가시어 무슨 우스운 일이 있으셨습니까?' 장자가 또 웃으며 그 여인이 무덤에 부채를 부치던 일과 하던 말을 일러 주며 부채를 보여 주었다. 부채를 본 장자의 부인은 화를 내며 그 여인의 음탕하고 더러움을 꾸짖었다. 그리고 침을 뱉고는 부채를 빼앗아 꺾어 버리며 말했다. '군자께서 어찌 그 더러운 것의 부채를 가져다가 나에게 보이신단 말입니까.' 장자가 희롱하며 말했다. '부인의 마음이 그 여인과 같이 변하지 않을 줄 알지 못하겠구려.' 부인이 장자의 말을 듣고는 크게 화를 내며 죽으려 하니 장자가 사과하며 그치게 하였다. 이 일이 있은 지 며칠 후에 부인의 정절을 시험하고자 문득 병이 든체했다. 부인은 크게 근심하여 약을 지성으로 지어 먹였다. 그러나 장자는 병이 점점 더한체 하다가 사오일 후에 기맥이 막힌 것처럼 꾸민 후 둔갑술을 부려 자신의 몸에서 혼을 빼 감추고 죽은체하였다. 장자의 부인이야 장자가 둔갑술을 부린 줄 어찌 알겠는가. 대성통곡하며 초상을 알리고는 장자의 시신을 관에 모시고 상복을 입었다. 남편이 죽은 부인의 애달픔을 어치 헤아릴 수 있겠는가. 장자 둔갑술을 써 변신하여 몸은 관 속에 가짜로 있게 하고 또 운신법을 써 옥과 같이 아름다운 소년이 되어 종자 한 명을 데리고 나귀를 타고 자신의 집 문 앞에 와 시비를 불러 말했다. '나는 초나라에서 온 공자이다. 장자 선생님께서 돌아가셨다 하니 선생의 영좌에 절을 하며 곡을 하고 부인께 조문하고자 한다.' 시비가 들어가 장자의 부인에게 그 말을 아뢰니 부인이 듣고 대답하였다. '공자께서 누추한 곳에 와 돌아가신 지아비를 조문하겠다 하시니 은혜에 감격하였습니다.' 그리고는 들어오라 하니 그 소년 선관이 집에 들어가 장자의 영좌 앞에 향을 올리며 인사를 드리고 또 부인께 조문하였다. 부인이 조문을 받는 와중에 잠깐 눈을 들어 보니 소년의 얼굴이 푸른 산에 흰 옥과 같고 눈썹은 먼 산을 그려 놓은 듯 수려하고 눈은 샛별 같으니 옥과 같이 기이한 아름다움을 가진 남자였다. 한 번 소년을 보니 몸과 마음이 함께 황홀해지고 정신이 아득히 흩어지는 것 같았다. 이에 마음속으로 생각했다. '이 사람은 분명 하늘의 신령이 하강한 사람일 것이다. 여자로 태어나 저런 남자를 섬기지 못하면 어찌 원통하지 않겠는가. 내가 비록 장자와 결혼하였고 개가하는 것이 의롭지는 않지만 어찌 죽은 사람만을 바라보고 있으며 개가하는 법이 요즈음 행해지고 있으니 저 사람에게 개가하여 섬기는 것이 어찌 마땅한 일이 아니겠는가. 그러나 저 사람이 부인을 정하지 않았으면 좋으려니와 만일 결혼을 하였다면 애석하구나. 그러나 정실부인이 있더라도 이 사람은 놓치지 못하겠다.' 이렇게 생각하고 그 아름다운 모습을 잊지 못하여 자주 추파를 보내며 선관과 같은 소년만 바라보고 조문에는 뜻이 없었다. 소년이 곡을 마치고는 장자의 부인에게 말하였다.

'저는 초나라 사람입니다. 장자 선생님의 어지신 명성을 듣고 가르침을 듣고자 왔더니 불행하게도 선생님께서 돌아가시니 실로 망극합니다.' 부인이 이 말을 듣고 눈을 들어 바라보니 소년의 모습이 옥과 같았다. 마음속으로 더욱 흠모하여 겨우 대답하여 말했다. '저의 팔자가 사나워 지아비를 여의오니 무슨 말씀을 올리겠습니까. 공자께서 저를 위하여 친절히 조문하시니 감격하겠습니다.' 말을 그치고는 얼굴을 숙이고 물러나 앉으니 그 소년이 대답하였다. '장자 선생님을 장사지내는 것을 보고 갈까 합니다.' 장자의 부인이 그 말을 듣고 크게 기뻐하며 대답했다. '바라건대 공자께서는 수고로움을 아끼지 마시고 안팎을 보살펴 초상을 무사히 치르게 하소서.' 장자의 부인이 즐거워하며 시비로 하여금 소년을 인도하여 서당으로 모시라 하고 마음속 깊이 선관과도 같은 소년을 잊지 못하여 만사에 뜻이 없었다. 날이 저물어 황혼 무렵이 되니 장자의 부인이 참지 못하고 그 소년의 종자를 불러 가까이 안치고 술과 고기를 먹이며 물었다. '내가 너에게 조용히 남모르게 물어볼 말이 있구나. 네가 모시는 공자께서는 결혼을 하셨느냐.' 종자가 대답하였다. '아직 결혼하지 않으셨습니다.' 장자의 부인이 다시 물었다. '너희 공자께서는 숙녀를 가리시느냐. 나만한 신부감을 얻기 쉽지 않을 것이다. 네가 나를 위하여 인연을 이루어 주면 어떠하겠느냐?' 이에 종자가 대답했다. '공자께 물어보고 다시 와 알려드리겠습니다.' 그리고는 장자에게 가서 부인의 말을 전하니 장자 듣고는 기꺼이 부인의 말을 허락했다. 장자는 마음속으로 탄식하며 말했다. '부인이 전일은 정직한 체하더니 이제 이렇듯 음사한 모습을 보이니 사람의 마음은 진실로 알기 어렵구나. 어찌됐든 내 끝을 보리라.' 그리고는 종자를 불러 조용히 계획을 말해 준 후 방에 들어가 누워 있었다. 장자의 계획을 들은 종자는 장자의 부인에게 가 공자의 허락했다고 말했다. 장자의 부인이 이 말을 듣고 크게 기뻐하여 좋은 날을 택일하니 며칠 후였다. 장자의 부인이 소복을 벗어 버리고는 색이 고운 비단옷을 입고 새신랑을 볼 부끄러움에 고개를 숙였다. 한편으로는 장자의 시신을 모신 관곽을 후원에 내쳐버렸다. 그리고는 방 안에 화려한 이불을 펴 놓고 소년을 맞아들여 옥 대접 꽃 그릇에 음식을 올리고 술잔을 권했다. 날이 저물자 부인이 원앙금침을 펴고 동침하기를 졸랐다. 그러던 중 갑자기 소년 이 기절해 죽을 지경이 되었다. 부인이 크게 놀라 급히 종자를 불러 물었다. '너의 공자께서 갑자기 기절하시니 전부터 이런 병이 있었느냐.' 종자가 장자의 계교대로 거짓으로 놀란 체하며 말했다. '이전부터 기절하는 병이 있었습니다.' 장자의 부인이 다시 물었다. '무엇으로 살려 냈느냐?' 종자가 대답했다. '초나라에서는 집안의 위세가 당당하여 병이 나 기절하면 사람을 머리를 깨고 골을 쓰면 곧바로 살아나셨습니다만 이곳에서 어떻게 사람의 골을 얻어 살려내겠습니까?' 종자의 말을 들은 장자의 부인이 가만히 생각하다가 말했다. '죽은 사람의 골을 써도 살아나느냐?' 종자가 말했다. '사람의 골은 모두 효험이 있습니다.' 이 말을 듣고는 장자의 부인이 몸을 일으켜 곁방에 들어가 도끼를 가져와 장자의 머리를 깨어 골을 빼내고자 했다. 이런 음탕한 부인이 또 어디에 있겠는가? 장자의 부인이 도끼를 쥐고 살기가 등등하여 장자의 관을 쪼갠 후 머리를 깨 골을 꺼내 소년을 구하고자 했다. 후원에 이르러 관 앞에 도착해 도끼를 들어 관을 깨고 수의를 벗기고 머리를 쪼개려 했다. 이때 갑자기 장자가 아무렇지도 않은 듯 일어났다. 그리고 부인일 보고는 크게 웃으며 말했다. '부인 어찌된 일이오?' 이 모습을 본 장자의 부인이 크게 놀라 낯빛을 잃었다. 대개 장자는 둔갑하고 몸 숨기는 술법을 신기하게 잘 했기 때문에 자신의 혼을 빼내어 미소년이 되었다가 부인이 나쁜 짓을 하려할 때 자신의 육신으로 돌아와 환생한 것이었다. 그 요술에 대해 옛사람과 지금사람 모두 신기하게 여기는 바였다. 장자가 부인에게 물었다. '부인은 왜 놀라는가? 또 여기에는 왜 왔는가?' 장자의 부인이 죽은 지아비가 환생함을 보고 다른 한편 자신이 벌인 일을 생각하니 어찌 마음이 온전하겠는가. 당황하며 말했다. '지난밤에 꿈을 꾸니 하늘에서 보낸 사람이 말하길 네가 직접 도끼를 들고 관을 깨면 장자가 환생할 것이라고 하여 그대로 하였습니다. 과연 지아비께서 환생하시니 이는 하늘이 도와주신 것입니다.' 장자의 부인이 대답은 이렇게 했지만 식은땀이 등을 적셨다. 장자가 차게 웃으며 말했다. '그런데 부인은 지아비의 초상을 치르는 여인으로 소복은 어찌하고 색 있는 비단옷을 입었는가?' 이 말을 듣고는 장자의 부인이 대답했다. '낭군께서 돌아가신 후로 크게 낙심하여 점쟁이에게 점을 보았는데 소복이 아닌 다른 옷을 입고 일월성신께 빌면 낭군이 환생하리라고 하기에 색 있는 비단옷을 입었나이다.' 이 말을 들은 장자가 크게 웃으며 말했다. '내가 환생한 것은 모두 부인의 정성 때문이구려. 일전 지아비의 무덤가에서 무덤이 마르기를 바라던 여인의 부채를 꺾어 버린 행동이 진심이었구려. 그런데 내 관곽이 침전이 아니라 누추한 곳에 있는 것은 어찌된 일이오?' 이 질문에 장자의 부인이 말이 막혀 우물쭈물하다가 겨우 대답하였다. '이는 일월성신께 빌 때 안팎을 정결이하기 위해서였습니다. 기도를 마치고 나서 정성스럽게 다시 뫼시려 했습니다.' 이 대답을 들은 장자가 말했다. '부인의 정성은 옛날에도 보기 드문 것이오. 나와 함께 내당으로 갑시다.' 장자가 부인의 손을 이끌고 내당으로 들어오니 집 가운데 차일막을 쳐 놓고 각종 물건을 꺼내 놓았으며 침방에는 수놓은 장막 안에 아름다운 장신구로 꾸며 놓아 마치 결혼식 첫날밤 꾸밈새와 같았다. 장자가 모르는 체 물었다. '이 모습이 일월성신께 비는 모습인가? 침대에 벌여 놓은 모습이 더욱 이상하니 부인의 정절을 알 수 있구나. 무덤 부치던 부채를 더럽다고 하며 꺾어 버린 일이 부끄럽지 않은가?' 이 말을 들은 부인은 더 이상 대꾸할 말이 없어 부끄럽게 여기고는 곁방으로 들어가 자결하여 죽어버렸다. 장자가 부인이 자결한 것을 보고는 후회하며 부채로 동이를 두드리면서 울었기 때문에 이 모양을 보고 동이를 두드리며 하는 탄식이라고 한다."

공자께서 이야기를 마치시고는 탄식하며 말씀하셨다.

"여자는 정절이 으뜸이고, 남자는 충효정직함이 근본이다. 장자의 부인이 음란한 짓을 했으니 음탕한 여인이라 할 것이며, 장자는 지식 있는 군자이면서 도리어 아녀자의 행동을 따라하여 스스로 죽게 하고는 뉘우친답시고 동이를 두드리며 탄식하니 어찌 이랬다저랬다 하는 보잘 것 없는 남자가 아니겠느냐."

공자의 말씀을 듣고 증자가 대답하였다.

"성스러운 하늘이 밝고도 크신데 이런 간사한 일을 하다니 선생님의 말씀이 지극히 당연합니다. 오늘 옛 일들을 이야기 해주시어 교훈을 주시니 소생은 떳떳하게 살 며 절대 불의를 행하지 않겠습니다. 다시 여쭈오니 제나라 왕이 세 장사를 죽인 일을 알고 싶습니다."

공자께서 말씀하셨다.

"제나라 왕에게 충성하는 세 명의 장사가 있었는데 그들의 태산을 옆구리에 끼고서 북해를 넘어갈 정도의 힘을 가진 장사였다. 병사를 이끌어 적국을 정벌하면 백번 싸워 백번 다 이겼다. 이렇게 공이 컸기 때문에 자신들의 공을 믿고는 매우 교만했다. 제나라 정승 안자가 세 장사를 만나러 갔는데 이 세 장사가 안승상을 보고도 예의를 갖추지 않으면서 말 또한 매우 거만하게 했다. 안자가 크게 화를 내며 돌아와 제나라 왕에게 말했다. '세 장사들이 자신들의 공이 많음을 믿고 매우 교만합니다. 심지어 임금과 신하 사이의 예의와 체면도 모르오니 그대로 두면 세 장사 때문에 나라가 위태해질 것입니다. 대왕은 자세히 살펴보소서.' 제왕이 이 말을 듣고 놀라서 말했다. '그렇다면 세 장사를 어떻게 제어해야 하겠소?' 안자가 대답했다. '쉬운 일입니다. 세 장사는 서로 마음이 잘 통하여 함께 살고 함께 죽기로 했습니다. 만약 한 명이 죽는다면 나머지 둘이 따라 죽을 것입니다. 세 사람이 우직하여 한 사람만 죽고 나머지가 살 지는 않을 것이 걱정할 필요 없습니다.' 제나라 왕이 물었다. '그렇다면 한 장사를 죽일 계책이 있는가?' 안자가 대답했다. '신의 집에 좋은 복숭아가 있으니 두 개를 가져다가 세 장사에게 이렇게 말씀하십시오. '좋은 복숭아 두 개를 얻어 공적이 많은 너희 세 장사에게 주고 싶었는데 하나가 모자라 주저했었다. 그런데 이제 너희 세 명이 모두 왔으니 너희에게 복숭아 둘을 주겠다. 너희 세 사람 중 공적이 더 많은 사람이 먹으라.' 이렇게 말씀하시면 세 사람이 한 몸과 같으니 한 명이 못 먹으면 곧바로 죽을 것입니다. 한 명이 죽으면 나머지 두 장사가 따라 죽을 것입니다.' 제 나라 왕이 그럴 듯하게 여겨 즉시 복숭아를 받아 오고는 세 장사를 불렀다. 세 장사가 오자 제나라 왕이 말했다. '경들이 많은 공을 세웠기 때문에 상으로 주노라. 먹으라.' 이 말을 들은 한 장사가 말했다. '신은 지난번 홀로 초나라를 공격하여 항복 받았사오니 이 공으로 먼저 하나를 먹겠습니다.' 또 다른 장사가 뛰어 나와 말했다. '소신은 정나라를 홀로 공격하여 항복받았으니 가장 큰 공일 것입니다. 신이 먹겠습니다.' 이렇게 말하고는 복숭아를 먹으니 남은 장사가 크게 화를 내며 말했다. '신은 큰 공이 없어 상을 받지 못하였으니 부끄럽습니다. 살아 무엇하겠습니까?' 이렇게 말하고는 칼로 자신의 목을 찔러 죽으니 다른 두 장사가 그것을 보고는 통곡하며 말했다. '우리 세 사람이 한 몸 한 뜻이고 또 삶과 죽음을 넘나드는 교유를 맺어 왔다. 이제 네가 죽으니 어찌 우리가 너의 뒤를 쫓지 않겠느냐?' 두 장사가 곧바로 자결하니 증삼아 안자의 계교가 어떠하냐?"

증자가 대답했다.

“남산을 뽑을 만한 힘을 가진 세 장사를 안자가 복숭아 두 개로 죽였으니 안자의 계교가 비록 묘수인 합니다만 정직한 행동은 아닌가 합니다.”

공자께서 대답을 듣고는 증자의 등을 어루만지며 칭찬했다.

“네가 오늘 내 가르침을 깨우쳤구나! 현명하니 어찌 기특하지 않겠는가?”

증자가 다시 여쭈었다.

“안자의 동행을 알고 싶습니다.”

공자가 대답하셨다.

“안자는 본래 안자는 원래 체격이 작은 사람이었다. 초나라에 사신으로 갔을 때 초나라 왕이 안자가 작은 것을 보고 이렇게 물어 보았다. ‘그대의 키는 왜 그렇게 작은가?’ 이 질문을 듣고 안자가 대답했다. ‘우리나라에서 사신을 보낼 때 대국에는 큰 사람을 보내고 소국에는 작은 사람을 보냅니다. 때문에 제가 왔습니다.’ 이 재치 있는 말에 초나라 왕의 말문이 막혀 다시 묻지 못했다. 이후 초나라 왕이 안자에게 다시 시비를 걸기 위하여 안자의 수행원이 초나라에 와 도적질 한 것처럼 꾸며 놓고는 안자를 불러 꾸짖었다. ‘네 나라 사람은 다 도둑질을 하느냐?’ 이 말을 들은 안자는 이렇게 대답했다. ‘우리나라는 예로부터 예의를 숭상하여 도적을 찾아 볼 수 없었습니다. 그런데 초나라에 와서 도둑질을 했다니 아마도 대왕의 나라 사람들을 본받아 불의를 행한 것이 아닌가 싶습니다.

대왕의 나라가 불의가 판치는 나라가 아닐런지요.' 이는 초나라 임금을 욕한 것이다. 증삼아 이 일에 대한 네 견해는 어떠하냐?"

증자가 대답했다.

"안자는 재주 있는 선비입니다."

공자께서 말씀하셨다.

"그러하다."

증자가 말했다.

"요임금 도당씨는 도덕이 높으신 성스럽고 밝은 왕이신데 재위 기간에 구년 동안 홍수가 난 것은 어떤 이유이며, 은나라의 임금 성탕 또한 성스럽고 밝은 왕이신데 재위 기간에 칠년 동안 가뭄이 들었으니 어떤 이유입니까? 그 일에 대해 알고 싶습니다."

공자께서 말씀하셨다.

"네가 이 일에 대해서는 알지만 그렇게 된 이유는 알지 못하는구나. 하늘이 생긴 후 늘 움직였는데 동쪽에 충성산이란 산이 있어 하늘을 막아 움직이지 못하게 되었다. 어느 날 벼락이 내리쳐 충성산이 무너지니 하늘을 바치고 있던 기둥이 무너져 동쪽으로 기울게 되었다. 그러자 은

하수 또한 기울어져 한 쪽으로 넘치게 되어 홍수가 났다. 그 후 하늘이 다시 반듯하게 되었는데 이때가 바로 은나라 임금 성탕 시절 일곱 해가 가문 때였다. 이는 하늘에서 일어난 사건이지 임금의 허물이 아니다."

증자가 또 여쭈었다.

"주공의 도덕을 다시 듣고 싶습니다."

공자께서 말씀하셨다.

"주공께서는 모든 것을 결정하는 총재 벼슬을 지내셨고, 도덕과 인의로 임금을 돕고 백성을 다스리셨으니 하늘에는 거센 바람이 불지 않았고 또 홍수가 나지 않았으며 바다에는 물결이 잔잔했다. 교지 남쪽에 사는 월상씨가 흰 꿩을 바치며 말했다. '중국의 성인에게 꿩을 바칩니다.' 오랑캐마저 주공의 덕을 칭찬할 정도였으니 천하에 백성이 송축하였다. 이렇기 때문에 주공의 덕이 지금까지 전해져 오니 이 덕행을 자세히 들어 따라하고 불의와 불법을 하지 말거라. 후세 사람들이 주공을 본받아 남자는 주공의 덕을 행하고 여자는 장자 부인의 음탕하고 사악함을 경계하여 정렬에 힘써야 한다."

증자가 공자의 말씀을 받들고는 다시 절을 올리며 말했다.

"선생님의 가르침을 가슴 깊이 새겨 명심하여 잊지 않겠습니다."

부록

규장각본 『八歲兒』·『小兒論』

— 21세기세종계획 말뭉치 수록

『八歲兒』

녜 한나라 시절에 四海 다 묽고 八方이 自然히 平安ᄒᆞ더니 그 시절에 皇帝 글 ᄆᆡᆫᄃᆞ라 니ᄅᆞ샤ᄃᆡ

“天下國 中에 가옴열며 가난ᄒᆞᆫ 이 믈논ᄒᆞ고 各處의 글 아는 션비들을 뎐문에 글 겻구라 오라. 才能 잇ᄂᆞ니롤 죠흔 일홈을 주리라.”

ᄒᆞ니라. 그 시절에 징무현셩에셔 사는 쳘량 가난ᄒᆞᆫ 니뮈라 ᄒᆞᆫ 사ᄅᆞᆷ의 아ᄃᆞᆯ 여ᄃᆞᆲ ᄉᆞᆯ인제 父母끠 드러 하직ᄒᆞ고 먹을 것 업시 무쇼 갑옷 닙고 여러 날 녀여 쟝강셩에 다ᄃᆞ라 五千 션비 ᄀᆞᆯ히는 수에 八歲兒ㅣ 드러 五千 션비 뒤히 셔니라. 皇帝 보고 무러 니ᄅᆞ샤ᄃᆡ

“져 뒤히 셧는 쟈근 아ᄒᆡ 네 엇던 사ᄅᆞᆷ인다.”

八歲兒ㅣ 갓가이 가 엳ᄌᆞ와 니로되

“小人이 젼일에 皇上이 聖旨 ᄂᆞ리오심으로 글 겻구라 왓ᄂᆞ이다.”

皇帝 드르시고 ᄀᆞ장 웃고 니ᄅᆞ샤ᄃᆡ

“쟈근 아ᄒᆡ 네 나히 쟈그니 므슴 일을 잘 ᄃᆡ답ᄒᆞᆯ다.”

八歲兒ㅣ 갓가이 가 엳ᄌᆞ와 니로되

"小人이 皇上의 무르시는 일을 잘 디답ᄒᆞ리이다."

皇帝 ᄉᆡᆼ각ᄒᆞ되 샹ᄒᆡ 사ᄅᆞᆷ이 아니라 ᄒᆞ여 니ᄅᆞ샤ᄃᆡ

"하ᄂᆞᆯ에 머리 잇ᄂᆞ냐."

八歲兒ㅣ 디답호되

"하ᄂᆞᆯ에 머리 잇ᄂᆞ니이다."

皇帝 무러 니ᄅᆞ샤ᄃᆡ

"머리 잇다 ᄒᆞ여 엇지 아ᄂᆞᆫ다."

八歲兒ㅣ 디답호되

"ᄒᆡ 東으로 도다 西로 지ᄂᆞ니 그러모로 머리 잇다 ᄒᆞ여 아ᄂᆞ이다."

皇帝 ᄯᅩ 무러 니ᄅᆞ샤ᄃᆡ

"하ᄂᆞᆯ에 귀 잇ᄂᆞ냐."

八歲兒ㅣ 디답호되

"天下에 鶴 즘ᄉᆡᆼ이 귀ᄒᆞᆫ 소ᄅᆡ로 우러ᄂᆞᆯ 上天이 귀ᄒᆞᆫ 소ᄅᆡ라 ᄒᆞ여 즐겨 드ᄅᆞ시니 그 시졀에 하ᄂᆞᆯ에 귀 업스면 어ᄂᆡ 귀로 드ᄅᆞ료."

皇帝 ᄯᅩ 무러 니ᄅᆞ샤ᄃᆡ

"하ᄂᆞᆯ에 입이 잇ᄂᆞ냐."

八歲兒ㅣ 디답호되

"녜 시졀에 ᄒᆞᆫ 사ᄅᆞᆷ이 하ᄂᆞᆯ에 오로고쟈 ᄒᆞ여 三層 섬을 ᄡᅡ 오로믈 시작ᄒᆞᆯ 제 섬에 지즈려 죽으니 그 시졀에 하ᄂᆞᆯ에 입이 업스면 어ᄂᆡ 입으로 우으료."

皇帝 ᄯᅩ 니ᄅᆞ샤ᄃᆡ

"하ᄂᆞᆯ에 발이 잇ᄂᆞ냐."

八歲兒ㅣ 디답호되

"하ᄂᆞᆯ에 발이 잇ᄂᆞ니이다."

皇帝 무러 니ᄅᆞ샤ᄃᆡ

"발이 잇다 ᄒᆞ여 엇지 아는다."

八歲兒ㅣ ᄃᆡ답호되

"前古에 三十三天 논홀 시절에 발이 업스면 어니 발로 ᄃᆞᆫ녀 논호게 되리오."

皇帝 ᄯᅩ 무러 니ᄅᆞ샤ᄃᆡ

"南으로 가면 무슴 城이라 ᄒᆞ여 잇ᄂᆞ뇨."

八歲兒ㅣ ᄃᆡ답호되

"南으로 가면 海省이라 ᄒᆞ여 잇ᄂᆞ니이다."

皇帝 무러 니ᄅᆞ샤ᄃᆡ

"海省이 잇다 ᄒᆞ여 엇지 아는다."

八歲兒ㅣ ᄃᆡ답호되

"西로 가면 셔녁바다 셔녁히 소곰城이라 ᄒᆞ여 이시니 그롤 소곰으로 ᄡᆞᆺ든가 엇지ᄒᆞ여 소곰城이라 ᄒᆞᄂᆞ뇨. 東으로 가면 동녁바다 동녁히 은城이라 ᄒᆞ여 이시니 그롤 은으로 ᄡᆞᆺ든가 엇지ᄒᆞ여 은城이라 ᄒᆞᄂᆞ뇨. 北으로 가면 북녁바다 북녁히 구롬城이라 ᄒᆞ여 이시니 그롤 구롬으로 ᄡᆞᆺ든가 엇지ᄒᆞ여 구롬城이라 ᄒᆞᄂᆞ뇨."

皇帝 말업시 안잣거늘 八歲兒ㅣ 皇帝 앏히 셔셔 큰 소릐로 불러 니로되 '모닷는 五千 션비 듕에 ᄌᆡ조 잇는 사롬이 잇거든 ᄲᆞᆯ리 나라 皇帝 앏히 말 겻구쟈' ᄒᆞ여 세 번 부르되 五千 션비 듕에 ᄒᆞᆫ 사롬도 나셔 말 겻구는 ᄃᆡ ᄌᆡ조 잇는 사롬이 업더라. 그러모로 八歲兒롤 큰 어진이롤 삼아 天下國中이 큰 관찰ᄉᆡ라 ᄒᆞ여 거천ᄒᆞ고 皇帝 샤문 노화 萬生의 죄롤 다 면ᄒᆞ이고 다ᄉᆞ리기롤 잘ᄒᆞ니 첫봄에 비 이슬이 ᄣᆡ로 ᄂᆞ리오고 ᄇᆞ람이 부러도 나모 쓧치 것지 아니ᄒᆞ고 길히 ᄃᆞᆫ니는 사롬이 弓矢 잡지 아니ᄒᆞ고 城 四

門을 ᄌᆞ무지 아니ᄒᆞ더라. 天下ㅣ 太平홈으로 八歲兒의 귀ᄒᆞᆫ 한나라 말을 일로 ᄆᆞᄎᆞ니라.

『小兒論』

녜 한나라 시절에 부ᄌᆡ 國家ᄅᆞᆯ 다ᄉᆞ려 天下各省에 두루 ᄃᆞᆫ니다가 쟝강셩에 다ᄃᆞ르니 부ᄌᆞ 가ᄂᆞᆫ 길희 쟈근 세 아희들이 막아 셔셔 셩 ᄊᆞ고 노롯ᄒᆞ더니 부ᄌᆞᄅᆞᆯ 보고 노롯 아니ᄒᆞ고 그저 안잣거ᄂᆞᆯ 부ᄌᆡ 니로되

"이 아희 네 엇지 노롯 아니ᄒᆞᄂᆞᆫ다."

三歲兒ㅣ ᄃᆡ답호되

"官員 사ᄅᆞᆷ이 노롯 즐기면 國事ㅣ 어즈럽고 百姓 사ᄅᆞᆷ이 노롯 즐기면 農桑을 뉘 거두료. 그러모로 官員 百姓 믈논ᄒᆞ여 노롯슬 원치 아니ᄒᆞᄂᆞ이다."

부ᄌᆡ 니로되

"쟈근 아희 네 엇지 그리 만히 아ᄂᆞ뇨. 네 내 믓ᄂᆞᆫ 일을 다 잘 ᄃᆡ답ᄒᆞᆯ다."

三歲兒ㅣ ᄃᆡ답호되

"부ᄌᆞ의 무르시ᄂᆞᆫ 말ᄉᆞᆷ을 잘 ᄃᆡ답ᄒᆞ리이다."

부ᄌᆡ 무르되

"쟈근 아희 네 드르라. 놉흔 뫼흘 업게 ᄒᆞ쟈 深川을 업게 ᄒᆞ쟈 官員 사ᄅᆞᆷ을 업게 ᄒᆞ쟈 그러ᄒᆞ면 고로 아니 되오랴."

三歲兒ㅣ ᄃᆡ답호되

"놉흔 뫼흘 업게 ᄒᆞ면 범과 곰이 어ᄂᆡ 의지에 살며 深川을 업게 ᄒᆞ면

남샹이와 고기 어ᄂᆡ 의지에 이시며 官員 사ᄅᆞᆷ을 업게 ᄒᆞ면 법네ᄅᆞᆯ 엇지 ᄇᆡ호며 百姓 사ᄅᆞᆷ이 뉘게 힘 어드료. 天下ㅣ 고로 되오믈 期約지 못ᄒᆞ리이다."

부ᄌᆡ 니로되

"쟈근 아ᄒᆡ 네 엇지 그리 다 일을 아ᄂᆞᆫ다. 내 ᄯᅩ ᄒᆞᆫ 일을 무르리라."

三歲兒ㅣ 뒤흐로 믈러 두 손 잡고 니로되

"무슴 일을 무르시리잇가."

부ᄌᆡ 니로되

"엇던 사ᄅᆞᆷ의게 妻 업고 ᄯᅩ 엇던 겨집의게 지아비 업고 또 엇던 사ᄅᆞᆷ의게 일홈 업고 ᄯᅩ 엇던 城에 官員 업고 ᄯᅩ 엇던 술의에 ᄡᅵ 업고 ᄯᅩ 엇던 믈에 고기 업고 ᄯᅩ 엇던 불에 ᄂᆡ 업고 ᄯᅩ 엇던 ᄉᆈ게 ᄉᆈ아지 업고 ᄯᅩ 엇던 ᄆᆞᆯ게 ᄆᆡ아지 업고 ᄯᅩ 엇던 약대게 삿기 업스뇨 이런 일을 아ᄂᆞᆫ다."

三歲兒ㅣ ᄃᆡ답호되

"부텨의게 妻 업고 仙女의게 지아비 업고 ᄀᆞᆺ난 아ᄒᆡ게 일홈 업고 뷘 城에 官員 업고 轎子에 ᄡᅵ 업고 반도블에 ᄂᆡ 업고 나모ᄆᆞᆯ게 ᄆᆡ아지 업고 ᄒᆞᆰ ᄉᆈ게 ᄉᆈ아지 업고 ᄀᆞᄅᆞ약대게 삿기 업고 우믈믈에 고기 업ᄂᆞ니이다."

부ᄌᆡ 니로되

"쟈근 아ᄒᆡ 네 그리 알면 내 ᄯᅩ 무르리라. 요 우희 골 난다 ᄒᆞᆷ을 아ᄂᆞᆫ다. 집 ᄋᆞᆲ히 ᄀᆞᆯ난다 ᄒᆞᆷ을 아ᄂᆞᆫ다. ᄃᆞᆰ이 씽 번ᄉᆡᆼᄒᆞᆫ다 ᄒᆞᆷ을 아ᄂᆞᆫ다. 개 제 님자ᄅᆞᆯ 즛ᄂᆞᆫ다 ᄒᆞᆷ을 아ᄂᆞᆫ다."

三歲兒ㅣ ᄃᆡ답호되

"골이라 ᄒᆞᆷ은 요ᄒᆡ ᄉᆡᆫ 돗기오. ᄀᆞᆯ이라 ᄒᆞᆷ은 거슬이 세온 발이오. ᄃᆞᆰ이 씽 번ᄉᆡᆼᄒᆞᆫ다 ᄒᆞᆷ은 ᄲᅨ ᄀᆞᆺᄒᆞ모로 그러ᄒᆞ니이다. 개 제 님자ᄅᆞᆯ 즛ᄂᆞᆫ다 ᄒᆞᆷ은 ᄉᆞᆨ절업시 여러 손을 만나 즛ᄂᆞ니이다."

부지 니로되

"쟈근 아희 네 엇지 그리 만히 아ᄂᆞ뇨. 네 내게 ᄯᅩ 무르라."

三歲兒ㅣ이리 니로믈 듯고 ᄃᆡ답호되

"내 무슴 말을 무르믈 잘ᄒᆞ며 부ᄌᆞ의 뭇지 아니ᄒᆞ여 엇지 잘ᄒᆞ료. 이제 ᄆᆞᄋᆞᆷ에 ᄉᆡᆼ각ᄒᆞᆫ 일을 뭇고져 ᄒᆞᄂᆞ이다. 여러 나모 즁에 소남근 엇지ᄒᆞ여 겨올 녀름 업시 프르고 곤이와 기러기ᄂᆞᆫ 믈에 헤움을 잘ᄒᆞ고 벅국이ᄂᆞᆫ 우는 소릐 크뇨."

부지 니로되

"松栢은 속이 뷔모로 겨올 녀름 업시 프르고 곤이와 기러기ᄂᆞᆫ 발이 너브모로 믈에 헤움을 잘ᄒᆞ고 벅국이ᄂᆞᆫ 목이 길모로 우롬이 크니라."

三歲兒ㅣ ᄃᆡ답호되

"松栢은 속이 뷔모로 겨올 녀름 업시 프릅지면 대ᄂᆞᆫ 어ᄂᆡ 속이 뷔모로 겨올 녀름 업시 프르고 곤이와 기러기ᄂᆞᆫ 발이 너브모로 믈에 헤움을 잘홀지면 남샹이와 고기ᄂᆞᆫ 어ᄂᆡ 발이 너브모로 믈에 헤움을 잘ᄒᆞ고 벅국이ᄂᆞᆫ 목이 길모로 우ᄂᆞᆫ 소릐 클지면 죠고만 머구리ᄂᆞᆫ 어ᄂᆡ 목이 길모로 우ᄂᆞᆫ 소리 크다 ᄒᆞ리잇가."

부지 니로되

"내 너롤 試驗ᄒᆞ여 짐즛 무럿더니 네 아ᄂᆞᆫ 거시 ᄀᆞ장 明白다."

ᄒᆞ여 크게 기리니 그 시졀의 듯ᄂᆞᆫ 사ᄅᆞᆷ들이 三歲兒롤 ᄀᆞ장 착다 ᄒᆞ여 니ᄅᆞ고 일로 ᄆᆞᄎᆞ니라.

[영인]

공문도통·문성궁몽유록
대성훈몽전

여기서부터는 影印本을 인쇄한 부분으로 맨 뒷 페이지부터 보십시오.

(1962)
번호
수량
문화재관리국

션장악을라이넉이놓아라에셰상의나가이글을
젼ᄒᆞᆯ새로ᄒᆞ옴을빗나게ᄒᆞ야만ᄃᆡ예ᄀᆞᆺ다온일
ᄒᆞᆷ을드ᄃᆡ오게ᄒᆞ라ᄒᆞ시니한우의니온글을ᄌᆞᆨ
시거ᄂᆞᆯ싱이바다ᄉᆞ매예너코졀ᄇᆡᄒᆞ니ᄂᆞ나와셔
울ᄂᆞ리나가시ᄃᆞᆯ죡ᄒᆞ야써ᄃᆞᄅᆞ니남가일몽이라
황연이ᄭᆡ이화셔의ᄂᆞ라ᄃᆞᆯ편을ᄆᆞᆺᄎᆞᆫ듯ᄒᆞ도ᄉᆞ
ᄆᆡᄉᆞ의녀훈바한우의니온글이이셔젼ᄒᆞᄉᆞ
미불ᄃᆞ시거ᄅᆞᆨᄒᆞ야ᄂᆞᆯ니라이에ᄀᆞᆯ혀올나와삼
가거ᄅᆞᆨᄒᆞ야셰상의뎐ᄒᆞ노라

날이기쳔ᄃᆞ라우리님군이신명ᄒᆞ미여며니삼
황의지나ᄃᆞ라쳔추만세예후명이부강ᄒᆞᄃᆞ
라한위졸반주왈으불셩ᄒᆞᄂᆞᆫ강우졔ᄃᆞ업술
일이라만강이긔록ᄒᆞ여세상의젼ᄒᆞ야쟤왕
의지극ᄒᆞᆫ긔화ᄅᆞᆯ알게ᄒᆞ소셔왕이ᄒᆞᆫ우ᄅᆞᆯ
명ᄒᆞ샤긔오라ᄒᆞ신ᄃᆞ시한위승명ᄒᆞ야글을긔
울시젼후수말(을)라이ᄅᆞᆨ히긔록ᄒᆞ니부쟝은강
하ᄀᆞᆯ기우리ᄃᆞ리ᄅᆞᆯ젹ᄉᆞ오지신을놀시ᄂᆞᆫ니라ᄂᆞᆫ
라칭찬ᄒᆞ려라이ᄯᅢ분창부동진셩을ᄃᆞ리고
잇나가좌연ᄒᆞ믈보ᄂᆞ나가져록ᄒᆞ거ᄉᆞᆯ셩이왕
의빌ᄉᆞᄒᆞᆫᄃᆡ왕왈네ᄒᆞᆨ울히ᄯᅢᄃᆞᄅᆞᆯ힝ᄒᆞ니

나리신다삶이화ᄒᆞ올오치봉황을못오희셔오
의ᄒᆞᄂᆞᆫ이ᄅᆞᆯ가리킨운셤아ᄅᆡ셔ᄌᆞᆷ러라왕이ᄉᆞᆨ
로랄ᄌᆞ굴거ᄇᆞᆫᄀᆞᆯ어ᄅᆞᆯ만ᄂᆡ시며노ᄅᆡ거어ᄌᆞᆯ오
샤ᄃᆡᄒᆞᆫ줄명을바다이에흠명ᄒᆞ미여ᄇᆡᆨ셩이
ᄎᆞ명ᄒᆞᄂᆞᆫ만방이협화ᄒᆞ올ᄃᆞ다셔젹이라희ᄒᆞ
니ᄇᆡᆨ셩이이에니ᄅᆞ러ᄃᆞ다빙진빈ᄉᆞ계ᄉᆞᄒᆞᄂᆞᆫ
말ᄉᆞᆷ을드러ᄌᆞᆯ오ᄃᆡ그러ᄒᆞᆫ을ᄯᅢᄒᆞ여야낭명ᄌᆞᆯ회
ᄒᆞ외이다이에나어노ᄅᆡᄒᆞ여ᄌᆞᆯ오ᄃᆡ왕의덕이넙
이온ᄒᆞ며비치ᄉᆞᄌᆞᆯ의닙히ᄃᆞ다럭을명ᄒᆞ여
이에봉ᄒᆞᄃᆞ다ᄇᆡᆨ셩이서ᄅᆞ화답ᄒᆞ여노ᄅᆡᄇᆞᆯ
러ᄌᆞᆯ오ᄃᆡ경화에구름이나ᄅᆡ나미여상셔의

너날ᄂᆞᆫᄒᆞ여곰ᄇᆞ그리게ᄒᆞᄂᆞᆫ도라네날을의논
ᄒᆞ니내ᄯᅳᆮ너ᄅᆞᆯ의논ᄒᆞ리라너ᄂᆞᆫ영윤ᄒᆞ미져ᄂᆞᆫ듕
ᄅᆞᆯ용ᄒᆞ며낙이ᄒᆞ여군ᄌᆞ에종되이시니비컨ᄃᆡ
ᄌᆞᆼ옥으로민ᄃᆞᆯ그ᄅᆞᆺ시구슬노ᄭᅮ민ᄃᆞ시ᄒᆞᆯ리라네
나의실히ᄉᆞ랑ᄒᆞᄂᆞᆫ배라ᄒᆞ니ᄌᆞᆼ이벼ᄉᆞᄒᆞᆫ일마
리아니ᄒᆞ러라왕이명ᄒᆞ야잔치ᄅᆞᆯ비설ᄒᆞ여군신
을모러브러즐길ᄉᆡ재시ᄌᆞᆼ염옥연쥐ᄅᆞᆯ츌히
ᄀᆞ자ᄉᆞᄅᆞᆷ왜중ᄂᆞᆨᄒᆞ믈줄비ᄒᆞᆯ시화연이지ᄀᆞᆺᄒᆞᆯ위의
졔ᄀᆞᆺᄒᆞᆫ희줄의ᄉᆞᆯ을ᄌᆞ군부어두어ᄉᆞᆯ니나ᄆᆡ술
ᄉᆞ로경회ᄒᆡ상을ᄃᆞ려괄ᄉᆡᆼ을졋ᄌᆞᄌᆞᆺᄒᆞᄂᆞᆫ대ᄉᆞᆯ
ᄌᆞ위ᄎᆞᆫ셩을ᄌᆞᆺᄒᆞ니ᄂᆞᆨ늘이화ᄒᆞᆫ운ᄃᆡ이ᄉᆞᆯ

개겁질노바라ᄒᆞᆯ뢰ᄃᆞᆺᄒᆞ리라 어ᄃᆡ알니잇가
그러ᄒᆞ나 임의명이 계시니 감히외람ᄒᆞᆫ말노알
외리이라 ᄀᆞ라치나시ᄂᆞᆫ바의 신거로아ᄌᆞᆼᄂᆞᆫ구ᄅᆞᆯ드러
그졍ᄉᆞᄅᆞᆯ알며 그사ᄅᆞᆷ을보아 녜 도ᄅᆞᆯ알ᄂᆞᆫ
시ᄂᆞᆫ빅셰아ᄅᆡ로말ᄆᆡ암아 빅셰예왕
의게어그리아니ᄒᆞ니라 뎐리로더부러ᄌᆞ력
이합ᄒᆞᆯ이ᄂᆞᆫ위로더브러그지ᄂᆞᆫ홍이합ᄒᆞ
며하ᄂᆞᆯ의션져ᄒᆞᆫᄯᆡ 하ᄂᆞᆯ이어긔디아니ᄒᆞ고
하ᄂᆞᆯ의후의ᄒᆞᆫ매 텬시ᄅᆞᆯ밧ᄌᆞ오시니 그어리
ᄅᆞ시미올흔의리니 시미머ᄅᆞ시니이다 왕
이ᄀᆞᆯᄋᆞ샤ᄃᆡ 이어ᄭᅵ단말ᄉᆞᆷ에 너ᄯᅩ라도히나ᄅᆞᆯ

시오녀도젼ᄯᅳᆫ괄셰예ᄇᆞᆯ헌을너어인신의ᄃᆞᆼ
화ᄅᆞᆯ닐외니언ᄌᆞ우ᄅᆞᆯᄇᆞᆺ고리라아닐거시오졔
갈냥을우ᄌᆞᄌᆞᆫ니혜놀지신ᄀᆞᆺᄃᆞᆯ니가ᄌᆞ아의게좌
ᄅᆞᆯᄉᆞ양ᄒᆡ아니리이라ᄌᆞᆼ이의논ᄒᆞ기ᄅᆞᆯ다ᄒᆞ
매왕이우ᄌᆞᄅᆞᆯ오샤네군신의논ᄒᆞᆫ말이명감을
비ᄉᆞ쳔ᄃᆞᆺᄒᆞ야일ᄒᆞᆫ도ᄅᆞ이ᄅᆞᆨ미업ᄉᆞ니시혐ᄒᆞ야날
울의논ᄒᆞ라ᄌᆞᆼ이지왈이엇디감히재왕울의논
ᄒᆞ리이ᄉᆞ가하놀을우러ᄀᆞ보매ᄀᆞᆯ곱ᄒᆞᆫᄌᆞᄅᆞᆯ아나ᄀᆞ놉ᄒᆞᆫ
바ᄅᆞᆯ엇디알며이일월이비ᄅᆞᆨ붉음ᄌᆞᄅᆞᆯ아나ᄀᆞ뻐
붉음ᄌᆞᄅᆞᆯ엇디알니잇가신의ᄉᆞ견으로재왕울
의논ᄒᆞᆯ진재재왕ᄀᆞᆫ으로하놀을붉ᄃᆞᆺᄒᆞ며ᄌᆞ재

리믓ᄒᆞᆯ족도이노쇄락ᄒᆞ믄ᄌᆞᆼ졋ᄃᆞᆺᄒᆞ되시ᄅᆞᆯ횡
이낫(고)경ᄒᆞᆯ상셔의날다와ᄒᆞᆯ빗ᄂᆞᆺᄒᆞ니안연
의부러오경이ᄂᆞᆯ초빌에부러ᄉᆞᆨᄉᆞᆨ의맛ᄌᆞᆺᄒᆞ니
ᄌᆞᄉᆞ의뉘오강전ᄂᆞᆫ비ᄅᆞᆯᄒᆞᆯ번박ᄎᆞ지ᄅᆞᆨᄒᆞᆯ도
에낭아가니중ᄌᆞ의ᄲᅡᆨ이오소옹을영매ᄒᆞ미쉭여
나ᄃᆞ오리ᄅᆞᆯ오미련니에ᄒᆞᆯ노셔니빈이와방불
ᄒᆞᆯᄉᆞ마ᄃᆞᆼ을심의와재되ᄅᆞᆯ섬이이시며ᄉᆞᆼ이이
시니이울라비ᄒᆞᆯ거시오ᄌᆞᆨ희ᄂᆞᆫ도쇄빈쳔을
ᄉᆞᆯ피ᄅᆞᆫ오쇠만ᄒᆞᆫᄀᆞᆯ연ᄃᆞᆺᄒᆞ니병ᄌᆞᆺ아니면ᄃᆞᄅᆞᆯ
재업ᄉᆞᆯ거시오강시ᄉᆞᆫ념계예쥐원ᄅᆞᆯ이비쳔ᄅᆞᆫ
리ᄉᆞᆨ에ᄅᆞᆯᄌᆞᆼ을ᄲᅮᆫ이니북ᄌᆞ하의버ᄅᆞᆷ이되ᄅᆞᆯ거

위ᄒᆞ올자최너ᄇᆞᄃᆞ려나니ᄆᆞᆨ아ᄃᆞᆨ홀치런ᄆᆞᆺ앙
다ᄉᆞᆺᄒᆞ니이라ᄅᆞᆼ궁은위인이간낙ᄒᆞ니인군의
폐되잇ᄂᆞᆫ민ᄌᆞᆨ건은ᄒᆞᆫ횡이지국ᄒᆞ니상ᄀᆞᆯᄋᆞ이ᄃᆡ
눈ᄒᆞᆯ말이업ᄂᆞᆫ엽비ᄀᆞ욱ᄂᆞ셩인의러ᄀᆞ이잇ᄂᆞ
ᄌᆞᆯ로노옹다의상ᄀᆞᆯ의게ᄀᆞ나ᄀᆞ너ᄆᆞ강ᄒᆞᆫᄒᆞᆫ록
ᄎᆞᆯᄒᆞ야정미ᄒᆞᆯᄃᆞᆯᄆᆞᄂᆞᆫ저야ᄂᆞ말ᄉᆞᆷ이횡
ᄒᆞᆯ바의거나ᄂᆞᆫ엽웃ᄂᆞᄯᅳᆺ이비록ᄒᆞᆯ즁웃ᄂᆞᄂᆞᆷ
ᄒᆞ되부러ᄒᆞᆯ즉ᄒᆞᆯ록실ᄒᆞ며ᄅᆡ변ᄅᆞᆼ이업ᄂᆞᆫ록
쟝은낭ᄀᆞᆺᄒᆞ되인이부족ᄒᆞᆫ원현은너ᄇᆞᆫ집
ᄒᆞᆫᄃᆡ노너ᄇᆞ우러ᄀᆞᆺᄒᆞᆫ죵겨치ᄌᆞᆯ로ᄃᆡᄉᆞᆷ외겨
의ᄒᆞᆯ보아셩인의과상이이시나랑견ᄒᆞ여져

죽히하우시의어게글죽이ᄒᆞ리라ᄯᅩᄒᆞᆫ슈을
증ᄌᆡ왈즁인은날마다세가지일노ᄂᆞᆷ을ᄉᆞᆯ피
ᄃᆞ어ᄂᆞᆯ죽이ᄂᆞᆫ란ᄒᆞᆯᄃᆞ글ᄃᆞ려ᄒᆡ버죵ᄒᆞ여ᄌᆞ죽기의
니르러도정ᄌᆞ의어그ᄅᆞᆺ지아니ᄒᆞ니죽히셩량
의게머리ᄅᆞᆯ숙이지아니ᄒᆞ리이다ᄯᅩ공ᄌᆞᄅᆞᆯ구
ᄒᆞ셔왈셩ᄌᆞ의ᄃᆞ좌ᄅᆞᆯ어려ᄃᆞᆼ옹을지어도
후에쥐옹을블히ᄒᆞ려니예비운을알게ᄒᆞ니
이ᄂᆞᆯ죽히여간을지으신왕다ᄅᆞᆯ거시오병ᄌᆞ
ᄂᆞ쳔셩에블셜ᄒᆞᄆᆞᆯ니ᄅᆞ도의글니ᄅᆞ이니케ᄒᆞ
ᄃᆡ저도글내저왕도글ᄌᆞᄒᆞᆯ이간을막ᄂᆞ우ᄂᆞ도
글븟ᄃᆞᆫ셩인의버금이ᄃᆞ되그우이너므발

리못ᄒᆞᆯ네아지리ᄅᆞᆯ니ᄅᆞ혀못ᄒᆞ니ᄉᆡ의ᄒᆞᆯᄒᆞ
ᄂᆞᆫ배로소이다군신이각ᄀᆞ언어리ᄅᆞᆯᄒᆞ기ᄅᆞᆯ못ᄒᆞ매
왕이즁ᄉᆞᆼ을블너ᄅᆞᆯ오샤되네졍일인블비방
ᄒᆞ기ᄅᆞᆯ잘ᄒᆞ더니네군신을이ᄅᆞᆺ혀의논ᄒᆞ여
고하ᄅᆞᆯ뎡ᄒᆞ라즁ᄉᆞᆼ이되왈신이시견이업ᄉᆞ
엇디감히그릇성현을의논ᄒᆞ리잇가왕왈너
ᄂᆞᆫ양말ᄅᆞᆫ소졀을다ᄒᆞ라즁ᄉᆞᆼ이븨ᄉᆞᆺᄒᆞᆯᄯᆞᆯ너
나군신을ᄃᆞᄅᆞ러보ᄂᆞᆫ체ᄅᆞᆯ의논ᄒᆞᆯ설안연을
ᄌᆞᄅᆞᆯ쳐왈ᄎᆞ인은ᄒᆞ수ᄒᆞᆯᄃᆞ러열ᄌᆞᆼᄅᆞᆯ알ᄅᆞᆫ소옥
을이긔여현니ᄅᆞᆯ회복ᄒᆞ니셩인예러이ᄌᆞᆺ
ᄂᆞ리라블긔온이만ᄯᆞᆯ을화셩ᄒᆞᆯ리상이라

죵시도ᄅᆞᆯ힝치못ᄒᆞ니이ᄒᆞᆫᄒᆞᆯ배로소이다주
희졸오되동원이이격의치ᄒᆞ되ᄃᆞᆫ이제북마
의가ᄅᆞ여시되ᄎᆞ인이화의로나ᄆᆞᆫ을ᄉᆞ여죵시
회복을못ᄒᆞ니이ᄒᆞᆫᄒᆞᆯ배로소이다ᄎᆞ홍이주왈
홍
날ᄇᆞᆯ이위ᄌᆞ궁의놉ᄒᆞᆫ불의편ᄒᆞᆫ을불와갈
국의ᄌᆞ루ᄒᆞ니막힌거업ᄉᆞ니이쥴거오미편하
라경이주왈텬하의도ᄅᆞᆯ힝ᄒᆞ여우흐로나ᄆᆞᆯ
을오ᄉᆞᆯ을빙그지못ᄒᆞᆯ아ᄅᆞ로ᄇᆡᆨ셩을강
근근민ᄃᆞ
우지못ᄒᆞ니이나의부ᄌᆞ된보ᄅᆞ소이다제갈
냥이주왈동으로손권이웅거ᄒᆞᆫ부으로조죄
죵힝ᄒᆞ여젼우이ᄎᆔ그ᄅᆞᆯ어드되동원을회복

콰도대왕의도ᄅᆞᆯ비화ᄇᆞᆰ의젼ᄒᆞ니이ᄌᆞᆯ거옴
베러이라빙진ᄒᆞᆯ오ᄃᆡ날ᄒᆞ연니그ᄅᆞᆯ잘치니
ᄀᆞ리옴이지극히편리ᄉᆞ이의ᄌᆞ극ᄒᆞᆯ리라편하
안ᄒᆡᆨ의이셔편하평누의ᄒᆡᆼᄒᆞ니오런하
놀리블러오미업블굽어살ᄌᆞᆰ의의게블러오
미업ᄉᆞ니장ᄌᆞᆯ거오미러이라경희주왈ᄉᆞ수
ᄌᆞ의ᄂᆞ라ᄉᆞᆯᄎᆞ즈며버ᄅᆞᆯ울와봄빗ᄎᆞᆯ수정호
니이ᄌᆞᆯ거오미러이라주ᄃᆞᆯ이ᄌᆞᆯ오ᄃᆡ간ᄃᆞᆯ빗라빗
난ᄇᆞᆰ이가ᄂᆞᆰ의비최니ᄒᆡ살ᄒᆞ여ᄒᆞᆯ졈ᄃᆞᆺᄎᆞᆯ이
업ᄉᆞ니ᄒᆡᆫᄒᆞᆯᄌᆞᆯ거오미러이라ᄉᆞ마랑이주왈신
은ᄂᆞᆷ군울만나시되왕안셕의ᄃᆞᆼ졀ᄒᆞᆯ배되여

관둉이 려궁을 믈니쳐 ᄌᆞ시ᄅᆞᆯ 존ᄒᆞ니 그 죄 크
게 넉이 나이 제 너ᄂᆞᆫ 관둉과 ᄂᆞ둉련의 죄인이로
다 허헝이 면식이 여 돈ᄒᆞ야 ᄃᆡ답ᄒᆞᆯ 말이 업
러라 군신이 도의 논ᄒᆞ기ᄅᆞᆯ ᄆᆞᆺᄎᆞᆯ ᄯᅢ 왕이 ᄀᆞᆯ오샤
ᄃᆡ 너희 각각 ᄯᅳᆺ을 니ᄅᆞ라 누ᄂᆞᆫ 능히 ᄂᆞᆷ ᄒᆞᆯ 져ᄒᆞᆯ
일이 이시며 누ᄂᆞᆫ 부ᄎᆞᆷ 보고 려온 일이 이시며 누
ᄂᆞᆫ 부ᄎᆞ ᄭᅳᆯ거온 일이 잇ᄂᆞ뇨 각각 니ᄅᆞ어 ᄉᆞᆷ기
지 말나 즉 ᄲᅥ 니ᄃᆞ라 ᄀᆞᆯ오ᄃᆡ 나ᄂᆞᆫ 쳔승 나라ᄒᆞᆯ 다
ᄉᆞ리ᄂᆞᆫ 삼쳔궁을 거ᄂᆞ려 ᄇᆡᆨ국을 횡ᄒᆡᆼᄒᆞᆫ ᄆᆞᆯ ᄒᆞᆯ
져ᄒᆞᄂᆞᆫ 이라 왕이 ᄀᆞᆷ죵ᄒᆞ시 너라 안연이 ᄀᆞᆯ오ᄃᆡ 나
ᄂᆞᆫ 누황의 이셔 일각 ᄉᆞ와 이ᄅᆞᆯ 음을 이실 ᄯᅥ니

리오낭인이샤죄ᄒᆞᆯ셥이러라ᄯᅩ동동셔와왕
동다ᄒᆡ형울불어ᄀᆞ오샤ᄃᆡ동동셔의나ᄅᆞ
바도에클볼이하ᄂᆞᆯ의셔나니말라도ᄅᆞᆯ볿
히ᄉᆞ니ᄅᆞᆯ혜니말나ᄒᆞᆷ다왕동의니ᄅᆞᆯ바람
은크고져심은젹ᄀᆞ져ᄒᆞᆯ다ᄒᆞ니그말이라ᄂᆡ의
도ᄅᆞᆯ알말이라내장아ᄅᆞᆷ다이셕이노라ᄯᅩ
허형불어ᄌᆡ칙왈셰ᄒᆞᆨ문을깁히ᄒᆞᆼᄒᆞᆯ
의업이아라글ᄌᆞ에사ᄅᆞᆷ이어ᄂᆞᆯ즐쳐저젹은을
불나오샹ᄭᅢ게허리ᄅᆞᆯ구텹셤기ᄂᆞᆯᄅᆞᆯ게녀
이ᄉᆞᆯ나셰노동년을졔나라ᄒᆞᆯ선비ᄀᆞ리진나라
황셰리ᄂᆞᆯ블고셔동희ᄅᆞᆯ블아즈으셔ᄒᆞᆯ

태

졀미셧기엿다ᄒᆞᆯᄐᆡ연법션을지어ᄂᆡ여망
녕도이셩인을ᄌᆞ쳐ᄒᆞ니가장ᄎᆞᆷ남ᄒᆞᆫ왕망
을셤겨미신확을지어아당ᄒᆞ니이ᄂᆞᆫ사ᄅᆞᆷ을
오도에적이오셩문의젹인이라엇디ᄇᆞ르리잇
가왕이ᄀᆞᆯ오샤ᄃᆡ추이인의죄비록그러ᄒᆞ나금
젼의앗가온ᄃᆡ블셔ᄅᆞᆯ쳐졍히ᄒᆞ리라ᄒᆞᆯᄉᆞ시
ᄇᆞ르니낭인이드러와비복ᄒᆞ거ᄂᆞᆯ왕이칙ᄒᆞ
야ᄀᆞᆯ오샤ᄃᆡ사ᄅᆞᆷ의쳔셩이블리어ᄀᆞᆯ거ᄂᆞᆯ
경이엇디사오납다니ᄅᆞ며오ᄂᆡ도ᄅᆞᆯᄒᆞ샹을폐엿
거ᄂᆞᆯ엇디셩악이혼ᄒᆞ다ᄒᆞ며또웅이역적을
셤겨ᄇᆞᆺ그려오ᄂᆞᆯ므ᄅᆞ니이엇디군ᄌᆞ의졍ᄅᆞᆼ이

왕녀ᄒᆞ노ᄇᆞ리ᄅᆞᆯ 알니오 한웍주 왈 전ᄌᆞ이
ᄒᆞᄅᆞ 죵횡지 ᄒᆞᆯ라 형명지ᄒᆞᆨ을 숭상ᄒᆞ야
인의ᄅᆞᆯ 알재 업셔니 오직 ᄂᆞᆨᄌᆞ시 경왕
망젹ᄒᆞ양 옹이 ᄒᆞᆯ노 인의ᄅᆞᆯ 횡ᄒᆞ야 ᄌᆡ왕을
존숭ᄒᆞ니 가히 블어ᄲᅥᆫ족ᄒᆞ니 이라 죡히 ᄎᆡ
리ᄅᆞᆯ 어왈 한웍제ᄒᆞᆨ 분이 머리 업ᄉᆞᆫ ᄒᆞᆨ분이라
시비불명ᄒᆞ야 망녕도이 알외ᄂᆞ니이라 슬경
날오리 사ᄅᆞᆷ의 편셩이 블리사오나라 ᄒᆞ니 그졔
ᄌᆞ니 쉬ᄀᆞᆫ ᄒᆞᆨ을 편ᄒᆞ야 셜변ᄅᆞᆯ ᄌᆞᆨ이고 졍션ᄅᆞᆯ
불지ᄀᆞᆨ중이라 슬경의 오ᄋᆞᆼ옹을 날오리 사ᄅᆞᆷ의
편셩이 결리 졍ᄒᆞᆯ거시 업셔서 사오나 옴다어

이업디못ᄒᆞᆯ블촌ᄒᆞᆯ재라드심이업리아니
ᄒᆞ니인심을위ᄒᆡᄒᆞ야졍안리아니ᄒᆞᆯ드심을
미못ᄒᆞ야보기어려오ᄆᆞ이러ᄆᆞᆯ오직졍ᄒᆞᆯ일
ᄒᆞ여야그듕을졍ᄒᆞᄂᆞ니라소옹이주왈복희시
잘괘를ᄒᆞᄉᆞᆯ부터샹다슈와니그가온ᄃᆡ이시
더세샹살롬이혹그샹을보아주슈를알니도
이시며그만알니도이시나어리ᄒᆞ여울ᄒᆞ니잇
가왈주역이란거시음양초랑지니이시니
를보리드슈만젼주ᄒᆞ면이도슈혹이라그래복
셔의복리드주역이변화무샹ᄒᆞ니이만졍ᄒᆞ
드슈를을보리면이도이혹션이라어리그르드신

근시리셩샹근이나ᄉᆞᆸ상원이라ᄒᆞ시니리엇디

니ᄅᆞ시미니잇가왕이ᄀᆞᆯ오샤ᄃᆡ셩이란거ᄉᆞᆫ하

ᄂᆞᆯ이삼겨내신리라블리어길ᄅᆞ사오나오미

업셔(니와)그러나사ᄅᆞᆷ이날제긔품이ᄒᆞᆫ가지아냐

쳥긔로타난쟈도잇고탁긔로타난쟈도이시니

공부ᄅᆞᆯᄃᆞ셔니이면탁ᄒᆞᆫ쟈도쳥ᄒᆞ여질

쳥ᄒᆞᆫ사ᄅᆞᆷ도공부ᄅᆞᆯᄃᆞ리아니면탁ᄒᆞᄂᆞ니셩

블ᄉᆞᆸ상원이라ᄒᆞ니이ᄂᆞᆫ긔질지셩을니ᄅᆞᆷ

오본연지셩을니ᄅᆞ미아니라졍이(지)ᄌᆞ왈일심

이욕외ᄒᆞᆯ도심이욕이란말이어이니ᄅᆞᆫ말ᄉᆞᆷ이

니잇가왕왈사ᄅᆞᆷ이비록셩인이라도인욕

라숑ᄒᆡ조ᄅᆞᆯ니ᄅᆞ오샤ᄃᆡ너ᄅᆞᆫ종ᄇᆞᆫ을훤히여러
심ᄉᆞᄒᆞᆨ을ᄉᆡ로ᄌᆞᆫ현하ᄅᆞᆯ아의게젼ᄒᆞ여오ᄉᆞᆯ의
ᄇᆞ옴ᄋᆞᆯ법바ᄃᆞ니ᄒᆞᆨᄒᆞᆯ거시업ᄉᆞᄃᆡ라만진ᄌᆞ
에회군ᄒᆞᆯ일이ᄒᆡ려(온)이ᄅᆞᆯ홈을면ᄒᆡ못ᄒᆞ리라
가히안가ᄇᆡ거니와이ᄂᆞᆫ(任)ᄒᆞᆯ현ᄒᆡ라현마엇지ᄒᆞ
리오숭졔ᄃᆡ왈이노신의죄아니라셩ᄉᆔ신등의
ᄒᆡᆼ박ᄒᆞᆯ배아니이라왕이미초왈네진짓ᄇᆞ옴
이업스면엇지다ᄅᆞᆯ신ᄅᆞᆷ이ᄒᆡᆼ박ᄒᆞᆯ배되리오숑
졔ᄃᆡ개ᄅᆞᆯ숙이ᄃᆞᆨ연ᄒᆞ러라이ᄯᅢ나라희일어
업ᄉᆞᆯ니라왕은낙면ᄒᆞ여ᄅᆞᆯ광ᄌᆞᆫ던우희
셔ᄅᆞᆯ옹히ᄃᆞᄅᆞᆯ의논ᄒᆞᆯ싀죽희(저)죽왈뎐의ᄂᆡ

치ᄂᆞᆫ 왕도ᄅᆞᆯ 힝ᄒᆞ여 녜악이 지리니 ᄀᆞᆺ텨 샹셰
ᄅᆞᆯ 니업ᄉᆞ 존ᄒᆞ거ᄂᆞᆯ 므ᄅᆞᆷ내 해ᄒᆞᆫ 믈ᄅᆞᆯ 면티 못
ᄒᆞ니 가히 앗갑도다 ᄃᆞ졔리 왈 신이 블리 칼
ᄡᅳ기와 블ᄅᆞᆯ 니기ᄅᆞᆯ 알ᄂᆞᆫ 우숙ᄅᆞᆯ 아니 못
ᄒᆞᆯ 신해ᄅᆞᆫ 이을 육동긋ᄂᆞ니 이셔 날을 왕
도ᄅᆞᆯ 도오리 업ᄂᆞ니라 만ᄂᆞᆨ 가ᄉᆞᆨ하의 ᄆᆞ리ᄅᆞᆯ
킈ᄂᆞᆫ 어ᄉᆞ리 샹되지 킈ᄅᆞᆯ ᄒᆞ리 읻ᄉᆞ가 ᄒᆞ더라 당
취 증을 닐어 ᄯᅩ 나라ᄒᆞᆯ 다ᄉᆞ리 미녯졔 왕의
계 ᄂᆞ리니라 아니ᄒᆞ리라 만셩 신심이 업ᄂᆞᆫ가 법을
졍티 못ᄒᆞ니 ᄯᅩᆼ이 만ᄒᆞᆫ 명ᄃᆞᆼ 쳔인이 되리
ᄅᆞᆯ 사해 즁 이 븟ᄃᆞ려 갈히우려 ᄀᆞ블리 못ᄒᆞ여

중다ᄇᆞ든숑적남뎐다ᄌᆡ명ᄒᆞᆫ황뎨다ᄒᆡ
뢰를ᄃᆞ리ᄀᆞ븨와긔라ᄒᆞ거ᄂᆞᆯ왕이과블
너도회를반ᄃᆞ시외를ᄒᆞ시더니한명뎨
와숑신종다홀종을블서ᄌᆡ쳑ᄒᆞ여를
오샤뎌너명뎨ᄂᆞᆯᄇᆞ란이블법을드려와만
뎌예화를ᄡᅵ치ᄃᆞ너신다홀종을경호경이와
장지솔용ᄉᆞ와마당주회를ᄲᅳ더이니ᄒᆞᄂᆞᆫ솔
인을신임ᄒᆞ니이엇지뎨왕의도리리오셜
니ᄇᆞᆯ서가라ᄒᆞ신ᄃᆡ샹뎨ᄌᆡ참ᄒᆞ여ᄇᆞᆯ서
가니라왕이한ᄃᆞ뎨를니ᄅᆞ어ᄀᆞᆯ오ᄃᆡ네단인
ᄒᆞ야뎨왕의긔샹이이시니맛당이ᄌᆡ를ᄂᆡ

ᄅᆞᆫ 아방궁을 블지ᄅᆞ고 ᄌᆞ영을 주여고 진글
라 ᄉᆡ리니라 동셔 젹이 이 경에 올나 주왈 한
졔 ᄂᆞᆨ방이 ᄐᆡ킈 글 드리ᄂᆞᆫ 베오ᄆᆞᆯ 쳥ᄒᆞᄂᆞ
이다 왕이 드러오라 ᄒᆞ시니 한졔 드러와ᄂᆞᆫ
죽ᄉᆞ뵈ᄒᆞ신대 왕 ᄀᆞᆯᄋᆞ샤ᄃᆡ 너 방아 젼국이
징병ᄒᆞᄆᆞᆯ 브터 편해 ᄃᆡ란ᄒᆞ여 다 왕도
글 쳔히 너겨 어려도 ᄋᆞᆷ상ᄒᆞ야 ᄂᆞᆯ을 ᄎᆞ주
리 어브셔지 ᄉᆞ 빅여 년이 되니 이제 네 와 져
ᄋᆞᆷ을 글비 ᄂᆞ가장아 글 ᄂᆞ오니 ᄅᆞ새 일 노ᄅᆞᆺᄉᆞ
빅 년 거 어섭을 헌 케ᄒᆞᆫ 다 왕이 비ᄉᆞᄒᆞᄂᆞᆫ ᄆᆞᆯ
너 나라 셩ᄒᆞᆯ브 졔 와 명 졔 와 당 ᄐᆡ 죵 다 ᄉᆡ쇠

너의ᄉᆡᆼ이라ᄒᆞ시더라ᄯᅢᄉᆞᄌᆞ혀ᄒᆞᆯ반주왈
이제양복이노블에해골러허시나진황
녀졍이ᄌᆞᆫ악무도ᄒᆞ야우리졔ᄌᆞᄅᆞᆯ뭇지ᄅᆞ어
주이ᄃᆞᆫ졍셔ᄅᆞᆯ블지ᄅᆞ어업시ᄒᆞ니맛강
죄ᄅᆞᆯ무럼죡ᄒᆞ니이다왕이ᄌᆞ하ᄅᆞᆯ명ᄒᆞ
야죄ᄅᆞᆯ다ᄉᆞ리라ᄒᆞ신ᄃᆡᄌᆞ해마올의아차
사ᄅᆞᆷ보ᄂᆡ여존인향ᄃᆡᄉᆞ울블러니ᄅᆞ오ᄃᆡ이졔
진황녀졍이무도ᄒᆞ여션ᄇᆡᄅᆞᆯ뭇지ᄅᆞᆯ졍
셔ᄅᆞᆯ블디ᄅᆞ니그죄사리뭇ᄒᆞᆯ지라네세상
의나가녀산울뭇길너션비뭇지ᄅᆞᆯ죄ᄅᆞᆯ과
ᄉᆞ리라향ᄃᆡ이명을바라나가녀산을뭇지

이말을듯고노치ᄒᆞᆫ죄ᄌᆞᆨ여말을못ᄒᆞ거ᄂᆞᆯ륙
직냥졍ᄌᆞ와량ᄌᆞ등을거ᄂᆞ려이ᄅᆞᆯ시의ᄂᆡᄃᆞ라
뒤니셕개ᄯᅢ죄ᄒᆞ여셔쳔을보라ᄒᆞ라라날
쉬빙즤이ᄯᅢ여쳐며ᄌᆞᆯᄒᆞ여아조화근을업시
코져ᄒᆞ여즙히ᄯᅳᆯ러니왕이ᄯᅢ동벽ᄌᆞᆼ을
명ᄒᆞ여닐오샤ᄃᆡ셔원슈ᄅᆞᆯ보니읍ᄀᆡ졍ᄃᆡᄀᆞ
셩ᄒᆞ니이도젹이읍ᄀᆡ로라낫ᄂᆞᆫ거라아조멸
치못ᄒᆞᆯ거시오병법이ᄒᆞᆼ즉ᄅᆞᆯ막키ᄌᆞᆯ라ᄒᆞ
여시니그만ᄒᆞ여도라오라ᄒᆞ신ᄃᆡ빙젼근현
을거ᄂᆞ려도라와왕긔뵈온ᄃᆡ왕이ᄀᆞᆯ오ᄃᆡ이
간의허물업시ᄒᆞ고오ᄅᆞᆯ보ᄒᆡ게ᄒᆞᆷ이라

ᄆᆞ의 ᄌᆞᆯ이 나시나 ᄀᆞᆯ로복이 되리하니 ᄒᆞᆫ블
이 ᄒᆞᆯ번 ᄶᅥ 긘ᄒᆞ 나시 블이 되리하ᄂᆞ니
사ᄅᆞᆷ이라 만믈라 라ᄅᆞᆷ이 업ᄉᆞ리라 ᄒᆞᆯ번즉
우며 석을 나ᄆᆞᆼ걸다 ᄶᅥ진 졀존어녀리 우이
잇셔라 시사ᄅᆞᆷ이 되며 네 ᄯᅩ 날오되 사오나 울사
ᄅᆞᆷ은 지옥이 잇셔 형벌ᄂᆞ라 ᄉᆞ린라 ᄒᆞ니 사
ᄅᆞᆷ이 죽은 후ᄭᅦ 빅이 (다) ᄒᆞᆺ허져시ᄃᆞ 어ᄂᆞᆺ의
형벌 바ᄃᆞ리오 이라나 밧거오 잘ᄒᆞᆯ 말이라
블라 어린 빈ᄉᆞ 셩을 라ᄭᅧ여 ᄒᆞᆨ게 ᄒᆞ셔니와
엇리 감히 군ᄌᆞ의 알질 어린 말을 내리오
셜니 항복ᄒᆞ여 경도의 도라오게 ᄒᆞ리라 셕거

ᄒᆞᆯᄌᆞ셔ᄒᆞ면사ᄅᆞᆷ을위ᄒᆞ면ᄉᆞ랑ᄒᆞᄂᆞᆫ번
되여ᄇᆞᆰ음을나ᄉᆞ리면화평ᄒᆞᆯ편하ᄂᆞ가ᄅᆞᆯ
나ᄉᆞ리면태평ᄒᆞᄂᆞ니엇디너희ᄂᆞᆫ족히오세
ᄉᆞᄉᆞᆯᄂᆞᆷ우리부의ᄒᆞ랴ᄒᆞ면네ᄆᆞᄋᆞᆷ에의복을
니브ᄂᆞᆫ이ᄇᆡ에음식을먹으며집ᄉᆞᆨ이셔너희부
리ᄅᆞᆯ너브러법을나이니엇디부의ᄒᆞᆯ작시리
오세옥식ᄉᆞ이업ᄉᆞ업ᄉᆞ랴ᄒᆞ리보시ᄅᆞᆯ만히ᄒᆞ
고ᄉᆞᆨ록을셩히ᄒᆞ면비록악ᄒᆞᆫ자라도복을
어ᄉᆞᆯ다ᄒᆞᄂᆞ니이엇디부옥ᄒᆞᆯ작시며네ᄂᆞᆷ오리사
ᄅᆞᆷ이즉어ᄂᆞᆯ뢰ᄒᆞ여다시사ᄅᆞᆷ이된다ᄒᆞᄂᆞ니이
러옥빙낭ᄒᆞᆫ말이라ᄎᆞᆫ복이ᄒᆞᆫ번주으매나

홍긔가 온지 이시면 병들 거시매 집을 지어 잇게
ᄒᆞᆫ 등장을 ᄒᆞ여 ᄂᆞᆷ으로 술 쁘게 ᄒᆞᆫ 장ᄉᆞᄅᆞᆯ ᄒᆞ
여ᄂᆞᆫ 이 심업ᄉᆞ믈 통케 ᄒᆞᆫ 의약을 뵌ᄂᆞ라 올
전ᄌᆞᄒᆞ믈 구ᄒᆞ게 ᄒᆞ고 영장ᄒᆞᆫ 졔ᄉᆞᄒᆞ야 고은 외ᄅᆞᆯ
갑게 ᄒᆞᆫ 때ᄆᆞᆯ을 뵌ᄂᆞ라 션후ᄅᆞᆯ ᄎᆞ례ᄒᆞᄂᆞᆫ 통
누고ᄅᆞᆯ 뵌ᄂᆞ라 ᄋᆞᆯ 적국ᄒᆞ믈 졔케 ᄒᆞᆫ 졍ᄉᆞᄅᆞᆯ 뵌
두라
그게 어ᄅᆞᆯ 누구ᄅᆞᆯ 나ᄉᆞ 신ᄂᆞᆫ 형벌을 뵌ᄂᆞ라 그 사오나
올거ᄉᆞᆯ 업게 ᄒᆞᆫ 인신라 마되와 져 올을 뵌
ᄃᆞ라 서ᄅᆞᆯ 속이니 못ᄒᆞ게 ᄒᆞᆫ 셩학 다 갑병을 뵌
ᄃᆞ라 서ᄅᆞ 아리 못ᄒᆞ게 ᄒᆞ니 그ᄃᆡ 볼키 기섭ᄀᆞᆯ
횡키 ᄉᆞ을 니라 이러ᄆᆞᄅᆞᆯ 니ᄆᆞᆷ을 외ᄒᆞ면 ᄉᆞ준

야녜도ᄅᆞᆯ좃ᄎᆞ세ᄒᆞ리오ᄂᆞᆫ쉬비ᄅᆞᆯ미믈이ᄂᆞ오히
려ᄆᆞᄋᆞᆷ와군신이며중용이이ᄉᆞᄂᆞᆫ개야미와벌이
오히려군신지분을알ᄋᆞᄂᆞ니이제너ᄒᆞᆫ오히려금슈
만ᄀᆞᆺ디못ᄒᆞᄂᆞ냐녯날오귀셩인ᄃᆞ이아니면사
ᄅᆞᆷ의녁아조어ᄇᆞᆫ스니오랄니라금슈ᄅᆞᆯ어부려
ᄒᆞᆫ가지로쳐ᄒᆞ면시ᄅᆞᆷ을짓다혈다비ᄅᆞᆯ이업
ᄉᆞ니엇디ᄎᆞ리와러운리와ᄎᆞ귀리ᄅᆞᆯᄲᅢ거ᄒᆞ
며ᄅᆞᆷ다업니업ᄉᆞ니엇디ᄋᆞᆫ시ᄉᆞ을도ᄅᆞᆯ와며
우리오이러ᄆᆞᆯ셩인이통샤와금슈ᄅᆞᆯᄆᆞᆯ디다
산ᄂᆞᆫ쳔ᄒᆞᆯ의네치시ᄂᆞᆫ쳡거든오슐ᄂᆞᆫ도록
리거든밥을머ᄂᆞᆫ나ᄆᆞᆯ오회이시면어ᄇᆞ려지ᄂᆞᆯ

이제너ᄃᆞ려니ᄅᆞ리라사ᄅᆞᆷ이세상의나매
군신과부ᄌᆞ와부부와댱유와붕우의닐온오
륜이라사ᄅᆞᆷ이오륜곳업ᄉᆞ면사ᄅᆞᆷ이아니어
늘이제너ᄂᆞᆫᄃᆞᄅᆞᆯᄒᆞᄃᆡ반ᄃᆞ시텬츈을ᄯᆞ롤쳐ᄅᆞᆯ
스승(ᄒᆞ야)ᄅᆞᆯ쳥졍젹멸ᄒᆞᆫ불이ᄅᆞᄀᆞᄅᆞ니부모곳이아니
면네몸이어ᄃᆡ로셔나ᄃᆞᄅᆞᆯ힝ᄒᆞ여부ᄅᆞ곳하
니면사ᄅᆞᆷ의뉘아조업서싱ᄂᆞ지회곳치지
리니어ᄂᆡ사ᄅᆞᆷ이이셔네ᄃᆞᄅᆞᆯ뉘력ᄒᆞ며군
신이어업ᄉᆞ면텬하ᄇᆡᆨ셩을통녕ᄒᆞ리어볼
리니강ᄒᆞᆫ재약ᄒᆞᆫ자ᄅᆞᆯ솟기ᄂᆞᆫ션ᄒᆞᆫ재악ᄒᆞᆫ
자ᄅᆞᆯ이긔니못ᄒᆞ리니이런즉뉘라시즁ᄒᆞ

ᄃᆞᆼ경ᄒᆞ거니와우리ᄂᆞᆯ귀신을니희ᄒᆞ니어ᄂᆞ
ᄒᆞᆫ놈말이못니못ᄒᆞ여서ᄲᅧᆼ지근박고서눅고
경이서ᄃᆞ라ᄲᅧᆼ증고알외ᄃᆡ섯시의말을도
듯ᄉᆞ라연우리도의서나옹ᄉᆞ허리로를굽혀
항복ᄒᆞᆷ만ᄀᆞᆺ디못ᄒᆞ라ᄒᆞᆯ재즉정ᄉᆞ지저곰오ᄒᆡ
그러ᄉᆞ전이이러ᄐᆞᆺ붉고못ᄒᆞ니반셩ᄒᆞᆨ줄ᄒᆞ
런ᄌᆞᆼ벽어려이ᄉᆞᆷ노ᄌᆞ경이ᄒᆞᆷ더ᄒᆞ야ᄃᆞᆯ어나셔
라ᄲᅧᆼ정ᄉᆞᆫ을섯ᄉᆞ가ᄀᆞᆯ가근쳐ᄉᆞᆨ지저외ᄀᆞᆯ이ᄇᆡ
업ᄂᆞ니ᄂᆞᆫ업ᄉᆞᆫ놈이감히사ᄅᆞᆷ혼말을ᄒᆞ여
쇄상을ᄉᆞᆨ이근벽셩을ᄒᆞᆨ게ᄒᆞᆯ다네말이
곤니ᄒᆞᆯᄃᆞᆺᄒᆞ나진짓도에코게어조려옥니라너

너 져불신을알면불셩을아ᄂᆞ니셩ᄒᆞᆷ을
업ᄉᆞ면멸ᄒᆞᆷ도업서길ᄒᆞᆯ희노ᄅᆞᆯ롱ᄒᆞ야망샹
을다사업시ᄒᆞᆫ후이니ᄅᆞ대원각이라십
방셰계ᄅᆞᆯ쎄ᄇᆞᆫ억만즁ᄉᆡᆼ을졔도ᄒᆞᄂᆞ니
이제그ᄃᆡ도놈불ᄅᆞ다ᄇᆞ옴잡기ᄅᆞᆯ웃듬을삼ᄂᆞ
우리ᄇᆞ옴업시ᄒᆞᆷ다어ᄉᆞ러ᄒᆞ며너희도놈불
다욕의ᄒᆞᆫᄇᆞᆯ을웃듬을삼ᄂᆞ니우리ᄇᆞ의ᄒᆞᆷ다
어ᄉᆞ러ᄒᆞ노너희도놈불ᄅᆞ다셩졍을지히어기
거니와우리젹멸ᄒᆞᆷ다어ᄉᆞ러ᄒᆞ며너희도ᄂᆞᆯ
불다ᄒᆞᆯ즐을의ᄅᆞᆨᄒᆞ야ᄇᆞᆯᄃᆞ노라ᄒᆞ거니와
우리ᄅᆞᆯ하ᄂᆞᆯᄇᆞ리ᄂᆞ니엇더ᄒᆞ며너희슬지신을

혹게ᄒᆞᄂᆞᆫ죠ᄅᆞᆯ우리니계ᄅᆞᆯ치ᄯᅥ노ᄒᆞ야화란을
긧ᄂᆞᆯ나이제황텬이긘노ᄒᆞ샤날을명ᄒᆞ여
희노ᄅᆞᆯᄇᆞᆺ러브리게ᄒᆞ시ᄂᆞ니라내텬명을밧
드러와시니썰ᄅᆞᆯ니항복ᄒᆞ야죄ᄅᆞᆯ면케ᄒᆞ라셕
개합광ᄒᆞ여ᄋᆞᆸᄒᆞᄂᆞᆫ죄ᄅᆞᆯ그ᄃᆡ노하ᄂᆞᆯ을두려
날을져히거니와우리ᄂᆞᆫ하ᄂᆞᆯ을부리ᄂᆞᆫ화ᄒᆞᆯ
니회ᄒᆞᆫ니황텬후ᄐᆡ라나의회허라어시니그리
의ᄃᆞᆺ리죄ᄋᆞ우리오이제우리그ᄃᆡ와ᄇᆡᆨ셩(병혁)을절
우니말ᄂᆞᆫᄃᆞᆯ걸외ᄌᆞ옹을거ᄅᆞᆫᄒᆞᆫ미어ᄉᆡ허노ᄅᆞᆼ
죄와ᄅᆞᆯ그ᄌᆡ홀거시니네본져니ᄀᆞᆺ라셔ᄀᆡᄌᆞ왈오
리ᄃᆞ허ᄋᆞ을죠비ᄅᆞᆯᄋᆞ죠ᄂᆞᆫ을샹ᄃᆞᄃᆞ홍ᄋᆞᆷ을귀히

제곰 졔현을 ᄃᆞ리고 나가 져 도젹을 ᄡᅳ러 보리
고 영웅 화근을 업시ᄒᆞ여 나 시화ᄅᆞᆯ 짓게 말
나 ᄆᆡᆼ졀 빈ᄉᆞᄒᆞ고 나와 출ᄉᆞᄒᆞ올 셔 낭졀로 동
군ᄉᆞ마ᄅᆞᆯ 삼고 독희ᄅᆞᆯ 져셜봉을 삼고 졍호
졍이로 좌우장군을 삼고 한우로 중ᄉᆞ로ᄅᆞᆯ 삼
아 나갈ᄉᆡ 군용이 웅장엄숙ᄒᆞ믈 니로 긔록
디 못ᄒᆞᆯ너라 힝ᄒᆞ야 낭쥬이 되ᄂᆞᆫᄒᆞ매 병젼
긴 밧긔 ᄆᆞᆯ을 셰우고 산ᄅᆞᆯ 브려 셕가와 말ᄒᆞ자
ᄒᆞᆯ지 셕개 셔ᄅᆞᆯ ᄒᆞᆯ 몰ᄯᅢ여 긴 밧긔 셔거ᄂᆞᆯ 병젼ᄉᆞ
ᄅᆡᄅᆞᆯ 가ᄅᆞ쳐 ᄃᆞᆷ아 ᄭᅮ즁ᄒᆞ야 골오ᄃᆡ 미친 오랑캐
귓거시 감히 어즈러온 말을 ᄒᆞ여 ᄉᆡᆼ민을 올

ᄲᅡᄒᆞ니블수보현이되뎍기못ᄒᆞ여ᄃᆞ라나걸
한위승셰ᄒᆞ야ᄎᆞᆯ와ᄌᆞ치니셕ᄀᆡ대패ᄒᆞ야셔
역으로ᄃᆞ라나니한위군ᄉᆞ를거ᄂᆞ려도라와왕
긔뵈ᄋᆞ니왕이ᄀᆞᆯᄋᆞ샤ᄃᆡ네이번ᄃᆞᆼ이족히평
가ᄌᆞ와ᄀᆞᆺᄃᆞ리로다ᄆᆞᆯ이못니못ᄒᆞ여ᄉᆞᄌᆞᆯ이블ᄒᆞ
되셕가여려ᄂᆞ랴다ᄒᆞᆸ셰ᄒᆞ야쳘와칩ᄂᆞᆫᄒᆞᄂᆞ니
이번을그셰러옥크니라되뎍기어려올가ᄒᆞᄂᆞ
이라왕이ᄀᆞᆯᄋᆞ샤ᄃᆡ이도저ᄋᆞᆯ싱상ᄒᆞᆯ도적
이아니라ᄌᆞᆯ블반복ᄒᆞ야ᄌᆞ로ᄋᆞ되지몌ᄅᆞᆯ
칭ᄂᆞᆫᄒᆞ니반ᄃᆞ시되장을보내여야동을니ᄅᆞᆯ우
리라ᄒᆞ시고밍ᄌᆞ를블너니ᄅᆞ오샤ᄃᆡ네이

몸의 금노오 셕가사를 니브ᄂᆞᆫ 부의 마리여 옥를
걸ᄂᆞᆫ 발의 리리혜를 신ᄂᆞᆫ 손의 금년화 ᄒᆞᆯ가 진를
쥐ᄂᆞᆫ 칠보 리를 밧치ᄂᆞᆫ 년화 대를 드ᄂᆞᆫ 셔시니며
리오 휘 일두 금낭이 두를 어ᄂᆞᆫ 빗 광 휘리온
이니 하나니 셔리 총농ᄒᆞ더라 좌우의 삼쳔
제불 다오 빗나 한이 버려시니 위의 정제ᄒᆞ
ᄃᆞ리 되 엄연ᄒᆞ더라 두 장춰 불 져나 와 ᄲᅡ 호자
ᄒᆞ니 ᄒᆞ나흔 문슈보살이니 쳥ᄉᆞ 지를 드ᄂᆞᆫ
손의 니혜 검을 잡ᄂᆞᆫ ᄒᆞ나흔 보현보살이니 흰
코기를 드ᄂᆞᆫ 손의 반야 봉을 잡앗더라 한 위인
의치를 세우ᄂᆞᆫ 녜의 갓을 ᄃᆞ러 ᄲᅡ 화 빗 여 함을

옥슐봉ᄒᆞᄂᆞ니라 이제 회(휘)의 질실 십이ᄉᆞ라 회
너 십뎐군현을 거ᄂᆞ려 동원을 나ᄒᆞᆫᄇᆞᆯ ᄒᆞᆯ
우리 지계ᄅᆞᆯ 빈낤 아아 삿노히 나왕이 졍ᄒᆞ라
의ᄅᆞᆯ 실ᄉᆞᆼᄒᆞ야 ᄀᆞᆯ오샤ᄃᆡ 셔ᄀᆡ 강ᄒᆞ미 이러ᄐᆞᆺᄒᆞ
니 우리 나라희 큰 화근이 오양ᄇᆞᆨ노ᄒᆞ의 비ᄒᆞᆯᄲᅥ
아니라 너희 능히 오랑캐ᄅᆞᆯ ᄯᅦ어ᄒᆞᆯ던하의 한
왹ᄌᆞᆯ 반족 왹ᄉᆞᆯ 신이 젹(죄) 업ᄉᆞ니 원컨대 대왕을
위ᄒᆞ야 이 (도)젹ᄋᆞᆯ 막ᄌᆞᆯ ᄉᆞ 화근을 업시ᄒᆞ리이다
왕왈 ᄌᆞᆼ흠질ᄒᆞ라 ᄒᆞ시니 한 왹 승명ᄒᆞ야 졸ᄂᆞᆯ
ᄒᆞ야 낭군이 ᄎᆔ 진ᄒᆞ니 한 왹 ᄇᆞᆯ을 니여 셔가와
말ᄒᆞ쟈 ᄒᆞᆯ ᄃᆡ 여러 마리의 ᄎᆡᆯ 보장 업ᄉᆞ관을 ᄡᅳᆯ

녁이ᄯᅳ광ᄒᆞ야쳔디ᄅᆞᆯ부싀며귀신을ᄒᆞᆫ
평ᄒᆞᆫ블셩블며ᄅᆞᆯᄒᆞ며쳥졍념을ᄅᆞ법을
사마ᄌᆞ비지심을셔여어만죵셩을구졔ᄒᆞ
삼쳔세계ᄅᆞᆯ통달ᄒᆞ야화ᄎᆞ욕마지옥을
ᄢᅦᄅᆞᆯᄂᆞᆫ을회보응재법을지어어린자ᄅᆞᆯᄒᆞ
여ᄃᆞᆫ전ᄒᆞ게ᄒᆞ며사오나온자ᄅᆞᆯᄒᆞ여ᄃᆞᆫ경켸ᄒᆞ
닐법이호재ᄒᆞᄂᆞᆫ되죽낭재못ᄒᆞᆯ니라벽
셩을라재여욕게ᄒᆞᆫ사ᄅᆞᆷ을전ᄒᆞ여도케
ᄒᆞ니죄없의ᄒᆞᆯ명졔마자오니반ᄃᆞ려통구
의ᄃᆞ려와진위낭숑ᄎᆞ라낭ᄇᆞᆫᄅᆞᆯᄂᆞᆷᄅᆞ을항복
바라라거녀ᄅᆞ동에낭ᄯᅮ졔와랑현죵이려

승련ᄒᆞᆯᄃᆞ라와이ᄅᆞᆯ원ᄌᆡ왕이ᄌᆡ회ᄒᆞ야ᄂᆞᆯ오
샤ᄃᆡ이제ᄉᆞᆯ권ᄒᆡ재평ᄒᆞ야간샤ᄒᆞᆯᄯᅳ리ᄀᆞᆯ나
쁘러보셔시니ᄆᆞᆺ낭이경ᄃᆞᆼ을위ᄒᆞ야ᄒᆞᆯ잔쳐
ᄀᆞᆯ여러승을하례ᄒᆞ리라ᄒᆞ셔니ᄇᆞᆯᄃᆞᆨ녹셩
ᄆᆡ굽보왼ᄉᆞᆯ셔방쳔ᄃᆞᆨ국의ᄌᆡ셩인이나시니
ᄀᆞ날제ᄉᆞ라회년ᄉᆞᆺ지나ᄀᆞ리이ᄒᆞᆯ상셰만ᄒᆞ니이
제쳔ᄃᆞᆨ국국낙셰계예이셔이랄가셥다
ᄃᆞᆫ음보살라ᄇᆞᆯ속보현미륵블라오벌나한
다리ᄅᆞᆯᄃᆡᄀᆞᆷᄃᆞᆼ다삽쳔ᄃᆡ즁ᄀᆞᆯᄃᆞ리ᄂᆞ스승ᄀᆞᆯ징
ᄒᆞ리쳥졍법신을리ᄒᆞ야ᄌᆞ셰ᄒᆞ야ᄃᆞᆼ셩
을졔도ᄒᆞ노라, ᄒᆞ시니이ᄅᆞᆯᄒᆞᆫ음을셕가여래라법

글샤ᄒᆞ올가온대글ᄌᆞ시예화글ᄒᆞ여ᄒᆞ여ᄇᆞ리ᄂᆞ조
ᄇᆞ금슉의ᄇᆞ리다쳔셩을일ᄒᆞᄂᆞ니일을현할을
크게어즈러이미라이제옥릐노름이넙은ᄃᆞ려울
려쳔하글ᄅᆞᆯ건져내라ᄒᆞ시니너희ᄎᆞᆫ만무리감
히글말을ᄒᆞ올나강젼자글ᄒᆞ야의마글노고섬
원을ᄇᆞ라ᄯᆞ화십여합의장녈이저져ᄒᆞ야별
진의ᄃᆞᆯ나와노러일원대노름이탄원을당홀
리다졍을홀준줄당키어려오니아직잠간울
너ᄅᆞᆯ글ᄂᆞᆺ가나시옵만곳리못ᄒᆞ거홀ᄃᆞ리여
셔글별라며ᄃᆞ라나려ᄒᆞᆸ슉관의ᄃᆞ라단영울
울만나ᄃᆞ러경울리어ᄅᆞᆫ가ᄉᆞ라ᄉᆞ마강젹

명ᄒᆞ야나울셔열어수ᄂᆞᆫ변람을ᄂᆞᆫ장두ᄂᆞᆫ우
ᄅᆞᆷᄂᆞᆫ린받거나크게오소쳐ᄅᆞᆯ쳐으지져
와ᄅᆞᆯ베지루호도ᄅᆡᆨ(력)을ᄇᆞᄅᆞᆯ나내시험ᄒᆞ여나ᄅᆞᆯ
리이(라)다네채고지러지체에ᄅᆞᆯ금숙ᄅᆞᆯ러부러ᄒᆞᆯ
가지ᄅᆞᆯ쳐ᄒᆞ며만물노러부러부리ᄒᆞ여별성
이노ᄅᆞᆯ미자라살(리)리고음식을돌게ᄒᆞ여이며주거
쳐ᄅᆞᆯ평안이여거회음업시화ᄒᆞ러니도랑
시게니ᄅᆞᆯ러비ᄅᆞᆯ소인의ᄅᆞᆯ편ᄃᆞ라도러을회(려)
보리니현혀재란ᄒᆞ야젼ᄂᆞᆫ려하오시와을
왕랑다문왕창다무왕(패흥때)빌의게미취ᄅᆞᆯ우
호ᄅᆞᆯ이일워ᄅᆞᆯ의부ᄅᆞᆷ을거슬아래ᄅᆞᆯ신졀의졍리

관을ᄡᅳ고일쳑쳥옥홀을가시블근오운이하ᄂᆞᆯ
의ᄯᅳ이고상뫼비범ᄒᆞ여니마의날빗치ᄉᆞᆯ이
긔졀ᄂᆞᆫ쳔금당이어렵고션댱이일광이쳑이
니ᄌᆞᆯ히신거ᄅᆞᆯ옹곳터라ᄉᆞ마댱졍녀셩ᄌᆡ
왈네ᄌᆞ홀인다쳠ᄌᆞ홀의ᄀᆞᆯᄉᆞᄉᆞ로뎌이ᄀᆞᆯ
라ᄒᆞ야오라ᄌᆡ왕을어엽ᄉᆡ이여기고오리ᄃᆞᄅᆞᆯ
쳥ᄒᆞ니이진짓니ᄅᆞᆯ바오블ᄉᆞᆨ의안자한ᄀᆞᆯ을
보며ᄀᆞᆯ오ᄃᆡ한ᄀᆞᆯ이엿각ᄒᆞ미라이제ᄂᆡᄌᆡ왕명
을바라와너희ᄀᆞᆯ랑멸ᄒᆞ라ᄒᆞ시ᄂᆞ니이제항
복ᄒᆞ면죽기ᄅᆞᆯ면ᄒᆞ리라ᄒᆞᆯ러ᄂᆞ냥이쟝엽을
두쟝ᄉᆞ를ᄒᆞ여금나가ᄃᆡ뎍ᄒᆞ라ᄒᆞᆯ러ᄂᆡ녕이ᄋᆞᆼ

ᄒᆞ나흔 몽ᄯᅡ 사ᄅᆞᆷ 장ᄎᆔ니 ᄌᆞ호ᄅᆞᆯ 남화션이라
ᄒᆞᄂᆡ 이 두 사ᄅᆞᆷ이 황낭ᄒᆞᆫ 말로 져ᄌᆞᆨᄒᆞᆫ 글을
지어 ᄌᆡ왕을 만모ᄒᆞ고 우리ᄅᆞᆯ 긔롱ᄒᆞ여 모욕
ᄒᆞ미 심ᄒᆞ니라 이제 진나라 회ᄃᆞ려와 왕샤의
부리ᄅᆞ 어부러 합셰ᄒᆞ야 우리ᄅᆞᆯ 침노ᄒᆞ니
쳥컨대 ᄌᆡ왕은 인의 례 군ᄉᆞᄅᆞᆯ 니르혀리쇼셔
왕이 좌우ᄃᆞ려 무러 ᄀᆞᆯ오샤ᄃᆡ 뉘 날을 위ᄒᆞ여
이 적국을 평ᄒᆞᆯ고 ᄉᆞ마 장져 가ᄆᆞᆯ 원ᄒᆞ거ᄂᆞᆯ 왕
이 허ᄒᆞ신대 장져 즉시 인의 병샥졀을 거ᄂᆞ려
나아가ᄂᆞᆫ 김을 막ᄌᆞᄅᆞᆯ 시ᄃᆞ 련이 긴 부ᄅᆞᆯ 열
그런ᄒᆞᄂᆞᆫ 김이 몸의 우의ᄅᆞᆯ 님ᄀᆞᆫ 머리 예황

양묵이 대졔ᄒᆞ여 ᄉᆞ방으로 허여져 도라나니
명졀헤 져훤ᄌᆞᆯ이 ᄒᆞᆯ개가ᄅᆞᆯ 벌어 도라와
왕긔 벽오니 왕이 ᄌᆞᆯ오사 ᄃᆡ되라 녯날하오
시숙도ᄅᆞᆯ 령명ᄒᆞ엿더니 네 이제 양묵을 ᄅᆞ라
ᄒᆞ니 그ᄅᆡ 이우의 아ᄎᆡ 잇더니 아니라 ᄒᆞ시더시닐
ᄒᆞᆯ매 즙보왈 존현 사ᄅᆞᆷ노ᄅᆞᆷ이라 ᄒᆞᆯ재ᄉᆞ을
칭ᄒᆞ리 벽양 진인이로라 ᄒᆞᆯ 쳥졍무위ᄒᆞᆷ
을 도덕을 삼아 편하 사ᄅᆞᆷ을 속여 닐오ᄃᆡ
황뎨 헌원시로ᄅᆞᆯ 칭ᄒᆞ노라 ᄒᆞ니 편하 사ᄅᆞᆷ이 미
연이 조ᄎᆞ니 그 ᄉᆞ하의 독재 장이 이시니 ᄒᆞ나흔
경산라 사ᄅᆞᆷ 여ᄉᆞᆯ 어지니 조ᄒᆞᄅᆞᆯ 여롱졀라 ᄒᆞᄂᆞ

쳔뎨ᄌᆞ를거ᄂᆞ려양복다리진ᄒᆞ믈셔진샹의셔
크게ᄭᅮ지저왈네읎난ᄒᆞᆯ횡실과샤ᄅᆞᆷᄒᆞᆯ말도
인심을힘닉ᄒᆞᆯ우리길ᄒᆞᆯ을어즈러이니내
이제소명왕[명]을밧ᄌᆞ와셜셩의ᄃᆞ를보ᄂᆞ려
너희샤ᄅᆞᆷᄒᆞᆯ녹ᄃᆞᆯ막ᄌᆞ므노라이인이자ᄎᆞᆯ
ᄃᆞ옥지저왈우리놈인의털니의겁혀ᄉᆞᆫ의ᄉᆞ
히예져쳣ᄉᆞᆫ니라엇디너희왕의ᄅᆞᆫ만ᄃᆞᆺ
ᄎᆞ리오껄니블거ᄂᆞ려힝복ᄒᆞ야만리의욕
읎을어덥게ᄒᆞ라빙짐지ᄀᆞᆺᄒᆞ야진문을크게
여ᄅᆞᆫ셔ᄀᆞᆯᄃᆞᆯ니며갑봉을ᄃᆞᆯ어크게헤치니
양복이자죄ᄉᆞ[ᄒᆞ야]방을헤여저ᄃᆞ라나니명자헤

부뫼와 즙히 쳐업시리ᄒᆞ니 면라 일큰 환이
되리라(이) 왕이 좌우ᄅᆞᆯ 도라보아 ᄀᆞᆯ오샤ᄃᆡ 뉘가
히 이 도적을 쳐 평졍ᄒᆞᆯ고 등위 분명히 서
ᄃᆞ라 ᄌᆞ오ᄃᆡ 신이 쳥컨ᄃᆡ 삼군을 거ᄂᆞ려 나가 ᄒᆞᆯ
칼노 ᄲᅥ려 ᄇᆞ리리이다 왕이 빙긔여 ᄀᆞᆯ오샤ᄃᆡ 범
을 ᄌᆞᆸ 먹을로 치ᄂᆞᆫ 부ᄅᆞᆯ 헤여 거ᄉᆞ려 주어도 녀옷
리 아나 놈자 놀리ᄅᆞᆯ 부의 용이 와서 쥭리 아니ᄒᆞ
니 부곳 장슉ᄒᆞᆫ거ᄉᆞ 일을 니ᄅᆞᆫᄒᆞ야 두려ᄒᆞᆯ셔
ᄀᆞᆯᄅᆞ히 녀여야 이리 ᄂᆞ니라 ᄡᆡᆼ쳐 견ᄋᆞᆯ ᄶᅵ 나아
가ᄌᆞᆨ 왈 신이 쳥컨ᄃᆡ 나아가 이 도적을 ᄡᅥ러 벌
리ᄒᆞ리이다 왕이 허ᄒᆞ신ᄃᆡ ᄡᆡᆼ 치하 ᄀᆞᆨᄂᆞ나 와 삼

지ᄅᆞᆯᄒᆞᆷ을쳥ᄒᆞ니이라져ᄀᆞᄒᆞ라너(경ㅈ)이아ᄒᆞᄂᆞᆫ가
지ᄅᆞᆯᄒᆞ라군신을녕ᄒᆞᆫ물ᄉᆞᄎᆡ매정히별ᄅᆞᆼ
을러브러도ᄅᆞᆯ의논ᄒᆞ러니ᄅᆞᆯ연위세금
히ᄃᆞ러와보ᄒᆞ되양쥐ᄒᆞᆫ사ᄅᆞᆷ다무려이ᄒᆞᆫ
사ᄅᆞᆷ이각각십여만(인)을거ᄂᆞ려동원빅셩
을반남아항복받ᄂᆞᆫ우리지계ᄅᆞᆯ범ᄒᆞ야시
니양쥐ᄂᆞᆫ불러제몸만위ᄒᆞ니ᄒᆞᆯ러력을ᄲᅡ
혀편하ᄅᆞᆯ니케ᄒᆞ리라ᄒᆞ야도아니ᄒᆞᄂᆞᆫ무젹
이ᄒᆞᆫ사ᄅᆞᆷ은사ᄅᆞᆷ을업ᄉᆞ이사랑ᄒᆞᆯ머리ᄅᆞᆫ
허발ᄀᆞ더니ᄅᆞ러도편하이일을니케ᄒᆞ리라ᄒᆞ
면라ᄒᆞ니이두사ᄅᆞᆷ은ᄂᆞᄀᆞᆫ이어ᄇᆞᆫ아비업ᄉᆞᆯ

녀도졋ᄃᆞ광식라ᄒᆞᆯ가지로ᄒᆞ여지이다왕왈

격ᄒᆞ라식도겻ᄃᆞ아네왕ᄒᆞ여ᄋᆞᆸᄒᆞ라경ᄒᆞ라

ᄉᆞ마량아ᄉᆞ홍이오셔ᄇᆞ리니못ᄒᆞ야츌ᄌᆞ미ᄆᆞᆯ

ᄒᆞᆯᄯᅳᆺ을알니업ᄉᆞ니네녀ᄃᆡᄉᆞ긔ᄅᆞᆯ갓고라랑

이븨ᄎᆞ(명)왈신이죄ᄌᆞ업서분ᄌᆡ랑은ᄒᆞᆫ우마

못ᄒᆞᆫ희벽ᄒᆞ기ᄂᆞᆯ죄ᄅᆞ명ᄂᆞ투항ᄒᆞᆫ냥ᄉᆞᆼ이양룡

만ᄒᆞ니두리건ᄃᆡ등이ᄃᆞ을당치못ᄒᆞᆯ가ᄒᆞᆫ

(너죄구명유ᄒᆞᆫ공양공양등아네ᄒᆞᆫ가지)

이다왕왈졋ᄉᆞᄒᆞ라ᄉᆞ옹(공)아북희시ᄆᆞᆯᄒᆞᄆᆞ

(로왕ᄒᆞᄃᆞ셩ᄒᆞᆫ라왕왈ᄂᆞᆫ졋ᄉᆞᄒᆞ라)

로브터잘ᄃᆡ글을알니업ᄉᆞ니네주여우을강

명ᄒᆞ야음양지니글을ᄇᆞᆰ히라옹(공)이븨왈신

은여ᄉᆞ수글을알ᄂᆞᆫ여니글ᄂᆞ로니경이(ᄌᆞ)라ᄒᆞᆯ가

리ᄅᆞᆯ 즁을 삼ᄂᆞ니 네 왕ᄒᆞ야 흠ᄒᆞ라 왕위ᄅᆞᆯ
젹ᄒᆞ라 너 ᄌᆞ도아 넘ᄂᆞᆫ 초ᄉᆞᆼ을 ᄒᆞ이ᄂᆞ니 민
시와 다ᄀᆞᆯ이 아라 흠젼ᄒᆞ라 왕위ᄅᆞᆯ 젹ᄒᆞ라 너 한
우아 넘ᄂᆞ ᄢᅥ 남언을 삼ᄂᆞ니 ᄂᆡ의 명을 좃ᄌᆞ남
ᄒᆞ되 오직 을ᄒᆞ여 나 허믈을 세도 ᄋᆞ되 면즁
ᄒᆞᆯ믈 서가 ᄒᆞᆫ언을 두리 말나 왕위ᄅᆞᆯ 거ᄀᆞᄒᆞ
라 ᄎᆞᆼ용아 네 ᄒᆞᆫ련을 흠약ᄒᆞ며 일위ᄅᆞᆯ 셩심
을 녁상ᄒᆞ야 인시ᄀᆞᆯ을 삼가 만ᄅᆞ ᄢᅥ 칠졍을
ᄀᆞ죡이 ᄒᆞ라 너 ᄌᆞ희아 이제 경셰잔며 ᄌᆞᆫᄒᆞ여 ᄉᆞ
ᄒᆞᆨ이 붉긔니 못ᄒᆞᄂᆞ니 네 셩의 ᄀᆞᆯ을 붉혀 쳬 인ᄋᆞ
ᄀᆞᆫᄒᆞ여 ᄃᆞᆨ명 ᄇᆡᆨ히 알게 ᄒᆞ라 ᄃᆞᆨ져 ᄇᆡ슉 외ᄅᆞᆯ

뎌 신이 이 ᄉᆞ임을 감치 못ᄒᆞ리니 가별이 ᄒᆞᆯ
사ᄅᆞᆷ을 쳔거ᄒᆞ리이다 한의 ᄒᆞᆯ 사ᄅᆞᆷ이 이시니
셩명은 졔갈냥이오 사ᄅᆞᆷ되 상인블이라 거의
녜악을 ᄒᆞ리니 이 사ᄅᆞᆷ이 예오나 아낫거니와 [시방]
원컨대 대왕은 복굴ᄒᆞ셔 왕이 즉시 경지ᄒᆞ
야 복굴시니 이윽고 냥이 [공명] 드러와 뵐시 온용
우아ᄒᆞ야 진짓 유자의 긔상이러라 왕이 왈 격
호라 너 냥아 네 냥인을 도아 녜악을 니ᄅᆞ혀
라 왕이 ᄀᆞᆯ오샤 뎌 격ᄒᆞ라 너 광지아 녈노 총
마ᄅᆞᆯ ᄒᆞ이 ᄃᆞ니 너ᄂᆞᆫ 녹ᄉᆞᄅᆞᆯ 거ᄂᆞ려 나라 ᄒᆞ올 령
케 ᄒᆞ라 왕이 왈 격ᄒᆞ라 너 ᄉᆞ마광아 너ᄂᆞᆫ ᄯᅢ

노도ᄅᆞᆯ경셔가온재어려서여횡엳이다시혈
하의봉긔게ᄒᆞᆫᄲᅮᆫ이녀희증이라서아ᄅᆞᆷ다이
너기ᄂᆞ니이제너ᄅᆞᆯ노ᄲᅧᄎᆞᄉᆞ도ᄅᆞᆯᄒᆞ이ᄂᆞ니네
왕ᄒᆞ야ᄎᆞᆷ혹ᄒᆞ라왕외ᄅᆞᆯ셔ᄭᅥᄒᆞ라상아네ᄉᆞ리
되엿ᄂᆞ니형을ᄒᆞᄅᆞᆯᄒᆞᆯ다어라상이돈슉ᄒᆞ
여경이(ᄌᆞ)게ᄉᆞ양ᄒᆞᆯ저왕의ᄅᆞᆯ거ᄒᆞ라너이(쳥ᄌᆞ)아얼
노ᄲᅧᄎᆞᄉᆞ구ᄅᆞᆯᄒᆞᆫ이ᄂᆞ니ᄒᆞᆯ가지ᄅᆞᆯᄒᆞ라왕이왈
ᄉᆞ아네동뵉이되엿ᄂᆞ니네녜악을니ᄅᆞ혀
신인을다ᄉᆞ리며상하ᄅᆞᆯ화케ᄒᆞ라ᄃᆞᆫ뭇셔
졔슉ᄒᆞ여초옹(공)의게ᄉᆞ양ᄒᆞᆯ대왕이ᄀᆞᆯ오샤
되옹(초공)아네ᄒᆞᆯ가지ᄅᆞᆯᄒᆞ라옹(초공)이ᄀᆞᄉᆞᄒᆞ야ᄀᆞᆯ오

격되얏ᄂᆞ니이다왕왈욱라ᄌᆞᄒᆞᆸ다ᄆᆡᆼ가[자]아
베ᄡᅵ도ᄅᆞᆯ견ᄒᆞ야시니이에힝ᄇᆞᆯ지어다ᄆᆡᆼ쳐
절ᄒᆞᄀᆞ머리ᄅᆞᆯ조ᄃᆞ려주희[즈]계ᄉᆞ양ᄒᆞᆯ재왕이
ᄅᆞᆯ오샤ᄃᆡ웨라어주희[즈]아ᄡᅵ도ᄅᆞᆯ베니여만ᄀᆞ
의ᄡᆞᆼᄒᆞᆨ울여니ᄡᅵ이제아ᄅᆞᆸ나이벅이ᄂᆞ니
베가흠ᄒᆞ다왕이왈언아빅성이친히앙ᄃᆞ
ᄒᆞ며오ᄅᆞᆸ이ᄉᆞ리아니ᄒᆞ며베ᄉᆞ리ᄌᆞ리여ᄉᆞ니
오ᄌᆞᄅᆞᆯ삼가[즈]베ᄅᆞ다여그ᄅᆞᆸ게ᄒᆞ라언이며
리조아경호[즈]의게ᄉᆞ양ᄒᆞᆯᄃᆡ왕왈격ᄒᆞ라
너호[경즈]아도ᄒᆞᆨ이횡리ᄡᅩᆺᄒᆞᆯ편해ᄡᅮᄀᆞᄒᆞ여그
향ᄒᆞᆯ바ᄅᆞᆯ아리ᄡᅩᆺ거ᄅᆞᆯᄡᅵᄒᆞᆯ노련리ᄡᅩᆺᄒᆞ

과질이ᄉᆞᆯ슉ᄒᆞᄂᆞᆫ려이ᄅᆞ명ᄒᆞ야벅ᄀᆞ이랑
의올나실에ᄃᆞ렴죡ᄒᆞ오니알외ᄂᆞ이다왕
이ᄀᆞᆯ오샤ᄃᆡ그러면ᄃᆞ려오미맛당타ᄒᆞ신대아
ᄒᆞᆸ실ᄉᆞ름이일시의ᄃᆞ려와ᄉᆞ빈ᄒᆞᆫ가ᄅᆞᆯ롱셜ᄅᆞ
갈나셧ᄉᆞ러니셔젹이ᄯᅩ일의ᄃᆡᄯᅩ루어ᄉᆞ름
이와머ᄆᆞᆺ거려ᄃᆞ러니ᄆᆞᆺᄒᆞ니ᄆᆞᆯ직ᄒᆞᆫ재ᄭᅮ지져
ᄆᆞᆯ니치니ᄆᆞᆯ어갓라가라시왓ᄂᆞ이다왕이
잠간유ᄉᆞ시ᄅᆞᆯ명ᄒᆞ야ᄃᆞ려오라ᄒᆞ신재이일이
ᄃᆞ려와왕의뵈옵ᄂᆞᆫᄃᆞᆼ셔ᄅᆞᆯ밀항의셧ᄉᆞ러라
왕이ᄀᆞᆯ오샤ᄃᆡ조흡다ᄇᆡᆨ국아뉘능히불옹
ᄒᆞ야내이일을빗나게ᄒᆞᆯᄭᅩᄯᅡᄀᆞᆯ오ᄃᆡ랑지개롱

의횡인ᄌᆞᆼ셔젹이셰ᄅᆞᆯ도ᄅᆞ홀을잡ᄂᆞᆫ뎐
에올나즉왈밧긔아홉사ᄅᆞᆷ이와시니다ᄃᆞᆼ
국사ᄅᆞᆷ이라셜총안향이란사ᄅᆞᆷ을구ᄒᆞ여
ᄒᆞᆨ문ᄃᆞᆼ사ᄅᆞᆷ이아니로되셩문의ᄃᆞᆼ이이실
최치원이란사ᄅᆞᆷ이본ᄒᆞᆯᄒᆞᆨ문이어ᄇᆞ스되ᄃᆞᆼ
방의문ᄌᆞᄅᆞᆯ쳐음으로창거ᄒᆞ여사ᄅᆞᆷ으로ᄒᆞ
여곰문한을알게ᄒᆞ니이셩문의젹리아닌
ᄃᆞᆼ이오졍몽쥬란사ᄅᆞᆷ은ᄒᆞᆨ문이유여ᄒᆞᆯ
ᄐᆞᆼ셩이란일ᄒᆞ고남을다ᄉᆞ사ᄅᆞᆷ을라ᄒᆞᆨ
문이ᄃᆞ명ᄒᆞᄃᆞ혁이졍심ᄒᆞ야ᄃᆞᆼ국사ᄅᆞᆷ
의게질아니ᄒᆞ되말자셧ᄂᆞᆯ사ᄅᆞᆷ을러옥

싀오셔ᄅᆞᆯ ᄉᆞᆼ 염옹의 ᄌᆞᄂᆞᆫ 듕궁이니 ᄃᆞ소벽 오ᄅᆞᆼ
염셩의 ᄌᆞᄂᆞᆫ 빅우니 호벽니 이ᄂᆞᆫ 삼ᄃᆡ라 삼ᄉᆞᆼ
울도아 치도ᄅᆞᆯ 의논ᄒᆞᆫ녀 ᄉᆞᆼ간복[의] ᄉᆞᄌᆞᄂᆞᆫ 즈ᄉᆞᆼ
이니재동 빅을 ᄒᆞ여ᄉᆞᆫ 위ᄃᆞᆼ동우의 ᄌᆞᄂᆞᆫ ᄌᆞ로
니ᄃᆡᄉᆞ마ᄅᆞᆯ ᄒᆞ여ᄉᆞᆫ 위ᄃᆞᆼ 복상의 ᄌᆞᄂᆞᆫ ᄌᆞ하니ᄃᆡ
ᄉᆞ수ᄅᆞᆯ ᄒᆞ여ᄉᆞᆫ 셔ᄃᆞᆼ 염주 [의ᄌᆞ] ᄂᆞᆫ 화우니ᄃᆡᄉᆞᄃᆞᆼ을
ᄒᆞᆫ여ᄉᆞᆫ 오ᄃᆞᆼ [언언] 의 ᄌᆞᄂᆞᆫ ᄌᆞ우니ᄃᆡ ᄉᆞ도ᄅᆞᆯ ᄒᆞ여ᄉᆞᆫ 경ᄋᆞᆷ
후욱 약은 상치우ᄅᆞᆯ ᄒᆞ여ᄉᆞᆫ 제ᄃᆞᆼ ᄌᆞ여 [의ᄌᆞ] ᄂᆞᆫ ᄌᆞ이
니우ᄃᆡ언을 ᄒᆞ야 왕명을 츌납ᄒᆞ더라 ᄃᆞᆼ
ᄃᆡ현이ᄅᆞᆨ 위의 제ᄅᆞᆯ ᄒᆞᆫᄃᆞ라 상이 을ᄒᆞ더라 ᄅᆞᆼ

홀을 ᄌᆡ여거시어라 좌우의 네 셩인이 벌셔
시니 동남ᄯᅢ 이ᄅᆞᆯ 위에 놀연주동 안연이니 삼
졸화 ᄒᆞᆯ니 올곳 도ᄅᆞᆯ재 위에 놀니 주동 증곱이
니ᄌᆞ 놀ᄌᆞ 시오셔 남ᄯᅢ 일을 위에 놀셔 주동 증ᄉᆞᆷ이
오ᄯᅢ 이 위에 놀 ᄌᆞ뉴주 궁방 가니 ᄌᆞ 놀ᄌᆞ 여니 ᄎᆡ 산
이 안ᄌᆞ ᄒᆞᆯ니 상이러라 안연을 ᄎᆡ 서되 엿ᄌᆞ증
곱을 ᄎᆡ 빅 오증 ᄉᆞᆷ을 ᄎᆡ 뵈니 이 삼증이라 왕울
도아치 도ᄅᆞᆯ의 놀 ᄒᆞᆫ 명가 ᄂᆞᆫ 종 벽단 종지되
여시니 벽단을 거느셔 ᄉᆞ회ᄅᆞᆯ 다ᄉᆞ리니 이 녯
날 주동의 ᄒᆞ얏던 벼슬이러라 쳘두 주ᄅᆞᆯ 노열
사ᄅᆞᆷ이 버러시니 비동 민ᄉᆞ의 ᄌᆞ 본ᄌᆞ 건이니 ᄉᆞᆯ

게 ᄂᆞᆯ녕즁산 ᄀᆞᆮᄃᆞ 허리ᄲᅧ 아래ᄂᆞᆫ 하우시과 삼촌
을 밋디 못ᄒᆞᄃᆡ 입시울이 놉ᄃᆞ 니ᄃᆞ러 나며 ᄀᆞᆨ
귀 ᄂᆞᆺ치 서희 니고 놉흐ᄆᆞᆫ 하ᄂᆞᆯ ᄀᆞᆮ고 ᄇᆞᆰ으ᄆᆞᆫ 일
월 ᄀᆞᆮᄃᆞ니 ᄆᆡ희 비컨ᄃᆡ 태산 ᄀᆞᆮᄆᆞᆯ의 비컨ᄃᆡ
하ᄒᆡ ᄀᆞᆮᄒᆞ며 녕어ᄒᆞᄆᆞᆫ 과월 ᄀᆞᆮᄃᆞ 상셔로오ᄆᆞᆫ
봉황 ᄀᆞᆮᄒᆞ니 ᄉᆡᆼ민이 이시ᄆᆞ로부터 오ᄆᆞ로 ᄀᆞᆺ
ᄐᆞᆫ 재 업슨니라 온냥ᄒᆞ시 공검ᄇᆞᆨᄒᆞ시며 신ᄌᆞ
ᄒᆞ시며 온ᄌᆞᄒᆞ시되 고ᄲᅴᄀᆞᄒᆞᄂᆞᆫ즉 양을ᄅᆞᆨ
ᄒᆞᆯ ᄀᆞᆮᄒᆞ며 강ᄒᆞᆯ을 락ᄒᆞᆯ ᄀᆞᆮᄒᆞ신니라 너ᄀᆞᆺ
형상ᄒᆞ여 니록니 못ᄒᆞᆯ어러라 마ᄂᆞ의 ᄌᆞᆨ편
을 ᄡᅳ시ᄃᆞᆫ ᄆᆞᆷ의 ᄉᆞᆯ상을 ᄂᆞᆸ으시ᄃᆞᆫ ᄉᆞᆷ의 ᄇᆡᆨ옥

ᄉᆞᆨ러경이오 ᄉᆞ주ᄇᆞᆫ 셩왕의 외나라히라 ᄒᆞᆯ
싱을 인ᄒᆞ여 주도의 ᄃᆞ려가니 룽흑이러
옥슐 화ᄒᆞᄂᆞᆫ 인심이 ᄂᆞ박ᄒᆞ여라 젼ᄅᆞᆯ ᄇᆞᆫ박
리나 ᄃᆞ라 싱을 셰우ᄂᆞᆫ 뭇져 ᄃᆞ려가서 ᄅᆞᆯ 싱이
ᄃᆞᆯ어보니 주쟝이 ᄂᆞ인이 나ᄅᆞ ᄇᆞᆫ올 ᄃᆞ지 못
ᄒᆞ면 고죵 모의 미ᄒᆞᆷ다 빅라의 부ᄒᆞᆫ ᄡᆞᆯ보라
못ᄒᆞᆯ어라 이욕ᄒᆞ여 ᄒᆞᆯ란 원이 동조ᄒᆞᆷ리나
와 졀지ᄒᆞ여 복ᄅᆞᆯ 신나ᄒᆞ여 ᄌᆞᆯ 싱이 족쟝ᄒᆞ
여 ᄃᆞ려가보니 ᄒᆞᆯ견이 이셔되 크게 ᄒᆞᆷ주ᄅᆞᆯ ᄲᅧ
시되 셩견이라 ᄒᆞᄂᆞᆫ 견안히 일워왕치 안자
계시니 그나마ᄂᆞᆫ 폐 올ᄀᆞᆺᄂᆞᆫ 그목 운ᄂᆞᆫ 올ᄀᆞᆺᄂᆞᆫ 그어ᄉᆞ

ᄒᆞᄂᆞ오리ᄉᆞ믄울ᄡᅥ러ᄇᆞ리리아니ᄒᆞᄆᆞᆯ바ᄅᆞᆯ
계ᄒᆞ미니라죽시ᄃᆞᆼ주ᄅᆞᆯ벌너우려ᄒᆞ거ᄂᆞᆯ
주어싱을주어ᄉᆞ속오회소왕긔도회ᄒᆞ라
ᄒᆞ거ᄂᆞᆯ싱이절ᄒᆞ여하직ᄒᆞᄂᆞᆫ하ᄋᆞᆸ고로ᄒᆞᆸ
주ᄅᆞᆯ조차가려니ᄒᆞᆯᄡᅵ라회라ᄃᆞᆯ니이ᄅᆞ워ᄅᆞ이
명낭ᄒᆞᄂᆞᆫ회라ᄒᆞ올가온이ᄇᆞᆫ이며길흘나ᄇᆡ길
ᄒᆞᆯ부ᄅᆞᆫᄒᆞᄂᆞ늘그니짐ᄯᅡ울이니지ᄂᆞᆫ뱌사가ᄂᆞ니그ᄅᆞᆯ
ᄉᆞ양ᄒᆞᄂᆞ어린아희ᄃᆞᆯ은강구의노래부ᄅᆞ고
늘그니놀져격양시ᄅᆞᆯᄋᆞᆲ거놀싱이ᄃᆞᆼ주ᄅᆞᆯ뵈
믄왈이어녀ᄃᆞᆺ이완뎌완연이회ᄂᆞᆫ적긔
상이며낭우져ᄅᆞᆼ솟이보ᄃᆞᆼ져ᄃᆞᄋᆞᆯᄉᆞ

울뎐ᄒᆞ여ᄉᆞ회안다ᄌᆞᆯ황밧기며우ᄒᆞᄅᆞᆯ뎐
ᄌᆞ로부터아ᄎᆡ셔인ᄉᆞ니졍셩을갈ᄒᆞᄂᆞᆫ바
옴을다ᄒᆞ여ᄉᆞ졍ᄒᆞᄂᆞᆫ존봉ᄒᆞ여혀ᄉᆡᆨ을쳔
ᄂᆞᆫ의례티라아니ᄒᆞ니어ᄉᆞ긔이일시에귀ᄒᆞᆷ다ᄆᆞᆺ
ᄒᆞ시오ᄒᆞ믈며우리ᄃᆞᆯ이ᄉᆞ문을쥭강ᄒᆞ엿
ᄂᆞ니라우례거연ᄉᆞ와ᄉᆞ우회봉ᄒᆞ여구
호를소라ᄒᆞᄂᆞᆫ왕호를문셩이라ᄒᆞ며ᄆᆡᆼᄂᆞᆫ
우현을드리ᄂᆞᆫ치화ᄅᆞᆯ쳐하ᄂᆞᆯ이거ᄎᆞᆯᄂᆞᆫ쇄히
ᄂᆞᆯ거도망ᄒᆞᆯ젹이업게ᄒᆞ여시니업ᄉᆞ니랑
우삼ᄃᆡ예벽년다비ᄒᆞ시오이제그ᄃᆡᄅᆞᆯ쳥
ᄒᆞ여오믄ᄒᆞᆫ번소왕ᄭᅴ뵈여하ᄂᆞᆯᄯᅳᆺ을알게

알녀든하ᄂᆞᆯᄯᅳᆺ을모ᄅᆞᄂᆞᆫ망녕된이하ᄂᆞᆯ을
원망ᄒᆞᄂᆞ니하ᄂᆞᆯ이동나ᄅᆞᆯ내여그외ᄅᆞᆯ엇
긔못ᄒᆞᆫ편하의주국ᄒᆞ게ᄒᆞ문나ᄅᆞᆯᄯᅳᆺ이아
니라만이일편즁외ᄅᆞᆯ막져세상을다ᄉᆞ릴만
방이혐ᄇᆡ화ᄒᆞᆫ빅셩이오변ᄒᆞᆷ이블다
일시동회오하외예주ᄅᆞᆯᄒᆞ야ᄉᆞ문을ᄎᆞᆼ거
ᄒᆞ여복락을ᄃᆞᄅᆞ의ᄉᆞᆯ펑ᄒᆞ여이왕셩인
의ᄃᆞᄅᆞᆯ니ᄉᆞ게ᄒᆞᆫ광녀ᄒᆞᆫ문을여러평하
의아득ᄒᆞᆯ거ᄉᆞᆯᄲᅴ돗게ᄒᆞ문이만세예덕
턱이오귀ᄒᆞ미현져되ᄃᆞ가옮열ᄒᆞ문ᄉᆞ힐ᄅᆞᆯ
두미이블가일시ᄎᆞᆫ귀ᄒᆞ미오만ᄃᆞᆫ의ᄃᆞ러ᄉᆞ

울가져와꼿ᄎᆞᆯ니거ᄂᆞᆯ싱이학의등의올ᄂᆞ

(학이두어번날개ᄅᆞᆯ부ᄎᆡ매ᄇᆞᄅᆞᆷ셔반ᄃᆞᆼ의올나안)

매가ᄋᆞᆯ구버보니불근꼿ᄎᆞᆯ이아득ᄒᆞ여

머흡헛ᄉᆞᆫ디당안이바득낫만ᄒᆞ여뵈ᄂᆞ히

잔의블긋저라져근것ᄒᆞ여ᄒᆞᆯ곳의나ᄅᆞ니

큰마ᄋᆞᆯ이잇ᄂᆞᆫ니의ᄲᅧ시되옥쳥ᄉᆞᆫ창벽이라

ᄒᆞ엿더라동져ᄃᆞ러가보ᄒᆞ려니쥭시나와

쳥ᄒᆞ여ᄃᆞ려가슉졍셜ᄒᆞ여져니ᄅᆞ니두셜당

이빅옥ᄃᆞ외오ᄒᆞᆯ안잣다가싱ᄋᆞᆯ보ᄂᆞᆫ되

예노ᄒᆡ읍ᄒᆞᆫ뎌좌의ᄋᆞᆯ녀거놀말셕의ᄋᆞᆯ나

져빌보복ᄒᆞᆯ되셜징이우어골오ᄃᆡ그ᄃᆡ엉이

놉ᄒᆞᆫ션빈ᄅᆞ셔ᄃᆡ소ᄅᆞᆯᄋᆞᆯ만히니ᄅᆞ어평슈ᄅᆞᆯ

실노하 ᄂᆞᆯᄂᆞᆫ줄이 아ᄒᆞ아 칼을 ᄲᅢ혀셔 안을
쳐란ᄒᆞ야 ᄌᆞᆯ오되 랑의 잆의 머리ᄉᆞᆯ 오ᄉᆞᆫ이
잆의 ᄯᅳᆯᄒᆞ여시니 오ᄃᆞᆸ라 부ᄌᆞ여 되 힝치
못ᄒᆞᆫ 친려ᄒᆞᆫ 분개ᄒᆞᆫ ᄯᅳᆯ 마니 이니 ᄒᆞ러니
홀연리ᄃᆞᆫᄒᆞ여셔 안을 비져 ᄌᆞᆷ을 ᄃᆞ니룩
쳥의 동져 화ᄒᆞᆨ을 ᄭᅳ의 이ᄅᆞᆯ 졀와 녜ᄒᆞᆫ ᄌᆞᆯ오
되 쥬벼ᄂᆞᆼ 셜쥰이 ᄅᆞᆨ벼ᄌᆞᆯ이 쳥ᄒᆞ시러이
라 싱이 ᄌᆞᆯ오되 나ᄂᆞᆫ 하계 오ᄇᆡᆼ이 오ᄀᆔ벼ᄋᆞᆫ
상ᄐᆡ녕 셩이니 엇리시러 ᄃᆞᆷ만 ᄂᆞ리 오ᄅᆞᆼ
져ᄃᆡ 왈 셩싱을 쉬양치 ᄆᆞᆺᄒᆞ리 ᄆᆞᆯ하ᄋᆡ
동의 오ᄅᆞᆫ 면ᄌᆞ 연가 ᄒᆡ리 ᄒᆞᄂᆞ리어 쳥ᄒᆞᆨ

문셩궁몽유록

동원의 ᄒᆞᆫ 션ᄇᆡ 이시니 ᄌᆞᆼ을 엽이 ᄒᆞ동
ᄒᆞᄃᆞ혹 문을 볼리 도하 ᄒᆞ야 황견가 올ᄯᅢ
ᄇᆡᆺ셩 현을 되ᄒᆞᆫ ᄆᆡ가 연이 란식ᄒᆞ야 골
오ᄃᆡ 하ᄂᆞᆯ이 어ᄉᆞᆼ즈 ᄌᆞ홀 셩인을 내시ᄃᆞ시
져ᄅᆞᆯ 만나니 못ᄒᆞ샤 ᄯᅩ ᄌᆞᆷ내 현 하의 셔황
ᄒᆞ시게 ᄒᆞᆫ 이ᄒᆞ 증ᄌᆞ 밍ᄌᆞ홀 내 뎡을 ᄃᆞᄂᆞ니
군을 만나 ᄒᆡᆼ치 못ᄒᆞ고 남은 칠을 시셔 주와 송
져녁 ᄂᆞᆨ 군현이 다 가 셰ᄒᆞᆯ 적 조와 ᄌᆞᆯ 녹ᄒᆞᆯ
려ᄒᆞᆨ을 ᄯᅩ ᄌᆞᆷ내 ᄅᆞ야 의간 불ᄒᆞ여 ᄉᆞ회 창셩
은률ᄒᆞ여 ᄉᆞᆷ올 ᄉᆞᆫ시 져ᄅᆞᆯ 보리 못ᄒᆞ게 ᄒᆞᄂᆞ

로부터동ᄌᆞ긔니르러ᄡᅥ오ᄇᆡᆨ여셰라ᄅᆡ동산
의싱은보아일ᄂᆞᆫ동주ᄂᆞᆫ드러아ᄅᆞ시니라동
주ᄅᆞᆯ말ᄆᆡ암아이제니르러ᄡᅥ오ᄇᆡᆨ여회라셩
인지셰예거ᄒᆞ미머디아니ᄒᆞ니라셩인의
도ᄅᆞᆯ니은ᄌᆡ이실듯ᄒᆞ다ᄒᆞ며후셩인을
기ᄃᆞ리시더니ᄆᆞᄎᆞᆷ내도ᄅᆞᆯ뎐ᄒᆞ못ᄒᆞ시고
주으시니라산의영장ᄒᆞ여후의조주아
셩ᄉᆞᆼ을봉ᄒᆞᆫᄌᆞ손이조ᄎᆞ회셔리마다오셩
박ᄉᆞᄇᆡ슐ᄒᆞ여졔ᄉᆞᄅᆞᆯ맛다ᄒᆞ니라동ᄌᆞ
긔벼랑ᄒᆞ여이ᄅᆞᆯ례로졔ᄉᆞᄒᆞᄂᆞ니라

시고인의와왕텬하ᄒᆞᆯ도ᄅᆞᆯ젼ᄒᆞ시더니졔
션왕이ᄲᅳ지아니ᄒᆞ거ᄂᆞᆯ위예가시니위혜
왕이그말을ᄲᅳ지아니ᄒᆞ고오활이너기거
ᄂᆞᆯ밍지이에삷뎌젹이일을힝ᄒᆞ려ᄒᆞ시다
가못ᄒᆞ여믈너와그졔ᄌᆞ만쟝공손츄등조의
무리로더브러시셔ᄅᆞᆯ지시고듕조의ᄯᅳᆺ을니오
샤밍ᄌᆞ칠편을지으시니라요슌으로ᄆᆞᆯ
미암아탕의니ᄅᆞ러오벽여셰니우와고
요ᄂᆞᆫ보아아ᄅᆞ시고탕은드ᄅᆞ셔아ᄅᆞ시고탕의
니ᄅᆞ러문왕의ᄯᅩ오벽예셰라이윤은보
아아ᄅᆞ시고문왕은드ᄅᆞ셔아ᄅᆞ시며문왕으

ᄒᆞ시니 ᄌᆞ우ᄌᆞ손시 슉손시 이시니 밍손시 일ᄋᆞᆯ
여 밍시 되니라 밍ᄌᆞ 아바님은 젹궁의라 ᄒᆞᄂᆞᆫ
사ᄅᆞᆷ이 니구 시ᄅᆞᆯ 안해 삼아 밍ᄌᆞᄅᆞᆯ 나ᄒᆞ시니라
밍ᄌᆡ 세 설의 아바님이 죽으시거ᄂᆞᆯ 그어마님
이 삼쳔지교ᄅᆞᆯ 엄히 ᄒᆞ샤 힘ᄡᅧ ᄀᆞᄅᆞ치시
니 밍ᄌᆡ ᄯᅩᄒᆞᆫ 빈호믈 부ᄌᆞ런이 ᄒᆞ샤 게어ᄅᆞᆷ
니 아니ᄒᆞ시더니 님의 ᄌᆞ라매 ᄌᆞᄉᆞ긔 슈ᄒᆞᆨᄒᆞ
샤 ᄒᆞᆫᄀᆞᆯᄀᆞ치 공ᄌᆞᄅᆞᆯ 우ᄅᆞᆷ을 삼아 이ᄅᆞᆯ 죠ᄎᆞᆯ
오샤 뎌 공ᄌᆞᄂᆞᆫ 셩인 공웃ᄃᆞᆷ이시니 내 원ᄒᆞᄂᆞᆫ
바ᄂᆞᆫ 공ᄌᆞᄅᆞᆯ 빈호믈 구ᄒᆞ노라 ᄒᆞ시더니 이의
ᄃᆞᆼᄒᆞᆫ매 졔 션왕을 섬기샤 니욕을 막오

울아라도통을젼ᄒᆞ시니라비록도중ᄒᆞ시
나몸이못도록졀을세우도골져조부의일
울붉히니노복동이ᄌᆞ로블시니ᄃᆞ기와발울
ᄌᆞ로주어더브러벗ᄒᆞᆷ을국ᄒᆞ시리ᄌᆞ셔히지
아니시ᄃᆞ위예계샤위견ᄌᆞ방다동ᄌᆞ의가옷
다슐긔물을주거ᄉᆞᆯ받지아니시나나히일
빅여ᄉᆞᆫ희주오시니도통을밍ᄌᆞ긔젼ᄒᆞ시다
증ᄌᆞ부모젓희영장ᄒᆞᆫ봉ᄒᆞ야리주슐셩
증울삼으샤증ᄌᆞ모의빈향ᄒᆞ시니라밍ᄌᆞ의
명
운가오ᄌᆞ논ᄌᆞ예니루ᄯᅡ사ᄅᆞᆷ이라그션세논황
쳬헌원시의ᄌᆞ손이라무왕이주공을노의봉

뎌 밋디 못ᄒᆞᆯ너라 나히 만ᄒᆞ신 후 졈졈 도덕
이 날노 명ᄒᆞ시니라 ᄌᆞᄉᆞ의 명은 급이오 ᄌᆞᄂᆞᆫ ᄌᆞᄉᆞ
라 공ᄌᆞ의 손ᄌᆞ오 ᄇᆡᆨ어의 아ᄃᆞᆯ이라 어려셔 당
신 조부의 ᄀᆞᄅᆞ치시ᄆᆞᆯ 미쳐 듯ᄌᆞ와 스ᄉᆞ로 도통
닛기ᄅᆞᆯ ᄉᆡᆼ각ᄒᆞ시더니 공지 도ᄅᆞᆯ 증ᄌᆞ긔 뎐
ᄒᆞ신디라 이에 증ᄌᆞ긔 슈혹ᄒᆞ샤 하ᄂᆞᆯ 삼긴
셩 셩은 원을 주우ᄒᆞ니 하ᄂᆞᆯ라 사ᄅᆞᆷ의게 셩
실ᄒᆞᆫ 도로 근본을 삼아 ᄲᅧ ᄇᆞᆰ을 공경ᄒᆞ며 도
ᄅᆞᆯ 놉히 지ᄒᆞᆷ을 삼ᄂᆞᆫ 도로 능히 증ᄌᆞ의 도ᄅᆞᆯ 좃
ᄒᆞ샤 ᄃᆡ혹의 심법을 뎐ᄒᆞ샤 중용의 은미
ᄒᆞᆫ 도ᄅᆞᆯ 펴워 ᄇᆞᆰ히시니 깁히 공ᄌᆞ의 셩덕

이르게일월위주차히벼슬아니시ᄃᆞ지엽이가난
ᄒᆞ여ᄭᅴ양헌못ᄂᆡᆸᄃᆞᆫ조ᄇᆞᆺ가라봉칭ᄒᆞ시니
ᄂᆞ님군이들시ᄃᆞᆼ을베쳐죽거ᄉᆞᆯ주니ᄉᆞ양
ᄒᆞ여부ᄭᅴ놀오시니러욱멀니가벼슬ᄒᆞᆯ쏘지
업더라제왕이쳥ᄒᆞ여ᄋᆞ경을삼은ᄯᅢᄯᅩ
ᄒᆞᆫ가니아니시라셩인의혹ᄂᆞᆫ하의겨샤ᄃᆞ
장ᄒᆞᆯ힝을ᄲᅥ부ᄆᆞᆺᄯᅩᆯ봉양ᄒᆞ시러라ᄯᅢᄒᆞᆨ
을지어ᄀᆞᆯ치시ᄃᆞ션왕의ᄒᆞᆯ례ᄅᆞᆯ다ᄉᆞ리ᄂᆞᆫ되
나명ᄇᆞᆫ실법의즁올ᄅᆞᆯ온덕이어ᄉᆞᆯ즁졀ᄒᆞᆯ
ᄂᆞᆼ즁의ᄃᆞᆼ을니으시니업ᄉᆞ실ᄯᅢ의증ᄌᆞ의
나히져옥이십ᄂᆞᆨ세라ᄀᆞ혹ᄇᆞᆫᄃᆞ덕이ᄇᆞᄅᆞᆯ례

이로상ᄒᆞᄂᆞ라 셩동 방산의 영장ᄒᆞ니라
안징ᄌᆡ 질이 츌인ᄒᆞ샤 ᄆᆞᄋᆞᆷᄌᆞᄎᆞ 너덕ᄒᆡᆼ을
일ᄏᆞᆯ시니 후의 영ᄌᆞᆨ 복셩ᄃᆞᆼ을 봉ᄒᆞᄂᆞᆫ지
ᄉᆞᆫ이 셔되 마라 오경박ᄉᆞ 벼ᄉᆞᆯᄒᆞ야 졔ᄉᆞᄒᆞᄂᆞ
니라 증ᄌᆞ의 명은 ᄉᆞᆷ이오 ᄌᆞᄂᆞᆫ ᄌᆞ예니 그 션셰ᄂᆞᆫ
노라 셩ᄯᅡ 사ᄅᆞᆷ이라 아비 증뎜이 ᄯᅩ 공ᄌᆞ긔 ᄇᆡ화
셩문 뎨ᄌᆞ 되엿더니 쥬경왕 십오년의 증
ᄌᆞᄅᆞᆯ 나ᄒᆞ니 증ᄌᆞ과 마흔 나ᄒᆡ 아래라 십
뉵의 증뎜이 명ᄒᆞ여 글 ᄇᆡ호라 공ᄌᆞ 문하의
가니 나히 노의 젹으니 ᄆᆡ양 문뎨ᄌᆞ 듕 아ᄅᆡ
잇더라 공ᄌᆞ 셤기미 이십여 셰라 ᄒᆞ니 후ᄂᆞᆫ

는날ᄅᆞᆯ통ᄒᆞ시ᄃᆡ말ᄉᆞᆷ을ᄃᆞ로시ᄃᆡ미쳐횡ᄅᆡ못ᄒᆞᆯ
가져허ᄒᆞ시ᄃᆡ노호오ᄆᆞᆯ놈의게옮기아니ᄒᆞ
시ᄃᆡ허믈을두번아니시ᄃᆡ어엽이브허알ᄒᆞ신
례ᄆᆞᆫ이간낙ᄒᆞ시며례아니어든듯니아니시
ᄃᆡ너ᄅᆞᆯ니아니시며혹ᄆᆞᆫ울도히넉여도략이
삼쳔졔ᄌᆞ통육든이되시ᄃᆡ성인지위예삼
단이밋디못ᄒᆞ시ᄃᆡ간난이심ᄒᆞ여도즐거오
ᄆᆞᆯᄃᆡ리니아니시ᄃᆡ누항의계사며술아니심
버금성인이라ᄒᆞᄌᆞ의도통을젼ᄒᆞ시ᄃᆡ어니
스믈아홉부허머리셰러니설룸ᄒᆞ니희엽
ᄉᆞ시니ᄒᆞ통ᄒᆞ시ᄃᆡ셕설원ᄒᆞ시러라노외ᄒᆞ

인ᄒᆞ야 셩울 안시라 ᄒᆞ다 고로 노ᄅᆞᆯ 엿ᄃᆞᆯ메 ᄃᆞᄅᆞᆯ 셥
져졍ᄒᆡ 위ᄒᆡ 안러니 이일홈은 무위라 ᄒᆞ리 이시니
안ᄌᆞ의 아바님이라 ᄃᆞᆼᄌᆞ의 ᄂᆞᆨ년 아ᄒᆡ니 겸ᄌᆞ니의
나아가 공ᄌᆞ긔 비화 노의 경ᄒᆡ 위되엿ᄉᆞ더라
쥐니라 강시ᄅᆞᆯ 쥭ᄒᆞ야 안ᄒᆡ 샹아 ᄀᆞᆺ 셩
왕부ᄌᆞ의 안ᄌᆞᄅᆞᆯ 나ᄒᆞ니 공ᄌᆞ긔 샹시 셥ᄅᆞᆯ
ᄡᅵ아ᄒᆡ라 어려셔 긔질이 ᄇᆞᆰ과 라ᄅᆞ고 져우
닐곱여 ᄃᆞᆲ 설의 공ᄌᆞ 문하의 가 조차 노ᄅᆞᆯ
시니라 안진 ᄉᆞᆯ겁기 다 인ᄒᆞᆫᄃᆞᆺ 나ᄒᆞᆯᄃᆞ러
엳ᄂᆞᆯ가 니ᄅᆞᆯ ᄌᆞᆨ 이ᄒᆞ여 안ᄌᆞ시 ᄃᆞᆼᄌᆞ 말ᄉᆞᆷ을
ᄃᆞᄅᆞᆺ시면 ᄌᆞᆷᄌᆞᆨ 크게 샤 어려 모ᄅᆞᆫ ᄂᆞᆫᄃᆞᆺ ᄒᆞᆫ 되 모ᄋᆞᆷ의

샹졍이일이 오ᄅᆞᆯ은 좌ᄅᆞᆯ 워ᄉᆞᆫ 샹졍이일의 ᄉᆞᆼ주괴
쳬ᄒᆞᄂᆞ니라 뎨주ᄌᆞᆼ즈의 이ᄅᆞᆷ홈은 ᄉᆞᆰ이니 ᄃᆞᆼ셩ᄉᆞᆼ
이라 ᄒᆞᆫ ᄉᆞᆼ즈 ᄌᆞᄉᆞ의 이ᄅᆞᆷ홈은 ᄀᆞᆸ이니 ᄉᆞᆯ셩ᄉᆞᆼ이
라 ᄒᆞᆫ 씽ᄌᆞ의 일홈은 가니아 셩ᄉᆞᆼ이라 ᄒᆞ여 편
하ᄉᆞᆼ을 마라 뵈향ᄒᆞ여 제ᄉᆞᄒᆞᄂᆞ니 이제 션뵈의 일
이라 ᄉᆞᆼ즈의 ᄀᆞᄅᆞ치신 일이라 안ᄌᆞ의 ᄆᆡᆼᄉᆞ 뫼옵
ᄂᆞᆫ 주연이니 노나라 사ᄅᆞᆷ이라 황뎨 현원시의 ᄌᆞ
손이니 ᄌᆞᆯ죡 져ᄌᆞ의 나ᄅᆞ러 ᄉᆞᆨ부ᄉᆞᆼ의 ᄌᆞ논 뵈 안이
니 노나라 부옹주이 되야 졔주의 ᄉᆞᆼ이 이시니
졔위ᄉᆞᆼ이 명ᄒᆞ야 초ᄉᆞᆨ 주ᄀᆞᆯ 샤ᄉᆞᆫ 각 벼ᄉᆞᆯ이 ᄀᆞ아ᄃᆞᆯ
을 예 ᄎᆞ라 회 봉ᄒᆞ니라 ᄀᆞ아 뵈ᄌᆞ 뵈 안이 랄 안 빠ᄀᆞᆯ

ᄃᆞᆼ조ᄅᆞᆯ존케ᄒᆞ며ᄃᆞ덕ᄋᆞᆯ기리ᄒᆡ아ᄉᆞ덕이리업
ᄉᆞ더이제례혜진히만승ᄋᆞᆯ구존ᄒᆞ샤옥되미
겸ᄉᆞᆯ니의ᄂᆞᆷᄒᆞ시니이ᄅᆞᆫ네ᄅᆞ셩ᄉᆞᄅᆞᆯ츙상ᄒᆞ시
ᄃᆞ비치셩덕의려ᄒᆞ신지라신ᄃᆞᆼ의게벗나다
영화ᄅᆞ오몰감당치못ᄒᆞ리ᄅᆞ소이다졔초왈
셩인의ᄌᆞ손아니면어ᄉᆞ니말ᄉᆞᆷ되리ᄂᆞᆸ을이리
ᄒᆞ리오ᄒᆞ시러라당쟤ᄌᆞᆼ이ᄃᆞᆼ조ᄅᆞ션셩ᄋᆞᆯ
삼ᄂᆞᆫ안자ᄅᆞ빅향ᄒᆞ여졸족의셕뎐ᄒᆞᄂᆞᆫ당현
즁이ᄃᆞᆼ조ᄅᆞᆯ놉혀ᄇᆞᆫ셩왕ᄋᆞᆯ삼아ᄂᆞᆷ군의위
ᄅᆞ빗의시ᄂᆞᆫ칠ᄉᆞᆯ십ᄇᆡ이졔ᄅᆞᆯ빅향ᄒᆞ야각ᄃᆞᆼᄋᆞᆯ의
홍죡을니어ᄇᆡ향ᄒᆞ시니라ᄆᆡ년의ᄇᆞᆷ을이월

회오미업ᄂᆞᆫ벗이밋부미업ᄂᆞᆫ낭외쳔셰업ᄉᆞ리
니그러ᄒᆞᆫ사ᄅᆞᆷ이엇지사ᄅᆞᆷ이되리오이제을
갓ᄒᆞᆫ날이일다녜문의울홈을이울은다댱즈의력
이라그러므로노와댱이죽시댱즈사ᄅᆞᆷ시련티
ᄉᆞ랑을셰우ᄂᆞᆫ빅셩빅호를주어긔회오니
라그로의한ᄌᆞ러러로례ᄒᆞ시고한당ᄭᅴ지려
젼ᄂᆞᆯ너의가져ᄉᆞ당을로ᄒᆞ여ᄉᆞᆷ댱즈긔제ᄒᆞ시ᄂᆞᆫ
한장례댱즈와진올시ᄇᆞᆸ례즈의게례ᄒᆞᆫ댱시납
ᄌᆞ녹시ᄇᆞᆸ여인을모로와잔치ᄒᆞ여ᄉᆞᆯ먹이ᄃᆞᆫ
인ᄒᆞ여댱회ᄃᆞ려닐너왈오ᄂᆞᆯ모ᄃᆞ미경댱의
게빗치잇ᄂᆞ나되왈신은ᄃᆞ를나명왕다셩됨

니셩후나도라가되오리ᄌᆞ궁이본ᄇᆞᆮ것ᄉᆞ회시
ᄇᆞᆮᄒᆞ여ᄯᅩ삼년을거상닙으니라ᄌᆞ후의ᄉᆞᄅᆞᆷ
ᄅᆞᆯ잇ᄉᆞ니못ᄒᆞ여ᄇᆞᆫ계ᄌᆞ와노라사ᄅᆞᆷ이ᄌᆞ공
본ᄇᆞᆮ것ᄉᆞ회지ᄇᆡᆨ짓ᄉᆞ실재ᄇᆡᆨ여재라인ᄒᆞ여ᄌᆞ
ᄆᆞ올이일홈을ᄒᆞ니라ᄒᆞ니라ᄌᆞ졀편하대셩
인을도덕이ᄇᆡᆨ왕의웃ᄃᆞᆷ이되시니비록줄
축적어ᄌᆞ러온ᄯᅢ의나샤도덕을나ᄒᆡᆼ리못
ᄒᆞ고죽으시나만세예사ᄅᆞᆷ으로ᄒᆞ여곰사ᄅᆞᆷ이
되게ᄒᆞ시미라ᄌᆞ졀의덕이라ᄌᆞ졀도덕을베
프샤온ᄃᆞᆯ을ᄀᆞᄅᆞ치시니ᄌᆞ졀아니면엇디나ᄃᆞᆫ군
이되며신하되며아비와ᄌᆞ식이되며부ᄇᆡᆨ를

별라리오부져장ᄎᆞᆺ거의병환이제신가ᄒᆞᄂᆞᆫ
밧비ᄃᆞ러가니부져차란왈ᄌᆞᆼ아네엇니ᄃᆞ러
오기ᄅᆞᆯ어ᄃᆡᄒᆞᆫ다ᄂᆡ어제밤ᄭᅮᆷ의죽기동ᄉᆞ이
의안자님의졔ᄒᆞᄂᆞᆫ음식을먹어보니ᄯᅦ운
나라사ᄅᆞᆷ이죽으면죽기동ᄉᆞ이의방소ᄒᆞᄂᆞᆫ
졔ᄒᆞᄂᆞ니ᄂᆡ셜ᄒᆞᆫ은나라사ᄅᆞᆷ이라이졔편하
의착ᄒᆞᆫ님군이업스니뉘날을웃듬삼아
ᄯᅢ로ᄅᆞᆯ놉히리오ᄂᆡ장ᄎᆞᆺ우리ᄅᆞᆯ나ᄒᆞ신
ᄃᆞᄃᆡ여병이동ᄒᆞ샤닐에만의죽시니향년
이칠십이세시라ᄂᆞ라셩북녀ᄉᆞ쇽우희
영장ᄒᆞ다모ᄃᆞᆯᄯᅦ져삼년을거상님빈삼년

그셔방마자ᄂᆞᆫ지아비ᄅᆞᆯᄎᆞᆺᄂᆞᆫ지아비주거ᄂᆞᆫ아
ᄃᆞᆯ을ᄌᆞᆺᄂᆞ니주변ᄒᆞ례ᄒᆞᄂᆞᆫ데어ᄇᆞᆫᄒᆞᆫ일이죡
식장만ᄒᆞ기의이시ᄅᆞᆯ결흘이나이ᄂᆞᆫ셩인의남
녀의ᄉᆞ이ᄅᆞᆯ통케ᄒᆞ시미오홀인의비로소블
동ᄒᆡᄒᆞ미ᄋᆡ이다ᄋᆞᆼ뎌일ᄌᆞᆨ니러막ᄃᆡᄅᆞᆯ쳥ᄒᆞ올ᄂᆞ
문알ᄑᆡ두루거ᄅᆞ시며노ᄅᆡ블너ᄀᆞᆯ오샤되ᄐᆡ
산이믄허지ᄃᆞᄃᆞᆯ보남기브러지도다착ᄒᆞᆫ사
ᄅᆞᆷ이죽으리로다이믜노ᄅᆡ브ᄅᆞ시고드러가시
거ᄂᆞᆯᄌᆞ공이듯고ᄀᆞᆯ오되ᄐᆡ산이믄허지면우리엇
디의지ᄒᆞ며ᄃᆞᆯ보히믄허디면우리ᄂᆞᆫ어ᄃᆡᄅᆞᆯ
우러ᄅᆞᆯ니오착ᄒᆞᆫ사ᄅᆞᆷ이죽으시면우리ᄂᆞᆫ누ᄅᆞᆯ

져이십의가관ᄒᆞᆷ은사ᄅᆞᆷ의어버이되ᄂᆞᆫ곳지
오녀져십오의가ᄒᆞᆷ을허ᄒᆞᆷ은그사ᄅᆞᆷ의게감
족ᄒᆞᆫ뒤이시미라그러므로셩인이ᄯᅢ를인ᄒᆞ
여벌긔즐을엇게ᄒᆞ시니제울이되거ᄃᆞᆫ혼인
ᄒᆞᄂᆞᆫ데를비르소ᄒᆞᆷ은녀ᄌᆞ의도ㅣ일오미오
어름이므러지거ᄃᆞᆫ혼인ᄒᆞᆷ을긋치ᄆᆞᆯ녀ᄅᆞᆷ지어
ᄒᆞᄂᆞᆫ누에칠ᄯᅢ나ᄃᆞ르미라남ᄌᆞᄂᆞᆫ하ᄂᆞᆯ도ᄅᆞᆯ
맛나만믈을기르ᄂᆞᆫ자라그러므로인ᄂᆞᆫ을아
라그ᄅᆞᆯ회오ᄆᆞᆯ블허리미오녀ᄌᆞᄂᆞᆫ남ᄌᆞ의ᄀᆞᄅᆞ치
ᄆᆞᆯ슬히ᄒᆞ여이러므로자맛다ᄒᆞᄂᆞᆫ이일이업ᄂᆞᆫ
세가지좃ᄂᆞᆫ일이이시니어려셔ᄂᆞᆫ부모ᄅᆞᆯ좃

올ᄯᅢ져왈오ᄂᆞᆫ지귀셜ᄒᆞ샤그덕이어그릇ᄃᆞ니아
냐그어지르시미극진ᄒᆞ시ᄃᆞ그말ᄉᆞᆷ이미ᄉᆞᆺ버ᄉᆞ
리법이되시ᄃᆞᄂᆞᆷ의올갓이일을힘ᄡᅳ샤화케
ᄒᆞ시며ᄌᆞᆼ이ᄇᆡᆨ신의웃듬이되시ᄃᆞ은혜ᄇᆡᆨ
셩의부뫼되샤ᄉᆞ시ᄅᆞᆯ슌히ᄒᆞ시ᄃᆞᄉᆞ회ᄅᆞᆯ록
샤ᄃᆞ올와ᄇᆡᆨ익을맛져ᄲᅧ나ᄉᆞ리ᄆᆞᆯ돕ᄃᆞ늑ᄉᆞ
ᄅᆞᆯ니르혀사오나오니ᄅᆞᆯ치시니ᄉᆞ히ᄇᆡᆨ셩이
항복ᄃᆞ니아니리업ᄂᆞ니라위ᄌᆞᆼ왈네예ᄂᆞᆷ져
셜ᄒᆞᆫ의안해ᄅᆞᆯᄃᆞ려져이십의지아비ᄅᆞᆯ
ᄃᆞ게ᄒᆞ여시니너ᄡᅳᆫᄂᆞᆫᄃᆞ니아니리ᄉᆞ가져왈네란
거ᄉᆞᆯ극진ᄒᆞᆫ바ᄅᆞᆯ니르미올라케아니니ᄂᆞᆷ

거향복지아니리업ᄂᆞ니라ᄯᅩ졔ᄉᆞᆯ을ᄇᆞᄌᆞ온
ᄶᅵ져왼올졔ᄉᆞᆯ이호위련하의ᄃᆞᆯ데샤지ᄋᆞᆯ그릇
주ᄇᆞᄅᆞ기잡아어버이ᄅᆞᆯ호양ᄒᆞ시며ᄯᅩ리얻
럽ᄃᆞ어ᄅᆞ며브럽ᄃᆞ어리러하ᄂᆞᆯ을두려ᄒᆞ시며
빅셩을ᄉᆞ랑ᄒᆞ샤먼리사ᄅᆞᆷ을어엿비녀기
ᄃᆞ가가오니ᄅᆞᆯ친히ᄒᆞ샤큰명을니어바ᄃᆞ실
오의두ᄯᆞᆯ을안해삼으샤젼하의님군리샤
ᄆᆞᆯ두신하ᄅᆞᆯ명ᄒᆞ여오의ᄒᆞ시런뎨법을
조ᄎᆞ샤오년의ᄒᆞᆫ번식슌힝ᄒᆞ시니셥힝ᄒᆞ
션지오시십년이오젹위오십년이라방악의
오ᄅᆞ샤창오의가주오시니라ᄯᅩ졔우ᄅᆞᆯᄇᆞᄌᆞ

되샤어지ᄅᆞ시되위없이잇ᄉᆞᆫ인졔ᄒᆞ시되밋
버련디의ᄅᆞᆯ술ᄒᆞ샤빅셩의겸ᄒᆞᆫ바ᄅᆞᆯ
알며ᄆᆞᆷ을낫그매젼해항복ᄒᆞ여만민을
근치ᄃᆞᆫ놋비치화ᄒᆞ며그덕이ᄃᆞᆼᄒᆞ여일월
이비최ᄃᆞᆫ바의덕화ᄅᆞᆯ좃니아니리업ᄂᆞ니라
ᄯᅢ예오ᄅᆞᆯᄆᆞᄌᆞᆷ은ᄶᅥ지왈ᄃᆡ오ᄂᆞᆫ어긜기하ᄅᆞᆯ
ᄌᆞᄂᆞᆫᄉᆞᆯ겁기려신ᄌᆞᆺᄒᆞ여가읎얼현하ᄅᆞᆯᄃᆞ시
되오만리아니시ᄂᆞᆫ귀ᄒᆞ미현저되시ᄯᅳᆺ을놋게
가지샤빌이ᄅᆞᆯ베ᄅᆞᆯ맛지시ᄂᆞᆫ기ᄅᆞᆼ을로무녹
ᄅᆞᆯ맛지샤ᄉᆞ홍을나리시현하사ᄀᆞᆺ이항복
ᄒᆞᆫ덕다말ᄉᆞᆷ이회ᄃᆞ니아냐ᄉᆞ회만민이깃

울ᄆᆡᆼ그라ᄡᅥ시니어질미ᄃᆞᆫ종구지미ᄎᆞ시ᄂᆞᆫ일
월ᄅᆞᆯ다셩신을상고ᄒᆞ시고이ᄇᆡᆨ다십녀ᄀᆞᄅᆞ쵹
ᄃᆞᆯ이ᄒᆞ샤ᄇᆡᆨ셩을실ᄅᆞᆯ와ᄡᅥ시니라조ᄒᆡᄯᅩᄃᆡ
국울ᄆᆞᄌᆞ온(대)져와ᄅᆞᆯ양시ᄂᆞᆫ기겁히ᄉᆞᆯ거오샤귀운
다셩을다ᄉᆞ려ᄇᆡᆨ셩을ᄀᆞᄅᆞ쳐졀제ᄒᆞ야ᄯᅢᆼ
ᄒᆞ며ᄉᆞ회예ᄉᆞᆯ힝ᄒᆞ여ᄇᆡᆨ셩을편히ᄒᆞ샤
일월이비최ᄂᆞᆫ바의빈복지아니ᄒᆞ리업ᄂᆞ니
라ᄯᅩᄯᅢ국을ᄆᆞᄌᆞ온ᄡᅥ져와ᄅᆞᆯᄯᅢᄅᆞ시ᄂᆞᆫ나며
신긔ᄅᆞᆸ고ᄐᆞᆨᄒᆞ샤ᄉᆞᄉᆞ로일홈을니ᄅᆞ더
비ᄇᆡᆨ셩을구졔ᄒᆞ샤그ᄆᆞᄋᆞᆷ을니케아니샤죵
ᄒᆞ시미면ᄅᆡᄅᆞᆯ일ᄅᆞ벎으시미미ᄒᆞᆫ거ᄉᆞᆯᄉᆞᆯ

샤현가ᄒᆞ기ᄅᆞᆯ 그치지 아니시니 저희 스ᄉᆞ로
리고 붓그려 병을 ᄃᆞ러 ᄭᅮᆯ어가나 북ᄌᆞ희황
뎨헌원시ᄅᆞᆯ 뭇ᄌᆞ온ᄃᆡ 졔희왈 황뎨나시며 신
긔롭고 녕ᄒᆞ샤 어려셔 능히 말ᄒᆞ고 지라 ᄯᅢ
죵명ᄒᆞ여 오힝의 운을 다ᄉᆞ리고 만민을 령
ᄒᆞ시고 ᄉᆞ방을 다ᄉᆞ리시며 회게 지ᄋᆞ시고 ᄆᆞᆯ을
ᄃᆞ며 온갓 츔셩을 길ᄃᆞ리샤 엄졔ᄃᆞ러 부리란
츅ᄅᆞᆯ 희가 ᄲᅡ화 이긔샤 님군이 되야 ᄇᆡᆨ
셩을 다ᄉᆞ려 텬지 샹하ᄅᆞᆯ ᄉᆞᆯ희ᄒᆞ시고 귀신
다 ᄯᅦ 악을 알게 ᄒᆞ시며 ᄉᆞ싱 죵망을 알게
ᄒᆞ시고 ᄇᆡᆨ곡을 심우며 ᄇᆡᆨ초ᄅᆞᆯ 맛보와 의약

싱이라그러의기로되ᄂ니이런나라연더
아니라사ᄅᆞᆷ살옴을죠히너이시ᄂᆞᆫ연디니
이나초초왕이사ᄅᆞᆷ브려ᄉᆞ졸ᄅᆞᆯ졍ᄒᆞ신ᄯᅢ
공ᄌᆞᄒᆡᆼᄒᆞ샤길히진채ᄅᆞᆯ지나시러니진채
사ᄅᆞᆷ이서로의논ᄒᆞ여ᄀᆞᆯ오ᄃᆡ공ᄌᆞᄂᆞᆫ셩인이라
ᄒᆡᆼᄒᆞ시ᄂᆞᆫ일이나졔후의웃ᄃᆞᆷ이되리니만일
초의ᄡᅳ이면진채위ᄐᆡᄒᆞ리라ᄒᆞ고병을닐
위혀공ᄌᆞᄅᆞᆯ막아이에ᄒᆡᆼ치못ᄒᆞ시게ᄒᆞ니
냥식ᄭᅳᆫ허져지칠일이라밧그로통ᄒᆞᆫ배
업서ᄂᆞᆫ물도어더먹니못ᄒᆞ샤ᄯᅢ와가러사
ᄅᆞᆷ이나주ᄅᆞᆯ며병되거ᄂᆞᆯ공ᄌᆞ더욱강개ᄒᆞ

히ᄒᆞᆫ 불가히 알니이라 이 다ᄉᆞᆺ 가지ᄅᆞᆯ 보존히
샤 ᄯᅳᄃᆞᆯ 졍ᄉᆞ의 두시면 나라히 다ᄉᆞ리 이ᄅᆞ올
배 업ᄉᆞ리이라 노의 ᄃᆞᆼ이 ᄯᅩ 무ᄉᆞᆺ와 ᄀᆞᆯ오대
ᄉᆞᆯ이 무ᄉᆞᆫ 일을 ᄡᅳ시리 외올군이 큰 거ᄉᆞᆯ 무ᄉᆞ
거ᄉᆞ니 ᄒᆞ시ᄂᆞ니이다 공 외올 큰 거ᄉᆞᆯ 무어시니잇
고 ᄌᆞ왈 술이 넘군이 되샤 그 졍ᄉᆞᄅᆞᆯ ᄒᆞ매 사
ᄅᆞᆷ 살오 믈 ᄃᆞᆯ히 넉이시ᄂᆞ 죽이 블 ᄉᆞᆯ히 여ᄒᆞ
보니 그 사ᄅᆞᆷ을 ᄡᅳ매 현인을 ᄡᅳᆯ 악인을 ᄇᆞᆯ
니 져 덕이 쳔니 ᄅᆞᆯᄒᆞ며 화ᄒᆞ미 ᄉᆞ시 ᄀᆞᆺᄐᆞᆫ지라
일노 ᄡᅥ ᄉᆞ히지 방을 나어 이 져의 뉘 나흘의
덕을 우러러 봉이 ᄃᆞᆫ니며 ᄇᆞᆫ이 너ᄅᆞ러 셰츔

군싮을 ᄉᆡᆼ각ᄒᆞ면 군싮올 바ᄅᆞᆯ 알니이다

날이 나거든 졍ᄉᆞᄅᆞᆯ 드러 나죵ᄒᆞ매 니ᄅᆞ러옵

양ᄒᆞ야 그위ᄅᆞᆯ 삸가ᄂᆞ니 군이 이에 ᄉᆞ즈ᄅᆞᆯ 오ᄯᆞᆯ

ᄉᆡᆼ각ᄒᆞ면 ᄉᆞ즈ᄅᆞᆯ 오ᄯᆞᆯ 알니이다 먼니기리

ᄉᆡᆼ각ᄒᆞ여 ᄉᆞ믄을 나두루 벼라매 나라 망ᄒᆞᆫ

녜허ᄒᆞᆯ 보매 조연이 두뢰오미 잇ᄉᆞᄂᆞ니 군이 이

ᄅᆞᆯ ᄉᆡᆼ각ᄒᆞ면 두뢰오ᄆᆞᆯ 가히 알니이다 닚

군은 비컨대 ᄇᆡ ᄀᆞᆺ고 ᄇᆡᆨ셩은 믈ᄀᆞᆺᄒᆞᄂᆞ니 믈은

ᄇᆡᄅᆞᆯ 시ᄉᆞᆫ 거시오 ᄇᆡᆨ셩은 닚군을 ᄲᅴ 실거서

라 믈이 헚ᄒᆞ면 ᄇᆡ 업치ᄅᆞ ᄇᆡᆨ셩이 반ᄒᆞ면

닚군이 망ᄒᆞᄂᆞ니 군이 이ᄅᆞᆯ ᄉᆡᆼ각ᄒᆞ면 위

ᄎᆞᆨ드ᄅᆞᆯ오며두려오며위ᄒᆞᆫ물아니ᄆᆞᆺᄒᆞᄂᆞ니저
러ᄒᆞᆫ건대니ᄅᆞᆯ신나ᄉᆞᆺ가지ᄅᆞᆯ힝치ᄆᆞᆺᄒᆞᆯ가
ᄒᆞᄂᆞᆫ이다부ᄌᆞ의말ᄉᆞᆷ곳아니면라인의ᄆᆞᄋᆞᆷ
을여러ᄭᆡ다ᄅᆞ지ᄆᆞᆺᄒᆞ리니쳥컨대부ᄌᆞᄂᆞᆫ니ᄅᆞ쇼
셔ᄌᆞ왈군이ᄒᆡᄆᆞ의ᄃᆞ러가샤오러ᄒᆞ죄각을
보며구ᄇᆞ러졔연을ᄉᆞᆯ피샤그ᄅᆞᆺ시이시ᄃᆡ복
ᄆᆞᆫ상을보지ᄆᆞᆺᄒᆞᄂᆞ니군이이ᄅᆞᆯ노ᄡᅧ슐푸믈
ᄉᆡᆼ각ᄒᆞ면슐푸믈가히알니이다군이새벽
니러나반ᄃᆞ시의관을졍히ᄒᆞ고평명의됴
회ᄅᆞᆯ니ᄅᆞ샤그위란을념녀ᄒᆞ시면인이다
그니ᄅᆞᆯ니ᄅᆞ면낭망이비ᄅᆞᆺᄂᆞ니군이이ᄅᆞᆯ노ᄡᅧ

울화케ᄒᆞ여가ᄋᆞᆷ여러도ᄲᅡ하ᄂᆞᆫ져믈이
업ᄉᆞ며흐러주어쳔하의간난ᄒᆞᆫ니ᄅᆞᆯ주
졔ᄒᆞᄂᆞ니이ᄂᆞᆫ현인이니이다ᄃᆞᆼ왈어지닐
온셩인이니이ᄉᆞᆫ져왈닐온바셩인은덕
이현니와ᄌᆞᆯ변통ᄒᆞ여막히미업ᄉᆞ며만
ᄉᆞ의졍시ᄅᆞᆯ구ᄒᆞ여온갓만믈의ᄌᆞ연ᄒᆞᆫ
거ᄉᆞᆯ화합게ᄒᆞ며ᄇᆞᆰ기일월ᄌᆞᆯ화ᄒᆞ미
귀신ᄀᆞᆺᄒᆞ여ᄇᆡᆨ셩이그덕을아ᄂᆞ니이ᄂᆞᆫ셩인
이니이다ᄃᆞᆼ왈셜라이말ᄉᆞᆷ이여부ᄌᆞ의나
ᄅᆞ시미아니면라인이엇지이ᄅᆞᆯ알니이ᄉᆞᆫ비
ᄅᆞᆨ그러ᄒᆞ나라인이이ᄅᆞᆯ조ᄎᆞᆯ로며고시ᄌᆞᄒᆞ며

ᄒᆞ미 이셔 부귀빈이 죡히 움죡이지 못ᄒᆞᄂᆞ
니 이ᄂᆞᆫ 션ᄇᆡ의 사ᄅᆞᆷ이니이다 공 왈 엇지 닐
운 군ᄌᆞ니잇ᄂᆞ져 왈 ᄌᆞᄂᆞᆫ 군ᄌᆞᄂᆞᆫ 말ᄉᆞᆷ이 튱셩
되고 밋버 인의예ᄉᆞ 몸이셔 자랑ᄒᆞᆫ 빗치 업
ᄉᆞ며 ᄉᆞ려ᄒᆞᄂᆞᆫ 일이 통ᄒᆞ고 ᄇᆞᆰ아 말ᄉᆞᆷ만숭
상치 아니며 ᄒᆡᆼ실이 도립고 힘ᄡᅥ 게을니아
니ᄒᆞᄂᆞ니 이 군ᄌᆞᄂᆞᆫ 사ᄅᆞᆷ이니이다 공 왈 엇지
닐운 현인이니잇ᄂᆞ져 왈 닐온바 현인은 덕
을 의지ᄒᆞ여 ᄒᆡᆼ실이 넘나지 아니ᄒᆞ며 ᄒᆡᆼ
ᄒᆞ며 법도의 맛ᄌᆞ며 말ᄉᆞᆷ이 죡히 쳔하 법
이 되여 몸을 상치 아니ᄒᆞ며 되 죡히 빅셩

도잇ᄂᆞᆫ션ᄇᆡ의사ᄅᆞᆷ도잇ᄂᆞᆫ군ᄌᆞ도잇ᄂᆞᆫ현인도
잇ᄂᆞᆫ셩인도잇ᄉᆞ오니이다ᄉᆞᆺ가지를아라ᄇᆞ시
면다ᄉᆞ리ᄂᆞᆫ되극진ᄒᆞ시리이다공왈어ᄉ
지닐온용샹ᄒᆞᆫ사ᄅᆞᆷ이니잇고ᄌᆞ왈용샹
ᄒᆞᆫ사ᄅᆞᆷ은나죵내삼가지아냐입의법다
온말을ᄒᆞ지아니코어진일을다그ᄅᆞᆷ을령
치못ᄒᆞ여젹은거ᄉᆞᆯ보ᄂᆞᆫ이ᄅᆞᆯ의어둑어힘
ᄡᆞᆯ바ᄅᆞᆯ아지못ᄒᆞᄂᆞ니이용샹ᄒᆞᆫ사ᄅᆞᆷ이니
이다어ᄉ디닐온션ᄇᆡ의사ᄅᆞᆷ이니잇고ᄌᆞ왈
닐온(능히)바션ᄇᆡᄂᆞᆫᄆᆞᄋᆞᆷ이졍ᄒᆞᆫ디국힐배이셔
비록도의근본을다ᄒᆞ지못ᄒᆞ나반ᄃᆞ시쳐

울라 ᄃᆞᆯᄂᆞᆫ 녀ᄅᆞᆷ이면 나ᄯᅩ오 칙이서 초목 열
매ᄅᆞᆯ 먹ᄂᆞᆫ 새즘ᄉᆡᆼ의 ᄀᆞ기와 피ᄅᆞᆯ 먹ᄂᆞᆫ 의복
이 업서 가죽을 닙더니 그 후의 셩인이 나실
후 블을 시여 쇠ᄅᆞᆯ 녹여 그ᄅᆞᆺ슬 ᄆᆡᆼ글ᄂᆞᆫ ᄒᆞᆰ을
구어 사긔ᄅᆞᆯ ᄆᆡᆼ그라 음식을 ᄉᆞᆱ아 먹으며 남
글 버혀 궁실을 지어 거쳐ᄒᆞ며 술을 ᄆᆡᆼ그
라 먹으며 실다 삼을 나ᄒᆡ여 뵈와 깁을 ᄆᆡᆼ
그라 의복을 지어 닙ᄂᆞᆫ 부모ᄅᆞᆯ 효양ᄒᆞ며 군
신을 평ᄒᆞ며 부ᄌᆞ 친ᄒᆞ며 형뎨 화목ᄒᆞ며
장유 ᄎᆞ례 이시며 부뷔 ᄇᆡᆨᄅᆞᆯ 회오미 잇ᄂᆞ니 이다
져 왈 사ᄅᆞᆷ이 다ᄉᆞᆺ 가지 미시니 옹상ᄒᆞᆫ 사ᄅᆞᆷ

여ᄉᆞᆷ증ᄌᆞ리 ᄆᆞᆺᄌᆞ온ᄃᆡ 져왈 ᄉᆞᆯ마ᄅᆞᆷ 여ᄉᆞᆯᄯᆡ라가

히ᄭᅢ쳐 먹으면 기ᄅᆞᆯ ᄒᆞᆫ 상서라 오직 졔후의 읏

듬되ᄅᆞᆯ 자야 가히 엇ᄂᆞ니라 왕이 ᄭᅢ쳐 먹ᄀᆞ게

아ᄅᆞᆷ나 이넉이러라 ᄂᆞᆫ외 궁이 증ᄌᆞ리 여ᄉᆞᆺ와

ᄀᆞᆯ오ᄃᆡ 큰ᄯᅵ 어ᄉᆞ러ᄒᆞ니 이ᄉᆞᆫ젼 ᄀᆞᆯ오샤ᄃᆡ ᄯᅵ아니

면ᄲᅥ 군신과 상하 장유ᄅᆞᆯ ᄎᆞ례로 분별치

못ᄒᆞ든ᄯᅵ 이니면 부ᄌᆞ 형뎨 겨ᄉᆞᆯ 혜ᄉᆞ 이친ᄉᆞ

ᄀᆞᆯᄎᆞᆯ 히지 못ᄒᆞᄂᆞ니 이런고로 군져 그ᄯᅵ ᄀᆞᆯ

ᄎᆞᆨ상ᄒᆞ야 그 ᄇᆡᆨ셩을 ᄀᆞᄅᆞ쳐 ᄉᆞᆯ게 ᄒᆞᄂᆞ니 ᄯᅵ

의 근본은 음식의 비ᄅᆞᆺᄂᆞ니 ᄯᅢᄅᆞ 적시 쳔ᄉᆞᆯ의

비록 님군이라도 집이 업서 겨오리면ᄌᆞᆯ

싸ᄂᆞ 어버이 셤기ᄋᆞᆯᄯᆡ예 샹해 ᄂᆞᄆᆞᆯ만 먹고 부
ᄆᆞ를 위ᄒᆞ야 ᄡᆞᆯ을 ᄇᆡᆨ니 밧긔 져 왓더니 부
ᄆᆡ 죽은 신후 남으로 초의 벼ᄉᆞᆯᄒᆞ여 거ᄂᆞ린 수
릐 ᄇᆡᆨ승이오 곡식을 만종을 ᄡᅡ코 자리를
여러 벌 ᄭᆞᆯ고 음식을 여러 솟 ᄎᆈᄒᆞ야 먹으ᄃᆡ
이제 비록 ᄂᆞᄆᆞᆯ을 먹고 부모를 위ᄒᆞ야 ᄡᆞᆯ
을 지고져 ᄒᆞ나 가히 어드리잇가 저 왈 즘승의
어버이 셤기미 가히 지극다 ᄒᆞ시리라 초쇼왕
이 강을 건널ᄉᆡ ᄇᆡ 가온대 블근 둥그런
거시 이셔 ᄯᅥ ᄇᆡ예 다ᄃᆞᆺ거ᄂᆞᆯ ᄇᆡ사ᄅᆞᆷ이 가져
왕ᄭᅴ 드린대 왕이 괴이히 너겨 사ᄅᆞᆷ으로 ᄒᆞ

가지왈두셩이서로만나뵈졀하죵모와샤
직을밧드러쥭되ᄂᆞ니엇지동라ᄒᆞᄂᆞ니잇가
쳔니합니아니면만물이나지아닛ᄉᆞ니이
ᄋᆞᄒᆞ온데는만셰를니르미라삼ᄃᆡ젹님군이
봉ᄒᆞ오ᄂᆞ니는반ᄃᆞ시쳔ᄌᆞ를공경ᄒᆞᄂᆞ니되일은
니라쳔ᄌᆞᄂᆞᆫ친ᄒᆞᆷ이이웃ᄃᆞᆰ이오ᄌᆞ식을잇ᄉᆞᆫ거
시니가히공경치아니리잇가이러므로ᄒᆞᆫ인
을뫼셔만셰예동ᄒᆞᆫ데를삼ᄂᆞ니이나ᄌᆞ료공
ᄌᆞ기뫼오와ᄀᆞᆯ오ᄃᆡ짐이무겁ᄃᆞ면니가면화
ᄒᆞᆯᄀᆞᆯ희여쉬지못ᄒᆞᆫ집이간난ᄒᆞ야어버
이늙으면녹을ᄀᆞᆯ희여벼ᄉᆞᆯ을못ᄒᆞᄂᆞ니뵈

왈사ᄅᆞᆷ의되무어시ᄅᆞ니이ᄉᆞᆫ젹뎌왈사ᄅᆞᆷ의
ᄃᆞᆫ뎡ᄃᆡᄒᆞ미ᄅᆞ니부뷔ᄀᆞᆯ회오미이시면능
히서ᄅᆞ친ᄒᆞ며군신이서ᄅᆞ밋브면온갓벼ᄉᆞ
물이조차뎡ᄒᆞ리이다외ᄃᆞᆼ왈그ᄅᆞᆯᄃᆞ려
지이다뎌왈ᄭᅦ님군이졍ᄉᆞᄅᆞᆯᄒᆞᆯᄯᅢ사ᄅᆞᆷ사
랑키ᄅᆞᆯ크거ᄉᆞᆯ삼ᄂᆞᆫ사ᄅᆞᆷ사랑ᄒᆞᆷ은녜로
ᄒᆞᄂᆞᆫ데ᄅᆞᆯ나ᄉᆡᆷ은ᄲᅥᄒᆞ며졍ᄒᆞᆷ을ᄅᆞᆯ크거ᄉᆞᆯ삼
ᄂᆞ니그ᄅᆞᄉᆞᆼ의ᄒᆞᆫ인ᄒᆞᆫ데머욱ᄀᆞᄅᆞ니라단뎌
ᄒᆞᄂᆞᆫ친영ᄒᆞᆷ은지국히ᄒᆞ졍ᄒᆞᆷ이라ᄉᆞ랑
ᄒᆞᆷ다ᄒᆞ졍ᄒᆞᆷ이그졍ᄉᆞ의근본이니이다외
ᄃᆞᆼ왈ᄒᆞᄂᆞᆫ친영ᄒᆞᆷ이너모둥치아니리잇

이람ᄒᆞᄂᆞ니ᄅᆞᆯᄉᆞᆯ희여ᄒᆞ면아ᄅᆡ사ᄅᆞᆷ이ᄂᆞ
로기ᄅᆞᆯ붓그리ᄂᆞᆫ옷사ᄅᆞᆷ이어리니ᄅᆞᆯ친히
ᄒᆞ면아ᄅᆡ사ᄅᆞᆷ이어러니ᄅᆞᆯᄉᆞᆷ기지아니ᄒᆞᄂᆞᆫ
사ᄅᆞᆷ이평념ᄒᆞ면아ᄅᆡ사ᄅᆞᆷ이져ᄅᆞ을니희
ᄅᆡ니이ᄂᆞᆫ빅셩나ᄉᆞ리ᄂᆞᆫ본이라이ᄅᆞᆯ갈ᄅᆞ
면쳔해형벌ᄒᆞᆯ빅셩이어브ᄂᆞᆫ옷사ᄅᆞᆷ이아
ᄅᆡ사ᄅᆞᆷ친히ᄒᆞ기ᄅᆞᆯᄉᆞ족북시ᇝᄀᆞᆺ치ᄒᆞᄂᆞᆫ아ᄅᆡ
사ᄅᆞᆷ이옷사ᄅᆞᆷ오셤기ᄅᆞᆯᄌᆞ식이부모ᄀᆞᆺ치ᄒᆞᆯ
러라샹히서ᄅᆞ친키이ᄀᆞᆺᄐᆞ면녕이힝ᄒᆞᄂᆞᆫ빅
셩이항복ᄒᆞᄂᆞ면덕사ᄅᆞᆷ이와붓조ᄎᆞ리라
ᄒᆞ시더라ᄒᆞᆼ젼ᄂᆞᆫ외ᄒᆞᆼᄋᆞᆯ안자졔시더니외ᄒᆞᆼ

안ᄒᆞ로이ᄅᆞᆸ가지ᄀᆞ로치ᄂᆞᆯ날ᄅᆞ밧고로세지
리ᄀᆞᆨᄒᆞᆫ니ᄅᆞᆯ회ᇰᄒᆞ면저ᄂᆞᆯ으ᄅᆞᆯ허비치아녀
니ᄅᆞ온별로님군의되니라ᄌᆞᆼ적완월원컨ᄃᆡ
ᄌᆞ시도ᄌᆞ와지이나적와ᄅᆞᆯ네제ᄎᆞᆫ이오와ᄀᆞ오
ᄅᆞᆯ좌우의도사천하ᄅᆞᆯ나ᄉᆞ리시니뎡셔만
ᄀᆞ지못ᄒᆞᆷ은님군의환이오녕이힝치못ᄒᆞᆷ
은신하의죄라옷사ᄅᆞᆷ이늙으니ᄅᆞᆯ즁졍ᄒᆞ
면아래사ᄅᆞᆷ이더옥ᄒᆞ로ᄒᆞ고옷사ᄅᆞᆷ이나만
ᄒᆞ니ᄅᆞᆯ존ᄃᆡᄒᆞ면아래사ᄅᆞᆷ이더옥ᄌᆞᆼᄎᆞᆫᄒᆞ
ᄀᆞ옷사ᄅᆞᆷ이독로베퍼사ᄅᆞᆷ구제ᄒᆞ기ᄅᆞᆯ즐
겨ᄒᆞ면아래사ᄅᆞᆷ이더옥어그러ᄇᆞ고옷사ᄅᆞᆷ

직골오샤ᄃᆡ숨아이제군젹다만ᄉᆡ래옥의ᄯᆞᆯ
이졍다온말이어ᄇᆞᆫ니라ᄂᆡ어ᄃᆞ셔왕젼
하ᄒᆞᆫ도ᄃᆞᆯ니ᄅᆞ되니그분의나지아냐현하
ᄅᆞᆯ회와케ᄒᆞᆯ려ᄒᆞ숨이로ᄂᆞᆫ셔되왼ᄅᆞᆯ감히
못ᄒᆞᆸᄂᆞ이다어ᄉᆞ리니ᄅᆞ시미니잇ᄃᆞ동젹웅
치아니신ᄃᆡ즁젹축연이독려추익여야ᄒᆞ
야ᄯᅬ셧ᄉᆞ러니잠이욱도라닐어ᄀᆞᆯ오샤ᄃᆡ
네가히도라가왕ᄃᆞ셔니ᄅᆞ라ᄃᆞᆫᄲᅥ러ᄂᆞᆯ
블리히ᄃᆞᆫ버오러ᄂᆞᆫᄲᅥ도ᄅᆞᆯ블리히ᄃᆞᆫ버라이러
ᄆᆞᆯ러이아니면도ᄅᆞᆯ놉히니못ᄒᆞᆯ고되아니
ᄯᅥᆯ어ᄂᆞᆯ블리히니못ᄒᆞᄂᆞ니녜브ᄅᆞᆯ근나ᄃᆞ운이

ᄌᆞᆷᄭᅴ 날ᄃᆞ려 이ᄅᆞᄃᆡ ᄀᆞᆯ오ᄃᆡ 나라 나ᄉᆞ리ᄆᆞᆯ 맛ᄃᆞ
시ᄆᆞᆫ져 ᄒᆞᆯᄀᆞᆯ ᄒᆞᄉᆞ니 이졔 ᄒᆞᆫ 벌ᄒᆞᆯ ᄀᆞᆯ추여
ᄡᅥ ᄇᆡᆨ셩을 ᄒᆞ도ᄅᆞᆨ ᄀᆞᄅᆞ치미 가ᄒᆞ니 이졔
아비와 ᄌᆞ식이 홍ᄉᆞᄒᆞᆷ을 인눈의 변이 어ᄌᆞᆯ
엇지 ᄂᆞᆫ혼 시ᄂᆞᆫ 업ᄉᆞ위고 말ᄉᆞᆷ을 공ᄌᆞᄭᅴ 엿ᄌᆞ온
ᄌᆡᄌᆞᆼ졔 외연란 왈 옷사ᄅᆞᆷ이 ᄆᆞᆫ져 ᄇᆡᆨ셩을
ᄀᆞᄅᆞ치ᄋᆞᆫ 도리ᄅᆞᆯ 일ᄀᆞᆫ 아ᄅᆡ 사ᄅᆞᆷ을 추이면나
라 나ᄉᆞ리ᄂᆞᆫ 도리 아니오 ᄒᆞᆯᄀᆞᆯ ᄇᆡᆨ셩을 ᄀᆞᄅᆞ치지 아
니ᄀᆞᆯ 홍ᄉᆞᄀᆞᆯ 나ᄉᆞ리ᄆᆞᆷ은 이ᄂᆞᆫ 죄 업ᄉᆞ니 ᄀᆞᆯ추
이미니 ᄇᆡᆨ셩의 죄 아니라 ᄒᆞ시더라 ᄃᆞᆼ졔 일
ᄌᆞᆨᄒᆞᆫ 가히 계시거ᄂᆞᆯ 졔ᄌᆞᆼ ᄉᆞᆷ이 ᄆᆡ엿ᄉᆞ더니

ᄒᆞ미죡히울즁리상반ᄒᆞ여ᄀᆞ치지아니ᄒᆞ
니이ᄂᆞᆫ사ᄅᆞᆷ속의가용이라가히버히지아니
리못ᄒᆞᄂᆞ니녜ᄂᆞᆫ왕이울희ᄅᆞᆯ버히시ᄂᆞᆫ공왕
이반졍버히시며쥬공이관채버히시고채공이
회ᄉᆞᄅᆞᆯ버히시ᄂᆞᆫ즉산이ᄉᆞ하ᄅᆞᆯ버히니이ᄂᆞᆺ
사ᄅᆞᆷ은ᄯᅢ나ᄅᆞ나버힘은ᄒᆞᆫ가지라초인의ᄆᆞ
리ᄅᆞᆯ이ᄅᆞ오미죡히근심ᄒᆞᆯ배니라ᄒᆞ시며
라ᄯᅩ사ᄅᆞᆷ이복쥐쇼ᄉᆞᄒᆞᆯ재이셔중져그복
주ᄅᆞᆯ나잡아가도ᄅᆞᆫ석ᄅᆞᆯ울시비ᄅᆞᆯ분변치
아니ᄒᆞ록어계시더니그아비ᄅᆞᆯ쳐쇼ᄉᆞᄅᆞᆯ마라
지라ᄒᆞ거ᄂᆞᆯ나노화벌리신리계ᄒᆞ시ᄃᆞᆺ울희
아니ᄒᆞ여ᄆᆞᄋᆞᆯ오리지ᄉᆞ쥐나ᄅᆞᆷ을속이시도다져

다라ᄒᆞᄂᆞ니이다ᄌᆞᆼᄌᆡᄀᆞᆯ오샤ᄃᆡ안ᄌᆞ라내너ᄃᆞ
려니ᄅᆞ리이라쳔하의큰사오나오미나ᄉᆞ시이
시니일은ᄀᆞᆯ은간험ᄒᆞ미오이ᄂᆞᆫᄒᆡᆼ실이리
벽ᄒᆞ미오삼은말ᄉᆞᆷ이간ᄉᆞᄒᆞ미오ᄉᆞᄂᆞᆫᄀᆞᆯ은
ᄒᆡᆼ실이올치아니ᄏᆞᆫ사오나오며넘어ᄀᆞᆫ미오
오ᄂᆞᆫᄀᆞᆯ은ᄯᅳᆺ을조차그ᄅᆞᆫ일을ᄒᆞ며빗고ᄅᆞ고
허믈을ᄀᆞᆷ초미니이다ᄉᆞ시ᄒᆞ나히이셔도군
ᄌᆞ의버힘을면치못ᄒᆞ려든ᄒᆞ믈며쇼졍묘
ᄂᆞᆫᄒᆞᆫ몸의다ᄉᆞᆺ사오나오ᄆᆞᆯ겸ᄒᆞ여그죄즁히
무리ᄅᆞᆯ모화당을닐우고말ᄉᆞᆷ이족히
ᄲᅥ고ᄅᆞᆫ거슬ᄭᅮ며ᄆᆞᆼ인을오혹게ᄒᆞ며그강

뎍의사ᄅᆞᆷ은ᄅᆞᆼ화의사ᄅᆞᆷ라법을어주ᄒᆡ이
지못ᄒᆞᄂᆞ니쳬엇니두ᄂᆞᆷ군의회망을간셥
ᄒᆞ리잇ᄀᆞ제ᄂᆞᆷ군이붓고셔ᄇᆞᆯ너지ᄅᆞ제ᄲᅦ도라와
부ᄂᆞᆫ신하ᄅᆞᆯᄇᆞ지저외ᄅᆞᆯᄂᆞᆫ군주의도ᄅᆞᆯᄂᆞᆷ군을
도ᄋᆞᆸ거ᄂᆞᆯ너희ᄂᆞᆫ홀노이뎍의도ᄅᆞᆯ라잉을ᄀᆞᆯ
쳐붓고셥게ᄒᆞ라ᄒᆞᄅᆞ젼의아샹련문앙사ᄅᆞᆯ
도라보시다졍ᄉᆞ어즈러이ᄂᆞᆫᄯᅢ우초졍ᄉᆞᄅᆞᆯ
버히샤ᄎᆞᆷ엄을져ᄌᆞ의반시ᄒᆞ니ᄌᆞ즁이나아
가ᄅᆞᆯ오ᄃᆡ초졍ᄉᆞᄅᆞᆯ노주이ᄂᆞᆯ홈난사ᄅᆞᆷ이
어ᄅᆞᆯ이제어제부져졍ᄉᆞᄅᆞᆯ잡으신쥐엄의
비ᄅᆞᆫ소사ᄅᆞᆷ을버히시니사ᄅᆞᆷ이혹부ᄌᆞᄅᆞᆯ

군을 더브러 협곡의 모ᄃᆞ니 ᄒᆡᆼ졉 졍ᄉᆞᆼ의 일
을 ᄒᆡᆼᄒᆞ샤 ᄀᆞᆯ오샤ᄃᆡ 신은 듯ᄌᆞ오니 녯 님군이
션븨와 쟝슈ᄅᆞᆯ ᄀᆞᆺ초와 셔로 ᄆᆞᆺᄂᆞ니 ᄒᆞ니 좌
우ᄉᆞ마ᄅᆞᆯ ᄀᆞᆺ초와 가게 ᄒᆞ소셔 뎡ᄒᆞᆼ이 그 말ᄉᆞᆷ
ᄃᆡ로 문무ᄅᆞᆯ ᄀᆞᆺ초와 갓더니 협곡의 니ᄅᆞ러
두 님군이 셔로 녜로 보고 술을 먹더니 졔 님
군이 병위ᄅᆞᆯ 베플 북치고 외ᄒᆞᆼ을 겁박
ᄒᆞ거ᄂᆞᆯ ᄒᆞᆼ 젹셤의 올나 나아가 외ᄒᆞᆼ을 졍
ᄒᆞ여 믈너와 ᄀᆞᆯ오ᄃᆡ 두 님군이 모다 셔로 됴키
ᄅᆞᆯ ᄆᆡᆺ거ᄂᆞᆯ 졔국이 병위로 ᄡᅥ 겁박ᄒᆞ니 병
은 즁국 사ᄅᆞᆷ의 논ᄋᆞᆯ ᄒᆞᆯ 가지 ᄅᆞᆯ 못ᄒᆞ고 이

갓거ᄉᆞᆯ사치지아니케ᄒᆞ시니황ᄒᆞᆫ일년의ᄉᆞ
방졔휘법밧거ᄂᆞᆯ외ᄋᆞᆼ이ᄅᆞᆼ주ᄭᅴ이ᄅᆞᆯ더ᄅᆞᆯ오샤
ᄃᆡ북주의이법을빅화노ᄅᆞᆨ을나ᄉᆞ리ᄯᅧᆫ엇
려ᄒᆞᆫ리잇ᄉᆞᄅᆞᆼ지ᄯᅢ왈이ᄯᅢᄒᆞᆫ평뎡하라도
가ᄒᆞ리니엇디나만노ᄅᆞᆨ만다ᄉᆞ릴ᄲᅮᆫ이리
잇가이듕회의ᄉᆞᄅᆞᆼ벼ᄉᆞᆯ을ᄒᆞ샤이에나ᄉᆞ가
지ᄅᆞᆯᄅᆞᆷ을구별ᄒᆞ샤은갓ᄎᆞ시라초목을십
으시니ᄃᆞ시라초목이나조화고ᄅᆞᆺ되지아니러
라셜ᄅᆞᆼ지더ᄉᆞ쥐되시니이ᄅᆞᆫ졍승벼ᄉᆞᆯ이라
법을시시니ᄇᆡᆨ셩이감히범치못ᄒᆞᆯ러간
록ᄒᆞᆫᄇᆡᆨ셩이어섭더라노외ᄅᆞᆼ이졔나라님

바ᄃᆞᆫ살ᄒᆞᆯ어려마조ᄂᆞᆫ니라진혜ᄒᆞ이
거록이벗이ᄅᆞ온갓일을모ᄅᆞᆯ이ᄅᆞᆫ이어버려시
나ᄂᆞ나라ᄐᆡ우재손시전외란나라ᄒᆞᆯ치려
ᄒᆞᄂᆞᄃᆞᆼ주제주엄읏ᄅᆞᆯᄒᆞ여ᄃᆞᆷᄃᆞᆼ주ᄡᅴ여ᄉᆞ주온
ᄯᅢᄃᆞᆼ적ᄀᆞᆯ오샤ᄃᆡ계ᄢᅵ나ᄆᆞᆷ안ᄒᆞ되ᄂᆞᆫ적ᄉᆞ을ᄉᆞᆯ리
지못ᄒᆞᄂᆞ면ᄃᆡᄂᆞᆷ을치려ᄒᆞᄂᆞ니이라ᄒᆞ시니
ᄉᆡᆨ홍ᄒᆞ시다ᄃᆞᆼ죄ᄒᆡ업의의ᄃᆞᆼᄃᆞ주ᄲᅧᄉᆞᆯ을ᄂᆞᆫ
나라ᄒᆡ의ᄒᆞ샤어버이사라셔호양ᄒᆞ며주ᄉᆞ은
후ᄯᅢᄅᆞᆯ영장ᄒᆞᄂᆞᆫ법을지어ᄂᆡ시ᄂᆞ어ᄅᆞᆯ다아
ᄒᆡ읍식을ᄀᆞᆯ니ᄒᆞᄯᆡ강ᄒᆞ니와약ᄒᆞ니집
을ᄀᆞᆯ니ᄒᆞᄯᆡ길ᄒᆞ되ᄃᆞᆯᄅᆞᆫ거ᄉᆞᆯ가지ᄀᆞ아니ᄯᅥ온

셩인의말ᄉᆞᆷ이라연즉이망ᄂᆞᆫ나ᄒᆞ더라
공후의나ᄂᆞᆫ새이셔진나라ᄯᅳᆯ희안자죽거ᄂᆞᆯ
그살을ᄲᆡ혀보니기ᄅᆞᆯ이자히오ᄯᅩ치남거ᄂᆞᆯ
진혜공이ᄉᆞᄅᆞᆯᄒᆞ여곰노의가공ᄌᆞᄭᅴ가믓ᄌᆞ
온ᄯᅢ죄ᄀᆞᆯ오샤ᄃᆡ이새ᄂᆞᆫ먼니온새라그살이
슉신시ᄯᅡᆫ오랑캐살이니녜쥬무왕이샹
나라ᄒᆞᆯ이긔시ᄆᆡ기ᄅᆞᆯᄒᆞᆯ아홉오랑캐와ᄇᆡᆨ
국의다통ᄒᆞ여곰각각방믈을가져봉
ᄒᆞ여각각직업을일티말나ᄒᆞ시니이에
슉신시가살ᄒᆞᆯᄒᆞ여밧쳣ᄂᆞ니라살
ᄒᆞᆯ구ᄒᆞ여경조라ᄒᆞ시니다연즉무왕적

라ᄒᆞᄂᆞᆫ새나믈ᄂᆞᆯ적이라ᄯᅢ동에라ᄒᆞᄂᆞᆫ사
ᄅᆞᆷ이ᄒᆞᆫ발가진새두ᄂᆞᆯ개ᄅᆞᆯ펴고ᄯᅱᄂᆞᆫ양
보ᄅᆞ니ᄅᆞᆫ오리하ᄂᆞᆯ쟝ᄎᆞᆺ큰비오리라ᄒᆞ여시
니일ᄅᆞᆯ졍녹적ᄃᆡ간ᄒᆞᆯ거시니국ᄂᆡᄇᆡᆨ셩
의게영ᄋᆞᆯᄂᆞ리와믈기ᄅᆞᆯᄒᆞᆯᄌᆞ고방여ᄅᆞᆯᄒᆞ
라그리아니면ᄇᆡᆨ셩이믈의샹ᄒᆞ여ᄌᆞ오리
라경공이그말ᄉᆞᆷ을좃ᄌᆞ시그나라회분
라열오라지아냐큰비와올나라회업지니라
른나라ᄒᆞᆫᄇᆡᆨ셩이만히ᄲᅡ져주그리ᄶᅦ주거
인은ᄒᆞ나토샹ᄒᆞ니업ᄉᆞ니경공이ᄀᆞᆯ오ᄃᆡ

부왕덕이라 만일 ᄆᆞᄋᆞᆷ의 앙화ᄅᆞᆯ ᄂᆞ리오면
분부의 덕어ᄇᆞ올 아조ᄎᆞᆯ 나라라 그러ᄆᆞ로 중
모의 적앙을 ᄂᆞ리오미라 그러ᄆᆞᆯ을 나타내미
니이다 이ᄋᆞᆨ근좌위 여ᄉᆞᆺ 오려라 연나 왕의 중
모의 적변이 잇다 ᄒᆞᆫ대 경ᄋᆞᆼ이 ᄂᆞᆯ나나 허나
두번 저ᄅᆞᆯ ᄒᆞᄅᆞᄅᆞᆯ 오려 거둑ᄒᆞ다 성인의 지혜
사ᄅᆞᆷ의 미출 배 아니라 ᄒᆞ더라 ᄒᆞᆼ적 또 제ᄅᆞᆯ
볼리ᄅᆞ 노의 갓더시니 제국의 ᄒᆞᆫ 발ᄋᆞᆯ가 진새이
셔 ᄂᆞ라와 ᄂᆞᆯ개ᄅᆞᆯ 펴ᄅᆞ 쉬ᄂᆞᆫ 거ᄃᆞᆼ을 ᄒᆞ거ᄂᆞᆯ
경ᄋᆞᆼ이 ᄅᆞ이 ᄒᆞ 덕여 ᄉᆞᄅᆞᆯ 노의 보시여 ᄋᆞᆼ조ᄭᅴ
ᄆᆞᄉᆞᆷ을 ᄃᆡᄋᆞᆼ 저ᄅᆞᆯ 오사 ᄃᆡ이 새 이ᄅᆞᆯ ᄆᆞᄋᆞᆷ을 상앙이

졀ᄅᆞᆯ니ᄅᆞ러이니경ᄌᆞᆼ이무ᄅᆞ되어ᄂᆡ왕의
ᄯᅩ의젼변이잇ᄂᆞᄒᆞᄃᆞᆼ젼ᄀᆞᆯ오샤ᄃᆡ이ᄇᆞᆫᄃᆞ시니
왕의ᄯᅩ니이니경ᄌᆞᆼ왈어엇디아ᄅᆞ시ᄂᆞ니잇고
ᄌᆞᆼ젼ᄀᆞᆯ오샤ᄃᆡ황ᄌᆞ호신샹뎐이어ᄂᆡ잇ᄂᆞ니ᄅᆞᆯ
어딘이일ᄂᆞᆫ가ᄇᆞᆯ이잇ᄂᆞ니ᄂᆞᆫ화ᄅᆞᆯ갑ᄂᆞ니니왕
이문왕무왕의법졔ᄅᆞᆯ변ᄒᆞ여례악을
도하ᄒᆞᆯ화려ᄅᆞᆯᄒᆞᆼ샹ᄒᆞ여구실을짓ᄌᆞ샤
치ᄅᆞᆯ마지아닌연ᄅᆞᆯ편양이고죵ᄯᅩ의ᄂᆞ리
ᄂᆞ니이러ᄯᅩᄅᆞᆯ졍ᄒᆞ여아ᄂᆞᆯ이다경ᄌᆞᆼ왈하
ᄂᆞᆯ이엇지그ᄯᅳᆷ의화ᄅᆞᆯᄂᆞ리오지아니군죵ᄯᅩ
의벌을ᄂᆞ리오ᄂᆞ니잇ᄀᆞ공젼왈이ᄅᆞᆫ문왕

사ᄅᆞᆷ이 인의녜지와 덕을 모ᄅᆞ니 옥 반셩
각ᄒᆞ여 인눈이 어ᄌᆞ럽거ᄂᆞᆯ ᄒᆞᆼ치근 시ᄇᆡ ᄒᆞ샤 ᄎᆞ
나라ᄒᆞᆯ 존ᄒᆞ고 졔후ᄃᆞᆯ을 어계ᄒᆞ샤 인눈
라 도덕을 텬하의 ᄇᆞᆰ혀 ᄇᆡᆨ셩을 구ᄒᆞ셔
ᄒᆞ샤 ᄂᆞᆨ국의 횡ᄒᆞ시니 그ᄢᅢ 님군이 다 용
녈ᄒᆞ니 뉘 ᄒᆞᆼ져 셩인이신 줄 알니오 졔나
라 회가시니 졔경공이 인눈을 뎡치 못ᄒᆞ
엿더니 졍ᄉᆞᄅᆞᆯ 무ᄅᆞ시니 ᄒᆞᆼ젼 오륜을 졍히
ᄒᆞᄃᆞ 되ᄅᆞᆯ ᄃᆞᄒᆞ시나 주나 왕의 종묘의 ᄌᆡ변
이 잇더니 졔경공이 공ᄌᆞᄅᆞᆯ 가보ᄅᆞᆯ 말ᄉᆞᆷᄒᆞ
더니 좌우ᄃᆞ려 뎌즉셔 마츰니 금허 션왕의 묘

ᄃᆞ복희시ᄂᆞᆫ농ᄉᆞᆯ버ᄉᆞᆯ에일홈을짓ᄃᆞ고ᄒᆞ라
그리ᄒᆞ니이다궁져ᄉᆞ양의가거ᄂᆞᆫᄃᆞ글볼ᄒᆞ시니
이사ᄅᆞᆷ은족쳑은셔라궁져볼ᄒᆞ셜지시던일
이못ᄒᆞ야온갓족도글갈롱ᄒᆞ시니ᄉᆞ양이잘
글리ᄒᆞ여져비왈부ᄌᆞᄂᆞᆫ대셩인이라ᄒᆞ왕
의ᄒᆞ시건족도글ᄉᆞᄉᆞᆯᄒᆞ시니엇디셩인이
아니오이러ᄒᆞ시리오ᄒᆞ시더라족나라희가
사예ᄂᆞᆫ을ᄂᆞ남이란사ᄅᆞᆷ드려무ᄅᆞ시ᄃᆞ룡
누글랑홍이란사ᄅᆞᆷ드려무ᄅᆞ시ᄃᆞᄂᆞ나라회
도라오시니예져져ᄃᆞ나아오러라이쎄둑실
이져ᄃᆞ미약ᄒᆞᄃᆞ졔후군이강셩ᄒᆞ니텬하

니의ᄌᆞ라ᄀᆞᆯ비호리삼쳔이라ᄌᆞ공의졔ᄌᆞ
놉하능히공ᄌᆞ의도덕을알재지ᄉᆞᆯ시ᄃᆡ이라
이시ᄃᆡᄉᆞ의ᄌᆞ친안시주요시거ᄂᆞᆯ셜산의합
장ᄒᆞ시라이시ᄃᆡ노ᄅᆞᆨ의괄상ᄒᆞ시ᄂᆞᆫᄃᆞᄅᆞᆯ거ᄉᆞᆯ
도ᄅᆞᆯ드시니닷새예ᄃᆞ되이러라셤나라회
가셤ᄌᆞᄅᆞᆯ보시고뎻벼ᄉᆞᆯ을무허왈뎻니ᄃᆞ
군이벼ᄉᆞᆯ일홈을각각ᄃᆞᆯ니ᄒᆞᄆᆞᆯ업ᄉᆞ니미
니잇고셤ᄌᆞ뫼왈쇼호금텬시ᄂᆞᆫ새잇거ᄂᆞᆯ새로
벼ᄉᆞᆯ일홈을짓고황뎨헌원시ᄂᆞᆫ구ᄅᆞᆷ이잇
거ᄂᆞᆯ구ᄅᆞᆷ으로일홈짓고염뎨ᄂᆞᆫ블노벼ᄉᆞᆯ
일홈을짓고공공시ᄂᆞᆫ믈노벼ᄉᆞᆯ일홈을짓

뫼셔더라 공ᄌᆡ 세 설의 부친 숙냥흘이
업ᄉᆞ시거늘 노국 동방산의 영장ᄒᆞ니라 나히
다엿 설의 놀며 희롱ᄒᆞ실 제 ᄆᆡ양 조두를
버리ᄆᆞ며 녜믈을 베프시더라 나히 시브주의 송
나라 병관시의게 장가드러 ᄉᆞ믈의 아ᄃᆞᆯ을
나흐시니 ᄯᅢ의 노쇼공이 니어를 보내엿거
ᄂᆞᆯ 이ᄅᆞᆯ 흥ᄒᆞᆷ을 니라 ᄒᆞ다 이 회예 비로소 노록
위리 ᄒᆞᆫ 벼ᄉᆞᆯ을 ᄒᆞ시니 쳬아니ᄂᆞᆫ 거시 공평
ᄒᆞ시더라 이듬ᄒᆡ예 승젼 벼ᄉᆞᆯ을 ᄒᆞ시니 온갓
치ᄂᆞᆫ 즘ᄉᆡᆼ이 번식ᄒᆞ더라 도뎍이 놉하하
ᄂᆞᆯ라 굿ᄒᆞᆯ 셩인이 되시니 ᄉᆞ방의 어진 ᄯᅢ 전 걸

공문도통

공ᄌᆡ 나시며 거룡이 ᄂᆞ라 길나 셩인

의ᄆᆞ양이 져시더라 조졍긔예 졸오된 공

진 나시며 어ᄅᆞᆫ 술이 이ᄅᆞᆫ 워ᄅᆞᆫ ᄃᆞᆺ근이 ᄒᆡ 히

ᄃᆞᆺ고 입이 바다 ᄀᆞᆺᄒᆞ시고 봉의 니마오 이ᄇᆡ시

울이 ᄆᆞᆯ ᄀᆞᆺ고 ᄂᆞᆺ치 내 미ᄅᆞᆫ 소리 우레 ᄀᆞᆺᄒᆞ고 손

올ᄃᆞ뢰와 부롭히 ᄀᆞ나고 귀ᄂᆞᆫ 구술을 ᄃᆞ

리온 ᄃᆞᆺᄂᆞᆫ 서ᄇᆡ의 스블두 가리벗치 이ᄉᆞ고 근

의과이 ᄒᆞᆫ영ᄒᆡ 거시더라 셔신 거룡을 봉

이셧ᄉᆞ 봉황ᄀᆞᆺ고 인ᄌᆞ시며 룡은 룡이 안ᄌᆞ 봉ᄀᆞᆺ

ᄒᆞ시고 술의 편븍 ᄎᆞᆯ 신ᄇᆡ고 ᄇᆡᆨ술의 ᄇᆡ 셔오ᄃᆞᆯ

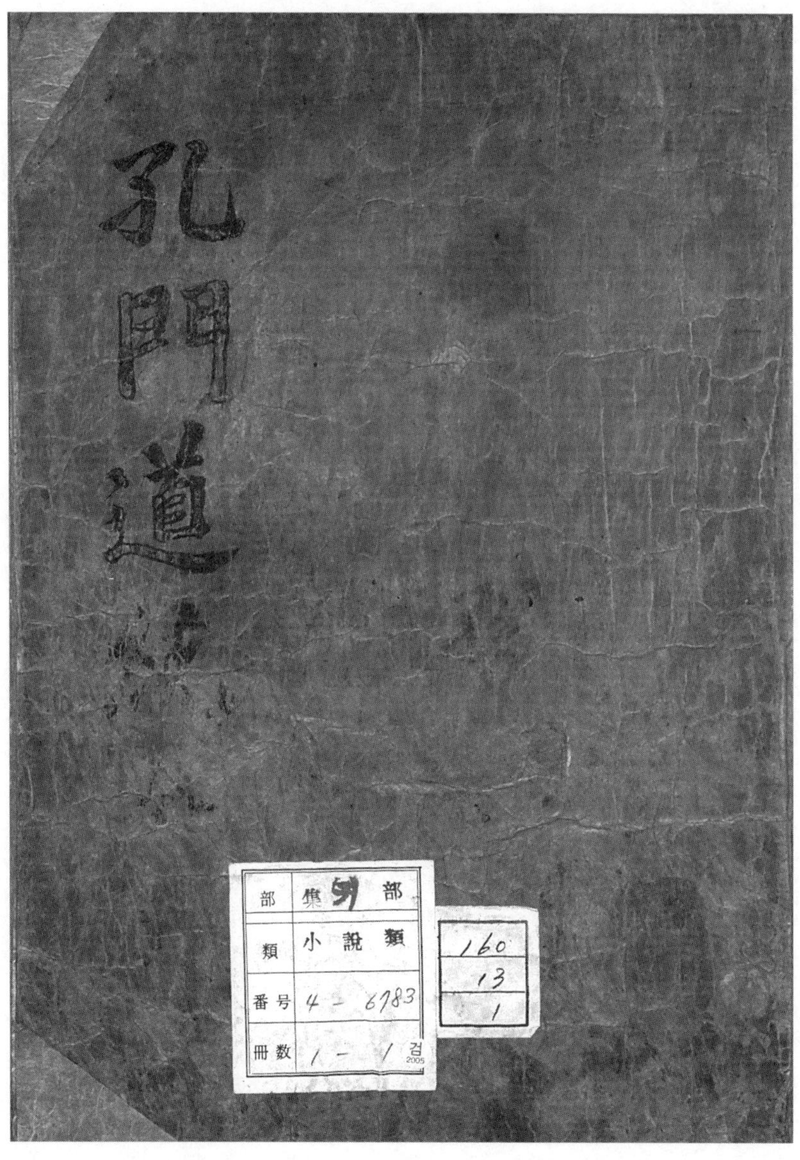
孔門道
部 集 部
類 小說 類
番号 4-6783
冊数 1-1
160
13
1

공문도통 · 문성궁몽유록 影印

孔門道統
장서각 소장(K4-6783)
線裝, 筆寫本 1冊(59張)
26.2 × 19.8cm

여기서부터 영인본을 인쇄한 부분입니다. 이 부분부터 보시기 바랍니다.

쇽가아니ᄒᆞ고바다의는물결이산ᄀᆞᆮᄒᆞ며교지남의월샹씨잇셔
흰ᄭᅯᆼ을드려ᄀᆞ로ᄃᆡ듕국에셩인이잇ᄉᆞᆫ져ᄒᆞ며쥬공의덕을
일ᄏᆞᄅᆞ니텬하ᄇᆡᆨ셩이츅수ᄒᆞ얏ᄂᆞ니이러무로쥬공덕을
이졔가지유뎐ᄒᆞ얏스니ᄌᆞᄒᆡ이드러힝ᄒᆞ고불의불법을
힝치말며후셰ᄉᆞᄅᆞᆷ을본밧게ᄒᆞ라님군되야쥬공의덕
을힝케ᄒᆞ고ᄂᆡ신ᄌᆞ되야는장ᄌᆞ의처음ᄉᆞᄒᆞᆫ물즁미ᄒᆞ야졍
녕ᄒᆞᆫ물힘ᄡᅳ게ᄒᆞ라ᄒᆞ신ᄃᆡ즁져수명ᄒᆞ고다시져비왈
션ᄉᆡᆼ의가ᄅᆞ치심을폐부의셕여명심불망ᄒᆞ리이다

도덕이놉흐시고셩졔명왕이시로되쳔지슈가엇진일이며은왕
셩탕이또셩졔명왕이시로되〻한칠년이잇스온나그일을아라지
이다공지왈네이일온지기일이요미지기[illegible]이로다미양하놀이삼긴
후의도라간니시니니동방의츙셩산이잇셔하놀계취
기로미양하놀이조지못호더니뵈젼벽의그산이문허지
니하놀을이고잇더니산이업시의문허지민하놀이
즁으로기우러젓는지라이러무로은하수가운다시요
근호의하놀이반드호시면이셰는은왕셩탕의일곱히가
문허라이는하놀연고요님군의허물이아닌가호노라호
신뒤즁려션왈즈공의도덕을다시르러지이다공져왈즈
공은츙져별술로아르쳑과인의로써님군을좁고빅
셩을다사리나하놀의는사오나온바람이업고션각

니러오ᄒᆞ시니증저ᄯᅩᄃᆡ왈안ᄌᆞ의도횡을아라지이다공저왈안ᄌᆞ
는본ᄃᆡ쳬지젹은ᄉᆞᄅᆞᆷ이라초국의ᄉᆞ신가더니초왕이안ᄌᆞ의젹으
물보고무러왈그ᄃᆡ신장이어이그리젹으나ᄒᆞᆫᄃᆡ안저ᄃᆡ왈우리나
라쓰는법이ᄃᆡ국의는큰ᄉᆞᄅᆞᆷ을보니고소국의는젹은ᄉᆞᄅᆞᆷ을보니
기로신이왓나이다ᄒᆞ니ᄯᅩᄒᆞᆫ저담이라왕이말이막혀다시뭇지아니ᄒᆞ
더니다시보치고자ᄒᆞ야안ᄌᆞ의막하인을타국의와도젹질ᄒᆞᆫ다고안
ᄌᆞ를불너ᄭᅮ지져왈네나라ᄉᆞᄅᆞᆷ은다도젹질ᄒᆞᄂᆞ냐ᄒᆞᆫᄃᆡ안저ᄃᆡ왈
우리본국은녜로붓터례의를숭상ᄒᆞ고본ᄃᆡ도젹을못볼너니
이의이르러ᄃᆡ왕나라ᄉᆞᄅᆞᆷ을본바다불의를횡ᄒᆞᆫ가시부오니ᄉᆡᆼ
각건ᄃᆡ〻왕의나라이불의지국인가ᄒᆞᄂᆞ이다ᄒᆞ얏ᄉᆞ니이ᄯᅩᄒᆞᆫ그
나라인군을욕ᄒᆞᆫ지라층삼아녜소젼은엇더타ᄒᆞᄂᆞ뇨증저ᄃᆡ
왈안저〻ᄉᆞ로소이다공저왈연ᄒᆞ다ᄒᆞ시다증저왈제요도당ᄯᆡ

키로샹ᄉᆞᄒᆞᄂᆞ니먹으라ᄒᆞᆫ대장쉬가로ᄃᆡ신은모월의ᄒᆞᆯ노초
국을쳐항복바닷ᄉᆞ오니이공으로신이면져하나ᄒᆞᆯ먹으라이다
ᄒᆞ고먹거ᄂᆞᆯ또ᄒᆞᆫ장쉬ᄂᆡ다라ᄀᆞ로ᄃᆡ소신은졍국을ᄒᆞᆯ노쳐항
복바다사오니이만큰공이업ᄉᆞ오니신이먹으리이다ᄒᆞ고먹으니
남은장쉬ᄃᆡ로ᄒᆞ야ᄀᆞ로ᄃᆡ신은젼후공이업ᄉᆞ오니상ᄉᆞᆯ을
밧지못ᄒᆞ오ᄆᆡ분ᄀᆞ려온지라사라블쥐업다ᄒᆞ고칼노목질
녀죽거ᄂᆞᆯ두장쉬통곡ᄒᆞ야이르되우리삼인이홍공일
취요ᄉᆞ셩지교잇ᄂᆞ니녀죽으니우리엇지뒤을좃지아니리오ᄒᆞ
고일시의죽으니즁삼아안ᄌᆞ의계교엇더타ᄒᆞᄂᆞ냐ᄒᆞᆫ신ᄃᆡ즁지되
왈역발남산삼장ᄉᆞ를안져두복셩화로죽엿ᄉᆞ니안ᄌᆞ의계교비
록못ᄒᆞ오나이또ᄒᆞᆫ졍직ᄒᆞᆫ문아년가ᄒᆞᄂᆞ이다공지들을어로만져
칭찬왈네오ᄂᆞᆯ너의가라치물드러셰쳐현명ᄒᆞᆫ니엇지거륵지아

졔어ᄒᆞ리오안져왈이는쉬운제라이셔잘셔일십이되야ᄉᆞ
신을ᄒᆞᆫ가지로ᄒᆞ는지라ᄒᆞ나히죽으ᄆᆡ그ᄃᆞᆯ이ᄯᆞ져죽을
거시니이셰사ᄅᆞᆷ이우직ᄒᆞ냐간ᄉᆞᄒᆞᆫᄭᅬ업ᄉᆞ오니엇지굴심ᄒᆞ리
오왕이져왈계피어져잇나뇨안져왈신의집의죠흔복셩
화잇ᄉᆞ오니드ᄃᆞᆯ을가져다가리왈이삼인을블너이르시되
공젹이ᄲᅡᆫ거로ᄒᆞ품복셩화ᄃᆞᆯ을어려ᄃᆞᆨ그평ᄒᆞᆷ을죽
라ᄒᆞ되ᄒᆞ나히ᄯᅩᄃᆞ라기로죽져ᄒᆞ더니이졔셰히ᄡᅡ시니
복셩화ᄃᆞᆯ을죽는니삼인이셔로공을니ᄅᆞ삼잘즁
즁공이러ᄒᆞᆫ니ᄅᆞᆯ먹게ᄒᆞ라ᄒᆞ시면삼인이일졔나ᄒᆞ나히
못먹으면기시의죽ᄉᆞᆷ을러시오ᄆᆡ나히죽으면셰히업ᄉᆞᆯ새
뵈죽으리이다ᄒᆞᆫ대왕이올히넉여죽시복셩화ᄅᆞᆯ드리
오ᄂᆞᆫ삼잘을브ᄅᆞ나드러왓ᄂᆞᆫ지라왕이왈경듕이공이ᄆᆞᆫ

북질뿐아니라온ᄒᆞ신쥐즁져져왈셩쳔이광명졍직ᄒᆞᆫ일
을힝ᄒᆞᆯ거시여ᄂᆞᆯ간ᄉᆞᄒᆞᆫ일을힝ᄒᆞ와셩쳥ᄆᆞᆯ숨이지
극ᄒᆞ여이다오날고금지ᄉᆞ를논관ᄒᆞ와ᄉᆞ졍이광ᄒᆞ이불의
를힝치아니ᄒᆞ올오리이다ᄒᆞ시오ᄆᆞᆸ나니졔왕이셰장ᄉᆞ충신
일을아라지이다곤쳐왈졔왕의게셰장ᄉᆞ잇스되협치산ᄒᆞᆫ
이ᄂᆞᆫ북히ᄒᆞᆫ노장셔라병을들어졍벌ᄒᆞ되ᄇᆡᆨ젼ᄇᆡᆨ승ᄒᆞ
ᄂᆞᆫ지라시고로곰을밋고크게고만ᄒᆞᄃᆞ니졔나라졍승ᄉᆞᆫ리셰
ᄉᆞ롬을보러갓더니샹장이ᄉᆞᆫ승ᄉᆞᆫ을보ᄂᆞᆫ녜ᄒᆞ지아니ᄒᆞᄂᆞᆫᄆᆞᆯ
ᄎᆞᆷ이셤이더오ᄆᆡ만ᄒᆞᆫ거ᄂᆞᆯ안진ᄎᆞᆯ로ᄒᆞ여ᄀᆞ라와졔왕을
보ᄂᆞᆫᄌᆞ쥭ᄉᆞᆯ지금셰장셔곤을밋고크게고만ᄒᆞ와군신의쳬면을
모토오니삼쟝으로말ᄆᆡ암아나라히장ᄎᆞᆺ위ᄐᆡᄒᆞᆯ지라뎌
왕은살피소셔ᄒᆞ오니졔왕이듯고놀나왈연즉장ᄎᆞᆺ엇지

도를 맛고 졍셩으로 뫼셔려 ᄒᆞ미니이다 장져 왈 부인의 졍셩은
고금의 희한ᄒᆞ도다 날라 ᄒᆞᆫ가지로 ᄂᆡ당으로 기ᄉᆞ이다 ᄒᆞ고 부인의
손을 잇글고 ᄂᆡ당의 드러오니 즁당의 쳐일로 진이요 침방의는 금
병슈막이 응당ᄒᆞᆫ 혼ᄉᆞ 긔용이라 장져 ᄌᆞ못 무러 왈 이거시 일월
셩신 ᄯᅢ비는 거ᄉᆞᆫ가 침편 ᄀᆡ구 더욱 이상ᄒᆞ니 평졀을 더욱 알
니로다 무더 붓쳐뎐 부쳐 ᄉᆡᆨ 그미 붓그럽지 아니ᄒᆞ냐 부인이 다시 뎌
ᄒᆞᆯ 말이 업셔 협실노 드러가 ᄌᆞ졀ᄒᆞ야 쥭으니 장져 ᄌᆞ로 지뉘
우쳐 부쳐 ᄌᆞ즁의 ᄃᆞᆯ녀 그리ᄒᆞ오라 ᄒᆞᆫ는 근일노 인ᄒᆞ여 근본
지판이라 ᄒᆞᆫ니 이라 ᄒᆞ여 관속ᄒᆞ여 갈오ᄉᆞᆷ 녀ᄌᆞ의 졍이 ᄋᆞᆺ즘이
오 남ᄌᆞ의 츙ᄒᆞᆫ 졍직ᄒᆞᆫ 셰 ᄌᆞᆫ 본이어 날음 난을 힝ᄒᆞ니 가히
웃부라 ᄒᆞᆯ 거시요 장져 유식 군ᄌᆞ로 굴혀시 ᄒᆞᆺ도 ᄋᆞᆫ 아녀ᄌᆞ를
띡 바다 ᄉᆞᄉᆞ로 쥭게 ᄒᆞ고 뉘우쳐 ᄉᆞᆼᄒᆞᆫ근 볼지판을 지으나 엇지 ᄲᆡᆫ

각ᄒᆞ나엇지ᄆᆞ음이온젼ᄒᆞ리오창황중ᄃᆡ왈거야일몽에션관
이르되친히도치를들고관을치면낭군이환ᄉᆡᆼᄒᆞ리라ᄒᆞ
미라ᄒᆞ온그ᄃᆡ로ᄒᆞ엿더니환ᄉᆡᆼᄒᆞ시니이는하ᄂᆞᆯ이도으시미로소이
다ᄃᆡ답은이러ᄒᆞ나한츌쳠ᄇᆡᄒᆞ니장ᄌᆡ빙소왈연즉부인이
초상지부로셔최마는어ᄃᆡ가고처복을입엇ᄂᆞ뇨부인이황망
이ᄃᆡ왈쳡이상부지후로망극ᄒᆞ와복조의게졈복ᄒᆞ온즉
소복을벗고일월셩신의빈즉낭군이환ᄉᆡᆼᄒᆞ리라ᄒᆞ기의
치의를입엇ᄂᆞ이다장ᄌᆡ소왈네의환ᄉᆡᆼ홈은다부인의
졍셩을힘입음이로다젼일무덤부치든붓처ᄉᆡᆨ쇼미올토
다그러나녀의관곽을어이침젼을옴겨누츄ᄒᆞᆫ곳에빙소ᄒᆞ
엿ᄂᆞ뇨ᄒᆞ니부인이ᄆᆞᆯ을듯고ᄃᆡ답언이막혀아모리ᄒᆞᆯ즐을
모르다가겨유ᄃᆡ왈이는셩신셰발셰너의를졍절이ᄒᆞ미니괴

오뢰이다부인이몸을일어즉지협실의드러가도ᄎᆡ를가지
고장ᄌᆞ의두골을ᄶᆡ리고너라ᄒᆞ니저런음부가어듸잇스리오
부인이도ᄎᆡ를쥐고살거동ᄒᆞ야장ᄌᆞ의관셰치고그머리를
ᄶᆡ려고골을내야신낭을구ᄒᆞ랴ᄒᆞᆯ셰후원의이르러관을
헤당ᄒᆞ야도ᄎᆡ로ᄯᅳ려셰치관이ᄭᆡᆯ너지거늘장찻듸징ᄒᆞᆫ것슬
구르고머리를ᄯᅳ리랴ᄒᆞ더니홀연장ᄌᆡ무심즁이러나셔ᄃᆡ
소왈부인이엇진일인고ᄒᆞ니부인이황겁실ᄉᆡᆨᄒᆞ더라ᄃᆡ기
장ᄌᆞᄂᆞᆫ둔갑장신ᄒᆞ기를신긔히ᄒᆞ기로혼이나가셔미소년
이되얏더니부인의일얼줄슌시ᄒᆞ야혼이도로드러가육신
의붓쳐도로환싱ᄒᆞ니그요슐은고금의일ᄭᆞᆺ는지라장ᄌᆡ부
인다려무러왈그러엇지황겁ᄒᆞ며ᄯᅥ어지이예오시노ᄒᆞ되부
인이쳔말의외의쥭은가부환싱ᄒᆞᆫ물보ᄂᆞᆫᄯᅩ쾌일을셩

일이슈삼일이젹ᄒᆞ얏ᄂᆞᆫ지라부인이ᄎᆞ복을밧비벗고치복
입고아미ᄅᆞᆯ지으며일변관곽을후원의너치고포진을화
려히메올고공ᄌᆞᄅᆞᆯ마조셔부인이낙〻ᄒᆞ야옥반화긔의잔
을권ᄒᆞᆯ시날이져물ᄆᆡ부인이원앙금을펴고동침지낙
을져오며너므듯긔졀ᄒᆞ야쥭어가니부인이ᄃᆡ경ᄒᆞ야급히션
동을불너무로되너의공ᄌᆞ불시의긔졀ᄒᆞ얏스니젼에도이
런병이잇더냐션동은장ᄌᆞ의제교ᄅᆞᆯ드럿ᄂᆞᆫ지라거즛놀나왈
이젼붓터ᄆᆡᆨ히ᄂᆞᆫ병이잇더이다무엇스로구ᄒᆞ더냐션동왈효
국의셔ᄂᆞᆫ형셰당〻ᄒᆞ야병이나오면ᄉᆞ름의두골씨셔보면즉
초환싱ᄒᆞᄂᆞ이다마ᄂᆞᆫ이곳의셔인골을엇지어더효험을보
리잇가부인이〻윽히싱각ᄒᆞ다가갈외ᄃᆡ쥭은ᄉᆞ름의골을ᄲᅢ
도환싱ᄒᆞᄂᆞ냐션동왈ᄉᆞ름골은다ᄒᆞᆫ가지니효험이잇ᄉᆞ

션관의셔동을불너갓가이안치고즁숙을ᄲᅥ무러
왈네너뎌리은근이가만니남모르게물을빨이이스나ᄒᆞ
노라너의공ᄌᆡ실사을취ᄒᆞ야계시냐션동답왈밋쳐졍치
못ᄒᆞ얏ᄂᆞ이다부인이왈너의공ᄌᆡ숙녀를갈희셔ᄂᆞ나날
맛ᄒᆞᆫ질가를취키쉽지아니ᄒᆞ리라네날을위ᄒᆞ야인연
을일위여츅ᄒᆞ면어더ᄒᆞ뇨ᄒᆞᆫᄃᆡ션동이왈공ᄌᆞ셔알외여보
고다시드러와보ᄋᆞ리이다ᄒᆞ고나와쟝ᄌᆞ를보고부인의말을
젼ᄒᆞᆫ대쟝ᄌᆞ듯고흔연이허락ᄒᆞ고ᄃᆡ심의긔탄왈부인이젼
일은쳥작ᄒᆞᆫ쳬ᄒᆞ더니이제일럿듯음ᄉᆞᄒᆞ니ᄉᆞ군의마음을
진실노알기어렵도다아모커나네즁을보리라ᄒᆞ고션동을블
너가만니졔고를가로이르고셔랑의누어더니션동이드러가공ᄌᆞ
의허락ᄒᆞᆫ말을이르고나오니부인이듯고ᄐᆡ희ᄒᆞ야택일ᄒᆞ니갈

조는초나라슬픔으로션싱의어지몰듯고고둔을듯고가
죤왓승더니불황ᄒᆞ야별세ᄒᆞ야계시실노망극ᄒᆞ야이다
부인이듯고눗기며눈물드러보라보니형용이옥갓ᄐᆞ되
라마음의더욱흠모ᄒᆞ며겨우답ᄒᆞ되말ᄉᆞᆷ지ᄇᆡᆨᄒᆞ야
가군을여희온니무삼말ᄉᆞᆷ을ᄒᆞ리잇가공져쳡을위
ᄒᆞ야친근이됴문ᄒᆞ시니감격ᄒᆞ여이다ᄒᆞ고아미ᄎᆞᆯ숙이
고물너안지니그쳔관이답왈션싱의안장ᄒᆞ시믈보옵
고갈ᄉᆞᆯ가ᄒᆞᆫ나이다부인이그말을듯고ᄃᆡ희ᄒᆞ여답왈
원컨ᄃᆡ공ᄌᆞᄂᆞᆫ숙고ᄅᆞᆯ앗기지말고내외로ᄒᆞ실졔안장
을무ᄉᆞ이ᄒᆞ게ᄒᆞ소셔ᄒᆞ고낙ᄂᆞ키시비ᄒᆞᄂᆞᆫ아곰인도ᄒᆞ야셔
당으로뫼시라ᄒᆞ고일변의쳔관을잇지못ᄒᆞ야맛ᄉᆞ의뜻
이업ᄂᆞᆫ지라날이장ᄎᆞᆺ황혼이되니부인이참지못ᄒᆞ야그

나셜란의얼골이쳥산벽옥갓고눈셥은원산갓고눈은
셩별갓ᄃᆞ니옥안과남지라ᄒᆞᆫ번보미심신이황홀ᄒᆞ여졍
신이산난ᄒᆞ니내심의혜오ᄃᆡ분명텬신이하강ᄒᆞ도다녀ᄌᆞ
되여져련남ᄌᆞ를셤기지못ᄒᆞ면엇지원ᄒᆞᆷ치아니리오
ᄒᆞ고내몸을장ᄌᆞ의게허ᄒᆞ여시니이졔기가ᄒᆞ미의논아니로
되죽은ᄉᆞᄅᆞᆷ을엇지보랴고잇스며ᄯᅩᄒᆞᆫ기가ᄒᆞ는법이쳔ᄒᆞ
의잇스니져ᄉᆞᄅᆞᆷ을셤기미엇지맛당치아니ᄒᆞ리오그러ᄒᆞ
나져ᄉᆞᄅᆞᆷ이실가를아니졍ᄒᆞ여시면죠커니와만일실가
잇시면가셩ᄒᆞᆫ조각그려나오히려졍실잇슬지라조가히니ᄉᆞ
ᄅᆞᆷ은놋치못ᄒᆞ리로다ᄒᆞ고이리져리ᄉᆡᆼ각ᄒᆞ고그ᄭᅵ모를
잇지못ᄒᆞ야죽다ᄒᆞ로ᄌᆞ로ᄒᆞ물녀셜란ᄲᅳᆫ바라보고죠산네
논ᄯᅳᆺ지업ᄂᆞᆫ지라셜란이곡을긋치고부인ᄭᅴ고ᄒᆞ여왈소

되병이졈ᄂᆞ려ᄒᆞᆫ쳬ᄒᆞ다가ᄉᆞ오일후막힌듯ᄒᆞ고눈갑을베푹
러ᄒᆞᆫ탁을ᄈᆡ야감초고죽어지니그부인이야그러ᄒᆞᆯ줄엇지알
니요되셩홍곡ᄒᆞ고발상입관ᄒᆞ고셩복을지닐시부인의
의홍ᄒᆞᆫ물엇지이로홍냥ᄒᆞ리요장ᄌᆡ둔갑법을변화ᄒᆞ야
신체는거짓관의잇ᄉᆞ나운신법을부려옥갓ᄐᆞᆫ소년션관
이되야션동일인을다리고나귀를타고문젼의와시비를불
너일오되나는초나라공ᄌᆞ러니장ᄌᆞ셩신이별세ᄒᆞ시다ᄒᆞ니
영좌젼의비곡ᄒᆞ고산악부인셔ᄎᆡ문쵸ᄌᆞᄒᆞ노라시비드러
가그말을알왼되부인이듯고뎌답ᄒᆞ되공ᄌᆞ누지의왕부의
영좌젼에ᄎᆡ문ᄒᆞ랴ᄒᆞ시니감은ᄒᆞ여이다ᄒᆞ고드러오ᄉᆞ셔
ᄒᆞ니그션관이드러가광상의올나영좌젼의분향비곡ᄒᆞᆫ
후부인셔ᄎᆡ문ᄒᆞ니부인이ᄎᆡ산을밧ᄌᆞᆸ고잠간눈을드러보

지ᄂᆞᆫ 집을 ᄃᆞ라와 너심의 그녀ᄌᆞ에 얼골을 싱각ᄒᆞᄂᆞ니 음ᄉᆞᆨ
그싱ᄒᆞᆫ 우ᄉᆞ온지라 ᄒᆞᆯ노 안져 미ᄎᆞ치 우스니 그 취본 무리
ᄯᆞᆯ 싱곰이 오날 나갓다가 ᄃᆞ라와 무ᄉᆞᆷ 우슨 일 어이ᄂᆞᆫ 어ᄀᆞᆺ장
져싱ᄒᆞᆫ 우스며 그 ᄭᅥ 지접에 무ᄅᆞᆫ 보지 젼 ᄯᆞᆯ을 이르고 부쳐
ᄃᆞᆯ 너녀 빈려 그 부인이 ᄯᆞᆯ을 ᄆᆞᆺ고 ᄇᆞᆯ연노 싱ᄒᆞ여 그 으ᄉᆞ
ᄒᆞᆫ 믈 ᄯᅮ짓ᄂᆞ 그 부쳐ᄃᆞᆯ 아ᄉᆞ 촌 바라 ᄡᅥᆨ거 바리며 ᄡᅥ로 져
군지 어지 그려 러온러 ᄉᆞ 부쳐 ᄭᅩᆯ 가져라 ᄭᅡ ᄂᆞᆯ을 ᄇᆡ ᄂᆞ니ᄡᅵᆺ
ᄭᅡ장 져희 ᄅᆞᆼᄒᆞ여 ᄯᆞᆯ 부인이 비록 그녀ᄌᆞᄂᆞᆫ ᄎᆞᆷ음 ᄉᆞ랑ᄒᆞᄂᆞ나
너 ᄎᆞᆨ은 죽의 부인의 ᄆᆞ음이 변치 아니ᄒᆞᆯ 줄을 모ᄅᆞᄂᆞ노
리ᄅᆞᆺ ᄒᆞᆫ ᄯᅢ 부인이 그 ᄯᆞᆯ을 듯고 ᄃᆡ로ᄒᆞ야 죽으려 ᄒᆞ거ᄂᆞᆯ 장ᄌᆡ 위
로ᄒᆞ야 ᄌᆞᆺ친 후의 슈일 만에 그 부인에 졍졀을 시험코ᄌᆞ ᄒᆞ야
믄득 병든 쳬ᄒᆞ니 그 부인희 크게 슈심ᄒᆞ여 약ᄭᅩᆯ을 지셩으로 ᄒᆞ

칠되셕혀ᄯᆞᆯ이 불모는 가복의 불로로소이다 가비 죽을
제 쳡다려 이르되 지아비 죽으면 리가ᄒᆞᄂᆞᆫ 법이 잇ᄂᆞ ᄯᅢ ᄂᆡ 죽은
혹 다른 져조 기가ᄒᆞ려니와 니 옥겸의 흐뢰시 마르려든 리가ᄒᆞ라
ᄒᆞ여가로ᄃᆡ 몰이 마르기 젼은 잡ᄆᆞ음을 먹지 말나 ᄒᆞ엿ᄉᆞ오니 이
제 기가ᄅᆞᆯ 져ᄒᆞ오나 가복의 옷년을 벗지 못ᄒᆞ와 흐뢰 ᄯᅡ르
기ᄅᆞᆯ 원ᄒᆞ와 부쳐로 붓치ᄂᆞ시닷ᄒᆞ거ᄂᆞᆯ 잔져 가로ᄃᆡ 일
이러ᄒᆞᆯ진ᄃᆡ 그 부쳐ᄅᆞᆯ 날을 죽면 힘을 다ᄒᆞ여 죽금으
로 마르게 ᄒᆞ리라 ᄒᆞᆫᄃᆡ 그녀ᄌᆞ 반겨 ᄒᆞ고 죽시 죽거ᄂᆞᆯ 잔져
부쳐ᄅᆞᆯ 바다 ᄅᆞᆫ 진언을 외고며 ᄒᆞᆫ번 붓ᄎᆞ니 옥겸이 마
르거ᄂᆞᆯ 그녀ᄌᆞ 신흔이 너겨 ᄇᆡᆨ비사례왈 ᄉᆡᆼ공의 은혜 망극
ᄒᆞ오나 니갓근니 갑흘 길이 업ᄉᆞ오니 이 부쳐로 쳡의 ᄉᆞ례
ᄒᆞᄂᆞᆫ ᄯᅳᆺ즐 표ᄒᆞᄂᆞ셔 ᄒᆞ고 죽거ᄂᆞᆯ 장져 그 부쳐ᄅᆞᆯ 바다 가지

참소의ᄲᅡ져죽ᄂᆞᆫ범녀논가비의야온보비를가지ᄂᆞᆫ가마니비를
ᄐᆞᄂᆞᆫ졔국으로건너가셩명을곳치ᄂᆞᆫ이들을다리ᄂᆞᆫ산녑을
다ᄉᆞ리니져물이누십만금이라ᄒᆞᆫᄒᆞ니라ᄒᆞᆫ신져증ᄌᆞ셔여ᄉᆞ
ᄌᆞ오지쟝ᄌᆞ의ᄂᆞᆫ불지ᄐᆞᆫ을드러지이다공져가라ᄉᆞ져쟝ᄌᆞ
논노슈를을잘ᄒᆞᆫ논슈ᄌᆞ연이라즘갑쟝신라셜쟝을부리
논져죠잇논지라일ᄂᆞᆫ은쟝져노셔를ᄐᆞᄂᆞᆫ봉우를ᄌᆞᄌᆞᆫ가
러나ᄒᆞᆫ뫼흘지나며보니졀믄겨집이소복을닙ᄂᆞᆫ주졋
ᄒᆞᆫ부쳐를그ᄂᆞᆫ불므를붓치며울거놀ᄂᆞᆫ희녀겨그녀
ᄌᆞ를보내화용월ᄐᆡ져졍ᄂᆞᆫ요ᄂᆞᆫᄒᆞ여경국지ᄉᆡᆨ이라
옥갓흔귀밋히진쥬갓흔눈물이흐르니보기예참담ᄒᆞ여
노시를나져읍ᄒᆞᆫᄂᆞᆫ무러왈엇던부인이관ᄃᆡ무ᄉᆞᆷ일노무
덤을부ᄎᆞ지ᄒᆞ부ᄎᆞ드며우나잇가ᄒᆞᆫ대그녀ᄌᆞ슉시우ᄅᆞᆷ을곳

전혹ᄒᆞ여 만ᄉᆞ롤 이져ᄉᆞ난지랏 슐프다 오ᄌᆞ셔의 츙〻혼이 슐
우희 왕니ᄒᆞ믈 뉘라셔 알니오 ᄒᆞ셔이 앙급이로다 월별이
불의에 일을 줄 엇지 알니오 문득 월병이 드러와 둘너 ᄊᆞ거ᄂᆞᆯ
좌우시신이 더 정실 셕ᄒᆞ야 왕ᄭᅴ 월병드려 옴을 고ᄒᆞᆫᄃᆡ 오왕이
저로ᄒᆞ야 왈 오국은 말머리에 ᄉᆡᆼ뿔이 돗쳐야 망ᄒᆞ리라 ᄒᆞ고 음
쥬락ᄒᆞ더니 놀 ᄯᅩ 보ᄒᆞ되 말머리에 ᄉᆡᆼ뿔이 낫나이다 왕이 더욱 노ᄒᆞ
야 왈 돌이 좀 먹어야 망ᄒᆞ리라 ᄒᆞ고 풍악만 ᄒᆞ고 즐기더니 이
윽ᄒᆞ야 ᄯᅩ 보ᄒᆞ되 돌이 좀먹엇나이다 ᄒᆞ여ᄂᆞᆯ 왕이 크게 놀나 그
졔야 월병이 쳐드러옴을 알고 오ᄌᆞ셔의 츙간을 아니드른 줄
알고 한탄 왈 내 죽어 ᄌᆞ셔의 얼골을 ᄎᆞ마 보리오 ᄒᆞ고 명모
를 ᄡᅳ고 죽으니 월왕이 오을 멸ᄒᆞ고 의기양〻ᄒᆞ거ᄂᆞᆯ 범녜리
벽 종다려 ᄉᆞᆯ바리ᄅᆞ 가라ᄒᆞ되 종이 징병 불ᄒᆞᆯ ᄒᆞ라 까

이쳔하에유명ᄒᆞᆫ지라오왕ᄭᅴ드리니오왕이미녀ᄅᆞᆯ보
고ᄃᆡ희ᄒᆞ야고소ᄃᆡᄅᆞᆯᄭᅮᆫ셔시로더브러고소ᄃᆡ의올ᄂᆞ
날마다풍뉴로즐기며나라졍ᄉᆞᄅᆞᆯ도라보지아니ᄒᆞᆫ지라이ᄯᅢ오
왕이본국의도라와회계산븟그러운한을일셩ᄒᆞᆷ고누으ᄂᆞᆫ안
즈나ᄆᆡ오왕ᄭᅴ욕을보ᄂᆞᆫ븟그러우물엇지이즐ᄯᅢ잇ᄉᆞ리오ᄒᆞ고
나라졍ᄉᆞᄅᆞᆯᄃᆡ부죵의게븟치고범녀로더브러오국치기ᄅᆞᆯ도
모ᄒᆞᆯ셰십년셩취ᄒᆞ고ᄃᆡ별을이희여오ᄅᆞᆯ치라갈셰박마
강의일ᄋᆞ려ᄃᆡ병이ᄇᆡ에올으니물결이뒤누우며물속으로셔
오ᄌᆞ의혼ᄇᆡᆨ이ᄆᆞᆯ을타나와완녀ᄒᆞ며물결을월지으로미러비
ᄅᆞᆯ움즉이지못ᄒᆞ게ᄒᆞ니월왕이ᄃᆡ경ᄒᆞ야물을건너지못ᄒᆞ고다른
길노도라와ᄡᅡ오라ᄒᆞᆯ셰이ᄯᅢ오왕이셔시로더브러고소ᄃᆡ의올
ᄂᆞ풍악을즐기며셔시ᄂᆞᆫ가ᄉᆞᄅᆞᆯ지어쇄락히올도니오왕이

쳔하졀ᄉᆡᆨ을 드리이〻다 ᄒᆞ니 오왕이 본ᄃᆡ 호ᄉᆡᆨᄒᆞ기로 미녀 드
린단 말 듯고 ᄃᆡ희ᄒᆞ야 월왕을 노으니 오ᄌᆞ셔 간ᄒᆞ야 왈 ᄃᆡ왕
이 엇지 션왕의 원슈를 ᄉᆡᆼ각지 아니ᄒᆞ시고 ᄃᆡ의를 폐ᄒᆞ시ᄂᆞᆫ이
잇가 여러 번 간ᄒᆞ니 미친 오왕이 취로ᄒᆞ야 오ᄌᆞ셔를 ᄭᅮ짓고 칼을
쥬며 왈 죽으라 ᄒᆞᆫᄃᆡ 오ᄌᆞ셔 칼을 밧고 집으로 도라와 죽을 졔 가속
다려 이르되 나 죽은 후의 반다시 우리 나라이 망ᄒᆞᆯ 이니 네 무덤
의 가죽나모를 심으고 그 나무 ᄉᆞᄅᆞᆺ거든 네 눈을 ᄲᅢ야 동문의 다라
두라 ᄂᆡ 쥭엇시나 월나라 병이 와셔 네 나라 망ᄒᆞᄂᆞᆫ 양을 보리라
ᄒᆞ고 죽으니 오왕이〻 말 듯고 ᄃᆡ로ᄒᆞ야 오ᄌᆞ셔의 신쳬를 ᄆᆞᆯ가
죽의 ᄊᆞ다가 박마강의 더지니라 셔ᄃᆞᆯ에 오왕이 만고 츙신을
업시ᄒᆞ고 후일을 엇지ᄒᆞ리 부여에 박마강이 잇다더라 월왕
이 도라가 미녀를 구ᄒᆞ야 어드니 이 녀ᄌᆞᄂᆞᆫ 셔시라 ᄎᆔ도와 미ᄉᆡᆨ

셔로일으킈이번도또낭낭의우슴을보랴ᄒᆞᄂᆞᆫ봉화로다ᄒᆞ고웅치
아니ᄒᆞ니도적이드러와유왕을여산아래셔죽이고황후의아ᄃᆞᆯ
을셰워왕을삼으니라하걸은미희로망ᄒᆞ고은쥬ᄂᆞᆫ소달긔로
망ᄒᆞ고유왕은포ᄉᆞ로망ᄒᆞ얏ᄉᆞ니계집이너무고으면군ᄌᆞ업ᄂᆞᆫ가ᄒᆞ
노라ᄒᆞ신ᄃᆡ증ᄌᆞ또엿ᄌᆞ오ᄃᆡ오ᄌᆞ셔의츙졀을드러지이다공ᄌᆞᄀᆞ
ᄅᆞ샤ᄃᆡ오ᄌᆞ셔ᄂᆞᆫ오왕부ᄎᆞ의신ᄒᆞ라부ᄎᆞ의아비월왕구쳔의게
죽으ᄆᆡ되야ᄂᆞᆫ지라오왕이그아비원슈를갑ᄂᆞ려ᄒᆞ여ᄆᆡ양ᄉᆞ
ᄅᆞᆷ으로ᄒᆞ여곰셔로러부러일으킈네아비션왕과ᄒᆞᆫ가지로ᄡᅥ월
왕의손에죽은줄아ᄂᆞ냐ᄒᆞ며쥬야원슈갑기를ᄉᆡᆼ각ᄒᆞ
야졔신과의논ᄒᆞ고병을일으혀월왕을치다가회계산의이
르러월왕을거위잡게되니월왕이쳥셰위급ᄒᆞᆫ지라월왕
이오왕ᄭᅴ비러왈원컨ᄃᆡ시하되야인군을어질게셤기읍고

너희도고공단보의셩덕을ᄉᆞ모ᄒᆞ라ᄒᆞ신ᄃᆡ즁지ᄯᅩ엳ᄌᆞ오ᄃᆡ
유왕의목조를아ᄅᆞ지ᄂᆡ다공ᄌᆞᄀᆞᄅᆞ샤ᄃᆡ유왕은쥬무왕의후손
이라졍ᄉᆞ를도라보지아니ᄒᆞ고쥬야로포ᄉᆞ만다리고침혹ᄒᆞ야
셰상을모로고포ᄉᆞ의ᄒᆞᆫ번웃ᄂᆞᆫ양을보지못ᄒᆞ야그것시거것쳥으
로일삼아왕이그웃ᄂᆞᆫ양을ᄒᆞᆫ번보랴ᄒᆞ고온갓지로희롱ᄒᆞ되
죵시웃지아니ᄒᆞ니왕이일〻은포ᄉᆞ로더브러봉화ᄃᆡ의올나봉화
을ᄲᅧ들고북을울ᄂᆞᆫ오리지아니ᄒᆞ야쳔하졔휘도셩의도젹
이낫다ᄒᆞ고일시의ᄀᆡ병ᄒᆞ야드러오니포ᄉᆞ그거동을보고그게웃
ᄉᆞ니왕이낭〻ᄒᆞᆫ우슴소ᄅᆡ을듯고더욱혹ᄒᆞ야황후를ᄂᆡ치고
포ᄉᆞ로황후를봉ᄒᆞᆫ고ᄐᆡᄌᆞ를폐ᄒᆞ고포ᄉᆞ의아ᄃᆞᆯ노ᄐᆡᄌᆞ를
봉ᄒᆞ얏더니미과슈월의도젹이드러오거ᄂᆞᆯ왕이ᄃᆡ경ᄒᆞ야봉화
를들고북을치울녀ᄉᆞ방졔후를부르니졔후다봉화를보고

ᄒᆞᄂᆞᆫ지라 하ᄂᆞᆯ의 ᄒᆡ 열이 ᄯᅥ셔 곡식이 다 타고 ᄇᆡᆨ셩이 쥬리고 ᄯᅥ러 쥭
으니 유궁후예 활을 노하 하ᄂᆞᆯ을 ᄡᅩ아 ᄒᆡ 아홉을 ᄯᅥ러치다 ᄒᆞᄂᆞ
니라 ᄒᆞ신지 즁거 ᄯᅩ 엿ᄌᆞ오ᄃᆡ 고공단보의 일을 아라 지이다 ᄒᆞᆫᄃᆡ
ᄀᆞ라ᄉᆞᄃᆡ 고공단보ᄂᆞᆫ 빈ᄯᅡ의 ᄌᆞ읍ᄒᆞ엿ᄉᆞ더니 훈륙이라 ᄒᆞᄂᆞᆫ 오
랑ᄏᆡ 침노ᄒᆞ여 ᄇᆡᆨ셩을 살해ᄒᆞ거ᄂᆞᆯ 고공단보 ᄭᅴ로 ᄌᆡ조 젹
을 치려ᄒᆞ면 ᄇᆡᆨ셩이 더 상ᄒᆞ리라 ᄒᆞ고 훈륙이 ᄇᆡᆨ셩을 살해ᄒᆞ
ᄂᆞᆫ 다 인의 나라을 엇고져 ᄒᆞᆫᄭᅵ니 관인이 엇지 죠고마ᄒᆞᆫ 나라을
ᄲᅡᆺ겨 ᄇᆡᆨ셩을 살해ᄒᆞ게 ᄒᆞ리오 ᄒᆞ시고 ᄯᅡᄒᆞᆯ ᄇᆞ리고 다ᄅᆞᆫ ᄃᆡ로
가 ᄌᆞ읍ᄒᆞ시니 현자ᄉᆞ름이 다 ᄯᅥ로ᄃᆡ 어ᄌᆞ읍ᄒᆞᆫ 인군이 어질
다ᄒᆞ여 ᄂᆡ 인군을 ᄭᅵ치 일치 못ᄒᆞ리라 ᄒᆞ고 ᄇᆡᆨ셩이 다 ᄯᅩᄂᆞᆫ 가니라
국ᄉᆞ름 ᄃᆞᆺ와 셤기니 인심이 노ᄂᆞᆫ 시절 갓ᄂᆞᆫ지라 만ᄎᆞᆫ 니왕
셥을 일으시니 고공단보의 셩덕을 지극ᄒᆞ 칭찬ᄒᆞᄂᆞᆫ지라

녕을듯고왕을인도ᄒᆞ거ᄂᆞᆯ목왕이그인도ᄒᆞᄂᆞᆫ뒤로드러가본즉그포
진보물석이화려ᄒᆞ미가장비범ᄒᆞ야인간과다르더라왕께저연을비셜ᄒᆞ
고왕을ᄃᆡ저ᄒᆞᆯ셔그음식에향긔로옴이인간과다ᄅᆞ니왕이반신반의
희ᄒᆞ더니연파의왕뫼시비로ᄉᆞ죡을빌기고녀침의드러가왕을뎌ᄒᆞ
여복복될ᄉᆞ연을베프니목왕이인흥을이긔지못ᄒᆞ여촉을물니칠
왕모로더브러월노숭을믿ᄂ왕모의게져죡ᄒᆞ여수유불리ᄒᆞᄂᆞ나
라평ᄉᆡᆼ을실각지아니ᄒᆞᄂ히가진ᄒᆞ록가기를이젓더니그ᄉᆞ이에셔젹
쟝ᄎᆞᆺ난을지으니도보그일을ᄋᆞᆯᄂ목왕의게가로라와난을구완ᄒᆞᄂ
ᄒᆞ나라를시겨셔ᄌᆞ를버히ᄂ평졍ᄒᆞ니라왕과이별ᄒᆞ고결연ᄒᆞ여빅
가셔를짓ᄂ왕을조리와왕모를잇지못ᄒᆞ여병나나셔죽으니라ᄒᆞ신
뒤증져셜져비왈옥굴ᄒᆞ예의일을ᄒᆞ리지이다공ᄌᆞ가라ᄉᆞ뒤옥궁
ᄒᆞ예ᄂᆞᆫ용녀이라인ᄒᆞ고신장이십오쳑이라ᄒᆞ활을밧더빅발빅즁

은원산갓고아람다온얼골은도화샤갓더라그미인이홍도화
ᄒᆞᆫ가지를색거쥐고산호셕안의지어안져쳥도를희롱ᄒᆞ며
쳥아ᄒᆞᆫ소리로ᄒᆞᆫ곡조시가를을푸니목왕이그아름다온ᄃᆡ
도를보고어린듯취ᄒᆞᆫ듯미친듯ᄆᆞᄋᆞᆷ을졍치못ᄒᆞ야ᄒᆞᆯᄌᆞ
음에션녜학의노름을긋치고시녀를불너왈금일인간만
승쳔쥬(ᄌᆞ)나라목왕이왓시니친히ᄂᆞ가마즈리라ᄒᆞ고녓시녀
로인도ᄒᆞ여쥬리를ᄭᅳᆯ고ᄂᆞ아가슈터를먹음고마즈니목왕
이쳔녀를보고황망이읍ᄒᆞ야왈인간더러온몸이외람이션
경을범ᄒᆞ엿ᄉᆞ오니원컨ᄃᆡ상션(ᄂᆞᆫ)용셔ᄒᆞ옵소셔션녜답녜
왈쳡은요지를가음아ᄂᆞᆫ셔왕ᄆᆞᆯ녀나쳔셰연분으로금일
에ᄃᆡ왕을맛나시니염녀마르소셔ᄒᆞ거ᄂᆞᆯ목왕이ᄃᆡ희ᄒᆞ야
ᄆᆞᆯ을ᄒᆞ고죄ᄒᆞᆫ녀(나)문득션녜시녀로ᄃᆡ왕을뫼시라ᄒᆞ니시녜

니 일〻의 만리를 가는지라 국ᄉᆞ를 도라보지 아니ᄒᆞ고 ᄉᆞ회를 두
루 다니며 ᄒᆞᄂᆞᆯ가을 보리라 ᄒᆞ고 쳔마를 타고 곤륜산에 일르
러 ᄒᆞᆫ 고ᄃᆡ에 일르니 쳥룡은 소슐ᄒᆞ고 오ᄉᆡᆨ 채운이 어릐여셔 괴
영ᄒᆞ고 옥슈는 향긔를 ᄯᅴ이고 ᄉᆞ름을 맛는지라 경긔 졀
승ᄒᆞᆫᄃᆡ 한 집이 잇셔 가장 굉장ᄒᆞᆫ지라 슈졍념을 드리오고
녹의홍상ᄒᆞᆫ 시녀 왕니ᄒᆞ며 시를 지어 읍는 소ᄅᆡ 낭〻ᄒᆞ여
장부의 간장을 요동ᄒᆞ니 목왕이 졍신디 황홀ᄒᆞ여 말을 옥
졔변의 ᄆᆡ고 긔화요초 즁으로 비회ᄒᆞ더니 이우고 ᄑᆡ옥 소ᄅᆡ 졍
〻ᄒᆞ며 졀ᄃᆡ가인이 운무 즁으로 나와 안거늘 목왕이 ᄒᆞᆫ번 바라
보니 그 미인이 구름 갓튼 머리에 진쥬영낙을 드리오고 그 ᄉᆞ랑ᄒᆞᆫ
ᄐᆡ되 츈삼월 광풍에 슈양이 휘여드린 듯ᄒᆞ고 홍군 취삼은 향
풍을 ᄯᅴ엿ᄉᆞ니 셥오야 ᄇᆞᆯ근 달이 구름 속으로 나오는 ᄃᆺ 두 눈셥

ᄌᆞ의막슈는엇진일니잇가공ᄌᆡᄀᆞᄅᆞᄉᆞᄃᆡ무왕이긔ᄌᆞ를조
션국에봉ᄒᆞ시니무왕ᄭᅴ조회ᄎᆞ로올ᄉᆡ은나라망ᄒᆞᆫᄯᅢ에
일으러셩탕의궁실텨ᄒᆞᆯ보니궁실이문어졋거놀보리가
ᄲᅵ여낫스물보ᄂᆞᆫ한식ᄒᆞ야그로ᄃᆡ옛인군는어ᄃᆡ가도라올
줄을모르는고ᄒᆞ시고드ᄃᆡ여막슈가를지어왈보리점〻ᄲᅦ여
는미여베와지장이유〻ᄒᆞ도다져교만ᄒᆞᆫ아희여날노더브러
조아〻니ᄒᆞ놋다ᄒᆞ시니은나라ᄇᆡᆨ셩이듯고다슬혀ᄒᆞ는지라긔쳐
셩덕이놉흔고로은나라ᄇᆡᆨ셩드리다칭송ᄒᆞᄂᆞ니라ᄒᆞ신ᄃᆡ증져
ᄯᅩ저빈왈션싱의발키가라치심을소져명심ᄒᆞ리로소이다
ᄯᅩ감히뭇ᄌᆞᆸᄂᆞ니목왕이팔쥰마를타고요지연의갓던일
을ᄌᆞ세이아뢰지이다공ᄌᆡᄀᆞᄅᆞᄉᆞᄃᆡ목왕은쥬무왕의후예
라목왕이되ᄆᆡ병을일희여오랑키를치다가팔쥰마를얻드

지으니너엇지인간려려온거ᄉᆞᆯ가질이오ᄒᆞ고그묘ᄎᆞ를줄너바
리니이ᄂᆞᆫ인간물욕의버셔ᄂᆞᆫ온지라이셔요인군이쇼부예어지물
듯ᄂᆞᆫ친히그산즁에가쇼부를보고ᄀᆞᄅᆞ샤ᄃᆡ셰상에셩덕이놉프시니
원컨ᄃᆡ나의쳔ᄒᆞ에님ᄌᆞ되며억만창셩을평안히다ᄉᆞ리미엇더
ᄒᆞᆫ요ᄒᆞᆫ신저쇼뷔이말을듯ᄌᆞ저경ᄒᆞ야ᄉᆞ미를썰치고영쳔슈
에나려가귀를ᄡᅳ시며이로저이귀곳아니면더러온말을엇지드르리
요ᄒᆞ며귀를ᄲᆞᆺ더니이셔허유쇼를잇ᄭᅳᆯ고오다가무러왈그리무
ᄉᆞᆷ일노귀를ᄲᆞᆺᄂᆞ뇨쇼뷔ᄃᆡ왈요인군이날다려쳔하를가지라
ᄒᆞ니너귀를더러온말을듯고무엇ᄒᆞ리오이러므로귀를씻노라
ᄒᆞ니허유이말을듯고ᄯᅩᄒᆞᆫ노ᄒᆞ여가로ᄃᆡ그러면더러온귀ᄲᆞᆺᄂᆞᆫ물의
엇지네소를먹이리오ᄒᆞ고곳비를놉히ᄃᆞᆯ고ᄉᆡᆷ슈를건너가니이
즉사ᄅᆞᆷ에졀힝이ᄲᅡ고네넙노은셔랴ᄒᆞᆫ신저즁져ᄯᅩᄆᆞᆺ즈노리과

미여ᄌᆞ고ᄉᆞ리ᄅᆞᆯ키ᄂᆞᆫ도다ᄉᆞ오ᄂᆞᆫ음으로ᄲᅧᄉᆞ오ᄂᆞᆫ옴을ᄇᆞᆺ고ᄢᅵ여
그〻르물아지못ᄒᆞᆯ깃도다신룡과우희죽으미여너어듸로도
라가리오ᄒᆞ고인ᄒᆞ야쥬려죽으니고즁졀이만고의업ᄂᆞᆫ니라
ᄒᆞ신ᄃᆡ즁져ᄯᅩ엿ᄌᆞ오ᄃᆡ소부허유의도ᄒᆡᆼ을드러지이다공ᄌᆞᄀᆞ
ᄅᆞᄉᆞᄃᆡ소부ᄂᆞᆫ긔산의숨은〻ᄉᆞ라노ᄅᆡ지어그로ᄃᆡ몸은ᄯᅩᄒᆞᆫ구름
으로ᄃᆡ부러ᄒᆞᆫ가지요ᄆᆞ음은시내로ᄃᆡ부러말고희도다송화ᄅᆞᆯ
ᄲᅡ먹으며영쳔슈ᄅᆞᆯ먹으니인간흥망을분외에잇고ᄌᆞ지가
ᄅᆞᆯ노ᄅᆡᄒᆞ며쳥산의울ᄂᆞ약을키며황졍경을외오며초
당의누엇시니ᄇᆡᆨ구의ᄯᅳᆺ을아라좃ᄂᆞᆫᄯᅩ다일이업셔영쳔
슈에ᄂᆞ려가두손으로물을쥐어먹더니몰독ᄒᆞᆫᄉᆞᄅᆞᆷ이지나가다
표ᄌᆞᄅᆞᆯ주며이르되이표ᄌᆞ로물을ᄯᅥ먹으라ᄒᆞ고가거ᄂᆞᆯ소뷔바
다나무가지에걸고보니표ᄌᆞ가바ᄅᆞᆷ에흔들녀소ᄅᆡᄅᆞᆯ요란히

시며탄식ᄒᆞ야ᄀᆞᄅᆞᄃᆡ츙신는불ᄉᆞ이군이요열녀는불경
이부라ᄒᆞ얏ᄉᆞ니마ᄂᆞᆯ천하의마베갓튼녀인이잇스면엇지
ᄒᆞᆫ심치아니ᄒᆞ리오녀도열녀천을힘뻬음난ᄒᆞᆫ녀인을
회과ᄒᆞ게ᄒᆞ라ᄒᆞ신ᄃᆡ죵져비ᄉᆞ왈황공ᄒᆞ오나감이뭇ᄌᆞᆸ
ᄂᆞ니ᄇᆡᆨ이슉졔의츙졀을아옵지이다고져ᄀᆞᄅᆞᄉᆞᄃᆡᄇᆡᆨ이슉
졔는은나라녹을먹고왕작을누리더니무왕이쥬ᄅᆞᆯ치
실셰ᄇᆡᆨ이슉졔고마이간왈이신벌군은불가라ᄒᆞᆫᄃᆡ좌위쥭
이고져ᄒᆞ거ᄂᆞᆯ태공이삭지져왈의잇는ᄉᆞᄅᆞᆷ이라ᄒᆞ고붓드러
보내니그후로졀ᄃᆡ고쥬나라곡식을먹지아니ᄒᆞ리라ᄒᆞ
고슈양산에드러가고ᄉᆞ리ᄅᆞᆯᄏᆡ먹다가다시셩각ᄒᆞ고탄식ᄒᆞ
야ᄀᆞ로ᄃᆡ이풀도이졔는은나라풀이아니ᄂᆞ먹지아니리라ᄒᆞ고먹
기ᄅᆞᆯ긋치고셔산의올나가노ᄅᆡᄅᆞᆯ지어ᄀᆞ로ᄃᆡ져서산의오ᄅᆞ

국박ᄒᆞ고나간몸이ᄉᆡᆼ이졔시걸쳔죵ᄒᆞ니가셕ᄒᆞ도다네엿던
그릇시물을ᄯᅥ노라ᄒᆞᆫ뒤마씨반겨듯고물을ᄯᅥ와거ᄂᆞᆯ뒤공
이왈ᄯᅡ희도로소도라ᄒᆞ니마씨물을ᄯᅡ희부엇거ᄂᆞᆯ뒤공
이왈네그물을도로그릇시담으라ᄒᆞ니마씨왈ᄯᅡ희부
은물을엇지다시담으리요뒤공이왈네쇠가그ᄯᅡ희부은
물과ᄀᆞᆺ트니다시낫을ᄉᆡᆼ각지말나ᄒᆞ니마씨방셩통곡
왈ᄇᆡᆨᄇᆡᄋᆡ걸ᄒᆞ니낭군은옛날혼거ᄒᆞ던졍분과강피
ᄒᆞᆯ텨다가년연ᄒᆞ던얼굴을만분지일이나[싱각]ᄒᆞ옵소서ᄒᆞᆫ
회뒤공이못듣던쳬ᄒᆞ고ᄒᆞᆫ번을분부ᄒᆞ여가니마씨통곡
ᄒᆞ며ᄯᅡ로다가거견ᄒᆞ며슉[은]이뒤공이불상이여겨션쳬
울거두어뭇고일홈을ᄆᆡ룬이라ᄒᆞ고쇼ᄒᆞᆫ일홈을붓
그러ᄌᆞ무덤이라ᄒᆞ엿나니라ᄒᆞ서고ᄯᆞᆯ삼을ᄯᅡ치

냐울지어ᄉᆞ방을졍별ᄒᆞ나일온이ᄉᆞ회에진죵ᄒᆞ고혀셜
이고금의현달ᄒᆞᆫ지라쳔하ᄅᆞᆯ평졍ᄒᆞᆫ후의취공으로졔왕
을봉ᄒᆞ시니졔국으로갈셔마춤길에가노녀인을보니마씨술그
릇술이고가거ᄂᆞᆯ취공이하인을분부ᄒᆞ여마씨ᄅᆞᆯ브ᄅᆞ니그위엄
이졔혹ᄒᆞᆷ웃ᄌᆞᆷ이라마씨그위엄의황겁ᄒᆞ여술광주리ᄅᆞᆯ닛
여버리고아모란줄을모ᄅᆞ고가거ᄂᆞᆯ취공이불너왈네날을ᄂᆡ노
다마씨눈을들어이식이보니의복과용모의빗나거ᄂᆞᆯ홍시ᄉᆞ로난
고로챵졸간에셔ᄃᆞᆺ지못ᄒᆞ더니오리게야알아보고통곡ᄒᆞ며
왈취공낭군이로소이다쳡이곳쳐이별ᄒᆞ로이럿틋잇지져더
영귀ᄒᆞ시니잇가쳡의죄노ᄯᆞᆫᄉᆞ무셕이오나ᄇᆞ라옵건ᄃᆡ쳡의졍
상을싱각ᄒᆞᄉᆞ브리지아니ᄒᆞ시면홍이라조뢰여쥭도록뫼실가
ᄒᆞᄂᆞ이다취공이듯연한식왈네일이ᄯᅩᄒᆞᆫ한심ᄒᆞ도다네날을

지라이러ᄒᆞ되ᄐᆡ공은글만공부ᄒᆞ고도라본쳬아니ᄒᆞ얏거ᄂᆞᆯ
마ᄊᆡᄃᆡ로ᄒᆞ야ᄐᆡ공을ᄭᅮ지져왈이ᄂᆞᆯ근필부야비물의곡셕
이다ᄯᅥ나가되거두지아니ᄒᆞ고글만공부ᄒᆞ고안ᄌᆞ시니조셕을
무엇스로참기라ᄒᆞᄂᆞᆫ다너갓튼몹쓸것슬엇지가부라밋고ᄉᆞᆯ
너요나ᄂᆞᆫ다른듸로가랴ᄒᆞ니너ᄂᆞᆫ잘살나ᄒᆞ거ᄂᆞᆯᄐᆡ공이비러
왈조강지쳐ᄂᆞᆫ불하당이라ᄒᆞ엿ᄂᆞ니너고든낙시삼쳔의셔
이졔다만열낫치나마시니불과슈삼일이면마ᄌᆞ업셔질거시
니그ᄯᆡᄅᆞᆯ기다려영귀ᄒᆞ미엇더ᄒᆞ뇨마ᄊᆡ벙소지ᄒᆞᄂᆞᆫ지라ᄐᆡ공
이기탄샹분일녀니미과슈일의열낫낙시업셔지ᄂᆞᆫ지라ᄐᆡ공
이갈건츄의로위슈빈의안ᄌᆞ한가이조으더니이ᄯᆡ쥬무왕이산
양ᄒᆞ시다가ᄐᆡ공을위슈변의맛나슈레에시러다가스승을삼고
상뵈라칭ᄒᆞ니ᄐᆡ공이무왕을도아쳔하ᄅᆞᆯ평졍ᄒᆞ고뉵도삼

ᄒᆞ면걸쥬의포학을비ᄒᆞ리라그오름과그름을탄식ᄒᆞᄂᆞ
니네ᄂᆞᆫ히십셰젼이ᄂᆞ나의교훈을잇지말나너오ᄂᆞᆯ녀를되
ᄒᆞ여고금을일으리라강티공은궁곤ᄒᆞᆫ노인이라당년팔
십의셔를만나지못ᄒᆞ야고든낙시삼쳔을민드러낫지면
위슈의낙시질ᄒᆞ고밤이면집의셔글만공부ᄒᆞ고가ᄉᆞ를
도라보지아니ᄒᆞ니그쳐마씨조셕의논ᄒᆞ물이긔지못ᄒᆞ야
광쥬리를주고묵은밧출단이며강피를훌터다가겨유
연명ᄒᆞ며티공의가ᄉᆞ를돌보지아니ᄒᆞ물원망이무궁ᄒᆞ
지라일〃은티공이ᄆᆞ음의혜오디마씨이러탓나를구박ᄒᆞ
니그ᄆᆞ음을시험ᄒᆞ리라ᄒᆞ고요술을베푸러크게비를ᄂᆞ리오
니이셔마씨무근밧테셔강피를훌ᄃᆞ가소낙비를피ᄒᆞᆯ길엽
셔밧비집으로도라오니말나든곡식이물의다셔나가고엽ᄂᆞᆫ

츙셩을갈력ᄒᆞ시더니그형관슉이와ᄎᆡ슉이셔로더부러죠
졍을어즈러이ᄒᆞ야ᄇᆡᆨ셩이견ᄃᆡ지못ᄒᆞ거ᄂᆞᆯ쥬공이나라을
위ᄒᆞ야ᄒᆞᆯ일업셔텬ᄌᆞ쎄쥬달ᄒᆞ고그형을버히고쳔하
ᄅᆞᆯ평졍케ᄒᆞ시며무왕붕ᄒᆞ신후에ᄐᆡᄌᆞ셩왕이셔니나히
어리기로졍ᄉᆞᄅᆞᆯᄒᆡᆼ치못ᄒᆞ여쥬공이셩왕을도아졔후
의게조공을바드며졍ᄉᆞᄅᆞᆯᄒᆡᆼᄒᆞ시더니셩왕이장셩ᄒᆞ시
미졍ᄉᆞᄅᆞᆯ밧치니라ᄒᆞ신ᄃᆡ증지또엿ᄌᆞ오ᄃᆡ위슈빈의강ᄐᆡ
공은엇더ᄒᆞᆫ도덕이니잇고공지ᄀᆞᄅᆞᄉᆞᄃᆡ금일의녈노더
브러고금흥망셩쇠ᄅᆞᆯ의논ᄒᆞ고션불션을의논ᄒᆞ니
ᄆᆞ옴이쳑연ᄒᆞ도다ᄒᆞ시거ᄂᆞᆯ증지ᄑᆞᆯ을드러ᄌᆡᄇᆡ왈무
삼쳑연ᄒᆞ시미겨시니잇가공지ᄀᆞᄅᆞᄉᆞᄃᆡᄉᆞᄅᆞᆷ이션도ᄅᆞᆯ
ᄒᆡᆼᄒᆞ면요슌과하우씨셩덕을본바들게요불의ᄅᆞᆯᄒᆡᆼ

ᄒᆞ야조분공을에보랏더니길에왕ᄅᆡᄒᆞᄂᆞᆫ우마가밥지아니ᄒᆞ
고피ᄒᆞ야가거ᄂᆞᆯ다시다려ᄃᆞ가어름우의노아어러죽게ᄒᆞ엿더니
ᄆᆞᆫ득하ᄂᆞᆯ노셔학이ᄂᆞ려와ᄒᆞᆫ날기로덥고ᄒᆞᆫ날기로ᄭᆞ라찬
긔운이업게ᄒᆞ니신긔롭다ᄒᆞ야도로갓다가길너더니그후손
이ᄂᆞ셔무왕이텬지라강태공이무왕을도와쥬를쳐멸ᄒᆞ
고무왕이천ᄌᆞ되ᄉᆞ현희태평ᄒᆞᆫ지라ᄇᆡᆨ셩이안락ᄒᆞᆫ고이웃
나라ᄉᆞ름이셔로밧ᄎᆞᆯ닷토와결단치못ᄒᆞ야무왕ᄭᅴ결송ᄒᆞ
랴ᄒᆞ고올ᄉᆡ나라지경의당ᄒᆞ니그나라ᄉᆞ름들이셔로밧ᄎᆞᆯ사
양ᄒᆞ고가지기를탐치아니ᄒᆞ고다만화락ᄒᆞ기를조히너기니
송ᄉᆞ오든ᄉᆞ름들이그어지믈보고도로혀붓그려무왕의덕이크
게ᄇᆡᆨ셩의게밋치믈칭찬ᄒᆞ고도라가무왕의ᄇᆡᆨ셩을본바
다무왕의어진덕을타국가지밋고ᄯᅩ쥬공은무왕의아ᄋᆞ라

기분명ᄒᆞ여이다쳡의말삼을밋지아니ᄒᆞ거든그계집을잡
아다가비를ᄯᅡ보소셔쥬그말을좃ᄎᆞ그계집을잡아다가비
를ᄯᅡ보니과연아ᄃᆞᆯ이어ᄂᆞᆯ일노더욱달긔말을신청ᄒᆞ
ᄂᆞᆫ지라학졍이이럿ᄐᆞᆺᄒᆞ고엇지망치아니ᄒᆞ리요무왕이나
셔쥬를쳐목야에너여쥭이시고달긔를쳐참ᄒᆞ시니ᄭᅳ리아
홈가진여회라공ᄌᆡ말삼을맛ᄎᆞ시고기리탄식ᄒᆞ야가라ᄉᆞᄃᆡ
걸쥬갓튼져인군의잇셔쳔하를어즈러이ᄒᆞ니그셔ᄇᆡᆨ셩이엇지
편ᄒᆞᆯ셔잇스리요네이제도덕을닷가셰를만ᄂᆞ지못ᄒᆞ니엇지ᄒᆞᆫ
심치아니ᄒᆞ리요ᄒᆞ신ᄃᆡ증ᄌᆞ또엿ᄌᆞ오ᄃᆡ무왕의도덕을드러지
이다공ᄌᆡ가ᄅᆞᄉᆞᄃᆡ쥬무왕은후직의십뉵셰손이라후직의모
친강원씨가우연이ᄂᆞᆫ갓다가ᄉᆞ름의소리를듯고ᄆᆞ음의늣겨
그달붓터태긔잇셔십삭만의ᄂᆞ으니아비업ᄂᆞᆫᄌᆞ식이고이다

노달은후에죄인을기동에오르라ᄒᆞ니인ᄒᆞ야올ᄂᆞ가다가불에
셔러져죽으니소달긔이것슬보고크게질겨ᄒᆞ니쥬달긔의질겨
ᄒᆞᄆᆞᆯ도아음학이졈〻더심ᄒᆞᆫ지라셔형미지간ᄒᆞ되듯지아니ᄒᆞ
고비간이연삼일힘ᄡᅥ간ᄒᆞ며가지아니ᄒᆞ거ᄂᆞᆯ소달긔쥬ᄃᆞ려가
라쳐왈쳡은듯ᄌᆞ오니츙신은ᄆᆞ음가온ᄃᆡ일곱궁기잇다ᄒᆞ오
니이졔비간의ᄇᆡᄅᆞᆯ볘고그츙간이울은가보소셔ᄒᆞ니왕이그말
을가타ᄒᆞ고비간을블너그츙간ᄒᆞᄂᆞᆫ염통을보랴노라ᄒᆞ니
비간이조곰도안ᄉᆡᆨ을변치아니ᄒᆞ고ᄒᆞᆫ연이ᄇᆡᄅᆞᆯ볘고염통
을ᄂᆡ여들고죽으니비간의츙셩을뉘아니칭찬ᄒᆞ리오일
〻은쥐소달긔로더부러놉흔루의올나술먹고질기더니달
긔멀니ᄇᆞ라보니ᄒᆞᆫ계집이ᄌᆞ식비고가거ᄂᆞᆯ쥬의게엿ᄌᆞ오
되져가ᄂᆞᆫ계집이〻러ᄂᆞᆯ졔원다리을먼져이려ᄂᆞ니아달ᄇᆡ

본을알아지이다공져ᄀᆞᄅᆞ샤ᄃᆡ이윤은생나무쇽으로나온ᄉᆞ
ᄅᆞᆷ이니셩탕을도와쳔하ᄅᆞᆯ평졍케ᄒᆞᆫ어진셩현이오부
열은일즉간신ᄒᆞ야담ᄊᆞ키ᄅᆞᆯ일삼더니무뎡이그어지물듯고
담ᄊᆞᄂᆞᆫᄃᆡ차자가벼살을졍승을삼을쉬부열이무뎡을
도아쳔하을평졍ᄒᆞ엿ᄂᆞᆫ이라ᄒᆞ신ᄃᆡ증ᄌᆞ엿ᄌᆞ오ᄃᆡ쥬의
무도ᄒᆞ물알아지이다공져ᄀᆞᄅᆞ샤ᄃᆡ은나라쥬ᄂᆞᆫ셩탕의후
녜라ᄃᆡᄃᆡ로이어셧더니음학무도ᄒᆞ야소달긔게요혹ᄒᆞ야
그소원을다듯ᄂᆞᆫ지라ᄇᆡᆨ셩의게공셰ᄅᆞᆯ과이바다녹ᄃᆡ의저
물을실히ᄒᆞ고거교의곡식차게ᄒᆞ고동산의ᄃᆡᄅᆞᆯ놉히ᄒᆞ
여ᄉᆞᆯ노못ᄉᆞᆯ삼고고기로슈풀을삼아긴밤을질기며포락
이날그심ᄒᆞᆫ지라졔휘간ᄒᆞᄂᆞᆫ지잇스면소달긔말을듯고
그간ᄒᆞᆫᄌᆞᄅᆞᆯ형벌ᄒᆞᄃᆡ구리기동에기ᄅᆞᆷ을바르고슛ᄇᆞᆯ

뎌셩현은짐셩의도ᄅᆞᆫ덕이미ᄎᆞᄂᆞᆫ다ᄒᆞ더니이윤이탕을도와
걸을쳐남소의내친뒤제휘탕을놉혀쳔ᄌᆞ위에즉ᄒᆞ신지
라이젹의큰가뭄이일곱ᄒᆡ를ᄒᆞ거ᄂᆞᆯ태ᄉᆞ로ᄒᆞ야곰졈ᄒᆞ실
시태셔졈ᄒᆞ야왈맛당이ᄉᆞᄅᆞᆷ으로ᄡᅥ졔ᄒᆞ라ᄒᆞ니탕이ᄀᆞᄅᆞᄉᆞᄃᆡ
내쳥ᄒᆞᄂᆞᆫ밧ᄌᆞᄂᆞᆫ박셩이니만일반다시ᄉᆞᄅᆞᆷ으로ᄡᅥ빌진ᄃᆡ
내몸소스ᄉᆞ로당ᄒᆞ리라ᄒᆞ시고친히모욕졔계ᄒᆞ시고젼조단
발ᄒᆞᄉᆞ몸의흰ᄯᅴ를ᄯᅴ시고몸이희ᄉᆡᆼ이되ᄉᆞ상림원ᄯᅳᆯ에나
아가여ᄉᆞᆺ가지일노ᄡᅥᄌᆞ책ᄒᆞ야츅문지어지셩으로졔ᄒᆞ시니츅
문이맛지못ᄒᆞ야크비슈쳔니을고로오다ᄒᆞ니라탕이붕ᄒᆞ시니
아ᄃᆞᆯ태갑이즉위ᄒᆞ야크게무도ᄒᆞ거ᄂᆞᆯ이윤이경계코ᄌᆞᄒᆞ야동
궁에내쳣더니삼년후에회과ᄒᆞ야어진인군되엿ᄉᆞ니이윤은만
고의드문셩인이라ᄒᆞ신ᄃᆡ증지ᄯᅩ엿ᄌᆞ오ᄃᆡ이윤과부열의근

과구ᄉᆞᆯ뎌ᄅᆞᆯ무으고ᄇᆡᆨ셩의져물을아ᄉᆞ고기로슈ᄅᆞᆯ을짓고
ᄉᆞᆯ노못ᄉᆞᆯ민드러깁기능히ᄇᆡᄅᆞᆯ옴길지라미희일노ᄲᅧ줄겨
ᄒᆞᆫ물삼게ᄒᆞᆫ미라국인이크게문어지거ᄂᆞᆯ은왕셩탕이치시니걸
이멍조의다라쥭다ᄒᆞ시니즁지ᄯᅩ엇조오ᄃᆡ셩탕은엇더ᄒᆞᆫ신인군
이시니잇가공ᄌᆡᄀᆞ르ᄉᆞᄃᆡ은왕셩탕은그모친이졔비알을보
고삼켜더니인ᄒᆞ야슈ᄐᆡᄒᆞ야셩탕을나으니탕의도덕이ᄯᅩᄒᆞᆫ슌
의게갓가온지라탕이나가실ᄉᆡ길가에여러ᄉᆞᄅᆞᆷ들이ᄉᆞ면으
로그물을싸고비러왈다ᄂᆡ그물에들나ᄒᆞ거ᄂᆞᆯ탕이보시고왈
ᄉᆞᆯ프다져짐ᄉᆡᆼ이ᄡᅥ다진ᄒᆞ리로다ᄒᆞ시고그물세면을푸러
놋코다시비러왈좌변으로갈시여든좌변으로가고우변으로
갈시여든우변으로가고쥭고져ᄒᆞᄂᆞᆫ시여든이그물의들나[illegible]
ᄒᆞ시거ᄂᆞᆯ보ᄂᆞᆫᄉᆞᄅᆞᆷ이탕의셩덕이지극ᄒᆞ다츅슈ᄒᆞ며이로

홉고울쇠ᄅᆞᆯ거두어구졍을민드러보니그즁슈가일만오쳔근이
라비ᄅᆞᆯ라고강을건너실시황룡이비ᄅᆞᆯ지고물을건너지못
ᄒᆞ게ᄒᆞ니하우ᄡᅵ하ᄂᆞᆯ을우러〻탄식왈내하ᄂᆞᆯᄭᅴ명을바
다힘을다ᄒᆞ야쳔하ᄅᆞᆯ다ᄉᆞ리더니셰상의ᄉᆞ라잇ᄂᆞᆫ것ᄉᆞᆫ붓
쳐잇ᄂᆞᆫ것갓고쥭으믄도라감갓도다ᄒᆞ시고룡을져근비암
보시듯ᄒᆞ시니룡이머리ᄅᆞᆯ슈기고ᄭᅩ리을ᄂᆞ즈기ᄒᆞ야다라나
ᄂᆞᆫ지라남으로슌힝ᄒᆞ야회계산의이르러붕ᄒᆞ시니라ᄒᆞ신ᄃᆡ
증지다시ᄭᅮ러비ᄉᆞ왈션싱의가ᄅᆞ치심을듯ᄌᆞ오니흉즁이열
니도소이다ᄯᅩ황송ᄒᆞ오나하걸의무도ᄅᆞᆯ드러지이다공지ᄀᆞ
ᄅᆞᄉᆞᄃᆡ걸은하우ᄡᅵ십ᄉᆞᄃᆡ손이라용력이과인ᄒᆞ야능히
굽은쇠고리ᄅᆞᆯ펴ᄂᆞᆫ지라위예거ᄒᆞ야빅셩을살히ᄒᆞ며포
학을일삼으며〻희라ᄒᆞᄂᆞᆫ계집의게고혹ᄒᆞ야구슐궁

슈풀의쌔리니그고젹이지금쇼상강반쥭의잇ᄂᆞ니라ᄒᆞ신ᄃᆡ
증지ᄯᅩ엿ᄌᆞ오ᄃᆡ하우삐는ᄯᅩ엇더ᄒᆞᆫ인군이시니잇고공져가
ᄅᆞᄉᆞᄃᆡ하우삐는슌의게위을바드실서즉위ᄒᆞ신후로
춍간을드ᄅᆞ시면허리ᄅᆞᆯ굽혀절ᄒᆞ시고혹나오가실서죄
인을보시면슈리오리나려죄인을붓들고통곡ᄒᆞᄉᆞ
갈아ᄉᆞᄃᆡ요슌젹ᄉᆞ름은그인군이어질기로ᄯᅩᄒᆞᆫ빅셩이어지
러죄의범치아니ᄒᆞ더니과인이인군되여는덕이업기에녀의
죄의범ᄒᆞᆫ엿스니이는ᄂᆞ의허물이라일노ᄉᆞᆯ허노라ᄒᆞ시고죄
인을금을쥬고경계ᄒᆞ야노흐시니빅셩이다이말을듯고감
격ᄒᆞ야도젹이업고쳔히태평ᄒᆞᆫ지라하우삐의쳡은의젹이
니문득술을비져드리니하우삐맛보시고후셰예이술노뻐망
국ᄒᆞ리잇스리라ᄒᆞ시고드듸여의젹을너치시니라하우삐아

르실서빅셩이밧두둑을시양ᄒᆞ고하빈에질그릇구실서그
릇시조곰도흠이업고빅셩이임군되기를츅슈ᄒᆞ니슌이셔
양ᄒᆞ야위을남양의피ᄒᆞ셧다가부득이뎌위에즉ᄒᆞ시니ᄉᆞ희
다슌인군의셩덕을우러〻셔로칭송ᄒᆞ니고금의쳐음이라슌
이오현금을타시고남풍시를지으시니그시에가라ᄉᆞ되남풍이
더우미여우리빅셩의온로ᄒᆞᆫ믈풀니로다남풍이셔로ᄒᆞ
미여우리빅셩이재믈두터이ᄒᆞ리로다이곡조일셩의봉황
이ᄂᆞ려와츔츄니빅셩이듯고질기며슌인군이하ᄂᆞᆯ갓도다그
려ᄒᆞᆫ되그아ᄃᆞᆯ상균이어지〻못ᄒᆞ야뎌위를잇지못ᄒᆞᆯ쥴알
고하우씨게젼위ᄒᆞ시고남으로슌힝ᄒᆞ사창오야의붕ᄒᆞ시
니구의산에안장ᄒᆞ신후두황후슌을잇지모ᄒᆞ야소상강
의가두손을마조잡고의도ᄒᆞ며눈으로피를흘녀소상강

허니상의뫼불승감격ᄒᆞ고슌의게칭송ᄒᆞ니고슈일으뫼ᄒᆞᆫ
번은그ᄉᆞ름을아모조록다려오라ᄒᆞᆫ되상의뫼이말을듯후에
장에가니양식을쥬거ᄂᆞᆯ슌을붓들고일으되가부안암ᄒᆞ고
병집ᄒᆞ야장의오지못ᄒᆞ기로하ᄒᆡ갓튼은혜를ᄉᆞ례코ᄌᆞᄒᆞ
야뫼셔오라ᄒᆞ오니슈고를앗기지말고가ᄉᆞ이다간쳥ᄒᆞ니이ᄂᆞᆫ또
부명이라아니가지못ᄒᆞ야갈ᄉᆡ집의당ᄒᆞ믹은인이왓단말을듯
고치ᄉᆞ고ᄌᆞᄂᆞ와소리를드르니어음이분명ᄒᆞᆫ슌이라고슈듯고반겨
황망이ᄂᆞ려나붓들고네가슌인다ᄒᆞᆯ즈음의상의뫼또ᄒᆞᆫ슌인가
ᄒᆞ고붓들졔두ᄉᆞ름의눈이일시의열니ᄂᆞ쳐의부ᄌᆞ에일을싱
각ᄒᆞ면고금에업ᄂᆞᆫ몹쓸짓시여ᄂᆞᆫ엇지져의일노야눈이열닐
가보냐이ᄂᆞᆫ다슌의지극ᄒᆞᆫ효셩을하ᄂᆞᆯ이감동ᄒᆞ심이라너희
들도슌의지효ᄒᆞ신셩덕을본바들지어다슌이역산의밧가

구어장으로팔나단니다가일〻은장에가니상의뫼안암ᄒᆞ야빡
띠울집고비러먹거늘슌이보시고놀나참혹히녀겨나아가
무러왈안암ᄒᆞᆫ녀인은져러ᄐᆞᆺ비러먹는경상이참혹ᄒᆞ
여이다엇지ᄒᆞ야져리되얏ᄂᆞ니잇가상의뫼답왈불ᄒᆡᆼᄒᆞ
야젹환도보고또화ᄌᆡ도보고가산을탕진ᄒᆞᆫ가온ᄃᆡ가뷔또
안암병집ᄒᆞ야운신치못ᄒᆞᆷ으로너홀노단이며비러다
가〻부를먹이ᄂᆞ이다슌이드르시고눈물을지이고이르되
드르ᄆᆡ졍상이가긍ᄒᆞ니ᄒᆞᆫ장동안먹을양식을ᄎᆞᆯ혀
시니가져가소셔ᄒᆞ고ᄊᆞᆺ지으며이르되ᄒᆞᆺ장의또오소셔
ᄒᆞ니상의뫼고두ᄇᆡᆨᄇᆡᄒᆞ고가셔ᄒᆞᆺ장의또오니슌이보
시고안부를무른후의또ᄒᆞᆫ장동안먹을양식을ᄊᆞᆺ
지으며ᄒᆞᆺ장에또오소셔ᄒᆞ고이러타시구좁ᄒᆞ기를여러슌

고슈가의논ᄒᆞ고집안셰간을다치우고집의불을노ᄒᆞ니슌이
화셰급ᄒᆞ믈보고초립과삿갓슐좌우의끼고몸을소〻와ᄂᆞ려
ᄲᅧ너쥭기를면ᄒᆞᆫ지라상의모ᄌᆞ그쥭지아님믈앙〻ᄒᆞ야ᄯᅩ고
슈의게ᄇᆡᆨ가지로참소ᄒᆞ니슌이ᄆᆞᄋᆞᆷ의쥭이랴ᄒᆞᄂᆞᆫ쥴아ᄂᆞ부
명을슌종ᄒᆞᄂᆞᆫ효ᄌᆞ라거역지못ᄒᆞ야셔암을치라드러갈셰
인간의친ᄒᆞᆫ벗시잇스ᄆᆡ계교를이ᄅᆞ고돈을몸의감쵸고드
려가졋궁글파인지라고슈드려박을드려보ᄂᆡ거ᄂᆞᆯ슌이잡것
술박에담고그우희돈두어닙식언져ᄂᆡ여보ᄂᆡ니고슈와상의모
ᄌᆞ탐욕이만흔고로돈을보고그속의ᄯᅩ돈잇는가ᄒᆞ야슌〻이
어더보ᄂᆞᆫ처음에가장더된지라그셔이에졋궁기열너거ᄂᆞᆯ슌
이그궁그로ᄂᆞ간지라고쉬돈업스물보고돌그로셔암을다메
오고쥭도다ᄒᆞ얏더니ᄉᆞ라나가즉시하빈으로가질그ᄅᆞᆺ술

게젼위ᄒᆞ신지라ᄒᆞ신ᄃᆡ즁저ᄯᅩ엿ᄌᆞ오ᄃᆡ졔슌유우의도덕
을드러지이다공저ᄀᆞᆯᄋᆞᄉᆞᄃᆡ도당ᄲᅦ두ᄯᆞᆯ이잇ᄉᆞ니일홈은아
황과녀영이라덕ᄒᆡᆼ이놉흐시고두ᄯᆞᆯ노ᄡᅥ유우ᄭᅴ게쳐ᄒᆞ
시고인ᄒᆞ야젼위ᄒᆞ시니라슌의부친은일홈이고쉬니일
즉슌의모친이죽으시니후쳐를어더아ᄃᆞᆯ상을ᄂᆞ으니고
쉬후쳐의혹ᄒᆞ야상을ᄉᆞ랑ᄒᆞᄂᆞ슌은ᄉᆞ랑치아니ᄒᆞᄂᆞᆫ지라
상의모ᄌᆞᄉᆞ오나와고슈의게참소ᄒᆞ야슌을죽이고ᄌᆞᄒᆞ되슌
의효ᄒᆡᆼ이지극ᄒᆞᄉᆞ증〻히예ᄒᆞ야불격간ᄒᆞ시니라일〻은
고쉬슌을죽이랴ᄒᆞ고슌을불너지금곳집의올나가집을이
으라ᄒᆞ니슌이너렴의셩각ᄒᆞ되셩ᄒᆞᆫ집을이으라ᄒᆞ니필경ᄭᅦ
잇도다ᄒᆞ시고부명을거역지못ᄒᆞ야ᄒᆞᆫ편이ᄃᆡ답ᄒᆞ고집우
희올나갈ᄉᆡ삿갓셰ᄎᆞ립을ᄡᅧ쓰고올나갓더니상의모ᄌᆞ와

갓고그아르시미커신갓흔지라도덕이놉흐사집을지오되집지ᄉᆞ
락을버히지아니ᄒᆞ시고토계삼등우의거ᄒᆞ시니라뜰에명
협이라ᄒᆞ는풀이잇스니그달초ᄒᆞ로날붓터ᄒᆞ로한닙식십
오일ᄭᆞ지나고십뉵일붓터ᄒᆞ로한닙식삼십일ᄭᆞ지써러
지되그달이젹그면ᄒᆞᆫ닙히일을고써러지〻아님을보시고일
노징험ᄒᆞᄉᆞ역을과초하로날을알으시고또지영이란풀
이잇스니그풀이간ᄉᆞᄒᆞᆫᄉᆞ람보면그ᄉᆞ람을가르쳐일노징험
ᄒᆞᆫᄉᆞ소인을알아내치시고츙신을쓰시니국태민안ᄒᆞ고가급
인족ᄒᆞᆫ야천하태평ᄒᆞᆫ지라천하다ᄉᆞ련지오십년에미복으
로강구의노르실ᄉᆡᄇᆡᆨ셩의격양가와동유을다리시고심히
즐겨ᄒᆞ신지라츅위칠십이년의아홉희장마지고ᄋᆞ놀단
쥬불초ᄒᆞ거ᄂᆞᆯ천하다ᄉᆞ리지못ᄒᆞᆯ줄알고졔슌유우씨

라이셔글이엄큰일져근일을노흘미ᄌᆞ보더니ᄐᆡ호복희씨
나셔글을ᄆᆡᆫ드러노ᄆᆡᆺ든졍ᄉᆞ를ᄃᆡ신ᄒᆞ시고남녀부〻되는
녜를가쥭으로ᄲᅦ례를삼아가른치시고하슈의룡마나너등
우의문치를보시고팔괘를그려너아길흉을알게ᄒᆞ시고
그물을ᄆᆡᆫᄃᆞ고기잡기를가른치시고포쥬를취우니일홈을
포희라ᄒᆞᆫ지라오동으로거문고를ᄆᆡᆫ드러너와ᄲᅦ는져를ᄆᆡᆫ든
나라염졔신룡ᄢᅵ나셔나무를ᄲᅡ가ᄯᅡ뷔를ᄆᆡᆫ드러비로소밧갈
기를갈ᄋᆞ치시고ᄇᆡᆨ가지풀을ᄆᆡᆺ보아의슐과약을두어ᄉᆞ름의
ᄇᆡᆼ을구안ᄒᆞ게ᄒᆞ시며날가온더져ᄌᆞᄒᆞ기를가른쳐게시고그후
에황졔헌원ᄢᅵ나셔창과방픠를ᄆᆡᆫ드러반ᄒᆞᄂᆞᆫ졔후를쳐항
복바드시니라ᄒᆞᆫ신ᄃᆡ즁지다시ᄉᆞ러엿ᄌᆞ오ᄃᆡ황공ᄒᆞ오나졔요
도당ᄢᅵ도덕을드러지이다ᄑᆞᆼ져가른ᄉᆞ더도당ᄢᅵᄂᆞᆫ어질미하ᄂᆞᆯ

에미쳐오르지못ᄒᆞ야되는것시요이슬은날이더우면음양두
긔운이화ᄒᆞ야되고치우면셔리되고더우면긔운이증울ᄒᆞ
여유연히구름지어픠연히비날이오고찬긔운이음ᄒᆞ면
이슬이ᄆᆡᄌᆞ셔리되고셔리가인ᄒᆞ여눈이되ᄂᆞ니라이런고
로하ᄂᆞᆯ이쉬실ᄯᆡ업고텬지변화지긔무궁ᄒᆞ니라네이글을
힘ᄲᅥ일그면무궁ᄒᆞᆫ변화지리을ᄌᆞ연알니라ᄒᆞ신ᄃᆡ증지
다시ᄲᅮ려저비왈션ᄉᆡᆼ의가ᄅᆞ치심을소져명심불망ᄒᆞ리라
이라황공ᄒᆞ오나취고ᄒᆞᆫᄅᆞᆫ시졀일을아라지이라공져가ᄅᆞ샤져취
고시졀은쳔디기벽후사ᄅᆞᆷ이잇스나몸덥플의복이업지엇스
리오벌건몸이우셜을피치못ᄒᆞᆯ식이ᄯᆡ유소씨잇셔남굴열
거ᄲᅧ그소옥의거ᄒᆞ게ᄒᆞ고그후에수인씨나셔사ᄅᆞᆷ이나무열음을
먹고사는냥을보고남글부비여불을너여화식을가ᄅᆞ치시니

니라봄이동의속ᄒᆞᆫ고로봄이당ᄒᆞ면동군이목덕으로왕ᄒᆞ얏스니푸른붓ᄎᆡ로부치면쳥풍이〻러나풀이나고ᄭᅩᆺ치발ᄒᆞ며여름이남의속ᄒᆞᆫ고로여름이면쥬작이화덕으로왕ᄒᆞ야붉은붓ᄎᆡ로붓치면훈풍이〻러나텬하셩녈ᄒᆞ엿다가츄졀은셔의속ᄒᆞᆫ고로가을이당ᄒᆞ면빅회금덕으로왕ᄒᆞ야흰붓ᄎᆡ로붓치면츄풍이〻러나노졀위상ᄒᆞ니빅곡이다익고나무닙히이우러지고동졀은북의속ᄒᆞᆫ고로져울을당ᄒᆞ면현뮈슈덕으로왕ᄒᆞ야거문붓ᄎᆡ로붓치면한풍이이러나빅셜이돈날니〻ᄯᅡ의초목이황낙ᄒᆞ고빅쳔이다열고만물이다감초이나니라ᄇᆞ름은ᄉᆞ름의호흡갓다야쳐다의긔운이호로ᄒᆞ야물과구름은음양두긔운이합ᄒᆞ야이러ᄂᆞ고물은음긔미ᄌᆞᆫ것시요안긔는ᄯᅡ긔운이우ᄒᆞ로올ᄂᆞ하날

야또ᄒᆞᆫ발가잇ᄂᆞᆫ나라더운긔운과찬긔운이츈하츄졀을분
ᄒᆞ야셔로왕ᄂᆡᄒᆞ니이ᄂᆞᆫ다음양지긔라이런고로운셜이상승
ᄒᆞ야이술이사졀의한졀조츠음양두긔운이합ᄒᆞ야ᄌᆞ연
되ᄂᆞᆫ것시오금목슈화토오힝이상ᄉᆡᆼᄒᆞ야형〻ᄉᆡᆨ〻ᄒᆞ나만
물을화ᄉᆡᆼᄒᆞᄂᆞ니텬지변화디리가무궁ᄒᆞᆫ나라풍셔남부이
잇ᄉᆞ나ᄉᆞ방이라동은쳥뎨룡왕이직혀잇고셔은ᄇᆡᆨ뎨룡
왕이직혀잇고남은젹뎨룡왕이직혀잇고북은흑뎨룡왕이
직혀잇ᄉᆞ니즉금이르기를동은쳥룡이요셔는ᄇᆡᆨ호남은쥬
작이요북은현무라ᄒᆞ며츈하츄동화위ᄉᆞ졀ᄒᆞ야츈졀이
당ᄒᆞ면만물이ᄉᆡᆼᄒᆞ고하졀이당ᄒᆞ면만물이셩ᄒᆞ고츄졀
이당ᄒᆞ면만물이익고동졀이당ᄒᆞ면만물이감초이ᄂᆞ니그런
고로하ᄂᆞᆯ이슈레박회갓타야츈하츄동ᄉᆞ졀을슌환ᄒᆞᄂᆞ

대셩훈몽젼 권지단

공자뎨ᄌᆞ삼쳔듕에도학과뉵녜능통ᄒᆞᆫ쟈칠팔십아
니그가온ᄃᆡ더옥능통ᄒᆞᆫᄌᆞ는증ᄌᆞ칠셰에공ᄌᆞ긔슈학ᄒᆞᆯ
셰한가ᄒᆞᆫ셰를다[illegible]셔ᄂᆞ아가엿ᄌᆞ오ᄃᆡ텬지일월셩신
삼긴일을알아지이다공ᄌᆞ갈오ᄉᆞᄃᆡ나도ᄯᅩᄒᆞᆫ아지못ᄒᆞ거
니와네알고져ᄒᆞ니ᄐᆡ강이ᄂᆞ일으리라하ᄂᆞᆯ은양긔상쳔
ᄒᆞ야우ᄒᆞ로올ᄂᆞ거ᄒᆞᆫ연지일만팔쳔년만의놉고두렷
ᄒᆞᆫ긔운이되고ᄯᅡᄒᆞᆫ음긔로동ᄒᆞ야아ᄅᆡ로ᄂᆞ려거ᄒᆞᆫ연지
일만팔쳔년만의넓고모지고두터이되여쳔지크게열닌후
의텬양은ᄒᆞ강ᄒᆞ고디음은상승ᄒᆞ야만물이화셩ᄒᆞᄂᆞᆫ지
라ᄒᆡᄂᆞᆫᄐᆡ양이니샹텬의거ᄒᆞ야더운긔운을가지고텬하의
두렷시놉히잇고달은ᄐᆡ음이니찬긔운을가지고야텬의거ᄒᆞ

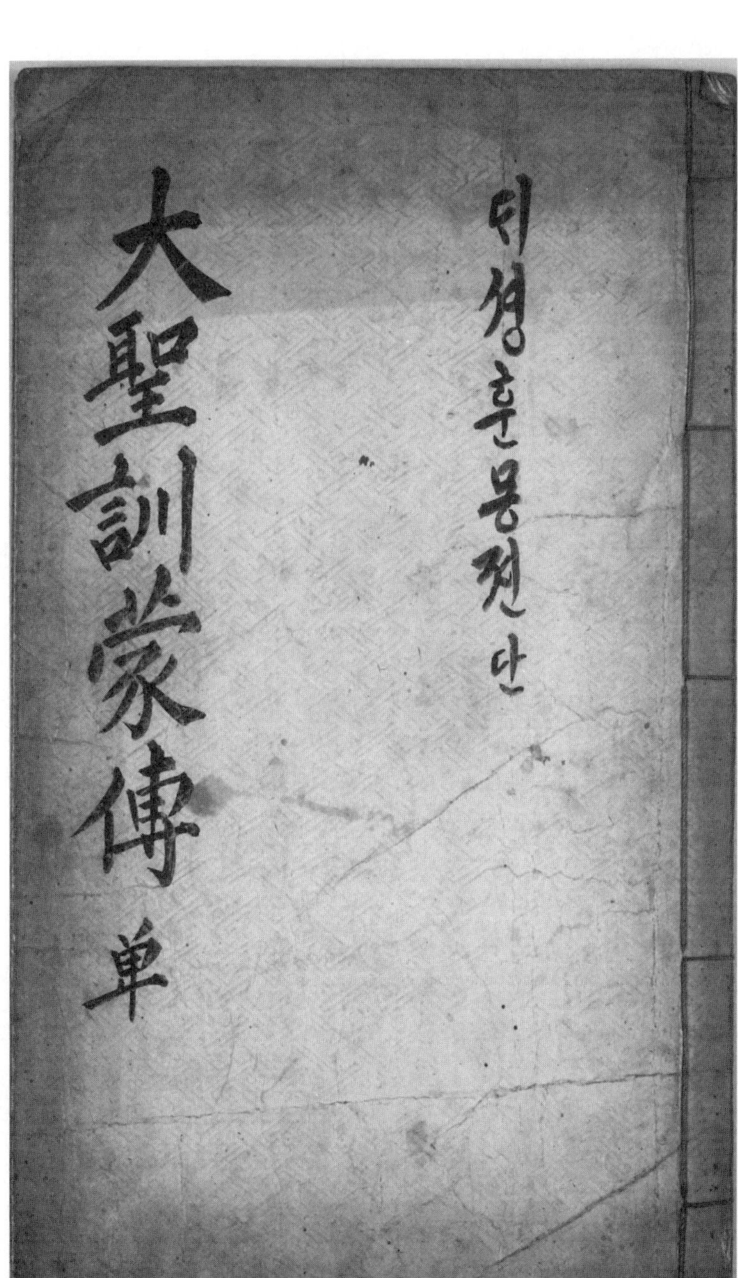
대성훈몽젼 단
大聖訓蒙傳 单

대성훈몽전 影印

大聖訓蒙傳 디셩훈몽젼
일본 동경대학 오구라문고 소장(L174468)
線裝, 筆寫本 1冊(29張)
32.1 × 21.2cm

여기서부터 영인본을 인쇄한 부분입니다. 이 부분부터 보시기 바랍니다.